THE VAULT

EDEN SUMMERS

I0724535

The Vault
Deutsche Ausgabe
Copyright © 2021 Eden Summers
Übersetzer - Janina Steves
Cover - Outlined With Love Designs

Das vorliegende Buch ist ein Roman. Alle Namen sowie dargestellten Orte, Personen und Handlungen sind frei erfunden. Jede Ähnlichkeit mit real existierenden oder verstorbenen Personen, wahren Begebenheiten, Plätzen oder Organisationen wäre rein zufällig und nicht beabsichtigt.

Alle Rechte vorbehalten. Mit Ausnahme von Zitaten im Rahmen von Bewertungen und Rezensionen darf dieses Buch ohne schriftliche Genehmigung der Autorin nicht vervielfältigt oder ganz oder in Teilen anderweitig verwendet werden.

Die Autorin erkennt den Markenschutz und die Rechte der Markeninhaber von den in diesem Roman genannten Produkten an, soweit deren Namen ohne ausdrückliche Erlaubnis verwendet wurden. Die Markeninhaber haben die Veröffentlichung/Nennung dieser Marken nicht autorisiert, gesponsert oder anderweitig veranlasst.

ERWACHT

KAPITEL EINS

„Einen Himbeer-Wodka, bitte. Und diesmal in einem großen Glas."

Shay Porter bestätigte die Bestellung mit einem Nicken und bereitete den Drink des Mannes mit dem letzten Schuss Wodka in der Flasche zu. Der Mann war ein Einzelgänger. Drei Nächte die Woche, jede Woche, besuchte er *Shot of Sin*, bestellte das gleiche mädchenhafte Getränk, quatschte dieselben hochklassigen Frauen an und ging dann gekränkt nach Hause, als wäre er der einzige hier, der nicht mit einer Abweisung gerechnet hatte.

Dämlicher Idiot.

„Wollen Sie einen Strohhalm dazu?", rief sie mit aufgesetztem Lächeln über die laute Clubmusik hinweg.

Seine haselnussbraunen Augen verengten sich. „Der Drink ist für mich", schnauzte er und gab ihr den passenden Betrag.

Sie drehte ihm mit einem Schulterzucken den Rücken zu und legte das Geld in die Kasse. „Immer noch eine legitime Frage, Arschloch", murmelte sie und nahm die leere Wodkaflasche aus der Dosieranlage.

„Verspottest du wieder die Kunden, Shay?"

Ihre Wirbelsäule kribbelte beim Klang der rauen Stimme. Leo Petrova, alias Mr. Boss Man, war ein Bild von sexy Maskulinität. Braungebrannt durch den endlosen Kuss der Sonne in Beaumont, Texas, das Haar lang genug, um es zu einem kurzen Pferdeschwanz zusammenzubinden, und

Strähnen, die um sein Gesicht fielen und seine intensiven blaugrünen Augen hervorhoben.

Höschenwechsel an der Hauptbar, bitte.

„Er kann nicht erwarten, jemanden abzuschleppen, wenn er solche Mädchendrinks bestellt." Sie warf die leere Flasche in den Mülleimer neben Leos muskulösen Beinen, die in kohlefarbenen Chinohosen steckten. Als sie ihren Blick über sein weißes, zugeknöpftes Hemd wandern ließ, um ihm in die Augen zu sehen, leckte sie sich dezent die Lippen und jauchzte innerlich über seine zusammengekniffenen Augen. Sie musste diese kleinen Dinge tun – verführerisch lächeln, ihren Busen hervorheben, versehentlich über unsichtbare Gegenstände stolpern und sich in seinen starken Armen wiederfinden. Wie sonst konnte sie seine Verteidigung durchbrechen? „Die alleinstehenden Frauen denken, er sei schwul. Ich kann mir das Grauen nicht länger ansehen."

Sie drehte sich auf dem Absatz um und ging zum Lagerraum, in der Hoffnung, dass Leo ihr folgte. Als sie das Licht in dem dunklen Raum hinter der Bar einschaltete, lächelte sie, weil sie seine dominante Anwesenheit in ihrem Rücken spürte.

„Dann kündige." Er schloss die Tür hinter ihnen und dämpfte so das laute Dröhnen der Musik.

Kündigen? Nein.

Unter den dicken Schichten seines knallharten, draufgängerischen Benehmens scherzte er, das wusste sie. Und er wusste, dass sie niemals gehen würde. Sie liebte die Arbeit im *Shot of Sin* und dem angrenzenden Restaurant *Taste of Sin*. Dieser Ort war ihr zweites Zuhause. Das Barpersonal, das sie managte, mochte ihre temperamentvolle Art nicht immer zu schätzen wissen, doch ihre drei Chefs schätzten ihre Beiträge … die meiste Zeit zumindest.

Wichtiger noch, sie hörten sich ihre Vorschläge zur Verbesserung des Geschäfts an. Nach fünf Jahren, in denen sie von einem Arbeitgeber zum nächsten gesprungen war, hatte sie endlich einen Ort gefunden, an dem es sich zu bleiben lohnte. Der Augenschmaus, den ihr Boss ihr bereitete, war ein zusätzlicher Bonus.

Sie sah mit hochgezogener Augenbraue über ihre Schulter. Ihr Körper summte in seiner Nähe. Was sie nicht dafür geben würde, sich von ihm gegen die Regale pressen und vor Lust zum Keuchen bringen zu lassen.

Er lehnte an der Wand, die Arme über der Brust verschränkt. „Wir haben schon mal über dein freches Mundwerk gesprochen. Entweder passt du besser auf oder du verschwindest."

Sie räusperte sich, um ein Glucksen zu überspielen. „Willst du so den Mit-dem-Personal-wird-nicht-geschlafen-Grundsatz umgehen?" Auf der Suche nach einer weiteren Wodkaflasche drehte sie sich zu den Regalen. „Mich feuern, damit du mit mir machen kannst, was du willst? Damit hätte ich kein Problem, solange ich ausgehalten werde."

Sein Knurren hallte von den Wänden wider und ließ ihre Nippel brennen.

„Stell mich heute Nacht nicht auf die Probe, Shayna."

Kein Spitzname? Zwei Punkte dafür, ihm unter die Haut gegangen zu sein.

„Sonst was?" Sie holte eine Flasche aus dem hohen Regal und wandte sich ihm zu. „Du weißt, dass du mich nicht feuern wirst. Ich bin die fleißigste Mitarbeiterin, die ihr habt." Und hoffentlich die einzige, zu der er sich hingezogen fühlte.

Sie trat ihm direkt gegenüber. Sein durchdringender Blick hielt sie gefangen und sie wusste, er würde die Verbindung nicht unterbrechen. Erstens, weil Mr. Dominant sich wohl niemals einer Frau beugte. Und zweitens, weil sie den Eindruck hatte, seine Aversion sie zu küssen würde schwächer werden, wenn er jetzt auf ihre Lippen sah. Oder noch besser, auf ihr Dekolleté, das er gerne blickfickte, wann immer er glaubte, sie würde es nicht bemerken. „Ich bin sicher, du könntest diesen frechen Mund auch ohne die Drohung, mich entlassen zu müssen, zum Schweigen bringen."

Seine Nasenflügel bebten. Es lag Anziehung in seinen ozeanblauen Augen, kein Zweifel. Allerdings wusste sie, dass er nicht nachgeben würde. Jedenfalls noch nicht. Er hatte ihr klargemacht, dass ihr erstes heißes Intermezzo ein Fehler gewesen war. Das hielt sie aber nicht davon ab, ihn mit etwas zu locken, das sie mehr als bereit war zu geben. Eines Tages durchbrach sie seine Keine-Beziehungen-Barriere, sie musste nur Geduld haben.

Er beugte sich vor und positionierte seinen Mund herrlich nahe an ihrem Ohr, was ihre Haut spürbar zum Kribbeln brachte. „Ich könnte dich zum Schweigen bringen, kleines Mädchen, aber ich hätte Angst, dich mit meinem großen Schwanz zu ersticken."

Mit zusammengepressten Lippen kämpfte Shay gegen das Gelächter an, das auszubrechen drohte. „Ich habe einen außergewöhnlichen Würgereflex." Sie ließ die Wodkaflasche zwischen sie sinken, wobei das schwere Gewicht seinen Schritt streifte.

Stimmen hallten von der Bar zu ihnen. Leo versteifte sich und bewegte sich außer Reichweite, kurz bevor der zweite Boss des Trios grüblerischer

Männer die Tür öffnete. T.J. runzelte die Stirn, als er den Raum betrat. Sein braunäugiger Blick richtete sich auf Leo, bevor er sich an Shay wandte.

„Das sieht ja gar nicht unangemessen aus", sagte er gedehnt. „Was macht ihr beide hier hinten?"

Shay hielt die Wodkaflasche in ihrer Hand hoch. „Ich bin hier, um eine neue Flasche zu holen. Ich bin mir nicht ganz sicher, wieso er mir gefolgt ist."

Leo rollte mit den Augen. „Was willst du?"

T.J. schüttelte mit einem wissenden Grinsen den Kopf und richtete seine Aufmerksamkeit auf Leo. „Tracy hat sich den Arm gebrochen. Sie wird eine Weile ausfallen."

„Tracy?", fragte Shay stirnrunzelnd.

„Sie arbeitet unten."

Ahh. Die geheimnisvolle VIP-Lounge, die sie noch nie betreten durfte. Offenbar war es nicht ausreichend, die meistgeschätzte Angestellte im Obergeschoss zu sein, um sehen zu dürfen, wo die ganzen gutaussehenden Leute jeden Samstagabend hingingen.

„Wir haben niemanden, der ihre Schicht nächste Woche übernimmt, wenn Travis weg ist", fuhr T.J. fort. „Bryan und ich dachten, Shay könnte ihren Platz einnehmen."

Shays Augen wurden groß, nicht nur aufgrund der neuen Herausforderung, sondern auch, weil schockierenderweise ausgerechnet Bryan, alias Brute, sie für so eine begehrte Position vorgeschlagen hatte. Seinen Spitznamen hatte er nicht von ungefähr. Er war gnadenlos, abgestumpft und zeigte selten Emotionen. Meistens war er ein ziemlicher Griesgram, der jede Begeisterung gerne unter bissigen Beleidigungen verbarg. Sein Vorschlag bewies ihre Theorie, dass sich unter der ganzen Grimmigkeit tatsächlich ein warmherziger, knuddeliger Bär versteckte.

Sie würde allerdings den Teufel tun, auf den für ihn untypischen Kommentar einzugehen. Das Untergeschoss faszinierte sie. Es hatte sie bereits Monate gekostet, sich im angrenzenden Restaurant *Taste of Sin* den Respekt der Herren zu verdienen, bevor sie sie im Tanzclub des Betriebs hatten arbeiten lassen. Jetzt wollte sie den großen Durchbruch. Die Tür, die zum privaten Teil des Clubs führte, wurde jeden Samstag von einem Sicherheitsmann bewacht. Nicht einmal langjährige Angestellte von *Shot of Sin* durften dorthin, und sie hatte noch nie jemanden getroffen, der hinter den geheimnisvollen Wänden arbeitete.

„Nein." Leos Tonfall ließ keine Widerrede zu.

„Wie bitte?" Sie war weder Papas Mädchen, noch Angehörige der wohlhabenden Gesellschaftsschicht, die erwartete, dass man jeder ihrer Launen Folge leistete, doch wenn man sie in irgendeiner Form herabwürdigte, stellten sich sofort ihre Nackenhaare auf.

„Ich sagte nein." Er wandte sich an T.J.: „Ich will sie nicht da unten haben."

„Was ist dein Problem?", entfuhr es ihr. Ja, er war ihr dickköpfiger, fast schon ekelhaft gutaussehender Boss, aber sie waren dazu bestimmt, Freunde zu sein. Sogar mehr, würde er endlich seine Abwehr herunterfahren und es zulassen. Und jetzt behandelte er sie, als ob sie eine einfache Nachtschicht in einer anderen Bar nicht verkraften würde.

„Sie hat nicht die Ausbildung, in so einem Umfeld zu arbeiten." Er beachtete ihre Anwesenheit nicht länger. „Wir werden jemand anderen finden."

T.J. runzelte die Stirn. „Shay, gibst du uns eine Sekunde?"

Sie umklammerte die Wodkaflasche mit ihrer Faust. „Schön." Mit zusammengebissenen Zähnen fixierte sie ihre arrogante Fantasie mit einem finsteren Blick und schob sich dann an ihm vorbei zur offenen Tür. „Überzeuge ihn, T.J. Sonst seid ihr nachher gezwungen, mehr als einen Mitarbeiter zu ersetzen."

Leo verfolgte Shays Hintern, der aus dem Lagerraum stürmte, und zuckte zusammen, als sie die Schiebetür zuknallte. Die Frau machte ihn wahnsinnig. Sie war wild und frech und hatte einen bezaubernden Körper, der seinen Schwanz im Handumdrehen in einen angespannten Zustand versetzen konnte. Und sie war berechenbar. Jetzt, nachdem sie einen tosenden Wutanfall gehabt hatte, wusste er, dass sie wieder an die Arbeit gehen und für jedes anmaßende Arschloch im Gebäude mit den Wimpern klimpern würde, nur, um ihn zu ärgern.

Mit anderen Worten, sie war Trouble. Und so sehr er sich auch zu ihr hingezogen fühlte, brauchte er keine weitere Komplikation in seinem Leben. Das Restaurant und die Bar hielten ihn, T.J. und Brute auf Trab, und weil auch der Privatclub im Untergeschoss immer mehr Kundschaft anzog, konnte keiner von ihnen eine Ablenkung gebrauchen. Vor allem nicht eine mit wunderschönen, hellbraunen Augen und dunklem, welligen Haar.

„Nenn mir einen guten Grund, wieso sie da unten nicht arbeiten kann", brummte T.J., dessen Augenringe dunkler waren als früher am Abend.

„Wie ich schon sagte, sie ist dafür nicht ausgebildet."

„Und wie ich schon sagte, nenn mir einen guten Grund."

Fuck. Leo atmete schwer aus und wischte sich mit der Hand durchs Gesicht. „Ich will sie einfach nicht da unten haben, okay?"

T.J. und Brute wussten nicht, dass er einmal ihrem unverfrorenen Charme erlegen war. Sie hatten in diesem Raum praktisch Trockensex – seine Zunge in ihrem Hals, seine Finger in ihrem Slip, die durch ihre schlüpfrige Feuchtigkeit glitten. Kurz nachdem sie um seine Finger herum ihren Höhepunkt erreicht hatte, war er weggegangen, sein Kiefer angespannt vor Reue. Ohne dass Shay es wusste, hatte sie bewiesen, dass sie nicht das war, was er brauchte, ganz gleich, wie sehr sie selbst das von sich dachte. Sein sexueller Appetit war grob, fordernd und nicht geeignet für jemanden mit einem begrenzten Verständnis von Lust.

In den wenigen Momenten, die sie geteilt hatten, hatte er ihre Unschuld gesehen. Sie war keineswegs eine Jungfrau, aber sie war auch keine Frau, die in der Lage wäre, mit seinen Begierden umzugehen. Sie hatte bei seiner Wildheit nach Luft geschnappt, hatte ihn angestarrt, als wäre er ein komplett fremder Mann, und er hatte vor langer Zeit gelernt, sich zurückzuziehen, wenn seine Bedürfnisse nicht mit denen der Frau, für die er sich interessierte, übereinstimmten. Es würde später nur kompliziert werden. Das hatte er bereits hinter sich.

Und er hatte die emotionalen Narben, die das bewiesen.

Also war er weggelaufen und hoffte, T.J. und Brute erfuhren nichts von seinem Ausrutscher. Wochenlang hatte er die Hoffnung auf ein Einsehen in ihren Augen ignoriert. Er hatte es gehasst, die Verteidigung einer so willensstarken Frau durchbrechen zu müssen, aber hatte er keine Wahl gehabt. Mit ihrem Hang zu Ausrastern hatte er ihrer Verbindung auf der Stelle ein Ende setzen müssen. Oder zumindest so tun müssen, als ob.

„Leider haben wir mit dem wenigen Personal, das unten beschäftigt ist, keine andere Wahl. Travis hat seinen Jahresurlaub bereits geplant, und ich werde meine Zusage nicht zurückziehen, wenn es um den Todesjahrestag seines Vaters geht." T.J. schnaubte frustriert. „Schau, ich weiß, dass du etwas für sie übrig hast, aber du musst dich entscheiden – bist du ihr Manager oder der Typ, der ihr an die Wäsche will?"

Leos Miene verfinsterte sich. „Ich will ihr nicht an die Wäsche." Auch das hatte er schon hinter sich.

„Wieso ist es dann eine so harte Entscheidung?"

Wenn es um die freche Barmanagerin ging, war leider alles hart. Jedenfalls für Leo. Das Problem war, dass er keine legitime Entschuldigung hatte, um zu verhindern, dass sie ihnen bei ihrem Personalengpass aushalf.

„Na schön." Er fuhr sich durch die Haare und lockerte seinen Pferdeschwanz. „Aber ich werde derjenige sein, der sie herumführt. Brute kann nächsten Samstag meine Schicht hier oben übernehmen und ich übernehme seine unten."

T.J. zuckte mit den Schultern. „Ist für mich kein Problem. Du könntest sie heute Abend mit runter nehmen, wenn du willst. Wir werden hier oben schon nicht überrannt werden."

Leos Handflächen begannen zu schwitzen. „Ja, okay."

Er schloss die Augen und rieb sich über die Lider. Shay war nicht gerade bekannt dafür, mit professioneller Gelassenheit zu reagieren, wenn man sie überraschte. Und die konträre Umgebung im Untergeschoss würde definitiv einschlagen wie eine Bombe.

Eines seiner Lieblingsärgernisse war die Verurteilung durch andere, insbesondere durch Freunde und Familie. Ja, es lag in der menschlichen Natur eines jeden einzelnen, eine Meinung zu haben, selbst wenn die Umstände, die sie kritisierten, sie verdammt nochmal nichts angingen. Er hatte einfach die Nase voll davon, dass engstirnige Menschen den Mund aufmachten und Hass auf Dinge spien, die sie nicht verstanden. Er wusste nicht, wie er diese Art von Kommentaren von Shay verkraften würde. Und sie hätte definitiv eine Meinung zu den Aktivitäten dort unten.

„Bist du sicher, dass das alles nichts damit zu tun hat, dass du ihr deinen Schwanz in den Hals rammen willst?"

„Mein Gott, T.J." Leo machte ein finsteres Gesicht. „Meinst du nicht, dass ich sie dann erst recht mit nach unten nehmen würde?"

„Ich frag ja nur." Er hielt kapitulierend die Hände hoch und zog sich zur Tür zurück.

„Lass es einfach." Leo deutete mit seinem Kopf in Richtung Flur und hoffte, dass T.J. ihn verdammt nochmal in Ruhe ließ, damit er gründlich über den ganzen Mist nachdenken konnte. „Kümmere du dich heute Abend um die Hauptbar. Überlasse Shay mir."

KAPITEL ZWEI

Shay warf T.J. einen fragenden Blick zu, als er hinter die Bar und auf sie zu ging. Er wartete, bis sie einen der platinblonden Stammgäste bedient hatte, bevor er neben sie trat.

„Alles in Ordnung?", fragte er, wie immer ein Gentleman.

Sie mochte T.J. Er war freundlich, einfühlsam und stand immer hinter ihr, selbst wenn sie es nicht verdient hatte. Seine dunklen Züge und sein anbetungswürdiges Aussehen schadeten ihrer Zuneigung für ihn ebenfalls nicht. Sie bezweifelte, dass es eine Frau in *Shot of Sin* gab, die nicht von ihm oder einem der anderen beiden Besitzer fantasiert hatte. Und falls die Damen ähnlich kreativ waren wie Shay, hatten sie von allen drei Männern gleichzeitig geträumt. Allerdings war sie momentan zu sauer, um die Schönheit von T.J.s dunkelbraunen Augen würdigen zu können.

„Ich würde sagen, das kommt ganz darauf an." Sie wischte ihre Hände an ihrer Jeans ab und hielt das Barpersonal im Auge, damit es nicht mit Getränkebestellungen überrannt wurde. „Hat sich Leo dazu verpflichtet, immer ein Idiot zu sein?"

„Er sorgt sich nur um dich."

„Schwachsinn." Sie begegnete seinem Blick mit finsterer Miene. Sie hatte es schon mehr als einmal durchgemacht, mit einem Manager zu arbeiten, der sie für weniger fähig hielt als ihre männlichen Kollegen. Auf keinen Fall ließ sie zu, dass ihre Zeit hier wieder demselben Schema folgte. „Ich habe euch nie enttäuscht. Nicht ein einziges Mal. Und doch ist Leos instinktive Reaktion, mich nicht für fähig zu halten, neue Aufgaben zu übernehmen. Mein Gott, T.J., wie schwer kann es schon sein? Ich sehe kaum jemanden da runter gehen."

T.J. verzog das Gesicht, während sein Blick über ihre Schulter wanderte. Sekunden später tauchte Brute neben ihnen auf und lehnte sich gegen den Tresen, während die Angestellten um sie herumschwirrten.

„Was ist los?" Seine blauen Augen waren ausdruckslos. Wie immer. Auch der dunkelblonde, sauber geschnittene Bart half dabei, die Gefühle auf seinem störrischen Gesicht zu verbergen. „Habt ihr Shay gefragt, ob sie unten arbeiten würde?"

„Wir haben gerade darüber geredet", brummte T.J. über die Musik hinweg. „Leo war ein wenig unglücklich mit dem Vorschlag, aber ich glaube, ich habe ihn überzeugt."

„Ihn überzeugt?", stieß Shay hervor. „Er sollte nicht überzeugt werden müssen. Ich bin die fähigste Barkeeperin, die ihr habt."

T.J. und Brute tauschten einen Blick aus, von dem sie vermutete, dass er eine verborgene Bedeutung hatte.

„Was?", fragte sie. „Seid ihr nicht zufrieden mit mir?"

„Nein. Das ist es nicht", entgegnete T.J. umgehend. „Leo ist nur fürsorglich. Da unten ist es nicht so …"

„Einfach", ergänzte Brute. „Dort wird man definitiv auf Trab gehalten."

Shay fixierte beide abwechselnd. T.J. suchte nicht länger Augenkontakt zu ihr. Seine Aufmerksamkeit richtete sich auf alles außer ihrem Gesicht, als hätte er Bedenken oder wäre nervös. Brute begegnete ihrem Blick offen, doch seine ausdruckslose Miene verriet nichts.

„Ich kann mit sowas umgehen." Zumindest hatte sie die Chance verdient sich zu beweisen. Sie wünschte nur, Leo hätte so viel Vertrauen in sie wie T.J. und Brute.

„Ich weiß das." T.J. drückte ihre Schulter. „Leo weiß das auch. Er ist nur ein wenig empfindlich, wenn es um den Keller geht."

Mit *empfindlich* konnte sie umgehen. Was sie nicht ertragen konnte, war der Angriff auf ihren Stolz von einem Kerl, für den sie einen weiblichen Ständer hatte.

„Ich sollte besser los, damit *Taste of Sin* ordnungsgemäß schließt. Wir sehen uns später." T.J. drückte ihre Schulter noch einmal leicht und ging dann um die Bar herum.

Shay sah zu, wie er in der Menge der tanzenden Körper verschwand, und verfluchte sich dafür, sich in den falschen Barbesitzer verknallt zu haben. Leo war zu stur. Das große Problem war, dass er genau das war, was sie in einem Mann wollte. Abgesehen davon, dass er die Fähigkeit besaß, ihr Innerstes mit einem einzigen Blick zum Schmelzen zu bringen, war er selbstbewusst, talentiert und herrlich sexy, wenn er sie anknurrte.

Ihre eine heiße Session im Lagerraum der Bar hatte ausgereicht, um seine Anziehungskraft auf sie zu zementieren. Selbstbewusst und talentiert, strahlte Leo stets Dominanz und Kontrolle aus. Shay war sich sicher, dass er genau so auch im Bett war. Eine sündhafte Versuchung für eine Frau, die nie wirklich vom anderen Geschlecht befriedigt worden war ... vom gleichen ebenso wenig, wenn sie ehrlich war.

„Also, was ist hier wirklich das Problem? Ärgerst du dich über Leo, weil er dir eine berufliche Chance verweigert, oder bist du angepisst, weil er nicht mir dir schlafen will?"

Shay klappte die Kinnlade herunter. „Du musst dich wirklich mal mit sozialen Filtern auseinandersetzen."

„Warum? Wir stehen uns nah genug, direkt sein zu können, und ich werde meine Zeit nicht damit verschwenden, um den heißen Brei herumzureden."

Natürlich würde er das nicht. Brute war der Typ, der Freude daran hatte, Fragen zu stellen, die niemand sonst äußerte. „Seine Abneigung dagegen, mit mir zu schlafen, hat nichts mit meiner Verärgerung zu tun." Sie nutzte den Begriff lose. Sie wussten beide, dass sie dazu neigte, das Verärgerungsstadium zu überspringen und direkt zur Wut überzugehen. „Ich kann an jeder Bar arbeiten. Leo ist einfach nur ein Arsch."

„Also gut." Brute zuckte wenig überzeugt die Achseln. „Ich lasse dich jetzt in Ruhe, Liebes. Sollte er bis zum Feierabend seine Meinung nicht geändert haben, werden ich und Mr. Attitüde ein Gespräch führen."

Auch wenn er nicht der Mann war, nach dem sich ihre Libido sehnte, ließ der Kosename ihr Herz flattern. Er mochte zwar aufgrund seiner Brutalität zu seinem Spitznamen gekommen sein, doch das hielt sie nicht davon ab, nach der weichen, rührseligen Seite an ihm zu suchen, die er vorgab, nicht zu haben. Der Mann hatte ein Herz. Irgendwo. Er wollte es nur nicht zeigen.

Brute entfernte sich mit schnellen Schritten im selben Moment, in dem sie Leo in der Tür zum Lagerraum bemerkte. Sein Blick war auf sie gerichtet, sein Kiefer angespannt, das Kinn erhoben. Sofort begann ihr flatterndes Herz zu pochen. Ob aus Wut oder Anziehung, konnte sie nicht sagen.

Sie drehte sich weg, unfähig, ihn anzuschauen, ohne den letzten kümmerlichen Rest ihrer Professionalität zu verlieren. Verdammtes

Arschloch. Seine Anziehungskraft widersprach jeder Logik. Er hatte nicht nur das Recht, die Namensrechte an ihrem Vibrator zu beanspruchen, sie war sich auch ziemlich sicher, dass die Sextoy-Industrie töten würde, um einen Abguss von dem Paket machen zu dürfen, das sich im Schritt seiner gesäßbetonenden Chinos abzeichnete. Und er war nicht ausschließlich wegen seines Aussehens ein Herzensbrecher. Er hatte tatsächlich auch eine überraschend angenehme Persönlichkeit ... für einen Mann. Nun, früher einmal. Er war immer ausgelassen und flirtend und charmant gewesen ... bis zu der Nacht, in der er seine Hand in ihren Slip geschoben hatte und danach zurückgeschreckt war, als hätte er eine Bombe scharf gemacht.

„Jetzt bin ich nur noch ein einfaches Barmädchen."

„Wie bitte?" Sein Schatten fiel über ihre Schulter, als er hinter ihr auftauchte.

Mit einem Todesblick drehte sie sich zu ihm um. „Ich sagte, geh mir aus dem Weg."

Er hob eine Braue und ein Winkel seines atemberaubenden Mundes hob sich. „Heute Abend hast du eine kurze Zündschnur, was mich betrifft."

Sie schnaubte und quetschte sich an ihm vorbei. „Ja, und komischerweise bist du derjenige, der so tut, als hätte er PMS." Sie ging um die Bar herum und in die tanzende, in violettes Licht getauchte Menge hinein. Diesmal würde er ihr hoffentlich nicht folgen. Sie brauchte Abstand von seiner selbstsicheren Attraktivität und hatte sich ihre zwanzigminütige Pause verdient.

Sie tastete nach dem Telefon in ihrer Hosentasche, um sicherzugehen, dass es nicht herausfiel, während sie sich durch die hüpfende Menge schlängelte und auf die gegenüberliegende Seite des Clubs zuging. Als sie sich dem bewachten Eingang des Schickimicki-Privatclubs näherte, warf sie einen düsteren Blick auf den Sicherheitsmann an der Tür. Es war nicht seine Schuld, dass sie mürrisch war, doch es kümmerte sie gerade einen Scheißdreck, wer den Großteil ihrer Wut zu spüren bekam.

„*Shay*", brüllte Leo über den heftigen Puls der Musik. „Warte."

Wie ein bockiges Kind verschränkte sie die Arme vor der Brust und wartete.

„Willst du wirklich da runter gehen?", fragte er über ihre Schulter.

Sie drehte sich zu ihm um. „Es geht nicht darum, ob ich da runter will." Sie erhob die Stimme, um ein Zittern darin zu überspielen. „Es geht darum, dass es dir scheißegal ist, wie hart ich arbeite. Ich bin diejenige, die nachts lange bleibt, um beim Aufräumen zu helfen." Sie deutete mit dem Finger auf sich. „Ich bin diejenige, die im Restaurant Überstunden macht, wenn sich jemand krankmeldet." *Fingerzeig.* „Ich bin diejenige, zu der alle Stammgäste kommen, weil sie wissen, dass ich mich an ihre Getränkebestellung erinnere." Sie stieß ihm in die Brust. „Dein Verhalten ist ein Tritt ins Gesicht für die ganze Mühe, die ich mir mache."

Leo schaute sich desinteressiert um. „Bist du fertig?"

„Sehe ich aus, als wäre ich fertig?", knirschte sie, überlegte es sich dann aber anders, da ihr Wutausbruch ihm offensichtlich egal war. „Vergiss es."

Sie drehte sich um und stürmte an einem herummachenden Pärchen vorbei und auf den nächstgelegenen Ausgang zu. Als sie an der Security am Privateingang vorbeistiefelte, packte eine Hand ihren Oberarm und zog sie zurück.

„Hey, Jeff, würdest du uns bitte reinlassen?", fragte Leo.

Die Augenbrauen des kolossalen Wachmanns zogen sich zusammen, als sein Blick auf den Klammergriff um ihren Arm fiel. „Aber sicher, Boss."

Er drückte die sperrige Tür auf und trat zur Seite, nicht ohne sie besorgt zu mustern, als Leo sie in die Dunkelheit zerrte. Shay schlug das Herz bis zum Hals.

Hier war es fast schon unangenehm leise, der schwache Beat des Basses erreichte kaum die Wände. Das Licht im Club war so stark gedimmt, dass sich ihre Augen an eine noch dunklere Umgebung gewöhnen mussten.

Ein flüchtiger Seitenblick offenbarte eine schmale Treppe mit purpurroter Tapete an den Wänden und einem Plüschteppich auf dem Boden. Der Bereich war kleiner, als sie sich ihn vorgestellt hatte, intimer, besonders wenn sie sich auf Augenhöhe mit dem Mann befand, der ihr den Atem raubte.

„Weißt du, dein Griff grenzt an Belästigung."

Seine Hand ließ von ihr ab, als sie in sein verdunkeltes Gesicht sah.

„Sorry", murmelte er. „Ich habe nicht damit gerechnet, dass du ausflippst."

Wie bitte? „Wäre ich gerade nicht so wütend, würden jetzt eine Unmenge an Beleidigungen auf dich herabregnen."

Mit der Schulter stieß sie ihn aus dem Weg und scherte sich nicht länger darum, welche Schätze hier unten lauerten. Er konnte seinen Privatclub nehmen und ihn sich dorthin schieben, wo die Sonne niemals schien. Sie war eine brillante Barkeeperin, und wenn Leo ihre Fähigkeiten nicht zu schätzen wusste, blieb ihr eventuell nichts anderes übrig, als zu gehen und einen Barbesitzer zu suchen, der es tat.

Dumme lustvolle Schwärmerei hin oder her.

Sie griff nach der Türklinke und drückte sie runter, doch sobald sie daran zog, schlang Leo einen starken Arm um ihre Taille. Die Zeit stoppte, genau wie ihre Atmung, während sich die Hitze seiner Brust in ihr ausbreitete. Sie konnte sein süßes, exotisches Aftershave riechen. Konnte seinen warmen Atem fühlen, der ihren Nacken kitzelte, während sie darum kämpfte, ihre aufrechte und trotzige Haltung zu bewahren.

„Eine gute Angestellte zu sein hat nichts mit meinen Gründen zu tun, dich da unten nicht haben zu wollen", zischte er.

Sie hob ihr Kinn und hasste es, wie sich ihr Innerstes und ihre Brustwarzen unter ihrem BH zusammenzogen. „Warum dann?"

Er ließ ihre Taille los und die Hitze seines Körpers verschwand. Schweigend drehte sie sich um und wünschte, sie könnte sein Gesicht besser erkennen, als er zurücktrat.

„Warum, Leo?"

Das spärliche, schwummrige Licht, das sich entlang der Decke erstreckte, kam nicht bis in die Ecke, in der er stand. Sie konnte seine Augen nicht sehen, nur sein leicht hervorgerecktes Kinn und seine angespannten Schultern. Der Draufgänger in ihm erwachte, das spürte sie, aber sie hatte keine Ahnung, warum.

„Dieses Spiel, das wir spielen ...", begann er und lehnte sich zurück gegen die Wand. „Ich genieße es. Die Neckerei, die Anspannung. Sogar die Art und Weise, wie deine Flirterei mich bei den Weichteilen packt und nicht mehr loslässt." Er hielt inne, als ob er spürte, dass sie einen Moment brauchte, um seine Worte zu verdauen. „Ich will das nicht ruinieren."

Ihr Herz geriet ins Taumeln. „Okay ..."

Sie hatte noch nie mit jemandem ihr Spiel getrieben. Jedes Mal, wenn sie geflirtet hatte, hatte sie es in der Absicht getan, nicht nur sein Bett, sondern auch sein Herz zu erobern. Doch sie würde ihn auf keinen Fall korrigieren. Nicht, wenn er so ein Arsch war. „Was soll diese Rede bewirken? Du hast mir schon glasklar zu verstehen gegeben, dass du nicht mit mir zusammen sein willst. Warum also das ganze Drama?"

Stille. Dann ein langer, ausgedehnter Seufzer, der ihre Kehle austrocknete.

„Folge mir."

Er ging die Treppe hinunter, und sie verfluchte sich selbst, ihm so schnell hinterher zu sprinten. Auch wenn sie bereit gewesen war, zu verschwinden, gewann nun doch ihre Neugier. Sie musste wissen, was sich am Ende der Treppe befand.

Als sie hinabstiegen, wehte ihnen frische, kühle Luft aus den Luftschächten am Boden um die Füße. Die Atmosphäre war anders als das lebendige Violett und Silber im Hauptbereich von *Shot of Sin*. Hier drin kämpfte sie gegen Unbehagen. Bilderrahmen säumten die Wände, und als sie den ersten erreichten, musste sie zweimal hinsehen. Sie hatte Landschaften oder vielleicht signierte Fotos von Menschen erwartet, die diesen exklusiven Teil des Clubs besucht hatten. Doch es war keines von beiden.

Der erste Rahmen enthielt ein Schwarz-Weiß-Foto eines nackten Paares, das sich eng umschlang. Es war erotisch, grafisch, und als Leo über seine Schulter schaute, fühlte sie sich, als hätte man sie mit der Hand in ihrer eigenen privaten Keksdose erwischt.

Die Ästhetik des Bildes ließ sie sich unzulänglich fühlen. Sie, in einem engen schwarzen *Shot-of-Sin*-Tanktop und Jeans, während diese Personen ihre Körper und Seelen für die Kunst entblößt hatten. Es war spektakulär und seltsam verwirrend. Warum sollten Leo, T.J. oder gar Brute sich etwas so Grafisches aussuchen, um damit ihren Privatclub zu dekorieren?

Sie schüttelte die Verwirrung ab und folgte den wohlgeformten Schultern, die weiter die Treppe hinuntergingen. Sie liefen an weiteren Fotos vorbei, alle mit Paaren in erotischen Posen – Männer mit Frauen, Frauen mit Frauen, und viel anziehender, als sie es sich je vorgestellt hatte, muskulöse Männer mit anderen sexy muskulösen Männern. Jede Aufnahme war auf ihre eigene eindrucksvolle Weise schön, doch mittlerweile war Shay jenseits von Fassungslosigkeit und auf dem besten Weg, vollkommen wahnsinnig zu werden.

Die Dunkelheit, die Stille, der Sex, der die Wände bedeckte, ließen ihren fruchtbaren Verstand auf einige ziemlich wilde Ideen kommen. Als sie die letzte Stufe erreichte, starrte sie nachdenklich auf Leos Rücken. Ihre Handflächen schwitzten, und nicht vor Anstrengung. Nun endlich verstand sie seine Warnungen und war sich nicht länger sicher, ob es so gut gewesen war, ihn so weit zu treiben, sie mit hier runter zu nehmen. Zum ersten Mal, seit sie eine unabhängige Erwachsene war, war sie besorgt.

„Hier sind die Spinde."

Leos Stimme erschreckte sie, und sie sah von seinem Rücken auf eine geschlossene Tür, die durch ein kleines Licht über dem Rahmen beleuchtet wurde.

„Die Gäste sind angehalten, Wertsachen zu Hause zu lassen, aber alles andere wird dort eingeschlossen."

„Alles andere?" Sie folgte ihm.

Er ignorierte sie und ging unbeirrt weiter, während er auf eine andere geschlossene Tür zeigte. „Und das ist der Umkleideraum."

„Umkleideraum?", fragte sie lauter. „Wozu das alles?"

Er ging weiter bis zum Ende des Flurs, zu einer Polstertür, die in gleißendes Licht getaucht war. An der Wand war in Brusthöhe ein Tastenfeld angebracht, die Zahlen erstrahlten in leuchtendem Blau. Mit wachsender Besorgnis sah sie vom Tastenfeld zu Leos Hinterkopf. Was machte all diese Geheimhaltung und Sicherheit notwendig?

„Würdest du mir antworten?" Ihre Stimme zitterte.

Sonst hatte er immer etwas zu sagen. Tatsächlich hatte er normalerweise bei jedem Gespräch das letzte Wort, und doch schwieg er jetzt. *Tut, tut.* Alle einsteigen in den Zug der Wahnsinnigen.

„Leo?"

Er drehte sich zu ihr um und zeigte träge mit einem Arm auf die Tür. „Das ist doch, was du wolltest."

Sie konnte ihren Blick nicht von ihm losreißen. Sie suchte nach einem Hinweis, einem winzigen Detail, um den bevorstehenden Herzinfarkt weglachen zu können. Nur konnte sie in dem helleren Licht die Sorge um seine Augen und die beunruhigende Furche in seiner Stirn sehen.

„Ladies first."

Er bedeutete ihr, vor ihn zu treten, und sie fügte sich widerwillig. Sobald sie vor der Tür stand, stellte er sich über sie gebeugt hinter sie und ließ seine Finger über dem Tastenfeld schweben.

„Auf der anderen Seite befindet sich nicht nur eine VIP-Lounge. Es ist ein exklusiver Club der Art, die jemandem wie dir nicht geläufig sein dürfte."

Jemandem wie mir?

Versucht er, ihr das Gefühl zu geben, minderwertig zu sein, weil sie nicht wohlhabend oder berühmt war? Sie drehte den Kopf und starrte sein Profil an. „Wenn du mich noch ein weiteres Mal beleidigst …"

„Dann was?" Er begegnete ihrem Starren mit einer hochgezogenen Augenbraue, seine Mundwinkel zuckten.

Sie kam seinem Gesicht gefährlich nahe, so nahe, dass sie nicht wusste, ob sie ihm lieber einen Fausthieb gegen seine perfekte Nase verpassen oder ihren Mund auf seinen drücken wollte. „Dann werde ich …" Sie schluckte ihre verängstigte Antwort runter. „Keine Sorge, Leo." Sein Namen war ein Knurren. „Ich werde dich vor den überheblichen, hochrangigen Leuten da drinnen nicht in Verlegenheit bringen."

Er gluckste leise und tief. „Um die mache ich mir keine Sorgen."

Bevor sie seinen Kommentar hinterfragen konnte, waren seine Finger auf dem Tastenfeld und gaben eine vierstellige Zahl ein. Die Tür summte und wurde von ihm weit geöffnet. Ein frischer, kühler Luftschwall wehte ihnen entgegen, und ihre Augen wurden groß, nicht nur wegen des Pornos, der auf dem riesigen Fernseher vor ihr lief, sondern auch wegen der unverkennbaren Sexgeräusche, die keine Dolby-Digital-Qualität hatten. Oh, nein, die Geräusche, die sie hörte, waren lebensechtes, skriptloses weibliches Stöhnen und heftige Grunzlaute, die aus einem anderen Raum kamen.

Heilige Scheiße.

„Willkommen im Keller der Sünde, unserem *Vault of Sin*, Shay", sagte er gedehnt.

Sie schluckte schwer, unfähig, Worte zu bilden, während ihr Blick auf die Suche nach dem Ursprung der lusterfüllten Laute ging. „Ist das hier ein Bordell?", platzte es aus ihr heraus, während ihr Fokus an dem Bildschirm festklebte, auf dem gerade eine Frau von zwei Männern hart rangenommen wurde.

„Nein."

„Ein Sexclub?" Ihre Stimme war plötzlich eine Oktave höher.

„Überraschung." Er stupste sie in den Raum und schloss die Tür hinter ihnen.

Heiliger Hormonüberschuss.

Ihr stand der Mund offen. Wie hatte sie nicht wissen können, was direkt unter ihren Füßen vor sich ging? Und seit wann? Shay sah sich wie betäubt um und betrachtete den kleinen Raum mit einem Torbogen an der gegenüberliegenden Wand gründlich. Außer dem Bildschirm mit orgasmischen Bewegungen gab es noch ein Ledersofa, eine schwach eingestellte Lampe und einen Korb in der Ecke mit Gegenständen, die sie sich lieber nicht genauer anschauen wollte.

„Das ist der Chill-Out-Raum." Leo ging weiter, auf den Torbogen zu. „Hier können sich Neulinge einleben, bevor sie sich dem Spaß anschließen."

Spaß?

Ihr entfuhr ein unbeholfenes Glucksen.

Leos entspannter Schritt verstärkte ihr Entsetzen bloß. Sie versuchte nicht darüber nachzudenken, wie viele Stunden es dauerte, bis man in einer solchen Umgebung nonchalant bleiben konnte. Wie viele Frauen er gesehen hatte. Wie viele Orgasmen er gehört hatte. Kopfschüttelnd ignorierte sie das Stechen der Eifersucht in ihren Rippen, das süßliche Adrenalin, das durch ihre Adern floss, und das leichte Summen der Erregung.

„Kommst du?" Er stand mit herausfordernder Miene am Torbogen.

„Offensichtlich nicht gerade in diesem Moment." Sie straffte ihre Schultern und freute sich, als sich Leos Blick auf ihren Busen senkte. Er war klug genug zu wissen, dass sie ihr Unbehagen mit Sarkasmus bekämpfte, doch das kümmerte sie gerade herzlich wenig. Es war die einzige verlässliche Strategie, die sie hatte, sich zu beruhigen und davon abzuhalten, die Treppe wieder hinauf zu hechten. „Es braucht mehr als Pornos, meinen Motor ans Laufen zu bringen."

„Wenn ich mich richtig erinnere, kann es auch viel weniger brauchen."

Argh.

Wie machte er das? Er nahm all die rasenden Emotionen, die durch ihren Körper strömten, und ersetzte sie augenblicklich durch das Bedürfnis, ihn erwürgen zu wollen.

Sie ignorierte sein tiefes Glucksen, knirschte mit den Zähnen und folgte ihm mit gestärkter Entschlossenheit. Gemeinsam traten sie in einen größeren Raum. Ihre Knie drohten nachzugeben. Sie hatte versucht, sich auf alles einzustellen, doch ihre Fantasie war nicht imstande gewesen, eine Höhle derartiger Fleischeslust zu kreieren.

Es gab Betten. Eine Hängematte. Ledersofas. Eine Sexschaukel. Und die Hälfte davon war mit sich windenden nackten Körpern besetzt. Zahlreiche Bildschirme zeigten verschiedene Pornoszenen, während die Bar in der hinteren Ecke komplett verlassen und die einzige Oberfläche im Raum war, die derzeit von Kopulation verschont war.

Das Wimmern, Stöhnen, Grunzen und Schreien traf sie wie körperliche Schläge und ließ sie schwindlig vor Adrenalin einen Schritt zurückweichen. Sie wusste nicht, wo sie hinsehen sollte – auf den riesigen Schwanz, der die Frau zu ihrer Rechten bearbeitete, zu den gespreizten Schenkeln der Frau, die einem muskelbepackten Schwarzen einen blies, oder auf den sicheren Barkeeper, der ein Glas polierte, unbeeindruckt von dem Geruch von Sex und Schweiß um sich herum.

„Bereit, den Schwanz einzuziehen und wieder nach oben zu laufen?", stichelte Leo.

Sie hob ihr Kinn. „Leck mich."

Arschloch.

Er gluckste raubtierhaft und lehnte sich zu ihr, seine Lippen streichelten ihr Ohr. „Du bist jetzt in meinem Revier, Shay. Führe mich nicht in Versuchung mit Herausforderungen, die ich nur zu gerne annehme."

Ihre Knie wurden weich und ihr Atem ging schwerer, als er sich umdrehte und wie ein verdammter Pfau zur Bar stolzierte. Das gefiel ihr nicht. Nicht ein Bisschen. Oben hatte sie die Oberhand. Die Bar war ihre Domäne. Sie war die verdammte Königin da oben.

Hier unten war das Gegenteil der Fall. Das hier war Leos Territorium. Er köderte sie, was nur bewies, wie wohl er sich in dieser Umgebung fühlte, während sie sich zu ihrem Unglück völlig überfordert fühlte.

„Leo", schimpfte sie und versuchte, die Gäste nicht von ihren … Gastaufgaben abzulenken.

Er ignorierte sie und ließ ihr keine Wahl, als ihm wie ein verlorener Welpe zu folgen. Sie stellte sich neben ihn an die Bar, immer noch zitternd und schreckhaft, als er eine Hand auf ihren Rücken legte und auf den Barkeeper deutete, der den Geschirrspüler unter dem Tresen ausräumte.

„Travis, das ist Shay."

Der mokkahäutige Mann warf sein Geschirrtuch auf die Theke und schenkte ihr ein verführerisches Grinsen. „Hey, Shay." Er streckte eine Hand aus. „Willkommen im Haus der Freude."

Sie schüttelte ihm die Hand, ließ sich von der Wärme seiner Handfläche beruhigen, die sie länger als nötig zur Stütze festhielt.

„Schau nicht so verängstigt." Sein Lächeln erwärmte sich. „Alles wird gut."

Sie wollte klarstellen, ihm sagen, dass jeder entsetzte Ausdruck auf ihrem Gesicht auf Schock zurückzuführen war, nicht auf Angst, doch ihr verwirrter Verstand hatte sich zurückgezogen und das Gebäude verlassen.

„Shay ist die Barmanagerin oben", unterbrach Leo in unwirschem Ton. „Sie wird nicht dauerhaft hier sein, nur den Rest des heutigen Abends und nächsten Samstag, um Tracys Schicht zu übernehmen." Der Druck seiner Hand auf ihrem Rücken wurde stärker. „Kein Herumlungern nach Feierabend heute, Travis. Alles klar?"

Der Barkeeper erstarrte und ließ Shays Hand los. „Kein Problem." Dann drehte er sich um und ging zur Mitte der Bar zurück, um seine Arbeit an der Spülmaschine fortzusetzen.

Erst als sie Leo ansah, wurde ihr klar, wieso Travis geflohen war. Ihr Boss fixierte ihn immer noch, sein laserscharfer Fokus unerschütterlich und wild. „Keine Spielchen zwischen Mitarbeitern." Er richtete seine harten ozeanblauen Augen auf sie. „Verstanden?"

„Du denkst, ich würde mit ihm schlafen?", knirschte sie. „Mein Gott, Leo, halt dich zurück." Sie versuchte ihr Bestes, beim Wechsel von Tanzclub-Barkeeperin zu einer Getränkemischerin an einem Porno-Set gelassen zu bleiben. Doch auch sie hatte ein Limit. Und das war offensichtlich nicht so hoch wie das der Frau in der Ecke, die mit vollem

Mund stöhnte. Einen Kerl hatte sie tief in ihrer Kehle, ein weiterer nahm sie im Doggie-Style, während ein letzter ihre Brüste streichelte und mitzumischen versuchte.

„Ich meine es ernst, Shay." Er drehte sich zu ihr und packte ihr Kinn, um ihre volle Aufmerksamkeit zu bekommen. „Keiner wird dich anfassen."

Warum gelten diese Regeln nicht für dich?, wollte sie fragen, biss sich aber lieber auf die Zunge.

„Ich werde mich einmal in den Zimmern umsehen und schauen, ob alles in Ordnung ist. Wenn du die Basics verdaut hast, bekommst du die volle Tour. Ich will dich nicht fürs Leben zeichnen."

„Ich hatte schon mal Sex, Leo. Nichts davon ist neu für mich."

Er feixte. „Das weiß ich aus Erfahrung, erinnerst du dich? Aber hattest du schon einmal solchen Sex?" Mit erhobener Augenbraue wartete er auf ihre Reaktion, obwohl der arrogante Bastard die Antwort bereits kannte. „Ja, das dachte ich mir schon."

Sie beugte sich zu ihm vor und sagte mit gesenkter Stimme in bedrohlichem Ton: „Naja, vielleicht überzeuge ich T.J., mich als Gast nach hier unten zu lassen. So kann ich Erfahrung sammeln, die du scheinbar für so wichtig hältst." Die Lüge ging ihr ganz leicht von den Lippen. Er köderte sie unaufhörlich. Ihre einzige Verteidigung war, zurückzuschlagen, besonders, wenn ihr eigener Körper sie vor Lust verriet.

Seine Augen funkelten. „Du wirst niemals ohne mich hierherkommen. Hast du verstanden? Niemals."

Ihre Brustwarzen kribbelten bei seiner Anweisung. *Verräterische Scheiß-Nippel.* „Du kannst mich sooft du willst die Treppe hinunterbegleiten, aber du hast deutlich gemacht, dass du mich nie wieder zum Kommen bringen wirst. Das hier ist der perfekte Ort, um jemanden zu finden, der genau das tut." Wieder fielen ihr die Unwahrheiten einfach von den Lippen, und diesmal konnte sie das dazugehörige Grinsen nicht unterdrücken.

Er ließ sie los, die Wut in seinen Augen war nicht zu übersehen. „Niemals, Shay." Und dann war er weg und schritt mit hoch erhobenem Kopf und arrogant aufgerichteten Schultern davon.

KAPITEL DREI

*L*eo ging weiter durch den Hauptbereich und in eines der Privatzimmer, in dem Shays Blick seinen Nacken nicht länger kitzeln konnte.

Verdammt nochmal.

Das hatte er nicht erwartet. Sie sollte davonrennen, ihn angewidert anstarren, ihn ein perverses Arschloch nennen und schwören, nie wieder einen Fuß in den Keller zu setzen. Stattdessen war sie nach wie vor ein Frechdachs und die Lust in ihren Augen war nicht erloschen. Sie war extrem schockiert, so viel war klar, doch sie war nicht geflohen. Und jetzt wusste er nicht, was er tun sollte.

Das war eine Premiere für ihn. Jede Frau, der er diesen Teil von sich selbst offenbart hatte, war geflüchtet. Ganz gleich, ob er es in einem Gespräch erwähnte hatte, um sie schonend darauf vorzubereiten, oder ob sie die ganze Strecke bis zur Clubtür auf sich genommen hatten, sie alle entflohen schließlich seinem Leben. Und doch war Shay geblieben und hatte ihre übliche Reaktion auf Schock an den Tag gelegt, indem sie ihn mit einer gesunden Portion Sarkasmus überschüttete.

Vielleicht hatte er sie falsch eingeschätzt. Oder vielleicht war sie zu stolz, ihre Niederlage anzuerkennen, nachdem sie stampfenden Fußes darauf bestanden hatte, hier unten zu arbeiten. So oder so, er war weiter gekommen als mit jeder anderen Frau, die ihm je etwas bedeutet hatte. Er sollte erleichtert sein, oder nicht?

„Leo?“

Blinzelnd brachte er den halbleeren Raum zurück in den Fokus und lächelte die langbeinige Blondine an, die auf ihn zuschlenderte. Kurvig, mit tiefbraunen Augen und makelloser Haut, war Pamela ein Augenschmaus. Und doch war sie eine Anomalie in ihrer Umgebung. Für eine attraktive Frau war sie schüchtern, nervös und stellte nicht gerne die Vorzüge zur Schau, die sich unter ihrem glänzend roten Korsett und ihrem Höschen verbargen. Tatsächlich hatte er sie noch nie irgendwo mitmachen sehen. Wie T.J. schaute sie immer nur zu.

„Wirst du heute Abend spielen?“ Sie stellte sich neben ihn.

„Nein, Liebes.“ Er konnte nicht spielen. Nicht, wenn Shays Bild immer noch fest in seinem Kopf verankert war. „Aber amüsiere dich ohne mich.“

Sie senkte den Blick, nickte und begann davonzuschleichen.

„Pamela? Geht es dir gut?“

Sie hielt inne und sah mit feuchten Augen über ihre Schulter.

„Pamela?“

„Ich bin nur frustriert“, murmelte sie. „Ich möchte mitmachen.“

Er überbrückte die Distanz zwischen ihnen in zwei Schritten und berührte ihre Oberarme mit einem ermutigenden Lächeln. „Dann tu es.“

„So einfach ist das nicht. Ich war seit dem Tod meines Ehemannes mit keinem Mann mehr zusammen.“

Ehemann? Leo wich zurück. Die Schönheit konnte nicht älter sein als achtundzwanzig. Wie zum Teufel konnte sie Witwe sein?

„Schau mich nicht so an.“ Sie lachte halbherzig. „Es ist fast zwei Jahre her, aber ich habe mich bisher nicht überzeugen können ...“, sie zuckte mit den Achseln, „... wieder aufs Pferd zu steigen.“ Ihre Augen glitzerten und ein sanftes Lächeln umspielte ihre Lippen. „Könntest du mir helfen?“

Scheiße. Er war so unsensibel. Er hatte keine Ahnung, was er sagen sollte. Shay hatte ihn aus der Fassung gebracht. „Was brauchst du?“

„Führung.“ Sie sah ihn hoffnungsvoll an. „Ich weiß, dass du nicht spielen willst, aber könntest du mich mit jemandem zusammenbringen? Vielleicht neben mir stehen und mir Anweisungen geben? Mein Mann war sehr ...“, sie stockte und biss sich auf die Lippe, „... wegweisend. Ich habe es geliebt, wenn er die Kontrolle übernahm.“

Leo rieb sich mit einer Hand über den Unterkiefer und versuchte Shay aus seinem Kopf zu verbannen. Der heutige Abend wurde von Minute zu Minute komplizierter. „Natürlich.“ Er überflog den kleinen Raum und suchte nach einem unbeschäftigten Mann. Zwei Heteropaare befanden sich in der abgedunkelten hinteren Ecke. Der Mann beugte sich über seine

Partnerin und massierte sie. Seine Hände lagen auf ihrem Rücken, während er sein Becken an ihrem nackten Arsch rieb. Das andere Pärchen saß auf einem Ledersofa und flüsterte sich zwischen langsamen Küssen zu.

„Eine Sekunde." Er verließ den Raum, wobei sein Blick erneut zu Shay wanderte. Sie unterhielt sich mit Travis, ein Grinsen auf ihrem schönen Gesicht. Als ihr Blick auf seinen traf, sah er weg und fand auf der Chaiselongue links vom Eingang, was er brauchte.

„Jack", rief er.

Der Mann rieb weiter über seinen Ständer, während er seine Aufmerksamkeit von den beiden Männern losriss, die eine vollbusige Blondine in der Sexschaukel befriedigten. „Ja?"

„Ich brauche hier drin ein wenig Hilfe."

„Aber sicher." Jack stand auf, unbefangen trotz seiner Nacktheit und dem steifen Penis in seiner Hand.

Leo deutete mit dem Daumen in Pamelas Richtung und wartete, bis der Mann an ihm vorbeigegangen war, bevor er einen weiteren flüchtigen Blick zu Shay riskierte. *Scheiße.* Ihre Blicke kollidierten und ihre Stirn legte sich in einer stummen Frage in Falten. *Großartig.* Genau das, was er brauchte – ein neugieriges, freches Weibsbild. Er ignorierte sie und drehte sich auf dem Absatz um, wobei er sich vergewisserte, die Frustration aus seinem Ausdruck verbannt zu haben, bevor er Pamelas Seite erreichte.

„Was steht an?", fragte Jack.

Leo räusperte sich, um einen dummen Spruch zu unterdrücken, und deutete auf Pamela. „Ich möchte, dass du mir mit dieser schönen Dame hier hilfst."

Pamelas Wangen färbten sich in ein dunkleres Rosa.

„Es wäre mir eine Freude. Was soll ich tun?"

Leo zeigte auf das Bett zu ihrer Rechten. „Knie dich auf die Matratze und lass dich mitreißen."

Jack tat, was ihm aufgetragen worden war, und musterte seine baldige Eroberung mit hungrigen Augen.

„Hast du irgendwelche Regeln?" Leo wandte sich Pamela zu.

Obwohl den Mitgliedern Paddles, Nippelklammern, Fesseln und Flogger zur Verfügung standen, war dies kein BDSM-Club. Safe Words waren nicht nötig. Aber Leo respektierte die Grenzen eines jeden und wollte, dass Pamelas erster Schritt zurück in die Welt der Lust erfreulich war.

Sie riss sich vom Anblick des Bettes los und begegnete Leos Blick. „Keine Küsse auf den Mund. Dafür bin ich noch nicht bereit."

„Kein Problem", entgegnete Jack. „Wir tun, womit auch immer du dich wohlfühlst. Und hab keine Angst, wir können jederzeit aufhören."

Leo betrachtete den Mann und nickte ihm unauffällig dankbar zu. Jack konnte Pamelas Geschichte nicht kennen, aber seine Reaktion war genau das, was den Club ausmachte. Hier ging es nicht nur um hartes Ficken und Erfüllung. Es ging darum, durch Erfahrung zu wachsen, Gleichgesinnte zu finden und über sich selbst oder andere zu lernen. Und noch wichtiger, es ging um Respekt.

Die meisten Leute urteilten vorschnell über den weniger gehemmten Lebensstil und nahmen sich nicht die Zeit, zu verstehen, mit welcher Sicherheit eine so kontrollierte Umgebung einherging. Frauen mussten sich nicht verletzlich machen und einen Fremden mit nach Hause nehmen, um einen One-Night-Stand zu erleben. Männer mussten ihre Eroberung nicht verletzen, indem sie morgens fortgingen, ohne ihre Telefonnummer zu hinterlassen. Und es war ein Ort, an dem sich Menschen wie Pamela sicher genug fühlen konnten, den ersten Schritt zu wagen.

„Leg dich aufs Bett, Liebes", raunte Leo.

Sie gehorchte und kletterte auf die Matratze, den Kopf legte sie auf die Kissen.

„Ich weiß, dass du um Anweisungen gebeten hast, aber zuerst möchte ich, dass Jack dafür sorgt, dass du dich wohlfühlst." Leo richtete sich an den anderen Mann. „Leck sie. Nutze deine Hände und deinen Mund, um sie an die Klippe zu bringen. Aber lass sie nicht kommen."

Pamela wimmerte und biss sich auf die Unterlippe, während sie die Oberschenkel zusammenpresste.

Jack grinste und rutschte zu ihr, um mit seinen großen Händen sanft ihre Beine zu spreizen. Er hakte seine Finger unter den Saum ihrer roten Satinunterwäsche und zog sie langsam nach unten, um sie zu entblößen. „Du bist hinreißend." Er war wie gebannt, als er den Stoff neben sich auf die Matratze legte.

Das war sie. Errötet in einem lustvollen Leuchten, mit prallen Brüsten, die sich gegen das eng geschnürte Korsett hoben und senkten, war Pamela ein großartiger Anblick. Einer, von dem er hoffte, dass ihr verstorbener Mann ihn genossen hatte.

Jack lag zwischen ihren gespreizten Knien und sein Mund schwebte dicht über ihrem Zentrum. „Entspann dich", schnurrte er und konzentrierte sich auf Pamela, während er seine Zunge ausstreckte, um über ihre Klitoris zu fahren.

Beim ersten Kontakt keuchte sie auf und wölbte ihren Rücken nach oben.

Fuck.

Der heutige Abend stellte Leo auf zu viele Arten auf die Probe. Er sehnte sich danach, selbst derjenige zu sein, der sich zwischen himmlischen Oberschenkeln befand und den berauschenden Geschmack der Erregung kostete. Er schloss die Augen und stellte sich das Szenario auf dem Bett mit zwei anderen Personen vor. Shay würde an diesen Kissen lehnen, ihre Beine für seine Berührung gespreizt, ihr Saft die Spitze seiner Zunge benetzen. Er würde sie lecken, seine Finger in ihre geschmeidige Wärme tauchen, bis sie wimmerte. Dann würde er aufhören, ihre Oberschenkel küssen, an ihrer Haut nippen, bis sie ihn anflehte weiterzumachen und sich ihre Finger in seinen Haaren vergruben und daran zogen.

Bei dem Gedanken war sein Schwanz hart wie Stein, pochte gegen seinen Reißverschluss und bettelte um Erlösung. Er wollte sie. Nackt. Jetzt. Die Nacht würde er niemals bestehen, ohne dicke Eier zu bekommen.

Als Pamela stöhnte, öffnete er die Augen und grinste, als er sah, wie sie sich unter Jacks Berührung wand. Sie umklammerte die Bettlaken, ihr Becken zuckte auf der Suche nach mehr, während ihre Laute mit jeder Zungenbewegung ihres Liebhabers lauter wurden.

„Genug", befahl Leo, sein Ton härter als erwartet.

Jack knurrte, Pamela wimmerte, und beide sahen ihn verärgert an.

„Hinknien und auf den Händen abstützen, Liebes." Leo milderte seinen nächsten Befehl. „Ich will, dass du seinen Schwanz in den Mund nimmst."

Pamela schluckte, als sie sich aufsetzte und Jack sich hinkniete. Ihr Fokus lag auf der dicken Erektion, die auf sie zeigte, während sich eine große Faust langsam über ihre Länge bewegte.

„Könntest du …", sie drehte sich zu Leo um und zog eine Grimasse. „Könntest du mir Anweisungen geben?"

Seine Kehle war zu trocken, um sprechen zu können. Er konnte immer noch Shays Blick auf seiner Haut spüren, konnte spüren, dass sie in der Nähe war, konnte sie beinahe riechen. Sein Blut rauschte vor Lust und Adrenalin, und seine Stirn war von Schweißperlen übersät. Noch nie hatte er so hart um seine Selbstbeherrschung gekämpft. Er wollte an die Bar eilen, ihr die Frechheit aus dem Leib küssen und sich in ihrer Hitze versenken, bis sie schrie.

„N-nimm." *Fuck.* Er räusperte sich. „Nimm die Spitze seines Schafts in den Mund."

Sein eigener Schwanz drohte zu explodieren. Er konnte sich Shays

Lippen um seine Länge vorstellen, während ihre Zunge über die Unterseite strich und ihre zarten Hände seine Hoden umfassten. Ohne nachzudenken trat er vor, nahm führend Pamelas Hinterkopf und testete ihren Würgereflex, als sie Jack tief in ihre Kehle aufnahm.

Mit der anderen Hand rückte er seine Erektion zurecht und versuchte, es dem blöden Ding, das hart genug war, sich durch Stein zu bohren, bequemer zu machen. Sein Atem ging schwer und seine Augen verdrehten sich, als er dem Saugen ihres Mundes lauschte.

Jack begann bei jeder sanft geführten Bewegung zu stöhnen, was den Druck in Leos Eiern ins Unermessliche steigerte. Er ließ sie los, öffnete die Augen und taumelte zurück.

„Ist es für dich in Ordnung, wenn Jack von hier an übernimmt?", fragte er. Schuldgefühle machten sich in seiner Brust breit, doch wenn er dieses Zimmer nicht schnellstens verließ und dem ganzen Sex und der Versuchung durch Shay entkam, würde er sich selbst zum Narren machen.

Pamela ließ den Schwanz mit einem Plop aus ihrem Mund gleiten. „Ja." Das Wort war atemlos, ihr Lächeln echt.

Zum Glück. Er strich ihr eine lose Strähne hinters Ohr und ließ das Erfolgserlebnis seine Lust etwas eindämmen. „Wenn du mich brauchst, weißt du, wo du mich findest."

Sie nickte, während Jacks Hand durch ihr Haar glitt und ihren Mund zurück zu seinem Ständer führte.

Leo wirbelte herum, bereit, dem starken Duft von Sex zu entfliehen, als er Shay an den Türrahmen gelehnt vorfand. Sein Glied zuckte. Sein Herz blieb stehen. Mit erhobenem Kinn stand sie da, ihr Kiefer angespannt, ihre Stirn gerunzelt und die Arme über ihrer Brust verschränkt.

Man will mich wohl verarschen.

Es stand ihr ins Gesicht geschrieben, dass sie angepisst war, und obwohl er dankbar war, dass ihre offenkundige Eifersucht seine Erektion schrumpfen ließ, konnte er eine Szene von ihr nicht gebrauchen. Im *Vault* gab es selten Drama. Jeder, der Ärger machte, wurde kurzerhand rausgeschmissen und durfte den Club nie wieder betreten. Er wollte nicht, dass Shay das passierte, denn T.J. und Brute würden ihm niemals erlauben, für sie eine Ausnahme zu machen. Ganz gleich, wie sehr alle sie mochten. Das Vertrauen ihrer Gäste war das Wichtigste.

Als er sich ihr näherte, teilten sich ihre Lippen. Er schüttelte warnend den Kopf. „Denk nach, bevor du sprichst, Shay."

Sie kniff die Augen zusammen, drückte sich vom Türrahmen weg und richtete sich auf. „Ich wollte nur eine Frage stellen", gurrte sie, ihr Ton war süß und doch schwang eindeutig eine Drohung mit. „Geht das in Ordnung?"

„Sicher", brummte er.

Das Bedürfnis, sie gegen die Wand zu pressen, ihre Wangen zu umfassen und den trotzigen Blick aus ihrem Gesicht zu küssen, war übermächtig. Er wollte sie an den Haaren packen, ihren Kopf nach hinten ziehen und sie wissen lassen, wer hier unten die Kontrolle hatte.

„Ich habe mich gefragt, welche Stellenbeschreibung du bei deiner Steuererklärung angibst", sagte sie leise. „Vor heute Abend habe ich dich für einen Geschäftsmann gehalten, aber nachdem ich deine kleine Show gesehen habe, könnte man stattdessen auch Zuhäl—"

Er packte ihr Handgelenk und riss sie zu sich, seine Augen brannten vor Wut. „Beende diesen Satz und wir sind fertig." Seine Nasenflügel bebten, in seiner Brust hämmerte es, und dennoch wünschte er, sie könnte über ihre Vorurteile hinwegschauen und ihn so sehen, wie er war.

Das war der Grund, wieso er sie hier unten nicht haben wollte. Deshalb hatte er hart darum gekämpft, einen anderen Mitarbeiter die unbesetzte Schicht übernehmen zu lassen. Es kümmerte ihn nicht, was die anderen Barkeeper oben von ihm dachten. Bei Shay war das anders.

„Wage es nicht, über mich zu urteilen", knirschte er.

Ihre Augen funkelten, als er weiterhin ihr Handgelenk festhielt. Er konnte ihren Schmerz fühlen, ihr Gefühl des Verrats verstehen, und doch gab es keine Zukunft für sie bei *Shot of Sin*, wenn sie darüber nicht hinwegkam.

„So bin ich nun einmal", krächzte er. „Ich brauche deine Vorurteile nicht. Wenn es dir nicht passt, weißt du, wo die verdammte Tür ist."

Ihre Stirn legte sich in zahllose Falten und ihre Unterlippe zitterte. Er lockerte seinen Griff, als sie um Fassung rang, ihr Kinn hob und tief durchatmete. Sie riss ihren Arm los, warf ihm einen letzten gequälten Blick zu und stürmte dann in Richtung der Bar davon.

Verfluchter Mist.

„Und deshalb bin ich single", murmelte er und schüttelte den Kopf, als er sich zum nächsten Privatzimmer aufmachte.

Eine Stunde später schmollte Shay immer noch. Sie wusste es. Travis wusste es. Und wo auch immer Leo war, er wusste es auch. Aber es war nicht ihre Schuld. Monatelang einen Mann anzuhimmeln und ihn dann bei was auch immer er da tat zu erwischen, war für jede Frau mit angebrochenem Herzen Grund genug, etwas die Fassung zu verlieren. Ihr Gesicht verzog sich immer noch zu einer Grimasse, wenn sie das Gespräch in ihrem Kopf durchging. Leos Gesichtsausdruck, als sie ihn beinahe als Zuhälter bezeichnet hatte, würde sie lange verfolgen.

Sie hatte nicht beabsichtigt, so zickig zu werden. Ihre Emotionen waren außer Kontrolle geraten. Sie hatte mitbekommen, wie er von einem nackten und vollständig erregten Mann verlangte, ihm in einen der Räume zu folgen, was ihre Neugier geweckt hatte. Zusammen mit ihrer Eifersucht.

Mit wachsendem Grauen und einem ungesunden Maß an unerwünschter Erregung hatte sie ihn von der Tür aus beobachtet. Ihr Herz hatte gehämmert wie verrückt, während er sich der Pussy einer anderen Frau widmete. Ihre Augen hatten sich von der Erektion, die sich gegen seinen Reißverschluss drückte, kaum losreißen können. Doch es war die Art und Weise, wie er den Kopf der Frau sanft und voller Ehrfurcht lenkte, während sie einen anderen Mann tief in ihre Kehle aufnahm, die ihre eigene Kehle schmerzhaft verengt hatte.

Shay hatte mit jedem von Leos schweren Atemzügen mehr an Selbstvertrauen verloren, bis in ihrem Kopf außer Beschimpfungen nichts mehr zu finden war. Wieso konnte diese Frau seine Aufmerksamkeit gewinnen, wenn Shay sie nur für wenige Momente hatte halten können? Vielleicht waren ihre Brüste nicht groß genug. Vielleicht war sie zu klein oder wirkte zu begierig. *Verdammter Mann.* Was auch immer es war, sie musste damit fertig werden. Kein Mann hatte das Recht, ihr das Gefühl zu geben, wertlos zu sein.

Scheiß drauf.

Nach nächstem Wochenende würde sie bereitwillig, wenn auch mit eingezogenem Schwanz, an ihre Position oben hinter der Hauptbar zurückkehren und nie wieder schamlos mit ihm flirten.

„Alles in Ordnung?" Travis drehte dem Raum den Rücken zu und lehnte sich an die Theke.

Sie zuckte mit den Schultern. Die Wut hatte es leichter gemacht, den Schock über die Geschehnisse im Raum zu überwinden. Das Blut, das in ihren Ohren rauschte, dämpfte die animalischen Sexgeräusche, und der stetige Fluss an Getränkebestellungen hielt sie auf Trab. Dennoch konnte sie ausschließlich an Leo denken und an das, was ihm durch den Kopf ging.

„Mir geht's gut." Sie deutete mit ihrem Kinn nach links. „Der Typ in der Ecke macht mir allerdings etwas Angst."

Travis spähte über seine Schulter zu dem Mann, der auf einer schwarzen Chaiselongue saß. Der Unbekannte starrte sie seit einer Stunde immer wieder an. Jedes Mal, wenn sie aufsah, war sein Blick auf sie gerichtet und seine Hand lag auf seiner mit Boxershorts bedeckten Erektion.

Travis drehte sich wieder zu ihr um. „Ich kann Leo holen, damit er dafür sorgt, dass das aufhört."

„Nein." Sie schüttelte den Kopf. *Gott, nein.*

Sie wollte den Rest ihrer Schicht überstehen, ohne ihren Boss noch einmal sehen zu müssen. Sie war ihm eine Entschuldigung schuldig, aber sie war im Moment nicht in der richtigen Verfassung dafür. „Schon okay. Vorhin war da eine Frau, die exakt dasselbe mit dir gemacht hat. Wenn sowas hier normal ist, kann ich damit umgehen." Zumindest für die nächste Stunde, bis ihre Schicht vorbei war. Anschließend würde sie nach Hause gehen, ihre Haut schrubben, bis sie sich nicht länger schmutzig fühlte, und ihre Sorgen in Schokolade ertränken.

Travis' Wangen erröteten leicht.

„Wirst du etwa rot?", grinste sie.

„Das war Melissa." Er unterbrach den Augenkontakt und beschäftigte sich damit, den bereits sauberen Tresen abzuwischen. „Es erregt sie, wenn man ihr dabei zusieht, wie sie sich selbst befriedigt."

Genauso wie dich.

„Aber ich bin daran gewöhnt", fügte er hinzu. „Wenn du dich seinetwegen unwohl fühlst, sag es einfach."

Sie schüttelte abweisend den Kopf und schaute ein letztes Mal zu dem Kerl in der Ecke. Ganz gleich, wie ausgeprägt die Bauchmuskeln des Mannes waren, wie sexy seine Kinnlinie, er verursachte ihr trotzdem eine Gänsehaut. Allerdings war mit Leo zu sprechen keine Option. Sie musste das schmierige Masturbationsstarren einfach ignorieren.

„Also, gib mir einen Überblick über die Regeln." Sie brauchte Ablenkung. „Wie erhält jemand Zugang zu diesem Teil des Clubs? Und warum sehe ich so selten jemanden durch den Hauptbereich das Untergeschoss betreten?"

„Es gibt eine lange Liste von Regeln." Travis warf sein Geschirrtuch in die Spüle und lehnte sich neben ihr an den Tresen. „Es wird keine Werbung für den Club gemacht. Er läuft allein durch Mundpropaganda und ist ausschließlich samstagabends geöffnet. Jeder, der beitreten möchte, muss den von T.J., Leo und Brute festgelegten Richtlinien entsprechen."

„Richtlinien?"

„Hast du nicht bemerkt, dass die meisten Kerle hier muskelbepackt sind?"

Shay runzelte die Stirn und musterte die Gäste. Er hatte Recht. Es war kein übergewichtiger Mann weit und breit. Sie waren alle relativ durchtrainiert, einige mehr als andere.

„Männer müssen einen gewissen Standard erfüllen. Sie müssen körperlich fit sein und dürfen keine Fettpölsterchen haben. Ich glaube, es gibt sogar eine Regel für Brust- und Rückenbehaarung."

„Und wie wird das kontrolliert? Gehen sie durch den Club, entblößen ihre Brust und bekommen keinen Zugang, wenn sie zu behaart oder übergewichtig sind?"

Travis gluckste. „Jedes Mal, wenn sich jemand neues an dem Spaß beteiligen möchte, muss er einen Antrag per E-Mail stellen. Männer müssen ein Bild von sich lediglich in ihrer Unterwäsche beifügen, Frauen müssen ein Portrait von sich mitschicken. Wenn sie die Kriterien nicht erfüllen, erhalten sie keinen Zutritt, und wenn die mitgeschickten Fotos gefälscht sind, lassen sie entweder die Security an der Tür nicht rein oder der Diensthabende hier unten redet ein Wörtchen mit ihnen."

„Was hat es mit den unterschiedlichen Anforderungen auf sich?" Shay war absolut für die Rechte der Frauen, doch die meisten Frauen hier unten erfüllten nicht denselben Standard wie die Männer. Hier wackelten eine Menge Kurven und volle Brüste herum. „Wie kommt es, dass Frauen nicht die gleichen Kriterien erfüllen müssen?"

„Würdest du es mit einem fetten, haarigen Typen treiben?"

Shay schnitt eine Grimasse. „Ich schätze, darüber habe ich noch nie wirklich nachgedacht." Sie stand nicht auf behaarte Männer, aber wenn sich Wolverine in ihrem Bett wiedergefunden hätte, hätte sie ihn sicher nicht von der Bettkante gestoßen. Dennoch musste sie zugeben, dass sie noch nie mit einem Mann mit Gewichtsproblemen zusammen gewesen war.

„Siehst du? Frauen sind wählerischer als Männer. Jeder zahlt eine stolze Summe, um hier reinzukommen. Also prüft Brute die Bewerbungen und wählt Kunden aus, die aller Voraussicht nach gut mit den anderen interagieren. Männer neigen dazu, sich mit Frauen egal welcher Größe, Form oder Farbe zu vergnügen, solange sie eine gesunde Dosis Selbstvertrauen und Sexualität besitzen."

Travis nahm ein großes Glas aus der Spülmaschine, schaufelte etwas Eis hinein und füllte es mit Wasser aus dem Sodaautomaten. „Wir haben einen Pärchenabend, bei dem die meisten Teilnehmer in einer Langzeitbeziehung sind, sich aber mit anderen gleichgesinnten Paaren vergnügen wollen. Unsere Ladies Night hat ein Verhältnis von sechzig Prozent weiblichen zu vierzig Prozent männlichen Gästen, und umgekehrt für Leute, die auf der Suche nach mehr Männer-Action sind."

Shay schwirrte der Kopf bei dieser verführerischen Verderbtheit. „Wow, ich fühle mich wie weggeblasen. Nicht nur, weil ich mich in einem voll ausgestatteten Sexclub befinde, sondern auch durch die Vielzahl an Details, die die Jungs hier bedacht haben."

Travis grinste schief. „*Weggeblasen*?"

Bei der Anspielung rollte sie mit den Augen und stieß ihn an die Schulter. „Ich schätze, den habe ich verdient."

Er prustete und zeigte ein umwerfendes Lächeln. Er war ein attraktiver Kerl, glattrasiert, gut gebaut, hellgrüne Augen und ebenmäßige dunkle Haut. Kein Wunder, dass Frauen ihn gerne ansahen, während sie ihre Katze zum Schnurren brachten. Allein durch sein Aussehen war er in der Lage, zu schreiwürdigen Orgasmen zu inspirieren.

„Vergnügst du dich jemals hier unten?" Sie beendete den Blickkontakt, als die Frage wie ein Gesteinsbrocken zwischen ihnen landete. Es war keine

Anmache, und doch klang es so, jetzt, da die Worte ihre Lippen verlassen hatten.

„Je länger man hier unten arbeitet, desto aufgeschlossener wird man. Ich würde sagen, es ist fast natürlich, dass das Personal nach einer Zeit an seinen freien Abenden oder nach der letzten Getränkerunde an den Aktivitäten teilnehmen möchte."

„Du hast meine Frage nicht beantwortet." Sie gab seiner Schulter einen weiteren Schubs.

„Oh, das hast du also bemerkt?" Er führte das Wasserglas an seine Lippen und nippte langsam daran.

Botschaft angekommen. „Was ist mit den Betreibern? Gelten die gleichen Regeln für T.J. und Brute?" *Und Leo,* fügte sie lautlos hinzu.

Ihre Eifersucht von vorhin war noch nicht verflogen. Sie hatte noch immer vor Augen, wie der Mann ihrer Träume eine andere Frau streichelte und sie sehnsüchtig betrachtete. *Bitte sag, dass das Management eigene Vorschriften hat, die ihm verbieten, mitzumachen.*

„Willst du die Antwort wirklich hören?" Er stellte sein Glas auf die Theke und sah ihr in die Augen. „Du hast eine Schwäche für Leo."

Es war keine Frage, also machte sie sich nicht die Mühe zu antworten.

„Er ist aktiv hier, Shay." Seine Miene wurde weicher, während er sprach. „Sie alle verbringen viel Zeit hier unten."

Verdammt!

Das tat mehr weh, als sie erwartet hatte. Sie nickte und sah weg. Es war also vorbei. Ihre Schwärmerei, das Flirten, die Herzschlagmomente, von denen sie immer gehofft hatte, sie würden sich in etwas Tieferes verwandeln.

Als hätte er ihre Gedanken gehört, erschien Leo in der Tür eines der Zimmer. Sein Blick suchte ihren, aber bevor sie wegschauen konnte, brach er ihre Verbindung und verschwand im nächsten Zimmer.

Shit.

Nicht einmal beim Wegsehen hatte sie die Oberhand. Wie unangenehm … Unangenehmer als die schlürfenden Geräusche, die eine Frau in der Ecke um den Schwanz eines Bodybuilders machte.

Der starke Schmerz in ihrer Brust ließ sich nicht länger verleugnen. Es tat weh, an ihn mit anderen Frauen zu denken. Nicht nur, weil sie eifersüchtig war, sondern auch, weil sie ihn wirklich mochte. Leo war ein toller Kerl, seine Vorliebe für den Sexclub hin oder her. Er besaß einen gewissen Charme, den sie noch nie zuvor bei einem Mann gesehen hatte. Sie ging sogar so weit zu sagen, dass er unter den Schichten seiner

Arroganz, seiner Sturheit und seiner Unfähigkeit, jemals einzusehen, sich geirrt zu haben, ein wahrer Gentleman war.

Shay war dankbar, als ein Typ in seidenen Boxershorts an die Bar kam und ihrer Mitleidsparty ein Ende setzte. Mit einem stummen Zucken seines Kinns in Travis' Richtung drehte er sich um und konzentrierte sich auf den Dreier, der sich vor dem Riesenbildschirm abspielte.

„Er ist Stammkunde", raunte Travis. „Er ist wahrscheinlich nächste Woche auch hier. Bestellt immer *Bourbon on the Rocks*."

Sie nahm die indirekte Bestellung mit einem Nicken zur Kenntnis, doch ihr Blick schweifte immer wieder zu dem Zimmer, in das Leo gegangen war. Ihr Innerstes war zwiegespalten. Eine Seite von ihr wollte wissen, was er machte, die andere war nicht bereit, es herauszufinden.

„Wo ist die Toilette?", fragte sie flüsternd. Sie brauchte eine Pause vom Live-Porno, musste die Geräusche, den Geruch und die Bilder aus ihrem Kopf bekommen. Zumindest für einen Augenblick.

„Erste Tür links." Er deutete mit seiner Hand auf eine der offenen Türen. „Am Ende des Ganges sind Räumlichkeiten für Damen und Herren mit Duschen und allem anderen, was die Angestellten oder einer unserer Gäste sich sonst noch wünschen könnten."

Shay runzelte die Stirn. Was zum Teufel sollte das bedeuten? „Okay. Ich bin sofort zurück."

„Du solltest für heute Schluss machen." Travis schob den Drink über die Bar zum Seidenboxer-Kerl und sah sie an. „Du siehst blass aus und deine Schicht ist sowieso fast vorbei. Geh nach Hause und sammle dich etwas vor nächstem Wochenende."

Shay stieß einen Seufzer aus. Der Mann, in den sie verknallt war, stand auf versauten Sex abseits der Norm und sie wusste nicht, wie sie den Job, den sie liebte, weiter ausführen sollte. Und jetzt sah sie anscheinend auch noch scheiße aus. „Ja, vielleicht sollte ich das." Sie ging zur ersten Tür auf der linken Seite, während sie ihre Füße anstarrte und sich auf jeden Schritt konzentrierte, damit sie nicht strauchelte und dadurch unerwünschte Aufmerksamkeit auf sich zog.

Als sie den Gang erreichte, lief ihr ein beklemmender Schauer über den Rücken. In diesem Gang war es ruhig, es gab keine orgasmischen Banshee-Rufe oder erhitztes Stöhnen, lediglich das leise Kichern einer Frau und das tiefe Brummen von mehr als einer Männerstimme war zu hören.

Neugier packte sie und ließ nicht los, bis sie ihren Blick hob und die drei Personen auf dem einzigen Bett entdeckte. Gemütlich aussehende Sofas und Ottomane säumten die Wände, doch das Hauptaugenmerk lag auf dem Bett, das von winzigen Lichtern an der Decke beleuchtet wurde. Eine kurvenreiche Blondine lag in der Mitte, ein strahlendes Lächeln im Gesicht, ihr Körper völlig nackt, ihre Beine in einem Winkel, der ihr glattrasiertes Geschlecht entblößte.

Ein Mann lag auf einen Ellenbogen gestützt auf ihrer rechten Seite, sein Blick bewundernd auf sie gerichtet, während er mit seinen Fingern sanfte Kreise auf der glatten Haut ihrer Hüfte zeichnete. Zu ihrer Linken lag ein weiterer Mann, der den Kopf über ihre Brüste gebeugt hatte. Erst, als Shay einen weiteren Schritt machte, konnte sie sehen, wie er zarte Küsse um und auf ihrem Busen verteilte.

Shay hielt den Atem an, überwältigt von Gefühlen, die sie nicht genau beschreiben konnte. Neid? Ekel? Die Szene vor ihr war hypnotisierend. Die sanfte Art, in der die Männer der glücklich wirkenden Frau ihre Aufmerksamkeit schenkten. Die Art, wie ihre Schwänze hart wie Stein hervorragten, und sie doch ihre Eroberung nicht bestiegen wie läufige Hunde. Es wirkte beinahe romantisch ... *In einem Sexclub?* Shay war verwirrt.

„Hey." Der Mann, der in ihre Richtung lag, begrüßte sie mit einem aufrichtigen Lächeln.

Die direkte Anrede reichte aus, um sie ins Stolpern zu bringen. „Äh. Hi."

Sie war mit der Gesprächsetikette in Sexclubs nicht vertraut. Was sollte sie sagen? *Wie geht's, wie steht's* ... wenn offensichtlich alles stand?

Mit einem Stirnrunzeln senkte sie ihren Blick und erhöhte ihr Tempo auf dem Weg zur Toilette. Dort angekommen, stieß sie die Tür zu, lehnte sich an die Wand daneben und atmete tief durch, um sich zu beruhigen.

Es war lächerlich. Sie war eine starke, selbstbewusste erwachsene Frau. Kein unbeholfenes Häufchen Elend. Dieser Mist musste aufhören. Allerdings wusste sie nicht, wie sie das unvertraute Flattern von Schmetterlingen in ihrem Bauch abstellen oder die schmutzigen Gedanken in ihrem Kopf loswerden sollte.

Zu ihrem normalen Job im Hauptbereich zurückzukehren und so zu tun, als wäre nichts gewesen, würde ihr eine oscarreife Leistung abverlangen. Sie würde nicht mehr in der Lage sein, T.J., Brute oder Leo in die Augen zu schauen. Nicht, ohne sie sich verschlungen in einer Massenorgie mit schönen Menschen vorzustellen. Und es ärgerte sie umso mehr, dass ihr Schoß bei dieser Vorstellung zu kribbeln begann.

Normalerweise stand sie zu ihrer Sexualität. Es war ihr nicht peinlich, sich selbst zu befriedigen. Sie besaß Toys, schaute sich Pornos an und hatte gelegentlich einen One-Night-Stand. Aber das hier ... ein Sexclub ... überstieg ihren Horizont bei Weitem. Travis hatte Recht. Früher nach Hause zu gehen, war die beste Option.

Und was zum Teufel lag dort alles auf dem Waschtisch? Sie ging zum Waschtisch, wobei sie ihr Spiegelbild ignorierte. Auf dem Keramiktisch standen etliche Deodorantdosen der unterschiedlichsten Marken ordentlich in einer Reihe. Daneben lagen plüschige, dunkle Badetücher, von denen einige bereits in den dicken Weidenkorb neben dem Waschtisch geworfen worden waren. Vor den Handtüchern war eine laminierte Liste von Regeln auf den Tisch geklebt. Ihr Management-Trio hatte wirklich an alles gedacht. Die Seite listete Privatsphärenanforderungen auf, die Notwendigkeit regelmäßiger Kontrollen auf Geschlechtskrankheiten, Anweisungen zum Waschen nach jeder Session, bis hin zur Notwendigkeit, das Sexspielzeug vor Benutzung mit Kondomen zu überziehen.

Sie stöhnte, bekräftigt in ihrem Entschluss, zu gehen. Ihr Gehirn war Matsch und eine einzige weitere Entdeckung würde sie überreagieren lassen. Sie drehte sich um, bereit zu fliehen, als die Tür aufging und die attraktive Blondine von dem Bett hereinkam.

„Geht es dir gut?" Völlig ungeniert stellte sie vor Shay ihre Titten und ihre Pussy zur Schau.

Ohne es verhindern zu können, musterte Shay den Körper der Frau; von den zusammengezogenen Brustwarzen, dem Glitzern ihres Bauchnabelpiercings, den Furchen ihrer entblößten Vagina zu ihren geschmeidigen Oberschenkeln und schließlich ihren dunkel lackierten Zehennägeln.

Peinlich. Starre einfach weiter auf ihre Zehen. Nur nicht den Blick von diesen verdammten Zehen abwenden.

„Ähm." Shay räusperte sich. „Mir geht es gut."

„Würdest du mir ein Handtuch reichen?"

Shay war dankbar für den Vorwand, ihr den Rücken zuzukehren, und gab der Frau, was sie wollte.

„Ist es so besser?"

Shay sah zu der Frau auf, die nun in das große Handtuch gehüllt war, und war dankbar für die kurze Verschnaufpause von diesem Heilige-Scheiße-hol-mich-hier-raus-Szenario. „Danke", murmelte sie und ignorierte dabei die Hitze, die ihr in den Nacken stieg.

„Jetzt erzähl mir, was wirklich los ist."

Shay runzelte die Stirn.

„Komm schon." Die Frau schlenderte an ihr vorbei und setzte sich mit einem Sprung auf den Waschtisch. „Raus damit. Du siehst aus, als wärst du zwischen Ekel und Schock hin und her gerissen."

Autsch. „Ist das so offensichtlich?"

Die Frau nickte. „Schon irgendwie. Ich bin schon länger Mitglied im Club und habe bereits einige Jungfrauen durch diese Türen gehen sehen."

„Oh, ich bin keine Jungfrau." Shay schüttelte den Kopf. Die Situation wurde immer schlimmer. Nicht nur war ihre Abneigung offensichtlich, sie verhielt sich auch so kindisch, dass die Leute sie für unschuldig hielten.

„Sexclub-Jungfrau, Süße." Sie kicherte. „Kein Grund zur Sorge. Du siehst bloß etwas fehl am Platz aus."

Die Erläuterung half kaum. „Ich glaube nicht, dass ich für diese Szene geeignet bin. Auch nicht beruflich."

„Was beunruhigt dich?"

Shay wusste nicht, wo sie anfangen sollte. Die Liste in ihrem Kopf schien einen Kilometer lang zu sein, und die Tatsache, dass der Mann, auf den sie stand, ein Teilnehmer und der Besitzer war, verkomplizierte das Ganze noch. „Es ist so ... so ..." Sie zuckte mit den Achseln. Sie kannte diese Frau nicht, und sie wollte sie bestimmt nicht noch mehr beleidigen, als sie es wahrscheinlich schon getan hatte.

„Würde es helfen, wenn ich dir erzähle, wieso ich hierherkomme?"

Die Frau musterte sie ehrlich besorgt, als wären sie beste Freunde, die versuchten, eine schwierige Situation zu überstehen. Durch ihre Aufrichtigkeit fühlte Shay eine leichte Verbundenheit mit der Frau. Vielleicht lag es daran, dass sie sich an die einzige Person klammern wollte, die derzeit nicht ihre Vorzüge zur Schau stellte.

„Vielleicht."

„Ich bin single." Die Frau grinste, als wäre ihr Status eine besondere Auszeichnung. „Ich arbeite. Hart. Jeden verdammten Tag, und am Ende der Woche möchte ich jemanden zum Kuscheln haben. Mein Job lässt mir nicht die Zeit, mich zu verabreden, und ich will das dazugehörige Drama gerade nicht unbedingt in meinem Leben haben. Was ich dagegen will, ist ein bisschen Aufmerksamkeit dann und wann."

Die Frau sah sie erwartungsvoll an. Shay konnte nur zustimmend nicken.

„Ich liebe Sex." Das Lächeln der Frau wurde breiter. „Allerdings können Männer egoistische Arschlöcher sein."

Shay gluckste leise. „Wem sagst du das."

„Ich schätze, es ist schwer zu erklären. Und ich nehme an, für einen

Außenstehenden noch schwerer zu verstehen. Aber hier unten sind wir wie eine Familie." Sie zog eine Grimasse. „Wow. Falsche Wortwahl."

Shay lehnte sich prustend an den Waschtisch und hörte aufmerksam zu.

„Jeder hier will Sex. Und ich schätze, weil wir alle irgendwo sicher sein können, dass wir bekommen, wonach wir uns sehnen, wird bereitwilliger gegeben. Die Männer hier ...", ihre Augen glitzerten, „... sind un-glaub-lich. Sagt man nein, ziehen sie sich sofort zurück. Keine Fragen, keine Schuldzuweisungen, keine Verurteilung."

In der Theorie hörte sich all das wundervoll an. „Aber ist es nicht komisch, wenn einem so viele Leute zugucken?"

„Hat dich jemals jemand beobachtet?" Die Frau hob eine Augenbraue. „Oder hast du dir schon einmal vorgestellt, wie es wäre?"

„Vielleicht." Shay zuckte mit den Schultern und spürte, wie ihr die Hitze erneut in den Nacken stieg. Die Frau grinste.

„Es ist ein Rausch. Und vor allem finde ich es belebend. Zu wissen, dass ein anderer Mann oder eine andere Frau erregt wird durch das, was man tut." Die Frau schlug ihre Beine übereinander, wodurch ihr das Handtuch die Oberschenkel hochrutschte. „Sicherheit ist auch ein großer Bonus. Ich komme hierher und weiß, dass ich nicht angegriffen oder missbraucht werde. Ich muss keinen Mann verführen und meine Sicherheit riskieren, indem ich mit ihm aus der Öffentlichkeit verschwinde und ihn mit in mein Zuhause nehme, das abgeschieden ist und mich verletzlich machen würde. Für mich gibt es keine andere Option, bis ich auf die Suche nach einem Ehemann gehen und mich niederlassen will."

Shay sah weg und starrte auf den polierten Fliesenboden. Es machte Sinn. Männer abzuschleppen war mit Risiken verbunden und lohnte sich meistens nicht.

„Übrigens, ich heiße Zoe."

„Shay."

„Nun, Shay, ich weiß, dass du als Angestellte und nicht als Teilnehmerin hier bist, aber versuche einmal, dir den Club ohne Vorbehalte anzusehen. Stell dir vor, wie es wäre, wenn zwei Männer dich mit Zuneigung überschütten und sich dabei allein auf dein Vergnügen konzentrieren würden."

Die Fantasie reizte ihre Brustwarzen, was sie frustriert die Arme über ihrer Brust verschränken ließ. „Ich bin nicht auf der Suche nach mehr als einem Partner."

„Das ist auch in Ordnung. Und ich wette, du hast bereits jemanden im Sinn." Zoes verführerische Lippen kräuselten sich. „Es geht schon das

Gerücht, dass Leo allen untersagt, dich auch nur anzufassen. Er ist ein toller Kerl. Du könntest dich glücklich schätzen, langfristig sein Interesse für dich zu gewinnen."

Sie hatte aber kein Glück. Shay war meilenweit davon entfernt, sein Interesse zu gewinnen.

„Aber er ist ein sehr sexueller Mann. Du müsstest deine Hemmungen überwinden."

Shay stieß schwer den Atem aus, unsicher, ob das für sie eine Option war. Oder ob es sich überhaupt lohnte. Sie wollte Liebe von Leo. Und in diesem Umfeld eine Beziehung aufzubauen, schien unmöglich.

Ein lautes Klopfen ertönte an der Tür und Shay erschrak. „Shit."

„Shay, bist du da drin?", dröhnte Leos Stimme vor der Waschraumtür.

„Wow." Zoe stieß sich vom Waschtisch ab. „Der Boss klang ja beinahe wie ein Höhlenmensch. Willst du dir wirklich die Gelegenheit entgehen lassen, seine ganze ungehobelte Männlichkeit für dich allein zu haben?"

„Aber das ist es ja gerade ..." Sie wollte ihre Bedenken hinsichtlich Monogamie äußern, doch ein weiteres lautes Klopfen schnitt ihr das Wort ab.

„*Shay.*"

„Ich lasse euch jetzt allein." Zoe zog sich das Handtuch vom Körper und legte es in den Weidenkorb. „Zwei sehr reizende Männer warten auf mich."

Shay richtete sich auf und musste sich davon abhalten, Zoe anzuflehen, bei ihr zu bleiben. Sie wollte nicht mit Leo allein gelassen werden. Bisher hatten sie sich heute Abend nur gestritten. Sie wollte wieder mit ihm flirten und Spaß haben können, zurück zu den Anspielungen und dem Wimperklimpern, und vergessen, diese Entdeckung jemals gemacht zu haben.

Stattdessen schluckte sie die Übelkeit runter, die ihr den Hals hinaufkroch, und rieb sich über ihren Bauch, in dem unzählige Schmetterlinge herumflatterten. „Vielen Dank."

„Kein Problem, Süße. Komm zu mir, wenn du weitere Fragen hast."

Ohne die kurvige Nacktheit ihrer neuen Bekanntschaft wahrzunehmen, umklammerte Shay den Tisch hinter sich und konzentrierte sich auf den Mann, der die Tür offenhielt. Sie hatte Leo noch nie so wütend gesehen. Seine Augen waren zu schmalen Schlitzen verengt, sein Kiefer angespannt, seine Hände an seinen Seiten zu Fäusten geballt und wilde Haarsträhnen hingen ihm im Gesicht.

„Was ist hier los?" Sein scharfer Ton traf sie härter als die wütende Miene, mit der er sie fixierte.

Shay konnte seine Aggression verstehen. Sie hatte ihn vorhin beleidigt, und es würde mehr als ein paar Stunden dauern, bis er darüber hinwegkam. Es war eine Entschuldigung fällig. Aber sie konnte nicht die notwendige Kraft aufbringen, um sie auszusprechen. Nicht heute Abend. Nicht, wenn ihr Herz blutete und ihre Schläfen pochten.

„Ich muss auf die Toilette." Sie verzog das Gesicht. *Duh.*

„Lass den Scheiß, Shay. Du bist schon seit fünfzehn Minuten hier drin." Er stolzierte in die Frauentoilette, als hätte er alles Recht, dort zu sein, und ließ die Tür hinter sich zu fallen. „Fühlst du dich imstande, nächste Woche an der Bar zu arbeiten oder nicht?"

Sie richtete sich auf und verstand seine Frage als weitere Beleidigung ihrer Kompetenzen. „Natürlich tue ich das. Das weißt du."

„Weiß ich das? Du hast deutlich gemacht, was du von der Szene hältst. Ich will nicht, dass die Gäste deinen Hass zu spüren bekommen. Sie zahlen gutes Geld, um hier sein zu dürfen."

Fick dich.

Sie erwiderte sein Starren. „Das würden sie niemals." Und außerdem gab es keinen Hass, den sie verbreiten konnte. Mit jeder vergehenden Minute wurde ihr klarer, dass ihre Abscheu daher rührte, dass sie keine Ahnung von dem Lifestyle hatte. Für Singles schien es die perfekte Art zu sein, Spaß zu haben. Sie wusste nicht, ob sie es jemals selbst ausprobieren oder verstehen würde, wieso jemand in einer festen Beziehung sich beteiligen wollte, doch ihr Horizont erweiterte sich ein kleines bisschen.

„Wirklich?" Er zuckte mit den Schultern. „Ich weiß wohl einfach nicht mehr, was ich von dir erwarten kann."

„Von mir? Machst du Witze?" Sie erhob ihre Stimme. „Du bist derjenige, der mich überrumpelt hat, weißt du noch? Du wusstest, dass ich Gefühle für dich habe, und hast mich nur an der Nase herumgeführt. Die ganze Zeit über hatte ich nie eine Chance."

„Weil ich wusste, dass du dich genau so verhalten würdest", knurrte er. „So bin ich nun mal, Shay, und ich wusste, du würdest damit nichts zu tun haben wollen." Er trat vor und kam ihr immer näher. „Ich habe dich nicht an der Nase herumgeführt. Ich habe mein verdammt nochmal Bestes versucht, dir fernzubleiben. Glaubst du, ich habe mir, seitdem du hier arbeitest, nicht schon tausendmal vorgestellt, wie ich deine Beine für mich spreize? Oder mich gefragt, wie es wäre, wenn die Clubszene etwas für dich wäre? Ich lebe die ganze Zeit in meiner eigenen persönlichen Hölle und bin nicht imstande, dich davon abzuhalten, mich am Schwanz herumzuführen."

Ihr Mund wurde trocken.

„Du hast mir nie eine Chance gegeben." Sie schluckte schwer. Er hatte nicht das Recht, Vermutungen über ihre Sexualität anzustellen, so, wie sie zuvor nicht das Recht gehabt hatte, ihn zu beleidigen.

„Doch, habe ich." Seine Stimme senkte sich zu einem Flüstern. „Vor Monaten, als ich dich im Lagerraum berührt habe."

Shay sah durchdringend in seine ozeanblauen Augen. „Ich verstehe nicht."

„Ich habe dich getestet. Ich wollte endgültig wissen, wie du auf Sex reagierst. Ob du aufgeschlossen genug bist, Dinge außerhalb deiner Komfortzone auszuprobieren. Aber selbst in der Abgeschiedenheit eines Lagerraums wirktest du schockiert und verstört über das, was wir getan haben."

Wie bitte? Sie blinzelte ihn an und wusste nicht, ob sie ihn zurechtweisen oder ihm die Augen auskratzen sollte. „Ich war nicht verstört."

Sie war schockiert gewesen, ja, weil es das erste Mal war, dass ein Mann sie selbstlos befriedigt hatte. Normalerweise war sie diejenige, die sexuelle Gefälligkeiten leistete, ohne ihre eigene Befriedigung zu erhalten. Sie war aufgewühlt und hatte versucht, ihre wachsende Verliebtheit und Bewunderung zu verbergen, weil er sie so behandelt hatte, wie sie immer hatte behandelt werden wollen. Damals hatten ihre Gefühle den Punkt der Verliebtheit überschritten und sie hatte sich schwergetan, das zu überspielen.

„Du hättest mir die Chance geben sollen, meine eigenen Entscheidungen zu treffen." Sie trat zur Seite. Sie brauchte Abstand von seiner übermächtigen Dominanz. „Ich hätte es vielleicht versucht."

Er überbrückte die Lücke zwischen ihnen und sah auf sie herab. „Beweise es."

„Was beweisen?" Sie erschauderte und versuchte, das beginnende Pochen zwischen ihren Beinen zu ignorieren.

Er machte einen weiteren Schritt, wodurch er sie gegen den Tisch drängte und sich ihre Oberschenkel berührten. „Dass du es versuchen würdest." Seine Miene war dunkel, als er die Härte seiner Erektion gegen ihren Bauch presste. „Versuch es für mich. Jetzt", flüsterte er.

Sie schüttelte den Kopf. Nicht heute Abend. Nicht, wenn ihr Herz kaum noch schlug und ihr Verstand ihre tobenden Gedanken nicht kontrollieren konnte. Er hatte es nicht verdient. Und sie auch nicht. Egal, wie sehr ihr Geschlecht ermutigend pulsierte. „Nein."

Langsam lehnte er sich vor, sein leichter Bartschatten strich über ihre Wange. Sie erzitterte, während ihre Gedanken und ihr Körper schwankten, als er ihr ins Ohr raunte: „Deine Lippen sagen nein, aber dein Körper sagt etwas anderes. Was davon entspricht der Wahrheit?"

Sie schloss die Augen, unfähig, sich zu entscheiden, unfähig, zu atmen. Mit einer Hand strich sie über seinen Nacken, um sich zu erden, und betete, die richtige Wahl möge sich schnell offenbaren. Alles, was sie sich jemals gewünscht hatte, waren seine Aufmerksamkeit und sein Verlangen, aber das Timing und ihre Verunsicherung trübten das nicht jugendfreie Märchen, das sie sich ausgemalt hatte.

„Shay." Ihr Name war ein Flüstern an ihrem Hals, als er eine seiner Hände auf den Tisch legte, die andere auf ihre Hüfte, die sich dann langsam nach oben bewegte. „Bitte quäle mich nicht."

Ihn?

Er quälte sie schon länger, als sie zurückdenken konnte. „Ich weiß nicht, was ich tun soll."

Ihr Körper stand in Flammen, ihre Brustwarzen waren hart, ihr Geschlecht pulsierte. Aber es waren Menschen auf der anderen Seite der Tür. Nackte Menschen. Jemand könnte hereinkommen. Jemand könnte sie sehen und glauben, ihre Intimität wäre eine Show, die man sich ansehen konnte. War das wichtig? Im Moment hatte sie keine verdammte Ahnung. Die Hitze seines Körpers machte es ihr schwer, rational zu denken.

Er spreizte ihre Beine mit seinem Knie und rieb seinen harten Oberschenkel an ihrem Geschlecht, welches daraufhin feucht wurde und massiv zu kribbeln begann. Verdammt sei ihr verräterischer Körper.

Ein Wimmern entwich ihrer Kehle und sie klammerte sich fester an seinen Nacken. Sie wollte ihn so sehr, dass es wehtat, aber sie wollte sich danach nicht noch mehr hassen. Wenn sie es tat, musste es aus den richtigen Gründen geschehen. Und sie musste mit Leib und Seele davon überzeugt sein, nicht nur mit ihrer Vagina.

„Ich kann nicht." Sie ließ ihn los und legte die Hände auf seine Brust. „Ich brauche mehr Zeit."

Er versteifte sich und brachte sie in den folgenden schweigsamen Sekunden beinahe um. „Okay." Mit gesenktem Blick trat er zurück. Sein harter Schwanz presste sich gegen den Schritt seiner Hose, und plötzlich überkam sie der Gedanke, dass er sich vielleicht woanders Erleichterung verschaffte.

„Es ist sowieso fast Zeit für dich, Feierabend zu machen. Am besten gehst du jetzt nach Hause und gönnst dir den Extraschlaf."

Alarmglocken schrillten in ihrem Kopf. Seine unmittelbare Zurückweisung verstärkte nur ihre Theorie, dass er sich eine andere Frau suchen würde. Ihr Magen sank ihr im freien Fall in die Kniekehlen, während sie leise tief Luft holte. Der Kummer musste ihr ins Gesicht geschrieben stehen, denn als er aufsah, wurden seine Züge weicher.

„Ich will dich nicht verletzen."

„Aber das wirst du, oder?", brachte sie hervor. „Ich fahre los, im selben Moment, wie du in eine andere Frau fährst."

Sie bedauerte die Worte augenblicklich, noch bevor der empörte Ausdruck über sein Gesicht huschte. Unter Druck war sie eines gewiss nicht – gelassen.

„Ich bin kein verdammtes Tier", sagte er durch zusammengebissene Zähne, drehte sich von ihr weg und ging zur Tür. „Geh nach Hause, Shay."

KAPITEL FÜNF

*L*eo setzte sich auf einen der Barhocker und hielt den Kopf gesenkt, seine Hände waren unter dem Tresen zu Fäusten geballt. Er stand kurz davor, durchzudrehen. Noch nie in seinem Leben war er so wütend gewesen. Sein Herz raste, in seinem Kopf hämmerte es, und wenn er seine Zähne noch fester zusammenbiss, würde er sich sicher einen Zahn abbrechen.

„Scotch", bellte er in Travis' Richtung.

Shay behielt weiterhin die Oberhand, und er konnte nur sich selbst die Schuld dafür geben. Wegen ihm verhielt sie sich wie ein verwundetes Tier, das in die Ecke gedrängt worden war. Er hätte warten sollen, bis sie aus der Toilette heraus und ins Freie kam, anstatt hineinzustürmen. Nur hatte er seine Sorge nicht im Zaum halten können, als er sie hinter der Bar nicht finden konnte. Seine Panik hatte anstelle des gesunden Menschenverstandes die Führung übernommen, sodass er wieder einmal mit verwundetem Stolz zurückblieb.

„Bitte schön, Boss."

Leo nahm das Glas, das vor ihn geschoben wurde, und kippte seinen Inhalt mit zwei großen Schlucken hinunter. Herr im Himmel, wie das brannte. Er wollte ein weiteres bestellen, sich besaufen und seine Probleme in den Tiefen des Körpers einer anderen Frau vergraben, nur um Shay zu ärgern. Es brauchte nicht viel und er wäre das Arschloch, für das Shay ihn hielt. Doch egal, wie wütend er würde, so tief würde er nicht fallen.

Er hatte ein Herz. Und obwohl er es wollte, konnte er Shay nicht die Schuld für ihre rücksichtslosen Kommentare geben. Sie stand unter Schock und fuhr immer aus der Haut, wenn sie ihre Gefühle nicht unter Kontrolle hatte. Er hatte es unzählige Male mitbekommen. Dass sie verletzt war, zeigte sie, indem sie heftige, unsensible Antworten von sich gab. Es war eine ihrer nicht so reizenden Eigenschaften.

„Ich gehe nach Hause." Ihre Stimme unterbrach seine Gedanken.

Er hielt sich an seinem Glas fest und versuchte krampfhaft, seinen Blick nicht zu heben. Sie redete sowieso nicht mit ihm. Im Augenwinkel beobachtete er, wie sie ihr Handy von der Theke nahm und es in ihre Tasche steckte. „Ich hoffe, wir sehen uns wieder, Travis."

„Dito, süße Shay."

Lass die Schmeicheleien, Travis, oder ich poliere dir die Fresse.

Sie umrundete den Tresen, ohne Leo eines Blickes zu würdigen, ohne sich zu einem *bis dann, Arschloch* herabzulassen, und stürmte davon. Das Bedürfnis ihr hinterherzurennen war übermächtig. Er musste sogar dagegen ankämpfen, über die Schulter zu schauen und ihr mit seinem Blick zu folgen.

„Verflucht nochmal."

Den Scheiß erlebte er nicht zum ersten Mal. Er war stärker als das alles, schließlich war sie nur eine Frau. Niemand sollte seine Libido so fest im Griff haben wie sie. Andererseits war sie immer mehr als irgendeine Frau für ihn gewesen. Er hatte sich zu ihr hingezogen gefühlt, seitdem sie ihre Bewerbung eingereicht hatte.

Außer ihrem verführerischen Aussehen gab es noch viele weitere Gründe für sein Interesse an ihr. Sie arbeitete hart, flirtete noch härter und liebte ihre Unabhängigkeit. Sie nahm jeden ernst und versteckte sich nicht hinter einer Scheinfassade. Er brauchte eine willensstarke Frau wie sie. Er brauchte sie. Punkt.

„Willst du darüber reden?", fragte Travis.

Leo sah mit finsterer Miene zu ihm hoch.

Der Barkeeper hielt beschwichtigend die Hände hoch. „Schätze nicht." Er fing an, die Bierhähne zu polieren. „Sag mir Bescheid, wenn du dich beruhigt hast. Ich muss wegen eines kleinen Zwischenfalls mit Shay vorhin mit dir sprechen."

Wegen eines Zwischenfalls? Als ob er bei einer solchen Aussage nicht sofort anbeißen würde. „Was für ein Zwischenfall?"

„Es ist nichts Wildes, und sie wollte nicht, dass ich eine große Sache daraus mache." Er zuckte mit den Achseln. „Glenn hat sie immer wieder aus seiner Ecke heraus angestarrt, während er sich einen runterholte. Ich glaube nicht, dass sie auf sowas vorbereitet war. Sie fand das ziemlich unheimlich."

Natürlich war sie schlecht vorbereitet. Leo hatte ihr nicht die Zeit dazu gegeben. Er hatte dem Vorschlag von Brute und T.J. nachgegeben, weil er seine Zuneigung zu ihr nicht offenlegen wollte und dadurch das Ganze völlig vermasselt. Er drückte sich von seinem Stuhl hoch, bereit für … er wusste nicht genau was, und stieß mit einer menschlichen Wand zusammen.

„Ich bin's nur", sagte T.J. von hinten. „Wo ist Shay?"

„Psst", fuhr Leo ihn an und bedeutete Travis mit einem auffordernden Blick fortzufahren.

„Es war kein richtiger Zwischenfall", wiederholte er. „Sie hat es locker genommen und deutlich gemacht, dass sie nicht will, dass euch oder Glenn davon berichtet wird. Ich habe trotzdem kurz mit ihm gesprochen und ihm gesagt, es sei ihre erste Nacht und sie sei etwas nervös."

„Fuck." Leo schnaubte und rieb sich die Stirn. „Wir werden unsere beste Barkeeperin verlieren." Er würde sie verlieren. „Shay dreht völlig am Rad." Er drehte sich zu T.J. „Und es ist alles eure Schuld."

Er ignorierte das verärgerte Stirnrunzeln seines Freundes und suchte den Raum ab. „Wo ist er? Ich will mit ihm reden."

„Weiß ich nicht", antwortete Travis. „Vielleicht ist er gegangen. Aber es war alles in Ordnung. Glenn hat sich entschuldigt. Ihm war nicht bewusst, dass sie neu ist."

„Nun, er hätte es verdammt nochmal bemerken müssen." Leo hoffte inständig, dass Glenn nach Hause gegangen war, anderenfalls würde er das Ziel seiner Frustration werden und sich wünschen, er wäre heute Abend nie hier aufgetaucht.

„Beruhige dich", brummte T.J. „Travis hat sich darum gekümmert."

Aber was war mit Shay? Wer kümmerte sich um sie?

Leo sackte wieder auf den Barhocker. „Heute Abend war ein totaler Reinfall."

„Warum?", fragte T.J. „Konnte sie nicht damit umgehen?"

„Ich finde, sie hat sich großartig gemacht", sagte Travis.

Leo sah über seine Schulter zu T.J. und machte sich nicht die Mühe, seine Verletzlichkeit zu verbergen. „Nein." Er schüttelte den Kopf. „Es ist nicht gut gelaufen. Ich bin mir nicht sicher, ob sie zurückkommt." In den Club oder zurück in sein Leben. Und nach all den Frauen, die ihn wegen seiner sexuellen Neigungen sitzen lassen hatten, war Shays Ablehnung bei Weitem die Schlimmste für ihn.

Shay floh die Treppe hinauf und eilte durch die tanzende Menge im *Shot of Sin*. Ohne ein Wort an ihr Barpersonal zu richten, schnappte sie sich ihre Handtasche aus dem Lagerraum und steuerte auf den Ausgang des Clubs zu. Sie musste diesen Saftladen verlassen, und zwar schnell. Ihre Brust brannte vor Reue, ein Gefühl, das ihr zu vertraut war, das sie aber angesichts ihres beschissenen Temperaments nicht kontrollieren konnte.

Eines Tages wäre es ihr Untergang. Sie konnte ihre Emotionen nicht verbergen. Sie entluden sich entweder in einem Wutanfall oder einem Tränenausbruch; und sie hasste es, zu weinen. Aber sie würde sich entschuldigen. Das tat sie immer. Sie brauchte bloß ein wenig Zeit, das verwirrende, überrumpelte Gefühl loszuwerden, dann würde sie es wiedergutmachen.

Sobald sie einige tiefe Atemzüge sauberer Nachtluft genommen hatte, würde sie sich beruhigen. Dieser Hoffnungsschimmer ließ sie beinahe durch die überfüllte Eingangshalle und nach draußen auf die Straße sprinten.

„Du gehst schon?" Brute entfernte sich von dem Damengrüppchen und versperrte ihr den Weg. Er musterte sie mit etwas wie Besorgnis in den Augen. „Du siehst gereizt aus."

„Ich bin gereizt." *Tief durchatmen. Tief durchatmen.* „Du hättest mich vorwarnen können."

Er hob die Schultern. „Das habe ich. Ich habe dir schon vor Monaten geraten, dich von Leo fernzuhalten. Du hast nicht auf mich gehört."

Was?

„Und heute Abend ging es darum, mir das vor Augen zu führen?" Ihre Augen brannten vor Demütigung. „War Leo eingeweiht?"

„Zweimal nein. Heute Abend ging es darum, einen Ersatz für Tracy zu finden. Aber ich gebe zu, es war ein zusätzlicher Bonus, denn so musste ich nicht weiter ausführen, wieso ihr beide nicht kompatibel seid."

Shay stieß wütend die Luft aus. „Nett, Brute. Wirklich nett." Kopfschüttelnd ging sie um ihn herum.

„Ich sorge mich um dich. Das tun wir alle."

Seine Aussage ließ sie verstummen, trotzdem zog sie es weiter vor, die Straßenlaterne draußen anzustarren. Sie musste sich ihre Niederlage eingestehen. Sie war gedemütigt, erniedrigt und ihr war das Herz gebrochen worden, alles in einer Nacht – von ihrem sinkenden Selbstwertgefühl ganz zu schweigen.

„Glaub mir, Shay, hättet ihr beide eine Chance, zusammen glücklich zu werden, wäre ich der Erste, der euch gratulieren würde. Aber das wird nicht passieren. Leo wird sich mit einer normalen Beziehung nicht zufriedengeben. Das tut keiner von uns."

Sie stieß ein spöttisches Lachen aus. „Mir war nicht bewusst, dass es so abstoßend ist, normal zu sein. Vermutlich sollte ich euch dafür danken, mir die Augen geöffnet zu haben." Sie setzte ein gezwungenes Lächeln auf und drehte sich zu ihm um. Seine Gesichtszüge waren immer noch regungslos. Es gab weder ein tröstliches Lächeln, noch lag ein bittender Ausdruck in seinen Augen. „Gute Nacht, Brute."

Sie ließ ihn stehen und versuchte, ihre zerstörten Mauern wiederaufzubauen. Es war nicht das Ende der Welt. Es war nur das Ende einer Schwärmerei. Es änderte nichts an ihrer Begeisterung für ihren Job. Sie war nicht minderwertig, weil sie sich für die Freuden gemeinschaftlichen Vögelns nicht erwärmen konnte. Sie musste lediglich nach Hause gehen, sich wie ein großes Mädchen benehmen und sich online etwas Gandy-Candy anschauen. Mr. David Gandy würde alles in Ordnung bringen. Das tat er immer.

Die kühle Nachtluft tröstete sie, als sie nach draußen trat. Sie machte sich nicht die Mühe, den Rausschmeißern zuzunicken, die an der Tür standen.

„Soll Sie jemand begleiten?", rief einer von ihnen.

Sie schüttelte den Kopf, unfähig, zu sprechen. Normalerweise sorgten sie dafür, dass sie ihr Auto sicher erreichte, aber heute Abend wollte sie keine Begleitung. Der zweiminütige Fußweg zum Personalparkplatz auf der Rückseite des Gebäudes würde sie nicht umbringen.

Sie wollte endlich nach Hause. Je früher, desto besser. Gerade war ihr alles zu viel – das kratzige Material ihres figurbetonten Oberteils, und selbst die leichte Brise, die sie frösteln ließ.

Was für eine verdammte Katastrophe.

An der Ecke angekommen, wurde sie langsamer. Sie musste sich erst einmal beruhigen, bevor sie hinters Steuer sank.

„Hey, Miss."

Ruckartig drehte sie sich zu der tiefen Stimme um. *Oh, Scheiße!* Es war der Typ aus *Vault of Sin*. Derjenige, der sie für Gottes Geschenk zur

Masturbation gehalten hatte. Sie ignorierte ihn und wurde immer schneller, bis sie beinahe rannte.

„Ich will nur reden."

Auf dem dunklen Parkplatz? In den frühen Morgenstunden? Nachdem er sich vor ihr einen runtergeholt hatte?

Nein, danke.

„Ich habe kein Interesse." Sie umschloss ihre Schlüssel und war zu allem bereit.

Als sie die letzte Ecke des Gebäudes umrundete, riskierte sie einen weiteren Blick über ihre Schulter und stolperte über den losen Asphalt. Ihre Tasche rutschte von der Schulter und fiel zu Boden, was ihre Angst vervielfachte.

Mit einem schrillen Schrei griff sie nach dem Handtaschenriemen und riss ihn an sich, dann sprintete sie zu ihrem Auto. Sie fummelte an dem Knopf in ihrer Hand herum, bis sie schließlich die Türen entriegelt hatte. Er war direkt hinter ihr, sie konnte es spüren. Ihre Sinne waren in höchster Alarmbereitschaft und warteten darauf, jede Sekunde von einer groben Hand gepackt zu werden.

Sie riss die Autotür auf, sprang hinein und schloss ab, so schnell sie konnte. Mit zitternden Händen versuchte sie, den Schlüssel in die Zündung zu stecken und schluchzte fast vor Erleichterung, als er endlich an seinen Platz rutschte. Ohne zu zögern ließ sie den Motor aufheulen, riss den Schalthebel in den Rückwärtsgang und gab Vollgas.

Gott schütze jeden hinter mir.

Als sie ausparkte, nahm sie hinter sich den Schatten des Mannes wahr, der an der Gebäudeecke stand und sie mit erhobener Hand bat, anzuhalten. Auf keinen Fall. Er hatte größere Chancen, sich von einer der Straßenkatzen einen blasen zu lassen, als dass sie auf die Bremse trat.

Bye-bye, Arschloch.

Im Rückspiegel beobachtete sie, wie er ihr hinterherjoggte und ihr bis zur Frontseite des Gebäudes folgte. Sie beschleunigte weiter und fuhr auf die Straße, dankbar, dass kein Gegenverkehr herrschte.

Zwei Straßen weiter atmete sie immer noch schwer, doch ihr Herz sank langsam von ihrer Kehle zurück auf seinen rechtmäßigen Platz. Was ein Depp. Mr. Masturbator war der perfekte Abschluss eines ebenso perfekten Tages. Sie machte sich keine Hoffnung, diese Nacht oder, wenn sie ehrlich war, den Rest der Woche ein Auge zuzubekommen. Ihr graute es davor, Leo am Dienstag zu ihrer Mittagsschicht im Restaurant *Taste of Sin* wiederzusehen. Selbst, wenn sie ihr Selbstbewusstsein bis dahin zurückgewonnen hatte, würde es sehr anstrengend werden, ihren verletzten Stolz zu verbergen.

An einer roten Ampel hielt sie an und setzte den Blinker, während sie innerlich ihre Dummheit verfluchte. Hätte sie bloß ihren Mund gehalten. Leo war kein Arsch, er hatte wahrscheinlich nicht die Absicht gehabt, diese Nacht mit jemandem zu schlafen … bis sie überreagiert und ihn praktisch dazu getrieben hatte. Und wer wusste schon, ob sie bei Tageslicht betrachtet vielleicht hätte verstehen können, was es mit dieser ganzen Sexclub-Sache auf sich hatte.

Sie war nicht prüde. Ihr Geist war so offen wie die Schenkel einer Prostituierten. Er hatte sie schockiert, das war alles. Sie hatte ihn noch nie mit einer anderen Frau gesehen, und das geistige Bild, wie er Massen von ihnen vögelte, war niederschmetternd.

„Dumm. Dumm. Dumm.“

Sie blinzelte gegen das Brennen in ihren Augen an, als in ihrem Rückspiegel die Lichter eines anderen Autos auftauchten. Seine Lichthupe blendete sie und sie sah auf, um sich zu vergewissern, dass die Ampel noch nicht umgesprungen war.

„Nein“, grummelte sie. „Was hast du für ein Problem?“

Sie konzentrierte sich wieder auf den Spiegel, und ihre Haut begann zu kribbeln, als sie sich das Auto hinter sich genauer ansah. Das konnte nicht sein. Es war der Typ vom Parkplatz. Er war ihr gefolgt.

„Verdammter Hurensohn.“

Ihr blieb vor Angst das Herz stehen, als er seine Autotür öffnete. Auf keinen Fall würde sie sich hier noch länger aufhalten. Es gab keinen Gegenverkehr, also fuhr sie kurzerhand über die rote Ampel und bog ab. Auf der Hauptstraße angekommen, griff sie nach ihrer Handtasche.

Er würde ihr nach Hause folgen und sie dann vergewaltigen und umbringen. Heilige Scheiße, sie würde sterben! Sie durchwühlte ihre Tasche nach ihrem Telefon und entsperrte das Display, während sie fuhr. Leo anzurufen war keine Option. Er hielt sie bereits für schwach und sie wollte ihm nicht die Genugtuung geben, ihn darin zu bestätigen. Also drückte sie auf T.J.s Nummer und biss sich auf die Lippe, als das Telefon zu klingeln begann.

„Hey, Shay, was gibt's?“

Die Lichthupe in ihrem Rückspiegel blendete sie unentwegt, und sie wimmerte. „Bitte hilf mir. Ein Typ aus dem Club ist mir auf den Parkplatz gefolgt. Und jetzt folgt er mir nach Hause. Ich weiß nicht, was ich machen soll.“

„Liebes, beruhige dich." Besorgnis lag in seiner Stimme. „Wo bist du?"

„Ich bin auf der Hauptstraße, ein paar Blocks von der Arbeit entfernt, auf dem Weg in die Stadt."

„Kannst du umdrehen und zurückkommen?"

Sie schüttelte den Kopf und stieß angespannt den Atem aus. „Ich will keine Nebenstraße nehmen und riskieren, dass er mich von der Straße drängt. Bitte, T.J., ich weiß nicht, was ich tun soll."

„Keine Bange, ich komme zu dir. Bleib auf der Hauptstraße und fahr langsamer, damit ich dich einholen kann. Aber halte nicht an. Ich bin gleich da."

„Okay." Ihre Stimme bebte. Sie nahm den Fuß vom Gaspedal und verlangsamte das Auto deutlich unter die Geschwindigkeitsbegrenzung. Der Kerl hinter ihr betätigte weiter die Lichthupe, sein Arm winkte nun aus dem Fenster und sein Finger deutete auf den Straßenrand.

Es war Karma. Sie hatte sich Leo gegenüber wie ein tobendes Miststück aufgeführt, und jetzt musste sie den Preis dafür zahlen. Entweder würde ihr Stalker sie rammen und sie aus dem Auto zerren, oder sie würde einen Herzinfarkt erleiden, während sie wartete.

Beruhige dich.

Zittrig sog sie den Atem ein, ließ ihn langsam entweichen und schaltete das Radio ein. Die langsame frühmorgendliche Musik half nicht, sie zu besänftigen. Ihr blieb nichts anderes übrig, als weiter zu hyperventilieren und abzuwarten.

Als sie an ein Vorfahrt-achten-Schild kam, ertönte eine Hupe und erschreckte sie. Ein Auto stoppte abrupt auf der falschen Straßenseite neben ihr, und Leos ernstes Gesicht starrte sie aus dem Beifahrerfenster an. *Shit.* Sie wusste nicht, ob die Hitze in seinen Augen sie erleichtern oder noch mehr verängstigen sollte.

„Fahr an den Rand", formten seine Lippen.

Sie fuhr über die Kreuzung und hielt wie ihr geheißen am Straßenrand an. T.J.s Auto parkte hinter ihr, und der andere Typ dahinter. Bevor sie Zeit hatte, den Motor abzustellen, sah sie Leo in ihrem Rückspiegel. Er warf seine Tür auf und stieg aus dem Auto. Seine breiten Schultern wirkten bedrohlich und seine Gesichtszüge hart, als er sich umdrehte und zum Auto des Unbekannten joggte.

„Oh, Scheiße." Entsetzt sah sie zu, wie er den Kerl an seinem Hemd herauszog und ihn gegen die Seite seines Fahrzeugs schubste.

„Shay."

Sie schrie und schlug sich dann die Hand über ihren Mund. T.J. stand neben ihrem Auto, eine Hand auf dem Türgriff, die andere klopfte an ihr Fenster, bis sie entriegelte. Er öffnete die Tür, während sie ihren Sicherheitsgurt löste, dann beugte er sich zu ihr, um ihr herauszuhelfen.

„Komm her."

Sie konnte Leo herumbrüllen hören, als sie sich bereitwillig in T.J.s Arme begab.

„Das ist alles bloß ein Missverständnis", brummte er ihr ins Ohr.

Ein Missverständnis?

Sie senkte ihren Kopf, als sie hörte, wie Leo den Mann beschimpfte. „Zum Teufel, was fällt dir verdammt nochmal ein, ihr hinterherzufahren? Du hättest die Schlüssel bei den Türstehern abgeben sollen und sie selbst herausfinden lassen, dass sie sie verloren hat. Warum bist du ihr überhaupt auf den Parkplatz gefolgt?"

Ihre Schlüssel?

„Travis kam im Club zu mir und sagte, sie hätte sich wegen mir unwohl gefühlt. Ich habe mich mies gefühlt und wollte mich entschuldigen." Der Mann redete so schnell, dass sie ihn kaum verstehen konnte, und doch fielen die delikaten Puzzleteilchen langsam an ihren Platz. „Ich merkte, dass ich ihr Angst mache, also bin ich ihr nicht weiter gefolgt. Dann ließ sie ihre Handtasche fallen und hat ihre Schlüssel liegenlassen. Es tut mir leid. Meine erste Reaktion war, ihr zu folgen."

Shay verzog das Gesicht. „Ich bin so ein Trottel."

„Nein, bist du nicht." T.J. umarmte sie fest. „Es hätte ihm klar sein müssen, dass es nicht die beste Idee ist, dir zu folgen. Du hattest allen Grund, Angst zu haben."

Sie seufzte und schloss die Augen, wobei sie ihren Kopf an seine Schulter lehnte. Schlüssel klimperten, dann schlug eine Autotür zu. Sie kniff ihre Augen fester zusammen, als das Auto des Fremden davonfuhr und sich schwere Schritte näherten.

Als das Knirschen auf dem Asphalt verstummte, hielt sie in der Stille den Atem an. Sie konnte Leo nicht ansehen, konnte die Wut in seinen Augen oder seine Verärgerung über ihre Dummheit nicht ertragen. Stattdessen klammerte sie sich fester an T.J. und hoffte, er würde sie noch ein wenig länger festhalten, bis sie sich von ihrer Verlegenheit genug erholt hatte, um nach Hause fahren zu können.

„Ich übernehme ab hier", sagte Leo leise.

Ihre Lider schlugen flatternd auf und ihre Lippen bewegten sich und wollten protestieren, als T.J. einen Schritt zurücktrat. Er schenkte ihr ein trauriges Lächeln und strich ihr mit der Hand durchs Haar. „Ich fahre zurück in den Club und schließe ab für heute Nacht. Ruf mich an, wenn du etwas brauchst."

Nein. Verlass mich nicht.

Sie flehte ihn mit großen Augen schweigend an, sie nicht im Stich zu lassen. Besonders, weil Leo so aussah, als ginge er so schnell nirgendwohin. „Schon okay", krächzte sie und hoffte, die beiden würden zusammen wegfahren. „Danke euch beiden." Sie richtete ihren Fokus auf T.J., ganz gleich, wie sehr Leos Blick sich in die Seite ihres Gesichts bohrte. „Wir sehen uns nächste Woche."

T.J. wartete und schaute sie prüfend an.

„Ich sagte, ich kümmere mich um sie", knurrte Leo. „Geh schon."

Bei seinem Tonfall lief ihr ein Schauer über den Rücken, und sie wandte sich zu ihrem Auto, bereit, zu fliehen. Sie öffnete die Tür zum Klang der sich entfernenden Schritte von T.J., dann verließ die Luft ihre Lungen, als eine schwere Hand sich um ihre Taille schlang und sie wieder zuschlug.

Er war direkt hinter ihr, seine Brust an ihrem Rücken, sein Atem in ihrem Haar. „Ich fahre dich nach Hause", sagte er leise, was sie beinahe erneut die Kontrolle über ihre kaum zu kontrollierenden Emotionen verlieren ließ.

Sie schüttelte den Kopf. Heute Abend hatten sie genug gestritten. Ihr Herz schmerzte immer noch aufgrund der neuen Narben. Jetzt in seiner Nähe zu sein, machte es zehnmal schwerer die Tränen, die sie so sehr verachtete, in Zaum zu halten. Sie war keine verfluchte Heulsuse. Das letzte Mal, dass sie Tränen vergossen hatte, war Jahre her. Und sie würde verdammt sein, diese Leistung durch eine Heulattacke wegen eines leidenschaftlich masturbierenden Fremden und einer Reihe von Missverständnissen zunichte zu machen.

„Ich bin ein großes Mädchen. Ich kann selbst nach Hause fahren." Sie gab nicht nach und wartete darauf, dass er sich zurückzog, hoffte, die Wärme, die sich unter ihrer Haut ausbreitete, würde schnell wieder verschwinden.

„Bitte, Shay."

Seine Bitte machte sie fertig. Er sagte kein weiteres Wort, beugte sich lediglich weiter zu ihr runter, sodass sein Atem über ihren Nacken strich und sein Duft sie verrückt machen konnte, während T.J. seinen Wagen zurück auf die Straße lenkte. Leo legte eine Hand auf ihre Hüfte, wodurch ein Schauer durch ihren Unterleib jagte, der dann weiter zu ihren Brustwarzen aufstieg. Sie schloss erneut die Augen und wünschte sich, die Dunkelheit möge ihr Kraft geben. Doch das tat sie nicht. Stattdessen erschien ein Bild von ihm vor ihrem inneren Auge. Sie sah seine leichten Bartstoppeln und die verführerischen Lippen, für die sie auf die Knie fallen würde, um sie schmecken zu dürfen.

Sie konnte es nicht länger aushalten, konnte nicht die Kraft aufbringen, die sie an einem Ort zu finden hoffte, wo es keine Hoffnung mehr gab. Sie drehte sich in seinen Armen um, stützte sich gegen das kalte Metall des Autos und starrte zu ihm hinauf. Seine Augen hatten nun einen dunkleren Blauton angenommen, seine Stirn war leicht gerunzelt.

„Es tut mir leid", flüsterte sie.

Da, sie hatte sich entschuldigt. Wieso fühlte sie sich also immer noch schrecklich?

„Es ist nicht deine Schuld. Glenn sollte es besser wissen und außerhalb des Clubs gar nicht erst auf jemanden zugehen, egal, unter welchen Umständen."

„Nein." Sie schüttelte den Kopf und senkte den Blick auf die freigelegte gebräunte Haut oberhalb seines obersten Hemdknopfes. „Es tut mir leid, dass ich so ein Miststück zu dir war."

„Das muss dir nicht leidtun." Seine Antwort kam prompt und vorbehaltlos, was ihr Schuldgefühl weiter verstärkte.

„Dein Liebesleben ist nicht meine Sache", fuhr sie fort. Sie verdiente seinen Zorn, und wenn sie es jetzt hinter sich brachte, wäre es nächste Woche einfacher, wieder an ihren Arbeitsplatz zurückzukehren.

„Ich habe es irgendwie zu deiner Sache gemacht." Seine Mundwinkel hoben sich zu einem verschmitzten Grinsen.

„Das entschuldigt trotzdem nicht mein Verhalten."

„Nein, tut es nicht." Er wurde ernst. „Aber als dein Boss hätte ich dich besser darauf vorbereiten müssen. Und … verdreh vor mir nicht die Augen …, weil wir Freunde sind, hätte ich dich besser darauf vorbereiten müssen. Ich lasse dich nicht damit durchkommen, dass du ein Miststück warst. Ich sage nur, dass ich dich kenne und mit dem Angriff auf mein Ego hätte rechnen müssen. So reagierst du, wenn du aufgebracht bist."

„So gut kennst du mich gar nicht", entgegnete sie. Er kannte sie überhaupt nicht, wenn er glaubte, ihre Seite ihrer Beziehung basierte auf bloßer Freundschaft. „Ich dachte auch, ich würde dich kennen …" Sie ließ den Satz unbeendet.

„Aber du kennst mich, Shay." Er legte seine Hände fest um ihre Hüften und zog sie dicht an sich, dass sich ihre Becken berührten. „Es gibt nur einen winzigen Aspekt meines Lebens, von dem du bisher nichts wusstest."

„Einen winzigen Aspekt?" Sie wollte laut losprusten. Ein verstecktes Tattoo war ein winziger Aspekt. Einen Sexclub zu besitzen und aktiv dort mitzumischen war ein so großer Teil seines Lebens, dass er eine eigene Postleitzahl verdiente.

„Mein Sexleben definiert mich nicht. Ich bin immer noch der Mann …"

Sie hob eine Augenbraue. Wusste er wirklich nicht, was sie fühlte? Oder war es ihm unangenehm, es laut auszusprechen?

„In den ich mich verliebt habe?", beendete sie für ihn. Sie war zu müde für Spielchen, und vielleicht würde ihm die Offenbarung ihrer Gefühle verständlich machen, wieso *Vault of Sin* sie so fundamental erschüttert hatte. Es ging nicht um die ganzen Schwänze, die umherschwangen, oder das ganze Schreien, Ächzen und Stöhnen. Es ging um den Verlust der Liebe, von der sie jetzt wusste, dass sie nie erwidert werden würde.

Leo starrte sie aus zusammengekniffenen Augen an.

Ja, Arschloch. Meine Überreaktionen sind auf Liebe zurückzuführen, nicht darauf, dass ich zu normal bin.

„Ich muss nach Hause." Sie wandte sich von seinem prüfenden Blick ab. „Ich setze dich am Club ab."

„Nein."

Er ergriff ihre Hand und führte sie auf die andere Seite des Wagens. Sie war hilflos. Ihr Körper sehnte sich so sehr nach seiner Berührung, dass sie nicht protestierte, als er die Tür auf der Beifahrerseite öffnete und darauf wartete, dass sie einstieg. Sie legte den Sicherheitsgurt an, während er auf sie herabschaute und die Entschlossenheit in seiner Miene wuchs.

„Ich bringe dich nach Hause. Hoffentlich habe ich bis dahin einen Hauch meiner geistigen Leistungsfähigkeit zurück nach der Bombe, die du gerade hast platzen lassen. Dann mache ich uns Kaffee, denn unser Gespräch ist hiermit ganz sicher noch nicht beendet."

KAPITEL SECHS

*L*eo bog in die Einfahrt zu Shays Stadthaus, nicht ganz sicher, wie er dorthin gefunden hatte. Er hatte sie nur einmal zuvor nach Hause gebracht, nach einer Weihnachtsfeier der Belegschaft. Und heute hatte er ganz automatisch den Weg gefunden. Die Fahrt über hatte keiner von ihnen etwas gesagt, einzig das Rattern seines Gehirns hatte ihm Gesellschaft geleistet.

Liebe. Heilige Scheiße.

Was ein Hieb in die Weichteile. Er wusste nicht, ob er sich freuen oder aus dem Staub machen sollte. Jede Frau, der er bisher seine wahren Neigungen offenbart hatte, hatte ihn schnell zurückgewiesen und damit tief getroffen. Und obwohl Shay praktisch dasselbe getan hatte, konnte er sich kaum gegen das Lächeln wehren, das sich auf seinem Mund ausbreiten wollte. Es gab einen Hoffnungsschimmer in diesem beschissenen Chaos. Ein Schimmer, den er vielleicht zu erforschen bereit war, obwohl er durch den Schmerz aus der Vergangenheit vorsichtiger geworden war.

Er stellte den Motor ab und schaltete die Scheinwerfer aus, während sie sich abschnallte.

„Ich bin total fertig." Ihr leiser Tonfall bestätigte ihre Worte. „Können wir ein andermal darüber sprechen? Oder vielleicht auch nie?"

Oh nein. Liebe war für ihn noch nie so greifbar. So schnell würde er die

Sache nicht fallen lassen. „Sorry, kleines Mädchen. Wir reden heute darüber."

Ihr Kopf drehte sich ruckartig zu ihm, ihre hellbraunen Augen verdunkelten sich und ihr Kiefer mahlte.

Na also. Ein zusätzlicher Adrenalinschub, der sie wachhalten würde. Er liebte das Flackern in ihren Augen, wenn er sie neckte, liebte ihre Unverfrorenheit. Fuck. Er himmelte diese Frau tatsächlich an.

Sie schnappte sich ihre Handtasche vom Boden, stieg aus dem Auto und schlug wütend die Tür zu. Er gluckste vor sich hin, während sie zu ihrer Haustür stürmte und anfing, nach ihren Schlüsseln zu suchen. Die Schlüssel, die Glenn am Parkplatz aufgehoben hatte und die sich nun tief in Leos Hosentasche befanden.

Nach einigen Sekunden der Suche wirbelte sie herum und starrte ihn an.

Mit einem Grinsen stieg er aus dem Auto und joggte an ihre Seite.

„Meine Schlüssel?" Sie streckte ihm ihre Handfläche entgegen. „*Bitte.*"

Er holte sie aus seiner Tasche und legte sie in ihre Hand, wobei er sie länger als nötig berührte. Ihre Haut war weich, warm und zu verdammt einladend nach dem Groll, den er sich zuvor von ihr zugezogen hatte. So gern er sie auch neckte, er hasste ihren Zorn. Ihre Lippen waren zum Lächeln bestimmt, nicht zum Zähnefletschen. Und er wollte in den hellbraunen Augen nie etwas anderes als Lust und Zuneigung sehen, wenn sie zu ihm aufsahen.

„Danke", grummelte sie und drehte sich wieder um, um die Tür aufzuschließen.

Er folgte ihr durch einen pechschwarzen Flur und blinzelte, als sie das Licht einschaltete und damit den Blick auf einen offenen Küchen-, Ess- und Wohnbereich freigab. Sie ging zum Kühlschrank, entnahm eine Wasserflasche und drehte sich zu ihm, während sie den Deckel öffnete.

„Also … können wir dieses Gespräch hinter uns bringen?" Sie runzelte die Stirn. Sie war verunsichert, immer noch die verängstigte Löwin, die mit dem Rücken zur Wand stand.

„Kein Grund, aggressiv zu sein. Ich will nur reden."

„Aggressiv? Nein, ich stehe unter Schock. Ich bin enttäuscht. Ich reagiere wahrscheinlich ein bisschen über, aber ich bin nicht aggressiv. Ich will bloß ins Bett."

Er hob eine Braue und deutete arrogant an, ihr folgen zu wollen.

„Alleine, Leo."

Er unterdrückte ein Glucksen, konnte aber nicht verhindern, dass sich seine Mundwinkel selbstständig machten. Ihre Verwundbarkeit wärmte ihm das Herz, sodass er sich noch mehr danach sehnte, sie zu beschützen. „Mach dir keine Sorgen wegen nächster Woche. Ich kann jemand anderen finden, der die Schicht übernimmt."

„Willst du mich auf den Arm nehmen?" Sie drückte sich von der Arbeitsplatte weg und richtete sich auf. „Die Arbeit da unten ist nicht das Problem. Es ist mir schnurzpiepegal, was namenlose, gesichtslose Leute in ihrer Freizeit tun. Hier geht es darum, dass du mich überrumpelt hast, obwohl ich deutlich gemacht habe, dass ich Gefühle für dich habe."

„Es tut mir leid." Auch wenn ihre Reaktion eine Lawine von Zankereien ausgelöst hatte, war dieses Chaos zwischen ihnen seine Schuld. Er hätte ein Machtwort sprechen sollen, als T.J. vorschlug, sie könnte im *Vault* arbeiten.

„Du hättest mir sagen sollen, dass ich keine Chance habe."

„Ich hab's versucht." Langsam bewegte er sich vorwärts, wollte sie nicht aufscheuchen. „Nach unserer Begegnung im Lagerraum habe ich mich zurückgezogen."

Sie ließ sich gegen die Arbeitsplatte sinken und starrte auf den Boden. „Weißt du, manche Frauen geben sich gerne unnahbar, weil Männer Herausforderungen lieben."

Er runzelte die Stirn. „Ja?"

„Das funktioniert auch andersherum." Sie zuckte mit den Achseln. „Du hast mich nur dazu gebracht, dich noch mehr zu wollen."

„Ich hätte es wissen müssen." Er betrat die Küche und lehnte sich an die Arbeitsplatte ihr gegenüber. „Ich bin irgendwie unwiderstehlich. Manchmal vergesse ich die Wirkung, die ich auf das andere Geschlecht habe."

Sie schaute ihn unter dichten Wimpern hervor an und stieß ein Lachen aus. „Du bist ein Mistkerl", murmelte sie kopfschüttelnd und senkte den Blick wieder auf den Boden.

Es wurde still zwischen ihnen, was ihm Zeit gab, seine Fehler noch einmal zu durchleben. Er hätte ihr Flirten nie erwidern dürfen. Er hätte verdammt nochmal nicht der Versuchung nachgeben und ihr an diesem Tag in den Lagerraum folgen dürfen. Eigentlich hätte er sie gar nicht erst einstellen sollen, nachdem er bei ihrer ersten Begegnung bereits bemerkt hatte, dass er sie begehrte. Jetzt war sie verletzt, ihre Haut bleich, ihre Augen leer und ihr Lächeln versteckte sich hinter den Schichten des Verrats.

Sie hob die Hände und starrte ausdruckslos auf ihre Handflächen.

„Du zitterst." In zwei Schritten überbrückte er die Distanz zwischen ihnen und umfasste ihre Hände mit seinen, wobei er ignorierte, wie sie sich versteifte.

„Es war eine lange Nacht."

Mit jedem Stück, das er sich ihr näherte, richtete sie sich weiter auf und versuchte, den Abstand zwischen ihnen zurückzugewinnen. Nach einer langen Schicht im Club roch sie nach Sünde. Nach heißer, verschwitzter, absolut köstlicher Sünde.

Zum Teufel mit seinen Neigungen. Wieso sollte er in einer normalen Beziehung nicht glücklich werden können? Es war ja nicht so, als könnte er ohne den Nervenkitzel des Exhibitionismus nicht leben. Er hatte schon einmal ohne ihn gelebt. Glücklich war er damals nicht gewesen, andererseits hatte er auch noch nicht die richtige Frau gefunden.

Himmel, wem wollte er etwas vormachen? Er konnte nicht nach Belieben Teile seiner Seele auslöschen. Wenn es nur so wäre, das Leben wäre so viel einfacher. Aber er war endlich mit der harten Realität seines Lebensstils im Reinen. Er hatte sich seine Akzeptier-es-oder-lass-es-Mentalität verdient und war es sich selbst schuldig, sich nicht abermals dafür zu schämen.

„Ich sollte ein Taxi rufen." Er ließ die Worte zwischen ihnen zu Boden sinken, aber rührte sich nicht. Er konnte es nicht. Ihr Körper war so warm an seinem, die üppigen Rundungen ihrer Brüste zum Greifen nah, ihre weichen Lippen ihm entgegengeneigt.

„Ja, das solltest du." Sie zog ihre Hände nicht weg. Glitt nicht zwischen seinem Körper und dem Tresen hervor.

Es wäre ein Fehler, auf seine Libido zu hören. Er würde sie mit ins Bett nehmen, Liebe mit ihr machen bis die Sonne aufging und anschließend zu noch komplizierteren Problemen aufwachen, denen sich keiner von ihnen stellen wollte. Bloß konnte er nicht die Kraft aufbringen, einen Schritt zurückzutreten.

„Willst du, dass ich über Nacht bleibe?"

Ihre Kehle arbeitete, als sie schwer schluckte. „Das solltest du nicht."

Sie stellte sich direkt vor ihn. Ihre schönen braunen Augen verdunkelten sich vor Lust, die Schwellung ihrer Brüste hob und senkte sich mit so unschuldiger Verführung, dass sich seine Eier zusammenzogen. Er war überwältigt von ihrer Nähe. Davon, dass sie sein schmutziges, kleines Geheimnis kannte und ihm trotzdem erlaubte, ihr so nah zu kommen.

Er ließ ihre Hände los, umfasste ihre Wangen und legte seine Stirn an ihre. „Ich schere mich nicht länger einen Dreck darum, was wir tun und lassen sollten. Ich habe dich gefragt, was du willst, Shay. Alles andere ist unwichtig."

Nervös fuhr sie sich mit der Zunge über ihre Unterlippe. „Ich ..." Sie runzelte die Stirn und schüttelte den Kopf. „Du weißt, was ich für dich empfinde. Aber ich habe nicht vor, mich durch die Gegend zu schlafen. Ich will eine Beziehung."

„Wer sagt, dass ich das nicht auch will?", fragte er, ihre Münder nur wenige Zentimeter voneinander entfernt.

„Eine monogame Beziehung." Sie gluckste, aber es lag kein Humor darin.

Die Hitze ihres Atems traf seine Lippen und ließ sein bereits klopfendes Herz noch schneller schlagen. In diesem Moment würde er schwören, nie wieder mit einer anderen Frau zu schlafen, wenn es bedeutete, zwischen Shays Schenkel zu gelangen. Und er würde es genauso meinen.

„Ich kann monogam leben." Er war in Beziehungen immer treu gewesen. Einen Sexclub zu besitzen und selbst dort mitzumischen bedeutete nicht, dass er ein Arschloch war. Seine Gelüste beobachtet zu werden und andere zu beobachten hatten nichts damit zu tun, lieber mehrere Eisen im Feuer zu haben.

Sie zog eine Braue hoch, auch ein Mundwinkel hob sich. „Es fällt mir schwer zu glauben, dass du bei den ganzen aufreizend zur Schau gestellten nackten Kurven treu bleiben kannst. Mir ist das Zelt in deiner Hose aufgefallen, als du das Pärchen vorhin angeleitet hast."

„Das Zelt war wegen dir", flüsterte er gegen ihre Lippen.

Ihre Augen verengten sich. „Du wusstest nicht einmal, dass ich da war."

„Nein. Aber ich wusste, dass du nicht weit weg warst." Er neigte seinen Kopf und fuhr mit seiner Nasenspitze an der zarten Haut ihrer Wange entlang. „Ich habe Pamela und Jack nicht beobachtet. Ich habe mir vorgestellt, sie wären du und ich." Mit seiner Zunge folgte er ihrer Kinnlinie und spürte bei ihrem kaum hörbaren Stöhnen sein Glied pulsieren. „Es waren deine zierlichen, kleinen Hände auf meinem Körper." Er biss leicht in die Haut unter ihrem Ohr und drückte sein Becken gegen sie, um seiner Erektion die Reibung zu verschaffen, die sie verlangte. „Es war dein frecher Mund, der meinen Schwanz umschloss."

Wimmernd umklammerte sie seine Schultern. „Wir sollten das nicht tun."

„Warum nicht?" Er hatte unzählige Gründe, doch keiner von ihnen durchdrang den berauschenden Duft, der weiterhin in seine Lungen strömte. Sein Mund fand die empfindliche Stelle an ihrem Halsansatz. Er leckte. Er küsste. Er saugte, bis sie sich an seinem Oberschenkel rieb. „Du willst es. Ich will es."

Sie wich ein Stück zurück und blinzelte den Sexschleier aus ihren Augen. „Ich will *uns*."

Und sonst niemanden brauchte sie nicht hinzufügen. Die Worte waren bereits stillschweigend inbegriffen. Er ließ den Kopf hängen und wusste verdammt nochmal nicht, was er tun sollte. Er wollte Shay, körperlich und emotional, jedoch eine Seite seines Lebens komplett zu unterdrücken, um sie zu bekommen, würde nicht funktionieren. Er hatte versucht, sich für andere zu ändern. Hatte die Nullachtfünfzehn-Variante bereits ausprobiert. Sex im Bett mit geschlossenen Jalousien war in Ordnung, um das Bedürfnis kurzfristig zu stillen, aber er konnte nicht leugnen, dass er auf lange Sicht irgendwann mehr wollen würde.

Er liebte schöne Frauen, und er liebte es, wenn man ihm beim Sex mit schönen Frauen zusah. Es war Kunst, eine Fähigkeit, die Technik und Geduld erforderte. Der Rausch, andere Menschen durch sein Liebesspiel mit einer Frau zu erregen, sie zuschauen zu lassen, wenn er sie mit seinen Händen, seinen Lippen, seinem Schwanz zum Orgasmus brachte ... es gab nichts Vergleichbares.

Shay hatte Recht. Sie sollten das nicht tun. Denn sobald er ihren schönen Körper erst einmal hingelegt hatte, würde er sie besinnungslos vögeln. Heute. Morgen. Und jeden weiteren Tag, bis der Drang, sie ins *Vault of Sin* zu locken und vor einem Publikum mit ihr zu schlafen, überhandnehmen würde.

„Ich rufe ein Taxi."

Sie sog stockend den Atem ein und traf ihn mit ihrem Kummer tief in der Brust. „Okay." Ihre Hände fielen von seinem Hals und sie rutschte zwischen ihm und dem Tresen hervor. „Macht es dir etwas aus, wenn ich dich nicht zur Tür begleite? Ich muss duschen, bevor ich zusammenbreche."

Kopfschüttelnd versuchte er, das beklemmende Gefühl loszuwerden, das ihm vermittelte, er würde das absolut Falsche tun. „Kein Problem. Wir sehen uns Dienstag."

Er entfernte sich von ihr, jeder Schritt schwerer, als seine Füße durch Zement zu schleifen. Als er die Tür erreichte, hielt er inne. Seine Hand lag auf dem Knauf, sein Rücken war wie erstarrt. Er wollte sich umdrehen, sich einen letzten Blick gönnen, um sich zu vergewissern, das Richtige zu tun. Aber zu gehen war seine einzige Option.

Einer von ihnen musste bereit sein, sich zu ändern, und aus vergangenen Erfahrungen wusste er, dass er es nicht sein konnte. Und er wollte ganz sicher nicht derjenige sein, der andere dazu brachte, ihre sexuellen Vorlieben anzupassen, wenn er so hart dafür gekämpft hatte, seinen eigenen treu zu bleiben.

Mit einem frustrierten Schnauben öffnete er die Tür und trat mit einem geflüsterten Lebewohl an die einzige Chance auf Glück, die er seit langem gehabt hatte, in die Dunkelheit.

KAPITEL SIEBEN

*S*hay stützte ihre Hände an der gefliesten Badezimmerwand ab, während sie das heiße Wasser über ihren Rücken laufen ließ. Sie konnte ihre Augen nicht offenhalten, und doch konnte sie, wenn sie sie schloss, nur die Niedergeschlagenheit in Leos Augen sehen, bevor er sich von ihr abwandte.

Warum war es so schwer? Es war ja nicht so, als würde sie jeden Abend Angebote von Männern ausschlagen … naja, jedenfalls keine anständigen. Sie sollte auf ihre Hormone hören, ein paar Stunden heißen und schmutzigen Sex genießen und ihn dann wie jeden anderen One-Night-Stand vergessen. Exklusivität war nicht nötig.

Bin ich schon so naiv?

Sie rümpfte die Nase. Ihre besitzergreifende Seite würde nicht über Nacht verschwinden. Sobald sie mit ihm ins Bett ging, würde sie mehr wollen. Vielleicht konnten sie sich ein paar Wochen miteinander vergnügen. Mit seiner Erfahrung konnte er ihr sicher das ein oder andere beibringen, während sie sich gegenseitig aus ihren Köpfen vögelten. Anschließend könnte sie endlich weitermachen.

Ja, klar.

Seufzend hob sie ihr Gesicht dem Sprühregen entgegen. Sie wollte Leo. Wollte ihn so sehr, dass ihr die Brust schmerzte. Falls sie beschließen sollten, Spaß miteinander zu haben, und es nicht klappte, würde sich ihr Verlust sicher nicht weniger schmerzhaft anfühlen als das, was sie gerade durchmachte, oder? Es war besser, geliebt und verloren zu haben, so hieß es doch, richtig?

„Oh Gott." Sie wusste, es würde ein Fehler sein, aber es war ihr egal. Nachdem sie das Wasser abgestellt hatte, schlug sie die Duschtür auf und riss ein Handtuch aus dem Regal. *Bitte sei noch nicht weg.* Ohne sich die Mühe zu machen, sich abzutrocknen, wickelte sie das weiche Frottee um ihren Körper und befestigte es über ihren Brüsten, bevor sie aus dem Badezimmer stürmte.

Mit nassen Haaren, die ihr auf den Rücken tropften, eilte sie zur Haustür und schleuderte sie auf. Es blieb keine Zeit über ein unvermeidliches Scheitern nachzudenken, als sie nach draußen lief und mit drei Schritten ihren Vorgarten erreichte, während sie die Dunkelheit absuchte. „Leo?"

„Ja", kam seine Stimme leise von der Veranda.

Sie wirbelte herum und fand ihn im Schatten, wo er auf ihrem Holzliegestuhl saß, vornübergebeugt und mit seinen Ellbogen auf den Knien, seinen Kopf in die Hände gestützt. Er sah auf, lose Strähnen umrahmten sein Gesicht, während seine gefühlvollen Augen ihr den Atem raubten.

„Oh, gut", quiekte sie und fühlte sich plötzlich wie ein Trottel, weil sie mit nichts als einem Handtuch in die Nacht gelaufen war. „Ich dachte, du wärst schon weg."

„Ich habe den Anruf noch nicht gemacht."

„Oh." Peinlich. Sie war ihm nachgerannt, ohne die Konsequenzen abzuwägen, und hatte nun keine Ahnung, was sie sagen sollte.

„Was willst du, Shay?"

Dich. Diesmal waren ihre Schritte gemächlich, als sie die drei Stufen zurück zum Haus hinaufging, wodurch sie einen Moment Zeit gewann, um sich zu beruhigen.

„Ich dachte, wir könnten es vielleicht mal versuchen. Es langsam angehen lassen und sehen, wohin es führt." Sie zuckte mit den Schultern, um die Bedeutung ihrer Aussage herunterzuspielen.

„Langsam mag ich nicht." Seine Stimme war samtweich und tief genug, dass ihre Nippel Notiz nahmen. „Und du willst nicht mit einem perversen Typen wie mir zusammen sein."

Ihr Herz verkrampfte sich. An seinem gegenwärtigen Selbsthass war sie schuld. Erst jetzt drangen ihr ihre herzlosen Beleidigungen von vorhin richtig ins Bewusstsein, genau wie ihre Ablehnung seines Lebensstils.

„Du bist nicht pervers, Leo. Du bist bloß anders." Sie stand oben am

Treppenansatz, ihre nackten Füße badeten im warmen Schein des Wohnzimmerlichts.

Er stand auf und ging auf sie zu, sein Gesicht vollkommen emotionslos. „Und du willst auch anders sein?"

Sie hob wieder die Schultern. Ihre Gefühlslage war gerade alles andere als gleichgültig, doch sie war entschlossen, ihre Angst nicht zu zeigen. „Ich weiß nicht, was ich will. Aber ich bin bereit, meine Grenzen ein wenig auszutesten."

Er stieß ein spöttisches Lachen aus. „Ein wenig?"

Sie erstarrte bei seiner Feindseligkeit. Seine Bitterkeit richtete sich nicht gegen sie, das wusste sie, doch seine forsche Art ließ sie das Selbstvertrauen verlieren.

„Lass das Handtuch fallen."

Oh Mann.

Sie biss eine verängstigte Erwiderung zurück und hob das Kinn. Er stieß sie weg, wollte sie mit seiner Wildheit zu verschrecken. Allerdings hatte das den gegenteiligen Effekt. Sie wollte ihn so schockieren, dass es ihm das böse höhnische Lächeln aus dem Gesicht fegte. Seine Augen sollten groß werden und seine Kinnlade runterklappen. Aber konnte sie ihr Handtuch loslassen und sich vor jedem entblößen, der zu dieser frühen Stunde eventuell wach war? Dies war ihre Nachbarschaft. Der Ort, an den sie jeden Tag nach Hause kommen musste.

„Siehst du", stichelte er und machte einen Schritt um sie herum, um auf die Treppe zuzusteuern. „Du könntest nicht mit dem umgehen, was ich dich tun lassen würde."

Wie sehr willst du ihn wirklich haben?

Sie verfluchte ihre Nerven und zerrte an dem Handtuch, sodass es sich von ihren Brüsten löste. Er stockte, als sie das Material auf den Holzboden fallen ließ und sich vor der Welt entblößte.

Seine Nasenflügel bebten und seine eiserne Entschlossenheit geriet vor ihren Augen ins Wanken. Mit gerecktem Kinn wartete sie, während es in ihrer Brust mit jeder vergehenden Sekunde stärker pochte. Als die Stille anhielt, erkannte sie langsam, dass sie nicht gut genug war. Er wollte eine Sexgöttin, jemanden, der in der Lage war, sich augenblicklich seinem Willen zu beugen. Diese Veränderung würde Zeit brauchen, und bei ihrer Starrköpfigkeit vermutlich auch viel Geduld.

Sie beendete den Blickkontakt und beugte sich vor, um das Handtuch aufzuheben. „Nun, ich schätze, es konnte nicht schaden, es zu versuchen." Sie drehte sich auf Zehenspitzen um und ging zur Tür. Der Drang, sich zu bedecken, war übermächtig. Doch statt nachzugeben blieb sie stark und gab ihm keinen Vorwand zu behaupten, sie hätte Angst.

Sie griff nach dem Türknauf und wartete, als hinter ihr seine Schritte ertönten. Plötzlich war sein Körper direkt hinter ihrem und sie musste nach Luft schnappen, als er sie gegen das kalte Holz stieß.

„Überleg es dir gut." Er packte ihren Oberarm und drehte sie zu sich um. „Bedenke, was ich von dir verlangen werde, und was du zu geben bereit bist."

Seine besitzergreifende Art war brennender Balsam für ihren verletzten Stolz. Die Härte seiner Erektion drückte sich zwischen ihre Oberschenkel, sein fester Griff gab ihr Halt. „Ich habe die letzten drei Stunden nichts anderes getan."

Er verengte die Augen, sein Kiefer war angespannt. „Dieses Mal werde ich nicht aufhören."

„Dann beeil dich und fang a …"

Er presste seinen Mund gegen ihren und schob seine Zunge suchend an ihren Lippen vorbei. Er verschlang sie, küsste sie härter, als sie je geküsst worden war, und verwandelte ihre Knochen in Gummi, ihre Stärke in Schwäche. Mit gierigen Händen fuhr er ihren Rücken hinunter, über ihren Hintern und an der Unterseite ihrer Schenkel entlang, wobei er überall eine Spur von Gänsehaut hinterließ. Sie packte seine Schultern, als er ihr Bein anhob und sie ermutigte, seine Hüfte zu umschlingen.

„Ich werde dich ruinieren", knurrte er in ihren Mund und presste seine Erektion gegen ihr Schambein. Sein Blick hielt sie gefangen, während ihr Hintern bei jedem seiner Stöße gegen die Holztür prallte.

„Das hast du schon." Sie griff nach seinem Hemd, wollte, dass der dünne Stoff von seinen Schultern fiel.

Sie hielt ihr Bein an seinem Platz, während er mit der Hand über die Unterseite ihres Oberschenkels und über ihr Geschlecht wanderte. Er teilte ihre Falten mit einem Finger und ließ ihn durch die Feuchtigkeit ihrer Erregung gleiten. Sein damit einhergehendes kehliges Stöhnen gegen ihren Hals ließ ihre Augen glückselig zufallen. Erbarmungslos neckte er sie, wanderte mit seinem Finger unaufhaltsam hin und her und nahm immer wieder ihren Mund. Die leichte Brise kitzelte ihre Haut, eine ungewollte Erinnerung daran, dass sie vor aller Welt entblößt war.

„Denk an mich", flüsterte er an ihrem Mund. „Nur an mich."

Sie nickte. Doch als Leos Lippen sich zu ihrer Schulter bewegten, kam sie nicht umhin, ihren Blick zu den verdunkelten Fenstern des Hauses auf der anderen Straßenseite schweifen zu lassen. Dort lebten einige

Collegestudenten, die sie beobachten könnten. Nicht, dass sie viel sehen konnten. Leos größere Statur verdeckte sie vollständig, doch das Licht aus ihrer Küche drang durch die Glasscheibe neben der Tür und beleuchtete sie wie eine Fackel in der Wüste.

„An meine Hände, Shay."

Sie schloss die Augen und konzentrierte sich auf diese Hände, darauf, dass eine davon ihre gierige Pussy weiter quälte. Die andere streichelte ihre Seite und erweckte sanft alle übrigen Nervenenden zum Leben.

„An meinen Mund." Er saugte hart an ihrer Schulter, was einen dumpfen Schmerz mit sich brachte. „An meine Zunge."

Sie schauderte und streckte einen Arm aus, um das Band zu lösen, das seine Haare zusammenhielt. Sie riss es runter und öffnete die Augen, um zu sehen, wie sich die hellbraunen Strähnen um seinen Nacken verteilten.

„Und letztendlich an meinen Schwanz."

„Oh Gott." Sie konnte es nicht mehr ertragen, also tastete sie hinter sich nach dem Türgriff und drehte den Knauf. Gemeinsam stolperten sie ins Haus, und er schlug das Holz mit seiner Schuhsohle zu.

Seine Augen verengten sich, als sie nach Luft ringend und mit pulsierendem Geschlecht zurücktrat. Sie wusste, was er dachte – dass sie es nicht ertragen konnte, nackt draußen zu sein. Und sie befürchtete, dass er Recht hatte. Für ihn mochte es etwas Alltägliches sein, im Freien gevögelt zu werden. Für sie, und sicherlich auch für ihre Nachbarn, war es nicht ganz so gewöhnlich.

„Ich habe Kondome in meinem Nachttisch", sagte sie entschuldigend.

„Ich habe Kondome in meiner Hosentasche." Sein Haar hing ihm lose ins Gesicht, sein Hemd war mittlerweile aus der Hose gezogen und verknittert.

Sie rollte mit den Augen, ihr Atem kam immer noch stoßweise. „Natürlich hast du das."

Er ließ seinen Blick über ihren Körper wandern. Ganz langsam. Und hinterließ dabei eine glühende Spur bis hinunter zu ihren Zehen. „Nun, hier sind wir in deiner Domäne. Also, wie geht es weiter?"

Sie saugte ihre Unterlippe zwischen die Zähne. Ihr Herz flatterte bei seiner rohen Männlichkeit.

„Shay, ungeachtet meiner Aussage von vorhin, kann das hier so schnell oder langsam gehen, wie du möchtest. Ich bin nicht voreingenommen. Wenn du aufhören willst, hören wir auf. Ich will nur sichergehen, dass du weißt, was du tust."

„Nein." Sie schüttelte den Kopf. „Nicht aufhören."

Sein Grinsen war zurück, als er auf sie zukam und sie von ihren Füßen riss. „Ich hatte gehofft, dass du das sagst."

Sie quietschte, ein wenig vor Freude, ein wenig vor purer adrenalingefüllter Nervosität. Er trug sie zum Sofa und fiel rückwärts auf das kalte Lederpolster ... und sie auf seinen Schoß.

„Setz dich rittlings auf mich."

Sie gehorchte und legte ihre Hände auf seine definierten Brustmuskeln, während sie ihre Beine spreizte, um seinen Oberschenkeln Raum zu geben. Ihre Atmung war schwerfällig, ihr Herz ein rasender Puls hinter ihren Rippen.

Das war Leo, ihr Boss, der Mann, von dem sie schon ein Leben lang geträumt hatte. Ihr schmutziger Traum wurde endlich Wirklichkeit. Dann lagen seine Hände auf ihren nackten Knien und wanderten langsam zu ihren Hüften. Die Zeit blieb stehen.

Er sah sie hingebungsvoll an. Da war keine Arroganz, kein leicht nervendes, wenn auch immer attraktives Selbstvertrauen. Sein Blick zerriss sie, verwandelte ihre Lust in Sehnsucht, ihre Angst in Vorfreude. Er war wunderschön. Seine Haut so geschmeidig, so perfekt. Die dunklen Stoppeln entlang seines Kiefers zu verlockend, nicht die Hand auszustrecken und damit über die raue Oberfläche zu streicheln. Kein Mann hatte ihr Inneres jemals so zu Butter werden lassen und ihren Verstand in eine Masse unzusammenhängender Gedanken verwandelt.

Doch nichts geschah. Er rührte sich nicht. Sagte nichts. Versuchte nicht, in die zusammenhangslosen Gedanken einzudringen, von denen ihr flatterndes Herz beherrscht wurde.

„Leo?"

Er runzelte die Stirn. „Ich will es nicht ruinieren."

Die unterschwellige Verärgerung in seiner Stimme ließ sie zurückweichen, unsicher, gegen wen sie sich richtete. „Hm?"

„Ich will dich nicht bedrängen oder verscheuchen. Normalerweise muss ich mir keine Sorgen darüber machen, was passiert, nachdem ich mit einer Frau zusammen war." Seine überwältigenden ozeanblauen Augen ließen sie zerfließen. „Du bist anders, Shay. Ich habe ein Leben lang auf das hier gewartet. Scheißlange Monate war ich in Gedanken versunken, wie es wäre, dich heiß und bereit für mich zu haben. Ich habe unseren Moment im Lagerraum immer und immer wieder durchlebt. Und jetzt, da du hier bist und nackt über der härtesten Erektion schwebst, die ich seit der siebten Klasse hatte, weiß ich nicht genau, wo ich anfangen soll."

Ihre Wangen hoben sich in einem Lächeln; eines, das wuchs, bis sie ihn anstrahlte. Mit ihren Händen fuhr sie von seinen Stoppeln zu seinen losen Haarsträhnen. „Du fängst damit an, mich besinnungslos zu küssen." Sie strich mit ihren Lippen über seine und stöhnte, als er Besitz von ihrem Mund ergriff. Er versengte sie mit dem wilden Lecken seiner Zunge und der Hand, die er auf ihren Hinterkopf legte, um sie festzuhalten.

Ihre Nippel zogen sich nahezu schmerzhaft zusammen, ihr Geschlecht wurde so heiß, dass sie sicher war, einen feuchten Fleck auf seiner Hose zu hinterlassen. Während sich ihre Zungen duellierten, ließ sie ihre Hände nach unten wandern, zurück über seinen Kiefer, entlang seines Nackens bis zum obersten Knopf seines Hemdes. Einen nach dem anderen löste sie sie und riss dann das Hemd auf.

Sie wollte ihn anschauen, den leichten Haarschatten sehen, den sie unter ihren Fingern gespürt hatte, als sie über seine Brust streichelte. Sie wollte seine Haut mit ihren Nägeln zeichnen, sehen, wie sich seine Augen weiteten oder verengten durch den leichten Schmerz. Aber sie konnte ihren Mund nicht von seinem lösen. Konnte nicht aufhören, die Streicheleinheiten seiner Zunge und die Massage ihrer Lippen mit seinen zu erwidern, die ihren Kopf leerfegten und ihr Herz umso mehr an diesen hinreißenden Mann banden.

„Meine Hose", sagte er in ihren Mund. „Mach sie auf."

Sie lächelte an seinen Lippen. Sie würde niemals eine schwache Frau sein, die sich sofort dem fordernden Ton eines Mannes fügte, doch in diesem Augenblick, in dem seine Hände sie festhielten und seine keuchenden Atemzüge sich mit ihren mischten, konnte sie beinahe sehen, wie sie gehorsam auf die Knie fiel. Ihre Finger machten sich an seinem Hosenknopf zu schaffen, öffneten erst ihn und dann seinen Reißverschluss.

„Berühre mich, Shay."

Sie wimmerte, bewegt durch das Verlangen in seiner Stimme. Mit der Hand strich sie über seinen Schritt, berührte erst den schweren Stoff seiner Hose und dann sanfte Seide, bevor sie auf seiner dicken Erektion verharrte. Sie schloss die Augen in dem Versuch, ein Grinsen zu unterdrücken. Der Mann hatte allen Grund selbstsicher zu sein. Er hatte sie schon einmal mit seinen Fingern zum Höhepunkt gebracht, aber diese … diese großzügige Länge an Männlichkeit würde sie in den siebten Himmel befördern.

„Was grinst du so?" Er zog an ihren Haaren, bis ihre Augen aufsprangen.

Sie kicherte, sie konnte nicht anders. Der Klang war mädchenhaft und viel zu feminin, doch das störte sie gerade wenig. Sie war high, so verdammt wahnsinnig vor Lust, dass sie auch weiterhin wie ein jungfräuliches Schulmädchen klingen konnte, und es ihr scheißegal wäre.

Sie wollte die harte Länge zwischen ihren Lippen, pulsierend in ihrem Mund, und seine Hände sollten sie anleiten, sie dazu bringen, ihn tief in sich aufzunehmen, bis er sich in ihrer Kehle entlud. Ohne zu antworten, bewegte sich, bis seine Hände von ihr abfielen. Dann zog sie sich von seinem Schoß zurück, begab sich auf den Teppichboden und kniete sich zwischen seine Füße.

Sein Blick folgte ihr, als sie an dem Bund seiner Hose und Boxershorts zerrte, bis er sein Becken hob und ihr half, den Stoff seine Oberschenkel hinunterzuschieben. Seine Erektion ragte stolz aus getrimmten dunklen Locken hervor und zuckte ihr entgegen. Sein Schlitz war bereits mit Lusttropfen benetzt, und die glitzernde Feuchtigkeit bettelte darum, gekostet zu werden. Sie beugte sich vor, und blies sanft auf das Fleisch, das sie bereits auf ihrer Zunge schmecken konnte.

„Treib mich in den Wahnsinn und ich werde es dir zehnfach heimzahlen." Er hob ihr seine Hüften entgegen, sodass die Spitze seines Schafts an ihre Lippen stieß.

„Das klingt nach Spaß." Sie streckte ihre Zunge heraus und leckte leicht über das Salz an der Spitze, bevor sie sich wieder zurückzog.

Er stöhnte und die Adern in seinem Nacken traten hervor, als er seinen Kopf zurückwarf und sich im Sofa festkrallte. „Ich werde dafür sorgen, dass es kein Spaß ist." Er hob den Kopf und starrte sie mit ungezügelter Lust an. „Ich werde dich in den Wahnsinn treiben. Ich werde dich ans Bett fesseln, dich stundenlang an den Rand des Höhepunkts bringen, bis du mich anflehst, dich zu ficken."

Shay presste ihre Lippen zusammen und versuchte nicht zu lächeln über das, was er für eine Drohung hielt. Wenn er nur wüsste, was sie dafür geben würde, stundenlang seinem Vergnügen ausgeliefert zu sein.

„Bettelst du nicht gerne?" Sie ließ ihre Zunge gegen seine Schaftspitze schnellen.

Er umfasste eine ihrer Gesichtshälften und führte sie näher an seine Länge heran. „Ich bettele gerade."

Sie öffnete ihren Mund, angetrieben und bestärkt durch sein kehliges Knurren.

„Und wenn es um Sex geht", krächzte er, „gefällt mir alles."

Shay hob eine Braue, fuhr dann mit ihrer Zunge seine Länge hinunter und saugte ihn tief in ihren Mund. Sie spürte sein Glied zwischen ihren Lippen pulsieren und entlockte ihm ein Stöhnen aus der Kehle, als sie sein

Vergnügen steigerte, bevor sie mit einem Plop wieder von ihm abließ. „Und das soll heißen?" Sie hatte zu viele Fragen, wenn es um seinen Lebensstil ging. Allerdings war sie sich immer noch nicht sicher, ob sie mit den Antworten umgehen konnte.

Er führte ihr Gesicht zu seiner Erektion zurück, damit sie ihn wieder aufnahm. „Gerade habe ich andere Dinge im Kopf." Er lächelte auf sie hinab und das Blaugrün seiner Iris vertiefte sich, als sie ihn tief in den Mund nahm.

Sie bearbeitete seine Länge mit ihren Lippen und ihrer Zunge, umspielte seine Hoden mit ihren Händen und streichelte ihn sanft mit ihren Fingern. Ihr Schoß zog sich zusammen und die Nässe ihrer Erregung befeuchtete die Innenseite ihrer Oberschenkel. Noch nie war ihr Vergnügen so stark, Sex noch nie so aufregend gewesen. Sie wusste nicht, ob es an dem Mann an ihrer Seite lag, daran, wie lange sie es gewollt hatte, oder ob es vielleicht an dem Nervenkitzel lag, einen Mann zu erregen, der einen unersättlichen sexuellen Appetit zu haben schien. Jedenfalls brannte ihr Körper, sehnte sich nach seiner Berührung und schmerzte an den herrlichsten Stellen.

„Nimm mich ganz in dir auf." Er legte seine andere Hand auf die gegenüberliegende Seite ihres Gesichts. „Ich will diese hinreißenden Lippen gedehnt sehen."

Das Bedürfnis, ihm zu gefallen war gewaltig. Sie wollte ihn beeindrucken, sich von all den Frauen, mit denen er je geschlafen hatte, abheben. Bislang dachte sie, ihre Konkurrenz wäre die unendliche Reihe an Schönheiten, die sich auf der Tanzfläche von *Shot of Sin* an ihm rieben. Jetzt wusste sie es besser. Ihm standen begierige Frauen zur Verfügung, mit denen er nicht einmal lange reden oder flirten musste. Frauen, die in Unterwäsche herumspazierten und die gleichen sexuellen Begierden hatten.

Das machte sie umso eifriger, ihren Atem zu kontrollieren und ihn so weit wie möglich in sich aufzunehmen. Selbst, nachdem sie ihre Kehle entspannt hatte, hatte sie noch mindestens vier Zentimeter vor sich. Entschlossenheit ließ sie ihren Würgereflex überwinden und seine volle Länge mit gierigen Bewegungen aufnehmen.

„*Fuck*, Shay." Seine Hüften bewegten sich unkontrolliert, pumpten heftig in ihren Mund und machten ihre Lippen taub. „Herrgott. Du machst mich wahnsinnig … hör auf."

Sie hörte nicht auf ihn, sie musste ihn um den Verstand bringen.

„Shay, *hör auf*." Er packte ihre Arme, zog sie auf die Beine und rittlings auf seinen Schoß. „Mich in deiner Kehle zu entladen ist eine meiner Fantasien. Aber nicht heute Nacht." Er griff nach seiner Tasche und holte ein Kondom hervor. „Heute will ich, dass du mich reitest. Ich will sehen, wie dein hübscher Mund vor Vergnügen keucht, während ich dich zum Kommen bringe."

Mit seinen schmutzigen Worten allein konnte er sie zum Orgasmus bringen. Schon jetzt pochten ihre Brustspitzen und ihre überempfindliche Klitoris kribbelte unentwegt. Sie biss sich auf die Lippe, als er die silberne Packung aufriss und das Kondom über seine Länge rollte. Sie hungerte nach ihm. Ungeduld verzehrte sie. Verlangen pulsierte durch ihre Adern. „Beeil dich, verdammt."

Leo grinste und griff nach dem Ansatz seines verhüllten Schafts. „Bereit und wartend, Ihre Angriffslustigkeit."

Sie konnte ihn bereits in sich spüren, konnte die köstliche Dehnung ihrer Muskeln um ihn herum erahnen. Ihre Hände zitterten, wie die einer Cracksüchtigen, die auf ihren nächsten Schuss wartete. Sie hielt sich an seinen Schultern fest, hob ihr Becken an und ließ ihren Schoß über seiner Erektion schweben. Mit geschlossenen Augen ließ sie die geschwollene Spitze durch ihre schlüpfrigen Säfte und über ihren Kitzler gleiten, bevor sie sich in einer exquisiten Bewegung herabsenkte.

Leo stöhnte, als sich ihre Wände um ihn herum zusammenzogen, ihn tiefer einsaugten und dort festhielten. Er beugte sich zu ihr, legte seinen Kopf seitlich an ihren und strich mit seinen Lippen über die empfindliche Haut um ihr Ohr. „Absolut. Himmlisch."

Sie erschauderte, als sie sein Kompliment verinnerlichte. Ganz langsam begann sie, sich zu bewegen. Ihre Hüften vor und zurück, während sie ihn gemächlich ritt. Sie gab das Tempo vor, und Leo folgte ihrer Führung, indem er ihren Hals in derselben sanften Bewegung mit Küssen übersäte, seine Hände entspannt und sinnlich, als sie ihren Körper erkundeten.

Dann fanden seine Lippen ihre. Mit seinen Handflächen wanderte er zu ihren Brüsten und das träge Tempo löste sich in Wohlgefallen auf. Sie wand sich über ihm, saugte seine Zunge in ihren Mund und erfreute sich an dem schwachen Geschmack nach Alkohol. Er zwirbelte ihre Brustwarzen und rieb seine schwieligen Handflächen über die aufgerichteten Hügel. Als schließlich seine Hände ihren Hintern packten, um seinen eigenen bestrafenden Rhythmus vorzugeben, ließ sie sich fallen.

Ihre Scham zog sich eng zusammen und ihre Atmung wurde unregelmäßig, als ihr Orgasmus langsam die Oberhand gewann. Mit einer

Hand umfasste Leo in einem leichten Würgegriff ihre Kehle und hob ihr Kinn, sodass sie nur ihn sehen konnte.

Suchend griff sie nach der Sofalehne hinter seinen Schultern und wölbte ihren Rücken, während sein Blick sie gefangen hielt. Seine bestrafenden Stöße ließen sie wimmernd und stöhnend ihre Erlösung hinausschreien, bis das Pulsieren abebbte und sie zusehen konnte, wie Leo die Kontrolle verlor.

Sein Gesicht verzerrte sich vor Anspannung. Seine Hand um ihren Hals drückte fester zu. „Fuck", brüllte er, und der Ausruf hallte durch das Zimmer. Er presste seinen Mund auf ihren, und allmählich, fast unmerklich, verlangsamten sich seine Stöße. Die exquisite Brutalität seines Kusses wurde zu einem trägen Tanz ihrer Zungen und Lippen. Und als er sich zurückzog, war sein Gesicht von einer Weichheit erfüllt, die ihr gegenüber noch nie jemand gezeigt hatte.

„Shay?" Seine Hand fiel von ihrem Hals.

Sie antwortete mit einem Wimmern, ihr Kopf und ihre Augenlider nun schwer vor Erschöpfung.

„Ich glaube, wir stecken in ganz schönen Schwierigkeiten."

KAPITEL ACHT

*L*eo erhob sich vom Sofa, sein erschlaffendes Glied immer noch in der süßesten Vagina, die er je erobert hatte. Heilige Scheiße, er war verloren. Völlig orientierungslos durch die Macht ihrer sexuellen Anziehungskraft.

„Wo liegt dein Zimmer?" Er zog seine Hose etwas hoch, damit sie nicht an seinen Knöcheln landete.

Shay hob ihren Kopf von seiner Schulter und deutete mit einer Hand schläfrig auf einen dunklen Flur neben ihrer Küche. „Letzte Tür auf der rechten Seite."

Wie ein Sack lag sie an seiner Brust. Ihre Arme hingen schlaff um seine Schultern, ihre Beine kaum noch in der Lage, seine Taille zu umklammern. Er trug sie aus dem Zimmer und bemerkte die Abwesenheit von schnörkeligem, mädchenhaftem Kram in ihrem Haus. Er hatte schon immer gewusst, dass sie kein typisches Mädchen war, sondern jemand, der sich in einer männlichen Umgebung wohler fühlte, und eine niedrige Toleranzschwelle für Zickenkrieg hatte. Aber heute Abend hatte er ihre zerbrechliche Seite gesehen.

Dennoch besaß sie eine unglaubliche Weiblichkeit, die man nicht unterschätzen durfte. Erst jetzt hatte er das Gesamtbild gesehen, nicht nur die Tapferkeitsschichten, hinter denen sie sich gerne verbarrikadierte. Diese Erkenntnis machte es ihm schwerer, in Betracht zu ziehen, dass die Sache zwischen ihnen nicht funktionieren könnte.

„Schlaf, Babygirl. Ich bringe dich ins Bett." Es bereitete ihm Freude, das verletzliche Bündel in seinen Armen zu halten. Shay war immer stark, selbstbewusst, sogar ein bisschen dickköpfig gewesen. Genau das brauchte er … jemanden, der ihn auf Trab hielt. Doch er brauchte auch ihre sanfte Weiblichkeit. Eine Frau, die er beschützen konnte, die auch schutzlose Momente hatte.

Shay war die brillante Mischung aus allem, was er sich wünschte. Er musste lediglich einen Weg finden, den versteinerten Ausdruck in ihren Augen bei jeder Erwähnung von *Vault of Sin* durch etwas zu ersetzen, das nicht einer Backsteinmauer glich.

„Du weißt, ich hasse es, wenn du mich Mädchen oder Babygirl nennst", murmelte sie gegen seine Schulter. „Hättest du mir nicht das Leben ausgesaugt, würde ich dir eine reinhauen."

Er lächelte und hielt eine bissige Erwiderung zurück, denn er wollte sie nicht schon wieder verärgern. Die Sonne würde in weniger als einer Stunde aufgehen und sie brauchte ihren Schlaf. Außerdem musste er einen großen Schritt zurücktreten. Er fiel, viel zu schnell, und im Moment war er nicht in der Lage, seinen selbsterhaltenden Pessimismus zu mobilisieren, um das zu verhindern.

Als er den letzten Raum auf der rechten Seite betrat, atmete er Shays betörenden Duft ein und unterdrückte ein Stöhnen. Die berauschende Mischung aus Vanille und Erdbeere würde ihn für immer an die Frau in seinen Armen erinnern. Das freche Mädchen, das nach süßem Nirwana duftete. Er legte sie hin und bettete ihren Kopf auf ein Kissen, bevor er sich zurückzog.

„Ich bin gleich wieder da." Er ging auf die Suche nach ihrem Bad, um sich zu waschen. Wenige Minuten später lehnte er im Rahmen ihrer Schlafzimmertür und betrachtete sie.

Sie lag auf der Seite, ihr dunkles, seidenes Haar fiel ihr über die Schulter. Ihr Atem ging sanft, ihr Mund war leicht geöffnet, eine leichte Andeutung eines zufriedenen Lächelns umspielte ihre Lippen.

„Wie lange willst du da noch stehen?", fragte sie mit geschlossenen Augen, ihre dunklen Wimpern ruhten auf dem Ansatz ihrer zarten Wangen.

Für immer. „Ich sollte gehen."

Ihre Augenlider flatterten auf und sie atmete langsam tief durch. „Was, wenn ich dich bitten würde, zu bleiben?"

Frag mich, Shay. Gewähre mir einen letzten Blick auf deine Verletzlichkeit, bevor du wieder hinter deiner Maske der Stärke verschwindest. „Ist es das, was du willst?"

„Ja." Sie zog das Laken bis zum Kinn. „Ich habe Fragen."

Er tapste zur anderen Seite ihres Bettes, entledigte sich seiner gelockerten Hose und kletterte unter die Decke. „Frag mich, was du willst, nachdem du etwas geschlafen hast."

Sie schüttelte den Kopf und drehte sich zu ihm um. „Nein. So müde ich auch bin, ich werde nicht schlafen, bis wir geredet haben."

Das gefürchtete Gespräch wirkte gar nicht so abschreckend, wenn die Lippen dieser bezaubernden Frau es erwähnten. Er rutschte zur Mitte des Bettes und stützte sich in ihre Richtung gewandt auf einem Ellbogen ab. „Dann frag."

Ganz gleich, wie hässlich die Wahrheit in ihren Augen sein könnte, er würde ihr alles erzählen. Vor langer Zeit hatte er gelernt, niemals über seine Begierden zu lügen. Er musste nur seinen eigenen Selbsthass überwinden.

„Warum?", flüsterte sie.

Ein Wort hatte genug Gewicht, dass sich seine Lungen zusammenzogen. Er wusste, was sie meinte. Es war keine weitere Erläuterung nötig. Diese Frage war ihm unzählige Male gestellt worden, normalerweise in einer hitzigen Diskussion, in der das Wort eine Anschuldigung und keine Frage war.

„Ich bin mir nicht ganz sicher." Er zuckte mit den Achseln. „Es ist eine Art Sucht."

Shit. Shay verzog das Gesicht und er beeilte sich zu erläutern: „Keine Sexsucht." Er strich ihr mit einer Hand über die Wange. „Ich glaube, ich bin süchtig nach dem rauschhaften Stolz, der dem Orgasmus einer Frau durch meine Berührungen folgt. Ich liebe es, Lust zu bereiten. Jemanden dazu zu bringen, sich vor Lust zu winden, ist ein mächtiges Gefühl. Und wenn andere zusehen, wird dieses Gefühl nur noch verstärkt."

Sie beachtete seine streichelnde Hand nicht, stattdessen baute sie langsam emotionalen Abstand zu ihm auf, selbst in ihrem fast komatösen Zustand. „Also ist das *Vault of Sin* ein Teil deines Lebens, ohne den du nicht leben kannst?"

Er überlegte kurz. Er wollte sie nicht wegstoßen, konnte sie jedoch auch nicht anlügen. „Eine Frau besitzt die Fähigkeit, einen Mann zu ändern." Mit einem Finger fuhr er über ihr Kinn und glitt mit dem Daumen ihre Unterlippe entlang.

„Ich will dich nicht ändern." Stirnrunzelnd drückte sie das Laken enger an ihre Brust.

„Ich weiß. Und ich weiß das zu schätzen." Er wollte unbedingt seinen Finger zwischen ihre Lippen schieben und die raue Oberfläche ihrer Zunge an seiner Haut spüren. Die ernste Situation in etwas Angenehmes verwandeln. „Ich bin bereit, es zu versuchen, Shay. Ich denke, das ist im Moment alles, was zählt."

„Hm." Ihre Lider senkten sich. „Ich will dich glücklich machen", murmelte sie. „Ich bin mir nur nicht sicher, ob ich die Frau sein kann, die du brauchst."

Er blieb still und lauschte ihren immer tiefer werdenden Atemzügen. Selbst schlafend war sie verlockend. Er lag neben ihr, streichelte weiter ihr Haar und schob das Laken etwas hinunter, um die makellose Haut ihres Nackens und ihrer Schultern zu bewundern. Es würde zwischen ihnen nicht einfach werden. Ihre Hürden waren groß und erdrückend. Aber es war das Risiko wert. Ein letztes Mal konnte er eine Ablehnung riskieren. Für sie.

Jetzt musste er nur noch dafür sorgen, dass T.J. und Brute mit an Bord waren.

Der Club war ein Teil von jedem von ihnen, etwas, das Shay wahrscheinlich noch nicht erkannt hatte. Sie alle verbrachten Zeit im Untergeschoss. Sie alle schauten zu. Leo hoffte bloß, er wäre in der Nähe, wenn sie herausfand, dass Teil seines Lebensstils zu sein bedeutete, auch Teil von Brutes und T.J.s zu sein.

KAPITEL NEUN

Shay lag bäuchlings im Bett, als sie durch etwas an ihrem Kreuz wachgekitzelt wurde. Mit noch geschlossenen Augen runzelte sie die Stirn und zappelte herum, wollte es abschütteln.

„Es ist schon fast Nachmittag, meine Schöne."

Stöhnend drehte sie ihren Kopf zu der tiefen, sanften Stimme und öffnete ein Auge einen Spalt. Neben ihr lag das raue, stoppelige Gesicht des sexiesten Mannes der Welt.

„Geh weg", grummelte sie und schlug sich das Kissen vors Gesicht. Ob sündhaft sexy oder nicht, niemand kam damit durch, sie zu wecken. Es war schlimm genug nach einer Nacht, in der sie fest geschlafen hatte, aber letzte Nacht, oder vielmehr die frühen Morgenstunden des heutigen Tages waren ein einziger Kampf gewesen, die Räder in ihrem Kopf zum Verstummen zu bringen.

„Sicher, dass du nicht aufwachen willst?"

Er rieb mit seiner Hand über ihren Po und tauchte in die Hitze ihrer Erregung. Zwei gierige Finger streichelten sie ins Land der Lebenden zurück, machten sie innerhalb weniger Augenblicke feucht und entlockten ihrer Kehle ein verzweifeltes Wimmern.

„Leo."

„Ja." Schwungvoll zog er ihr das Laken weg, dann spürte sie das schwere Gewicht seines Körpers über ihrem. „Willst du immer noch weiterschlafen?"

Die Spitze seines gummibedeckten Schafts neckte sie, als er sich an ihrem Hintern rieb, bis sie auf das Laken beißen musste, um nicht laut aufzustöhnen. Seine Hüften wiegten sich aufreizend, wodurch sich sein Schwanz sich der Stelle näherte, an der sich ihr Körper nach ihm sehnte. Dann war er an ihrem Eingang, rieb sich an ihrem Schlitz und glitt durch ihre Erregung.

„Dein Körper mag noch schlafen, aber deine Pussy nicht mehr", sagte er gedehnt.

Sie warf ihr Kissen beiseite und bäumte sich auf in dem Versuch, diesem selbstgerechten Arsch zu entkommen. „Sei kein Blödmann."

Das Gewicht in ihrem Rücken wurde schwerer und der fast geräuschlose Klang seines Atems strich über ihr Ohr. „Sag mir, dass ich aufhören soll, und ich tue es. Aber ich werde mich nie dafür entschuldigen, mich nach deinem Körper zu sehnen."

Ihr Herz flatterte, als er aufhörte, sich zu bewegen.

„Willst du, dass ich aufhöre, Shay?"

Ihr Name auf seinen Lippen war das verführerischste Geräusch, das sie je gehört hatte. Es brachte ein Lächeln auf ihre Lippen und ein kribbeliges Pochen in ihre Muskeln. „Nein." Sie streckte ihm ihren Hintern entgegen, was seine Schwanzspitze leicht in sie eindringen ließ. *Niemals.*

Er stieß kraftvoll und tief in sie, stahl ihr den Atem und ersetzte ihn durch Ekstase. Ihr Körper hieß ihn willkommen und umschloss seine Länge fest, als er sich langsam zu bewegen begann.

„Ich beobachte dich schon seit Stunden", murmelte er in ihren Nacken und hinterließ eine Spur von Küssen ihre Schultern entlang.

Sie seufzte und genoss die köstliche Reibung von Haut an Haut. Sein Mund war heiß und bissfreudig, seine Stöße geschmeidig und träge. „Ich habe von dir geträumt."

„Hmm? Was habe ich gemacht?"

Shay schloss die Augen und spielte die Szene vor ihrem Geist ab. Sie waren im Club. Unten. In einer abgedunkelten Ecke in einem der Zimmer. Sie hatte zwischen Leos Oberschenkeln gesessen, den Rücken an seine Brust gelehnt, ihre Hände auf seine Oberschenkel gelegt, während seine Finger sich ihren Weg in ihre Jeans und unter den Bund ihres Slips bahnten.

Dabei hatten sie ein Paar auf dem Bett mitten im Zimmer beobachtet. Der Mann war muskulös, blond, sein Gesicht von der Dunkelheit maskiert, während er den Mund einer gierigen Frau mit seinem Schwanz fütterte. Ihre Bewegungen glichen einem Tanz, melodisch, hypnotisierend, und die

Traum-Shay konnte die feuchte Erregung, die Leos Finger benetzte, nicht verhindern.

Jetzt fragte sie sich, ob sie es im wirklichen Leben ebenso genießen würde, einem anderen Paar zuzusehen. Waren ihre Grenzen so leicht zu durchbrechen?

„Wir waren bei der Arbeit."

„Im Lagerraum? Mit dir da drin gewesen zu sein hat mich monatelang verfolgt. Es hat mich fast umgebracht, einfach wegzugehen."

Und immer weiterzugehen, wollte sie hinzufügen. Er war nie zurückgekommen, zumindest nicht emotional … bis gestern Abend.

„Nein. Wir waren im *Vault of Sin*. Und schauten zu."

Sie spannte ihre Muskeln um seinen Schaft an und sein antwortendes Stöhnen ließ sie erschaudern.

„Bitte sag mir, dass es dir gefallen hat."

Shay nahm sich einen Moment, um die Dringlichkeit seiner Bitte zu verinnerlichen. Der Club war ein Teil von ihm. Ein Ort, ohne den er sich unvollständig fühlte. Selbst, wenn er bereit wäre, auch nur vorübergehend davon Abstand zu nehmen, würde es nichts daran ändern, dass er sich weiterhin sehnte, dorthin zurückzukehren.

Langsam nickte sie. „Ja. Es war verdammt heiß."

Er kletterte von ihr herunter, packte ihre Hüfte und drehte sie auf den Rücken. Sie starrte ihn mit großen Augen an, als er seinen Körper wieder über ihren schob, diesmal von Angesicht zu Angesicht, während sein Schwanz sein Zuhause fand. Vorsichtig und langsam drang er in sie ein, füllte sie Zentimeter für Zentimeter aus und beobachtete dabei, wie ihre Lust anschwoll. „Soll heißen?"

Sie verlor ihren Fokus, als er seine Lippen auf ihren Nippel senkte und die sich verhärtende Spitze in seinen Mund saugte. Ein Kribbeln jagte durch ihren Körper. Sie umschloss seine Hüften mit ihren Oberschenkeln, brauchte mehr.

„Ich weiß es nicht", murmelte sie. „Ich glaube, mein Unterbewusstsein ist bereit herauszufinden, was passiert."

Mit erhobener Braue nahm er die Tragweite ihrer Aussage zur Kenntnis. Anstatt seine Freude zum Ausdruck zu bringen, die sie auf seinen Lippen sehen konnte, widmete er sich lediglich ihrer anderen Brustwarze.

„Ich schätze, mein Unterbewusstsein ist eine schmutzige kleine Schlampe", fügte sie hinzu, leicht wuschig durch die Wildheit in seinen Augen.

Er lachte leise und seine kurzen Atemstöße kitzelten die empfindliche

Haut ihrer Brust. „Sex zu genießen, macht dich nicht zur Schlampe." Er stieß in sie und entlockte ihrer Kehle damit einen Schrei. „Anderen bei ihren Vergnügungen zuzusehen, macht dich nicht schmutzig." Seine Hüften beschleunigten sich zu einem bestrafenden Tempo. „Ich verspreche dir, Shay, dir wird es an nichts fehlen, wenn du mit mir zusammen bist."

Diesmal brachte sein Stoß sie dazu, genussvoll aufzuschreien.

Leo beugte sich vor und öffnete mit seiner streichelnden Zunge ihre Lippen. „Gib mir nur eine Chance."

Sie nickte, überwältigt von seiner Aufrichtigkeit, gefangen durch seine simple und doch verletzliche Bitte. „Ich werde es versuchen", flüsterte sie und hob ihre Hüften, um ihm bei seiner nächsten kräftigen Bewegung entgegenzukommen.

Er verbrannte sie mit seinem Kuss, presste seinen Mund mit derselben Heftigkeit gegen ihren, wie seine Hüften in sie hineinpumpten. Leo machte sie wild, machte sie verrückt, und währenddessen konnte sie spüren, wie sie sich immer mehr in ihn verliebte. Mit gleicher Intensität schlang sie ihre Schenkel um ihn und krallte ihre Nägel in seinen Rücken.

„Warte." Sie unterbrach den Kuss, wollte noch nicht kommen. Ihr Schoß pulsierte bereits erwartungsvoll, ihre Glieder waren angespannt, als sie nach Luft schnappte. Doch er unterbrach nicht, hörte nicht auf, in sie zu stoßen und ihre Lust ungeahnte Höhen zu treiben. „Ich habe Stopp gesagt. Ich will noch nicht kommen."

„Du hast in dieser Sache nichts zu sagen." Er fuhr mit seinen Zähnen über ihren Hals. „Ich will spüren, wie deine Pussy mich melkt. Ich will sehen, wie sich deine hübschen Augen verdrehen, wenn du die Kontrolle verlierst."

„Leo", warnte sie und kam mit jeder Wellenbewegung dem Abgrund näher und näher. Der kommende Samstag würde sie beide wahrscheinlich zerstören, also musste sie dafür sorgen, dass dieser Moment für immer anhielt.

„Komm für mich, Shay."

Sein Flüstern an ihrem Ohr war zu viel. Sie gehorchte, ihr Atem kam schwer keuchend, als sie sich um ihn zusammenkrampfte und auf der Welle ihres Orgasmus ritt. Sie ertrank in dem Glücksgefühl, während sich ihre Hüften seinen Stößen unaufhörlich entgegenhoben, bis Leo fluchte und ihr folgte.

Seine Lippen liebkosten sie weiter, genau wie seine Hände, die bewundernd über ihre Haut strichen. Als er aufhörte, sich zu bewegen, wurden ihre Lider schwer und ihr Bedürfnis, schlafen zu wollen, übermächtig.

„Du vollbringst Wunder für das Selbstwertgefühl eines Mannes", schmunzelte er und löste sich von ihrem Körper.

„Ich gebe mein Bestes." Sie streckte sich und liebte die herrlichen Schmerzen, die sein Liebesspiel in ihren Muskeln hinterlassen hatte.

Die Matratze bewegte sich, als er aufstand und zum Badezimmer ging, um kurz darauf zurückzukommen mit dem Lächeln, das sie so sehr liebte.

„Kann ich dir Frühstück machen?" Er wackelte mit den Augenbrauen. „Nackt?"

Sie lachte, überwältigt von der traumhaften Wärme, die ihre Brust durchströmte. Zu lange war sie eine jener Frauen gewesen, die glaubten, Männer wären keine Notwendigkeit im Leben einer starken Frau. Sie war vergleichsweise erfolgreich und zahlte ihre eigenen Rechnungen. Und ihr Körper würde mit dem großen Karton voller Toys unter ihrem Bett nie unbefriedigt bleiben. Doch etwas an der Art, wie er sie ansah, gab ihr den Eindruck, sich stärker zu fühlen. Sein Lächeln steigerte ihr Selbstvertrauen. Seine Berührungen machten sie unbesiegbar. „Ich habe nur Cornflakes."

„Wenn es dir nichts ausmacht, mir dein Auto zu leihen, kann ich etwas holen gehen."

„Nackt?"

Sein Lächeln wurde breiter. „Leider denke ich nicht, dass das eine Option ist."

„Ahh, du hast also doch Limits."

Sein Humor ließ etwas nach. „Ich habe viele Limits, Shay."

Ihre Gedanken kehrten zum *Vault of Sin* zurück und die Wärme in ihr erlosch. „Dann also Cornflakes." Sie stieg aus dem Bett und lief nackt zu ihrem begehbaren Kleiderschrank, von dem sie Sekunden später mit einem dünnen Seidenmantel zurückkehrte.

„Das kannst du vergessen." Leo musterte ihre Kleidung und verschränkte die Arme vor der Brust. „Zieh ihn aus."

Unmut, oder war es doch Vorfreude, schoss durch ihren Körper. Herausfordernd stellte sie sich vor ihn. „Ist das der Augenblick, in dem jede normale Frau winseln und gehorchen würde?"

Seine Lippen kräuselten sich, diebisch und zu verdammt sexy, als dass sie es ignorieren konnte. „Das ist der Augenblick, in dem du das ausziehst oder ich es für dich tun werde."

Ihre Brustspitzen wurden hart und sehnten sich erneut nach seinen

Berührungen. Sie zuckte grinsend mit den Achseln und versuchte dann, an ihm vorbeizugehen, weil es das war, was dickköpfige Frauen taten.

Blitzschnell wurde sie zurückgerissen und von rauen Händen nackt ausgezogen. Dann wurden innerhalb weniger unregelmäßiger Herzschläge der Gürtel aus ihrem Seidenmantel gezerrt und ihre Hände hinter ihrem Rücken zusammengebunden.

Schockiert und stumm stand sie in ihrem Flur und fragte sich, was zum Teufel gerade passiert war.

„Vielen Dank", neckte er. „Ich ziehe die harte Tour nämlich vor."

Seiner wachsenden Erektion nach zu urteilen, hatte er nicht gelogen. „Ist angekommen. Du kannst mich jetzt losbinden." Sie versuchte sich an einem säuselnden Tonfall, wollte die verführerische Prinzessin geben, die ihn mit ihrem Charme um den Finger wickelte, aber er erlag ihr nicht. Stattdessen grinste er sein verschlagenes, arrogantes Grinsen, das sie so sehr verärgerte und sie gleichzeitig zum Schmelzen brachte.

„Netter Versuch." Er griff nach dem Gürtel an ihren verbundenen Handgelenken und führte sie vorwärts. „Zeit fürs Frühstück."

KAPITEL ZEHN

*L*eo hob den Toast an Shays Mund und genoss es, währenddessen ihren nackten Oberkörper betrachten zu können. Er sollte ihr dankbar sein ihm die Möglichkeit verweigert zu haben, sie mit Cornflakes zu füttern. Die Aktion hätte damit geendet, dass er versehentlich Milch in ihr Dekolleté geschüttet und dann das Rinnsal beobachtet hätte, das sich seinen Weg zwischen ihre wunderschönen Brüste bahnte, bevor er schließlich mit der Zunge die Verfolgung aufgenommen hätte, ehe es die Hitze ihres Schoßes erreichen konnte.

Wenn er ihr klarmachen wollte, dass das zwischen ihnen mehr war als nur Sex, musste er die Hände von ihr lassen und ihr Zeit zum Nachdenken geben. Er bewunderte ihre Stärke und ihr Selbstvertrauen mehr als alles andere. Also musste er alles daran setzen eine Lösung zu finden, damit sie die bloße Erwähnung vom *Vault* nicht länger in Anspannung versetzte.

„Saft?" Er legte das halbgegessene mit Marmelade bestrichene Stück Toast wieder auf den Teller vor ihr.

Sie nickte. „Danke."

Er setzte das Glas an ihre Lippen und achtete darauf, es im richtigen Tempo zu kippen. Er genoss es, sich um sie zu kümmern, derjenige zu sein, der dafür sorgte, dass ihre Bedürfnisse gestillt wurden. Besäße er mehr Zurückhaltung, wäre er den ganzen Tag bei ihr geblieben und hätte ihre Hände gefesselt gehalten, während er sich um all ihre Bedürfnisse kümmerte. Doch es wäre bloß eine Frage der Zeit, bis seine Libido erneut das Kommando übernahm.

„Noch etwas Toast?" Er stellte das Glas auf den Tisch und bekämpfte das Verlangen, ihr den Saft aus dem Mund zu küssen.

„Nein, ich bin satt." Sie knabberte an ihrer Unterlippe. „Aber du kannst mich losbinden."

„Bald." Er nahm ihre Tassen und Teller und räumte sie in die Spülmaschine, während Shay vom Hocker hinter der Küchentheke aus zuschaute. „Ich mag es, dich ausnahmsweise mal wehrlos zu haben."

Sie schnaubte. „In deiner Nähe bin ich immer wehrlos."

Er tat es ihr gleich und schnaubte noch lauter. „Das einzige Mal, dass du in irgendeiner Form Verletzbarkeit gezeigt hast ...", von seinen Beobachtungen in den letzten zwölf Stunden einmal abgesehen, „... war am ersten Abend, an dem du an der Bar im *Taste of Sin* gearbeitet hast." Oder womöglich auch die Tage, nachdem er sie im Lagerraum befriedigt hatte.

Sie erschauderte und ihre Wangenspitzen färbten sich leicht rosa. „Daran erinnerst du dich?"

Er erinnerte sich an jeden Moment, seitdem sie ihre Bewerbung eingereicht hatte. „Ich erinnere mich lebhaft an T.J.s Bemerkung, wie putzig du am Anfang deiner Schicht gewesen seist. Er hat dich für süß und unschuldig gehalten." Er schloss den Geschirrspüler und strich die Krümel von seinen Handflächen ins Spülbecken. „Es dauerte nicht lange, bis er feststellte, dass sich hinter diesen tiefbraunen Augen ein kleines Biest verbirgt."

Sie schenkte ihm ein umwerfendes Lächeln. „Sobald der Laden an dem Abend geschlossen war, habt ihr drei euch einen Spaß daraus gemacht, mich auf die Probe zu stellen. Ihr habt mir Getränkebestellungen entgegengebellt, um sicherzugehen, dass ich alles aus dem Gedächtnis zubereiten konnte."

Er neigte den Kopf. Noch nie in seinem Leben hatte er so gelacht. Einer nach dem anderen hatten Leo, Brute und T.J. ihr Cocktailnamen entgegengeschleudert, bis T.J. schließlich einen *Crouching Tiger Shot* verlangte und sie alle zu betrunken waren zu bemerken, dass sie stattdessen einen Mix aus Sambuca, Tequila und Tabasco-Sauce vor sie gestellt hatte.

„T.J. wusste nicht, wie ihm geschah."

„Eine Sekunde lang dachte ich, er würde sterben, so sehr würgte er." Sie begann zu lachen, wodurch ihr Busen verlockend hüpfte. „Ich war froh, dass ihr mich nicht gefeuert habt."

Er ignorierte seinen zuckenden Schaft und stellte sich neben sie. Es war Zeit zu gehen. Bis Dienstag würde er sich an diesem Moment festhalten – an ihrem wunderschönen Lächeln, an der üppigen Wölbung ihrer Brüste, an der Art, wie sich ihr Haar wie Seide an ihre Haut schmiegte.

„Das war nie eine Option." Er löste das Material um ihre Handgelenke und half ihr auf die Beine. „Du passt perfekt zu uns."

Manchmal ein wenig zu perfekt. Sie alle drei hatten eine Schwäche für Shay. Sie mochte temperamentvoll sein, aber ihre wenigen schlechten Tage hatten nie die vielen schönen Momente überschattet. Sie brachte sie immer zum Lächeln, entweder mit ihrer übertriebenen Genervtheit oder mit ihren frechen flirtenden Neckereien.

„Es freut mich, dass du so denkst." Sie fiel ihm entgegen, legte die Arme auf seine Brust und sah zu ihm auf.

Er verfiel seinem Verlangen nach ihr immer mehr, geriet immer mehr in ihren Bann. „Es ist Zeit für mich zu gehen."

Ihre Stirn runzelte sich leicht und sie trat zurück. „Du willst nicht bleiben?"

„Wenn ich es für das Richtige halten würde, würde ich hierbleiben, bis wir am Dienstag wieder zur Arbeit müssen." Er ergriff ihre Hand, umschlang ihre Finger mit seinen und versuchte die Enttäuschung in ihren Augen zu zerstreuen. „Aber ich habe Travis gestern allein gelassen. Ich muss ihn anrufen und mich vergewissern, dass das *Vault of Sin* ohne Drama geschlossen wurde."

Vault of Sin … drei unschuldige Worte, die stark genug waren, Shays Magen zum Flattern zu bringen. Sie nickte und versuchte, sich nicht entmutigen zu lassen. Sie war völlig in ihrem Element gewesen, gefesselt wie eine kleine Liebessklavin, die darauf wartete befriedigt zu werden. Und jetzt wollte er gehen.

Achtung, Toys, ich komme.

„Bist du sicher, dass du bereit bist, nächsten Samstag unten zu arbeiten?" In seiner Stimme lag Besorgnis. „Wir drängen dich nicht dazu. Ich arbeite selbst an der Bar, wenn ich muss."

Um dann von sinnlichen Frauen umgeben zu sein, die ihn auf sich aufmerksam machen wollten? „Nein. Ich schaffe das."

Es würde zukünftig schmerzhaft werden, ihrer üblichen Arbeit im *Shot of Sin* nachzugehen und zu wissen, womit Leo es da unten zu tun hatte. Ihre Fantasie würde sie ins Grab bringen. Sie musste sich ihren Ängsten ganz offen stellen und ihn gleichzeitig im Auge behalten.

„Wir werden uns unter der Woche im Restaurant und während meiner Schicht an der Clubbar am Freitag sehen, du hast also noch genügend Zeit, mir vorher auf den Zahn zu fühlen. Samstag kann ich dann früher kommen und mir alles noch einmal in Ruhe ansehen. Du weißt schon, ohne, dass ich von lauter Schwänzen angestarrt werde."

Es war witzig gemeint, doch Leo erstarrte. „Wenn du dich unwohl fühlst …"

„Nein, alles okay." Sie seufzte. „Bitte hör auf zu fragen."

Er beugte sich auf Augenhöhe zu ihr hinunter. „Shay …"

„Nicht." Sie stieß seine muskulöse Brust von sich und sah weg. Sie war eingeschüchtert, eifersüchtig, und ja, extrem nervös, doch das hieß nicht, dass sie ein Feigling war. „Ich sagte, ich werde es versuchen. Und genau das tue ich gerade. Ich kann es nicht gebrauchen, dass du mich wie ein kleines Mädchen behandelst."

„Okay", sagte er mit weicherer Stimme. „Aber falls du deine Meinung änderst, musst du es mir nur sagen."

Sie nickte. „Ich muss mich anziehen."

Ihnen beiden war klar, dass sie dem Gespräch damit entkommen wollte. Es war ihr egal. Sie war es leid, sich deswegen Sorgen zu machen. Hatte es satt, darüber nachzudenken. Sie drehte sich auf dem Absatz um und eilte den Flur hinunter auf der Suche nach ihrem Morgenmantel.

„Ich muss dir auch den Hintereingang des Clubs zeigen, also erinnere mich am Freitag daran." Leo war ihr ins Schlafzimmer gefolgt.

„Hintereingang?" Sie sah über ihre Schulter, augenblicklich gefesselt von dem Muskelspiel in seinen Armen, als er seine Kleidung vom Boden aufsammelte.

Unter dicken dunklen Wimpern hervor sah er zu ihr auf und grinste. „Ich glaube, als du angefangen hast, habe ich dir gesagt, es wäre der Liefereingang."

Lügender Mistkerl. „Sonst noch was, worüber du gelogen hast?" Sie zog eine Augenbraue hoch und das Grinsen auf seinem Gesicht verblasste.

„Ich habe immer nur gelogen, um den Club zu schützen. Rechtlich gesehen dürfte er innerhalb der Mauern von *Shot of Sin* nicht betrieben werden." Er zog sein Hemd an und knöpfte es zu, während er sie fixierte. „Würden wir um eine staatliche Genehmigung für den Sexclub bitten, würde die Öffentlichkeit davon erfahren. Die Anonymität der Mitglieder wäre nicht mehr gegeben, und du kannst dir sicher vorstellen, welche Kämpfe wir dann gegen Weltverbesserer und religiöse Gruppen auszutragen hätten." Er richtete seinen Kragen und zog dann seine Hose an. „Aber jetzt gibt es nicht länger einen Grund zur Geheimniskrämerei zwischen uns. Ich werde dich nicht anlügen. Selbst wenn die Wahrheit übel ist, werde ich mir ein Beispiel an Brute nehmen und sie dir sagen." Er ging mit großen Schritten auf sie zu und blieb direkt vor ihr stehen.

Leo fuhr mit einer Hand durch ihr vom Schlaf zerzaustes Haar. „Ich habe mich lange genug von dir ferngehalten in dem Versuch, dich nicht zu verletzen. Was auch immer also nötig ist, du sollst wissen, dass ich nur das Beste für dich will."

Shay sog tief den Atem ein und stieß ihn mit einem Seufzen wieder aus.

Okay, vielleicht war sie ein wenig zerbrechlich. Der Gedanke, er könnte sie wieder zurückweisen, lag ihr bleischwer im Magen. Sie war eine erwachsene Frau, selbstbewusst in jedem Aspekt ihres Lebens ... bis jetzt. Jetzt musste sie sich fragen, ob sie experimentierfreudig genug war für das *Vault of Sin*.

Die Zukunft würde es zeigen. Sie wusste nur, dass ihr Herz es nicht verkraftete, zu einer platonischen Beziehung mit Leo zurückzukehren, nachdem sie mit ihm intim gewesen war. Sie riskierte eine Menge mit den überstürzten Entscheidungen, die sie in den frühen Morgenstunden getroffen hatte. Und jetzt war es zu spät umzukehren.

Er beugte sich vor und hob ihr Kinn an, sodass sie denselben Atem teilten. „Die einzige Wahrheit, die ich im Moment für dich habe, ist, dass ich dich will. Auf jede erdenkliche Weise." Sein Blick suchte ihren und fixierte sie mit einer glühenden Intensität, die ihren gesamten Körper erröten ließ. „Lass uns sehen, wohin es uns führt."

Shay biss sich auf die Lippe und kämpfte gegen das Bedürfnis, ihre Hände um seinen Hals zu schlingen und ihn zurück ins Bett zu zerren. „Wir sehen uns dann am Dienstag."

„Auf jeden Fall." Er strich mit seinem Mund über ihren und trat dann zurück. „Versuch nur, vor den anderen Kollegen deine lüsternen Hände von mir zu lassen, okay?", grinste er und ging zur Tür.

„Du bist ein arroganter Sack", rief sie, den Blick auf seinen sexy Hintern gerichtet, als er aus dem Raum stolzierte.

„Ein Sack, den du jetzt am Hals hast."

Seine Schritte entfernten sich leise und jeder davon verstärkte ihr Verlangen ihm hinterherzurufen, er solle zurückkommen. Sie war Feuer und Flamme. Nicht nur für seinen Charme oder dafür, wie er ihren Körper bearbeitete, sondern auch für den Gedanken an sie beide als Paar. Die Vorstellung wie sie Händchen hielten verwandelte sie in ein aufgekratztes, quietschendes Mädchen.

Jetzt mussten sie nur noch ihre unzähligen Probleme überwinden.

KAPITEL ELF

*D*ienstagmorgen ließ ewig auf sich warten. Leo stand hinter der Bar im *Taste of Sin* und wartete auf die Mitarbeiter der Mittagsschicht. Auf eine davon im Besonderen. Die letzten beiden Tage hatte er damit verbracht sich davon abzulenken, Shay anrufen, texten, mailen oder gar Blumen schicken zu wollen.

Je mehr er versuchte seinen Kopf zu beschäftigen, desto intensiver wurden seine Erinnerungen an ihren bezaubernden Körper. Er hatte sich im Fitnessstudio verausgabt, einen Posteingang voller arbeitsbezogenem Mist abgearbeitet und sogar seinen Kühlschrank geputzt. Und das alles vor Sonntagabend.

Jetzt konnte er kaum die nächsten dreißig Minuten abwarten, bis sie zu ihrer Schicht erschien. Er stand nicht nur unter ihrer Fuchtel, er wartete praktisch geknebelt und ans Bett gefesselt darauf, entmannt zu werden.

Er fühlte sich wie ein Kind im Freizeitpark, voll schwindelerregender Aufregung und nervöser Erwartung. Der Realität war er sich immer noch bewusst. Er wusste, dass sie nach wie vor eine Vielzahl Probleme zu besprechen und zu lösen hatten, doch eine Frau wie Shay gefunden zu haben, die bei ihm blieb, nachdem sie seine schmutzigen Geheimnisse erfahren hatte, verdiente etwas verrückten Optimismus.

Die erste Hürde war die schwierigste gewesen, und über diese waren sie mit der Anmut eines Olympiasiegers hinweggesegelt. Okay, vielleicht verdrängte er das Drama von Samstagabend rückblickend ein bisschen. Er konnte nicht anders. Sein Enthusiasmus kannte keine Grenzen.

Sie brauchten beide Zeit. Es war schon in einem normalen Arbeitsumfeld nicht einfach, von Arbeitskollegen zu Liebhabern zu werden. Brachte man noch einen Sexclub ins Spiel, war es, als müsste man durch ein Minenfeld laufen. Bloß statt Sprengstoff kämpften sie gegen Eifersucht, Verachtung, Vorurteile und Lügen.

Er musste dafür sorgen, dass sie jede einzelne Explosion umgingen.

Jede andere Frau hatte sich gegen seine Lebensweise gesträubt. Und er verstand, wieso. Es war nicht üblich die Person, die man liebte, zu teilen, und sich mitten in einem belebten Raum auszuziehen stand nicht bei jedem auf der Wunschliste. Trotzdem war Shay immer noch bei ihm. Sie hatte ihn mit ihren Kurven verrückt gemacht, sein Verlangen in unersättliche Höhen getrieben, und nun konnte er nicht aufhören darüber nachzudenken, wie es funktionieren konnte.

Die Tür flog auf und stahl seine Aufmerksamkeit. Und da war sie, in einer engen schwarzen Hose, einer weißen Bluse und Sonnenschein, der sie wie ein Heiligenschein umrahmte.

„Guten Morgen." Seine Augen klebten an ihr, sogen ihren Anblick in sich auf, als hätte er sie seit Jahren nicht gesehen.

„Guten Morgen", grinste sie. „Wie waren deine freien Tage?"

Endlos. „Gut. Und deine?" Er schritt um die Bar herum und begegnete ihr in der Mitte des mit Tischen und Stühlen gefüllten Raumes.

„Gut."

Er trat dicht an sie heran, schlang seinen Arm um ihre Taille und drückte ihren weichen Körper an sich. Sie war früh dran, und keine anderen Barangestellten oder Kellnerinnen waren anwesend. Abgesehen von den Köchen, die hinten in der Küche waren, waren sie allein. Das gab ihm die perfekte Gelegenheit sein heftiges Verlangen etwas zu befriedigen.

„Du hast mir gefehlt." Sein Mund fand ihren, küssend, nippend, leckend, bis sie beide um Luft rangen.

„Ich dachte, ich soll meine Hände von dir lassen."

„Das sollst du." Er küsste flüchtig ihre Lippen. „Du leistest gerade keine sonderlich gute Arbeit."

Ihre Augen funkelten frech und voller Sehnsucht. „Für einen so erfahrenen Mann hast du sehr wenig Selbstbeherrschung."

„Für so eine kokette Frau leistest du dagegen ganze Arbeit, mich abzuwimmeln."

„Ich wimmle dich nicht ab." Sie besaß die Dreistigkeit, ihn mit gespielter Entrüstung und offenem Mund anzustarren. „Es ist nur so, dass mein Boss ein harter Hund ist und ich keinen Ärger bekommen will."

„Manchmal ist Ärger zu bekommen das Beste."

Er würde nie genug von ihrem schlagfertigen Charme bekommen. Selbst die subtilen Veränderungen in ihrem Gesichtsausdruck trugen zu der ihr eigenen wirkungsvollen Kombination aus Selbstvertrauen und Sinnlichkeit bei. Verdammt, sie konnte vermutlich jedem Mann den Kopf verdrehen. Doch das kümmerte ihn nicht. Shay gehörte jetzt ihm.

„Stimmt." Sie presste ihre Lippen aufeinander in dem Versuch, ein aufkeimendes Lachen zu unterdrücken.

Er beugte sich für einen weiteren Kuss hinunter, schmeckte sie bereits auf seiner Zunge, als sie ihren Kopf wegdrehte.

„Nicht hier", flüsterte sie und kastrierte ihn praktisch mit ihrer Abweisung.

Sie hatte ihn gebrochen, machte ihn schwach und lustgeplagt an dem einen Ort, an dem er Kontrolle verlangte. Er wollte sie einfach nackt ausziehen und immer wieder in ihr versinken. Im Moment war es ihm egal, ob das zurückhaltende Restaurantpersonal sie erwischte. Es war ihm scheißegal, ob seine Clubgeheimnisse enthüllt wurden. Durch seine Sehnsucht nach ihr hatten sich seine Hoden bereits zusammengezogen und sein Schaft war erwartungsvoll angeschwollen. Sein Gehirn war nicht länger durchblutet und die Gedanken, die er daran hätte verschwenden sollen, nicht erwischt zu werden, hatten sich verflüchtigt. „Hast du überhaupt mal an mich gedacht?"

„Natürlich." Sie lächelte zu ihm auf, diesmal mit aufrichtiger Bewunderung. „Ständig."

„Auch mal ans *Vault of Sin*?" Reue überkam ihn im selben Moment, in dem sie in seinen Armen erstarrte. Er hätte sich nicht von seiner Neugier überwältigen lassen dürfen. Nun war das Spielerische aus ihren Gesichtszügen verschwunden und wurde durch Unbehagen ersetzt.

„Was das angeht, ist das letzte Wort noch nicht gesprochen."

„Kein Grund zur Eile. Ich kann warten." Er würde sie nicht drängen. Er hätte seinen Mund gar nicht erst öffnen dürfen. Geduld war die einzige Möglichkeit, wenn es funktionieren sollte. Er musste lediglich seine Libido im Zaum halten.

Sie drückte sanft gegen seine Brust und löste sich aus seinen Armen. „Ich muss mich fertig machen, sonst feuert mich mein arroganter Boss noch."

Er stöhnte lang und tief. Der heutige Tag würde eine Qual sein, genau wie morgen und alle darauffolgenden Tage, bis er seinen Hunger nach dieser wunderschönen Frau gestillt hatte. „Triff mich in zehn Minuten im Lagerraum." Er scherzte. Zumindest glaubte er das.

Shays Kichern erfüllte den Raum und sie schüttelte den Kopf, als sich die Vordertür wieder öffnete. „Ich glaube nicht, dass diese Tätigkeiten in meiner Stellenbeschreibung stehen."

Er wollte ihr hinterherjagen, sie in die nächste Ecke treiben und ihr genau zeigen, welche Tätigkeiten er von ihr verlangte. Das einzige Problem war, dass man sie nicht zusammen erwischen durfte. Er musste T.J. und Brute die Sache zuerst erklären, und die beiden würden erst später auftauchen.

Beziehungen zwischen Mitarbeitern und Management waren nicht verboten. Sie hatten lange genug zusammengearbeitet, dass sie einander vertrauten, die richtigen Entscheidungen zu treffen, aber sobald es das *Vault of Sin* betraf, wurden alle Beschlüsse noch einmal hinterfragt. Der Schutz der Privatsphäre zusammen mit den reißerischen Geschehnissen im Keller machten es unabdingbar vorsichtig vorzugehen. Shay war eine Belastung, jetzt, da sie ihr Geheimnis kannte, und keiner von ihnen mochte irgendeine Art von Verwundbarkeit, wenn es um ihren Privatclub ging.

„Wir besprechen das später", rief er und knurrte dann, als sie mit einem mädchenhaften Fingerwink über ihre Schulter hinweg antwortete.

Der Mittagsansturm kam und ging, ohne dass Shay auf sein ständiges Starren reagierte. Er war sich sicher, sie ärgerte ihn absichtlich. Folterte ihn absichtlich. Macht ihn so verdammt verrückt, dass er sich ihr schließlich näherte, als sie einen Kunden bediente, und sie bat, ihn im Lagerraum zu einem privaten Gespräch zu treffen.

„Ich bin gleich da."

Ohne Umschweife ging er in den Lagerraum und schloss die Tür hinter sich, um in Ruhe zu warten. Die Zeit verging, Stunden, Minuten … vermutlich Sekunden, er konnte keinen Unterschied mehr feststellen. Dann öffnete sie die Tür und schloss sie leise hinter sich, bevor sie sich auf ihn stürzte.

Er stolperte zurück, prallte gegen die gestapelten Regale, dass die Flaschenreihen klirrten. Sie hielten inne, sahen sich an und warteten ab, bis der Lärm nachließ. Plötzlich schoss Shays Blick zu dem Regal hinter ihm, während sie hektisch den Arm ausstreckte. Dann erfüllte ein lautes Krachen den Raum.

„Scheiße." Sie zog sich von ihm zurück.

Als die Hitze ihres Körpers ihn verließ, beschleunigte sich seine

Herzfrequenz. Die Flasche, die Sauerei oder was auch immer der Alkohol gekostet hatte … ihm war alles scheißegal. Sein Fokus lag nur auf einer Sache.

„Ich räume später auf." Er packte ihre Arme und zog sie zurück an seine Brust.

Leidenschaft flammte in ihren Augen auf, und sie klammerte sich an ihn, als er seine Hände auf die herrliche Kurve ihres Pos legte. Er küsste sie hart, während sie den Druck seiner Hände genoss, ihre Beine um seine Taille schlang und ihn bestieg. Ihre Hände waren überall. Er lächelte an ihrem Mund und liebte jeden Atemzug süßlich duftenden Parfüms, jedes leise Wimmern, jedes Zusammenpressen ihrer Schenkel um ihn herum.

„Du bringst mich um", krächzte sie. „Wie soll ich arbeiten, wenn du jede meiner Bewegungen beobachtest? Ich kann mich nicht konzentrieren."

Er zerrte an ihrem Hosenbund, öffnete den Gürtel und den Knopf. „Für mich sah es so aus, als wäre bei dir alles in Ordnung."

Sie nahm sein Hemd und schob ihre Hände unter den Stoff, um mit ihren Fingernägeln über seine Haut zu fahren. „Ich musste drei Bestellungen neu machen."

„Ich musste den Servicebereich fünfzehnmal verlassen, um meinen Johannes zurechtzurücken."

Sie kicherte in seinen Mund, reizte seine Zunge mit ihrer, während ihre Finger durch sein Haar glitten. „Ich liebe es zu wissen, dass du …"

Das Geräusch der Türklinke ließ ihn erstarren und Shay sich an seiner Brust versteifen. Er hatte keine Zeit sich zu bewegen, bevor die Tür aufschwang und ein schwaches Keuchen ihn dazu brachte, gequält die Augen zu schließen.

Fuck. Er sah sich über die Schulter und in das blasse Gesicht einer ihrer Köchinnen. Ihre Augen waren aufgerissen, ihr Mund stand offen. Sie schüttelte den Kopf, blinzelte den Schock weg und trat zurück in den Flur.

„Ähh …" Ihr Blick wanderte zwischen ihm und Shay hin und her, ihre Wangen erröteten. „Ich wollte nicht … Es tut mir … ähh … leid." Sie knallte die Tür zu und ließ sie schweigend zurück, während sie den immer schneller werdenden Schritten lauschten, die den Flur hinunterstapften.

Verdammt.

Leo verharrte stumm und ließ seine eigene Dummheit auf sich wirken, während er Shay weiter festhielt. Er war der Chef. So einen Mist durfte ihm bei der Arbeit nicht passieren. Zumindest nicht dort, wo man Sex in der Öffentlichkeit nicht erwartete.

„Es tut mir leid." Shay kletterte von ihm herunter und strich ihre Bluse glatt.

„Es ist nicht deine Schuld." Er richtete seine Kleidung und half, ihr Haar zu entwirren. Er hatte keine Ahnung, wie er aussah, aber Shays Bluse war zerknittert und ihr Haar restlos durcheinander. Sie hatte praktisch *Lagerraum-Quickie* auf der Stirn stehen. Hätten sie nur die Ziellinie überquert, dann würde sich das Ganze zumindest lohnen.

„Wie sehe ich aus?" Sie sah zu ihm auf, ihre Pupillen besorgt geweitet.

„Ähm."

Sie verzog das Gesicht. „Ich sehe lächerlich aus, oder?"

„Du siehst aus wie eine Frau, die bei einem Quickie im Lagerraum erwischt wurde."

„Großartig." Mit einer Hand kämmte sie sich durch die Haare, während die andere ein Haarband aus der Tasche zog.

Nein, nicht großartig. Er hatte noch nicht den richtigen Moment gefunden, um mit T.J. und Brute zu sprechen, und er musste es vor dem Flurfunk schaffen.

„Shay, es tut mir leid, aber ich muss mit den Jungs reden, bevor sie von jemand anderem erfahren, was los ist." Er küsste ihre Schläfe und umfasste ihre Schultern. „Kommst du klar?"

Sie zog ein halb komisches, halb verzweifeltes Gesicht. „Ja. Geh."

„Wir treffen uns an deinem Auto, sobald deine Schicht zu Ende ist." Draußen. Allein. Wo man sie nicht erwischen würde, wenn sie sich wie verstohlene Teenager benahmen.

Sie nickte. „Ich beseitige das Chaos."

Er betrachtete die Pfütze aus Alkohol und Glasscherben auf dem Boden vor den Regalen. „Verdammt." Er hatte die zerbrochene Flasche ganz vergessen. „Ich mache es wieder gut. Versprochen." Nach einem letzten Kuss ging er zur Tür und drückte die Klinke hinunter. Er öffnete sie – und stieß beinahe mit Brute zusammen, der ihn anstarrte. Sein Freund lehnte an der Wand, die Arme vor der Brust verschränkt, ein entnervter Ausdruck auf dem Gesicht.

Konnte die Situation noch schlimmer werden?

„Wir müssen reden", knurrte Brute.

Ja, anscheinend konnte sie das.

KAPITEL ZWÖLF

*L*eo wartete zehn Minuten, damit Brute sich beruhigen konnte, bevor er den leeren Nachtclub betrat.

„Wenn man vom Teufel spricht."

Er hob den Kopf, als er sich der Hauptbar näherte, und sah T.J., der sich gerade auf seinem Barhocker zu ihm umdrehte.

„Wurde auch Zeit." Brute, der gerade Chipstüten hinter der Theke verstaute, drehte sich ebenfalls um.

Leo ignorierte die Stichelei und nahm neben T.J. Platz. Sie drei mussten reden, allerdings machte Brutes Gesichtsausdruck deutlich, dass von ihm nicht viel Höflichkeit zu erwarten war.

„T.J. hat mir gerade vom Stalker-Drama am Samstagabend berichtet." Brute lehnte sich mit prüfendem Blick an den Tresen der Bar. „Bitte sag mir, dass du nicht mit ihr geschlafen hast."

Leo verzog das Gesicht.

„Verdammte Scheiße, Mann. Willst du mich verarschen?" Brutes Stimme wurde mit jedem Wort lauter und weckte Leos Zorn.

„Meine Freizeit geht euch nichts an." Es war eine Lüge, ein sinnloser Versuch, gegenüber Brutes selbstgerechter Haltung etwas Boden zu gewinnen. Leo wusste, dass er im Unrecht war. Er hätte ihnen von Shay erzählen müssen, direkt nachdem es passiert war. Doch manchmal nahm Brutes Arschloch-Art ihm die Fähigkeit klar zu denken und versetzte ihn direkt in den Angriffsmodus.

„Tut sie, wenn du während der Geschäftszeiten deinen Schwanz in einer unserer Mitarbeiterinnen vergräbst.“

Das stimmte, doch Leo brauchte keinen Vortrag. Und Brute hörte selten auf die Vernunft. Ausnahmsweise einmal wollte Leo glücklich sein. Sich ein kleines Bisschen Heiterkeit in seiner für lange Zeit gefrorenen Brust bewahren und auf das Beste hoffen. Er glitt vom Hocker und trat zurück, bereit das Weite zu suchen.

„Warte.“ T.J. packte Leos Oberarm. „Ihr beide müsst euch beruhigen, damit wir das besprechen können.“

Leo befreite sich ruckartig aus dem Griff und erwiderte Brutes finsteren Blick. „Dann rede und hör auf, dich wie ein verdammtes Arschloch zu verhalten.“

Es folgte eine bedeutungsschwangere Pause, in der nichts als das Klirren der Pfannen aus dem angrenzenden Restaurant zu hören war.

„Du weißt, dass das nicht gut ausgehen wird“, grummelte Brute schließlich.

„Vielleicht vermasseln wir es ja gar nicht.“ Es war sehr wahrscheinlich, jedoch nicht unvermeidbar. „Wir gehen es beide langsam an. Shay ist bereit, mehr über den Lifestyle zu lernen, also werden wir sehen, wohin es uns führt.“

„Es im Lagerraum mit ihr zu treiben nennst du langsam?“ Brute schüttelte den Kopf und schnaubte. „Außerdem schmachtet Shay dich seit Monaten an. Ich bin mir ziemlich sicher, dass sie alles für einen Fick tun würde.“

„Vorsicht!“ Leo zeigte wütend mit dem Finger über die Bar. „Ich kenne das Risiko. Ich gehe es nicht zum ersten Mal ein.“

„Und offensichtlich hast du nichts daraus gelernt. Ist ihr klar, was dein Lifestyle beinhaltet? Habt ihr gründlich darüber gesprochen? Denn ein paar Stunden im *Vault* zu arbeiten kratzt nicht einmal an der Oberfläche dessen, was da unten passiert.“

Fick dich.

Leo knirschte mit den Zähnen und drehte ihnen den Rücken zu, um auf die leere Tanzfläche zu starren. Das hatte er von seinen Freunden nicht erwartet. Ja, sie hatten alle den gleichen Mist und zerbrochene Beziehungen wegen des Clubs durchlebt, doch das bedeutete nicht, dass sie die Vorstellung, jemals einen festen Partner zu haben, aufgeben mussten. Shay war seine eine Chance, die Dinge für sich zum Guten zu wenden.

„Leo, es steht uns nicht zu, dir vorzuschreiben, was du tust. Oder mit wem du es tust", begann T.J. „Aber du bringst uns alle in Gefahr. Mir war nicht bewusst wie sehr, bis Brute mich darauf hinwies."

„Natürlich hat er dich darauf hingewiesen." Leo schwang sich herum, um sie anzusehen. „Andere unglücklich zu machen ist sein Modus Operandi."

„Darum geht es hier nicht." Der Ärger in Brutes Blick ließ etwas nach. Er schnaubte. „Wir haben viel zu verlieren."

„Dessen bin ich mir bewusst."

Shay würde nicht länger für sie arbeiten können, wenn die Sache zwischen ihnen nicht funktionierte. Sie müsste gehen, was dazu führen würde, dass sie zu wenig Personal hätten und Leo sein kaputtes Ego erneut wieder aufpäppeln müsste.

„Wirklich?", fragte Brute. „Du hast also darüber nachgedacht, was für ein dickköpfiger Hitzkopf sie ist? Wenn du sie verarschst, wird sie sich erst wehren und im Anschluss Fragen stellen."

Leo erstarrte und versuchte den Schmerz hinunter zu schlucken, der ihm die Kehle zuschnürte. Shay schlug schnell verteidigend um sich, doch sie war professionell ... die meiste Zeit. „Sie würde nichts Dummes tun."

„Und du bist bereit aufgrund dieser Vermutung das *Vault of Sin* zu riskieren?" Brute lachte verächtlich. „Für einen klugen Kerl verhältst du dich verdammt dumm."

„Ihr beide habt den Ball doch erst ins Rollen gebracht, nicht ich." Seine Brust brannte vor Wut. Nichts von all dem wäre passiert, wenn sie sie nicht ermutigt hätten, im Untergeschoss zu arbeiten. „Ich wollte sie von Anfang an da unten nicht haben."

„Sie sollte sich um die Bar kümmern, nicht um deinen Schwanz", schoss Brute zurück.

„Kommt wieder runter." T.J.s Aufforderung hallte von den Wänden wider. „Verdammt nochmal, atmet durch, alle beide."

Leos Nasenflügel bebten, als er versuchte seine wilde Atmung in den Griff zu bekommen. Es war nicht nur Groll darüber, dass Brute ein gefühlloser Bastard war, der ihn hyperventilieren ließ. Es war die Tatsache, dass sein Geschäftspartner mit Shays Temperament Recht hatte. Sie war eigensinnig, und wenn sie verletzt wurde, war ihre erste Reaktion zurückzuschlagen. Würde Leo den Laden alleine führen und das Risiko nur auf seinen Schultern lasten, wäre es vielleicht nicht so schlimm. Doch ihre Beziehung war gefährlich für T.J., Brute, das *Vault of Sin* und alle Mitglieder, die sich innerhalb dessen Mauern zu Hause fühlten.

Fuck.

Sein Verstand hatte sich einzig und allein mit dem möglichen Verlust von Shay als Freundin und Barkeeperin auseinandergesetzt. Gott wusste, seine Erfahrung mit verlogenen Frauen war erstklassig. Er hätte jede Möglichkeit, in die sich ihre Beziehung entwickeln konnte, in Betracht ziehen müssen, anstatt sich einzig auf die Wollust zu beschränken.

„Ich drucke eine Geheimhaltungserklärung aus", brach T.J. das Schweigen. „Genau die gleiche, die wir Travis und Tracy unterschreiben ließen. Dann kennt Shay die legalen Konsequenzen, die ihr bei der Enthüllung von *Vault of Sin* drohen."

„Nur zu", grunzte Brute. „Aber wir wissen alle, dass das Ding nutzlos ist, weil der Club illegal betrieben wird."

Leo versuchte unter der Last der Schuld, die auf seine Brust drückte, nicht zusammenzubrechen und fuhr mit einer müden Hand über sein Gesicht. Sein Schlafmangel half ihm nicht gerade dabei, eine Lösung für den Schlamassel zu finden. Er war zu sehr von Lust und der Hoffnung überwältigt worden, endlich jemanden gefunden zu haben, der seine Begierden akzeptierte, als dass er in den letzten Nächten mehr als nur ein paar Stunden hatte schlafen können.

Es musste funktionieren. Irgendwie. Er brauchte Shay, aber er brauchte auch den Club und seine Freunde an seiner Seite. „Was soll ich tun?" Er schnitt eine Grimasse, als seine Stimme brach.

Brute seufzte. „Halte dich von ihr fern."

„Nein." Leo schüttelte den Kopf, nicht aus Verärgerung, nicht aus Trotz, sondern in Resignation. Er konnte sich nicht fernhalten. Der heutige Tag hatte bewiesen, dass er nicht stark genug war.

„Ich meine nicht für immer. Nur für ein oder zwei Wochen. Lass sie alles etwas überdenken und zu ihrem eigenen Entschluss kommen, ohne dass deine ganzen Pheromone ihr Urteilsvermögen durcheinanderbringen. Falls sie am Samstag zu ihrer Schicht im *Vault* auftaucht, wissen wir wenigstens, dass sie den ersten Schritt selbst getan hat."

„Das gibt uns auch Zeit genug herauszufinden, ob sie Arbeit und Vergnügen trennen kann", fügte T.J. hinzu. „Es ist nicht ungewöhnlich, dass du im Büro bist und die Bücher aktualisierst. Halte Abstand. Zumindest für eine kurze Zeit."

Leo lachte niedergeschlagen. „Und ihr glaubt, Shay hat kein Problem damit, ignoriert zu werden? Sie wird stinksauer sein." Sie würde fuchsteufelswild sein.

„Falls es ihr um eine echte Beziehung geht und nicht nur um Sex, wird sie warten."

T.J. nickte. „Es tut mir leid, aber ich glaube, dass es notwendig ist. Ich weiß, ich habe darüber gewitzelt, dass ihr zwei gut zusammenpassen würdet, aber wir haben alle viel riskiert, um das *Vault of Sin* zu eröffnen. Ich würde mich besser fühlen, wenn ich wüsste, wie ernst sie das Ganze nimmt."

„Wir werden sie für dich im Auge behalten." Brute senkte seine Stimme und die Feindseligkeit darin verflüchtigte sich endlich. „So wie es in der Vergangenheit gelaufen ist, müssen wir leider extravorsichtig sein. Keiner von uns will den anderen scheitern sehen."

„Ja, ich hab's verstanden." Leo rieb sich seinen verspannten Nacken und die letzte hoffnungsvolle Aufregung in ihm verblasste.

Er war T.J. und Brute Seelenfrieden schuldig. Verdammt, wenn einer von ihnen es mit einer Angestellten treiben würde, würde Leo wahrscheinlich die gleiche Besorgnis empfinden. Sie alle hatten wegen ihrer Vorlieben ihr Kreuz zu tragen. Brute war offen und ehrlich gewesen und hatte nichts zurückgehalten, als seine Freunde und Familie es herausgefunden haben. Er hatte ihre Missbilligung akzeptiert, sich jedem einzelnen von ihnen verschlossen, und wurde mit jeder verlorenen Verbindung herzloser und scherte sich nicht länger darum, ob er jemanden kränkte.

T.J. hatte das Gegenteil gemacht und war weggelaufen, bevor er sich oder anderen Schmerzen zufügen konnte. Er hatte eine Ehefrau und eine vielversprechende Zukunft hinter sich gelassen, weil er es nicht ertragen konnte, die Frau, die er liebte, zu beschmutzen. Und weder Leo noch Brute konnten es ihm verübeln. Die Leute hatten feste Ansichten, wenn es um Sex ging. Viele davon ließen sich nicht beeinflussen. Aber er konnte Shay nicht ohne Erklärung zurücklassen und von ihr erwarten, dass sie ihn am Ende der Woche mit offenen Armen empfing.

„Ich muss es ihr sagen." Es graute ihm bereits vor dem Gespräch. „Ich fange sie nach ihrer Schicht auf dem Parkplatz ab."

„Tu, was du tun musst."

„Aber vergiss nicht, was und für wen alles etwas auf dem Spiel steht", fügte Brute hinzu.

Richtig. Leo machte auf dem Absatz kehrt und ging zurück in Richtung *Shot of Sin.*

„Es ist das Beste für alle", rief T.J.

Leo schnaubte. Frauen wollten nie weggestoßen werden, und er hatte bereits am eigenen Leib erfahren, wie Shay auf Zurückweisung reagierte. Pech für ihn, er hatte bereits am Wochenende sein gesamtes Glück mit ihr verbraucht. Was er jetzt brauchte, war ein Wunder.

KAPITEL DREIZEHN

Shay schlenderte über den Parkplatz und versuchte ein euphorisches Grinsen zu unterdrücken, als sie Leo an der Seite ihres Wagens lehnen sah. Die Sonne ging gerade unter, die Vögel zwitscherten, und dazu er, ein wahrhaft herrlicher Anblick, wie er in seiner Anzughose und seinem Businesshemd so dastand.

Hallo, ihr unkontrollierbaren Hormone, da seid ihr ja wieder.

Sie hatte sich Sorgen gemacht, weil sie nicht wusste, wie Brute und T.J. die Lagerraum-Geschichte oder ihre Beziehung im Allgemeinen aufnehmen würden. Doch Leo war nicht zu ihr gekommen, um mit ihr zu sprechen, also nahm sie an, dass alles gutgegangen war. Und das war gut so, denn sie wusste nicht, wie sie ihre Verbindung verbergen sollten, wenn sie die Hände nicht voneinander lassen konnten.

„Ich hoffe, du hast nicht lange warten müssen."

Der Gedanke, dass er überhaupt wartete, brachte ihren Unterleib zum Kribbeln. Nie zuvor war sie die aufgedrehte Freundin … oder Partnerin … oder was auch immer sie war, von jemandem gewesen. Allein der Anblick von Leo brachte ihren Körper auf Hochtouren.

„Nein."

Sie ignorierte seinen schroffen Tonfall und schlenderte auf ihn zu, während sie ihre Handtasche schulterte. Sie hatten nur eine Nacht zusammen verbracht, und trotzdem hatte er ihr genug Vertrauen in eine gemeinsame Zukunft gegeben, dass sie ihre Hände um seinen Hals schlang und ihren Körper an seinen presste. „Willst du mit zu mir nach Hause kommen?"

Ihr rutschte das Herz in die Hose, als er sich versteifte und seine Lippen zu einer schmalen Linie zusammenpresste. Er schaute direkt durch sie hindurch. In seinem Ausdruck lagen weder Hitze noch Leidenschaft. Nichts. Nur kalte Distanziertheit.

„Leo?" Als er weiter schwieg, ließ sie die Hände fallen und trat zurück. „Was ist los?"

„Entschuldigung." Er blinzelte Leben in seine Augen zurück und griff nach ihr. „Es ist alles in Ordnung. Ich muss nur ein paar Dinge mit dir besprechen."

Sie schüttelte seine Berührung ab und blieb außerhalb seiner Reichweite. „Das klingt ziemlich unheilvoll."

„Ist es aber nicht." Seinen Worten fehlte der Enthusiasmus, seine Aussage zu untermauern.

„Los, spuck's aus." Sie verschränkte die Arme vor der Brust und bemerkte, dass er ihre bewusst hervorgehobenen Brüste ignorierte. Irgendetwas stimmte nicht. Und zwar überhaupt nicht.

„Ich muss die ganze Woche im Büro arbeiten, also werden wir wahrscheinlich keine Gelegenheit haben, uns zu sehen."

Sie runzelte die Stirn und fixierte ihn mit einem fragenden Gesichtsausdruck. „Das ist alles?"

Er hob die Schultern. „Ja. Ich sagte doch, es ist nichts." Die Gleichgültigkeit in seiner Stimme sagte etwas anderes. „Ich bezweifle, dass wir uns vor Samstagabend wiedersehen werden. Ich muss mich durch einen Haufen Papierkram arbeiten."

Und dich werde ich überhaupt nicht bearbeiten. „Okay. Also mit anderen Worten, Brute und T.J. sind stinksauer." Alarmglocken begannen zu schrillen, als er den Augenkontakt abbrach. „Oder vielleicht ruderst du auch nur zurück. Schon wieder."

„Nein." Sein Ton war hart, als sich ihre Blicke trafen. „Ich rudere nicht zurück. Ich muss mir nur über einige Dinge klarwerden."

Er ergriff sie, und diesmal sank sie bereitwillig in seine Arme, weil sie seine Berührung brauchte. Diesmal würde sie ihn nicht verlieren. Auch wenn ihre eigenen Gefühle beim Gedanken ans *Vault of Sin* sie beinahe davonrennen ließen, wollte sie sich nicht noch einmal von ihm zurückweisen lassen. Nicht, wenn sie wusste, dass sie zusammen großartig sein würden.

„Ich meine es ernst mit uns. Aber T.J. und Brute haben verdeutlicht, was wir alles verlieren könnten, wenn das mit uns nicht klappt. Wir beide müssen uns bewusstmachen, was auf dem Spiel steht."

Sie konnte nachvollziehen, dass sie Vorsicht walten lassen wollten. Zum Teufel, sie hatte sich bereits damit abgefunden, ihren Job zu kündigen, wenn das zwischen ihnen den Bach runtergehen sollte. Nur sein schwindender Enthusiasmus bereitete ihr Herzschmerz. Nach heute Nachmittag hatte sie mehr Flirtereien zwischen ihnen erwartet, vielleicht sogar weitere heiße Begegnungen in abgelegeneren Bereichen. Jedenfalls nicht die kalte Schulter, die ihr gerade die Luft abdrückte.

„Ich weiß, was auf dem Spiel steht."

Er neigte den Kopf. „Dann nutze die Gelegenheit darüber nachzudenken, was es bedeutet, Zeit im *Vault of Sin* zu verbringen. Nicht nur als Angestellte, sondern auch wie du dich fühlen wirst, wenn ich dich endlich das erste Mal als meine Partnerin mit dorthin nehme."

Shay schauderte beim Gedanken daran. Während ihrer freien Tage hatte sie Internetrecherche betrieben, die ihre Meinung über Sexclubs und die Erotik-Szene im Allgemeinen nicht gerade verbessert hatte. Jede Seite hatte eine andere Sichtweise, und keine davon war wohlwollend. Eine behauptete sogar, die meisten Clubs würden wie Bordelle geführt, in denen alle anwesenden Singlefrauen als bezahlte Sexarbeiterinnen eingesetzt wären, damit die Männer auf jeden Fall auf ihre Kosten kamen. Im Grunde hatte ihre Google-Suche ihre Abneigung nur noch weiter gestärkt. Das hatte ihre Finger jedoch nicht davon abgehalten, weiter in die Tasten zu hauen. Sie hatte Stunden damit verbracht, sich durch reißerische Beiträge zu lesen und nach einem Ort wie das *Vault of Sin* zu suchen. Leo, Travis und sogar die Frau, die im Badezimmer auf sie zugekommen war, hatten von einer respektvollen Umgebung gesprochen. Einer, an der sich auch Shay mit der Zeit wahrscheinlich erfreuen konnte. Doch alle Seiten, die sie gefunden hatte, beinhalteten schmierige Informationen, die sich mehr auf männliche Prahlerei konzentrierten.

„Ich weiß, dass es noch dauern wird, bis das passiert." Leo fuhr mit einer Hand durch ihr loses Haar und schaute auf ihre Lippen. „Aber es ist besser für dich jetzt zu entscheiden, dass du nicht Teil des Lifestyles sein willst, als dich selbst oder mich später dafür zu hassen."

Sie nickte abrupt und wünschte sich, sie könnte dagegenhalten und selbstbewusst sagen, dass sie bereit war weiterzumachen. Allerdings plagte sie ihre Angst vor Sex in einem solchen Rahmen noch immer. „Okay. Der Plan ist also, einander bis Samstag zu ignorieren?"

„Wie ich schon sagte, werde ich mich in meinem Büro auf Aufträge und

Steuerblödsinn konzentrieren. Ich werde dich nicht ignorieren, aber ich bezweifle trotzdem, dass ich dich sehen werde."

Ein weiteres Nicken. In ihrem Duo war sie die schwächere Partei, und das gefiel ihr gar nicht. Normalerweise umschmeichelten sie die Männer und überhäuften sie mit ihren Aufmerksamkeiten. Leos Fähigkeit, sie so leicht beiseitezuschieben, war wie ein Tritt in ihre überempfindlichen Geschlechtsorgane. Die Kirschen in Nachbars Garten schmeckten wohl doch nicht immer süßer.

Zeitweise getrennt zu sein konnte jedoch eine gute Sache sein. Es würde ihr Raum geben, sich gegen seine Anziehungskraft zu wappnen. Es konnte sich sogar zu ihren Gunsten entwickeln, wenn er sie zu vermissen begann. Sie konnte nur hoffen, dass er der Erinnerung an ihren Charme erlag und zu ihr gerannt kam, bevor sie es zuerst tat.

„Kein Problem", log sie und zog sich aus seiner Umarmung zurück. „Ich schätze, wir sehen uns dann am Samstag."

„Ja."

Sie lächelte durch ihre Enttäuschung hindurch und schloss ihr Auto auf. „Bis dann."

Als sie sich wegdrehen wollte, ergriff er ihre Hand und zog sie zurück in seine Arme. Sie hatte eine Sekunde Zeit Luft zu holen, bevor seine Lippen sanft die ihren berührten und ebenso schnell wieder verschwanden.

Sie verfluchte innerlich ihr Verlangen nach mehr, danach, ihre Hände unter sein Hemd zu schieben und seine Haut mit ihren Nägeln zu markieren. Stattdessen ging sie die verbliebenen Schritte zu ihrem Auto, ohne auf ein weiteres Wort des Abschieds zu warten, während sie den Teufel auf ihrer Schulter ignorierte, der ihr ins Ohr säuselte, dass sie gerade von Leo abserviert worden war.

Schon wieder.

KAPITEL VIERZEHN

*S*hay dachte tagelang darüber nach, *was auf dem Spiel stand.* Sie hatte gedacht, es sei schlimm gewesen, die Zeit von Dienstag bis Donnerstag zu überstehen. Ihr Körper schmerzte nicht länger vom Sex-Hoch des Wochenendes, und die Stunden, die sie fern von Leo verbrachte, während er nur wenige Meter entfernt war, ermöglichten ihren Zweifeln sich zu vervielfachen. Und doch war Freitagabend schlimmer als alle Tage zuvor.

Wie üblich arbeitete sie an der Hauptbar im *Shot of Sin* und vertrieb sich die Zeit, indem sie versuchte Leo telepathisch davon zu überzeugen, zu ihr zu kommen. Nur tat er das nicht. Weder in den ersten vier Stunden ihre heutigen Schicht, noch zu irgendeinem anderen Zeitpunkt der letzten drei Tage.

Ihre Frustration hatte ihren Höhepunkt erreicht. Sie war so angefressen, dass sie zitterte, und so sehr sie es auch versuchte, sie konnte der Sehnsucht in ihrer Brust, die von ihr verlangte, endlich nach ihrem nervtötenden Boss zu suchen, keinen Einhalt gebieten.

Sie brauchte keinen Freiraum. Sie brauchte Zuspruch. Ein Fundament. Vielleicht ein bisschen Aufmerksamkeit, die ihre Bedenken zerstreute. Jetzt, da sie fast eine Woche beklommen auf Messers Schneide verbracht hatte, war sie sich nicht sicher, wie sie ihren Frust verbergen sollte, wenn sie sich endlich wieder gegenüberstanden.

„Himbeere und Wodka in einem großen Glas, bitte."

Du willst mich wohl verarschen.

Zähneknirschend sah sie zu dem Einzelgänger auf, der jede verdammte Woche in ihre Bar kam. Er musste lernen, dass hübsche, rosa Drinks ihm nie dabei helfen würden, flachgelegt zu werden. Sie atmete tief durch und nahm ein kleines Glas vom Tablett, füllte es und schob es mit finsterer Miene in seine Richtung.

„Das habe ich nicht bestellt", sagte er stirnrunzelnd laut genug, um über die Bassmusik hinweg gehört zu werden.

„Nein, haben Sie nicht." Shay zeigte auf den trockenen Scotch vor ihm. „Sowas bezeichnen wir Barkeeper als Männergetränk." Sie hielt inne und wartete auf seinen Unmut. Als keiner kam, zeigte sie ein breites Grinsen ohne jeglichen Charme. „Von jetzt an werde ich Ihnen nur noch so etwas servieren. Also, trinken Sie aus oder finden Sie jemand anderen, der Ihnen Ihre Bestellung mixt."

Ein mürrischer Ausdruck legte sich auf sein normalerweise ebenes Gesicht, dennoch zahlte er.

Seine Unfähigkeit sich zu verteidigen machte sie noch wütender. Sie war extrem frustriert. Wegen des Einzelgängers. Wegen sich selbst. Und vor allem wegen Leo. Er hatte sie ruiniert und sie in ein erbärmliches, schwaches und zweifelndes Etwas verwandelt.

Ihr Herz hämmerte in ihrer Brust, als die Belastung der vergangenen Woche mit voller Wucht über ihr einstürzte.

„Ich bin noch nicht fertig." Die Worte purzelten ungebeten aus ihr heraus. „Sie werden außerdem den obersten Knopf Ihres puritanischen Hemds öffnen, Ihr verfluchtes, viel zu nerdiges Haar durchwuscheln und um Gottes Willen mit ein bisschen Stolz herumlaufen. Hören Sie auf zu schmollen, als würden Sie jedes Mal Ihre Eier verlieren, wenn Sie eine Frau fragen, ob sie einen Drink möchte, verstanden?"

Ihre Kehle war trocken und ihre Hände zitterten, als sie vergeblich versuchte sich zusammenzureißen. Das war alles Leos Schuld. Er ignorierte sie, schob sie zur Seite wie ein leeres Bonbonpapier und hatte nicht einmal einen Moment Zeit, sie anzurufen oder ihr eine verdammte Nachricht zu schicken.

„Blödes Arschloch", grummelte sie und verzog das Gesicht, als der jetzt wütende Blick des Gastes über ihre Schulter wanderte.

„Shay."

Bei dem autoritären Tonfall erstarrte sie. *Herrgott.* Das Letzte, was sie brauchte, war Brute und seine herzlose Arroganz.

„In den Lagerraum. Sofort", knurrte er.

Ohne sich die Mühe zu machen, die Gegenwart ihres Chefs anzuerkennen, wirbelte sie herum und machte sich auf den Weg. Sobald sie in dem kleinen Raum allein waren, brach sie zusammen. Ihre verhasste Schwäche brannte in ihren Augen.

„Was ist dein Problem?", fragte er ohne Umschweife.

Sie wusste nicht, wie er sich so beherrschte. Wie er seine ganzen Emotionen so in sich vergraben konnte, dass sie nie das Tageslicht erblickten. Sie besaß diese Stärke offensichtlich nicht. „Nichts."

Er hob eine Braue. Das reichte aus. Eine überhebliche, ungeduldige Braue, die ihr bedeutete, sich zu beeilen und es auszuspucken.

„Du weißt, dass ich mit Leo geschlafen habe." Da, sie hatte es zugegeben. Jetzt musste sie nicht mehr so tun, als würden ihre Emotionen gerade nicht kopfstehen. Zur Hölle mit der Professionalität, sie war eine Frau mit einem verletzten Ego, die kurz davor war, in Hysterie zu verfallen. *Macht euch alle bereit.*

„Ja, ich weiß."

Sie wartete. Auf etwas, irgendwas, doch er stand nur weiter mit erhobener Augenbraue da.

„Er geht mir aus dem Weg." Sie warf frustriert die Hände hoch. „Er weiht mich in die ganzen Geheimnisse da unten ein, rettet mich, als irgendein Typ meinem Auto folgt, und bringt mich nach Hause. Dann vögelt er mich besinnungslos und schwört, er wolle mit mir zusammen sein. Dann existiere ich plötzlich nicht mehr."

Sie hielt inne und hoffte auf Trost, von dem sie wusste, dass sie ihn nicht erwarten konnte. Je länger Brute schwieg, desto wertloser fühlte sie sich.

„Wenn er einen Fehler gemacht hat, gut", sagte sie niedergeschlagen mit leiser Stimme. „Er braucht es mir nur sagen. Und mich nicht tagelang auf die Folter spannen. Er soll einfach seinen Mann stehen und es mich wissen lassen."

„Ich habe ihm gesagt, er soll dir Freiraum geben."

„Du hast was?"

Sein Blick verhärtete sich und durchbohrte sie verärgert. „Ich habe dich vor langer Zeit ermahnt, dich von Leo fernzuhalten. Du hast nicht gehört. Jetzt musst du Abstand gewinnen und dir darüber klarwerden, was passieren wird, wenn das zwischen euch nicht klappt."

Wenn, nicht Falls.

„Mir ist bewusst, dass ich meinen Job verlieren werde."

„Ja, das wirst du", sagte er ohne Bedauern. „Aber was ist mit Leo? Was ist mit *Vault of Sin*?"

Sie runzelte die Stirn, plötzlich defensiv. „Was sollte damit sein?"

„Du bist stark, Shay, aber manchmal bist du auch ein temperamentvolles Biest, das schnell aus der Haut fährt. Wenn du hier aus einer Laune heraus verschwindest, wer sagt uns, dass du der Welt nicht unsere Geheimnisse verrätst?"

Sie wich zurück, als hätte er sie geschlagen. „Das würde ich nie tun."

„Vielleicht nicht." Er zuckte die Achseln. „Ich bin jedoch nicht überzeugt, dass du einvernehmlich deiner Wege gehen würdest. Dann ist da noch Leo. Er wird bei der Arbeit Mist bauen und T.J. und ich müssen hinter ihm aufräumen. Zwar wird es den Club unten bekannter machen, weil er anfangen wird sich durch die Frauen zu ficken, als wäre es eine neue Olympiadisziplin, doch das wird mir die Arbeit nicht einfacher machen."

Ihr Herz sank in die Kniekehlen, als sie das Bild von Leo vor sich sah, der von einem Meer von Frauen umringt war, die alle um seine Aufmerksamkeit buhlten. „Du bist so ein Scheißkerl."

„Ich mache nur meinen Standpunkt klar, Liebes. Du bist der eifersüchtige Typ. Allein zu wissen, dass er jetzt gerade unten bei einer Privatparty ist, wird dich in Rage bringen, fürchte ich."

Das Herz in ihren Kniekehlen hörte auf zu schlagen und sank ins Bodenlose. „Du lügst."

Was hatte sie getan, dass sie verdiente, so von Brute behandelt zu werden? Sie hatte ihn immer respektiert, war sogar zu ihm gegangen, um ihn um Rat zu fragen, weil er die Wahrheit nicht hinter irgendwelchem Unsinn versteckte. Herauszufinden, dass ihre Freundschaft eine Einbahnstraße war, war ein weiterer Schlag ins Gesicht.

„Warum sollte ich mir die Mühe machen?" Seine ausdruckslosen Augen verrieten ihr, dass er die Wahrheit sagte. „Es ist eine geschlossene Party, und der Gastgeber hat speziell Leo darum gebeten, eine leitende Funktion zu übernehmen. Scheinbar bin ich den Gästen nicht gesellig genug." Er feixte, stolz auf seinen zweifelhaften Ruf. „Und T.J. ist nicht gerade für seine Teilnahme an solchen Events bekannt."

Shay umklammerte ihren Bauch in dem verzweifelten Versuch, sich nicht vor Schmerz zu krümmen. „Er hätte es mir sagen sollen", flüsterte sie. Leo hatte ihr Treue versprochen, und sie würde ihn beim Wort nehmen, aber sich auszumalen, wie er von Versuchungen und unverhohlenen

Angeboten umgeben war, ließ sie alles infrage stellen – ihre Zuversicht, ihren Job, erst recht ihre gemeinsame Zukunft.

„Er wird nicht anfangen, dich um Erlaubnis zu bitten, seinen Job machen zu dürfen."

Sie holte tief Luft und nickte. Er hatte Recht. Deswegen fühlte sie sich trotzdem nicht weniger verraten. Leo hatte ihr letzte Woche gesagt, dass sie nie ohne ihn nach unten gehen durfte. Würde das jemals für sie beide gelten?

„Shay." Brutes Ton wurde milder. „Es nicht zu spät, deine Meinung zu ändern. Geh nach Hause. Denk nochmal darüber nach. Falls du dich entscheidest, nicht mit ihm zusammen sein zu wollen, dann legen wir die Schichten für eine Weile um, damit ihr nicht zusammenarbeiten müsst. Es wird in null Komma nichts vorübergehen und auf der Arbeit wird alles wieder so sein, wie es vorher war." Er musterte sie. „So einfach wird es nicht mehr sein, nachdem ihr zwei euch einmal nähergekommen seid."

„Und was, wenn ich nicht einfach aufgeben kann?"

Brute sah sie mitfühlend an, das erste aufrichtige Gefühl, das sie je über sein Gesicht hatte huschen sehen. „Dann werden wir alle jeden Tag nehmen, wie er kommt."

Sie lachte spöttisch. „Das ist keine Gruppenbeziehung."

Er schwieg einen langen Moment, während das Klopfen ihres Herzens den schweren Beat des Basses imitierte. „Du hast noch nicht gründlich genug über das Ganze nachgedacht, weil du das Gesamtbild nicht siehst. Ich glaube, du weißt nicht, was ein Leben mit Leo bedeutet."

„Ich weiß." Er hatte sie schon oft genug überrascht. „Aber ist meine Bereitschaft es versuchen zu wollen nicht Beweis genug, dass ich mit dem Herzen dabei bin?"

„Geh nach Hause, Shay. Stell dir deine Zukunft mit ihm aus jedem Blickwinkel vor." Er trat vor und drückte kurz ihre Schulter. „Und mach dir keine Sorgen, wenn du für morgen Abend noch nicht bereit bist. Wenn du nicht kommst, weiß ich, dass du mehr Zeit brauchst."

Sie rollte mit den Augen in dem Versuch, die Spannung im Raum zu verringern. „Du vertreibst mich nur, damit du mehr Zeit mit den Ladies da unten verbringen kannst."

„Natürlich." Er grinste, doch seine Freude verblasste schnell. „Wir wollen dich nicht verlieren."

Die Traurigkeit in seiner Stimme traf sie tief, und endlich verstand sie, wie eine Frau ihn so sehr hatte brechen können. „Es ist wegen *Vault of Sin*, oder?" Es war so leise, dass man meinen konnte, sie spräche mit sich selbst.

Seine Schroffheit, seine Reaktion auf ihre Nacht mit Leo ... Er verhielt sich so, weil eine seiner früheren Liebhaberinnen ihn mies behandelt hatte.

„Was meinst du?" Seine Stimme hatte zu ihrem emotionslosen Tonfall zurückgefunden.

Shay sah hoch in seine blauen Augen und bemerkte zum ersten Mal die winzigen grauen Flecken um seine Pupillen. Sie wollte mit der Hand durch das blonde, kinnlange Haar fahren, das er zurückgekämmt trug, und mit der Handfläche sanft über den leichten Bart streichen, der seinen wohlgeformten Kiefer bedeckte.

Ohne seine verletzte Seele wäre er ein umwerfender Mann. Allerdings trug er seinen Hass wie einen Schild und statt eines Lächelns zierte meistens Bitterkeit seine Gesichtszüge. Es bedurfte einer starken Frau, ihn zu heilen, und sie hoffte, er würde sie eines Tages finden.

„Nichts."

Er hob die Schultern. „Okay. Ich lasse den Rest des Personals wissen, dass du früher Schluss machst."

Sie nickte und er drehte sich zur Tür. „Hey, Brute ..."

Er hielt inne und sah über seine Schulter.

„Du bist nicht so herzlos, wie du uns alle glauben machen willst."

Er lachte humorlos. „Glaub was du willst, Liebes. Aber ich versichere dir, ich schütze damit nur mich selbst."

Dann war er verschwunden und ließ Shay mit der Last ihrer Gedanken allein.

KAPITEL FÜNFZEHN

*L*eo lief auf und ab. Nun, eigentlich saß er an der leeren *Vault* Bar, rieb sich die Stirn und wünschte sich seine Kopfschmerzen weg. Aber in seinen Gedanken ging er die Wände hoch. Er konnte nicht aufhören. Er war geistig erschöpft, sein Körper war für diesen Beziehungsquatsch nicht geeignet.

Warum musste es so kompliziert sein, regelmäßig mit derselben Person Sex zu haben? Er lachte laut auf. Wäre das mit Shay bloß reiner Sex. Aber nein, er musste seine Gefühle mit ins Spiel bringen. Er musste sich in sie verlieben.

Die letzten vier Tage waren ein Alptraum gewesen. Er hatte sich im Back Office eingeschlossen, weil er dachte, die Entfernung zur Bar würde es ihm erleichtern, sich von dort fernzuhalten. Und es war leichter … bis er sich daran erinnerte, dass er von seinem Laptop aus Zugriff auf alle Videokameras hatte. Von da an war seine Arbeitswoche vorbei gewesen.

Er hatte sie beobachtet. Stundenlang.

Die Privatparty hatte er als eine Gelegenheit gesehen, um von seinem Computer wegzukommen. Dann hatte er jede Stunde im Untergeschoss damit verbracht, sich an seinen Schreibtisch zurückzuwünschen. Nichts konnte seine Gedanken von Shay abbringen, und jetzt, da Samstagabend gekommen war, war er nicht sicher, wie es ausgehen würde.

Hinter ihm ertönte ein Geräusch, und er neigte den Kopf, um besser hören zu können, wer die Tür zur Haupttreppe öffnete. Sein Herzschlag wurde immer schneller, bis es heftig in seiner Brust pochte. Er lauschte in der Hoffnung, Shays sanfte Schritte zu hören. Er hielt sogar den Atem an, bis das dumpfe Geräusch ihm mitteilte, dass es sich nicht um die Person handelte, auf die er gehofft hatte.

„Ist sie noch nicht da?", fragte Brute.

Leo seufzte und rieb sich mit der Hand über sein Gesicht. „Nein. Sie hat auch noch Zeit."

Letzte Woche hatte sie gesagt, sie würde früh kommen, und doch verstrichen die Sekunden. In weniger als fünfundvierzig Minuten würden die ersten Gäste eintreffen.

Brute glitt auf den Hocker neben ihm und starrte vor sich hin. „Erwarte nicht zu viel, Kumpel."

„Wieso?" Leo drehte sich um. „Weißt du etwas, das ich nicht weiß?"

„Sie ist gestern Abend ausgerastet und hat ihren Frust an einem Kunden ausgelassen. Also habe ich sie vorzeitig nach Hause geschickt."

„Warum hat mir das keiner gesagt?" Er versuchte erfolglos, den Groll aus seinem Tonfall herauszuhalten.

„Du warst hier unten beschäftigt ... was ihr ebenfalls nicht gefallen hat."

Leo drehte sich wieder zur Bar und zählte langsam die Schnapsflaschen, um nicht selbst auszurasten. „Du hast ihr gesagt, wo ich war?"

„Hätte ich lügen sollen?"

Er senkte den Kopf in seine Hände und seufzte. „Nein. Aber ich ..." *Hätte derjenige sein sollen, der es ihr sagt.* „Ich muss sie sehen." *Sie muss einfach auftauchen.*

Herrgott. Er musste auf dem Hocker hin und her rutschen, um sicherzugehen, dass er immer noch einen Schwanz zwischen den Schenkeln hatte. Er hatte noch nie so viel für eine Frau empfunden. Zumindest nicht außerhalb des Schlafzimmers.

„Hör zu, Mann, ich weiß, du willst, dass es klappt, und das tue ich auch, aber sie hat keine Ahnung, was sie hier unten erwartet. Ich glaube nicht, dass ihr auch nur in den Sinn gekommen ist, dass T.J. und ich ebenfalls beteiligt sein werden."

„Wir sollten die Dinge langsam angehen. Ich will sie nicht verschrecken."

„Nun, sie wird geradezu eingeschüchtert sein, sobald sie mich nackt sieht. Ein solches Paket vergisst keine Frau so schnell."

Leo schüttelte den Kopf und grinste. „Zu schade, dass du nicht weißt, was du damit anfangen sollst."

„Klingt wie Eifersucht, Bruder." Brute durchwuschelte Leos Pferdeschwanz.

„Verpiss dich." Er schlug Brutes Hand mit einem Glucksen weg, dann verschwand seine gute Laune wieder so schnell, wie sie gekommen war. Sein Kumpel gab sein Bestes, ihn aufzumuntern, und das wusste Leo zu schätzen, aber er hatte schon die ganze Woche mürrische Laune. Jetzt lief die Zeit ab und sein Bauchgefühl sagte ihm, dass Shay nicht kommen würde.

„Ich weiß, ich bin in dieser Sache hart mit dir ins Gericht gegangen", murmelte Brute in die Stille. „Aber ich mag Shay."

Leos Nackenhaare stellten sich auf. Sein Freund gestand keine Gefühle ein. Niemals. Er zeigte keine Zuneigung. Seine Bewunderung gegenüber Frauen zeigte sich lediglich darin, wie er ihre Körper betrachtete oder in seinen Bemühungen ihnen Vergnügen zu bereiten. Worte wurden nie gesprochen, denn die könnten anschließend gegen ihn verwendet werden.

„Kein Grund, hochzugehen, Romeo. Ich bin nicht hinter deiner Frau her. Ich wollte nur ein Auge auf sie haben. Du bist hier am Dienstag völlig schwanzgesteuert durchs Restaurant stolziert. Ich hatte gehofft, die paar Tage getrennt voneinander würden euch beiden Zeit geben, klarer zu denken."

Leo stieß einen schmerzhaften Atemzug aus. „Klarer als jetzt werden meine Gedanken nie werden. Kannst du mich jetzt also wieder übernehmen lassen?"

„Aber sicher." Brute rutschte vom Hocker. „Die Sache mit der Geheimhaltungsvereinbarung habe ich die Tage über nicht nochmal angesprochen. Hoffen wir, dass sie auftaucht, dann bringe ich sie später nach unten."

Leo nickte wenig überzeugt. „Danke."

„Kopf hoch.", sagte Brute, der sich auf den Weg machte. „Du siehst aus wie ein Weichei, wenn du Trübsal bläst."

Seit über zehn Minuten stand Shay im gedämpften Licht des Hintereingangs von *Vault of Sin*. Sie würde nicht kneifen. Ins Auto zu steigen und hierher zu fahren war der schwierige Teil gewesen. Allerdings war sie sich nicht sicher, wie sie ihre Finger davon überzeugen konnte, den Klingelknopf neben der Tür zu drücken.

„Es ist Arbeit", murmelte sie vor sich hin. „Mehr nicht."

Glaubst du das wirklich?

Sie mochte immer noch sauer sein. Immer noch verflucht wütend darüber, dass sie in dem sex-lastigen Spiel, das sie spielten, jedes Mal den Kürzeren zog. Aber sie war wegen Leo hier. Schlicht und einfach. Ihre Gefühle für ihn waren zu übermächtig, um sie zu ignorieren.

Ganz gleich, wie oft sie über das schlimmstmögliche Szenario nachdachte – den Verlust ihres Arbeitsplatzes, die Erschütterung ihres Selbstvertrauens und das mögliche Risiko einer völligen Demütigung – ihr Herz klopfte weiterhin in einem sehnsüchtigen Rhythmus. Sie brauchte Leo, und sie war hier, um einer möglichen Zukunft mit ihm eine Chance zu geben. Ganz gleich, wie fürchterlich beängstigend es war.

„Jetzt musst du nur noch auf den verdammten Knopf drücken." Sie hob eine zittrige Hand und drückte mit angehaltenem Atem auf die Klingel.

Sie ignorierte das kleine Kamerapanel über dem Knopf und senkte ihren Blick auf die glänzenden schwarzen High-Heels, die sie trug. Innerlich verfluchte sie sich dafür, sich für die Schicht heute Abend so herausgeputzt zu haben. Statt der legeren Dreiviertelhose oder Jeans, die sie normalerweise anhatte, trug sie einen Rock und ihre feinste Unterwäsche. Es hatte eine Wagenladung Schokolade gebraucht, das spitzenbesetzte Ding ihre Beine hochzuziehen, und noch mehr, den Wonderbra auf ihrem Rücken zu schließen. Und sie hatte es für ihn getan – den Kerl, der sie die ganze Woche ignoriert hatte.

Die dicke, stahlbeschichtete Tür knarzte auf. Ihr Herz blieb beinahe stehen, als Leo in seiner makellosen schwarzen Hose und einem frisch gebügelten Hemd erschien. Seine Lippen waren zu einer dünnen emotionslosen Linie gepresst, und doch loderte in seine Augen etwas, das sie nicht genauer benennen wollte.

Er stand schweigend da, sein Blick musterte sie von Kopf bis Fuß und wieder zurück. Erinnerungen an letztes Wochenende erhitzten ihre Wangen. Sie betäubte den plötzlichen Funken der Erregung mit Verärgerung.

„Schön, dich wiederzusehen", sagte sie mit einem Kloß im Hals.

Sein Kiefer spannte sich an, seine Nasenflügel bebten, und gerade als sie glaubte, er würde sie in ihre Schranken weisen, packte er sie am Handgelenk und zerrte sie nach innen, wo er sie mit der einen Hand an die Wand presste und mit der Faust der anderen die Tür zuschlug.

„Leo ..."

Er unterbrach ihren Protest mit seinen Lippen und verschlang sie vor der verdunkelten Treppe mit seinem Mund. Nach einer Woche ohne ihn konnte sie ihren Zorn nicht länger aufrechterhalten. Ihre Abwehr versagte, als sie sich an ihn klammerte und ihn mit gleicher Inbrunst zurückküsste. Seine Zunge drang in ihren Mund, rieb über ihre und entlockte ihrer Kehle ein Stöhnen.

Das war es, was sie wollte. Leo. Sonst nichts. Keine Komplikationen oder Erwartungen. Nur er und sie, zusammen, während sie sich aneinander erfreuten. Schließlich überwältigte die Realität ihre Hormone und sie erinnerte sich an die Distanz, die er nach jeder Intimität zwischen ihnen aufbaute. Sie brachte wimmernd die Kraft auf, ihn wegzustoßen.

„Nicht." Sie berührte ihre Lippen mit den Fingerspitzen, um das Kribbeln zu unterbinden.

„Shay." Er hatte einen qualvollen Ausdruck im Gesicht, als er nach ihr griff.

„Du hast mich ignoriert."

Er seufzte und fuhr sich grob mit der Hand durch die Haare und lockerte seinen Zopf. „Ich habe dir gesagt, ich gebe dir Zeit. Und ich war es T.J. und Brute schuldig, es ernst zu nehmen. Es steht zu viel auf dem Spiel."

„Und was warst du mir schuldig?" Noch nie hatte sie so zerbrechlich geklungen, noch nie war ihre Stimme so schwach gewesen, und doch konnte sie ihren Tonfall nicht festigen.

„Die Zeit, dir deine eigene Meinung zu bilden, ohne dass ich dein Urteilsvermögen trübe." Er lehnte sich an die gegenüberliegende Wand, ohne seinen Blick von ihrem zu lösen. „Ich will dir nicht wehtun."

„Du hast mir die ganze Woche wehgetan."

„Das war nicht meine Absicht. Ich habe dich verdammt vermisst, Shay." Er drückte sich von der Wand weg und überbrückte den Abstand zwischen ihnen, sodass sie Becken an Becken standen. „Wenn du wüsstest, wie hart diese Woche für mich war, würdest du mir nicht immer noch solche vernichtenden Blicke zuwerfen."

„Du hast diese Abstandregelung gewollt, also verdienst du es irgendwie." Ihr Blick erweichte, als sie ihm ein schwaches Lächeln schenkte. „Schau, ich weiß, wir werden niemals eine konservative Beziehung führen. Ich habe Tage damit verbracht, damit klarzukommen. Aber ich bin doch hier, oder nicht?" Sie wand sich zwischen ihm und der Wand hervor und ging ein paar Schritte zurück, weil sie Abstand brauchte, um einen klaren Kopf zu bewahren.

„Sie wollen, dass du eine Geheimhaltungserklärung unterschreibst." Er redete, als wäre es das Ende der Welt. Als rechnete er damit, dass sie beleidigt sein würde.

„Selbstverständlich."

Er kniff die Augen zusammen und folgte ihr. „Du bist unberechenbar, weißt du das?"

Sie rutschte weiter die Wand entlang, sobald sie die von ihm ausgehende Hitze spürte. „Stets zu Diensten."

Sein raubtierhafter Blick durchbohrte sie, als er sich ihr näherte und sie an die kalte Wand drückte. „Und diesen Rock trägst du absichtlich, um mich in Versuchung zu führen."

Ja. „Nein. Überhaupt nicht."

Er lachte leise in ihre Halsbeuge. „Du bist eine Verführerin." Er hob seinen Kopf und lehnte ihn gegen ihren. „Wenn du gehst, werde ich deinen Wunsch respektieren und dich in Ruhe lassen. Aber solange du hier bist, werde ich meine Hände nicht von dir lassen können."

Bei seiner rohen, besitzergreifenden Aussage sog sie scharf den Atem ein. Sie sehnte sich danach, mit den Fingern unter sein Hemd zu gleiten und sich an der Härte in seiner Hose zu reiben. Doch die geringste Berührung würde ein Feuer entfachen, das sie nicht löschen konnte, und im Moment konnte sie es sich nicht erlauben, die Konzentration zu verlieren. Nicht, wenn sie arbeiten sollte. „Du musst die Dosis deiner bipolaren Medikamente erhöhen."

Ein Mundwinkel zuckte, als er seine Erektion gegen ihren Unterleib presste. „Und du musst dein freches Mundwerk zügeln."

„Oder möglicherweise musst du das für mich tun." Sie biss sich auf die Lippe und wünschte sich, sie hätte nichts gesagt. „Komm. Du musst mich herumführen." Es würde eine harte Nacht werden, wenn jetzt sie diejenige war, die seine ständigen Annäherungsversuche abwehren musste. Die ganze Woche über war es andersherum gewesen, und sie hatte keine Ahnung, welche Dynamik sie bevorzugte. Einem umwerfenden Mann nachzujagen war gesunder Menschenverstand. Ihn von sich zu stoßen war schlicht und einfach dumm.

Sie duckte unter seinem Arm weg und ging den Flug entlang, um die Ecke und fand sich neben der Bar wieder. Der leere Raum wirkte in dem grellen Neonlicht anders, auch der Geruch von Sex hing nicht länger in der Luft.

Leo seufzte hinter ihr und folgte ihr in den offenen Bereich. „Gut. Aber nur damit du es weißt, ich werde dir heute Abend wieder nach Hause folgen."

Shay drehte ihm weiter den Rücken zu, um ihr Lächeln zu verbergen.

„Fangen wir hier an."

Sie sah sich über die Schulter und drehte sich dann um, um ihm in das erste Zimmer zu folgen. Sie hatte es von letztem Samstag noch gut in Erinnerung. Es war der Raum mit dem großen Bett in der Mitte.

Leo schaltete das Licht ein, und die winzigen Glühbirnen darüber erwachten zum Leben. „Mein Lieblingszimmer."

Sie erinnerte sich lebhaft an den Dreier von letzter Woche. An die Art und Weise, wie die Männer die Frau mit liebevoller Zuneigung gestreichelt hatten. Shay konnte sie immer noch auf der Matratze sehen, ihre Beine verknotet und mit strahlendem Lächeln.

„Die Badezimmer kennst du ja bereits." Er ging voran, schob die Tür zum Bad der Frauen auf und griff nach innen, um das Licht einzuschalten. Dann tat er dasselbe bei den Männern. „Wir haben Reinigungskräfte, die die Handtücher wechseln und das Zubehör auffüllen. Falls du je wieder hier unten arbeiten solltest, brauchst du nur überall die Beleuchtung einstellen. Aber T.J., Brute oder ich werden immer da sein, um zu helfen." Er ging an ihr vorbei und knipste die Nachttischlampen ebenfalls an.

„Und was ist deine Rolle hier unten?", fragte sie.

Er hielt kurz inne, bevor er eine Schublade öffnete und sie über seine Schulter ansah. „Aufsicht. Vertrauensperson. Manchmal auch Impulsgeber. Unsere Aufgabe ist es dafür zu sorgen, dass sich alle wohlfühlen und keine Probleme auftreten." Mit erhobener Braue wartete er auf ihre Antwort.

Anstatt ihre Meinung zu äußern, nickte sie und richtete ihre Aufmerksamkeit auf die Gegenstände in der Schublade. „Die Nachttische sind ebenfalls voller Utensilien – Fesseln, Vibratoren, Gleitgel. Auf den Toys werden aus Hygienegründen Kondome benutzt und sie werden zusätzlich nach jeder Party sterilisiert."

Shay verzog das Gesicht und unterdrückte einen Schauder.

Er schloss die Schublade und kam zu ihr. „Komm. Den Rest brauchst du nicht sehen. Ich helfe dir, dich hinter der Bar einzurichten, bevor es losgeht." Sanft nahm er ihre Hand und führte sie zurück in den offenen Bereich. Mit seinem Daumen rieb er über ihre Haut, während sie schweigend weitergingen. Ihr Herz galoppierte bei der simplen Geste eines Mannes, der eher sexuelle Berührungen gewohnt war als solche süßen, unschuldigen.

„Willst du immer noch weitermachen?" Er schaltete die Leuchtstofflampe neben dem Eingang zur Bar aus und die Stimmungsbeleuchtung ein.

„Ja, ich bin bereit." Ihre Stimme klang zu fröhlich.

Er hielt an, drehte sich zu ihr um und drängte sie hinter der Bar an die

Theke. Seine Mundwinkel hoben sich, seine Augen tanzten in der Dunkelheit. „Du machst dir vor Angst in die Hosen."

Bei seinem Versuch sie zu beruhigen rollte sie mit den Augen. „Naja, nicht wortwörtlich."

„Da ist ja das freche Mundwerk wieder."

„Ich dachte, du wolltest mir die Frechheit austreiben?" Sie hob trotzig eine Augenbraue.

Er beugte sich vor und leckte seine Unterlippe. „Sie ist auf eine nervtötende Art liebenswert."

„Ich könnte dasselbe über dich sagen."

Sein Grinsen wurde breiter, als er die Distanz zwischen ihnen überbrückte und mit seinem Mund über ihren strich. „Dein Parfüm macht mich wild."

Eins zu null für Calvin Klein.

Seine Lippen waren energisch, als seine Zunge in ihren Mund eindrang. Er spielte mit ihr, entlockte ihr Lustgeräusche und brachte sie dazu, ihre Schenkel zusammenzupressen. Er umfasste ihre Hüften, hob sie auf den Tresen neben die Bierzapfen und spreizte ihre Knie. Dann schob er seine Hände ihre Oberschenkel hinauf, unter ihren Rock und zog ihren Spitzenstring hinunter.

Es war zu viel. Zu schnell. Lust durchströmte ihre Adern. Hitze durchdrang ihre Glieder.

„*Leo.*" Mit unregelmäßigem Atem lehnte sie sich zurück, um ihre Hände auf der kühlen Thekenplatte abzustützen.

„Wir sind alleine." Er bückte sich, um die Unterwäsche zu entwirrten, die sich jetzt um ihre Knöchel befand, und warf sie auf die Bar. „Es wird keiner reinkommen."

Er öffnete seinen Reißverschluss und erhöhte damit gleichzeitig ihren Blutdruck. Sie schaute auf das enthusiastische Zelt seiner Boxershorts und biss sich auf die Lippe. Er war beeindruckend. Mehr als beeindruckend. Er war orgasmisch. Und sie war bereits feucht für ihn, das Kribbeln zwischen ihren Schenkeln wurde mit jeder Sekunde stärker.

„Komm her." Er packte ihren Hintern und zog sie nach vorne, sodass sie über der Thekenkante schwebte. Er durchwühlte seine Tasche und holte ein Kondom hervor.

„Hast du die immer griffbereit?"

„Immer, wenn ich in deiner Nähe bin."

„Gute Antwort." Sie sah zu, wie er es sich überstreifte, sein prachtvoller Schwanz ganz in dunkelblau gehüllt und bereit für sie.

„Schnell und hart, Shay. Bist du bereit?" Er hob sie von der Bar und hielt sie in der Luft.

Ein Grinsen umspielte ihre Lippen. Sie liebte es, wie er die Führung übernahm. „Hm-hm."

Sie klammerte sich an seine Schultern und unterdrückte ein Stöhnen, als er sich in ihr versenkte, genau wie er es versprochen hatte. Heftig und brutal. Leidenschaftlich und entschlossen. Ihr Innerstes dehnte sich um ihn herum, begleitet von einem schwachen lustvollen Schmerz.

Sie machten hemmungslos Liebe. Oder vögelten sie? Sie kannte den Unterschied nicht, aber seine Stöße waren erbarmungslos, die Venen in seinem Hals traten hervor und die Muskeln unter ihren Händen spannten sich an.

Er nahm sie, rammte sie dabei immer wieder gegen die Bar und verzehrte sie mit seiner Kraft. Jede Bewegung traf die richtige Stelle, um ihr Vergnügen in ungekannte Höhen zu treiben. Geräusche von Sex erfüllten den leeren Raum, immer wieder gefolgt von ihren Forderungen nach mehr und seinem gedämpften Stöhnen. Sie schlang ihre Beine um seine Hüften, wollte ihn noch tiefer in sich spüren, bis ihr Hals trocken wurde und ihre Brüste sich nach Berührung sehnten.

„Fuck. Du fühlst dich …" Er schloss die Augen und keuchte, seine Nasenflügel bebten.

Fühlte er sich ebenso hilflos wie sie? Es schien unmöglich. Er war erfahren. Beherrscht. Sie dagegen hatte noch nie Sex an einem öffentlichen Ort gehabt. War bisher nur von ihm in einem Lagerraum berührt worden.

Beim Gedanken, erwischt zu werden, lief ihr ein sündhafter Schauer über den Rücken und jedes ihrer Nervenenden entlang bis in ihren Schoß. Alles war neu. Alles die reinste Erfüllung. Sie wollte ihn nicht loslassen. Wollte nicht zulassen, dass es aufhörte. Und doch baute sich in ihrem Innersten ein Sturm mit einer Schnelligkeit auf, die sie noch nie zuvor erlebt hatte.

„Heilige Scheiße." Sie würde kommen und hatte den Mann kaum geküsst.

„Bist du bei mir?" Er öffnete die Augen und lehnte seinen Kopf gegen ihren, während er weiter in sie pumpte.

„Gott, ja." Sie war kurz davor, so kurz davor, dass schwarze Punkte vor ihren Augen tanzten.

Er stützte sie gegen die Bar, eine Hand umfasste ihren Nacken, mit dem anderen Arm drückte er sie fest an sich. Sein Rhythmus wurde gleichmäßiger. Ein tiefer Stoß nach dem anderen, bis sie ihre Nägel in sein Fleisch grub und ihr Mund darum bettelte, geküsst zu werden.

Er erfüllte ihren Wunsch und eroberte ihre Lippen mit einem solchen Nachdruck, der ein Feuer unkontrollierbarer Lust in ihrer Brust entfachte. Sie schrie ihren Höhepunkt hinaus, was ihn zum Knurren brachte, bevor er ihr über die Klippe folgte.

Sie drückte ihren Rücken von der Bar, während ihre Schenkel seine Hüften umklammerten und ihr Herz in einem rasenden Takt aus Liebe, Lust und Faszination pochte. Jeder Teil von ihr wurde von ihm verzehrt, war auf ihn zugeschnitten und nur ihm verfallen.

Die lauten Geräusche wurden leiser, der unnachgiebige Rhythmus zu einer sanften Umarmung. Sie lehnte sich zurück, begegnete seinem Blick und fragte sich, wie sie so lange hatten brauchen können, um etwas so Natürliches zu finden.

Leo war genau das, was sie brauchte.

Er war der Mann, der ihr Erregung, Leidenschaft und Vergnügen schenkte.

Er war derjenige, der sie auf Trab halten konnte.

Jetzt musste sie sich nur noch davon überzeugen, dass es funktionieren konnte.

KAPITEL SECHZEHN

„Starr mich nicht so an", flüsterte Leo. Er wollte sie schon wieder.

„Wie sehe ich dich denn an?" Shay lockerte ihren Griff um seine Schultern und streichelte mit einem Finger über seine Wange. Sie war zäh und rechthaberisch, hatte aber ein weiches Herz.

„Als würdest du mir deine Seele anbieten." Ihre braunen Augen waren noch dunkel vor Lust und ihr Mund nährte sich willig seinem. „Ich nehme sie, Shay. Und ich werde sie nie zurückgeben."

Ihre Lippen kräuselten sich zu einem zarten, fast peinlich berührten Lächeln, das ihn mit voller Wucht traf. Sie waren auf der gleichen Wellenlänge, spürten das gleiche Verlangen. Schlussendlich würde ihre Leidenschaft siegen. Da war er sich sicher.

„Du kannst ..." Sie keuchte auf, als sich eine Tür hinter ihnen öffnete. „Scheiße."

Sie schob ihn von sich, bis sie Platz hatte vom Tresen zu springen. Vom Eingang waren bereits schwere Schritte zu hören, als Shay sich beeilte, ihren Rock zu glätten und ihr Haar zu entwirren.

„Das ist nur T.J. oder Brute." Er nahm sich Zeit, das benutzte Kondom zu entsorgen. „Sonst darf noch keiner hier runter."

Sie warf ihm einen ungläubigen Blick zu. *„Ganz genau."*

Das Schlagen seines Herzens verwandelte sich von lustvoll zu unbehaglich. Sie hatten so viel zu bereden und keine Zeit dafür. Später, sobald der Club geschlossen hatte, würde er sie nach Hause bringen und ihre Lust stillen, anschließend mussten sie reden. Und sie würden nicht aufhören, bis alle Karten auf dem Tisch lagen.

Sie musste verstehen, dass sein Sexleben mit dem von T.J. und Brute verknüpft war. Sie waren nicht schwul, aber sie teilten viele sexuelle Momente und viele, viele Frauen. Es war wie eine zusätzliche Partnerschaft, die ihre Geschäftsbeziehung ergänzte. Sie wussten, wie sie zusammenarbeiten mussten, um eine Frau wild zu machen und ihr Erfüllung zu bringen. Der Gedanke daran, diesen Teil seines Lebens vielleicht beenden zu müssen, traf Leo wie ein Schlag in den Magen.

Shay war neugierig aufs *Vault of Sin*, das konnte er spüren. Doch so sehr sie ihre Hemmschwelle auch senkte, Leo bezweifelte, dass sie jemals bereit war mitzuspielen, wenn alle drei Bosse anwesend waren und die Show genossen.

Brute betrat den Raum und räusperte sich nicht gerade subtil. „Schlechter Zeitpunkt?", fragte er gedehnt und grinste Leo unverschämt an. Es war eine lautlose Beglückwünschung, die Leo mit einem leichten Kopfnicken entgegennahm.

Shays Rücken versteifte sich und sie wirbelte herum, um dem Eindringling gegenüberzutreten. „Ich bereite mich nur auf den Abend vor."

Leo versuchte, nicht über ihren schrillen Tonfall zu lachen, und legte eine beruhigende Hand in ihren Rücken. „Entspann dich", flüsterte er ihr ins Ohr.

„Aha" Brute hob eine Braue, als er auf einen Hocker glitt und seinen Arm ausstreckte. „Dann brauchst du vielleicht den hier." Er nahm ihren Spitzenslip vom Tresen und hielt ihn mit seinem Zeigefinger hoch.

Shay schnappte nach Luft, ihr Nacken und ihre Wangen verfärbten sich rosa. Wäre es irgendeine andere Frau gewesen, hätte Leo angenommen, sie würde sich schämen, allerdings sagten ihre geballten Fäuste unter dem Tresen etwas anderes.

„Danke", knirschte sie durch zusammengebissene Zähne und entriss Brute ihre Unterwäsche. „Ich gehe mich frischmachen." Sie stolzierte mit hoch erhobenem Kopf um den Tresen herum und verließ ohne ein weiteres Wort den Raum.

Leo wartete, bis sie außer Sichtweite war, bevor er sich an Brute wandte. „War das notwendig?"

„Ja. Irgendwie schon." Der selbstgefällige Mistkerl grinste immer noch leicht. „Danke für die Show. Scheinbar wart ihr zu vertieft, als ich die Tür das erste Mal geöffnet habe. Ich musste wieder rausgehen und so tun, als würde ich gerade erst reinkommen."

Leos Augen verengten sich zu Schlitzen. Normalerweise hätte Brute einen Scheiß darauf gegeben, jemanden zu unterbrechen. Er hätte sich einen Hocker genommen und ohne Reue zugesehen. „Es sieht dir nicht ähnlich, dir eine meiner Shows entgehen zu lassen."

„Ich beobachte ja auch nicht dich, Arschloch. Mein Fokus liegt immer auf den Frauen, und das hier ist anders. Das ist Shay."

Scheiße. War es falsch gewesen anzunehmen, seine Freunde hätten nichts gegen ihre Teilnahme im *Vault of Sin*? Darüber hatten sie nie gesprochen. „Und du willst ihr nicht zusehen?"

„Wenn ich ein Problem damit hätte, dass sie sich hier unten vergnügt, hätte ich schon früher etwas gesagt. Ich dachte nur, ihr steht immer noch auf wackeligem Boden, und wollte keinen Staub aufwirbeln."

Leo seufzte erleichtert. „Danke."

„Entspann dich. Sie ist aufgetaucht. Das war der schwierigste Teil." Brutes Arroganz war zurück. „Und fürs Protokoll, ich würde ihr den ganzen Tag zusehen. Und ich würde ihr gerne zeigen, welches Vergnügen ihr ein echter Mann bereiten kann."

Leo rollte mit den Augen. „Mich ärgern zu wollen ist sinnlos. Mein Fell ist zu dick, um leicht aus der Haut zu fahren. Du fängst dir eher einen Schlag auf den Hinterkopf ein."

„Eigentlich habe ich das auch von Shay erwartet, als ich ihr ihren Slip unter die Nase hielt", gluckste Brute. „Diese Frau wird dich auf Trab halten."

Verdammt richtig. „Ja. Wenn es klappt, werde ich wegen ihr vor meiner Zeit graue Haare bekommen." Leo konnte es kaum erwarten.

„Und was ist nötig, damit es funktioniert? Sie ist total zusammengezuckt, als ich reinkam. Bist du bereit, deine außerplanmäßigen Aktivitäten runterzuschrauben, um sie zu halten?"

Leo sah zur Tür, durch die Shay verschwunden war, und rieb sich mit einer Hand über seine Kinnstoppeln. „Ich weiß es nicht. Ich werde tun, was immer nötig ist, genau wie sie. Damit sind wir schon viel weiter, als wir alle es bisher mit unserem verrückten Lifestyle geschafft haben."

Bitterkeit trat in Brutes Züge. „Stimmt. Aber denk daran, je höher ihr steigt, desto tiefer werdet ihr fallen."

„Ich habe nicht vor zu fallen."

„Gut." Brute rutschte von seinem Hocker. „Ich freue mich für euch beide." Er holte ein gefaltetes Stück Papier aus seiner Gesäßtasche. „Die

Geheimhaltungserklärung." Er hielt sie Leo hin. „Achte darauf, dass sie sie liest, bevor du dich wieder in ihr versenkst. Wir wollen nicht, dass sie behauptet, sie hätte unter Zwang unterschreiben müssen."

Das leise Quietschen der Badezimmertür ertönte, als sich Leo das Dokument schnappte. „Wärst du etwas früher reingekommen, wüsstest du, dass alles vollkommen zwangslos war, mit einer hinreißenden Frau, die zufällig Freude an meiner Handfertigkeit hat."

Brute schnaubte. „Nur Pech für sie, dass deine Persönlichkeit nicht so liebenswert ist."

„Was ist liebenswert?" Shay schlenderte auf sie zu und sah sie herausfordernd an.

„Nichts." Leo ging um die Bar herum und kämpfte gegen das Verlangen vorzupreschen und sie erneut zu erobern. „Brute wollte gerade gehen."

Shay war stolz, den größten Teil ihrer Schicht einen kühlen Kopf behalten zu haben. Die nur teilweise bekleideten Gäste bediente sie mit Leichtigkeit und musste sogar dagegen ankämpfen, nicht auf die Anhängsel der völlig nackten Besucher zu starren. Das beklemmende Unbehagen beim Anblick der Sexszenen im Hauptbereich war verschwunden.

Vielmehr fand sie langsam Gefallen am Zuschauen. Sogar ein bisschen zu sehr, wenn sie ehrlich war. Ihr Slip war unangenehm durchnässt, und jedes Mal, wenn Leo in Sicht kam, verfluchte sie das Prickeln ihrer Brustwarzen. Noch schlimmer war es, wenn er bei ihr nach dem Rechten sah. Sie sehnte sich danach, ihn am Hemdkragen zu packen und in den Lagerraum zu schleifen.

Doch so lief das hier unten nicht. Hier ging es um Exhibitionismus, nicht darum, sich in Lagerräumen zu verstecken und im Dunkeln rumzumachen. Vor allem war es nicht das, was Leo wollte. Ihre Bereitschaft ihm zu geben, was er wollte, wuchs mit jeder weiteren verstreichenden Minute, genau wie ihre Nervosität.

„Kann ich bitte einen Saft bestellen?"

Shay lächelte die zierliche Brünette an und nickte. „Sicher."

Sie war beeindruckt von der professionellen Art und Weise, in der hier alle miteinander umgingen. Die Eintrittskosten für den Club beinhalteten kostenlosen Alkohol, trotzdem beeilte sich niemand, den Betrag in Drinks zu konsumieren. Alle verhielten sich gelassen und besonnen. Ihre Vorstellung von einem zwielichtigen Sexclub und die Realität vom *Vault of Sin* passten überhaupt nicht zusammen.

Shay übergab den Saft und ein Kribbeln durchfuhr sie. Sie drehte den Kopf und sah, dass Leo sie beobachtete. Seine Augen glühten vor Lust. Ihr Blick wanderte zu seinem Schritt, und beim Anblick der Erektion, die sich gegen seinen Reißverschluss drückte, rutschte sie unruhig hin und her.

Flittchen.

Sie lächelte vor sich hin. Jepp, ihre Gedanken waren die eines wahren Flittchens, und es war ihr scheißegal. Sie war noch nie in ihrem Leben so angetörnt gewesen. Und im Moment war es ihr völlig schnuppe, was Leo anmachte. Sie wollte lediglich ihre eigenen Begierden stillen.

Während sie weiter höfliche Gäste bediente, sah sie zu, wie er sich im offenen Bereich unter die Leute mischte. Er beruhigte diejenigen, die nervös schienen, immer der professionelle Gastgeber mit seiner selbstsicheren Haltung und dem fordernden Blick, der alle paar Minuten auch auf sie gerichtet war und sie immer wieder neu entflammte.

Um nicht in Versuchung geführt zu werden, für ein kurzes, privates Solovergnügen ins Badezimmer zu verschwinden, drehte sie dem Raum den Rücken zu und begann, das Regal mit den hochklassigen Schnapsflaschen abzuwischen.

„Leo."

Die schnurrende weibliche Stimme brachte Shay dazu, sich auf dem Absatz umzudrehen. Die zierliche Brünette, die sie eben bedient hatte, klebte nun an Leo, beide Arme mit einer Vertrautheit um seinen Hals geschlungen, die in Shay das grünäugige Monster weckte.

Nur zwei dünne Schichten Kleidung trennten die attraktive Frau und den Ständer, mit dem Shay sich auseinandersetzen wollte. *Ruhig bleiben. Du darfst niemanden abstechen.* Sie schwang wieder herum und versuchte, ihr inneres Biest in Schach zu halten, indem sie sich beschäftigte – und stieß versehentlich eine Flasche Limettensirup vom Tresen.

Großartig.

„Shay, alles in Ordnung bei dir?", rief Leo, seine Stimme eher autoritär als besorgt.

„Alles bestens." Sie riskierte einen letzten Blick auf ihn und den Blutegel, der um seinen Hals hing, bevor sie das Kehrblech unter der Theke hervorholte und mit der Beseitigung der klebrigen Schweinerei begann.

So viel dazu, gelassen zu bleiben. Ihre Augen brannten und ihre

Handflächen schwitzten und alles in ihr drängte danach, ihren ersten Zickenkrieg anzuzetteln.

Stell dir nur vor, wie es nächste Woche sein wird, wenn du wieder oben arbeitest und nicht in der Lage bist, ihn im Auge zu behalten. Shay knurrte. Würde es immer so sein – Gipfel der Erregung, gefolgt von verzehrenden Tiefen, die deprimierend genug waren, sie bedürftig und schwach werden zu lassen?

„Zum Kotzen."

Bestimmt gab es etwas, das sie tun konnte, um den Spieß umzudrehen. Es ging nicht darum, vor versammelten Zuschauern Anspruch auf ihn zu erheben. Es ging darum, sich wieder sicher und selbstbewusst zu fühlen und ihre Stärke zurückzuerlangen. Sie war sich nur nicht sicher, wie.

Jeder Muskel in Leos Körper stand unter Spannung, als er versuchte, seine Erektion von Grace fernzuhalten. Die derzeitige pubertäre Reaktion seines Körpers wurde nur von einer einzigen Frau verursacht, und das freche Weibsbild fluchte vermutlich heimlich und hoffte, sein lüsternes Glied möge abfallen. Und doch konnte er es nicht über sich bringen, die Frau vor sich abzuservieren, nur um Shays Frust einzudämmen.

Es war hart, hier eine Grenze zu ziehen, doch es gehörte zu seiner Arbeit im *Vault of Sin*. Er würde niemals ein Monogamie-Versprechen brechen. Niemals. Allerdings war er in der Vergangenheit mit mehr als einer der heute Abend anwesenden Frauen intim gewesen, und er würde sie nicht verprellen, indem er sie eiskalt abblitzen ließ.

Es war immer noch sein Job, es jedem innerhalb dieser verdorbenen Mauern angenehm zu machen, und solange er keine sexuellen Annäherungsversuche erwiderte, tat er nichts Falsches.

„Du bist steif", flüsterte Grace.

Sag bloß. Er war hart wie Stein.

Grace kicherte vor sich hin. „Ich meine deine Körperhaltung. Was ist los?" Sie löste ihre Arme von seinem Hals und begegnete seinem Blick.

„Mir geht es gut. Ich bin nur irgendwie nicht in Stimmung heute." Er sah in Richtung der Bar. Shay erhob sich mit dem Kehrblech in der Hand und warf ihm einen finsteren Blick zu, bevor sie den Augenkontakt unterbrach.

„Autsch." Grace folgte seinem Blick. „Eure neue Barkeeperin sieht nicht glücklich aus."

Er stieß ein frustriertes Grunzen aus und schüttelte den Kopf. Shay sah aus, als wollte sie ihn lebendig häuten.

„Aber sie ist hinreißend."

„Ja." Das ließ sich nicht leugnen. „Das ist sie."

„Oh." Grace trat einen Schritt zurück und hob den Kopf, um ihn anzusehen. „Bin ich schuld? Seid ihr beide zusammen?"

Leo bemühte sich um ein Lächeln und schaute Grace an. „Ist schon okay. Ich glaube, keiner von uns weiß im Moment genau, was wir sind."

„Sie steht nicht zufällig auf Frauen?", grinste Grace und wackelte mit den Augenbrauen.

Fuck. Sein Schwanz zuckte und kämpfte mit dem Reißverschluss seiner Hose. Er war schon zu oft hier unten gewesen, als dass sein Schwanz schnell begeistert werden konnte, doch der Gedanke an Shay und Grace zusammen ließ sein Blut gen Süden schießen. „Sie steht nicht auf den Lifestyle."

Seine eigenen Worte hallten nach und durchdrangen seine Erregungswolke. Dies war nicht ihre Szene. Er drängte sie dazu, ihre Gewohnheiten zu ändern. Damit machte er genau das, was andere Frauen mit ihm versucht hatten.

„Gib ihr Zeit. Sie starrt dich zwar voller Verachtung an, aber scheint keine Abneigung gegen den Club selbst zu haben."

Er nickte und schöpfte etwas Trost aus der möglichen Wahrheit in ihren Worten. „Ja, ich versuche es." Allerdings wusste er nicht, wie lange er sich zurückhalten und Shay das Tempo vorgeben lassen konnte. Er war zu begierig darauf, sie gespreizt vor Zuschauern zu haben. Andere zuschauen zu lassen, wie sich ihr hübsches Gesicht verzog, wenn sie Erlösung fand. Sie sehen zu lassen, wie sich ihr hinreißender Körper in einem Tanz bewegte, der sie alle in Brand steckte.

Und doch würde er eher vor Lust wahnsinnig werden, als sie dazu zu drängen.

„Geh zu ihr." Grace deutete mit ihrem Kopf in Richtung der Bar. „Sag ihr, dass es mir leid tut. Und dass ich Vorrecht anmelde, falls sie jemals Interesse an etwas Girl-on-Girl-Action haben sollte." Sie ließ ihn stehen, nicht ohne ihm vorher einen festen Klaps auf den Hintern zu geben, der ihn fast aus dem Gleichgewicht brachte.

Perfektes Timing. Shay hatte den freundschaftlichen Klaps nicht übersehen. Mit funkelnden Augen und vor Wut geröteten Wangen stand sie da und umklammerte verkrampft den Stiel eines Wischmopps. Und er musste grinsend anerkennen, dass sie so heißer aussah denn je.

Ihre Nasenflügel bebten, als er sich auf den Weg zur Bar machte, wobei er instinktiv auf der Seite der Kunden blieb, um nicht einen Mopp in die Weichteile zu riskieren. „Ich würde ja fragen, wie es dir geht, aber dein Gesichtsausdruck sagt alles."

„Ich schätze, dass du etwa ein Zehntel der Emotionen sehen kannst, die ich derzeit empfinde." Sie rümpfte die Nase und stolzierte wütend in die kleine Abstellkammer hinter der Bar.

Er folgte ihr. Es war für ihn das erste Mal, dass er einer Frau hinterherlief. Glücklicherweise stellte sie den Mopp ab, bevor sie einen Versuch unternahm, sich an ihm vorbei durch die Tür zu quetschen, doch sein Körper versperrte ihr den Weg.

„Raus damit. Warum bist du kurz davor, mir die Augen auszukratzen?"

„Ist das nicht offensichtlich?" Sie schaute verdrossen. „Ich mag es nicht, wenn andere Frauen dich berühren. Das wird sich wahrscheinlich niemals ändern. Und es ist definitiv kein Szenario, das ich mir jedes Mal vorstellen möchte, wenn du ohne mich hier unten bist."

„Du meinst, du kannst dich nie daran gewöhnen, wie ich attraktive Frauen zurückweise, um mit dir zusammen zu sein? Denn so sehe ich das." Er trat dicht an sie heran und umfing ihre Taille. „Es wird Zeit brauchen, bis jeder weiß, dass ich nicht länger zum Spielen zur Verfügung stehe. Ich werde deswegen sicher kein Statement veröffentlichen. Also musst du zu einem gewissen Grad darüber hinwegkommen."

Sie stieß ein höhnisches Lachen aus und schüttelte frustriert den Kopf.

„Aus diesem Grund wirst du mich nicht verlassen", sagte er bestimmt. „Du wirst deswegen bei mir bleiben. Weil du bald erkennen wirst, dass du das hast, was jede andere Frau hier will. Mich."

„Arroganz ist ein Fremdwort für dich, oder?"

Er schmunzelte und zuckte mit einer Schulter. „Ist es wirklich Arroganz, wenn es wahr ist?"

„Ja."

Bevor sie zurückweichen konnte, strich er mit seinen Lippen kurz über ihre. „Grace sagte, ich soll mich für sie bei dir entschuldigen. Sie weiß, wieso du uns so böse Blicke zugeworfen hast."

„Großartig." Sie trat aus seiner Umarmung. „Jetzt werde ich hier als die eifersüchtige Barschlampe bekannt."

„Du spielst deine Rolle gut."

Ihre Augen loderten und er packte ihr Handgelenk, bevor sie ihm einen Schlag gegen die Brust verpassen konnte.

Er gluckste. „Schau, ich habe ihr gesagt, dass ich vergeben bin, und sie hat sich zurückgezogen. Du solltest dich freuen. Zumal sie danach unbedingt erfahren wollte, ob du auf Girl-on-Girl-Action stehst."

„Was?" Ihre Augen weiteten sich.

„Du hast mich verstanden." Er überbrückte erneut die Distanz zwischen ihnen, schob sie tiefer in die dunkle Abstellkammer und scherte sich nicht darum, ob Gäste an der Bar darauf warteten, bedient zu werden. „Sollte ich also eifersüchtig sein?" Er drängte sie mit dem Rücken gegen die Wand und seinen Körper gegen ihren. „Denn ich bin es nicht. Ich bin steinhart, wenn ich mir vorstelle, wie dich eine andere Frau mit ihrem Mund verwöhnt."

KAPITEL ACHTZEHN

*E*in erstickter Laut entwich Shays Kehle. Girl-on-Girl-Action? *Heilige Scheiße.* Sie hatte geglaubt, ihre Tage des Experimentierens wären zusammen mit ihren Teenagerjahren zu Ende gegangen. In eine andere Vagina abzutauchen hatte nie auf ihrer Liste persönlicher Fantasien gestanden. Ja, sie hatte ein oder zwei betrunkene Küsse mit Freundinnen geteilt, aber das war schon ein ganzes Leben her. Und doch durchfuhr sie jetzt, da sie wusste, dass sie Leo durch das Rummachen mit einer anderen Frau erregen konnte, ein prickelnder Schauer.

„Ich muss wieder an die Arbeit", krächzte sie.

Er gluckste. Ja, er gluckste ihr verdammt nochmal ins Ohr, bevor er zurücktrat, um ihr den Weg freizugeben. „Ich werde bald die letzte Runde ausrufen. Du solltest dich langsam fragen, was passieren wird, sobald wir bei dir zu Hause sind. Ich habe Aufmerksamkeiten einer ganzen Woche auszuteilen."

Sie beschleunigte ihre Schritte, denn sie brauchte Abstand, damit ihre Nippel kein Loch durch ihren BH bohrten. Bevor sie heute Abend das *Vault of Sin* verließ, wollte sie sich zuversichtlicher fühlen als im Moment. Es wäre einfach, heute Abend von hier zu verschwinden, aber dann musste sie als Teilnehmerin zurückkehren, und das bereitete ihr schon jetzt Alpträume. Und nach einem Leben voller Selbstvertrauen hatte sie ihre Zweifel verdammt satt.

Eigentlich hatte sie angenommen, den Club heute Abend wieder zu betreten sei der schwierigste Teil, doch ihr Erscheinen hatte lediglich ihre Bereitschaft zu einer Beziehung mit Leo zum Ausdruck gebracht. Sie musste dringend eine Entscheidung treffen. Hier und jetzt festlegen, ob sie Teil dieses Lebensstils sein konnte, ohne länger darüber nachzugrübeln, was sein könnte und was nicht. Sie konnte nicht darauf warten, dass wie durch ein Wunder zwei Eier zwischen ihren Beinen wuchsen, sie musste ihre durchnässte Damenunterwäsche hochziehen und über ihren Schatten springen. Sie wollte den Mann, in den sie sich verliebt hatte, nicht ändern, also war die Frage, ob sie zu Leos Bedingungen, in seinem Umfeld, mit ihm zusammen sein wollte. Oder ob sie alles in den Wind schießen und die einfachste Option für sie alle, T.J. und Brute eingeschlossen, wählen und einfach gehen wollte.

Sie atmete tief durch und ignorierte den Stein, der sich auf ihre Brust legte. Sie vergötterte Leo, das tat sie schon immer, nur gingen ihre Gefühle jetzt viel tiefer und waren wesentlich beängstigender. Was, wenn sie dem *Vault of Sin* eine Chance gab und ihre Familie es herausfand? Was, wenn sie sich wortwörtlich daran verschlucken und sich zum Narren machen würde? Was, wenn sie nicht gut genug war?

Im Grunde bat er sie, zu einer Performerin der ursprünglichsten Art für ihn zu werden. Und ja, sie wusste, was sie hatte, doch vor aller Welt die Beine breitzumachen, bedurfte Eiern aus Stahl ... und sie besaß nicht einmal welche aus Plastik.

Leo stiefelte an der Bar vorbei, selbstbewusst wie immer, wenn er die Rolle des Aufsehers übernahm. Er war hier zu Hause, in einem Club, den die meisten Leute nie betreten würden. Sie war stolz, dass er zu seinen Neigungen stand. Letzte Woche hatte sie sich zum Narren gemacht, als sie ihn ohne Grund verurteilt hatte, denn als sie sich jetzt im Raum umschaute, sah sie ausschließlich glückliche Gesichter. Alle hatten Spaß. Sogar diejenigen, die in Gruppen zusammensaßen und sich unterhielten, ganz ohne Orgasmus. Es waren andere Gesichter hier als bei ihrem letzten Besuch, und doch war die Atmosphäre die gleiche.

Ob Freunde oder Fremde, sie alle schienen durch eine Gemeinsamkeit zusammenzufinden. Sie kicherten nicht oder bildeten Grüppchen, um über andere herzuziehen. Es war eine Gruppe von Freunden, die eine gemütliche Party veranstaltete. Nur statt Karten zu spielen und sich zu betrinken, zogen sich die Leute aus und vergnügten sich miteinander.

Der Lifestyle war nicht zwielichtig oder schäbig. Es gab keine Männer, die in den Ecken lauerten, oder Frauen, die Psychospielchen spielten. Es war Sex in einer sicheren Umgebung, mehr nicht.

„Letzte Runde." Leo erhob seine Stimme, um in allen Räumen gehört zu werden.

„Oh, Shit." Shay spürte, wie ihr die Farbe aus dem Gesicht wich.

Das war's. Sie hatte zwei Möglichkeiten. Eine Route war abenteuerlich und würde ihre Grenzen austesten, sie vielleicht sogar einreißen, aber es gab auch eine Chance auf Glückseligkeit. Die andere Route war einfacher, allerdings würde sie den steinigen Weg alleine gehen müssen.

„Verdammte Scheiße", grummelte sie vor sich hin. Heute Abend würde sie die Antwort nicht finden. Nicht ohne harten Alkohol. Und sie hatte keine Chance auf ein Date mit Mr. *Grey Goose*, bevor sie ihre Schicht beendet hatte und nach Hause gefahren war.

Das Schicksal – und ihre Sturheit – hatte sie so weit gebracht … Es sah so aus, als müsste ein Münzwurf ausreichen.

Leo hatte ein wenig früher als sonst die letzte Runde ausgerufen, weil Shay mit jedem Moment blasser wurde. Er wollte über den Ausdruck in ihren Augen nicht nachdenken oder darüber, was sie ihm zu sagen hatte, wenn sie das nächste Mal allein waren. Also hielt er sich beschäftigt und verabschiedete sich von den Gästen, die sich auf den Weg machten.

T.J. und Brute hatten *Shot of Sin* bereits geschlossen und packten sicher schon zusammen. Er hoffte inständig, sie würden sich dem Vergnügen im *Vault* nicht anschließen, solange Shay noch da war.

Er wusste, sie arrangierte sich langsam damit, dass es Fremde um sie herum ungehemmt trieben, aber er bezweifelte, dass ihr bewusst geworden war, dass T.J. und Brute ebenfalls mitmischten. Oder möglicherweise war das der Grund, weshalb ihr in der vergangenen Stunde alle Farbe aus dem Gesicht gewichen war.

„Viel Glück mit deiner Barkeeperin." Grace kam auf ihn zu, nun in einem engen schwarzen Cocktailkleid, einer Handtasche in der einen, und einem klimpernden Schlüsselbund in der anderen Hand. Sie gab ihm einen sanften Kuss auf die Wange. „Gib ihr Zeit. Ich weiß, du hast nicht die besten Erfahrungen mit der Damenwelt gemacht, aber sei nachsichtig mit ihr. Für Frauen ist es viel emotionaler, sich neuen sexuellen Aktivitäten zu öffnen. Wir neigen dazu, an unseren schlechten Entscheidungen festzuhalten und alles bis ins kleinste Detail zu analysieren."

„Danke", murmelte er und verzog dann angesichts seiner Unhöflichkeit sein Gesicht. „Vielleicht sehen wir uns nächste Woche", log er. So, wie sich die Dinge mit Shay entwickelten, war das äußerst unwahrscheinlich. Seine Vermutung war, dass seine Zeit im *Vault* sich dem Ende neigte, zumindest für eine Weile.

Er drehte sich um und steuerte auf den großen Flachbildschirm zu, um ihn auszuschalten. Er wollte nur noch hier raus. Was verflucht paradox war, schließlich war sein Bedürfnis, überhaupt im *Vault of Sin* sein zu wollen, die Wurzel all seiner Probleme mit Shay.

Als er in den Hauptbereich zurückkehrte, waren nur noch drei Männer und zwei Frauen übrig, die entspannt auf einem der King-Size-Betten saßen und ihre Getränke zu Ende tranken. Er sah zu Shay hinüber, doch sie war verschwunden. Suchend ließ er seinen Blick durch den Raum schweifen – doch sie war nicht in der Bar, auch die Tür zur Abstellkammer war geschlossen, und er bezweifelte, dass sie sich in einem der Privatzimmer aufhielt.

Shit.

Sein Versprechen, ihr nicht zu folgen, wenn sie weglaufen sollte, war ein Fehler gewesen. *Verdammt.* Er wusste nicht einmal, ob sie davongelaufen war, und kämpfte trotzdem bereits gegen das Bedürfnis an, alle rausschmeißen zu wollen, damit er sie suchen konnte. Seine Handflächen begannen zu schwitzen, als er den kurzen Weg zur Bar zurücklegte. Er eilte hinter den Tresen und zu den Schränken unter der Spüle, dann stieß erleichtert den Atem aus. Ihre Handtasche war noch da. Sie war nicht weggelaufen. Noch nicht.

Er richtete sich auf und sah in der Abstellkammer nach. Leer. Nachdem er sie abgeschlossen hatte, ging er in das erste Privatzimmer, das mit mehreren Betten gefüllt war. Wieder keine Spur von ihr, also schaltete er das Licht aus und schloss die Tür.

Damit blieb nur noch ein Zimmer zu überprüfen, es sei denn, sie war nach oben gegangen. Er stand im Türrahmen seines Lieblingszimmers und starrte auf die in Licht getauchte Matratze. Gestern hätte er alles dafür gegeben, Shay auf den schwarzen Laken liegen zu sehen, jetzt würde er alles dafür geben, sie in seinen Armen zu haben, sie einfach nur in der Stille ihres Apartments zu halten. Konnte er auf seine Gelüste verzichten und ein Leben ohne das *Vault of Sin* führen? Vielleicht. Er würde es zumindest versuchen. Für Shay.

Er knipste das Licht aus, womit er zeitgleich seine Fantasie zerstörte, und richtete seine Aufmerksamkeit auf die Tür des Damenbadezimmers, die sich quietschend öffnete.

„Shay?"

Sie kam mit erhobenem Kopf auf ihn zu. Im gedämpften Licht, das aus dem Hauptbereich zu ihnen drang, konnte er die Unsicherheit in ihren Augen sehen, kurz bevor sie auf die Zehenspitzen ging, um ihn zu küssen. Sanft und vorsichtig, ganz im Kontrast zu der temperamentvollen Frau, als die er sie kannte, und sein Herz sehnte sich umso mehr nach ihr.

Seine Hände fanden ihre Hüften, während er seine Zunge in ihren willigen Mund schob. Als sie sich zurückzog, war er nicht länger unsicher. Er wusste, was er in seinem Sexleben brauchte, und es war nicht die Lust anderer Leute. Es war Shay.

Nur Shay.

Mit einem vorsichtigen Halblächeln begegnete sie seinem Blick. Langsam hob sie ihre Hände zum Saum ihrer Bluse und mit einem tiefen, zitternden Atemzug zog sie den Stoff über ihren Kopf, bevor sie ihn auf den Boden fallen ließ.

Heilige Scheiße.

„Da draußen sind immer noch Leute." Er sah über seine Schulter, um sich zu vergewissern, dass sie alleine waren.

Zitternd nickte sie und ließ ihren Rock zu Boden fallen. „Ich weiß." In schwarzer Spitze stand sie vor ihm, die wunderschönen Rundungen ihrer prallen Brüste bettelten geradezu, berührt zu werden.

„Shay." Er schluckte schwer, sein Hals war staubtrocken. Sie musste ihre Kleidung wieder anziehen und das Zimmer verlassen. Sofort. Er hatte nicht die nötige Selbstbeherrschung, den Abstand zwischen ihnen noch viel länger aufrecht zu erhalten. „Was hat das zu bedeuten?"

Sie atmete noch einmal tief durch, dann kletterte sie aufs Bett und legte sich mit ihren herrlichen Kurven mitten auf die Matratze. „Das hier bin ich, eine Demütigung riskierend, um mich dir hinzugeben."

Er gab sich alle Mühe, sich nicht auf sie zu stürzen, sich nicht zu nehmen, was er wollte, und rieb stattdessen über die rauen Stoppeln an seinem Kiefer. Er hörte Graces Worte in seinem Kopf: *„Für Frauen ist es viel emotionaler, sich neuen sexuellen Aktivitäten zu öffnen. Wir neigen dazu, an unseren schlechten Entscheidungen festzuhalten und alles bis ins kleinste Detail zu analysieren."*

Das hier ging zu schnell für Shay.

„Versteh mich nicht falsch, aber warum jetzt? Du bist nicht bereit dafür."

Ihr Gesicht wurde von der Dunkelheit halb verdeckt, als sie sich auf ihren Ellenbogen aufstützte. „Ich überspringe ein paar Schritte. Ich will nicht wochenlang unter Stress stehen, während ich mir vorstelle, was passieren könnte. Ich will es jetzt tun und sofort meine Antwort haben."

Er trat vor und kniete sich neben sie aufs Bett. „Auf welche Frage?"

Sie hielt inne und überließ sie beide einen langen Moment lang der erregten Stille zwischen ihnen. „Ich will wissen, ob ich dir genug sein kann."

Seine Nasenflügel bebten vor Empörung. Er wollte ihr den Hintern versohlen und ihr auf vielfältige, genussvolle Arten zeigen, wie kompatibel sie waren. „Du bist genug", knurrte er. Keine andere Frau hatte sein Herz je so zum Rasen gebracht wie sie.

„Dann zeig es mir." Sie setzte sich auf und krabbelte auf ihn zu. „Mach mit mir, was du willst, und falls wir beide es auf die andere Seite schaffen, hat unsere Beziehung vielleicht eine echte Chance."

Sein Körper spannte sich von oben bis unten an, als sie mit den Händen über seine Brustmuskeln glitt, seinen Hemdkragen packte und ihn zu sich zog. Er folgte ihr auf die Matratze und kroch zwischen ihre gespreizten Oberschenkel, während sie rückwärts zum Kopfende des Bettes rutschte.

Mit einer Hand fuhr sie durch sein Haar und lockerte seinen Pferdeschwanz, sodass seine kinnlangen Strähnen ihre Gesichter umrahmten. „Du bist so still", flüsterte sie gegen seine Lippen, ihr Atem erhitzte dabei jeden Zentimeter von ihm.

„Ich mache mir Sorgen."

Sie lehnte sich zurück in die Kissen und sah stirnrunzelnd zu ihm auf. „Aber ich dachte …"

„Das hier kann nur auf eine von zwei Arten ausgehen. Entweder sind wir perfekt füreinander …"

„Oder es geht schief und ich muss meinen Job kündigen."

Er nickte. Shay war eine leidenschaftliche Frau mit einer fiesen eifersüchtigen Ader. Die Option, nach einer verpfuschten Beziehung weiter zusammenzuarbeiten, gab es für sie nicht. Und so sehr seine Libido bereit war, das Risiko einzugehen, veranlasste ein dumpfes Pochen hinter seinen Rippen ihn doch, vorsichtig vorzugehen. „Darüber können wir später noch nachdenken."

Still verharrte sie unter ihm, ihre Brust hob und senkte sich gegen seine. Als ihre Hand aus seinem Haar fiel, ging er davon aus, dass sie unter ihm hervorkriechen und gehen wollte, um ihre Entscheidung zu überdenken. Doch dann strichen ihre Fingerspitzen über seinen Kiefer, sein Kinn und schließlich über seine Unterlippe, bevor ihr Mund sich seinem näherte.

„Ich bin bereit, es zu riskieren."

~

Shay wartete mit wild schlagendem Herzen und einer Zuversicht, die sich langsam verabschiedete. Leo starrte sie im gedimmten Licht einfach weiter an, sein leises Atmen das einzige, was sie außer den murmelnden Stimmen im Nebenraum hörte.

Da draußen waren Menschen, die unbekümmert ihre Getränke schlürften, während sie in ihrer Unterwäsche unter einem Mann lag, der hoffentlich bald etwas sagte.

„Wenn wir das tun, werde ich nicht leise sein, und du genauso wenig", warnte er. „Wir werden Zuschauer haben, noch bevor meine Kleidung den Boden berührt."

Sie schluckte. „Ich weiß."

Er verstummte wieder, und langsam wusste sie es zu schätzen, dass er sich so viel Zeit nahm, den nächsten Schritt zu gehen. Sein Schwanz zwischen ihnen war hart und drückte hartnäckig gegen ihr Schambein. Er wollte sie, und doch ging er bedächtig vor, wog Pro und Contra ab, genau wie sie es so lange getan hatte.

„Ich werde deine Grenzen testen, Shay." Er beugte sich vor und glitt mit seiner Zunge sanft ihre Unterlippe entlang, während sich seine Hand ihre Seite hocharbeitete, um über die Wölbung ihrer Brüste zu streichen. „Anders kenne ich es von hier unten nicht."

„Ich weiß." Sie erschauerte. Ein Teil von ihr wünschte sich genau das, während der andere hoffte, Adrenalin würde sie bis zum Ende durchhalten lassen, ohne dass ihr Fluchtreflex die Oberhand bekam.

„Dann zieh dich aus." Er schob ein Körbchen ihres BHs hoch und entblößte ihre Brust, dann beugte er sich vor und seine Zunge umspielte ihre Brustspitzen. „Ich will jeden Zentimeter von dir zu meiner Verfügung haben."

Sie drückte ihren Rücken durch, damit sie die Haken ihres BHs lösen konnte. Und während sie die Träger hinunterschob, überschüttete er sie mit Aufmerksamkeit, leckte erste eine und dann die andere Spitze, bis ihr Atem schwerfällig ging und ihre Haut empfindlich kribbelte.

„Sag mir, dass du mich willst."

„Ich will dich", flüsterte sie und presste ihre Brust der Hitze seines Mundes entgegen, erlag den Berührungen seiner Finger, als diese ihre Taille entlangwanderten.

„Lauter."

Ihr Herz klopfte heftig in ihrer Brust. „Ich will dich." Ihre Stimme wurde mit jedem Wort lauter, und ihr Adrenalinspiegel stieg gleich mit.

Schmunzelnd lehnte er sich zurück, um ihr in die Augen zu sehen. „Dieses zarte Stimmchen verletzt mein Ego. Sag es so, dass ich es dir glaube. Sei das taffe Mädchen, von dem ich weiß, dass du es bist."

Sie biss sich auf die Lippe und starrte ihn entschlossen an, trotzdem bebten ihre Nasenflügel. Er hob fragend eine Braue und glitt mit den Fingern über ihren Bauch, unter das Bündchen ihres Strings.

„Gibst du schon auf?" Er stupste gegen ihre Klitoris, dass sie zusammenzuckte.

„Nein. Gib mir nur eine Sekunde, mich darauf einzustellen."

„Schluss mit Nachdenken", knurrte er. „Sag es." Er teilte ihre Schamlippen mit seinen Fingern und drang mit einem köstlichen Stoß in sie. „Sag es jetzt."

„Herrgott", jammerte sie. „Ich will dich, Leo."

Er schenkte ihr ein raubtierhaftes Lächeln, bevor seine Berührung ihren Körper verließ. „Das ist schon besser." Er packte ihren String auf beiden Seiten ihrer Hüften und befreite sie mit einem Ruck von dem feinen Material.

Sie hoffte, das Blut, das durch ihre Ohren schoss, war der einzige Grund dafür, dass das leise Gemurmel im Nachbarraum nicht mehr zu hören war, und nicht, dass sie still geworden waren, um ihnen zu lauschen. Jedenfalls war sie fest entschlossen, jeden Fremden zu ignorieren, der einen Blick riskieren wollte. Es war an der Zeit, sich dem Mann ihrer Träume zu beweisen, und dafür musste sie unbedingt einen Gang zulegen.

Sie begann, sein Hemd aufzuknöpfen, und war unfähig, den Blick von der Haut, die sie entblößte, abzuwenden. Seine Brust war mit einem leichten Haarflaum bedeckt, seine Brustmuskeln definiert, seine Bauchmuskeln geschmeidig und fest. Sie sehnte sich danach, ihre Hände entlang seiner Sehnen zu fahren, ihn zu beißen, wollte ihn um den Verstand bringen, sich rächen, weil er sie so lange hingehalten hatte.

Mit einer rauen Hand drückte er ihre Oberschenkel auseinander und machte sie damit verletzlicher als je zuvor. Sie war zur Schau gestellt, ihm ausgeliefert, und ihr Körper hatte sich nie lebendiger gefühlt als in diesem Augenblick.

„Du wirst immer offen für mich sein. Verstanden?"

Ihre Beine zitterten, als sie mit unruhigen Händen seinen letzten Knopf öffnete. „Ja", murmelte sie. „Immer."

„Und du wirst dich ausschließlich mir hingeben."

Sie senkte die Hände an ihre Seiten und sah ihn durchdringend an. „Solange für dich die gleichen Regeln gelten."

„Immer", grinste er und stärkte damit ihr Selbstvertrauen, auch wenn ihr die Bedrohung durch andere schöne Frauen aus dem *Vault of Sin* weiterhin im Hinterkopf blieb.

„Das gehört mir." Er glitt mit der Hand über ihren Bauch und dann tiefer. Mit zusammengepressten Lippen kämpfte sie gegen ein Flehen an, als er mit zwei Fingern durch ihr nasses Geschlecht glitt. Er lehnte sich über sie, seine Hand immer noch an ihrem Eingang, während die andere ihre Brust umfasste. „Das sind meine."

Sie wimmerte und presste ihre Brust in seine Hand. „Ja." Sie krallte ihre Hände so fest in das Kopfende des Bettes, dass sich ihre Nägel in das Holz gruben. „Bitte, Leo."

Sein Blick bohrte sich in ihren, als er seine Finger langsam in ihre Scheide gleiten ließ und ihr damit ein langes, kehliges Stöhnen entlockte. Ebenso gemächlich zog er sich wieder zurück und hinterließ eine feuchte Spur um ihren Kitzler, als er unablässig über das Nervenbündel rieb. Bewegungen in ihrem Augenwinkel ließen sie erstarren, als sie mehr als eine Person im Türrahmen bemerkte.

„Konzentriere dich auf mich", verlangte Leo.

Sie versuchte es. Das tat sie wirklich, doch die Lust begann abzuebben, und außer den Schatten der Schaulustigen, die die Gesichtszüge ihres Liebhabers verdunkelten, konnte sie nichts mehr wahrnehmen.

„Auf mich, Shay."

Er zog sein Hemd aus und warf es auf die Matratze neben sie. Die harten, festen Muskeln reichten aus, sie für einen flüchtigen Moment abzulenken. Dann schweifte ihr Blick ab und landete zuerst auf dem Paar, das dicht nebeneinander an der Wand stand, dann auf den beiden bekannten Gesichtern in der offenen Tür.

„Heilige Scheiße." Sie ergriff Leos Hemd, um ihre entblößten Brüste zu bedecken, und kniff die Augen zusammen.

T.J. und Brute waren da, schauten ihr zu wie bei einer verdammten Pornoshow, ihre Blicke durchdringend genug, um sich dauerhaft in ihrer Netzhaut einzubrennen.

„Schließt die Tür", befahl Leo, die Enttäuschung in seiner Stimme war unüberhörbar.

Sie wollte ihn beeindrucken, jede seiner Erinnerungen an andere Frauen auslöschen und durch die verrückte Leidenschaft ersetzen, die sie ihm zu bieten hatte. Wie zum Teufel hatten ihr die Rolle, die T.J. und Brute bei allem spielten, entgehen können? Travis hatte nach der letzten Getränkerunde erwähnt, dass auch das Personal mitmachte, doch dieses wichtige Detail hatte sie übersehen. Sie schüttelte den Kopf über sich selbst, als sich schlurfende Schritte entfernten und sich die Tür mit einem Klicken schloss. Schließlich wurden die Deckenleuchten eingeschaltet. Ihre Augen sprangen auf.

Nur keine Panik. Nicht ausflippen … zumindest nicht mehr, als du es bereits getan hast.

„Sollten sie sich nicht auf der anderen Seite der Tür befinden?" Sie klammerte sich fester an das Hemd, als T.J. und Brute sich dem Bett näherten.

„Beruhige dich."

Beruhigen? Sie war verrückt vor Panik. Hatten sie nicht gerade, wenn auch nur vage, darüber gesprochen, einander treu zu bleiben? Jetzt stand T.J. links neben dem Bett mit einem traurigen Lächeln im Gesicht, als stünde er vor einem Erschießungskommando und nicht vor einer nackten Frau. Und dann war da noch Brute. Seine übliche grüblerische Miene war noch finsterer als sonst, seine Augen hart und voller Missbilligung.

„Ja, komm verdammt nochmal runter, Shay", nuschelte sie. „Wie zum Teufel soll ich das machen, wenn er mich so anstarrt?" Sie nickte in Brutes Richtung, bevor sie die in ihrer Kehle anschwellenden Emotionen hinunterschluckte und sich dann auf die schwarzen Baumwolllaken konzentrierte.

Das hier war eine Katastrophe epischen Ausmaßes.

„Ich nehme an, es wäre unpassend, jetzt um eine wohlwollende Weiterempfehlung zu bitten."

„Ich lasse nicht zu, dass du wegläufst", sagte Leo sanft. „Schau mich an."

Als sie das nicht tat, wollte er von ihr runterklettern. Instinktiv packte sie ihn am Nacken und riss ihn wieder nach unten.

„Ich bin nackt", knirschte sie durch zusammengebissene Zähne. „Wenn du von mir runtergehst, bringe ich dich um."

„Ich bleibe, wenn du mich anguckst." Er machte es sich zwischen ihren Schenkeln bequem, einen Ellenbogen abgestützt, und schaute auf sie hinab.

Na dann. Sie hob den Blick und sah direkt in durchdringende ozeanblaue Augen.

„Du wolltest ins kalte Wasser springen, Shay. Vergiss nicht, wie man schwimmt, jetzt, wo du hier bist."

Seine Worte widerholten sich in einer Endlosschleife. Einen Sprung zu wagen war nie einfach ... es sollte allerdings auch nicht konfrontationsartig auf einen einstürzen. Aber wenn sie jetzt ging, würde sie niemals zurückkommen.

„Ich mache das nicht für jemand anderen", wisperte sie. „Alles, was ich wollte, bist du."

Ihr Blick driftete ab, über die Laken zu den dunkelblauen Jeans, die T.J. trug. Er stand still, sagte kein Wort, während Leo mit einem Finger an ihrem Kiefer entlangfuhr und damit ihre Aufmerksamkeit zurückgewann.

„Du bekommst nur mich. So lange, wie du mich haben willst." In seinen Augen lag nichts als Aufrichtigkeit. „Mit anderen zu spielen wäre bloß zu deinem Vergnügen. Und das muss weder jetzt passieren, noch morgen, oder überhaupt. Hast du verstanden?"

Sie nickte, etwas erleichtert durch seine Antwort.

„Aber mein Ego muss gefüttert werden." Einer seiner Mundwinkel hob sich und brachte ihre Brust zum Pochen. Verdammt sei sein sexy, selbstsicheres Grinsen. „Ich will, dass sie deinen schönen Körper sehen. Ich will, dass sie sich Notizen darüber machen, wie verdammt unglaublich du dich durch mich fühlst. Ich will, dass sie dein Gesicht sehen, wenn du durch meine Hände, meinen Mund oder meinen Schwanz die Kontrolle verlierst. Ich will, dass sie das Bedürfnis, dich haben zu wollen, wahnsinnig macht."

Sie erschauerte, als auf der freiliegenden Haut ihres gesamten Körpers eine Gänsehaut ausbrach.

„Vertraust du mir?", fragte er.

Sie biss sich auf die Zunge, um ein *verdammt, nein* zurückzuhalten. „Nicht, wenn du grinst, als hättest du gerade den Hauptgewinn gemacht."

„Aber ich habe den Hauptgewinn gemacht, meine Schöne." Sein Grinsen wurde breiter, als er eine Hand zwischen sie schob und ihr geschmeidiges, empfindliches Fleisch teilte. „Du musst mir nur vertrauen, damit ich die Chance bekomme, sie zu probieren."

Ihr Atem stockte, als er seine Finger tiefer versenkte und seinen Daumen über ihre Klitoris gleiten ließ. „Okay", keuchte sie. „Okay." *Okay, okay, okay.* Sie nickte und leckte sich die Lippen, sehnte sich nach mehr. Eine Berührung und ein sündhaftes, sexy Grinsen reichten aus, und schon gehörte sie ganz ihm.

„Das ist mein Mädchen."

Er beugte sich zu einem fordernden Kuss zu ihr hinunter. Seine Zunge bewegte sich im gleichen köstlichen Rhythmus in ihrem Mund wie seine

Finger in ihrer Scheide. Sie klammerte sich an ihn, eine Hand um seinen Hals, die andere auf seinen Bizeps gelegt, und ließ ihre Unsicherheit langsam von ihren Empfindungen davontragen.

Als er sich zurückzog, rang sie nach Atem und ihre Hüften buckelten auf der Suche nach mehr.

„T.J., hol die Handschellen."

„Was?" Ihr Blick schoss zu T.J. am Nachttisch zu ihrer Linken, dann hinüber zu Brute, der auf der Matratze zu ihrer Rechten Platz genommen hatte, bevor er zu Leo zurückschnellte. „Handschellen sind nicht nötig." Sie schüttelte mit flehendem Blick den Kopf. Ihr Stolz hielt sie davon ab, ihr Flehen laut zu äußern. Wären sie alleine, wäre es anders, aber sie musste ein gewisses Maß an Rückgrat zeigen, um den anderen zu beweisen, dass sie es wert war.

„Doch, sind sie, bis der ängstliche Ausdruck aus deinen Augen verschwindet."

„Glaube mir, Handschellen werden da nicht helfen."

T.J. gluckste leise, und die Wirkung des Geräusches verblüffte sie. Sie sah zu ihm hinüber, zu der liebevollen Zärtlichkeit in seinem wehmütigen Lächeln und wusste, dass sie in Sicherheit war. Er hatte eine Sehnsucht in den Augen, genau wie Leo, und sie nahm an, dass auch Brute sie irgendwo unter den Schichten seiner Schroffheit verbarg. Alle drei Männer hatten aufgegeben, die Frau zu finden, die sie jeweils vervollständigte, und brauchten neue Hoffnung, um weiterzumachen. Sie war diese Hoffnung.

Schweigend hielt sie T.J. ihren Arm hin und wartete, bis die sanfte Berührung seiner Hand das kalte Metall um ihr Handgelenk geschlossen hatte. Er hielt ihren Blick gefangen, als er das andere Ende am Bett befestigte und dann leicht mit den Fingern über ihr Handgelenk zu ihrem Ellenbogen strich, bevor er zurücktrat, um den zweiten Satz Handschellen Brute zuzuwerfen.

Sie weigerte sich, den selbstgefälligen Bastard anzuschauen. Er hatte vorhin schon genügend Spaß mit ihrer Unterwäsche gehabt. Sobald dieser Moment vorbei war, würde er ihr keine Ruhe mehr lassen, da war sie sich sicher. Anstatt ihn anzusehen, hob sie also den Arm in seine Richtung und starrte zu Leo, während eine unvertraute Hand mit ihrem Handgelenk herumhantierte. Finger kitzelten sie, arbeiteten sich höher über ihre Handfläche, spreizten ihre Finger, bevor sie sich wieder nach unten bewegten.

„Er will, dass du seine Anwesenheit anerkennst", flüsterte Leo.

So ein Pech. Sie hob ihr Kinn, schob die Unterlippe zwischen ihre Zähne und wartete darauf, dass die zarte Berührung aufhörte. Brute war ihr Freund, ein toller Kerl, der sich hinter einer Arschloch-Fassade versteckte. Ein Blick hatte die Macht, ihre Freundschaft zu ruinieren, und sie riskierte mit Leo bereits genug.

Leo schmunzelte. „Nun, nur, damit du es weißt, er wird nicht aufhören, bis er bekommt, was er will."

Ihre Augen weiteten sich, als Brutes Finger weiter ihren Arm hochwanderte, von der kribbelnden Haut an ihrem Ellenbogen zu ihrem Bizeps und schließlich zu ihrer Schulter. Sie hielt den Atem an and schlang ihre Beine um Leos Taille, um sich zu erden, fest entschlossen, nicht nachzugeben.

Brutes Finger hinterließen eine brennende Spur auf ihrer Haut, als er entlang ihres Dekolletés und langsam ihren Brustkorb hinunterwanderte. Sie begann zu keuchen, und war sich nicht sicher, ob sie die Lust, die ihren Körper durchzuckte, genießen, oder lieber an ihrer Entschlossenheit, nicht zu brechen, festhalten sollte, um ihre Beziehung nicht in das nächste turbulente Level zu katapultieren.

„Shay." Brutes tiefe Stimme drang an ihr Ohr.

Sie schüttelte den Kopf und kämpfte hart, ruhig zu bleiben.

„Shay." Diesmal war seine Stimme lauter, und seine Finger wanderten zu der prickelnden Haut unter ihrer Brust. „Sieh mich an."

„Wieso?" Beharrlich sah sie weiter Leo an. „Du willst mich nicht einmal hier haben." Ihren Lippen entwischte die Wahrheit. Er hatte sie an ihrem ersten Arbeitstag und zuletzt gestern Abend gewarnt, sich von Leo fernzuhalten. Unterbewusst hatte seine Zurückweisung sie tief verletzt.

„Nein." Er ließ die Macht des Wortes wirken, bevor er fortfuhr: „Ich will nicht, dass du hier unten verletzt wirst."

Daraufhin musste sie ihn doch anschauen und sah, wie sich sein mürrischer Gesichtsausdruck ein wenig erweicht hatte und nun etwas wie Bedauern zeigte.

„Ich will nicht, dass du abhaust wie jede andere Frau, für die einer von uns je etwas empfunden hat."

Davon hatte er in ihren Gesprächen nie geredet. Oder doch? Sie musterte ihn, sah die Aufrichtigkeit in seinen Zügen. Seine Missbilligung hatte ihrem Schutz gegolten?

„Ich bin ein großes Mädchen."

Er senkte den Kopf. „Ich weiß, und deshalb ist es schwer zu ertragen, dich so aufgewühlt zu sehen." Seine Berührung wanderte über ihre

Rippen, dann ließ er von ihr ab. „Ich bin hier, um dich zu beschützen. Um aufzupassen, dass der Kerl hier keinen Mist baut, okay?"

Ihre Mundwinkel hoben sich. „Okay."

„Ich werde keinen Mist bauen", fuhr Leo dazwischen und setzte sich auf.

Shay, nun entblößt, schnitt eine Grimasse, als sie das Gewicht dreier erhitzter Blicke auf sich spürte, die sie von Kopf bis Fuß betrachteten. Leo stand am Fußende des Bettes und verschlang sie mit den Augen, während er seine Hose öffnete und zu Boden fallen ließ.

Seine Erektion beulte seine Boxershorts aus, sodass ihr das Wasser im Mund zusammenlief und ihre gefesselten Hände sich verkrampften. Er legte das letzte Stück Stoff ab, das seinen Körper bedeckte, und ließ seinen Schwanz gegen seinen Unterleib hüpfen.

„Zeit, meinen Hauptgewinn einzustreichen."

Er besaß tatsächlich die Frechheit, sie in ihrer Situation mit seiner verdammten aalglatten Arroganz aufzuziehen, bevor er wieder auf die Matratze krabbelte und ihre Beine spreizte. Hemmungen, Scheu oder Zweifel kannte er nicht. Er war in seinem Element, seine Augen leuchteten voller Entschlossenheit.

„Herr im Himmel, du bist so wunderschön." Er hockte sich vor sie hin und bewunderte ihren entblößten Körper.

Sie zerrte an ihren Fesseln und zuckte zusammen bei dem schmerzhaften Druck an ihren Handgelenken. Sofort hatte sie Leos Aufmerksamkeit, und T.J. und Brute waren an ihren Handgelenken, um die Haut unter dem Material zu massieren.

„Mir geht es gut." Sie sah jeden von ihnen der Reihe nach an. Nie zuvor war sie so verehrt, so umworben und umsorgt worden. „Ich zerbreche schon nicht."

„Gut. Denn ich fange gerade erst an." Leo senkte sich zwischen ihre Oberschenkel, sein Mund nur einen Zentimeter von ihrem Schoß entfernt, sein Atem kitzelnd auf ihrer Haut. „Leg deine Beine um meine Schultern."

So schnell sie konnte tat sie, wie ihr geheißen in der Hoffnung, er würde sie nicht lange hinhalten und seine Zunge in ihrer Spalte versenken. Der erste Zungenschlag ließ sie sich aufbäumen und ihre Hände erneut an den Fesseln zerren. Mit einer langsamen, ausgiebigen Liebkosung nach der anderen kostete er sie, brachte er sie zum Keuchen und dazu, sich zu wünschen, sie könnte mit ihren Händen durch seine Haare fahren und ihn an Ort und Stelle halten.

„Mehr", bettelte sie. „Bitte." Sie schämte sich nicht länger für ihren Drang zu flehen. Sie würde winseln und kriechen, wenn sie musste, nur, damit er ihr endlich mehr gab. Verärgert riss sie an den Fesseln und scherte sich nicht länger um die Schmerzen an ihren Handgelenken. Es war eine dringend benötigte Linderung der Folter, die Leo ihrem Körper zuteilwerden ließ.

„Befreit ihre Hände", forderte Leo. „Sie tut sich nur weh."

Sie streckte sich erleichtert, begierig darauf, jeden harten Zentimeter seines Körpers zu berühren. T.J. und Brute taten, was ihnen auftragen worden war, doch die Bewegungsfreiheit ihrer Arme blieb weiter eingeschränkt. T.J. verschränkte seine Finger mit ihren und drückte ihre linke Hand nach unten, während Brute ihre rechte Hand festhielt. Sie kletterten an ihren Seiten auf das Bett und sahen schweigend zu, wie sich Leo wieder daran machte, ihre Pussy zu verschlingen.

Sie drückte T.J.s Finger fester, je näher sie dem Orgasmus kam. Nie hätte sie gedacht, dass sie erleichtert sein würde, alle drei Bosse um sich zu haben, um mit ihnen das sinnlichste Erlebnis ihres Lebens teilen zu können. Auch ohne sie wäre es etwas ganz Besonderes – schließlich ging sie ein hohes Risiko ein, sich Leo auf diese Weise hinzugeben –, doch mit ihnen war ihr Lustgefühl umso größer, und, was noch wichtiger war, sie fühlte sich in Gegenwart dieser Männer wohl.

Jedes Mal, wenn Leos Finger in sie eindrangen, wanderte ihr Blick von einem Mann zum anderen. Ihr ganzer Fokus war auf ihren Körper gerichtet, darauf, wie sie ihre Hüften kreiste. Ihre Aufmerksamkeit machte sie süchtig. Sie wand sich immer zügelloser, stöhnte jedes Mal etwas lauter, wenn Leo die perfekte Stelle traf, und genoss den berauschenden Kick, den jedes Nasenflügelbeben, jedes zusammengekniffene Auge und jeder angespannte Kiefer ihr gab.

Brute kam näher und beugte sich zu ihr hinunter. Der leichte Kontakt seiner Bartstoppeln mit ihrer Haut reichte aus, ihre Lust weiter zu intensivieren und sie dem Höhepunkt näher zu bringen.

„Ich wusste, dass du so sein würdest", murmelte er ihr ins Ohr. „Empfänglich. Empfindsam. Ein unvergesslicher Anblick."

Oh Gott. Sie keuchte. Dirty Talk würde ihr den Rest geben und sie wollte noch nicht loslassen. Leos Berührung allein war bereits gefährlich genug, das Streicheln seiner Finger, die sich in ihr bewegten, das Saugen seines Mundes, der sich über ihrem Kitzler niedergelassen hatte. Mit der zusätzlichen Stimulation der köstlichen Worte, die in ihren Verstand drangen, und Brutes Atem, der sie am Hals kitzelte, konnte sie kaum noch atmen.

„Was ich nicht dafür geben würde, zwischen diesen Schenkeln zu sein, dich zu lecken und an deiner Haut zu knabbern." Mit seiner Nasenspitze liebkoste er die empfindliche Haut unter ihrem Ohr. „Leo ist ein verdammter Glückpilz."

Sie wimmerte. Nicht Leo war der Glückliche. Mit ihren vor Lust angespannten Schenkeln, ihren Handgelenken, die von zwei anbetungswürdigen Männern festgehalten wurden, und ihrem Geschlecht, das kurz vor der Detonation stand, hatte definitiv sie den besseren Deal gemacht.

„Ich will sehen, wie du in seinem Mund kommst."

Fuck … Die Welt verschwamm, hell wurde zu dunkel, und sie schrie, als sie ein heftiger Orgasmus überkam. Sie hielten sie fest, Leo an ihren Hüften, und T.J. und Brute an ihren Handgelenken. Ihre Beine fest um Leo geschlungen, ihre Augen zusammengekniffen, bäumte sie sich auf, als ihr Innerstes völlig außer Kontrolle geriet.

Auch als ihr Lustgefühl nachließ und die starken Wellen ihres Höhepunkts zu einem leichten Prickeln abebbten, hörte Leo nicht auf. Erst nachdem ihre Beine geplättet von seinen Schultern fielen und ihre Arme nicht länger mit ihren Fesseln kämpften, wich er langsam zurück. Mit einem trägen Lächeln auf den Lippen öffnete sie die Augen und sah, dass er vor ihr hockte und sie anstarrte. Er sagte nichts, bewegte sich nicht, starrte sie lediglich weiter an mit einer Miene, die sie nicht genau bestimmen konnte.

Der Druck auf ihren Handgelenken verschwand, was ihr erlaubte, sich auf ihre Ellenbogen zu stützen. „Was ist?"

Er atmete tief ein, schwieg aber weiterhin.

„Petrova sprachlos", feixte Brute. „Es muss Liebe sein."

Überrascht sah Shay zu Brute und dann sofort wieder zu Leo. Sein Kinn war gereckt, seine Schultern gerade, während sie ihn ungläubig anstarrte.

„Nein." Sie schüttelte den Kopf. Er liebte sie nicht. Er hatte Gefühle für sie, begehrte sie, aber er liebte sie nicht. Zumindest noch nicht.

Leo hob eine Braue und leckte sich über seine glänzenden Lippen.

Sprich mit mir. Sie brauchte eine Antwort, würde nicht atmen, bis sie eine hatte. „Tust du nicht." *Oder doch?*

Er beugte sich zu ihr, umfasste ihre Taille und zog sie auf seinen Schoß. Sie ignorierte die Härte, die gegen ihr Schambein drückte, und studierte seine intensiven Augen. „Leo?"

„Hmm?" Er blinzelte benommen. „Was, meine Schöne?"

„Du liebst mich nicht."

Einer seiner Mundwinkel hob sich. „Ist das eine Frage oder eine Feststellung?"

„Ich weiß es nicht."

Er leckte sich die Lippen, strich beiläufig eine Locke ihres Haars hinter ihr Ohr und lächelte. „Wieso macht dich der Gedanke, dass ich dich lieben könnte, so nervös?"

Weil du Leo Petrova bist, der Mann meiner Träume und Schöpfer aller meiner Fantasien.

„Shay?"

Sie wandte ihren Blick zu der sich schließenden Tür. Jetzt waren sie allein. T.J. und Brute hatten ihnen wortlos Privatsphäre gewährt.

„Shay?" Leo nahm ihr Kinn und drehte sie zu seinen durchdringenden blaugrünen Augen zurück. „Fürchtest du dich, weil ich dich liebe?"

Sie schlug sich die Hand vor den Mund und unterdrückte ein Keuchen. Nie zuvor hatte sie so etwas erlebt. Sie hatte sich nicht nur im Privatzimmer eines Sexclubs allein mit drei Männern vergnügt, außerdem wurden auch ihre Gefühle erwidert. Bisher war es immer irgendein klammernder Kerl gewesen, oder sie hatte sich in jemanden außerhalb ihrer Liga verguckt. Nun lag sie in den Armen des Mannes, dem sie vor langer Zeit ihr Herz geschenkt hatte, und er schenkte ihr im Gegenzug sein eigenes.

„Hey." Er schob sanft ihre Hand zur Seite und fuhr zart mit dem Daumen über ihre Oberlippe. „Die Shay, die ich kenne, würde nicht wegen eines Mannes weinen."

„Ich weine nicht." Sie versuchte bloß, ihre hyperventilierenden Atemzüge zu verbergen.

Sein Lächeln wurde breiter, je länger er in ihre Augen sah. „Ich glaube dir."

Lange saßen sie in behaglicher Stille und schauten einander an, und jede verstreichende Sekunde ließ ihr Herz weiter anschwellen. Sie hatte immer gewusst, dass Leo Petrova ein besonderer Mann war. Jetzt wusste sie, warum. Er gehörte ihr.

Er nahm seine Hände von ihrem Gesicht und packte sie um die Taille. In dem Augenblick, in dem seine Schwanzspitze ihren Eingang berührte, verwandelte sich die Wärme der Liebe, die sie durchdrang, in brennendes Verlangen.

„Jetzt bist du an der Reihe." Sie schenkte ihm ein verruchtes Lächeln.

„Ich werde immer hart für dich sein, aber hier geht es nicht darum, wer an der Reihe ist." Er griff hinter sich, um eines der Kondome von der

Matratze zu nehmen, und zog es sich über. „Ich wäre glücklich, dir den Rest meines Lebens Vergnügen zu bereiten, ohne dafür eine Gegenleistung zu erhalten."

Ihre Lippen schwebten einen knappen Zentimeter über seinen. „Als ob."

Er gluckste. „Okay. Ist vielleicht ein wenig übertrieben. Aber das ist deine Schuld. Du verursachst in mir dieses verrückte Bedürfnis, dich glücklich machen zu wollen."

„Ich bin zu lange verrückt nach dir, ich kenne es schon nicht mehr anders."

„Eine sture Frau wie du?" Er hob eine Braue. „Du wolltest mir nur an die Wäsche."

Er legte sie sanft aufs Bett.

„Und an dein Herz", flüsterte sie und biss sich dann in Erwartung seiner Reaktion auf die Lippe. Selbst nach seiner Liebesbekundung fühlte sie sich immer noch nicht wohl dabei, ihre Gefühle auszusprechen. Er schien zu gut, um wahr zu sein. Wie eine Fata Morgana, die zu verschwinden drohte, je näher sie sich kamen.

Er rollte sie auf die Seite und legte sich hinter sie, die Härte seines Körpers berührte ihren Rücken. Eine Hand fand ihre Hüfte und streichelte zärtlich über die empfindliche Haut, während er sein Gesicht in ihren Haaren vergrub.

„Es gehört dir, Shay. Und du gehörst mir. Egal, wie groß deine Angst ist, wir werden das gemeinsam durchstehen." Sein Schaft glitt durch ihre feuchte Erregung und stieß in winzigen, neckenden Bewegungen in sie hinein.

„Ich lasse nicht zu, dass einer von uns davonläuft." Mit einem harten, tiefen Stoß versenkte er sich ganz in ihr.

Sie stöhnten beide, und Shay drehte ihren Kopf, damit Leo ihren Mund in einem ebenso harten Kuss erobern konnte. Diesmal war ihre Vereinigung träge und romantisch, ihr Vergnügen angeheizt durch Hingabe und Zuneigung. Er verehrte sie, küsste ihre Schulter und streichelte bedächtig ihre Klitoris. Sie liebten sich wie ein Paar mit einer Zukunft, nicht wie zwei Menschen, die erwarteten, im nächsten Moment auseinandergerissen zu werden.

„Ich kann nicht glauben, dass das hier passiert." Ihr Herz flatterte, von einer dankbaren Erleichterung durchströmt, dass sich der frühe Morgen so entwickelt hatte. Sie war von der Klippe gesprungen und hatte Flügel erhalten.

„Glaub es, meine Schöne." Er liebkoste ihren Nacken, ohne seine himmlischen Hüftbewegungen zu unterbrechen. „Denn ich lasse nie los, was mir gehört."

KAPITEL NEUNZEHN

*L*eo nahm Shays Hand, als sie das Badezimmer verließen und in den Hauptraum des *Vault of Sin* schlenderten. T.J. und Brute saßen wartend an der Bar und sahen zu, wie sie sich näherten. Sie waren nicht für ein Schwätzchen geblieben, sondern wegen Shay. Sie wollten sichergehen, dass es ihr gutging. Und Leo war froh, dass sie die Eier dazu hatten. Es fiel jedem von ihnen schwer, einer Frau gegenüber Schwäche zu zeigen, denn genau das taten sie – sie zeigten Shay, dass sie sich um sie sorgten.

„Alles okay zwischen uns?" Brute nahm einen Schluck aus seinem Scotchglas.

Leo warf Shay einen fragenden Blick zu.

„Was?", flüsterte sie.

„Er fragt dich, meine Schöne."

„Oh."

Ihre Wangenspitzen erröteten, und schon erwachte sein Glied zu neuem Leben. Shay war nicht der verlegene Typ, und sie nervös zu sehen, war wie ein Adrenalinschub für seinen Schwanz.

„Ja", sagte sie mit einem nervösen Kichern. „Alles gut."

„Du warst sehr gut, Shay", meinte Brute.

„Oh, danke." Sie stieß ein verächtliches Lachen aus. „Mir war nicht klar, dass das eben Teil eines Castings war."

„Kein Grund, sich aufzuregen. Ich meine damit nur, dass ich mich für euch beide freue." Brute ging um den Tresen herum und stellte sein leeres Glas in die Spülmaschine. „Nun, ich mache mich auf den Weg. Ich brauche mein Bett. Brauchst du eine Mitfahrgelegenheit, T?"

T.J. starrte weiter auf das Glas in seinen Händen, und das Eis klirrte, während er es vor und zurück schwenkte. „Nein. Ich genehmige mir noch einen." Er griff nach der *Grey Goose*-Flasche auf der Theke und goss sich einen weiteren fingerbreit ein.

„Dann sieh zu, dass du mit Leo mitfährst. Du bist schon über dem Limit."

„Ich komme schon klar."

Brute sah Leo an und bat ihn schweigend, ein Auge auf T.J. zu haben.

„Ich bleib gerne noch was hier und schließe ab", verkündete Leo. „Wenn er eine Mitfahrgelegenheit nach Hause braucht, fahre ich ihn."

Brute kam zu ihnen zurück und blieb neben Shay stehen. „Ruf mich an, wenn du irgendetwas brauchst."

Leo konnte die Bewunderung in den Augen seines Freundes sehen und ignorierte den Anflug von Eifersucht, der sich in seiner Brust ausbreitete. „Sie hat mich, wenn sie etwas braucht." Er versuchte, die leichte Verärgerung in seinem Tonfall im Zaum zu halten.

„Ja, aber manchmal bist du ein Arsch." Brute schlang einen Arm um ihren Hals und küsste ihre Schläfe.

„Glashaus. Steine." Shay kicherte. „Aber danke. Ich weiß das Angebot zu schätzen."

Brute zuckte mit den Schultern und ging zur Tür. „Ich habe Grund, so zu sein, wie ich bin. Leo hat keinen mehr." Er tippte sich zum Abschied mit zwei Fingern an die Schläfe und verschwand hinter der Bar. „Wir sehen uns nächste Woche."

Schwere Schritte entfernten sich, gefolgt vom Öffnen und Schließen der hinteren Eingangstür. Dann war es still. Zu still. Leo wollte Shay nach Hause bringen, kuscheln, reden, mit ihr in seinen Armen einschlafen. Allerdings stimmte mit T.J. etwas nicht, und Leo würde ihn in diesem Zustand nicht zurücklassen.

„Alles okay?" Shay glitt auf den Hocker neben seinem Freund und neigte den Kopf, um sein niedergeschlagenes Gesicht sehen zu können.

„Ja, Süße, ich bin nur müde."

Es war mehr als Erschöpfung, die T.J.s Tonfall dämpfte. Monatelang hatte Leo ihm zugesehen, wie er tiefer und tiefer im Selbstmitleid versank. Jeder Tag getrennt von seiner Ehefrau zehrte etwas mehr an dem Mann, der sein Herz auf der Zunge trug.

„Bist du sicher?" Shay begegnete besorgt Leos Blick. „Habe ich etwas falsch gemacht?"

„Nein", sagten Leo und T.J. gleichzeitig.

„Es ist nur wegen einer Familienangelegenheit", fügte T.J. hinzu. „Wegen des unendlichen Mists, der mit meiner Ehe einhergeht."

Shays Augen wurden groß. „Du bist verheiratet? Wie konnte ich das nicht wissen?"

„Wir haben alle unsere Geheimnisse", murmelte Leo in dem Versuch, etwas ihres Ärgers abzufangen. T.J.s Dämonen hingen alle mit seiner Frau zusammen. Er liebte sie mit jedem Atemzug und jedem Herzschlag. Doch ihre Ehe hatte sich im Laufe der Jahre verändert, was zu ihrer Trennung führte. Jeder Tag getrennt von der Frau seiner Träume erforderte höheren Tribut, und Leo war sich nicht sicher, ob die beiden die Beziehung, die sie einmal hatten, je wiederaufbauen konnten.

„Wirklich?", fragte sie gedehnt. „Und welche Geheimnisse hast du?"

Leo verengte seine Augen zu Schlitzen und wollte ihr für ihre Frechheit einen Klaps auf den Hintern geben. „Meines kennst du schon, also hör auf, mich so anzusehen."

Sie neigte den Kopf, als wollte sie sagen *Touché* und drehte sich dann wieder zu T.J. „Kann ich irgendetwas tun?"

„Nee." T.J. kippte den Rest seines Wodkas hinunter und knallte das Glas auf die Bar. „Mach einfach den Kerl hier glücklich." Er rutschte vom Hocker, holte tief Luft und setzte ein falsches Lächeln auf. „Wünscht mir Glück bei der Übermittlung der Scheidungspapiere."

Leo öffnete den Mund, doch nichts kam heraus. Ihm fiel nichts ein – keine Ratschläge, keine Worte des Trostes. Sein Freund war seit sechs Jahren verheiratet. Sechs glückliche Jahre. Und nun wollte er dem Ganzen ein Ende setzen. Er hatte nicht einmal gewusst, dass T.J. mit einem Scheidungsanwalt gesprochen hatte.

„So kannst du nicht fahren." Shay glitt vom Hocker und hastete um die Bar, um ihre Handtasche zu holen.

„Mir geht es gut." T.J. kopierte Brute und schlurfte zu Shay, bevor er ihr einen Arm um den Hals legte und ihr einen Kuss auf die Schläfe gab.

Diesmal war da keine Eifersucht. Alles, was Leo fühlte, war ein klaffendes Loch in seiner Brust für den Mann, der ein größeres Herz hatte als Leo und Brute zusammen. Eine Scheidung war nicht die Lösung. Es konnte einfach nicht die Lösung sein. T.J. liebte seine Frau, und ihren bisherigen Gesprächen nach zu urteilen, liebte ihn seine Frau auch.

„Bist du sicher?" Leo schnappte sich seine Schlüssel, zum Aufbruch bereit.

„Lass es. Ich hatte nur ein paar Drinks. Ich kann fahren."

„Nein." Leo schüttelte den Kopf. „Ich spreche von der Scheidung. Warum versucht ihr es nicht mal mit einer Eheberatung?"

T.J. lachte auf. „Ja, genau, Kumpel, Eheberatung. Das wäre ein Brüller."

„Ich meine es ernst."

„Und ich bin fertig." T.J. hob die Schultern. „Ich kann nicht jede Nacht damit verbringen, an sie zu denken und zu wissen, dass ich sie davon abhalte, den Rest ihres Lebens zu leben. Mein eigener Egoismus hat es überhaupt erst so weit kommen lassen. Ich konnte den Gedanken nicht ertragen, dass sie mit jemand anderes zusammen sein könnte. Aber ich muss sie gehen lassen. Sie hat etwas Besseres verdient."

„Etwas Besseres als dich?", fragte Shay mit brüchiger Stimme. Sie kletterte zurück auf einen Hocker und dann noch höher, um sich auf die Bar zu setzen. „Das verstehe ich nicht."

„Das brauchst du nicht, Süße." T.J. klopfte ihr auf den Oberschenkel und machte sich auf den Weg. „Wir sehen uns nächste Woche."

„Warte." Leo bedeutete Shay mit dem Kopf, ihnen zu folgen. „Ich setze dich ab." T.J. war nicht betrunken, aber extrem emotional. Und zusammen mit ein paar Drinks war das eine gefährliche Mischung.

„Lasst es." T.J. schwang sich zu ihm herum und hielt eine Hand hoch, damit Shay nicht von der Bar kletterte. „Heute Abend geht es um euch beide. Lasst mich gehen. Ich kann problemlos selbst fahren."

Leo musterte die Verzweiflungslinien auf dem Gesicht seines Freundes und die Besorgnis in Shays Augen. Er saß in der Klemme. Männer hatten keine schwachsinnigen emotionalen Ausbrüche. Wenn T.J. allein sein wollte, dann sollte es so sein. Er würde nicht T.J.s Hand halten oder ihn bevormunden. „Bist du sicher?"

T.J. rollte mit den Augen. „Verdammt nochmal, ja." Müde winkte er Shay zu und ging in Richtung der Hintertür. „Macht in den nächsten zwei Tagen nicht zu viel Unfug."

Shay begegnete Leos Blick, während sich ihre Mundwinkel langsam hoben. „Machen wir nicht", rief sie über ihre Schulter und wartete, bis sich die Hintertür schloss. „Ist er wirklich in der Lage zu fahren?"

„Er kennt seine Grenzen. Es wird schon gutgehen." T.J. war der Verantwortungsbewusste von ihnen, und die Straßen waren zu dieser frühen Morgenstunde menschenleer. Leo machte sich mehr Gedanken über den zusätzlichen Alkohol, den T.J. zu sich nehmen würde, sobald er einen Fuß in sein Apartment setzte.

„Das ist alles? Du bist sein bester Freund und alles, was du von dir gibst, ist ein *es wird schon gutgehen*?"

Leo zuckte die Achseln. Nichts, was er tat, würde den Scheiß, den T.J. durchmachte, zum Besseren wenden. Der Mann war robust und hatte sich bisher immer wieder erholt. Er hatte einfach ein größeres Herz als die meisten. „So ziemlich. Und außerdem ist das nicht deine Sache." Er stolzierte auf sie zu und spreizte mit einem groben Handgriff ihre Beine.

„Oh." Sie hob trotzig den Kopf. „Und was geht mich etwas an?"

„Ich", knurrte er und hob sie von der Bar. Ihre Beine umschlangen seine Taille und klammerten sich daran fest, während er auf den Ausgang zuging. „Ich und nur ich, für den Rest der Ewigkeit."

„Wie poetisch von einem Mann, dem Monogamie bisher wahrscheinlich ein Fremdwort war."

Er grinste sie an, denn er wusste, sie würde ihn für eine verdammt lange Zeit auf Zack halten. „Nicht poetisch, meine Schöne." Er platzierte einen langanhaltenden Kuss auf ihren Lippen, bevor er seine Augen öffnete und in ihre leidenschaftlichen braunen Iriden blickte. „Ich habe nur darauf gewartet, von der richtigen Frau vom Markt genommen zu werden. Und jetzt, da ich sie gefunden habe, wird es keine andere Frau mehr geben."

EPILOG

"*D*u heckst irgendwas aus, das kann ich spüren."

Shay grinste zu Leo hinunter und ignorierte seine zutreffende Vermutung. Sie saß auf der Bar vom *Vault of Sin*, ihrem Lieblingsplatz, von dem aus sie jeden Zentimeter des jetzt leeren Hauptraums sehen und einen Blick durch die offenen Türen der privateren Bereiche werfen konnte. „Ich denke nach."

Brute stöhnte und ging um die Bar herum zum Spülbecken. „Halt sie auf, Leo. Du weißt, wie abenteuerlich die meisten ihrer Einfälle sind."

„Was?" Sie schnappte gespielt empört nach Luft und warf ihm über die Schulter einen missbilligenden Blick zu. „Meine Ideen für oben waren einfach fabelhaft."

„Eher gewagt", konterte er.

Sie schüttelte den Kopf und wandte sich wieder an Leo, der von seiner Position zwischen ihren Schenkeln aus gluckste. Er saß auf dem Hocker vor ihr und sah mit seinen durchdringenden ozeanblauen Augen zu ihr auf. „Ich weiß nicht. Ich glaube, ich würde gerne hören, was sie zu sagen hat."

Schmetterlinge flatterten in ihrem Magen. Nach einigen gemeinsamen Wochen hatte sie den Schock, mit einem so umwerfenden Mann zusammen zu sein, immer noch nicht überwunden. Er war perfekt. Aufmerksam. Eingespielt auf ihre Bedürfnisse und Begierden. Der einzige Wermutstropfen war seine Zurückhaltung, sie als seine Partnerin zurück mit ins *Vault* zu nehmen. Er hatte ihr gesagt, er wolle warten, bis sie sich ein vollständiges Bild davon machen konnte, worum es im Club ging.

Irgendwie verständlich. Doch das minderte nicht die Erregung, die sie jedes Mal durchströmte, wenn sie an die Möglichkeiten dachte. Sie hatte jede verfügbare Schicht hinter der Bar des Sexclubs gearbeitet, und so ihre Wertschätzung für den Lifestyle entwickelt. Je mehr sie zuschaute, desto mehr genoss sie es. Und nun war sie an einem Punkt angelangt, an dem sie nicht mehr glaubte, das sexuelle Umfeld noch viel mehr schätzen zu lernen, ohne sich Leo vor aller Augen zu schnappen.

Aus diesem Grund hatte sie ihre Konzentration auf Verbesserungen des Clubs gelegt. Das *Vault of Sin* brauchte eine weibliche Note, die alles etwas aufmischte. Die Möglichkeiten waren endlos. Sie musste nur drei dickköpfige Männer davon überzeugen, ihr eine Chance zu geben.

„Ich habe darüber nachgedacht, wie wir das *Vault* noch spannender für Gäste machen könnten."

„Shay", warnte Brute. „Wenn die Männer noch erregter werden, haben die Frauen keinen Spaß mehr."

Wenn Mr. Grumpy glaubte, er sei lustig, hatte er sich leider getäuscht. Sie ignorierte ihn und konzentrierte sich auf das männliche Prachtexemplar vor sich. „Warum organisiert ihr keine Themenabende? Oder sogar eine Kostümparty?"

Leo verzog das Gesicht, und auch das versuchte sie zu ignorieren.

„Vielleicht, weil dies ein Sexclub für Erwachsene ist", sagte Brute gedehnt. „Keine Geburtstagsparty für Fünfjährige."

Shay zeigte ihm über ihre Schulter den Stinkefinger. „Ich meine es ernst." Sie benutzte ihre besten Rehaugen, um Leo anzuflehen. Der Trick funktionierte im Schlafzimmer, bestimmt tat er das auch hier. „Ihr könntet eine Maskeradenparty veranstalten. Newbies sind bestimmt eher bereit teilzunehmen, wenn sie wissen, dass sie ihre erste Erfahrung hinter einer Maske versteckt machen können. Es wäre weniger abschreckend."

Leos Brauen zogen sich zusammen. „Irgendwie gefällt mir die Idee."

Treffer.

„Jede ihrer Ideen gefällt dir *irgendwie*", grummelte Brute. „Weil du eine verdammte Pussy bist."

Leo belächelte die Beleidigung. „Apropos Pussy ..." Er beugte sich vor, legte die Hände auf ihre Knie und spreizte ihre Beine weiter. Ihr kurzer Rock ermöglichte ihm einen ungehinderten Blick auf ihre Unterwäsche, und er bemühte sich erst gar nicht, seine Sichtprüfung zu verstecken.

„Leo, ich meine es ernst." Ihre Kehle war plötzlich trocken. Sie schluckte schwer. „Ich denke, eine Maskerade würde gut ankommen."

Er schob seine Handflächen an ihren Oberschenkeln hoch und öffnete damit die Schleusen ihrer Erregung. Sie umklammerte die Barkante, nicht für Stabilität, sondern um sich selbst davon abzuhalten, ihn zu bespringen und ihm die Kleider vom Leib zu reißen. Brute hin oder her.

„Das weiß ich." Seine Berührung wanderte höher, unter ihren Rock und zu ihrem Slip. „Ein Maskeradenabend könnte funktionieren. Es würde helfen, die Anonymität derjenigen zu wahren, die sich nicht ganz sicher sind, ob sie den Spr …"

„Ein kleiner Hinweis", unterbrach Brute, der sich über ihre Schulter beugte. „Ich habe es satt, euch beiden zuzusehen. Von jetzt an werde ich vollberechtigt mitspielen, wenn ihr es vor meinen Augen miteinander treibt."

Shay biss sich auf die Lippe und wartete auf Leos Reaktion, bereit, seiner Entscheidung Folge zu leisten, egal, welchen Weg er wählte. Sie vertraute ihm und den Entscheidungen, die er in Bezug auf ihre sexuelle Beziehung traf. *Sharing is caring* war definitiv nicht ihr Motto geworden, doch Leo wusste, dass sie bereit war, ihn bei ihren Besuchen im Keller die Führung übernehmen zu lassen.

Leo starrte unter dichten Wimpern hervor zu ihr hoch. „Sorry, Kumpel. Ich bin etwas besessen davon, diese reizende Dame für mich zu behalten."

Sie grinste, ihr Ego wuchs ins Unermessliche. Dieser Mann wusste, wie er ihren Puls auf köstlichste Weise zum Rasen bringen konnte. Er hakte einen Finger in den Schritt ihres Slips, fand ihre feuchte Erregung und entfachte so erneut das Feuer in ihr. Sie wimmerte, rutsche hin und her, versuchte, nicht die Kontrolle zu verlieren. Er spielte mit ihr, hielt ihren Blick die ganze Zeit gefangen, während er mit seinem Finger ihren Eingang auf und ab fuhr.

„Du bist ungezogen", formte sie mit den Lippen und kämpfte darum, ihre Atmung unter Kontrolle zu halten. Sie war stets scharf auf ihn. Stets bereit. Stets wartend. Ihr Appetit war unersättlich, und sie rechnete nicht damit, dass sich das jemals ändern würde. Ganz gleich, wer in ihrer Nähe war.

Sie kickte sich einen Schuh von den Füßen, dann legte sie sanft ihre Zehen auf den Schritt seiner Hose und zeichnete den Umriss der Härte darunter nach, glitt weiter nach unten und über seine Hoden. Er schien immun zu sein. Kontrolliert. Das liebte sie am meisten an ihm – obwohl die Länge seiner Erektion hart unter ihr war, reagierte er nicht. Ganz gleich, wo sie waren, was sie taten, er behielt immer einen kühlen Kopf. Zumindest nach außen hin.

Er wurde stärker, je mehr Zeit sie miteinander verbrachten. Er wusste, wie er die Orgasmen am besten hinauszögern konnte. Wie er sie zum Schreien, Keuchen oder Kichern bringen konnte. Sie passten perfekt zusammen – seine sexuelle Kompetenz und ihre unbändige Lust.

„Nimm deine Hand aus ihrem Honigtopf", fuhr Brute ihn an. „Denn ich schwöre, wenn du mich noch einmal dazu nötigst, mit einem Steifen nach Hause zu gehen, bringe ich dich verdammt nochmal um."

Leo grinste ohne Gewissensbisse und zog seine Finger aus ihrer Unterwäsche. „Ich kann Gewalt nicht gutheißen."

Nein. Nein, nein, nein.

Sie seufzte bei dem Verlust seiner Berührung und scherte sich nicht um den versöhnlichen Kuss auf die Innenseite ihres Knies, der ihren Verdruss ein wenig abmildern sollte. Ihre Pussy wollte ihm in die Eier treten. In Brutes ebenfalls. Leo konnte jeden Standpunkt zu Gewalt vertreten, den er wollte, doch sie konnte ganz sicher Sexbremsen nicht gutheißen.

„Wir beenden das später", flüsterte er gegen ihre Haut.

Verdammt, ja. Sie würde sich definitiv revanchieren. Es würde damit beginnen, ihn endlos lang zu necken. Sein Vergnügen so lange hinauszuzögern, bis er hart und scharf war und bereit, das dringende Bedürfnis nach Erlösung in die Welt hinauszuschreien. Dann würde sie sich einen Kaffee machen und herausfinden, ob es ihm gefiel, hingehalten zu werden.

Sie presste die Beine zusammen und rammte dabei fast Leos Nase. Und trotzdem fing der Bastard an zu lachen. Das war nicht lustig. Die Feuchtigkeit zwischen ihren Schenkeln war kein Grund zum Lachen, und nach Hause zu fahren würde auch kein lustiger Zeitvertreib werden. Sie war sich nicht sicher, wie zum Teufel sie fahren sollte, wenn ihr Verstand davon besessen war, von Leo geritten zu werden.

„Na dann." Sie rutschte von der Bar und landete auf ihrem nackten Fuß. „Ich will eine Maskerade planen." Sie hob ihren Schuh vom Boden und zeigte mit ihm auf Brute. „Es muss nicht an einem regulären Abend sein, es könnte auch donnerstags oder sogar sonntags sein."

„Nun, ich möchte, dass du deine hübschen pinken Lippen um meinen Schwanz legst und mir einen bläst. Aber keiner von uns wird das bekommen, was er will. Oder etwa doch?" Brute kam um die Bar herum, eine finstere Miene im Gesicht. Die Ausbuchtung, die den Reißverschluss seiner Jeans strapazierte, verriet, dass er auch bezüglich des Blowjobs nicht gelogen hatte. „Wir können solche Pläne nicht ohne T.J. machen."

Shays Herz zog sich zusammen beim Gedanken an das dritte Mitglied des männlichen Trios. T.J. war nicht mehr zur Arbeit gekommen, seitdem er die Bombe über seine bevorstehende Scheidung hatte platzen lassen. Und doch hatte er bei allem, was er durchmachte, immer noch die Zeit gefunden, ihr eine Nachricht zu senden und sie zu fragen, ob bei ihr nach ihrem Besuch im *Vault of Sin* alles in Ordnung war.

Ihre Gefühle für Leo schienen ihn zu ermutigen. Doch als sie nach seinem Befinden fragte, hatte er sie ignoriert. Sie hatte sogar versucht, ihn anzurufen, aber er nahm nicht ab.

„Ich glaube nicht, dass T.J. etwas dagegen einzuwenden hat, wenn wir Nachforschungen anstellen und Details zusammentragen." Leo stand auf, stellte sich an ihre Seite und wagte es, eine Hand um ihre Taille zu legen.

Sie versteifte sich neben ihm. Ihre Nippel prickelten, als sie gegen das feine Material ihres BHs rieben, und ihr verfluchter Slip war immer noch pitschnass. Mehr Aufmerksamkeiten ohne die Hoffnung auf Erlösung waren das Letzte, was sie brauchte.

„Noch besser, mach einen offiziellen Vorschlag." Brute ging zum Lichtschalter an der Seite der Bar und schaltete die Beleuchtung im Haus ein. „So können wir, sobald T.J. zurückkommt, in einem Managementmeeting darüber diskutieren, ohne dass Romeos Schwanz sich an der Entscheidungsfindung beteiligt."

Leo lehnte sich zu ihrem Ohr hinunter und fasste sie enger um die Taille. „Was er nicht weiß", flüsterte er, „ist, dass mein Schwanz bei jeder Entscheidung, die dich betrifft, eine große Rolle spielt."

„Nein, heute Abend nicht." Sie stieß ihm zur Untermalung ihrer Abweisung in die Rippen.

Sein Lachen erhitzte ihren Hals, und sein beschützender Griff stärkte sie, obwohl ihr Körper eine Schwäche für ihn hatte. Sie konnte sich sein Lächeln in ihrem Kopf vorstellen, jenes, welches seine Wangen anhob und seine Augen erhellte. Sie hatte keine Chance, sich ihm zu verweigern. Keine Chance, die Anziehung abzustreiten, die ihr Herz anschwellen ließ.

Sie vertraute ihm, respektierte und verehrte ihn. Ihre Lust kannte keine Grenzen. Ihre Zeit abseits von *Shot of Sin* war erfüllt von Lachen, und ihre Zeit auf der Arbeit war noch besser. Obwohl sie mit ihrer Beziehung gegen den Strom der Normalität schwammen, hatten sie ihr Glück gefunden, und das konnte ihnen niemand nehmen.

Sie liebte diesen Mann, inklusive seiner schmutzigen Fantasien. Und keine Hürde, ob groß, klein, versaut oder zahm würde daran etwas ändern … es sei denn, er beeilte sich nicht langsam und schenkte ihr einen verdammten Orgasmus.

„Okay", nickte sie. „Ein Maskeradenplan, kommt sofort."

Ich hoffe, Erwacht hat euch gefallen!

Blättere weiter, um Vereint zu lesen.

VEREINT

KAPITEL EINS

T.J. saß in seinem Auto, völlig gebannt von einem Anblick, der ihm so vertraut war, dass er ihm einen stechenden Schmerz in der Brust verursachte – dem seiner Ehefrau. Cassies blonde Haare schimmerten im Licht der frühen Morgensonne, ihr Maxikleid umschmeichelte jede ihrer Kurven. Ein flüchtiger Blick genügte, um alles andere verblassen zu lassen. Es gab nur noch sie und ihn. Keine Straße war zu lang, kein Fluss zu breit, um ihn davon abzuhalten, sie für sich zu beanspruchen.

Zumindest war es so gewesen … bevor er gegangen war. Nun waren die wenigen Meter, die zwischen seinem Wagen und ihrer Position an der Schaukel des benachbarten Parks lagen, so gewaltig wie der Atlantik.

Heute Morgen würde er sich endgültig verabschieden, einen stillen Dank gen Himmel senden, dass er ihm die wenigen paradiesischen Jahre geschenkt hatte, die er mit dieser wunderschönen Frau hatte teilen können. Ihre gemeinsame Zeit war ein einziges Märchen gewesen – Liebe auf den ersten Blick, Eheglück und die Aussicht auf eine perfekte Zukunft.

Doch sie hatten ihr Happy End nie bekommen. Er hatte es vermasselt. Nicht nur einmal, sondern viele Male. Er hatte nur das Ausmaß nicht erkannt, bis es zu spät war. Bis er von ihr getrennt war, weg vom hypnotisierenden Bann ihrer Liebe.

Er hatte diese Frau beinahe zugrunde gerichtet. Das konnte er immer noch, wenn er blieb.

Keiner von ihnen hatte es kommen sehen. Sie waren zu sehr von ihrem Glück vereinnahmt gewesen. Die Droge der Euphorie hatte sie beide die Realität ausblenden lassen.

Jetzt nicht mehr.

T.J. sah zu, wie Cassie ihre Nichte von der Schaukel wegführte und sie Hand in Hand den Spielplatz verließen. Im Grunde genommen stalkte er sie. Er wusste, dass sie jeden zweiten Samstagmorgen mit dem kleinen Mädchen in den Park ging. Er wusste auch, dass sie, sobald sie das Kind zu seiner Mutter zurückgebracht hatte, die zwei Blocks zu T.J.s Haus laufen würde.

Zu ihrem gemeinsamen Zuhause.

Er folgte ihr im Schritttempo mit seinem Auto. An jeder Straßenecke wartete er, bis sie außer Sichtweite war, bevor er weiterfuhr. Als Cassie ihre Straße erreichte, wurde sein Magen flau. Ein Auto wartete in ihrer Auffahrt. Ein Auto, das wegen ihm dort stand.

Ihre Schritte verlangsamten sich, und als ein Mann in einem maßgeschneiderten schwarzen Anzug aus dem Wagen stieg, hielt sie abrupt an. Sie wechselten ein paar Worte, aber T.J. war zu weit weg, um von den Lippen lesen zu können. Allerdings brauchte er das auch nicht. Der Umschlag in der Hand des Mannes sagte alles. Und der daraus resultierende Schmerz auf dem atemberaubenden Gesicht seiner Frau tat sein Übriges.

Sie hielt die Scheidungspapiere in ihren Händen. Er konnte nicht anders, er musste näher heran, musste ihr Leiden hautnah miterleben. Er hatte ihren Schmerz verdient, ihren Groll. Er wollte beides spüren, so viel leiden wie möglich.

Sie erkannte nicht, dass es notwendig war. Vermutlich würde sie das nie. Und das war okay. Er konnte mit der Verantwortung leben. Schließlich tat er das schon seit Monaten.

Der schwarze Mercedes fuhr rückwärts von der Einfahrt und auf die Straße, dann verschwand er in der Ferne. Er konnte nicht wegsehen, musste den Schmerz in sich aufsaugen, der in Flutwellen von seiner Frau zu ihm herüberebbte. Sie zitterte, den Umschlag fest umklammert, ihren Blick auf das grüne Gras zu ihren Füßen gerichtet.

Er fuhr den Wagen langsam näher heran und tröstete sich mit ihrer Nähe. Sie war so nah. Fast konnte er die weichen Strähnen ihres Haars durch seine Finger gleiten spüren. Konnte fast das Parfüm riechen, das er ihr zum letzten Hochzeitstag gekauft hatte.

Er würde töten, um sie wieder berühren zu dürfen. Um den Kummer in ihren Augen mit seinem Kuss lindern zu können. Mit seiner Leidenschaft.

Doch das würde nicht passieren. Nicht ein einziges Mal mehr.

Auf der Suche nach Ablenkung sah er über ihre Schulter auf das Haus, das sie beide mit ihren bloßen Händen errichtet hatten. Vom Fundament bis zu den Vorhängen, von der Gartengestaltung bis hin zum verdammten Briefkasten. Alles war mit harter Arbeit, Entschlossenheit und Liebe geschaffen worden. Vor allem mit Liebe.

Kitschig, ja, doch es war einer dieser Momente im Leben gewesen, in denen er geglaubt hatte, tatsächlich etwas Großes erreicht zu haben. Er hatte eine Ehefrau, die er vergötterte, ein brandneues Zuhause für die Familie, die sie gründen wollten, und ihren deutschen Schäferhund, Bear, der das Gesamtpaket vervollständigte.

Es schien, als hätten sie sich erst gestern über die Farbe für den Anstrich der Innenwände gestritten. Er war hartnäckig bei seiner Wahl geblieben, bis zu dem Moment, in dem sie mit der mühsamen Arbeit begonnen hatten. Als er den Farbbottich öffnete, hatte Cassie ihm ihr umwerfendes Lächeln zugeworfen, und schon war ihre miese Farbwahl es wert gewesen.

Ihr Lächeln hatte ihn immer fertig gemacht. Es fühlte sich an, als wären Jahre vergangen, seit sie ihn mit ihrer Fröhlichkeit verzaubert hatte. Ein Tag ohne sie glich einer Ewigkeit, folglich war der Schmerz der Monate, die sie getrennt voneinander verbracht hatten, nicht zu beschreiben.

Er vermisste es, sie von den Socken zu hauen – körperlich und emotional. Er vermisste es, wie sie quietschte, wenn er sie am Knöchel kitzelte. Vor allem vermisste er es, die Weichheit ihrer Kurven an seinem Körper zu spüren, wenn er einschlief.

All das würde er nie wieder haben.

Was sie hatten, war verloren. Tot und begraben. Er hatte alle Hoffnung auf eine Zukunft zerstört. Er hatte Cassies Zeit vergeudet und ihr Leben ruiniert. Das musste aufhören.

Er schlug mit den Handflächen gegen das Lenkrad und kniff die Augen zu, um gegen die Tränen anzukämpfen. Bald wäre es vorbei. Ihr Gerichtstermin war in weniger als einem Monat. Die Dokumente in ihrer Hand führten alle Vermögenswerte auf, die er ihr überließ – das Auto, das Haus, ihren Hund. In Verbindung mit ihrem Job hätte sie weiterhin finanzielle Sicherheit. Sie wäre abgesichert und versorgt. Und vielleicht, eines Tages, glücklich.

Die nächsten siebenundzwanzig Tage würden ihn trotzdem umbringen. Genau wie jeder darauffolgende Tag. Doch sobald der Herzschmerz nachgelassen hatte, würden sie beide neu beginnen können. Cassie konnte sich in ihrer Position in der Hotelverwaltung darauf konzentrieren, sich hochzuarbeiten. Vielleicht würde sie einen neuen Mann finden. Jemand anderen, der sie liebte. Der sie in den Armen hielt. Der ihr wundervolles, strahlendes Lächeln sehen und ihre Tränen wegwischen durfte.

„Scheiße." Er musste hier verschwinden, bevor er völlig zusammenbrach.

Er öffnete die Augen, blinzelte mehrmals und sah dann direkt in die Augen der Frau, deren Blick starr auf sein Auto gerichtet war. *Oh, fuck.*

Sie ließ ihre Hände sinken und der Umschlag fiel zu Boden. Mit zitternder Unterlippe und schwer atmend stand sie da, während er die volle Wucht ihres Kummers zu spüren bekam.

„Scheidungspapiere?", rief sie mit gebrochener Stimme.

Herrgott. Er hatte sie gebrochen. Cassie war ruhig, gelassen und höflich, zumindest an jedem anderen Tag ihrer Ehe. Im Moment verursachte sie eine Szene und machte damit ihre neugierigen Nachbarn auf ihren bevorstehenden Zusammenbruch aufmerksam.

Er hätte nicht herkommen dürfen. Er hätte ins *Shot of Sin* fahren, seine Sorgen in einer Flasche teurem Scotch ertränken und sich anschließend von Leo oder Brute nach Hause fahren lassen sollen. Stattdessen schaltete er die Zündung ab und stieg aus dem Auto, unfähig, ihr Leid zu ertragen.

Er ging auf sie zu, entschlossen, ihr zu erklären, dass ihr Leben jetzt besser werden würde. Es musste einfach besser werden. Genauso wie es *ihr* dann besser gehen musste. Er konnte nicht existieren, falls dem nicht so war.

„Du bist ein Feigling, Tate Jackson." Sie rührte sich nicht, nur ihre Lippen zitterten. „Ein schwacher, erbärmlicher Feigling, der seiner Frau nicht einmal den Respekt erweisen kann, ihr mitzuteilen, dass er die Scheidung will. Du musstest einen Fremden damit beauftragen, mich darüber in Kenntnis zu setzen."

Er beschleunigte seine Schritte die Einfahrt hinauf. „Senk deine Stimme."

Ihre Augen weiteten sich, ihr Mund öffnete sich leicht. Dann reckte sie langsam ihr Kinn. „Nein." Ihre Stimme war hauchdünn. „Dieser Tonfall wirkt bei mir nicht mehr, dank dieser Papiere." Sie deutete mit einer Hand auf den Umschlag im Gras. „Wie konntest du nur?"

Er blieb vor ihr stehen, legte seine Hand auf ihren Oberarm und versuchte, sie ins Haus zu führen, weg von neugierigen Augen.

„Wag es nicht." Sie wich ihm aus, ihre sanften Züge verzogen sich zu einer finsteren Miene. Noch nie zuvor hatte sie ihn so angeschaut. Ein solcher Blick von ihr war ihm völlig fremd. Und schwer zu ertragen.

Er würde seine Seele geben, sie an seine Brust ziehen und in seinen Armen trösten zu können, bis die bittere Realität verblasste. Er vermisste sie. Gott, er vermisste sie so sehr. Ihr Duft lag in der Luft und forderte seine Beherrschung heraus. Und ihre Lippen … Er stieß frustriert den Atem aus. Ihre Art zu küssen war unvergleichlich. Ihr liebevolles Herz würde für immer ein Teil von ihm sein.

Cassie holte tief Luft, straffte ihre Schultern und begegnete offen seinem Blick. „Tu uns das nicht an, T.J." Ihre hellblauen Augen flehten mehr als ihre Worte es je könnten. „Bitte. Ich liebe dich noch immer. Ich werde dich *immer* lieben."

Er war dankbar für das kratzende Geräusch von Nägeln über Zement, dann das Bellen von Bear, der ihn lautstark vom Seitentor aus begrüßte. Sie schwiegen, während das dröhnende Geräusch anhielt. Er musterte unablässig ihr Gesicht. Die Zeit blieb stehen, und der Grund, wieso er all das in erster Linie tat, verschwamm.

Sie war immer noch die faszinierendste Frau, die er je gesehen hatte. Das Kleid, das sie trug, schmiegte sich an all ihre herrlichen Kurven, umschmeichelte Brüste und Hüften, die ihn in seinen Träumen gequält hatten. Die Brustwarzen, die gegen die dünne Baumwolle drückten, machten seinen Mund so trocken, dass er sich inständig wünschte, er hätte es nicht bemerkt. Aber es waren ihre tiefen, himmelblauen Augen, in denen unvergossene Tränen schwammen, die ihn innerlich zerrissen.

„T.J." Über das laute Bellen hinweg war ihre Stimme kaum zu hören. Ihre Hand wanderte zwischen sie und hinauf zu seiner Brust.

Er trat zurück, da er wusste, welches Brennen der Kontakt verursachen würde. Ihre zarte Berührung wäre sein Ende. Sie würde ihn schnurstracks mit einem Einwegticket zum Gericht treiben, um das Scheidungsverfahren einstellen zu lassen.

Sie war sein Herz. Die einzige Frau, die seine dunkelsten Sehnsüchte zum Vorschein brachte und einen sexuellen Appetit in ihm erweckte, den er nicht ignorieren konnte. Sie gewährte ihm die Freiheit, der Mann zu sein, der er immer sein wollte, ließ ihn jedoch sich gleichzeitig wünschen, jemand ganz anderes zu sein. Jemand besseres. Jemand, der einer Frau würdig war, die so vergebend und liebevoll war.

Sie ließ ihre Hand langsam an ihre Seite fallen, als Bear sich beruhigte. Ihr Blick senkte sich und ihre hellen Wimpern legten sich flatternd auf ihre erröteten Wangen. „Ich kann ohne dich nicht leben, Tate."

Verdammte Scheiße. Sie weidete ihn aus, schlitzte seine Brust auf und ließ seine Eingeweide herausfallen. Wie konnte er gehen? Wie konnte er sie verlassen, wo er doch wusste, dass er diesmal nicht zurückkehren würde?

„Es ist das Beste", log er.

Auf Cassie traf das zu, aber er wäre von diesem Moment an für immer weniger Mann, weil sein Leben nicht länger durch diese Frau bereichert wurde.

~

Cassie hielt den Atem an und zerbrach fast an der Entschlossenheit in den angespannten Gesichtszügen ihres Ehemannes. Er war unnachgiebig. Sich seiner Entscheidung sicher. Sie konnte beim besten Willen nicht verstehen, warum.

Sie presste ihre Lippen zusammen und schwor sich, keine weitere Träne zu vergießen, zumindest nicht vor ihm. *Verdammt.* Sie wollte ihn schütteln. Ihn mit einer Ohrfeige aus seinem Irrsinn reißen und ihn an das Glück erinnern, das sie einst geteilt hatten. Sie war glücklich gewesen. Ihre Flitterwochenphase war nie verflogen, sondern hatte sich vielmehr in eine tiefere Verbindung verwandelt, durch die sie mit T.J. eine ganz neue Seite an sich entdeckt hatte.

Er hatte sie zum Leben erweckt. Genau wie ihre Liebe. Und ihre Lust. Und obwohl es wehgetan hatte, als er seine Koffer packte und ihr sagte, er bräuchte eine Auszeit, hatte sie ohne jeden Zweifel gewusst, dass ihre Verbundenheit miteinander nicht durch ein paar Monate der Trennung ausgelöscht werden konnte.

Eine Liebe wie ihre war ein Geschenk. Eines, auf das sie nicht verzichten konnte.

„Die Scheidung wird nicht rechtsgültig werden. Ich werde ihr nicht zustimmen."

„Ich brauche deine Zustimmung nicht, Cass, der Gerichtstermin steht schon fest."

„Das ist nicht möglich." Das Blut wich aus ihrem Gesicht und ihr wurde schwindelig. Sie schüttelte den Kopf, ob ungläubig oder trotzig, konnte sie nicht sagen. Es war unmöglich, dass ihre Trennung bereits die gesetzlichen Voraussetzungen erfüllte. „Du bist vor sechs Monaten ausgezogen. Ich bin sicher, wir müssen zwölf Monate getrennt sein, bevor du die Scheidung einreichen kannst."

Seine Miene wurde weicher, seine braunen Augen voller Mitleid. „Ich schlafe seit einem Jahr nicht mehr in deinem Bett. Das reicht dem Gericht."

Ihr Herz blieb stehen und ihre Brust durchzuckte ein Schmerz, der immer intensiver wurde. Sie presste sich eine Hand auf die Brust in dem Versuch, das qualvolle Gefühl zu lindern, das nicht nachlassen wollte. Stattdessen nahm es immer weiter zu und breitete sich in ihren Gliedern aus, bis sie weiche Knie bekam.

Ein einziges Wort entwich ihren zitternden Lippen: „Warum?"

Sie kannte die Antwort, ohne dass er sie aussprechen musste. Sein verzerrter männlicher Schutzsinn hatte seinen Tribut gefordert und ihn zum Sklaven einer Schuld gemacht, die ihn gar nicht traf.

„Geht es immer noch um den blöden Club?" Die eine schicksalshafte Nacht, in der ihre Experimentierfreudigkeit zu weit gegangen war.

„Hier geht es um mich." Seine Stimme war leise. Unbeirrt. „Niemanden sonst."

„Lügner." Sie kannte die Wahrheit. Sie hatten eine schlechte Erfahrung gemacht. Eine aufreibende, herzzerreißende Erfahrung, und schon war er bereit aufzugeben. „Du hast das, was passiert ist, immer noch nicht losgelassen."

„Du hast Recht." Er senkte seinen Kopf. „Das kann ich nicht. Das werde ich nie. Aber bei der Scheidung geht es um viel mehr als das."

In ihrem Kopf schrie sie und kratzte ihm die schönen Augen aus, in die sie an ihrem Hochzeitstag geblickt hatte, dieselben Augen, von denen sie sich vorgestellt hatte, dass sie mit tiefster Zuneigung auf ihr erstes Kind herabschauten, wären sie je mit einem Kind gesegnet worden.

„Es tut mir leid." Er presste seine Lippen fest zusammen.

Es tat ihm leid? Er hatte ihr noch nicht einmal die Gelegenheit gegeben, zu reparieren, was zerbrochen war. Er selbst hatte es nicht einmal versucht.

„Eine Entschuldigung reicht da nicht aus." Erneut schüttelte sie den Kopf, diesmal mit Nachdruck.

Vor zwölf Monaten hatte er angefangen auf dem Sofa zu schlafen, und ihr mit seinem Verlangen nach Freiraum, nach Klarheit, die sie ihm nicht geben konnte, das Herz gebrochen. Sechs Monate später hatte er ihr Haus verlassen, weil er noch mehr Abstand brauchte.

Damals hielt sie es für das Beste, sich seinem Wunsch zu beugen. Seine Liebe für sie war immer noch offensichtlich in seinen Augen, seinen Worten, seinen Berührungen. Also hatte sie ihn gehen lassen und ihm gegeben, was er brauchte. Viele Monate der Distanz, in denen sie sich nächtelang in den Schlaf geweint und ihn nicht ein einziges Mal gebeten hatte, zu ihr zurückzukehren.

Diesmal würde sie nicht so dumm sein. Sie würde seinen Bitten nicht mehr nachgeben.

Der Schmerz in ihrer Brust verwandelte sich in glühend heiße, verzehrende Wut. Jeder Zentimeter von ihr wurde von Entschlossenheit erfüllt, jeder Nerv pulsierte mit dem Bedürfnis, diese Schlacht für sich zu entscheiden.

„Ich werde kämpfen. Ich werde dem Richter sagen, dass wir noch nicht lange genug getrennt sind." Sie erhob ihre Stimme. „Ich werde tun, was immer nötig ist."

Sein Kiefer zuckte. „Wir wissen beide, dass du unter Eid nicht lügen wirst."

Wahrscheinlich nicht. Er kannte sie zu gut.

„Wir sind nie zur Eheberatung gegangen. Ich werde dem Gericht sagen, dass ich das vorher versuchen will." Es musste einen anderen Weg geben. Eine andere Möglichkeit.

„Du bist nicht hingegangen, Cass, aber ich schon." Er ließ den Kopf hängen, als er einen weiteren Nagel in den Sarg ihrer Ehe hämmerte.

„Du bist ohne mich zur Eheberatung gegangen?" Ihre Worte waren ein Flüstern. Es ergab keinen Sinn. Sie waren perfekt füreinander. Sie hatten alles geteilt, von expliziten sexuellen Fantasien bis hin zu ihren größten Ängsten und allem, was dazwischen lag. Sein Handeln war nicht nachvollziehbar. Sie hatten nur eine falsche Entscheidung getroffen. Ein Fehler, und schon sollte sie ihre gemeinsame Zukunft aufgeben. Es musste mehr dahinterstecken.

„Gibt es eine andere Frau?" Übelkeit überkam sie. „Ist das der Grund? Hast du jemand anderen gefunden?"

Sie starb tausend Tode, während sie auf seine Antwort wartete. Ihr Verstand spielte völlig verrückt und stellte sich vor, wie er sie mit bildschönen Frauen betrog. Mit schlanken, makellosen Frauen mit leichten Kurven und kleinen, festen Brüsten.

Sie sog scharf die Luft ein. „Das ist es, nicht wahr? Du bist fremdgegangen."

„Nein." Er sagte das Wort mit Nachdruck und sah sie durch seine losen dunkelbraunen Haarsträhnen an, die ihm vor die schokoladenbraunen Augen gefallen waren.

Ihr Körper sackte in sich zusammen, und sie umklammerte ihre Hände, damit sie aufhörten zu zittern. Sie glaubte ihm. Sie hatte keine Ahnung, wieso, aber sie klammerte sich an die Aufrichtigkeit in seiner Miene. Das musste sie.

„Warum dann, T.J.? Du verlässt mich doch nicht wegen eines einzigen Fehlers."

„Cassie." Ihr Name war ein Flehen.

„Nichts *Cassie*. Du musst mir erklären, wie du so einfach davonlaufen kannst. Es macht keinen Sinn." Sie scherte sich nicht länger um den Herzschmerz, der sich in seine Gesichtszüge brannte. Ihr ganzes Mitgefühl war unter ihrem eigenen Schmerz begraben worden. Sie brauchte Antworten. Sofort.

Er verzog sein Gesicht und sah zurück zu seinem am Straßenrand geparkten Auto. „Es geht darum, dass ich nur das Beste für dich will." Er fuhr sich grob mit einer Hand durchs Haar und umfasste seinen Hinterkopf. „Du hast Besseres verdient."

„*Schwachsinn*. Es geht um eine einzige Nacht. Siehst du nicht, wie lächerlich das ist?"

„Senk deine Stimme."

Sein befehlendes Knurren weckte unzählige heiße Erinnerungen in ihr. Sie liebte seine dominante Stimme. Doch sie würde ihr nie wieder folgeleisten. Nicht, wenn sie nicht Mann und Frau blieben.

„Ich wollte nicht, dass es so kommt." Er trat zurück und brachte damit eine schmerzhafte Distanz zwischen sie. „Dir wehzutun ist das Letzte, was ich will."

„Dann hör auf damit."

„Das habe ich. Genau darum geht es bei der Scheidung. Nachdem du dich aufgerafft hast, wirst du erkennen, dass es der beste Weg für deine Zukunft ist."

„Der beste Weg?" Sie funkelte ihn aufgebracht an. „Nein. Der beste Weg für mich wird mich immer zu meinem Ehemann führen."

Er hob sein Kinn und begegnete ihrem Blick. „Vertraue mir einfach."

Sie starrte ihn an und bemerkte die zusätzlichen Furchen um seine Augen, die nach unten verzogenen Mundwinkel, von denen sie es allzu sehr gewohnt war, sie in die entgegengesetzte Richtung gebogen zu sehen.

"Ich habe kein Vertrauen mehr." Sie versuchte unter der Last des Verlustes nicht zusammenzubrechen, während er langsam einige Schritte zurückwich.

T.J. nahm ihre bitteren Worte mit einem Nicken zur Kenntnis und drehte sich auf dem Absatz um. Er glaubte, er würde aus ihrem Leben verschwinden. Aus ihrem Herzen. Und doch würde er sie nie verlassen.

Selbst als er aufgehört hatte, in ihrem Bett zu schlafen, hatte sie ihn immer noch neben sich gespürt. Und als er ihr Zuhause verließ, hatte sie sich an den Gedanken von ihm geklammert und auf seine Rückkehr gewartet.

Sie würde niemals den Glauben an ihre Ehe verlieren, ganz gleich, was vor ihnen lag. Das einzige Problem war, dass sie nach zwölf Monaten der Verzweiflung nicht wusste, wie viel Kampfgeist noch in ihr steckte für das zu kämpfen, was sie beide verdienten.

KAPITEL ZWEI

chön, dich zu sehen, Fremder."

„T.J. schwang zu der Stimme herum, die er über die laute Tanzmusik hinweg kaum erkannte. „Hey, Frechdachs. Lange nicht gesehen."

„Frechdachs?" Shay hob eine Braue und kräuselte die Lippen. „So hast du mich noch nie genannt."

„Wenn der Schuh passt …" Er stupste sie am Arm und ging weiter in Richtung der bewachten Tür, die zum privaten Bereich im Untergeschoss führte. Das *Shot of Sin*, der Tanzclub, den er mit seinen beiden besten Freunden Leo und Brute besaß, war heute Abend zu laut für ihn. Er hatte sich noch nicht von seiner Begegnung mit Cassie am Morgen erholt. Er musste sich erden, und das schaffte er nicht während der Arbeit hinter einer belebten Bar. Nachdem ihr Restaurant *Taste of Sin* für den Abend bereits geschlossen hatte, war die einzige andere Möglichkeit das *Vault of Sin*.

Shay zuckte mit den Schultern. „Stimmt." Ihr Lächeln war echt und voller Schalk, den er inzwischen zu mögen gelernt hatte. „Also, wie kommt es, dass du jetzt darum bittest, unten arbeiten zu dürfen? Leo sagte mir, einige der Aufgaben unten seien nicht so deine Stärke."

Und so begann das Kreuzverhör.

Er blieb vor dem Wachmann am Eingang zur Treppe nach unten stehen und nickte dankbar, als der Mann die Tür öffnete. Das *Vault*, verborgen unter dem Hauptbereich des *Shot of Sin*, war ein privater Club, in dem die Mitglieder nicht vorhatten zu tanzen, sondern jede Absicht, sich nackt auszuziehen und an sinnlicheren Aktivitäten teilzunehmen.

Wegen seiner Hingabe zu Cassie war der Sexclub nie sein Lieblingsarbeitsplatz gewesen. Sie wusste, was hinter den verschlossenen Türen passierte, und obwohl er ihr Unbehagen gespürt hatte, hatte sie nie von ihm verlangt, diesem Teil seiner Eigentümerpflichten nicht nachzukommen.

Er hatte selbst entschieden sich von den expliziten, sexuellen Aufgaben im *Vault of Sin* zu distanzieren. Das hatte er als Zeichen des Respekts gegenüber der Frau getan, die er verehrte, zumal sie nie die Gelegenheit gehabt hatten, den Bereich gemeinsam zu erkunden. Ihre Probleme hatten vor der Eröffnung des Sexclubs begonnen. Und nachdem die Türen geöffnet waren, hatte er sich nicht überwinden können sie dorthin einzuladen.

Jetzt schien sein Mitwirken unten keine große Rolle mehr zu spielen.

„Es ist ruhig hier unten", murmelte er.

Shay folgte ihm in das schwach beleuchtete Treppenhaus, dann schloss der Wachmann die Tür hinter ihnen. Gemeinsam gingen sie hinunter, vorbei an Wandbildern von Paaren, deren nackte Körper in verschiedenen sexuellen Posen miteinander verschlungen waren, was ihn umso mehr an seine Frau erinnerte.

„Gerade ist es ruhiger, weil niemand unten ist. Aber das bleibt nicht mehr lange so." Shay schmunzelte. „Einige der Mitglieder treiben es gerne laut, und das meine ich wörtlich."

Er unterdrückte ein Stöhnen. „Mir war klar, was du meinst."

Ihr Lächeln wurde breiter, als sie das Kellergeschoss erreichten. „Schaltest du das Licht ein, während ich das Erwachsenenentertainment aufbaue? Die ersten Gäste treffen bald ein."

„Sicher." Er gab den PIN ein, mit dem die Tür am Ende des Flurs abgesichert wurde, und hielt die schwere Holztür für Shay auf, damit sie vor ihm das *Vault of Sin* betreten konnte. Während sie in der Newbie-Lounge am Fernseher herumhantierte, schleppte er sich in den Hauptraum und betätigte den Schalter an der Wand neben der Bar. Leuchtstofflampen aus, Stimmungslicht ein.

Wahrscheinlich hätte Cassie es hier unten geliebt. Er war überzeugt, dass genau das eines ihrer Probleme war. Er hatte sie so geprägt, dass sie genau das mochte, was er mochte. Dass sie die Verderbtheit liebte, die er liebte. So war sie nicht gewesen, als sie sich kennenlernten. Sie war unschuldig gewesen. Beinahe unberührt. Er hatte ihr die gesamte Bandbreite des sexuellen Verlangens gezeigt und nicht einmal bemerkt, dass er sie in einen anderen Menschen verwandelte, bis es zu spät war.

Aus dem Nebenraum vernahm er ein Klicken, gefolgt von herzhaften Seufzern und kehligem Stöhnen von dem großen Bildschirm, den Shay gerade einstellte. Der Geräuschpegel wirkte wesentlich lauter, als er sein würde, sobald die Gäste eintrafen und ihre eigenen sexuellen Laute ausstießen. Die Vorstellung hätte seine Erregung wecken sollen. Stattdessen fühlte er sich schmutzig. Verkommen. Als würde er fremdgehen.

Er bezweifelte, dass letzteres Gefühl jemals verblassen würde.

Wenn er schließlich nach vorne sah, würde es nicht angenehm werden. Er würde Cassie gegenüber immer emotional verpflichtet bleiben, und er wusste, seine Selbstachtung würde auf einem historischen Tiefstand sein, sobald er sich auf jemand anderen einließ.

In seinem jämmerlichen Wahnsinn hatte er sogar darüber nachgedacht, ein hochklassiges Callgirl zu bezahlen, die erste zu sein. Auf diese Weise wären keine Emotionen involviert. Es wäre ein Job – für ihn, um über seine Ehefrau hinwegzukommen, und für sein Callgirl, um die Rechnungen zu bezahlen. Eine Win-Win-Situation. Er hatte sogar eine Visitenkarte in seinem Portemonnaie. Eine ständige Erinnerung daran, dass er nur einen Anruf davon entfernt war mit seinem Leben weiterzumachen. Nur konnte er sich nicht dazu durchringen, die Nummer zu wählen.

„Alles okay, Großer?", fragte Shay, die hinter ihm auftauchte.

„Alles bestens", log er, als wäre er nicht im Begriff innerlich zu sterben und im Fegefeuer zu versinken.

Er setzte sich an die Bar, verzichtete darauf, nach einer Flasche *Grey Goose* zu greifen, und schaltete gedanklich ab, während Shay die Gläser polierte und die Zapfhähne auf Funktionalität überprüfte. Die Zeit verging, ohne dass sich die Welt darum scherte, dass er mit jeder verstreichenden Sekunde innerlich weiter zerbrach.

In perfekt aufeinander abgestimmten Abständen trudelten die Gäste ein. Die Nacht zog sich dahin, während Leute buchstäblich kamen und gingen. Ein- oder zweimal überprüfte er schlurfend die Zimmer, um sich zu vergewissern, dass alles mit rechten Dingen und einvernehmlich vor sich ging. Doch nichts und niemand um ihn herum drang richtig bis in sein Bewusstsein vor. Niemand außer Cassie.

„Ich liebe dich", sagte jemand hinter ihm.

Er schnitt eine Grimasse und kämpfte sich durch den Herzschmerz, als er sich an das erste Mal erinnerte, dass seine Frau diese Worte gesagt hatte.

Er hatte sich schon lange vorher in sie verliebt. Wochen, vielleicht sogar Monate vor ihrer Liebeserklärung. Er hatte seine Verehrung für sich behalten, wollte seine Gefühle nicht auf sie projizieren, solange er sich nicht ganz sicher war, dass sie genauso empfand.

Aber das hatte sie.

In unglaublich süßem Ton hatte sie ihm die Worte zugeflüstert. „Ich liebe dich, Tate. Wir sind füreinander geschaffen."

„Und werden es immer sein", formte er mit den Lippen die Worte, mit denen er geantwortet hatte, ihr Bild dabei klar vor Augen.

Sie hatte mit leuchtenden Augen gelächelt und ihre kleinen Grübchen waren sichtbar geworden. Mit ihrem strahlenden Lächeln ging die Sonne für ihn auf und unter. Wenn er nur die Zeit zurückdrehen könnte. Ihren Pfad ändern. Den Ausgang korrigieren.

„Mach Liebe mit mir. Zeig mir, dass du mich auch liebst."

Ihre Worte hatten ihn mit Entschlossenheit erfüllt. Er hätte alles für sie getan, einschließlich die Welt um sie herum verschwinden lassen, während er sich ihr mit Geist, Körper und Seele hingab. „Ich weiß nicht, wie ich ohne dich leben konnte."

Rührselige Gespräche waren nie seine Stärke gewesen. Ja, er rühmte sich ein Gentleman zu sein, aber erst mit Cassie hatte er wirklich verstanden, welche Macht Worte haben konnten. Mit der Zeit würde die Erinnerung an seine Berührungen verblassen. Er konnte nur hoffen, dass ihr seine sanft geäußerten Zärtlichkeiten im Gedächtnis bleiben würden.

„Du hast nicht gelebt", hatte sie geflüstert. „Bis zu dem Zeitpunkt, an dem es dich und mich gab, hast du bloß existiert."

T.J. strich mit seinen Lippen über ihre und schob seine Hände unter ihre Bluse. Die Weichheit ihres Körpers machte ihn fertig. Er mochte Kurven, und Cassie hatte sie in Hülle und Fülle. Er schlang seine Arme um sie, hob sie hoch und trug sie in ihr Schlafzimmer.

Dort setzte er sie ab und knöpfte sein Hemd auf. „In meiner obersten Schublade liegt ein Geschenk für dich."

Zusammengekniffene Engelsaugen musterten ihn, während sich ihre Lippen wissend kräuselten. Es war nicht das erste Mal, dass in seinem Nachttisch Gegenstände sexueller Natur auf sie warteten. Vibratoren, Dildos, Nippelstimulatoren, und alles weitere Mögliche und Unmögliche, um ihre Lust zu steigern.

Sie drehte sich um, öffnete seine oberste Schublade und runzelte die Stirn. „Was ist das?"

„Nimm es raus und sieh es dir an." Ihre Unschuld machte komische

Dinge mit ihm. Es gab ihm immer einen Kick, ihr neue Vergnügungen zu zeigen, ihre Grenzen auszutesten, sie für etwas Neues zu begeistern. Das war der Grund, wieso es mit ihrer Sexualität zu schnell zu weit gegangen war. Er hatte nicht anders gekonnt.

„Was soll ich damit anfangen?" Sie nahm das C-förmige Toy zwischen Daumen und Zeigefinger und begutachtete es mit einem Stirnrunzeln.

„Das kleinere Ende wird in dich eingeführt und drückt gegen deinen G-Punkt. Der dickere Teil legt sich um dein Schambein und auf deine Klitoris."

Sie warf ihm einen Blick zu und grinste ihn an. „Hört sich nach einer Menge Spaß für mich an. Wie kommst du bei all dem auf deine Kosten?"

„Ich komme, mach dir darüber keine Sorgen." Er trat vor, schob den dünnen Stoff ihres Shirts über ihren Kopf und enthüllte ihre sinnlichen Brüste, die in einem weißen Spitzen-BH steckten. Sie zog ihren Rock aus und beglückte ihn mit dem Anblick eines passenden Höschens, während ihr eigener erhitzter Blick ihn verschlang.

„Zieh deine Unterwäsche aus."

Sie senkte demütig ihren Kopf und ihren Blick. Elegante Finger umfassten den Bund und entblößten noch mehr verlockende Haut – den getrimmten Haarsteifen auf ihrem Venushügel, ihre Schamlippen, ihre Oberschenkel und ihren prachtvollen Hintern.

„Den BH auch."

Sie hob die Brauen. „Ich bin ja schon dabei." Ihre Hände wanderten zu ihrem Rücken und lösten die Haken, bevor das Material zu Boden fiel. „So besser?"

„Du solltest nie Kleidung tragen", sagte er wahrheitsgemäß. Cassie war wie geschaffen für eine Nudistenkolonie. Für bewundernde Blicke von Männern und Frauen gleichermaßen.

Sie umschlang zweifelnd ihren Bauch.

„Verstecke dich niemals." Mit einem sanften Finger tippte er ihr in einem stillen Befehl auf die Handgelenke. „Ich will das hier in dir versenken." Er wies auf das Toy in ihrer Hand und ergriff das schmale, dünnere Ende. Langsam führte er die abgerundete Spitze ihren Köper entlang, über ihren Unterleib, geradewegs zum höchsten Punkt zwischen ihren Oberschenkeln. „Ab jetzt übernimmst du. Ich schaue dir zu."

Ihre Wangenspitzen verfärbten sich in einen feinsten Rosaton. „Wie schalte ich es ein?"

„Du gar nicht, meine Liebste." Er war jetzt zuversichtlich genug, sie so zu nennen. Und würde es von nun an immer sein. Sie war seine Liebste.

Seine einzig wahre Liebe. „Schieb es einfach in deine hinreißende Pussy, ich mache den Rest."

Sie nickte, und die leichte, fast nervöse Bewegung entflammte seinen beschützerischen Teil in dem Bedürfnis, ihr Selbstvertrauen in ihr eigenes Handeln zu stärken. Sie hatte Stil. Sie hatte Anmut. Sie war alles, was ein Mann wie er sich wünschen konnte. Dass sie unfähig war, ihren Wert zu erkennen und ihn umherstolzierend zur Schau zu stellen, verblüffte ihn.

Eine Hand immer noch um das Toy geklammert, kroch sie auf das Bett und legte sich auf den Rücken. Er konnte und wollte seinen Blick nicht von ihr losreißen – weder jetzt, noch sonst jemals –, als sie kurz ihre Augen schloss und das schwarze Objekt in sich schob.

„Perfekt." Das Wort war ein Wispern aus seinem trockenen Mund.

„Ich gebe mein Bestes."

Da war er, der kurze Funke, der winzige Schimmer sexuellen Selbstvertrauens, der ihn in den Wahnsinn trieb. Sie war in seinem Bett zu Hause.

Er holte sein Telefon aus der Gesäßtasche seiner Hose und scrollte zu der zuletzt heruntergeladenen App. Die Software, die zusammen mit dem Produkt geliefert worden war, ermöglichte ihm, das Toy fernzusteuern. Von ihrer Seite, einem anderen Bundesstaat oder sogar einem anderen Land aus, konnte er ihr mit einem Knopfdruck Lust schenken. Er brauchte nur zu entscheiden, ob er ihren G-Punkt, ihre Klitoris oder beides gleichzeitig stimulieren wollte, und mit welcher Intensität.

„Lassen wir uns Zeit." Er hatte es nicht eilig. Er genoss es, ihre Erregung langsam zu steigern, sie in einen Rausch zu versetzen, bevor er ihr erlaubte der Wonne zu erliegen. Mit einem schnellen Doppelklick summte der äußere Stimulator zum Leben und entlockte ihrer Kehle ein Keuchen.

„Oh, Gott." Ihre Augen wurden groß.

Er gluckste, während er sich die Hose auszog und sie einfach zu Boden fallen ließ. „Gefällt es dir?"

„Wie immer." Der Schock in ihrem Gesicht war durch einen sexy, verträumten Glanz in ihren Augen ersetzt worden. „Ich verstehe immer noch nicht, was du davon hast."

„Dein Vergnügen ist mein Vergnügen." Er würde noch ein bisschen länger den Selbstlosen spielen, bis er es nicht mehr ertragen konnte. Dann würde er ihr mitteilen, dass ihr Körper ausreichend Platz für das Toy und sein Glied zusammen bot. Dafür würde er sorgen.

Er tippte erneut auf das Display seines Handys, zweimal auf den Button für die äußere Stimulation und einmal, damit die Vibrationen gegen ihren G-Punkt einsetzten.

„Oh, heilige Scheiße, T.J." Sie vergrub ihre Finger in der Decke, bäumte sich auf und schloss die Augen.

Eines Tages würde er all seine Geschenke auf dem Bett ausbreiten – die Handschellen, die Massageöle, die Fetischfesseln, den Analplug und die Vibratoren. Eines nach dem anderen würde er alles benutzen, sie bis zur Erschöpfung sättigen, bevor er in ihrem atemberaubenden Körper schließlich seine eigene Lust stillte.

„T.J.?" Cassie fing an sich zu winden, ihre Stimme klang beinahe fremd. Verzerrt vor Lust.

„Hm?" Er lächelte auf sie hinab, spürte ihre Beunruhigung, fühlte, wie sie auch in seinem Brustkorb zum Leben erwachte, denn genau wie ihr Vergnügen war auch ihre Sorge seine eigene.

„T.J.?"

Ihre Stimme entfernte sich, ihr Bild verschwamm. Verblasste. Er blinzelte und versuchte sich wieder auf das Paradies vor sich zu konzentrieren, während er immer weiter abdriftete.

„T.J."

Scheiße. Er erwachte aus seiner Erinnerung und sah stirnrunzelnd zu Shay. Sie stand neben dem Lichtschalter, ihr Haar zerzauster als es vor wenigen Augenblicken gewesen war, ihre braunen Augen müde. „Kannst du mir beim Zusammenpacken helfen?"

Er warf einen Blick über seine Schulter auf den nun leeren Raum. Noch vor wenigen Sekunden hatten sich hinter ihm nackte Körper in hemmungsloser Hingabe gewunden. Die Sexschaukel war in Gebrauch gewesen, der Bereich von Unterhaltungen und sexuellem Delirium erfüllt.

Er war kurz davor seinen verdammten Verstand zu verlieren.

„Ja." Sich räuspernd rutschte er vom Hocker, dankbar für die Bar, die gegenwärtig die abklingende Ausbuchtung seiner Hose verbarg. „Was muss getan werden?"

Shay sah ihn durchdringend an. Ihre Stirn war gerunzelt, ihr Mund zu einer schmalen Linie zusammengepresst. „Wo zum Teufel bist du in den letzten drei Stunden gewesen?"

Er unterbrach den Augenkontakt, als ihm das Gefühl, ertappt worden zu sein, einen unangenehmen Schauer über den Rücken jagte. „Ich war scheinbar zu sehr in meine Gedanken vertieft."

„An deine Frau?" Sie schnappte sich ein gelbes Tuch von der Theke und begann die Bar abzuwischen.

„Ans Leben im Allgemeinen. Mir geht viel durch den Kopf."

Nicht in der Stimmung zu reden, ging er auf den ersten privaten Bereich zu und schaltete das Neonlicht ein. Das große Bett in der Mitte des Zimmers war zerwühlt, die Kissen auf der Matratze und dem Boden verstreut. Eines nach dem anderen hob er sie auf, entfernte ihre Stoffbezüge und warf das Material in Richtung der Tür. Normalerweise half er nicht beim Aufräumen. Das Unternehmen, das sie unter Vertrag hatten und zum Schutz der Privatsphäre großzügig bezahlten, würde innerhalb weniger Stunden hier sein. Allerdings brauchte er eine Ausrede, sich von Shay und ihren Fragen fernhalten zu können.

Die Frau war ein Pitbull. Ein wunderschöner, frecher Pitbull, der mit seinem neuen Freund Leo zu sehr beschäftigt sein sollte, um T.J. mit Fragen zu seiner Scheidung zu löchern.

„Leo und Brute sind gleich hier", rief sie aus dem Hauptbereich. „Sie wollten kurz mit dir sprechen, bevor du gehst."

Er unterdrückte ein Seufzen und rieb sich mit beiden Händen über das Gesicht. „Worüber?"

„Keine Sorge, es ist nichts Beunruhigendes." Ihr zierlicher Körper erschien im Türrahmen. „Es ist geschäftlich. Und genau genommen wegen mir. Ich hatte ein paar Ideen fürs *Vault*, über die sie persönlich mit dir reden wollten."

Verdammter Mist. Es war weit nach Mitternacht, in aller Herrgottsfrühe. Er besaß nicht die Gehirnkapazität über etwas anderes als Cassie nachzudenken. Seine ganzen Gedanken drehten sich um blaue Augen, weiche Kurven und ein umwerfendes Lächeln.

Shay lehnte ihre Hüfte an den Türrahmen. „Kann ich dich etwas fragen?"

Nein, verdammt. Er wollte nicht reden. Weder über die Arbeit noch über das Leben. Ganz besonders nicht über Liebe. „Ich bin müde. Können wir das verschieben?"

„Ich mache mir Sorgen um dich." Ihre leisen Schritte strichen über den Teppich, als sie auf ihn zuging. „Ich wusste nicht, dass du in einer schlimmen Ehe festgesteckt hast."

„Ich habe nicht festgesteckt." Augenblicklich überkam ihn das übermächtige Bedürfnis Cassie zu verteidigen. „Und schlimm war sie auch nicht."

„Aber wieso dann das alles?" Sie runzelte die Stirn. „Ich verstehe es nicht."

Das taten Leo und Brute auch nicht, und das war okay. Wie sie seine

Beziehung wahrnahmen, war nicht wichtig. Sie waren seine engsten Freunde, aber Cassie war seine Welt. Die Probleme, die zu ihrer Scheidung geführt hatten, waren vertraulich. Er würde sie nicht hintergehen, auch jetzt nicht, da sie nicht mehr zusammen waren.

„Es ist kompliziert." Er riss das Spannbettlaken vom Bett und knüllte es zusammen, dann warf er es in Richtung des Stapels mit Bezügen in der Nähe der Tür.

„Das wiederum verstehe ich. Vor allem, wenn, wie ich annehme, eure Sexualität eine wesentliche Rolle gespielt hat." Sie schlenderte zum Nachttisch und knipste die Lampe aus. „Aber wenn sie nicht schlimm war, warum dann die Scheidung?"

„In diesem Lifestyle und Arbeitsumfeld etwas anzunehmen ist gefährlich, Shay." Sein Tonfall war autoritär. Verärgert. Ein für ihn ungewohntes Verhalten gegenüber anderen.

„Missverständnisse und Leichtsinn können einen in große Schwierigkeiten bringen." Das wusste er aus Erfahrung.

„Okay ..." Sie hob beschwichtigend die Hände und ging zur Tür. „Habe verstanden."

Großartig. Jetzt fühlte er sich nicht nur beschissen, sondern auch wie ein Arschloch. „Shay, warte." Er lief ihr hinterher. „Ich weiß deine Besorgnis zu schätzen, aber mir geht's gut. Versprochen."

Mit erhobener Braue verschränkte sie ihre Arme vor der Brust. „Ich wollte nur helfen."

Die Eingangstür knarzte auf und beendete ihr Gespräch. Zumindest hoffte er das. Sie hörten das Geräusch schwerer Schritte, kurz bevor Leo und Brute den Hauptraum des *Vault of Sin* betraten.

„Schlechter Zeitpunkt?", fragte Leo mit angespanntem Kiefer, seinen Blick auf Shay gerichtet.

„Nein. Alles in Ordnung." Ihr Tonfall sagte etwas anderes, als sie zu Leo ging und einen Kuss auf seine Lippen drückte. „Ich gehe nach oben, damit ihr drei reden könnt." Ohne ein weiteres Wort verließ sie den Raum und schloss mit einem lauten Knall die Tür hinter sich.

„Warum wirkte sie so angepisst?", fragte Leo.

„Wirkt sie nicht immer so?" T.J. lehnte sich seitlich an das hellbraune Ledersofa in der Mitte des Raumes.

Brute gab ein halbherziges Glucksen von sich. „Jepp. Sie wirkt immer entweder angepisst oder als würde sie etwas im Schilde führen. Ist beides ziemlich beunruhigend."

„Wenn du aufhören würdest, ihr die Hölle heiß zu machen, würde sie vielleicht aufhören, ihre Krallen zu schärfen." Leo lehnte sich gegen die Rückseite des Sofas. „Gib einfach zu, dass du es liebst, sie zu provozieren."

„Weißt du, was ich lieben würde?" Brute ließ in einem teuflischen Grinsen seine Zähne aufblitzen. „Wenn du und Shay miteinander kommunizieren könntet, ohne deinen Schwanz zu involvieren. Nehmt euch ein Zimmer. Macht Urlaub. Nur haltet mir bitte deinen käseweißen Arsch vom Hals."

„Eifersüchtig?"

„Fick d—"

„Kommt schon, Leute." T.J. war zu müde für ihre Spielchen. „Shay sagte, ihr hättet etwas mit mir zu besprechen."

Leo feixte und beanspruchte den Sieg über ihre Auseinandersetzung für sich.

„Schau nicht so selbstgefällig", forderte Brute. „Dafür darfst du jetzt die beschissenen Ideen deiner verrückten Freundin für unseren Sexclub erläutern."

T.J. schloss die Augen und ließ zu, dass sich die Erschöpfung in ihm ausbreitete. Er hatte heute Abend nicht die Kraft, sich an diesem Schwachsinn zu beteiligen. Er hatte nicht einmal den Willen zu lächeln.

„Entspann dich." Leo stupste ihn an die Schulter. „So schlimm ist es nicht."

Brute räusperte sich. „Kommt auf die Perspektive an."

„Spuckt es einfach aus." T.J. rieb mit einer Hand entlang seines Kiefers, über die rauen Stoppeln, die ihn daran erinnerten, dass er sich seit zwei Tagen nicht rasiert hatte. „Was hat Shay vor?"

„Sie hatte einige Ideen, um mehr Besucher fürs *Vault* anzulocken."

„Ihre Hauptidee war eine Kostümparty", sagte Brute gedehnt.

„Was?" T.J. mochte Shay, doch Leute, die sich als Fred Feuerstein oder Superman verkleideten, würden dem professionellen Image, das er sich für ihren Club wünschte, nicht helfen. Auch Freundinnen oder Liebhaberinnen an den Entscheidungsprozessen ihres Unternehmens teilhaben zu lassen, konnte er nicht gutheißen. Deshalb war Cassie immer eine stille Partnerin gewesen.

„Es geht um eine verdammte Maskeradenparty, du Idiot." Leo zeigte Brute den Stinkefinger. „Es würde denjenigen, die es gerne mal ausprobieren, aber in einer solchen Umgebung nicht erkannt werden wollen, die Chance geben, anonym zu bleiben."

„Ich bin ganz Ohr." T.J.s Müdigkeit ließ etwas nach. Vielleicht war die Idee gar nicht so schlecht. Er ruckte mit dem Kinn in Brutes Richtung und wurde augenblicklich mit der finsteren Miene seines Freundes belohnt. „Du bist also gegen die Idee?"

„Mir ging es beim Club nie um *Spielereien*, sondern um eine Lebenseinstellung. Entweder stehst du zu deinen Neigungen, oder du kannst dich verpissen und dir einen anderen Club suchen – einen, dem Integrität und die Privatsphäre seiner Mitglieder weniger wichtig ist."

Bei der Erwähnung von anderen Clubs drehte sich T.J. der Magen um. Einen solchen Versuch hatte er bereits gewagt, und es war nicht gut ausgegangen. „Nur weil du aus deinem Lifestyle kein Geheimnis machst, heißt das nicht, dass alle anderen das auch müssen. Einige der Menschen, die sich für den Lebensstil interessieren, sind nicht bereit, den Verlust von Familie und Freunden zu riskieren, sollten sie erwischt werden." Auch das hatte er schon am eigenen Leib erfahren dürfen. „Und andere müssen an ihre Religion oder ihren Job denken."

„Komm mir bloß nicht mit Religion."

„Oder allem anderen, was nicht deine Zustimmung findet", brummte Leo.

„Also *bist* du gegen die Idee?", fragte T.J. Normalerweise war Brute weder gegen noch für irgendetwas. Er war jemand, bei dem das Glas immer halb voll war, jemand, der Spaß daran hatte, andere scheitern zu sehen. Er war brutal, daher der Spitzname.

„Ist er nicht", schnaubte Leo lachend. „Er hat schon grünes Licht gegeben. Er lässt nur wieder den launischen Griesgram raushängen."

Brute zuckte mit den Achseln. „Deiner Freundin kann man schwer etwas abschlagen."

„Mit der Betonung auf *meiner* Freundin."

Jetzt war es an Brute zu glucksen. „Ja, im Moment ist sie das."

Leo richtete sich knurrend auf und verschränkte die Arme vor der Brust.

„Kommt schon, Leute." T.J. würde in einem der Betten im *Vault* schlafen müssen, falls dieses Gespräch nicht bald ein Ende fand. Er würde nicht zu seiner Wohnung fahren, wenn er die Augen nicht offenhalten konnte. „Ich schätze, wir sind uns alle einig bezüglich der Maskeradenparty. Also, wie geht es jetzt weiter?"

Brute lachte. „Auch das lasse ich Leo beantworten."

„Ehrlich gesagt …", Leo zog die zwei Worte in die Länge, „… hat Shay für nächsten Donnerstagabend die erste Probeparty organisiert."

T.J. kämpfte gegen das Gefühl des Verrats an, das sich in seiner Brust breitmachte. „Okay ...“ Sie hatten es bereits ohne seine Zustimmung arrangiert.

„Wir waren nicht sicher, wann du wieder zur Arbeit erscheinen würdest.“ Kapitulierend hob Leo die Hände. „Du warst—“

„Ist es so schwer zum Telefon zu greifen? Oder eine Nachricht zu schicken?“ Er hatte sich noch nie so einsam gefühlt. Der Club entwickelte sich ohne ihn weiter, während jeder Teil seiner Seele mehr und mehr verkümmerte.

„Naja, Kommunikation ist keine Einbahnstraße.“ Brute hob vorwurfsvoll eine Braue. „Du hättest uns informieren können, wann du planst zurückzukommen. Oder dass du überhaupt vorhattest, uns im Stich zu lassen. Wir sind Geschäftspartner und verlassen uns auf dich.“

Autsch. Es würde nicht so wehtun, wenn sie nicht Recht hätten.

„Es war alles zu viel für mich“, gab er zu. Die Arbeit. Die Welt. Das Leben im Allgemeinen. Er hatte keine Wahl gehabt. Es war nicht leicht gewesen die Kraft aufzubringen, die Scheidungspapiere zu überbringen. Es hatte Zeit gebraucht, darüber nachzusinnen und die Entschlossenheit zu finden.

„Das wissen wir.“ Leo stupste ihn mit der Schulter an. „Keine große Sache. Also, nochmal zu der Maskeraden-Sache ...“

„Ich denke, ich werde mich einfach zurücklehnen und euch das Steuer überlassen, nachdem ihr mit dem Projekt bereits begonnen habt.“ Er versuchte den Unmut aus seiner Stimme zu halten, so gut er konnte.

Brute grinste. „Schau mich nicht an. Das ist alles Don Juans Werk. Er konnte nicht nein sagen, weil Shay seine Eier in der Hand hat.“

„Shay zieht es vor, meine Eier in ihrem Mund zu haben, Arschloch“, schnauzte Leo. „Und um ehrlich zu sein, habe ich es von Anfang an für eine gute Idee gehalten. Sonst hätte ich sie davon abgehalten.“

Brute schnaubte und erntete dafür einen weiteren Mittelfinger-Salut.

„Die Eintritts- und Kleiderordnung bleiben gleich“, fuhr Leo fort. „Die Gäste müssen vor ihrem Besuch trotzdem eine Geheimhaltungserklärung, eine Kopie ihres Ausweises und Fotos übermitteln. Der einzige Unterschied besteht darin, dass die Besucher gegenüber anderen Gästen ihre Anonymität wahren können. Brute wird durch die Online-Registrierung wissen, wer sie sind.“

„Okay.“ Er zuckte mit den Schultern. Er hatte nicht die Energie zu protestieren, obwohl er nicht einverstanden war. „War das Interesse groß?“

Ein arrogantes Lächeln erhellte Leos Gesichtszüge. „Wir sind fast ausgebucht.“

KAPITEL DREI

C assie erhöhte die Lautstärke ihrer Kopfhörer in dem Versuch, ihre Gedanken zu übertönen. Dabei half es wenig, dass sie am Esstisch saß, den Blick starr auf eine Website gerichtet, die den Schmerz in ihren Venen noch verstärkte.

Vault of Sin.

Sie hatte den Newsletter abonniert, schon seit der Eröffnung des Clubs vor einem Jahr. Heute hatte sie endlich die Kraft gehabt, wieder in die reale Welt zurückzukehren – zu duschen, zu kochen, das Haus zu putzen und schließlich ihre E-Mails zu überprüfen.

Es war ein Zeichen. Ein unverhohlener Wink des Schicksals. Das *Vault* veranstaltete seine erste Maskeradenparty. Ein privates, anonymes Event. Cassies Herz raste angesichts der Ankündigung. Etwas rumorte in ihrem Bauch und sagte ihr, dass sie dabei sein musste. Ja, es konnte auch eine Verdauungsstörung sein, doch sie beschloss diesen Gedankengang zu ignorieren.

Es war die perfekte Gelegenheit, nach und nach wieder Teil von T.J.s Leben zu werden, ohne dass er es überhaupt bemerkte. Ohne dass *irgendjemand* es bemerkte.

Die E-Mail räumte all ihre Bedenken aus und machte es ihr leichter. Mit einer Maske konnte sie an der Veranstaltung im *Vault* teilnehmen und herausfinden, ob T.J. schon über sie hinweg war. Seine Einstellung gegenüber ihrer Scheidung ergründen. Und hoffentlich einen detaillierteren Plan entwickeln, der sie wieder zusammenbrachte. Sie musste nur alle Hürden überwinden, die sie daran hinderten, einfach durch den Haupteingang hineinzuspazieren.

Sie hatte noch nie einen Fuß in den privaten Teil des Unternehmens gesetzt. Egal, wie fasziniert sie vom bloßen Gedanken an den Sexclub ihres Mannes auch war, hatte es nie eine Gelegenheit für einen Besuch gegeben, weil ihre Beziehung mit T.J. etwa zur gleichen Zeit ins Wanken geraten war, zu der der Club eröffnet worden war. Er hatte im Vorfeld ausführlich mit ihr über seine Mitwirkung gesprochen und ihr erklärt, welche Pflichten er dort zu erfüllen hatte. Sie hatte ihm völlig vertraut. Die einzige unkontrollierbare Emotion, die sie empfunden hatte, war Erregung gewesen, wohlwissend, dass der Club eines Tages Teil ihrer sexuellen Reise werden würde.

Dieser Teil ihrer Zukunft war nie Wirklichkeit geworden.

Nun dachte sie ständig an den Ort, der jederzeit für Sex und Verführung zur Verfügung stand. Nicht nur, weil er eine bedeutende Gefahr darstellte, ihren Mann an eine andere Frau zu verlieren, sondern auch, weil er die perfekte Gelegenheit bot, um zu versuchen, ihn zurückzugewinnen.

„Cassie", rief eine Frauenstimme hinter ihr, gefolgt von einem lauten Klopfen, das sie so erschreckte, dass sie aufsprang und sich dabei schmerzhaft die Stöpsel aus ihren Ohren riss und ihren Stuhl umschmiss.

„Ich bin's nur." Jan, ihre Freundin von gegenüber, hielt auf der anderen Seite der Glasschiebetür die Hände hoch. „Ich wollte dich nicht erschrecken."

„Nun, dabei hast du kläglich versagt." Cassie atmete tief durch und arbeitete hart daran, ihren rasenden Herzschlag zu beruhigen. Sechs Monate waren nicht ausreichend Zeit gewesen, sich daran zu gewöhnen, ohne einen Mann im Haus zu leben. Es fiel ihr immer noch schwer, allein zu schlafen, ohne T.J., der sie beschützte.

Offensichtlich war Bear auch nicht der beste Wachhund. Im Augenblick saß er mit wedelndem Schwanz und verspielt funkelnden Augen an Jans Seite.

Cassie entriegelte die Tür und schob sie auf. „Was machst du denn hier?" *Schon wieder.*

Jan zuckte die Achseln. „Ich schaue nur kurz vorbei, bevor ich ins Bett verschwinde."

„Ich habe dir doch schon—", *hundertmal,* „—gesagt, das ist nicht nötig.

Ich versichere dir, mir geht es gut." Oder das würde es. Eines Tages. In nicht absehbarer Zukunft. Abhängig vom Verlauf ihrer Ehe.

„Schätzchen, du hast deinen Ehemann verloren."

„Ich habe ihn nicht *verloren*." Sie wusste genau, wo er war. „Er ist nur stur, das ist alles. Bevor du dich versiehst, ist er wieder zurück."

Jan schenkte ihr ein versöhnliches Lächeln. „Bist du sicher? Er scheint nicht der Typ Mann zu sein, der Fehler macht. Vor allem keine großen."

Es gab für alles ein erstes Mal. T.J. war ein Mann, der zu seiner Einstellung, seiner Stärke, seiner Entschlossenheit und vor allem zu seiner Liebe zu ihr stand. Er verbarg sein Selbstvertrauen nur unter der Fassade eines Gentlemans, der sich niemandem zu beweisen brauchte. Es war nur eine Frage der Zeit, bis sie ihn davon überzeugt hatte, zu ihr zurückzukommen. Doch es hatte keinen Sinn mit Jan zu diskutieren. Sie würde es nie verstehen. Niemand würde das.

Jans Blick schweifte zu Cassies Laptopbildschirm. Sie runzelte die Stirn. „Was siehst du dir da an?"

Oh Gott. Cassie stürzte sich auf den Laptop und klappte schnell den Bildschirm zu, um die sündhaften Bilder zu verstecken, die auf der Website des *Vaults* in Szene gesetzt waren. „Gar nichts."

Jans Lippen zuckten. „Habe ich bei etwas gestört?"

„*Nein*, natürlich nicht."

„Du hast also keine Pornos geschaut?" Jan hob eine Braue. „Halte ich dich davon ab, selbst Hand anzulegen?"

„Oh mein Gott." Hitze stieg ihr in die Wangen. „Nein." Erregung war das Letzte, wozu ihr Körper gerade imstande war.

„Also, was hast du dir angesehen?"

„Nichts."

Jan stemmte ihre Hände in die Hüften und nahm eine bequeme Haltung ein, die wortlos signalisierte, dass sie ohne eine Antwort nirgendwo hingehen würde.

„Na schön", schnaubte Cassie und verschränkte die Arme vor der Brust. „Ich arbeite einen Plan aus, der T.J. zu mir zurückbringt."

„Mithilfe von Pornos?", fragte Jan mit ungläubigem Gesichtsausdruck.

„Es ist kein *Porno*, verdammt."

„Okay, okay", winkte Jan ab. „Dann erzähl."

Aber das wollte Cassie nicht. Es gab Dinge im Leben, die zwischen Mann und Frau bleiben sollten. Der Grund für ihre Scheidung war einer davon. Genauso wie ihr Plan zu versuchen, ihn zurückzubekommen. Obwohl Jan älter und aufgeschlossener war als die Freunde, mit denen

Cassie aufgewachsen war, schien es dennoch nicht wie ein Gespräch, das sie führen sollten. „Kann ich nicht. Es würde sich anfühlen, als würde ich ihn hintergehen."

„Cass ..." Jan zog einen Stuhl heraus und nahm Platz. „Du schuldest ihm nichts. Er ist schon dabei, alles hinter sich zu lassen."

Verdammt. Die Wahrheit tat weh. „Es gibt auch noch andere Gründe."

„Die da wären?"

„Zum Beispiel will ich nicht, dass du über ihn urteilst. Oder über uns als Paar. Unsere Beziehung war nach gesellschaftlichen Maßstäben nicht normal."

„Aha ..." Jan hob überheblich eine Braue. „Ich werde so tun, als wäre ich durch deine Unterstellung nicht gekränkt, und dich daran erinnern, dass ich eine alleinerziehende Zweiundvierzigjährige bin, die noch nie einen prüden Knochen in ihrem Körper hatte."

Obwohl Jan in den Monaten, seit T.J. ausgezogen war, zu ihrer engsten Vertrauten geworden war, hatte Cassie keine privaten Details preisgegeben. Sie hatte nur über ihren Herzschmerz und ihre Angst vor der Zukunft gesprochen. Die Geheimnisse, die sie mit ihrem Ehemann hatte, waren ein Geschenk, das nur sie beide teilten. Sie waren nie der Typ gewesen, der sich nach Aufmerksamkeit sehnte. T.J. behütete die intimen Aspekte seines Lebens. Das taten sie beide. Er hatte durch die Fehler seiner Freunde gelernt, dass Menschen zu schnell über Dinge urteilten, die sie nichts angingen.

„Wenn du es mir nicht sagen kannst—", Jan griff nach dem Laptop, „— dann zeig mir, was du dir angesehen hast."

Cassie haderte mit sich, gefangen zwischen dem Bedürfnis zu reden und dem Wunsch ihrem Mann treu zu bleiben. Sie glaubte immer noch nicht, dass T.J. weiterziehen wollte. Sie konnte seine Meinung ändern. Sie wusste, dass sie es konnte. Schlussendlich war es die Einsamkeit, die sie dazu brachte, ihren Schmerz zu teilen.

„Bitte bleib unvoreingenommen." Sie warf ihrer Freundin einen kurzen Blick zu, bevor sie den Laptopbildschirm anhob und mit den Fingern über das Mousepad fuhr. Die Website des *Vaults* erwachte zum Leben, während Jan auf ihrem Stuhl näher heranrutschte.

„Was sehe ich mir hier an?"

Den Kern Cassies wildester Fantasien. „Eine Einladung in einen Sexclub."

Jans Augen wurden groß, als sie langsam nickte, ohne den Fokus von der Seite zu lösen.

„T.J. wird dort sein." Zumindest glaubte sie das. Sein Name schmückte schließlich den unteren Teil der Einladung.

„Hat er dich betrogen?", fragte Jan erbost. Sie sah über ihre Schulter zu Cassie, ihr Gesicht voller Zorn. „Ist es das?"

„Nein." Cassie schüttelte den Kopf und umklammerte die Rückenlehne des Holzstuhls vor sich. „So ist es nicht. Er ist nicht da, um Sex zu haben." Soweit sie wusste. „Dieser Club ist Teil des Unternehmens, das er mit seinen Freunden führt. Nur sehr wenige Menschen wissen von seiner Existenz."

„Aha." Jan kicherte und klang dabei leicht wahnsinnig. „Es stimmt wohl – die Stillen sind immer die Verrücktesten im Bett."

Cassie lächelte halbherzig. „Er war in dieser Hinsicht definitiv talentiert."

„Und wie hilft der Club dabei, ihn zurückzugewinnen? Oder kannst du mir das auch nicht sagen?"

Cassie sackte unter der Last der Hoffnungslosigkeit zusammen. Sie hatte niemandem den wahren Grund verraten, wieso T.J. die Scheidung wollte. Nicht einmal die unverfrorene Lüge, dass sie als Paar *inkompatibel* waren, die auf den rechtlichen Unterlagen angegeben war, hatte sie jemandem erzählt. Es war zu privat. Vage zu bleiben war das einzig Richtige.

„T.J. ist nicht wie die meisten Männer. Er hat mich auf Händen getragen. War ein Beschützer, der mich in jeglicher Hinsicht umsorgt hat. Er hat ununterbrochen daran gearbeitet, unsere perfekte Ehe aufrechtzuerhalten und war stolz auf seine Hingabe zu mir."

„Er hat dich auf ein Podest gestellt."

Exakt. „Ja, das auch. Seine Liebe war unfehlbar."

„Aber?"

Cassie seufzte. „Er hat seiner Verantwortung in unserer Beziehung zu viel Bedeutung beigemessen. Er war fast schon besessen davon, mich glücklich zu machen, und ich habe seine Aufmerksamkeit regelrecht vergöttert. Wenn ich krank war, pflegte er mich gesund. Wenn ich traurig war, fand er einen Weg, meine Stimmung aufzuhellen. Meine Zufriedenheit war alles für ihn."

„Bis?"

Cassie hob die Schultern. „Bis vor einem Jahr alles den Bach runterging. Ich habe mich in eine schwierige Lage gebracht. In eine *wirklich* schwierige Lage. Ich war verletzt, und er gibt sich die Schuld. Wie immer."

Jan schüttelte mit einem ungläubigen Stirnrunzeln den Kopf. „Wie kommt es, dass du mir nie etwas davon erzählt hast?"

„Die Umstände sind nicht gerade ..." Gesellschaftsfähig? Moralisch vertretbar? „Günstig."

„Okay, ich verstehe, dass du die Details für dich behalten möchtest. Also, zurück zum Fickclub. Was hat der damit zu tun, ihn zurückzubekommen?"

Fickclub?

Cassie lächelte. „Seit zwölf Monaten sind wir emotional getrennt. Ich will ihn erneut kennenlernen – seine Stärken und Schwächen. Wenn ich ihm nahe bin, wird vielleicht alles klarer."

„Dann geh. Tu es. Lass deiner Sexualität freien Lauf, du unartiges Mädchen."

Cassie konnte sich ein Lachen nicht verkneifen. „So einfach ist das nicht. Obwohl die besagte Nacht ihre erste Maskeradenparty sein wird, gibt es eine Reihe von Hürden, die ich überwinden muss, um reinzukommen. Eine davon ist ein Identitätsnachweis."

„Und?"

„Und ich kenne die Person, die die Anmeldungen bearbeitet. Wenn er meinen Namen sieht, lässt er mich nicht rein." Brute war ein harter Hund. Ein Mann, der sich nicht überreden oder leicht täuschen ließ.

„Was du also sagen willst, ist, dass du eine neue Identität brauchst?"

„Was ich brauche, ist ein neuer Name, ein neues Gesicht, einen neuen Körper – alles." Es war hoffnungslos. Cassie beugte sich über die Stuhllehne und scrollte zu der Stelle auf der Website, an der die Teilnahmevoraussetzungen aufgelistet waren. „Da." Sie deutete auf den Bildschirm. „Ich brauche ein aktuelles Foto und eine Kopie meines Ausweises."

„Das ist alles?" Jan konzentrierte sich mit zusammengekniffenen Augen auf die Website.

Das ist alles? „Ich glaube, du hast es nicht verstanden. Ich komme mit meinem jetzigen Ausweis nicht rein. Sie werden mich sofort erkennen."

„Was, wenn du die von jemand anderem nutzen würdest? Vielleicht von jemandem, der dir ähnlich sieht."

„Nein." Cassie schüttelte den Kopf. „Das würde bedeuten, es weiteren Leuten zu erzählen, und dazu bin ich nicht bereit."

„Wir brauchen einen gefälschten Ausweis."

„Ja", sagte Cassie spöttisch. In ihrer Realität war die Beschaffung illegaler Dokumente genauso unwahrscheinlich wie ein Banküberfall. „Ich werde einfach einen meiner kriminellen Mastermind-Freunde bitten, mir einen zu besorgen."

„Nicht so frech, Mädchen. Ich bin sicher, wir werden eine Lösung finden."

Cassies dumpfer Herzschlag fing an ernsthaft zu pochen. Ein geringer Hoffnungsschimmer entfachte ein Feuer hinter ihren Rippen. „Werden wir?"

„Ja. Vielleicht. Ich weiß es nicht." Jan drehte sich zu ihr um. „Ich kann dir ein Umstyling verpassen. Wir sorgen dafür, dass du das Gegenteil von dem wirst, was du jetzt bist – künstliche Nägel, Salonbräune, kräftiges Make-Up, auffällige Kleidung. Mit der richtigen Perücke wirst du dann ganz anders aussehen."

„Bleibt immer noch das Problem mit dem Ausweis." Brute zu täuschen würde nicht leicht werden, trotzdem war ihr Erscheinungsbild der leichteste Teil des Plans.

„Dabei kann mein Bruder eventuell helfen." Jan erhob sich von ihrem Platz. „Du kennst vielleicht keine kriminellen Masterminds, aber er bestimmt."

„Ist er nicht Polizist?" Cassie schloss ihren offenstehenden Mund. Das war verrückt. „Ich will nicht verhaftet werden."

Jan winkte ihren Kommentar ab. „Dir passiert nichts. Willst du deinen Plan immer noch weiterverfolgen?"

Zwielichtige Polizisten. Lügen. Illegale Aktivitäten. War es das wert? „Ja, das will ich."

„Dann überlasse es mir. Wie viel Zeit habe ich?"

„Vier Tage bis zur Party, aber ich muss meine Anmeldung so schnell wie möglich einreichen."

Jan verzog das Gesicht. „Okay. Du musst dich gleich morgen früh daran machen, dein Aussehen zu verändern. Den Ausweis kannst du mir überlassen."

Herr im Himmel. Es passierte wirklich. Sie würde verkleidet einen ihr unvertrauten Sexclub besuchen und versuchen, ihren Mann zurückzugewinnen. Sie war sogar bereit, das Gesetz zu brechen. Das Ausmaß ihrer Hingabe war geradezu verrückt. Doch T.J. war es wert.

KAPITEL VIER

*D*ie Tage vor der schicksalhaften Nacht waren hektisch. Cassie konnte nicht schlafen, aß kaum und ihr Chef hatte wenig Nachsicht mit ihr, als er von ihrer bevorstehenden Scheidung erfuhr. Nicht, dass sie das von ihm erwartet hätte. Der Direktor des Hotels, in dem sie arbeitete, war ein Hitzkopf, der keinen Hehl machte aus seiner Missbilligung über ihre neue künstliche Bräune und den pflaumenfarbenen Nagellack, der ihre ungewöhnlich langen Nägel zierte.

„Hier ist die Einfahrt, oder?", fragte Jan vom Fahrersitz aus.

„Ja, fahr über den Parkplatz zum Hintereingang." Langsam fuhren sie an dem großen Gebäude mit tadellos sauberen Fenstern vorbei, die einen Blick in das Innere vom *Taste of Sin* gewährten. Neben der Tür zum Restaurant befand sich der verdunkelte zurzeit verwaiste Eingang zum *Shot of Sin*. Donnerstagabends hatte der Tanzclub nicht geöffnet.

„Bist du bereit?"

Nein. „Ja." Cassies Stimme war voller Panik, ihr Herz schlug wie wild in ihrer Brust.

Die zwanzigminütige Fahrt zu T.J.s Laden war in nervösem Schweigen zurückgelegt worden. Sie hatte keine Ahnung, was nach ihrer Ankunft geschehen würde. Sie wusste nicht einmal, ob sie hineinkommen würde. Nach der Einsendung ihrer Anmeldung war sie sich sicher gewesen, eine Absage zu erhalten. Sie hatte ständig ihre E-Mails gecheckt, unsicher, ob es emotional besser wäre, eine

Zusage zu erhalten, die ihr ermöglichte, ihren Ehemann zu sehen, oder ob sie es als ein Zeichen sehen sollte, sollte ihre Anmeldung abgelehnt werden.

Tage waren vergangen und sie wusste immer noch nicht, ob es eine gute Idee war.

Jan fuhr auf einen der Parkplätze am Hintereingang des *Shot of Sin* und schaltete den Motor aus. „Denk daran, du kannst mich jederzeit anrufen, damit ich dich abhole."

Oh Gott. Es passierte wirklich.

„Hör auf, dich verrückt zu machen." Jan legte eine Hand auf Cassies Schulter und drückte sie. „Kein Mann wird deine Titten befummeln wollen, wenn du aussiehst, als müsstest du dich gleich übergeben."

„Ich werde mich nicht übergeben." Das hoffte sie zumindest. Ihr war schwindelig und sie war verängstigt. Und sie war sich nicht sicher, was sie am meisten beunruhigte – einen Sexclub zu betreten, den sie nicht kannte, oder die Möglichkeit, eine andere Frau in den Armen ihres Mannes zu finden.

„Ich bin mir nur nicht sicher, ob ich es schaffen werde." Das Eingeständnis tat weh. Als würde sie aufgeben, sich die Niederlage eingestehen.

„Kein Problem. Ich fahre uns nach Hause." Jan startete den Motor.

„Warte." *Verdammt.* „Du und deine verdammte umgekehrte Psychologie."

Jan grinste. „Es hat doch funktioniert, oder nicht?"

Cassie grummelte und kämpfte gegen das Verlangen, sich unter ihrer Perücke zu kratzen. „Du bist so gemein zu mir." Sie griff nach ihrer Handtasche und schnallte sich ab. „Ich brauche ein paar Minuten, um mich vorzubereiten."

Jan rollte mit den Augen. „Das hast du schon gesagt, als ich mit deinen Haaren anfangen wollte. Dann noch einmal, als ich dein Make-Up machen wollte. *Und* als ich versucht habe, dich ins Auto zu bekommen. Ganz zu schweigen von den drei Runden um den Block, die du mich hast fahren lassen."

„Ich gehe in einen Sexclub, nicht in einen Supermarkt."

„Dein Ehemann ist da unten. Du schaffst das schon."

„Ich *glaube*, dass mein Ehemann da unten ist." Cassie öffnete schwungvoll die Autotür. „Eine Gewissheit habe ich nicht."

„Dann betrachte es als ein Abenteuer. Selbst wenn du nicht mitmachst, wirst du mehr Action sehen als ich seit Jahren."

Cassie packte ihre Clutch und stieg aus dem Auto. „Auch nicht sehr beruhigend."

„Vergiss deine Maske nicht", gurrte Jan. „Ich hab dich lieb, du ungezogenes kleines Luder."

Immer noch hinter dem Auto verborgen, setzte Cassie sich die Maske auf. „Danke", sagte sie gedehnt und schloss die Tür, während ihre Freundin lachte.

Als Jans Wagen vom Parkplatz fuhr, begann Cassie zu zittern. Sie war auf sich allein gestellt. Verwundbar. Sie sah aus wie eine Prostituierte und fühlte sich in ihrem Fake-Outfit wie ein Clown. Das dunkelblaue Kleid, das ihre Kurven betonte, war anders als alles, was sie normalerweise trug. Es war eng. Zu eng. Und es war nur dazu da, auf dem kurzen Weg zum Hintereingang des Sexclubs ihre kaum verdeckte Sittsamkeit zu wahren. Sobald sie drin war, würde sie es ablegen und den knappen Slip darunter enthüllen müssen, der dem Dress-Code des Clubs entsprach, der spärliche Kleidung verlangte.

Alles, was sie am Körper trug, war neu und genau das Gegenteil von ihrem üblichen Stil. Ihre glänzenden High Heels waren stiletto-dünn, und die Farbe passte perfekt zum dunklen Violett ihrer Nägel und der Spitze, die ihre Maske umgab. Es gab kein Zurück mehr. Nicht, wenn sie in ihren Nutten-Absätzen nicht zum Bordstein staksen und Jan anrufen wollte, damit sie sie abholte.

Sie sah zum Hintereingang des Clubs, zu dem Paar an der Tür, deren Ausweise gerade von zwei Männern überprüft wurden. Es waren zwei große, breitschultrige, kräftige Männer, die unter dem schwachen Schein der Außenlampen über ihren Köpfen bedrohlich wirkten.

Ihre Gesichter wurden deutlicher, als sie sich ihnen mit über den Asphalt knirschenden Schritten näherte. Ein Wachmann trug eine marineblaue Hose und ein weißes Hemd. Sein Gesichtsausdruck war freundlich, ermutigend. Ganz im Kontrast zu dem Mann neben ihm. Sein Blick war tödlich, seine Gesichtszüge angespannt, während er die wartenden Leute musterte. Typisch Brute. Sie würde das kritische Starren nie vergessen, das den fürsorglichen Mann darunter verbarg. Tief, tief darunter. Sein Blick ruhte nicht einmal auf ihr, und doch spürte sie bereits sein Gewicht. Zermürbend, kritisch. *Scheiße*. Sie sollte nicht hier sein.

Er würde sie erkennen, egal, wie sehr sie sich bemüht hatte, ihre Identität zu verbergen. Ihr langes blondes Haar war nun kurz und schwarz, dank der ununterbrochen juckenden Perücke. Ihre hellblauen Augen waren dunkelbraun durch die Kontaktlinsen, die sie bei ihrem

Optiker gekauft hatte. Und ihre Lippen, die gewöhnlich von sanften Farben geziert wurden, waren leuchtend rot und glänzend und stachen heraus wie ein Leuchtfeuer in tiefster Nacht. Ihr einziger Trost war die Maske, die den größten Teil ihrer Stirn und den Bereich um ihre Augen herum bis hinunter zu ihren Wangenknochen bedeckte und ihr ein Gefühl der Anonymität gab.

Was, wenn sie die Maske abnehmen musste, um ihre Identität zu bestätigen?

Verflixt. Mit bis zum Hals schlagenden Herzen stand sie am Ende der Schlange und lächelte die Frau an, die sich umdrehte und sie mit einem Aufblitzen ihrer perfekten Zähne begrüßte. Die leuchtend pinke Maske, die sie trug, war mit Glitzer überzogen. Auch auf ihren Wangen lag etwas von dem schimmernden Glanz.

„Ist das Ihr erstes Mal?" Der Blick der Frau fiel auf das rote Band um Cassies Handgelenk.

„Ja." Ihre Stimme zitterte, und nicht nur wegen ihrer Nerven. Sie durfte nicht scheitern. Brute durfte sie nicht abweisen. Sie wüsste nicht, was sie tun sollte, wenn er es täte.

„Sie werden Spaß haben, das verspreche ich." Die Frau drehte sich zu ihrer Begleitung und trat vor, um Brute ihren Ausweis hinzuhalten.

Cassies Kehle schnürte sich zu. Blut schoss ihr in die Ohren mit einem schmerzhaften Rauschen, von dem sie sicher war, dass die ganze Welt es hören konnte. Dann bewegte sich das Paar vorwärts und verschwand außer Sichtweite, sodass sie nun Auge in Auge Brute gegenüberstand, der die Hand ausstreckte, während sie sich zu überzeugen versuchte, nicht davonzulaufen.

„Ausweis", brummte er.

Sie legte ihm ihren gefälschten Ausweis in die Hand und hoffte, er würde das Zittern in ihren Fingern nicht bemerken. Sie schwitzte. In ihrem Nacken kribbelte es. Ihre Kopfhaut juckte.

„Name?"

Oh nein. Er hatte bereits ihren Ausweis. Ihr Name stand deutlich darauf geschrieben. Er wollte sie auf die Probe stellen.

„Tanya Johnson." Ihre Stimme versagte. Es würde nicht funktionieren. Nicht, wenn sie sich kleinlaut und verängstigt verhielt. Sie musste ihre Situation im richtigen Licht betrachten. Ihre Ehe stand auf dem Spiel. Ihr Glück. Alles, was ihr je wichtig gewesen war, war davon abhängig, dass T.J. und sie wieder zusammenfanden.

Sie reckte das Kinn, räusperte sich und begegnete Brutes starrem Blick, der ein kleines Tablet in der Hand hielt.

„Erstes Mal?" Sein Blick glitt über ihre Brust, ihren Unterleib und verharrte dann auf ihrem Arm. „Bitte darauf achten, das Armband nicht abzunehmen."

„Mache ich."

Er grunzte und machte ihr damit zunehmend bewusst, dass er seine arrogante Haltung in den Monaten, seit sie ihn zuletzt gesehen hatte, nicht abgelegt hatte.

„Wir haben strenge Regeln hier, Tanya."

„Ich weiß."

Brute hatte seine Position am Eingang bewusst gewählt. Nicht nur, um die Ausweise zu überprüfen, sondern auch, um jedem, der durch diese Türen ging, eine unausgesprochene Warnung mit auf den Weg zu geben. Falls etwas über das *Vault of Sin* an die Öffentlichkeit gelangen sollte, würde er sich damit auseinandersetzen. Erbarmungslos. Es war seine Gnadenlosigkeit, die die Fleischeslust unter der Tanzfläche vom *Shot of Sin* schützte.

„Halte dich an die Regeln, und du wirst eine tolle Zeit haben." Sein bedrohlicher Tonfall sagte etwas anderes. „Bei Problemen oder Sorgen wende dich an die vollständig bekleideten Mitarbeiter – Leo, T.J. oder Travis –, sie werden dir helfen."

Der Klang des Namens ihres Ehemannes versetzte ihrer Brust einen glühenden Stoß. Er war hier. In einem Sexclub. Nicht mehr nur ein Voyeur, da er bald single sein würde.

„Und falls du ein Anliegen lieber mit einer weiblichen Mitarbeiterin besprechen möchtest", fuhr Brute fort, „lass es mich wissen, und ich werde es arrangieren."

Sie neigte den Kopf und brach den Augenkontakt ab, unfähig, seinem vernichtenden Blick länger standzuhalten. „Vielen Dank."

Er trat zur Seite, und beförderte ihren Magen damit ins Bodenlose, während sie vorwärts und in die Dunkelheit ging. Eine Zementtreppe kam in Sicht, das Paar vor ihr kaum erkennbar, als es den unteren Treppenabsatz erreichte und nach links schwenkte.

Sie konzentrierte sich auf den Weg vor sich und versuchte, sich diesen Moment nicht durch die Erfahrungen der Vergangenheit verderben zu lassen. T.J. würde sich nie mit etwas Schäbigem, Schmierigem abgeben. Sie musste Vertrauen in ihre Erinnerungen an ihn setzen. Sie musste Vertrauen ins *Vault of Sin* setzen. Es war ein Mantra. Ein tröstliches Zugeständnis, das sie wieder und wieder aufsagen musste, damit sich ihre Füße weiter zur Treppe bewegten.

„Oh, Mann." Schwindelerregende Nervosität, Stiletto-Absätze und ein steiler Abstieg. Keine gute Kombination.

Das Geräusch von Sex, Geplapper und klirrenden Gläsern drang an ihre Ohren, als sie sich im Schneckentempo voran bewegte und nicht zuließ, dass Übelkeit sie überkam.

„Das wird schon", sagte eine Frauenstimme hinter ihr.

Cassie streckte die Hand aus, um sich an der Wand festzuhalten. Sie schaute hinter sich zu dem Lächeln, das fast komplett von zu ihrer Augenfarbe passenden grünen Federn bedeckt war, mit der die Maske der Blondine umrahmt war.

„Keine Panik." Der Blick der Frau fiel tiefer und ihre Lippen wölbten sich leicht, als sie das rote Bändchen entdeckte, das Cassies Handgelenk zierte. „Das erste Mal ist immer das Schlimmste. Halte dich einfach vom Bukkake-Ritual fern."

Heilige Scheiße. War das ihr Ernst?

„Das war ein Scherz." Die Frau gluckste und berührte Cassies Armbeuge. „Ich sollte es eigentlich besser wissen."

„Schon okay", krächzte Cassie. Das war es wirklich. Allerdings bekam sie jetzt das Bild von einer Gruppe Männern nicht mehr aus dem Kopf, die über ihrem knienden Körper standen und sich bereitmachten, ihr Gesicht mit ihrem Samen zu besprühen. Sie erschauderte. „Ich bin nur ein wenig nervös, das ist alles." Und beunruhigt. Und ängstlich. Und übel war ihr auch.

„Bist du alleine hier?"

Sie gingen gemeinsam hinunter, wobei die sanfte Berührung der Frau noch immer auf Cassies Arm ruhte. „Ja. Dumm, nicht wahr?"

„Ganz und gar nicht. Meine erste Erfahrung im *Vault* habe ich auch alleine gemacht."

Bei den beruhigenden Worten der Frau begann Cassies Besorgnis abzuebben. Ihre Berührung hatte nichts Sexuelles an sich. Cassies Instinkt riet ihr, dieser Frau zu vertrauen. Zu glauben, dass ihre Freundlichkeit echt war. Andererseits war ihr Instinkt die letzten zwölf Monate nirgends in Sicht gewesen, was zum Teufel wusste sie also schon?

Sie erreichten die unterste Stufe, und der sanfte Griff um ihren Arm verschwand. Der Klang von Sex und erregten Unterhaltungen war lauter geworden. Laut genug, dass ihre Ohren klingelten. Beklommen drehte sie sich auf den Ballen ihrer sexy Schuhe und warf ihren ersten Blick auf das *Vault of Sin.*

„*Heiliger Strohsack.*" Ihre Worte waren ein Flüstern.

Sie konnte nur die Ecke dessen sehen, was sie für einen großen Raum hielt. Und in dieser Ecke befand sich eine Sexschaukel. Eine *besetzte* Sexschaukel. Die Frau hatte sich zurückgelehnt, ihr Oberkörper von schwarzen Bändern umhüllt, ihre Beine um einen griechischen Gott geschlungen, der in ihr versank. Immer und immer wieder. Ihr dunkles Haar hing hinter ihr hinunter, und die glänzenden Strähnen wiegten sich bei jedem Stoß.

Es war herrlich. Verblüffend in seiner Vollkommenheit. Sie schenkten weder ihrer Faszination Beachtung, noch den anderen Menschen, die um sie herum ebenfalls zusahen. Es war, als wären sie allein. Versunken in ihrer eigenen Luftblase des Vergnügens.

„Sind Schaukeln dein Ding?", fragte die Frau neben ihr.

Cassie schüttelte den Kopf, immer noch unfähig, ihre Aufmerksamkeit von dem Live-Porno vor sich abzuwenden. „Ich hab's noch nie ausprobiert."

„Vielleicht ist heute dein Glückstag."

Cassie hustete, um ein Lachen zu unterdrücken. „Nein. Heute Abend nicht."

Es würde keinen Sex für sie geben, obwohl bereits ein Kribbeln der Erregung zwischen ihren Schenkeln pulsierte. Hier ging es darum, T.J. wieder kennenzulernen. Herauszufinden, was er machte. Was er dachte. Vielleicht würde sie sich ihm gegenüber offenbaren, vielleicht auch nicht. Doch soweit es sie betraf, stand Sex für sie nicht auf dem Plan.

„Man kann nie wissen." Die Frau kicherte. „Ich bin übrigens Zoe."

„Cas—" *Shit*. Cassie löste ihre Aufmerksamkeit von dem kopulierenden Paar und setzte ein falsches Lächeln auf. „Ich bin Tanya."

Zoes Lächeln geriet ins Wanken und Misstrauen machte sich in ihren umrahmten zusammengekniffenen Augen breit. „Komm, Tanya. Ich begleite dich zu den Umkleideräumen."

Cassie war sich nicht sicher, ob ihr Ausrutscher gerade noch einmal gutgegangen war, oder ob die andere Frau schlicht nicht neugierig war. Sie stieß einen stillen Seufzer der Erleichterung aus. Zoe verließ den verdunkelten Flur, die Schultern gerade, den Kopf anmutig und würdevoll erhoben. Cassie versuchte, ihre Selbstsicherheit nachzuahmen, scheiterte jedoch kläglich angesichts der Ehrfurcht, die sie überkam, als der ganze Raum in Sicht kam.

Eine Menschenmenge drängte sich entlang einer langen Bar. Sie alle waren unterschiedlich leicht bekleidet. Einige Frauen trugen Korsetts, andere BHs und Höschen. Einige wenige waren oben herum nackt. Die

Männer wiederum trugen Boxershorts – *Calvin Klein, Emporio Armani, Tommy John*.

Der Bereich barst vor erregender Verkommenheit. Es gab Liegen und mindestens ein Bett. Sie konnte durch die vielen Menschen, die ihre Sicht einschränkten, nicht alles sehen. Zu ihrer Linken standen zwei Türen offen, durch die sie die Schatten der Personen im Inneren sehen konnte. Am anderen Ende des Raumes befand sich ein Torbogen.

Alles unterschied sich von dem, was sie in dem einzigen anderen Club erlebt hatte, den sie besucht hatte. Das Ambiente, obwohl es vor Verführung triefte, war stilvoll. Alles war in Rot und Schwarz gehalten – Bettwäsche, Lampenschirme, Möbel.

Die Menschen um sie herum waren jung, fit und attraktiv. Ein völliger Kontrast zu den alten, übergewichtigen Männern, die die Wände des anderen Clubs gesäumt hatten, aus dem sie davongelaufen war. Sie drehte sich im Kreis, beeindruckt und ganz und gar stolz auf die Perfektion der Atmosphäre.

„Hier entlang." Zoe erhob ihre Stimme und schenkte der Frau in der Sexschaukel keine Beachtung, die laut, „Oh ja, oh ja, fick mich härter", schrie.

„Ich bin direkt hinter dir." Cassie folgte ihr, wenn auch mit langsamen Schritten.

Die Neugierde hatte sie in ihren Bann gezogen, doch da war etwas, das sie zu beunruhigen begann. Sie hatte sich jeden Zentimeter des Hauptraums eingeprägt, einen Blick in die beiden privaten Bereiche geworfen, aber nicht ein einziges Mal ihren Mann zu Gesicht bekommen.

„Kommst du mit runter zur Party?"

T.J. kniff die Augen zu und massierte seine Lider, um die Frage so lange zu ignorieren, wie er konnte. Shay wollte ihn nicht in Ruhe lassen. Sie wich ihm die ganze Zeit nicht von der Seite. Ganz gleich, wohin er ging, sie war ihm mit einem freundlichen Lächeln und einem tröstenden Schulterklopfen auf den Fersen. Er hasste es. Er brauchte die alte Shay, die Frau, die ihm die Leviten gelesen und ihm die Hölle heiß gemacht hatte. Nicht dieses feinfühlige weibliche Etwas voll emotionaler Unterstützung, das ihn nervös machte.

„Ich komme runter, wenn ich soweit bin." Das Brummen seiner Stimme hallte durch den leeren Tanzclub. Er mochte die Ruhe und den Frieden hier. Und er hatte die Einsamkeit verdient.

„Hast du darüber nachgedacht, was ich gestern im Restaurant gesagt habe?"

Wie konnte er das vergessen? Shays Idee über seine Frau hinwegzukommen, war, einfach weiterzumachen. Sozusagen wieder aufs Pferd zu steigen. Mit einer neuen Frau einen Proberitt zu machen. Brute hatte ihr zugestimmt, der herzlose Mistkerl.

Bei dem Gedanken wurde ihm schlecht.

„Warum reden wir zur Abwechslung nicht mal über dich?" Er nahm die Hand aus dem Gesicht, richtete sich auf und sah sie an. Sie trug ein durchsichtiges schwarzes Kleid, darunter einen feuerroten BH und ein Höschen, das zu ihren glänzenden High Heels passte. Ein Stück schwarze Spitze verdeckte ihr Gesicht. Schlicht und doch elegant. *Wunderschön.*

„Wie läuft es zwischen dir und Leo?" Er redete, um sein Unbehagen zu verbergen. Er konnte sich nicht über Nacht daran gewöhnen, Shay so zu sehen. Sie war seit langer Zeit seine Freundin. Seine Angestellte sogar noch länger. Und jetzt musste er mit ansehen, wie sie an ihren freien Abenden im *Vault* zeigte, was für einen hinreißenden Körper sie hatte.

Sie rollte ihre hübschen braunen Augen. „Weißt du, du könntest auch einfach sagen, dass du nicht reden willst."

Perfekt. „Ich will nicht darüber reden, Shayna." Sein Gesichtsausdruck war wesentlich strenger als sein Ton. Er konnte nicht anders. Er war müde – sein Herz, sein Körper und sein Verstand. Genug war genug.

„Kein Problem." Sie hob ihr Kinn, und die Trotzhaltung der Frau, die er einst kannte, kehrte mit voller Wucht zurück.

„Also, was ist mit dir und Leo? Was habe ich verpasst, während ich weg war?"

Sie wackelte mit den Augenbrauen. „Viele verdorbene Ausschweifungen."

Auf keinen Fall. Leo ging es langsam an, weil er nicht riskieren wollte, sie mit seinem Lebensstil zu verschrecken. „Willst du mich auf den Arm nehmen?"

„Ja." Sie strahlte ihn an. „Wir nehmen jeden Tag, wie er kommt."

„Aber du genießt es." Er konnte es in der ungetrübten Ausgelassenheit ihrer Gesichtszüge sehen. Sie hatte nicht länger etwas gegen das *Vault*. Die Erkenntnis tat weh. Warum hatte es für ihn und Cass nicht so ausgehen können? Warum hatte er ruinieren müssen, was sie hätten haben können?

Weil er einfach nicht anders konnte, als es zu vermasseln.

„Ich freue mich, dass ihr beide euren Weg gefunden habt." Er war nicht in der Lage gewesen, dasselbe mit seiner Frau zu tun. Die Schuld lastete zu schwer auf ihm, das Gewicht der Reue eine ständige Bestrafung. Alles, was danach folgte, war wie eine Lawine gewesen, die das Glück, das er einmal gehabt hatte, unter sich begrub. „Ich gehe besser nach unten und beweise Leo und Brute, dass ich nicht nachlässig werde."

Er erhob sich vom Hocker und ging auf sie zu. „Ich hoffe, du hast Recht mit dieser Maskeradenparty."

Sie schenkte ihm ein selbstbewusstes Lächeln. „Das habe ich."

Er folgte ihr die Treppe hinunter ins *Vault*. Sie passierten einige Leute in der Eingangshalle: Paare, Singles, einige in Abendkleidung, andere bereits in Dessous und auf dem Weg in den Hauptbereich des Clubs. Alle trugen Masken, die ihre Gesichter teilweise oder ganz verdeckten.

„Hey, Zoe", rief Shay.

Zoe James, eine ihrer Stammgäste, schlenderte auf sie zu. „Ich liebe diese Maskeradenidee."

Sie trug ein umschmeichelndes, funkelndes Kleid, das ihrer attraktiven Persönlichkeit gerecht wurde. Doch es war ihre Begleitung, die dunkelhaarige Frau hinter ihr, die seine Aufmerksamkeit erregte.

Ihre Unfähigkeit seinem Blick standzuhalten war Beweis genug für ihre Club-Jungfräulichkeit, noch bevor er das Bändchen um ihr Handgelenk erblickte. Die arme Frau war aufgewühlt, ihre ringenden Hände ein weiterer Hinweis auf ihre Anspannung.

An jedem anderen Tag hätte er vielleicht versucht ihr beizustehen. Sie einladend angelächelt oder Shay ein Zeichen gegeben, sie herumzuführen. Aber sie hatte etwas an sich, das ihn irritierte. Sie war *zu* nervös und senkte ihren Blick beinahe in Unterwerfung, als er sie ausgiebig musterte.

Kannte er sie? Etwas in ihm weckte ein Gefühl der Vertrautheit, doch er konnte ihr Gesicht nicht zuordnen. Normalerweise fielen ihm die Blondinen auf. Frauen, die ihr Selbstbewusstsein nicht durch eine Schicht leuchtenden Lippenstifts und dunklen Augen-Make-Ups stärken mussten. Diese Frau war eine Poserin, die ihre Selbstsicherheit durch eine falsche Fassade ankurbeln wollte.

Warum also verglich er plötzlich ihre Züge mit denen seiner Ehefrau? *Fuck.* Er musste die ehelichen Titel abstreifen und sich daran erinnern, dass Cassie schon bald seine Ex war.

Eine neue Welle des Schmerzes traf ihn, als er seinen Blick losriss und seine Stirn massierte, um den Gedanken zu vertreiben. „Ich muss weiter."

Er ging um sie herum, ohne einen weiteren Blick auf die Frau zu riskieren. „Wir sehen uns drinnen."

So war es schon die ganze Woche gewesen. Den ganzen Monat. Jede Frau erinnerte ihn an Cassie. Jeder Schatten gehörte ihr. Sie verfolgte ihn schon jetzt, und er konnte nichts dagegen tun. Nicht, dass er sich ihrer Gegenwart entledigen wollte. Die Erinnerungen waren zwar schmerzhaft, aber auch ein Segen. Ohne Cassie war er nichts.

Er gab einen vierstelligen PIN in das Panel an der verschlossenen Tür am Ende des Flurs ein und öffnete mit einem Ruck das schwere Holz. Vergnügen prasselte auf ihn ein. Unglücklicherweise nicht sein eigenes. Die Erfüllung von anderen umgab ihn, als er durch den Newbie-Bereich und in den Hauptraum vom *Vault of Sin* schritt.

Er nickte Gästen zu, erkannte einige von ihnen, während ihm die Identität von anderen völlig unbekannt war, als er sich zwischen ihnen hindurchschlängelte. Einige der Betten waren bereits in Gebrauch, ihre Nutzer in unterschiedliche Grade von Flirtereien, Vorspiel und Sex vertieft.

Leo stand hinter der Bar und war genauso wie T.J. in einen Anzug mit Krawatte gekleidet – der Standardbekleidung für das *Vault*-Personal.

Leo nickte grüßend. „Ich freue mich, dass du gekommen bist."

„Gab es daran irgendwelche Zweifel?"

Er hasste den gesunkenen Respekt, den Leo und Brute ihm seit seiner Auszeit entgegenbrachten, auch wenn sie es vor ihm zu verbergen versuchten. Seit seiner Rückkehr schlichen sie auf Zehenspitzen um ihn herum und behandelten ihn wie ein zwangloses Mitglied ihres Unternehmerteams statt wie einen gleichberechtigten Partner.

„Vielleicht ein wenig."

T.J. schnitt eine Grimasse. „Nun, ich bin hier. Was soll ich tun?"

„Willst du hier übernehmen und Travis helfen, während ich einen Rundgang mache? Brute wird mit dem Einlass an der Tür bald fertig sein. Danach können du und ich uns entspannen und den Rest des Abends genießen." Ein Lächeln umspielte Leos Lippen. „Man weiß nie, vielleicht findest du jemanden, der Zeit mit dir verbringen will."

„Ja, vielleicht." Er ignorierte einen weiteren Wink sich von seiner Ehefrau loszumachen. *Von seiner Ex.* Er würde sich nie daran gewöhnen, Cassie so zu nennen.

Sie alle konnten es nicht nachvollziehen. Wenn man vom Fahrrad fiel und sich das Knie aufschlug, stieg man sofort wieder auf, um die kindliche Angst zu überwinden. Wenn man seine Ehe zerstörte und damit nicht nur sein eigenes Leben, sondern auch die Zukunft der einen Person ruinierte, der für immer sein Herz gehören würde, glitt man nicht umgehend in den Dating-Pool zurück. Man wartete darauf, dass die Wunden heilten. Man wartete darauf, dass die zerschmetterten Teile seiner Seele dorthin zurückkehrten, woher sie gekommen waren, damit man nachts endlich wieder schlafen und eine Sicht auf die Dinge gewinnen konnte, die nicht durch das psychotische Gemurmel der Schlaflosigkeit getrübt war.

Oder vielleicht auch nicht. Vielleicht haute man ab und flüchtete. Woher zum Teufel sollte er das wissen? War es das Beste, sich zu stählen, einen Sack Zement zu nehmen und unverzüglich eine Brücke zu bauen? *Scheiße.* Nichts machte Sinn. Nichts war wichtig. Einen asphaltierten Weg in die perfekte Zukunft gab es nicht länger.

Er hing in der Schwebe.

In der Vergangenheit hatte Sex immer heilende Qualitäten gehabt. Der Rausch des Höhepunkts, der Boost der Endorphine. Mit einer willkürlich gewählten Frau anzubandeln und den Wandlungsprozess zu beginnen könnte das Beste für ihn sein.

Zweifelhaft.

Er hatte die Verwirrung so verdammt satt. Die sich bekriegenden Emotionen. Es war schon schlimm genug, die Entscheidung getroffen zu haben, Cassie überhaupt zu verlassen. Nach vorne zu schauen schien noch schwieriger. Endgültiger. Eine Scheidung vernichtete nur das Stück Papier, das sie zu Mann und Frau machte. Mit jemand anderem zu schlafen würde den Prozess beenden, und er würde nie wiedererweckt werden können.

Er musste seinen Mist in den Griff bekommen. Und zwar sofort. Bevor er noch mehr Respekt und Berechtigungen verlor.

Also, wer war er? Der Kerl, der einen Schlussstrich ziehen musste? Oder der Mann, der geschworen hatte, Cassie für immer treu zu bleiben, selbst nachdem die Scheidung sie auseinanderriss?

Verdammt. Er hatte keine Ahnung, doch er hatte das Gefühl, dass sich das bis zum Ende der Nacht ändern würde.

KAPITEL FÜNF

Mit zitternden Händen legte Cassie ihr Kleid in den Spind. Ihre Haut brannte noch von dem Zusammenstoß mit T.J. in der Eingangshalle. Es mochte eine Illusion oder Wunschdenken gewesen sein, aber sie hätte schwören können, einen Funken des Wiedererkennens in seinen Augen gesehen zu haben. Und Schmerz.

„Triffst du hier heute Abend jemanden?", fragte Zoe. „Vielleicht deinen Mann?"

Cassie schaute an sich herunter und vergewisserte sich, dass ihr Höschen alle wichtigen Teile bedeckte. Ihre Brüste passten kaum in die Körbchen, die beinahe überquollen und ein tiefes Dekolleté zeigten. Sie hatte nicht den Mut, ihren Bauch zu entblößen. Ihre Oberschenkel zu zeigen machte sie verwundbar genug, denn das Material reichte kaum bis zum Ansatz ihres passenden Höschens. Je mehr Haut sie bedeckte, desto besser – für ihr Selbstvertrauen und um die Chance zu minimieren, dass T.J. sie erkannte.

„Ich bin nicht verheiratet." Cassie schloss die Tür ihres Spinds. Sie wollte nicht auf die Einzelheiten ihres gescheiterten Liebeslebens eingehen. Je weniger Verbindung sie zu T.J. hatte, desto geringer war die Chance erwischt zu werden.

Zoe hob ihr Kinn und sah auf Cassies Hände. „Deine Ringe sagen etwas anderes."

„Oh, *Shit*." Sie wendete ihren Körper ab und zerrte verzweifelt am Schmuck ihres Ringfingers. „Es ist nicht so, wie du denkst."

Es wurde still und die wohltuende Ausstrahlung, in die Zoe sie gehüllt hatte, verpuffte. Cassie zog ihre Ringe ab und beeilte sich den Sicherheits-PIN in das elektronische Tastenfeld ihres Spinds einzugeben, bevor noch jemand den verräterischen Schmuck entdeckte. „Ich bin nicht verheiratet", platzte es aus ihr heraus. „Oder werde es bald nicht mehr sein."

Wie hatte sie ihre Ringe vergessen können? Sie waren ein konstantes Symbol der Liebe und Zuneigung gewesen, besonders seit T.J. sie verlassen hatte. Sie waren ihr Rettungsanker, den sie nur ansehen musste, um neue Kraft zu gewinnen. Ein Blick auf die Diamanten, die ihren Finger zierten, und T.J. hätte sie erkannt.

„Es geht mich nichts an." Zoes Stimme war leise. „Wenn Fremdgehen dein Ding ist, bitte. Nur solltest du wissen, dass du rausfliegst, wenn die Inhaber das herausfinden. Sie können das Drama nicht gebrauchen, das ein eifersüchtiger Liebhaber verursacht."

Cassie schloss die Spindtür wieder und presste ihre Handfläche gegen das kühle Metall. „Bitte ..." Sie wusste nicht, um was sie bitten sollte. Hilfe? Vertraulichkeit? Eine Umarmung? „Mein Mann soll hier sein."

Es gab keinen Grund dieser Frau zu vertrauen, trotzdem tat sie es instinktiv. Es lag an ihrem Verhalten. An der Art, wie sie ihren Kopf hoch erhoben und ihre Schultern gerade hielt, ein tröstliches Leuchten in den Augen.

„Mein Mann *ist* hier", wiederholte Cassie, diesmal bestimmter. „Er will die Scheidung, und ich bin hier, um ihn zurückzugewinnen."

Stille.

Sie waren alleine im Raum, die plaudernden Stimmen der Menschen in der Halle drangen von draußen zu ihnen. Cassie sah zur Seite und begegnete Zoes Blick. Ihr Ausdruck signalisierte nicht länger Freundlichkeit. Besorgnis lag nun darin. Verunsicherung ... Mitleid.

„Brauchst du Hilfe?", fragte sie, obwohl der gequälte Ton verriet, dass sie völlig überfordert war.

„Nein." Cassie richtete sich auf. „Alles, was ich brauche, ist eine Minute für mich, bevor ich da reingehe, um herauszufinden, was zum Teufel ich machen soll."

Zoe nickte, das bisschen Haut über ihrer Maske verriet ihr Stirnrunzeln. „Falls du Hilfe brauchst, komm bitte zu mir. Normalerweise bin ich im ersten Privatzimmer, in dem, das dem Parkplatzeingang am nächsten liegt."

Cassie bedankte sich mit einem halbherzigen Lächeln. Sie machte alles falsch. Sie wollte T.J. zeigen, dass sie stark war. Für ihn konnte sie furchtlos sein, sich dem Schmerz der Vergangenheit stellen. Alles für ihn. *Für sie beide.*

Zoe schlenderte zur Tür und blieb im Rahmen stehen. „Bitte komm zu mir, wenn du mich brauchst." Dann war sie weg und in dem kleinen Raum war es wieder still.

Cassie lehnte sich mit dem Rücken an den Spind und schlug mit dem Kopf gegen das Metall. Was tat sie hier? Sie war halbnackt, in einem Sexclub, und versteckte sich hinter einer Verkleidung, um … was zu tun? Sie könnte als Voyeur zuschauen und einfach beobachten, ob er bereits mit ihr abgeschlossen hatte. Oder ihn möglicherweise verführen, um zu beweisen, dass er sich zu ihr hingezogen fühlte, selbst wenn ihre Identität verschleiert war.

Schmetterlinge flatterten in ihrem Magen und wurden mehr mit jeder Sekunde, die sie regungslos blieb. Sie hatte durch ihren Besuch im *Vault* nichts zu verlieren. Abgesehen von ihrer Würde, und die war derzeit getarnt. Niemand musste von ihrer Verzweiflung, T.J. zurückzugewinnen, erfahren. Sie musste aufhören, sich von ihrer Nervosität verrückt machen zu lassen, und es hinter sich bringen. Ihr lief die Zeit davon, deswegen besaß sie nicht den Luxus, an sich selbst zweifeln zu können.

Sie drückte sich von den Spinden ab und ging zur Tür, dankbar, einem anderen Pärchen folgen zu können, das sich an den Code erinnerte, den sie benötigten, um in den Hauptteil des Clubs zu gelangen. Sie selber konnte sich nicht an die Ziffern erinnern, die ihr in dem Bestätigungsschreiben zugewiesen worden waren.

Im Inneren des Clubs waren mehr Leute als zuvor. Sie ging an zwei sich leise unterhaltenden Paaren in der Newbie-Lounge vorbei, deren Gespräch durch die Pornos, die auf dem großen Bildschirm neben ihnen abgespielt wurden, nicht gestört zu werden schien.

Ihre Kopfhaut juckte, während sie durch die Räume bummelte und sich mit ihrer Umgebung vertraut machte. Manche Leute grüßten sie mit einem Lächeln, andere bemerkten ihre Existenz erst gar nicht, weil ihr Schwanz tief in einer Pussy steckte oder ihre Kehle bis zum Anschlag mit einem Schwanz gefüllt war.

In einem der Privatzimmer befanden sich zahlreiche Möbelstücke. Fast wie ein Labyrinth aus Liegen, Ottomanen und seidenbezogenen einzelnen Matratzen. Die meisten davon waren besetzt. Eine Vielzahl von ineinander verschlungenen Körpern, die alle vom Glanz vergnügungsbedingten Schweißes überzogen waren.

Im zweiten Zimmer fand sie Zoe, die, von kleinen Lichtern in der Decke beleuchtet, zwischen zwei hinreißenden Männern auf dem Bett lag. Beide Männer waren nackt, ihre Aufmerksamkeit wie gebannt, während sie dem mit Dessous bedeckten Körper der Frau ihre Ehrerbietung erwiesen. Es war eine weitere exquisite Szene, in der Verehrung eine wichtige Rolle spielte. Es gab keine Selbstgefälligkeit, keine Überlegenheit. Die drei bewunderten sich gegenseitig mit leichten Bissen und sanften Fingerbewegungen.

„Wunderschön, nicht wahr?"

Cassie sah über ihre Schulter zu der Frau, die Zoe bei ihrer Ankunft begrüßt hatte – Shay, eine Angestellte, über die ihr Mann oft gesprochen hatte.

„Ja, definitiv." Cassie lenkte ihre Aufmerksamkeit auf den Hauptbereich, um ihr Gesicht zu verbergen. „Tatsächlich hat mich das Zusehen ziemlich durstig gemacht. Bitte entschuldige mich, ich gehe mir einen Drink holen."

„Kein Problem."

Cassie entfernte sich und brachte Abstand zwischen sie, während sie T.J.s Angestellte unauffällig musterte. Frauen waren manchmal scharfsinniger als Männer. Sie wollte nicht riskieren, dass Shay ihre Unruhe spürte und das Management informierte. Zumindest nicht, bevor sie die Gelegenheit hatte mit ihrem Mann zu sprechen.

Sie betrat den Hauptbereich und stellte sich an die Bar. Ihr Herz geriet in Wallung, als sie den Mann entdeckte, der am hinteren Ende saß. Die kurzen Strähnen seines braunen Haars hingen in seine Stirn, als er am Scotchglas in seiner Hand nippte. Er war ihr vertrauter als ihr eigener Körper. Sein Anblick für ihre Sinne wichtiger als das Bedürfnis zu atmen.

Von der Seite wirkte er abgemagert. Niedergeschlagen. Das Verlangen ihn zu trösten war schmerzhaft. Aber wenigstens erschien er nicht glücklich, das hätte noch mehr wehgetan.

Ihre Füße bewegten sich wie von selbst langsam auf ihn zu, ihr Blick auf seine Gestalt geheftet. Der Hocker neben ihm war besetzt, doch sie nahm den Mann kaum wahr, weil ihre Augen auf eine einzige Person fixiert waren.

„Möchtest du dich setzen?" Der Mann neben T.J. stand auf und seine Hand nahm sanft ihre, um sie vorwärts zu geleiten.

„Vielen Dank", sagte sie, ohne ihre Aufmerksamkeit von ihrem Ehemann abzuwenden.

Sie war ihm so nah. Ihre Arme würden sich beinahe berühren, wenn sie sie auf die Bar legte. Mehr brauchte es nicht, nur eine kurze Berührung von Haut an Haut. Er war verloren, genau wie sie. Aber nun waren sie Seite an Seite und würden gemeinsam den Weg nach Hause finden. Sie brauchte nur den Mund zu öffnen. Ein Gespräch zu beginnen. Ihm Hoffnung und Liebe zu schenken.

Sie lehnte sich zu ihm, und in ihrer Brust hämmerte es, je näher sie kam, je intensiver der Duft seines kräftigen, holzigen Aftershaves wurde. Ihre Kehle schnürte sich zu. Erinnerungen an die Vergangenheit stürzten auf sie ein. Sie liebte diesen Mann so sehr. Was sie hatten, war nicht die typische Liebe zwischen einem Mann und einer Frau – heiteres Lächeln und regelmäßig praktizierte Zuneigung. Was sie hatten, war viel mehr als das. Ihre Beziehung war ein anhaltendes Feuer der Hingabe gewesen. Jeder Tag intensiver als der vorherige. Jede Erinnerung durchtränkt von Glück, das niemals befleckt werden würde.

Sie atmete tief ein und schöpfte Kraft aus dem vertrauten Duft seines Aftershaves.

„Hi", raunte sie.

KAPITEL SECHS

.J. nippte an seinem Scotch, kaum imstande, sich großartig in seinem eigenen Unternehmen nützlich zu machen.

Eigentlich müsste er Gäste begrüßen und dafür sorgen, dass sie sich wohl und wie zu Hause fühlten. Insbesondere, weil heute Abend mehr Newbies als sonst anwesend waren. Die Party war ein Erfolg. Er konnte sich nur nicht dazu durchringen, sich über den Zustrom neuer Mitglieder zu freuen.

Er vermisste Cassie. Jetzt umso mehr, weil er wusste, dass es vorbei war. Die Scheidung war eingeleitet und nicht mehr aufzuhalten. Zumindest nicht durch sie.

„Hi."

Beim Klang ihrer Stimme setzte er sich auf und sah ruckartig zu der Frau, die sich auf dem Hocker neben ihm niedergelassen hatte. *Fuck.* Die Wahnvorstellungen waren zurück. Diesmal nicht in Form einer Vision, sondern ihrer Stimme.

„Habe ich dich erschreckt?" Sie lehnte sich zurück, Besorgnis in ihren braunen Augen.

„Nein." Seine Stimme war schroff. Unerbittlich. „Du klingst nur wie jemand, den ich kenne."

Ihre rubinroten Lippen öffneten und schlossen sich wieder in offensichtlichem Unbehagen. Was zum Teufel hatte er sich dabei gedacht?

Die Frau glich in keiner Weise seiner Ehefrau. Die Augen, umrahmt von einer verhüllenden Maske, waren dunkel, nicht in dem verführerischen Hellblau, in das er sich verliebt hatte. Sie trug einen kurzen, schwarzen Bob statt lange Locken, mit denen er so gerne seine Finger umwickelt hatte. Küss-Mich-Lippen, die denen seiner Frau ähnelten, aber Cassies Mund war immer zart und lieblich in warmen, einladenden Tönen gehalten, nicht in grellen Farben.

„Es tut mir leid." Er widmete sich wieder seinem Getränk. „Ich wollte nicht unhöflich sein."

Die Frau räusperte sich. „Schon okay."

Ihre Stimme klang jetzt anders. Sinnlicher. Kein bisschen wie Cassies Stimme. Was lediglich seinen Wahnsinn bewies. Er musste nach vorne schauen, sich auf etwas anderes konzentrieren als auf das perfekte Geschenk, das er weggeworfen hatte.

„Möchtest du etwas trinken?" Es war ein lahmer Versuch einer Entschuldigung, aber es war das Beste, was er unter den gegebenen Umständen bieten konnte.

„Gerne."

„Was darf ich dir bestellen?"

„Ähm ..."

Er sah aus dem Augenwinkel, wie sie sich auf unerträglich vertraute Weise auf die Unterlippe biss. Ständig entdeckte er in dieser Frau Verhaltensmuster seiner Ehefrau. Er musste sich in den Griff bekommen.

„Malibu und Limonade, bitte."

Sie begegnete seinem Blick, ihre falschen Wimpern flatterten verführerisch, was er bewusst ignorierte.

„Travis?" Er nickte dem Barkeeper zu und wartete, bis er dessen Aufmerksamkeit hatte. „Malibu und Limonade für die Dame, und noch einen Scotch für mich."

„Geht klar." Travis begann ihre Bestellung zuzubereiten.

„Wo ist deine Maske?", fragte die Frau leise. „Und wieso bist du noch immer angezogen?"

„Ich arbeite hier." Er bemühte sich, sich seine innere Unruhe nicht anmerken zu lassen. Es war nicht ihre Schuld, dass er den Verstand verlor. Wenn er in jemandem mit völlig anderen Zügen seine Frau wiederzuerkennen glaubte, brauchte er eindeutig Hilfe.

„Sieht für mich nicht danach aus."

Er folgte ihrem Blick zu dem frischen Glas, das Travis in seine Hand drückte. Nein, für ihn sah es ebenfalls nicht danach aus. Aber er würde nichts geschafft bekommen, bevor er den Schmerz in seiner Brust nicht betäubt hatte. Ein oder zwei weitere Drinks würden helfen.

„Ich mache kurz Pause."

Sie lächelte und raubte ihm mit ihrer Schönheit den Atem. *Fuck.* Was zum Teufel passierte mit ihm? Sie war seine Ehefrau. Seine Fantasie. Die gleiche Knochenstruktur, der gleiche Körperbau, doch alles andere stimmte nicht überein.

„Ist es dein erstes Mal?" *Shit.* Die Antwort kannte er bereits. Er hatte ihr Bändchen schon früher am Abend gesehen, als sie mit Zoe unterwegs war.

„Ja." Sie hob den Arm und zeigte ihm den roten Plastikstreifen um ihr Handgelenk. „Zum ersten Mal hier, aber nicht zum ersten Mal in dieser Art von Etablissement."

Richtig. Er musste dieses Gespräch beenden und seinen Halluzinationen Einhalt gebieten. Sein Interesse an der Frau war ein Verrat an seiner Ehe – einer Ehe, die bald vorbei sein würde. Er starrte geradeaus, doch seine Augen betrogen sein Gehirn und machten sich im Spiegel hinter der Bar auf die Suche nach ihrer Reflektion. Er konnte nicht wegsehen. Da war etwas an ihr. Etwas, das er erkannte, aber nicht näher benennen konnte.

„Würde es dir etwas ausmachen, mich herumzuführen?"

Es lag mehr als eine Frage in ihren rauen Worten. Aber konnte er ihrer Bitte Folge leisten, wenn auch nur für einen flüchtigen Moment, in dem er sie ganz harmlos herumführte?

„Bitte." Sie begegnete seinem Blick im Spiegel, ihre sinnlichen Lippen deuteten den Anflug eines Lächelns an. „Es ist alles ein bisschen einschüchternd hier."

Sein Herz klopfte in seiner Brust, und er war sich nicht sicher, ob es aus Furcht oder aus Vorfreude war. Ohne weiter nachzudenken kam sein Körper aus eigenem Antrieb auf die Beine. Sie provozierte ihn. Verführte ihn. Und er war ihrem Zauber machtlos ausgeliefert ... oder vielleicht sehnte sich sein Herz einfach nach etwas anderem als Alkohol, um seinen Kopf auf andere Gedanken zu bringen.

Sie war nicht sein Typ, das stand fest. Er hatte immer Blondinen bevorzugt. Frauen, die ihre Attraktivität nicht durch künstliche Nägel und den leicht unnatürlichen Ton einer Salonbräune zu steigern versuchten. Sie mochte ihn vielleicht an Cassie erinnern, doch sein Schwanz blieb seiner Frau treu.

Er streckte eine Hand aus und forderte sie wortlos auf, vor ihm durch die Menge zu gehen. Er fiel zurück und versuchte herauszufinden, was sein Interesse geweckt hatte.

„Hier entlang?", fragte sie über ihre Schulter hinweg.

„Ja." Er deutete mit dem Kopf auf das Zimmer, das am weitesten von der Bar entfernt lag. Das, um dessen Tür sich noch keine Menschentraube versammelt hatte. Zweifellos machte Zoe in dem anderen Privatbereich ihr exhibitionistisches Ding und veranstaltete mit ihren Männern eine Show. „Dieses Zimmer wird bald umgestaltet."

Im Moment war es mit Möbeln gefüllt. Einem ganzen Haufen verschiedener komfortabler Flächen, auf denen man es sich bequem machen konnte. Zuletzt hatte er gehört, dass Leo und Brute es in ein Zimmer mit einem konkreteren Thema verwandeln wollten. Vielleicht Bondage. Oder Rollenspiele. Sie hatten sogar von Weiterbildungsabenden gesprochen, an denen sie qualifizierte Personen engagieren würden, um Kurse über Sex und Sinnlichkeit zu geben, sogar über BDSM.

„Und was tun die Leute hier drin?", fragte die Frau.

Er schloss die Augen und stellte sich vor, es wäre Cassie neben ihm. „Was auch immer sie wollen, Sweetheart. Solange es einvernehmlich ist."

Sie kam näher, sodass die Hitze ihres Körpers ihm wellenförmig entgegenschlug. „Und was hast du hier drin gemacht?", gurrte sie.

Absolut gar nichts. „Ich schaue zu", krächzte er. „Das war's." Er öffnete die Augen und sah auf ihre Lippen, die sich zu einem verschmitzten Lächeln kräuselten.

„Willst du **mir** zuschauen?", fragte sie flüsternd.

Fuck. Seine Nasenflügel bebten und ein Adrenalinschub jagte ihm den Rücken hinunter. Sie war eine Versuchung, aber mehr aus dem Bedürfnis heraus seine Gedanken an Cassie zu verdrängen als aus sexuellem Verlangen. Er würde ihre Show nicht genießen, ganz gleich, was sie tat, auch wenn sich sein Schwanz bei der Vorstellung rührte. Das erste Anzeichen von Interesse seit Monaten, das sein Glied der Welt zeigte.

„Nicht heute Abend." Er ließ eine Hand durch ihr Haar gleiten in dem Versuch, die Zurückweisung abzuschwächen. Die grobe Textur strich über seine Handfläche, nicht vergleichbar mit den seidigen blonden Strähnen, durch die er jahrelang mit seinen Fingern gefahren war.

Er wandte sich zum Gehen und erstarrte dann, als sie seine Hand ergriff. Er versteifte sich am ganzen Körper, als sie sich hinter ihn stellte und ihm über die Schulter sah. Sanfte Hände umschlossen seine Taille, das angenehme Streicheln ihrer Fingerspitzen bewegte sich über seinen Unterleib, und die Weichheit eines weiblichen Körpers schmiegte sich an seinen Rücken. Trotz des Geruchs von Sex und Vorspiel in der Luft konnte er sie riechen, nicht diese Fremde, sondern seine Frau.

Sie war hier. In seinem Kopf. Unter seiner Haut.

„Lauf doch nicht so schnell weg." Mit jedem Herzschlag klang die Frau mehr wie Cassie. „Was kann es schaden zuzusehen?"

KAPITEL SIEBEN

assie hatte keinen Hang zu verrückten Einfällen. Zumindest in der Vergangenheit nicht. Jetzt anscheinend schon. Sie konnte selbst nicht sagen, was die Anspielungen in ihren eigenen Worten zu bedeuten hatten. Es gab keinen Plan. Keine Strategie. Nur die Einladung zu einer Show, von der sie nicht die leiseste Ahnung hatte, wie sie sie performen sollte. Sie wusste nur, dass sie ihn nicht gehen lassen konnte. Sein Rücken an ihrer Brust war zu vertraut, und zuzusehen, wie er sie erneut stehen ließ, kam für sie nicht infrage.

Anfangs hatte sie neben ihm an der Bar gesessen, in der Hoffnung, Zeugin seines Leidens zu werden. Seine emotionale Zerrissenheit war ihm deutlich anzusehen. Aber das reichte nicht. Sie sehnte sich nach etwas anderem, doch sie hatte keine Ahnung nach was. Deswegen hatte sie um eine Führung gebeten.

Ein Teil von ihr wollte zurückgewiesen werden. Sie kannte sich bereits aus. Ihre Bitte war ein Test gewesen. Sie hatte den Atem angehalten und darauf gewartet, dass er sie abwies, dass er kein Interesse an einer Frau zeigte, von der er nicht wusste, dass sie seine Frau war.

Dann hatte er viel zu schnell nachgegeben, und ein Teil ihres Herzens war zerbrochen. Gleichzeitig hatte sich das Pochen in ihrer Brust verstärkt, weil sie sich nach mehr von der Wildheit in seinen Augen sehnte. Seine Nähe verführte sie. Nach Monaten der Trennung würde sie über Leichen gehen, um seine Hände zu spüren. Um seine Leidenschaft und Bewunderung zu fühlen.

Er war hingerissen.

Von ihr.

Er drehte sich in ihrer Umarmung um, sein Gesicht zu einer störrischen Miene verzogen. „Lass mich gehen."

Nein. Weder jetzt, noch sonst irgendwann. Trotzdem lockerte sie ihren Griff. „Bekommen Neulinge keine Sonderbehandlung?" Sie hatte noch immer keine Ahnung, woher ihre Worte kamen. Sie sahen ihr nicht ähnlich.

Sie biss sich auf die Unterlippe und klimperte mit ihren falschen Wimpern. „Du brauchst mich nicht berühren. Du musst nicht einmal etwas sagen, nur zuschauen. Deine Augen werden mir alles verraten, was ich wissen muss."

Sein Unbehagen gab ihr Selbstvertrauen. Zu viel Selbstvertrauen. Denn nun ging sie zu dem leeren Einzelbett und rutschte auf die Matratze, während sie ihren Kummer über den Verlust seiner Körperwärme zu kaschieren versuchte. Ein Genuss, nicht nur für seine Augen, sondern auch für die der zahlreichen anderen Gäste im Raum.

Er war aus einem einzigen Grund an ihr interessiert – weil sie seine Frau war. Seine Seelenverwandte. Niemand sonst hier hätte heute Abend sein Interesse wecken können. Unbewusst spürte er die Anziehungskraft zwischen ihnen. So musste es sein, sie würde sich nicht erlauben, etwas anderes zu glauben.

Mit einem gekrümmten Finger lockte sie ihn näher, bevor sie weiter nach hinten rutschte. Was sie machte, war verrückt. Die Taten einer liebeshungrigen Frau. Aber er war auch ihr Ehemann. Für ihn durfte sie diese verrückten Dinge tun.

Sie machte es sich in den Kissen bequem und spreizte ihre Oberschenkel, während sie gespielt schüchtern über ihre Unterlippe leckte. Ihr Bauch war voller Schmetterlinge. Ihr Herz klopfte ihr bis zum Hals. Und der Nervosität zum Trotz verhärteten sich ihre Brustwarzen zu schmerzhaften Spitzen und der süße Punkt zwischen ihren Oberschenkeln begann zu kribbeln.

T.J. hob sein Kinn und ballte einmal … zweimal an den Seiten seine Hände zu Fäusten. Sein innerlicher Konflikt war seinen angespannten Gesichtszügen deutlich anzusehen. Er kämpfte gegen die Anziehung an, versuchte zu verleugnen eine andere Frau zu wollen. Dabei war es die ganze Zeit seine Ehefrau, die er immer noch begehrte.

Langsam hob sie eine Hand und fuhr mit ihr über das Material ihres

Höschens, entlang ihres Brustbeins, ihres Halses, bis zu ihren Lippen. T.J. beobachtete die Bewegung, sein Blick gefesselt, seine Hände immer noch zu Fäusten geballt. Sie saugte den Finger bis zum Knöchel in ihren Mund und gab ihn dann mit einem Plop wieder frei.

Noch nie war sie so unverfroren gewesen. Das war immer seine Aufgabe gewesen. Er hatte ihr alles beigebracht, was sie über Sex wusste. Seine Begierden hatten ihr eigenes Verlangen geformt. Sie war eine junge, unerfahrene Frau kurz vor ihrem zwanzigsten Geburtstag gewesen, als T.J. in ihr Leben getreten war und sie für alle anderen Männer ruiniert hatte.

Er hatte sich Zeit gelassen und sie in aller Ruhe kennengelernt. Alles von ihr, bis er sie beinahe besser kannte als sie sich selbst. Der ungezwungene Sex zwischen ihnen war zunehmend erotischer geworden. Als sie schließlich geheiratet hatten, war sie bereit und begierig gewesen, alles Mögliche und Unmögliche auszuprobieren.

In der Vergangenheit hatte die ehrfürchtige Bewunderung in seinen Augen ihr das Selbstvertrauen gegeben, sexuell zu sich selbst zu finden. In diesem Augenblick gab ihr derselbe Blick die Fähigkeit, sich auf einem fremden Bett von Fremden beobachten zu lassen, während ihr Finger tiefer wanderte, zum Saum ihres knappen Kleides und darunter, zum Bund ihres Höschens. Sie konnte ihren Blick nicht von ihm reißen. Mit Argusaugen beobachtete sie seine Miene, das Beben seiner Nasenflügel und das rapide Auf und Ab seiner Brust, alles Anzeichen für seine Erregung.

„Willst du eine Kostprobe?" Es war eine bittersüße Frage. Lehnte er ab, wäre sie mit seiner Zurückweisung konfrontiert. Willigte er ein, würde das bedeuten, dass er bereit war, ihre Ehe hinter sich zu lassen. Daher war sie dankbar, dass er nicht antwortete.

Noch immer unsicher, was sie da tat und wieso, setzte sie ihre Scharade fort. Sie schob ihre Hand unter die Spitze ihrer Unterwäsche und hinterließ eine prickelnde Spur auf ihrer Haut überall dort, wo sie sich berührte. Sie streifte die krausen Locken in ihrem Schritt und hielt den Atem an, während sie in der Dunkelheit seiner Augen ertrank. Sie war entblößt, allein, verwirrt, doch ihr Körper brannte mit einem Verlangen, das gestillt werden wollte.

Von ihm. Nur von ihm.

Ihr Mann machte einen Schritt vorwärts, seine große Gestalt eine gewaltige Präsenz am Fußende des Bettes. Sein Kiefer war angespannt, seine Hände weiterhin zu Fäusten geballt, und doch waren seine tiefgründigen Augen von ihrer verführerischen Darbietung fasziniert. Hypnotisiert.

Sie führte ihre Hand langsam tiefer und schloss kurz die Augen, als ihre Fingerspitzen ihre Klitoris fanden. Das winzige Nervenbündel pochte. Bettelte. Flehte mit jedem Rauschen ihres Blutes und jedem Klopfen ihres Herzens darum, über ihre wildesten Vorstellungen hinaus befriedigt zu werden. Hier. Vor all diesen Menschen.

Die Lust nahm überhand, ihre Finger bewegten sich von selbst, während sie unaufhörlich kreisten und ihrer Kehle ein Keuchen entlockten.

„Du solltest aufhören." Seine Worte durchdrangen kaum ihren pochenden Herzschlag, der in ihren Ohren widerhallte. „Ich muss zurück an die Arbeit."

Sie runzelte die Stirn, als er nicht ging. Gleich würde er sie zurückweisen. Es war unvermeidlich. Aber ihre Maske würde die Demütigung verbergen. Sie schirmte sie bereits von den intensiven Blicken der zahlreichen Menschen ab, die ihre eigenen Playsessions unterbrochen hatten, um zu sehen, ob es ihr gelang, diesen einzigartigen Mann zu verführen.

Mit einem dramatischen Seufzer zog sie die Hand aus ihrem Slip und kroch auf ihn zu. Er wich zurück, schaffte vorsichtig Abstand zwischen ihnen, als wäre sie ein Raubtier, bereit zum Sprung. Ihre gegensätzliche Dynamik war beunruhigend. T.J. war immer die dominante Kraft gewesen. Er war nie zurückgewichen und hatte in ihr immer das Bedürfnis geweckt ihm gefallen zu wollen. Das Verlangen ihm zu gehorchen. Sie blühte auf, wenn ihr Herz, ihr Geist und ihr Körper sich ihm uneingeschränkt hingeben konnten. Jetzt hatte sie die Oberhand und wusste nicht, was sie mit der Macht anfangen sollte.

Sie stand auf, gewährte sich ein paar kurze Sekunden, damit sich ihre Geleebeine erholen konnten, bevor sie in ihren High Heels auf ihn zu schlenderte. Ihr Blick hielt seinen gefangen, während sie sich ihm näherte. Der Raum verstummte, sodass der Erwartungsdruck schwer auf ihr lastete. Zwischen ihnen war nur noch der Hauch eines Abstands, als sie stehenblieb und mit einem schüchternen Lächeln zu ihm aufsah.

„Berühre mich." Ihr Herz hämmerte hinter ihren Rippen. Es fiel ihr immer schwerer ihre Stimme zu verstellen. Alles in ihr verlangte danach, nicht länger vorzugeben jemand zu sein, der sie nicht war. Sich nicht länger zu verstecken.

„Ich kann nicht." Sein grimmiger Ton war kaum hörbar. „Ich muss gehen." Wieder rührte er sich nicht, hielt sein Kinn gereckt. Seine Schultern waren beinahe verkrampft und seine Augen intensiv, während er die Stirn runzelte. „Ich verstehe das einfach nicht."

„Was verstehst du nicht, T.J.?" Sie hob eine Hand, und ihre Berührung hatte beinahe seine Wange erreicht, als er blitzschnell den Arm hob und kraftvoll ihr Handgelenk umfasste.

„Warum du mir vertraut vorkommst." Seine Augen verengten sich, die Sanftheit, die ihr sonst aus ihren Tiefen entgegenblickte, nun ersetzt durch eine unversöhnliche Härte. „Woher kennst du meinen Namen?"

Oh, verflucht. Ihre Lippen arbeiteten, als sie sich bemühte eine Antwort zu finden, während er sie unerbittlich festhielt. „Du arbeitest hier." Sie bekam ein unechtes Lächeln zustande. „Der Mann an der Tür hat mir deinen Namen verraten."

Er wich ruckartig zurück und ließ sie los, seine Augen verhangen vor Verwirrung. „Es … tut mir leid."

„Braucht es nicht." Sie überbrückte erneut die Distanz zwischen ihnen und legte ihre Handflächen auf seine harte Brust. Sie vermisste es seine Haut zu berühren. Vermisste die harten Muskeln, die sie einst nachts beschützt hatten. „Manchmal kann die Anziehungskraft zwischen zwei Menschen verwirrend sein." Sie glitt mit ihren Händen höher, über seine Schultern, um sie in seinen Nacken zu legen. „Manchmal kann sie aber auch Klarheit schaffen, als würde die Welt einem ein Zeichen senden."

Sie wollte es ihm sagen. Sobald ihr Herz aufhörte wild zu schlagen, würde sie ihre Perücke abnehmen und ihm bewusst machen, dass er sich immer zu ihr hingezogen fühlen würde. „Du willst mich", flüsterte sie.

Er holte tief Luft, und sie spürte das heftige Pochen in seiner Brust an ihrer, als sie sich gegen ihn lehnte.

„Du willst mich genauso sehr wie ich dich will." Ihr Magen wurde von Aufregung überwältigt. Von Leidenschaft. In ihrer Vorstellung trug sie weder eine Maske, noch eine Perücke oder falsche Nägel. Sie war die normale Cassie, die ihrem Ehemann, der die Hoffnung aufgegeben hatte, zärtliche Worte zuflüsterte. Es gab nur sie beide. Keinen Sexclub. Keine Zeugen.

Sie stellte sich auf die Zehenspitzen und brachte die Liebe zwischen ihnen zurück, indem sie ihren Mund auf seinen drückte. Er versteifte sich und ließ seine Hände auf ihre Hüften sinken. Vielleicht war er kurz davor, sie von sich zu schieben, doch das war ihr gleichgültig. Sie umklammerte ihn fester, während sie mit ihrer Zunge seine Lippen teilte, unfähig, sich selbst auch nur eine Sekunde seines irritierten Einverständnisses zu verweigern.

Lass mich nicht los.

Sie klammerte sich an ihn, küsste ihn härter, presste ihre Brüste an ihn, während sie sich der einzigen körperlichen Zuneigung hingab, die er ihr seit über zwölf Monaten geschenkt hatte. Das war ihr Zuhause – in seinen Armen. Das war ihr Leben – sich nach mehr von seiner Liebe zu sehnen.

Sie trat näher, schob einen Oberschenkel zwischen seine und berührte mit ihrem Becken seine Härte. Das wohlige Gefühl seiner Erregung weckte neue Hoffnung. Ihre Körper waren hierfür bestimmt. Dafür, sich zu streicheln. Sich zu berühren. Immer verbunden zu sein. Sie neigte ihr Becken und rieb ihr Schambein an seinem hart bemuskelten Bein. Ihr Schoß bettelte nach ihm. Durchnässte ihr Höschen. Jeder Zentimeter von ihr wollte verzehrt werden. Sie wartete lediglich darauf, dass er die Führung übernahm. Darauf, dass ihr Mann zu seiner gewohnten Dominanz zurückfand und sie ihr gegenüber einsetzte.

Ihre Erregung wuchs, und das Verlangen in ihrem Inneren verwandelte sich in ein Bedürfnis, das wichtiger war als zu atmen. Sie liebte diesen Mann. So sehr, dass es sie gleichzeitig schmerzte und heilte. Doch es waren seine Hände, die Lockerung seines Griffs um ihre Hüften, seine Kapitulation gegenüber ihrer Zuneigung, die das Verlangen davonspülten und sie von übelkeitserregender Klarheit erfüllten.

Sie küsste ihren Ehemann in wiedervereinter Leidenschaft. Doch er küsste eine Fremde. Löschte die Erinnerung an ihre Ehe aus und sah nach vorne.

Die Einsicht erfüllte sie mit unerträglichen Schmerzen und machte ihre Vereinigung bittersüß.

Mit jedem Streichen seiner Zunge verließ er sie etwas mehr. Und sie war diejenige gewesen, die ihm geholfen hatte, den ersten Schritt zu gehen.

KAPITEL ACHT

.J. schloss beim Geschmack ihrer Lippen die Augen. Es war, als würde er nach Hause kommen, ihr Mund schmerzlich vertraut und doch gnadenlos anders. Diese Frau küsste wie Cassie, mit langsamen Zungenschlägen und leisem sehnsuchtserfüllten Wimmern.

Er versank in der wohlvertrauten Empfindung. Verschlang sie. Genoss ihren Geschmack, ihre Essenz. Atmete sogar das Parfüm tief ein, von dem er wusste, dass sie es so sehr liebte. Es war seine Ehefrau. Er küsste Cassie. Zumindest stellte er sich vor, dass er das tat.

Seine Zunge liebkoste ihre, konnte nicht genug bekommen. Konnte sich nicht länger zurückhalten. Er gab ihr alles, was er hatte. Er zeigte seine Hingabe, indem er mit seinen Händen ihren Rücken entlangfuhr. Er demonstrierte sein Verlangen nach ihr, indem er seine Erektion an ihrem Bauch rieb.

Er war außer sich vor Sehnsucht danach, sie noch einmal zu haben. Nur eine weitere Nacht. Nur ein weiterer Kuss, bevor die Scheidung endgültig war.

„T.J.", flüsterte sie in seinen Mund.

„Cassie."

Der Name ließ sie erstarren. *Verdammt.* Das war nicht seine Frau — seine Liebste. Sie war niemand. Eine Fremde. Irgendeine beliebige Frau, die mit einem einzigen Klimpern ihrer falschen Wimpern seine Verpflichtung gegenüber seiner Ehe aufgelöst hatte. Er stolperte zurück, seine Lippen brannten, seine Brust war leer.

Was zum Teufel war passiert?

Eben noch war er an der Bar gewesen, um seine Sorgen zu ertränken, und im nächsten Moment verriet er alles, was ihm lieb und teuer war. Es ergab keinen Sinn. Diese Frau, obwohl nicht sein Typ, konnte jeden Mann haben. Und doch war sie zu ihm gekommen.

„Warum hat man dir meinen Namen gesagt?" Seine Stimme war anklagend. „Warum sollte dir jemand sagen, wer ich bin?"

Leo hatte vorhin zugegeben, dass sie nicht sicher gewesen waren, ob er heute Abend auftauchen würde. Sie dachten, er wäre zerbrechlich. Nicht in der Lage zu arbeiten. Wieso also sollten sie neuen Mitgliedern gegenüber seinen Namen erwähnen? Wieso sollten sie versuchen seine Trauerblase zu durchdringen, sofern sie nicht versuchten sie zum Platzen zu bringen?

Sie trat an ihn heran, dann landete ihre Handfläche auf seiner bekleideten Brust und versengte die Haut darunter. „Du faszinierst mich. Von dem Moment an, in dem ich hereinkam, wollte ich dich kennenlernen."

Lügnerin. Er hatte sich den ganzen Abend wie ein betrunkener Penner aufgeführt – an der Bar gesessen und in ein Glas Scotch geschmollt. Wenn sie nicht gerade auf Zurückweisung stand, verbarg sie etwas. Und er war sich sicher, dass er wusste, was es war.

Sie hatten ihm eine Falle gestellt – Leo, Brute, Shay. Es gab sonst keinen Grund für sie zu wissen, wer er war. Seine Geschäftspartner – seine *Freunde* – hatten gegen seinen Wunsch gehandelt und einen Plan erarbeitet, um ihn von seiner Scheidung abzulenken und dafür zu sorgen, dass sein Körper sich nach der süchtig machenden Erlösung durch Sex sehnte.

Dazu hatten sie kein Recht. Es war kein bewusster Entschluss seinerseits gewesen, sich eine andere Geliebte zu suchen. Stattdessen war ihm die Entscheidung von anderen abgenommen worden. Das Letzte, was er wollte, war Cassie zu verletzen. Doch genau das hatte er gerade getan, auch wenn sie es nie herausfinden würde.

Er strich sich grob mit einer Hand über die Lippen und wischte den Geschmack der Frau weg. Auf seinen Schultern lastete das Schuldgefühl des Verrats, während sich in seiner Brust Wut anstaute. Der heutige Abend war ein Fehler. Er konnte nicht weitermachen. Zumindest noch nicht. Nicht, bevor die Scheidung nicht endgültig war. Vielleicht noch länger nicht – Wochen, Monate. Zum Teufel, selbst wenn er erst in vielen Jahren eine andere Frau küsste, wäre es immer noch zu früh.

„Glaubst du, ich weiß nicht, was du vorhast?", zischte er. Irgendwo, tief im Inneren, wusste er, dass es nicht ihre Schuld war. Er allein hatte ihr nachgegeben, weil er sich so tief in seinen Illusionen und dem Bedürfnis nach Trost verstrickt hatte, dass er sich verirrt hatte. „Ich weiß genau, wieso du hier bist. Und ich sage dir, Süße, es wird nicht funktionieren. Du musst gehen."

Das hier war nicht Cassie. Sie war überhaupt nicht wie die Frau, die er liebte, mit ihren billigen Nägeln und den geschmacklosen roten Lippen. *Herrgott.* Er rieb sich über den Nacken und rang um Gelassenheit. Er wollte sich übergeben. Wollte auf die Knie fallen und nie wieder aufstehen. Zumindest nicht, bis die Bitterkeit verschwunden war.

Die Wangen der Frau erblassten, ihre Augen weiteten sich vor Entsetzen. „Aber ... T.J."

Und wieder sagte sie seinen Namen.

„Glaubst du, ich hätte es nicht bemerkt?" Seine Stimme wurde lauter, Wut sickerte in seine Worte. „Dass ich nicht wüsste, wer du bist?" Er war sich immer noch nicht sicher, ob sie ein bezahltes Callgirl war oder eine interessierte Clubberin, die Lust auf eine Herausforderung hatte, aber nichtsdestotrotz spielte sie mit ihm. Das war genug für ihn. „Geh, bevor ich die Security hole, die dich rausschmeißt."

Sie trat weg von ihm, als würde sie endlich begreifen, dass sie bei ihrem kleinen Lügenspiel erwischt worden war. „Aber ... ich ..." Ihr Blick flog zur Tür, zur Menge der versammelten Menschen.

„Tanya?" Zoe schob sich durch die Körper, die den Zimmereingang blockierten, dicht gefolgt von Shay. „Was ist hier los?"

Tanya. Er würde diesen Namen oder die Wut, die er hervorrief, nie vergessen. „Schafft sie hier raus." Dass sie ihr sofort zu Hilfe kamen, zementierte bloß ihren Verrat. Er wäre nicht überrascht, wenn sie zugesehen und nur darauf gewartet hätten, dass die Tat vollbracht wurde.

Er warf der Frau einen vernichtenden Blick zu, um seine Empörung deutlich zu machen, bevor er sich Shay zuwandte. „Ich will sie hier unten nicht mehr sehen." Die Menge teilte sich, als er losstürmte und sich mit Brute konfrontiert sah.

„Machst du Ärger?" Eine Drohung lag in der Stimme seines Freundes.

T.J. stieß ihn mit der Schulter beiseite und schäumte auf dem Weg in die Waschräume vor Wut. Er war in Trauer. Außer sich angesichts seiner Dummheit. Wenn er keine Möglichkeit fand alleine zu sein, würde er sich verlieren.

Seine Schritte hallten in seinen Ohren wider, als er an der kleinen

Gruppe in Unterwäsche gekleideter Gäste vorbei in das nächstgelegene Privatzimmer marschierte. Zoes Begleiter lagen auf dem Bett, beide Mienen voller Sorge, während T.J. an ihnen vorbeiging, durch die Waschraumtür und in die friedliche, kühle Stille.

Er hatte ein paar Sekunden, kaum Zeit, tief durchzuatmen oder die beiden Männer am Waschbecken zu grüßen, bevor Brute in den kleinen Raum stürmte, gefolgt von Leo.

„*Raus*." Brute ruckte mit dem Daumen über seine Schulter, ohne sich bei seiner Bitte um Privatsphäre irgendwelche Höflichkeiten für ihre zahlenden Kunden abzuringen. „Bewacht die Tür, dann erlasse ich euch den nächsten Mitgliedsbeitrag."

Die Männer nickten und verließen wortlos den Raum, die Tür schwang hinter ihnen zu.

Im Waschraum wurde es still, das Pochen in T.J.s Kopf dagegen immer lauter. Ohrenbetäubend. Sein Unternehmen war seine Zukunft. Der Ort, der ihn von seinen Qualen ablenken und seine Schuldgefühle lindern sollte.

„Wie wär's mit einer Erklärung?" Leo verschränkte die Arme vor der Brust.

T.J. lachte spöttisch und ging zum Waschtisch. Er umklammerte das kalte Marmor mit seinen Händen und ließ den Kopf sinken. Ein Atemzug nach dem anderen durchströmte seine Lungen, während er versuchte die Erinnerung an den Kuss und an das Brennen, das er immer noch auf seinen Lippen spürte, aus seinem Gedächtnis zu löschen.

„Du solltest besser anfangen zu reden." Brutes Tonfall war gefährlich. „Du hast in Gegenwart von zahlenden Kunden Scheiße gebaut. Ich hoffe, du hattest einen guten Grund dafür."

T.J. schloss seine Augen. War dies das Ende? Nicht nur seiner Ehe, sondern auch seiner Freundschaft mit Leo und Brute? Sie hatten eine Grenze überschritten. Er war sich nicht sicher, ob er das verkraften konnte. Es gab kein Vertrauen mehr. Kein Verständnis. *Fuck.* Er verlor langsam den Verstand.

„Ich hatte ohnehin langsam die Schnauze voll, dass du ununterbrochen Trübsal bläst", fuhr Brute fort. „Aber ich dulde keine Ausraster im Club. Und ich lasse sicher nicht zu, dass du Gäste verärgerst."

T.J.s Blick verdüsterte sich und seine Knöchel pulsierten schmerzhaft, als er den Griff um den Waschtisch verstärkte. „Es ist mir egal, dass du die Schnauze voll davon hast, dass ich Trübsal blase—", er schwang sich schwer atmend herum, „—du hast nicht das Recht eine verdammte

Prostituierte anzuheuern, in der Hoffnung, dass ich auf wundersame Weise über meine Frau hinwegkomme."

Brute wich nicht zurück, zeigte keinerlei Anzeichen von Betroffenheit. Seine einzige Reaktion war seine Miene, die sich zu einem ungläubigen Gesichtsausdruck verzog. „Wovon zum Teufel redest du da?"

„Behandle mich nicht von oben herab", forderte T.J. durch zusammengebissene Zähne hindurch. „Dachtet ihr wirklich, ich würde es nicht herauskriegen? Haltet ihr mich für so dämlich?"

Brute warf Leo einen fragenden Blick zu. „Weißt du, was er da faselt?"

Leo schüttelte den Kopf. „Ich kann nicht folgen."

„Diese Frau", spottete T.J. „Die, die ihr bezahlt habt, damit sie mich verführt. Es wird euch freuen zu hören, dass sie ihren Job erfüllt hat. Obwohl möglicherweise nicht in dem Umfang, den ihr wolltet."

„Bezahlt?" Leo fuhr mit der Hand durch sein loses Haar. „Warum sollten wir jemanden dafür bezahlen, dich zu vögeln, wenn die Hälfte der Frauen hier unten es umsonst tun würde?"

Wortklauberei. „Dann eben die Frau, die ihr dazu angestiftet habt." Die perplexen Blicke, die ihm entgegenblinzelten, trieben seine Wut in ungeahnte Höhen. Er erwartete nicht, dass Brute verstand, wie folgenschwer ihr Verrat war. Der Kerl hatte aus einem einzigen Grund ein Herz, und der hatte nichts mit Emotionen zu tun, sondern ausschließlich mit seiner Durchblutung. Aber Leo war anders. Er verstand die Liebe und wusste, dass man sie nicht kontrollieren kann.

„Ich verstehe es immer noch nicht." Leo zuckte mit den Achseln.

T.J. schloss die Augen und stützte sich gegen den Tisch, damit der Raum aufhörte sich zu drehen. Es passte nicht zusammen. Brute war ein herzloses Arschloch. Aber ein *ehrliches*, herzloses Arschloch. Er würde seine Scharade nicht so lange fortsetzen.

„Die Frau eben", knurrte er. „Sie wollte mit mir schlafen."

Brutes Lachen war hart. Humorlos. „Mann, du bist so weg vom Fenster und bemerkst es nicht einmal."

T.J. schlug die Augen auf und starrte Brute finster an. „Was soll das heißen?"

„Eine Frau wollte es mit dir treiben und du gibst mir die Schuld?" Brute schnaubte. „Meine Güte. Glaubst du, ich gebe einen Scheißdreck auf dein Sexleben?"

„Also streitet ihr ab etwas damit zu tun zu haben?" Er richtete sich auf und fixierte erst Brute, dann Leo. „Dann war es Shay. Deine Freundin steckt ihre Nase ständig in Dinge, die sie nichts angehen."

„Nein, tut sie nicht." Leo straffte die Schultern und trat vor. „Abgesehen davon, dass sie sich große Sorgen um dich macht, hat sie nichts falsch gemacht."

„Selbst wenn es einer von uns getan hätte, was wäre so schlimm daran?" Mit finsterem Blick trat Brute näher. „Du bist single."

Nur vom Familienstand her. Sein Herz war immer noch vergeben. Genau wie seine Seele.

„Vergesst es." Es war dumm zu glauben, dass sie es verstehen würden. Keiner von beiden hatte eine Ahnung, was es bedeutete, bedingungslos, unbestreitbar zu lieben. Sie waren Jungfrauen, wenn es um Hingabe ging.

„Nein." Brute kam noch näher, seine emotionslose Fassade bröckelte unter der Wut in seinen Augen. „Du hast da draußen eine beschissene Auseinandersetzung verursacht, und ich will wissen, warum."

„Lass mich in Ruhe." T.J. stieß Brute in die Brust, nicht gewillt, diesmal alle Karten auf den Tisch zu legen. Sie hatten seine Gutmütigkeit zu sehr ausgereizt. Er hatte ein Recht auf sein eigenes Bisschen Unmenschlichkeit.

Brutes Augen weiteten sich bei dem Angriff, doch im nächsten Moment verschwand der Schock und wurde durch Zorn ersetzt. Er machte einen Satz vorwärts und schwang T.J. herum, bis er mit dem Rücken an der Wand stand, eine Hand fest um seine Kehle gelegt. „Antworte mir."

T.J. grinste, es juckte ihn nach einem Kampf. Damit würden sie bei ihm nie rechnen. Er war die ausgeglichene, neutrale Partei. Er beendete Schlägereien und schlichtete Streitigkeiten. Er war der verdammte Musterbürger, der seine schmutzigen Vorlieben dadurch ausglich, dass er jeden einzelnen Tag seines gottverdammten Lebens ein aufrechter Kerl war.

Nicht heute Abend.

„*Brute*", warnte Leo.

„Antworte mir."

Die Hand um T.J.s Hals wurde enger und er genoss die Panik, die seinen Verstand von Herzschmerz befreite. „Fahr zur Hölle."

Brute grinste düster. „Da bin ich schon seit Jahren, mein Freund. Schön, dass du mich endlich besuchen kommst."

Der feste Griff lockerte sich etwas, sodass T.J. seinen Kopf an die kühlen Fliesen lehnen konnte. Sein Leben hätte nicht so kompliziert sein dürfen. Er war zu allen immer freundlich – zu seinen Freunden, seinen Mitarbeitern, seiner Familie. Er war der Gentleman. Der Trostspender. Das hier hatte er nicht verdient. Schließlich opferte er seine Ehe für Cassies Wohlergehen, für ihre Zukunft.

„Ich liebe sie immer noch, verdammt nochmal, okay?" Er rührte sich nicht. Öffnete seine Augen nicht. Er konnte es nicht. „Ich will nicht ohne sie leben. Das wollte ich nie. Aber es ist die einzige Möglichkeit. Um ihretwillen muss ich sie aufgeben.“

„Warum?“ Brutes Tonfalls war mordlustig, als er seine Hand sinken ließ.

„Ist eine lange Geschichte.“

„Wir haben Zeit“, grunzte Brute durch zusammengebissene Zähne.

T.J. stieß die Luft aus, die in seinen Lungen brannte und hoffte, es würde die Schmerzen in seiner Brust lindern. „Weil Liebe kein hinreichender Grund ist, jemanden zu zerstören.“ Er öffnete die Augen und wünschte, die beiden Männer, die ihn neugierig anstarrten, würden es verstehen. „Und genau das wird passieren, wenn wir zusammenbleiben.“

KAPITEL NEUN

Cassie zitterte – ihre Arme, ihre Beine, ihre Brust. Sie konnte nicht atmen. Alle starrten sie an, ihr Mitleid umgab sie wie eine schmutzige Decke, als T.J. aus dem Zimmer stürmte.

Sie ließ den Kopf hängen und bedeckte ihr Gesicht mit ihren Händen, wehrte sich gegen den Drang zu weinen.

„Komm mit mir.“

Eine weibliche Hand legte sich auf Cassies Rücken. Sie hob den Blick und sah Shay neben sich stehen.

„Alles wird gut.“ Zoe näherte sich ihnen. „Wir kriegen das schon hin.“

Nein. Sie schüttelte den Kopf. Es würde nicht gut werden. Sie würden es nicht hinkriegen. T.J. hatte ihr in aller Deutlichkeit mitgeteilt, dass er sie nicht mehr wollte. Er hatte ihre Verkleidung durchschaut, sie gedemütigt und sie aufgefordert zu gehen.

„Vertrau mir.“ Shay übte Druck auf Cassies Rücken aus und führte sie voran. „Lass uns nach oben gehen, wo es ruhiger ist.“

Cassie wollte nur noch nach Hause. Doch ihr Haus war von Einsamkeit und Verzweiflung erfüllt. Es war niemand da, der sie trösten konnte. Mit einem stummen Nicken erlaubte sie ihnen, sie in den Hauptraum zu führen, vorbei an den neugierigen Blicken der Gäste und geradewegs durch die gesicherte Tür. Die Umkleideräume nahm sie bloß verschwommen wahr, genau wie die Treppe nach oben. Sobald sie die verlassene *Shot of Sin*-Bar erreicht hatten, wurde sie wortlos zu einem Hocker geführt.

„Willst du darüber reden?", fragte Zoe und rieb mit ihrer warmen Handfläche über die nackte Haut von Cassies oberem Rücken.

„Komm schon, Honey." Shay schob ein Glas Wasser über den Tresen, das Stückchen Spitze über ihren Augen noch immer perfekt an seinem Platz. „Du kannst es uns sagen."

Das Gefühl der Demütigung erhitzte Cassies Wangen. Dies waren die letzten Menschen, denen sie es erzählen sollte. Selbst der Gedanke es Jan zu erklären, wenn sie nach Hause kam, brannte mehr als sie ertragen konnte.

„Ich weiß, ich trage nicht die passende Kleidung", fuhr Shay fort, „aber ich arbeite schon eine Weile hier. Ich bin sicher, was immer mit T.J. passiert ist, war ein Missverständnis. Normalerweise ist er ein wirklich netter Kerl. Er macht im Moment nur eine schwere Zeit durch."

Eine schwere Zeit? Es war erniedrigend, dass die Zerstörung von Cassies Ehe mit so einfachen Worten beschrieben werden konnte. „Ich weiß." Sie sah in die mitfühlenden Augen der Barkeeperin. „Ich weiß auch, wer du bist, Shay."

Die Frau runzelte die Stirn und schüttete nicht länger Wein in das Glas, das sie vorbereitet hatte. „Es tut mir leid", sagte sie in einem vorsichtigen Ton und schob sich den Streifen Spitze, der ihre Augen bedeckte, auf ihre Stirn, um Cassie prüfend zu mustern, „aber ich kann dein Gesicht unter der Maske nicht zuordnen."

„Wir sind uns noch nie begegnet." Cassie ergriff die Unterseite ihrer Maske und seufzte, als sie das Material von ihrem Gesicht hob. Sie sollte das nicht tun. Diese zwei waren T.J.s Freunde. Sein Supportnetzwerk, nicht ihres.

„Ich habe von meinem Mann viel von dir gehört." Sie zog die Maske über den Kopf und begegnete dem Blick der Barkeeperin. „Ich bin T.J.s Ehefrau, Cassie."

Shays Augen weiteten sich, aber es war Zoes Keuchen, das Cassie dazu brachte, sich auf ihrem Hocker umzudrehen. „Es tut mir leid, dass ich wegen meines Namens gelogen habe. Ich wollte nicht riskieren rausgeworfen zu werden."

Zoe schüttelte mit offenem Mund den Kopf. „Ich bin nicht gekränkt. Ich bin schockiert, dass T.J. verheiratet ist. Er hat es den Gästen gegenüber nie erwähnt. Ich habe immer angenommen, er sei single."

Er hatte seine Ehe nie erwähnt. In einem Sexclub, umgeben von Frauen und Männern, die nach Sinnlichkeit und Vergnügen gierten, hatte er den Mitgliedern nie gesagt, dass er vergeben war. Niemand wusste von ihrer Liebe. Wieso erfüllte sie dieses Wissen mit Entsetzen?

„Keine Panik." Zoe streckte eine Hand aus und drückte Cassies Schulter. „Ich habe ihn noch nie mit jemandem gesehen. Ich sehe ihn überhaupt selten unten. Es war lediglich eine Vermutung."

Cassie spielte mit dem Gummiband ihrer Maske, um ihre Hände zu beschäftigten, weil sie keine Kontrolle über ihren Verstand hatte.

„Ich habe es bis vor Kurzem auch nicht gewusst", fügte Shay hinzu. „Ich denke, er ist zu sehr Gentleman, um seine persönlichen Einzelheiten in einem Arbeitsumfeld breitzutreten."

Ja, vielleicht war es das. Er hatte vor langer Zeit zugegeben, dass er nicht wollte, dass sie etwas mit dem Sexclub zu tun hatte. Nicht solange sie keine Maßnahmen ergriffen hatten, um die Identitäten aller Beteiligten zu schützen.

„Er hat einen starken Beschützerinstinkt." Cassie senkte ihren Blick auf ihren Schoß und fädelte das Gummiband zwischen ihren Fingern hindurch. „Vor Jahren habe ich an beruflichen Veranstaltungen mit teilgenommen. Aber sobald sie anfingen über die Eröffnung vom *Vault of Sin* zu sprechen, wollte T.J. mich so weit wie möglich von allem fernhalten. Er wollte meine Mitwirkung nicht riskieren für den Fall, dass die Privatsphäre des Clubs jemals verletzt würde."

„Moment." Shay beugte sich in Cassies Sichtfeld. „Wenn er so beschützerisch ist, wieso hat er dich dann heute Abend reingelassen? Worum ging es in dem Streit?"

Cassie schnitt eine Grimasse und begegnete Shays Blick. „Er hat mich nicht reingelassen. Ich habe einen gefälschten Ausweis benutzt."

„Oh, Shit. Brute wird angepisst sein, dass du an ihm vorbeischlüpfen konntest."

„Nicht so angepisst wie T.J., als er herausfand, dass er seine Frau geküsst hat und keine Fremde."

Shay klappte die Kinnlade herunter. „Er wusste es nicht?"

Cassie schüttelte den Kopf und griff nach ihrem Haarteil. „Ich habe mir große Mühe gegeben mich unkenntlich zu machen." Sie zog die Perücke von ihrem Kopf und legte sie auf die Bar. „Ich bin blond." Sie zerzauste ihr Haar und bemühte sich, aus den verklebten Strähnen, die sie im Spiegel hinter der Bar sehen konnte, ansatzweise ihre normale Frisur zu formen. „Alles an mir ist anders, abgesehen von meinem Gewicht. Obwohl ich eine

Kleidergröße abgenommen habe, seit mein Mann mich über die Scheidung in Kenntnis gesetzt hat."

„Wolltest du Vergeltung?" Zoes Tonfall war sanft, von Trost und Besorgnis erfüllt. „Warum tauchst du in seinem Sexclub auf und gibst vor, jemand anderes zu sein?"

„Weil ich ihn liebe." Cassie ließ den Kopf hängen. „Ich will keine Scheidung, und ich weiß mit jeder Faser meines Körpers, dass T.J. sie auch nicht will."

„Weshalb sollte er sie dann beantragen?"

„Es ist kompliziert." Sie lachte höhnisch. „Trotzdem irgendwie simpel. Wir haben beide einen Fehler gemacht, für den er sich allein die Schuld gibt. Er denkt, er hätte mich enttäuscht. Sobald es um mein Wohlergehen geht, geht er in die Defensive."

„Okay." Shay räusperte sich. „Du musst uns schon etwas mehr erzählen. Ich brauche Details."

Anspannung bildete sich in Cassies Brust, und das Bedürfnis ihre Seele zu offenbaren wurde immer mächtiger. Niemand in ihrem Alltagsleben würde es verstehen. Diese Frauen kamen einem sachkundigen Gesprächspartner am nächsten, und sie musste sich von den Schuldgefühlen der Vergangenheit befreien. „Meine Ehe mit T.J. war fehlerlos—"

„Wirklich?", fragte Shay ungläubig.

„Lass mich ausreden. Wir haben selten gestritten. Wir haben uns perfekt ergänzt. Er gab mir alles, was ich von einem Liebhaber und einem Freund brauchte, und ich habe versucht, ihm im Gegenzug dasselbe zu geben." Die Frauen starrten sie an, lauschten jedem ihrer Worte. „Durch ihn habe ich viel über mich selbst gelernt. Sexuell gesehen, meine ich."

Räuspernd versuchte sie sich von dem Unbehagen in ihrer Kehle zu befreien. „Als frisches Paar haben wir absolut alles ausprobiert. Mit der Zeit fingen wir an Grenzen zu überschreiten. Ich hatte nur begrenzte Erfahrungen, als wir uns kennenlernten, und T.J. öffnete mir die Augen für neue Möglichkeiten. Bei ihm fühlte ich mich so wohl, dass ich über Dinge fantasieren konnte, die nicht der gesellschaftlichen Norm entsprachen."

„Zum Beispiel?"

Cassie hob die Schultern. „Es fing recht simpel an, mit Toys und stilvollen Pornos."

„Stilvolle Pornos?" Zoe hob eine Braue, ein Lächeln erhellte ihre Züge. „Gibt es sowas überhaupt?"

„Naja, es gibt Schmuddelpornos und es gibt solche, die den leisesten Hauch einer romantischen Handlung haben. Keines von beiden bietet gutes Schauspiel."

Zoe gluckste. „Okay. Erzähl weiter."

„Das entwickelte sich zu leichtem BDSM, aber abgesehen von T.J.s üblicher Dominanz war das nicht unsere Szene. Wir fingen an über andere Themen wie Voyeurismus und Exhibitionismus zu sprechen. Das war ungefähr zur selben Zeit, in der über das *Vault* als zusätzliches Standbein des Unternehmens diskutiert worden ist." Cassie winkte ab. „Ich schweife ab. Ihr wollt das alles gar nicht hören."

„Natürlich wollen wir das." Shay schnappte sich eine Flasche Wein aus dem Kühlschrank in der hinteren Ecke unter dem Tresen. „Ich werde sogar für Erfrischungen sorgen."

Die mündliche Erleichterung ihrer Seele schien den festen Klammergriff um Cassies Herz nicht zu lockern. Es half nicht. Doch in ein einsames Haus zurückzukehren würde das ebenso wenig. „Um eine lange Geschichte relativ kurz zu fassen: T.J. verlässt mich, weil wir vor etwa einem Jahr beschlossen haben, unseren ersten Sexclub zu besuchen. Es kam aus heiterem Himmel. Unerwartet. Wir waren unterwegs, übernachteten in Brutes Apartment in Tampa. In Florida sind die Menschen wesentlich offener als hier. Also gingen wir aus einer Laune heraus in einen Club … Es war der schlimmste Einfall meines Lebens."

„Dir hat es nicht gefallen?" Shay unterbrach das Befüllen des ersten der drei Weingläser auf der Theke.

„Ich glaube nicht, dass das erste Mal jemals einfach ist", meinte Zoe. „Erst recht nicht, wenn man in einer festen Beziehung ist und in Betracht ziehen muss, wie es sich auf die gemeinsame Zukunft auswirken könnte."

„Es war eine Katastrophe." Cassie sog den Atem ein, hielt ihn so lange an, bis der Schmerz die Nerven in ihrem Magen überwältigte, dann ließ sie ihn abrupt entweichen. „Es war der größte Fehler meines Lebens."

Shay verzog das Gesicht. „Es ist nicht für jeden etwas. Verdammt, ich war am Anfang selbst angewidert."

„Ihr habt ja keine Ahnung." Sie rang die Hände in ihrem Schoß und wischte sich den Schweiß von den Handflächen. „Zum einen habe ich den Gedanken an einen Sexclub verherrlicht. Ich habe Verführung und Leidenschaft erwartet. Eine edle Einrichtung und Männer, die ihre Frauen verehren wie T.J. mich. Der Laden, in den wir gingen, war kalt, feucht und schäbig."

„Das klingt nicht gut." Shay schob ein Glas Wein in Cassies Richtung und ein weiteres zu Zoe.

„T.J. wollte sofort verschwinden. Ich konnte seinen Verdruss spüren. Aber die unerwarteten Zustände taten meiner Neugier keinen Abbruch. Wir waren außerhalb unserer Stadt, endlich an einem Ort, an dem ich nicht befürchten musste, dass meine Freunde oder Familie von unseren sexuellen Vorlieben erfuhren." Cassie legte die Maske neben die Perücke auf die Theke und griff nach dem Weinglas. „Wir hatten so lange darüber geredet, mal in einen Club zu gehen ... die Arbeiten am *Vault* hatten bereits begonnen. Und obwohl die Szene alles andere als erotisch war, wollte ich herausfinden, was es mit Sexclubs auf sich hatte. Es musste doch einen Grund geben, wieso dort Frauen waren, oder? Also bat ich T.J., auf einen einzigen Drink zu bleiben."

Sie nippte an ihrem Wein, und der süße Geschmack explodierte auf ihrer Zunge, ganz im Kontrast zu dem Getränk, das sie an dem Abend in Tampa zu sich genommen hatte. Der Barkeeper – in ein ausgefranstes Unterhemd und eine schlechtsitzende Seidenboxershorts gekleidet – hatte sie lüstern gemustert, als er ihr das mit billigem Wein gefüllte Sodaglas übergab. Er war bloß einer von vielen Männern gewesen, die sie wie ein Festmahl beäugt hatten, das sie unbedingt probieren wollten.

„T.J. hat nichts getrunken. Er blieb an meiner Seite, seine Hand immer beschützend auf meine Hüfte gelegt, während wir zuschauten, wie sich Männer spitz wie Nachbars Lumpi durch die Gegend vögelten. Es gab keine Verführung. Kein Interesse daran, jemandem außer sich selbst Vergnügen zu bereiten. Die Frauen waren lediglich Objekte, die man benutzen konnte."

„Unter Drogen gesetzt?", fragte Shay.

Zoe drehte sich auf dem Hocker, wobei ihr Knie Cassie Oberschenkel streifte. „Bezahlte Callgirls, würde ich vermuten."

„Genau." Cassie nickte in Zoes Richtung. „Offenbar ist das nicht ungewöhnlich. T.J. flüsterte mir zu, dass einige Clubs, die keine willige weibliche Kundschaft gewinnen können, tatsächlich Callgirls für ihre Teilnahme bezahlen. Also war ich rückblickend betrachtet wohl so etwas wie ein Regenbogeneinhorn – die einzige willige Frau, die ohne finanzielle Entschädigung in diesem schmuddeligen Laden aufgekreuzt war." Sie tat ihre Dummheit mit einem Achselzucken ab, schließlich hatte sie das Schlimmste noch nicht einmal angesprochen. „Ich unternahm einen vergeblichen Versuch den Abend zu retten. Ich ignorierte unsere Umgebung und gab mein Bestes, mich sexy zu fühlen, während ich mich bis auf die Unterwäsche auszog. Doch mein halbherziger Versuch T.J. in Stimmung zu bringen, trug keine Früchte."

Der Versuch einem Ehemann einen blasen zu wollen, der keinen Steifen bekommen konnte, war genauso erniedrigend wie die Naivität, mit der sie eine Umgebung betreten hatte, in der sie kein Recht hatte zu sein. „Nach zwanzig Minuten dort drin hatte ich jede Hoffnung verloren, diesen Teil unserer Sexualität zu erkunden."

„Oh, Süße." Zoe legte eine Hand auf Cassies Schulter. „Du kannst den Lifestyle nicht anhand eines zwielichtigen Clubs beurteilen."

Cassie fuhr gedankenlos mit ihrem Finger durch den Ring aus Kondenswasser, den ihr Glas auf der Theke hinterlassen hatte. Die Zeit hatte die Erinnerung an diesen Abend nicht verblassen lassen. Es war der erste bedauerliche Moment ihres Ehelebens gewesen. Einer, der eine fortlaufende Reihe von verheerenden Ereignissen ausgelöst hatte.

„Es wird noch schlimmer", murmelte sie. „Unser Apartment war eine halbe Autostunde entfernt, also beschloss ich die Toilette zu benutzen, bevor wir aufbrachen. T.J. ebenfalls. Es war das erste Mal, dass er von meiner Seite wich, worüber er nicht gerade glücklich war. Er sagte mir, sobald er fertig sei, werde er direkt vor der Tür zur Damentoilette warten, und dass ich mit niemandem sprechen solle, solange wir getrennt sind."

Sie starrte auf die polierte Bar, während sich die Erinnerung vor ihrem inneren Auge abspielte. T.J. war blass vor Sorge gewesen, was das Adrenalin in ihren Adern auslöschte und durch Angst ersetzte. Er hatte ihre Oberarme umklammert und wiederholt betont, sie dürfe mit niemandem sprechen. Nicht einmal mit den Frauen.

Sie hatte genickt und getan, was er verlangte, hatte die leere Damentoilette betreten und die Einrichtungen so schnell benutzt wie möglich. Sie war im Begriff gewesen die Toilettenspülung zu betätigen, als das Schwingen der Eingangstür ankündigte, dass jemand anderes hereingekommen war. Sobald sie ihre Handtasche an sich gepresst hatte, hatte sie die Kabinentür geöffnet, bereit, ihren Kopf gesenkt zu halten, während sie ihre Hände wusch, um anschließend umgehend an T.J.s Seite zurückzukehren.

„Ein Mann war mir auf die Toilette gefolgt." Es war einer der jüngeren Männer, etwa Ende zwanzig, vermutete sie. Groß und hager, mit dem Glanz eines durch Drogen hervorgerufenen Highs in den Augen. „Zuerst dachte ich, er sei vielleicht orientierungslos. Dass er die falsche Toilette gewählt habe. Doch er war keineswegs schockiert, als er mich aus der Kabine kommen sah. Er hatte gewusst, dass ich da drin war."

Sie sah ihn lebhaft vor ihrem inneren Auge. Er hatte öliges, blondes Haar und eine scharfkantige, vogelähnliche Nase. Seine Augen, hellblau und wild, hatten keinerlei Emotionen gezeigt. Er hatte keine charakteristischen Narben gehabt, nur ein permanentes Stirnrunzeln in seinem Gesicht. An seine Boxershorts erinnerte sie sich jedoch am deutlichsten. Vermutlich, weil das Bild seiner Erektion, die gegen den Schritt drückte, ihr immer noch die Übelkeit in den Hals steigen ließ.

„Ich lächelte leicht nervös, als ich auf das Waschbecken zuging, um mir dir Hände zu waschen. Ich witzelte darüber, dass er im falschen Waschraum sei. Obwohl etwas in mir schrie, dass ich weglaufen sollte, wollte ich mich nicht zum Narren machen, falls er wirklich einen Fehler gemacht hatte." In ihren Ohren rauschte es, ihr Geist war in der Erinnerung versunken. „Er machte keine Anstalten zu gehen. Stattdessen kam er auf mich zu. Und wieder tat ich nichts. Ich verleugnete immer noch, was ganz offensichtlich passierte. Ich dachte nicht, dass ein Mann jemals versuchen würde, mich an einem öffentlichen Ort zu verletzen, wenn mein Ehemann im Waschraum nebenan war."

Es war zu unverfroren gewesen, um wahr zu sein. Niemand konnte so dumm sein. Niemand außer ihr offensichtlich. „Er fing an zu reden, fragte lallend, was meine Pläne für den Abend seien. Er wollte wissen, wieso ich dort war. Ob ich mit meinem derzeitigen Liebhaber unzufrieden sei, da T.J. offensichtlich nicht in Stimmung war."

Sie hatte sich die Hände gewaschen und im Spiegel verfolgt, wie er sich weiter näherte. „Er hatte uns beobachtet. *Mich.* Und meinen erbärmlichen Versuch T.J. einen zu blasen." Obwohl sie sich dadurch schmutzig gefühlt hatte, war immer noch keine konkrete Gefahr vorhanden, nur ihre Intuition, die sie anschrie zu verschwinden. „Ich versicherte ihm, ich sei aus Neugierde dort und habe beschlossen, mich nicht länger für den Lifestyle zu interessieren. Ich ging auf die Tür zu, doch er trat vor mich und versperrte mir den Weg."

Er hatte augenscheinlich über ihre Worte nachgedacht, während sein Blick ihren Körper von Kopf bis Fuß auf eine Weise taxierte, wie sie es noch nie zuvor erlebt hatte. „Ich wollte nicht schreien. Ich hatte bereits angefangen mir selbst die Schuld zu geben. Wäre ich nicht dorthin gegangen, hätte dieser Mann keinen falschen Eindruck von mir bekommen. Er dachte, ich sei leicht zu haben, und das war ich nicht. Ich versuchte ihm gut zuzureden, ihm zu versichern, dass ich nicht in den Hauptbereich zurückkehren würde."

Seine Augen waren leer gewesen, eisblaue Iriden, die eine ebenso leere

Seele widerspiegelten. Der erste Schritt, den er auf sie zugegangen war, hatte sie erkennen lassen, dass sie handeln musste. Es war endlich in ihr Bewusstsein vorgedrungen. Er war eine Bedrohung, der sie entkommen musste. „Ich bin nicht interessiert." Sie hatte ihr Kinn gereckt und ihn böse angestarrt, während in ihrem Kopf zu viele Gedanken umherschwirrten, um zu begreifen, was zu tun war. Sollte sie versuchen ihn zu verletzen? Sollte sie weglaufen? War T.J. direkt vor der Tür, wie er es versprochen hatte, oder war ihm auch etwas zugestoßen? „Ich werde schreien."

„Hey." Zoes Hand lag wieder auf Cassies Rücken und rieb in beruhigenden Kreisen darüber. „Du bist jetzt in Sicherheit."

Cassie versuchte den Alptraum abzuschütteln, aber er kam immer näher. „Viel mehr ist nicht passiert." Sie wollte nicht noch einmal erleben, wie seine Hand unter ihren losen Rock gekrochen war, um den String von ihr zu reißen. Erst danach hatte sie es geschafft zu schreien. „Ich rief um Hilfe, und einen Augenblick später war T.J. da. Mein Mann war nicht wiederzuerkennen, seine Miene war vor Angst und Wut verzerrt, als er den Mann niederstreckte und begann, dessen Gesicht mit seinen Fäusten zu bearbeiten. Wieder und wieder. Als der Bastard auf dem Boden aufhörte sich zu bewegen, betraten weitere Leute die Toilette."

Cassie begegnete abwechselnd den verstörten Gesichtern der beiden Frauen, die von ihrer Geschichte gefesselt waren. „Sie mussten T.J. von ihm runterzerren." Er war rasend vor Wut gewesen. „Er brüllte, während sie ihn aus dem Etablissement schleiften. Seine Stimme war dermaßen laut, als er verlangte, losgelassen zu werden, und schrie, sie sollten die Hände von mir nehmen, als sie mich hinter ihm herzogen. Ihre gierigen Hände berührten mich an Stellen, die ich lieber vergessen würde."

Sie erinnerte sich nicht daran, wie sie in das Apartment zurückgekommen waren, überhaupt waren die Erinnerungen an alles danach wie Fotos. Schnappschüsse. Sie hatte auf dem Duschboden gesessen, ihre Knie an ihre Brust gepresst, während das Wasser über ihren Körper strömte. Die Dunkelheit des Zimmers, als sie im Bett lag, während sie hörte, wie sich T.J. im Badezimmer übergab. Der verhaltene Flug nach Hause. Und die Stille, die sie beide in den folgenden Wochen geteilt hatten.

„Er wollte die Polizei rufen. In der Nacht fuhr er sogar zu einer nahegelegenen Polizeistation. Aber ich konnte es nicht tun." Sie kniff kurz die Augen zu. „Es gab so viele Gründe meinen Mund zu halten. Ich hatte mich in diese Lage gebracht. Ich war dumm gewesen. Ich weiß, das entschuldigt nicht, was passiert ist. Allerdings konnte ich auch keine öffentliche Untersuchung riskieren. Meine Familie wäre zutiefst erschüttert gewesen. Ich hätte meinen Job verloren oder wäre durch die Abscheu der anderen dazu gedrängt worden zu gehen. Doch der entscheidende Faktor war das *Vault of Sin*. T.J., Leo und Brute sind loyale Männer. Ich wollte nicht, dass sie in Erwägung zogen, ihre Pläne für den privaten Teil des Clubs aufzugeben, um meine Ehre zu wahren. Also habe ich T.J. gesagt, ich würde nicht wollen, dass jemand davon erfuhr. Nicht die Polizei, nicht die Familie und definitiv nicht unsere Businesspartner."

Sie hatten nie mit jemandem darüber gesprochen, was passiert war. Auch T.J. hatte den Abend die letzten zwölf Monate fast nie erwähnt. Dennoch weigerte sie sich, sich jetzt schuldig zu fühlen, weil sie den Mund aufgemacht hatte. Wenn es ihr dabei half, ihre Ehe zu retten, würde sie jedes kleinste Detail preisgeben, zum Teufel mit ihrem Stolz und ihrem Ruf.

„Dieses Arschloch verdient es, erschossen zu werden", zischte Shay.

Cassie senkte ihren Kopf. „Ja. Es war nicht die beste Erfahrung, die ich je gemacht habe. Andererseits hatte ich Glück, dass T.J. mich gerettet hat. Es war nur nicht genug für ihn. Er gibt sich die Schuld, und ich glaube, dass das, was passiert ist, ihn mehr erschüttert hat als mich. Nach diesem Abend habe ich ihn nie wirklich zurückbekommen."

Er hatte sie wochenlang nicht mehr ansehen können. Er konnte sie nicht berühren, ohne dass sich seine Augen verklärten, weil er sich erneut in seinen Schuldgefühlen verlor. Seiner Meinung nach lastete das Versäumnis, vorher den Club nicht recherchiert zu haben, allein auf seinen Schultern, und er war nicht gewillt, sie einen Teil der Verantwortung übernehmen zu lassen. Er betrachtete es als seine eigene Schwäche, weil er der Versuchung erlegen war, ihr etwas Neues zu zeigen. Er genoss es, ihr Sexleben zu bereichern, und konnte es sich nicht verzeihen, sich unvorbereitet hineingestürzt zu haben.

„Es verging ein Monat, bevor er auf der Couch zu schlafen begann mit der Begründung, er wolle mich mit seiner Rastlosigkeit nicht wachhalten. Aus einer Nacht wurden alle Nächte, bis ich bemerkte, dass im Gästebett geschlafen wurde. Sechs Monate später zog er aus."

„Ich muss meinen Kopf freibekommen. Nur für ein paar Tage. Vielleicht eine Woche."

An dem Tag, als er ihr gemeinsames Haus verließ, war er ungewöhnlich aufgewühlt. Als hätten ihn die monatelangen Schuldgefühle eingeholt, und sie wollte ihn auf keinen Fall noch mehr verletzen, indem sie ihn zum Bleiben überredete.

„Ich weiß nicht, was ich sagen soll", flüsterte Shay.

Cassie schaute sie an und verzog das Gesicht angesichts des Kummers, der ihr entgegenblickte. „Es gibt nichts zu sagen. Ich wollte nicht glauben, dass es ihm mit der Scheidung ernst ist, aber nach heute Abend ist mir klar, dass er die Vergangenheit nicht hinter sich lassen kann. Er hat mich noch nie zuvor so wütend angesehen."

Sie nippte an ihrem Wein und fühlte sich unbehaglich in der Stille mit den beiden Frauen, die praktisch Fremde waren. Nur das Geplapper der Menschen war in der Ferne zu hören, bis Schritte von der Treppe zum *Vault* hochhallten und immer lauter wurden.

„Schnell", sagte Shay, „setz die Perücke wieder auf. Die Maske auch."

Cassies Herzschlag beschleunigte sich zu einem rasenden Tempo. Obwohl T.J. wusste, dass sie hier war, wollte sie nicht, dass jemand anderes es herausfand.

Während Shay sich aufrichtete und Zoe sich zur Treppe wandte, brachte Cassie das falsche Haar wieder in Position und schob die Maske an ihren Platz. Sie war immer noch dabei, die verirrten Haarsträhnen zu glätten, die in seltsamen Winkeln abstanden, als die Schritte verstummten.

„Ladies." Leos honigsüßer Ton machte sie nervös. „Es scheint ein Missverständnis zu geben, dem ich auf den Grund gehen muss." Erneut ertönte das Geräusch seiner Schuhe auf dem Boden, die immer näherkamen. „T.J. ist überzeugt, dass jemand ein Callgirl bezahlt hat, um ihn zu verführen."

Was? Cassies Blick schwang zu Shay, in der Hoffnung, etwas Klarheit zu gewinnen, während sie ihrem Geschäftspartner weiter den Rücken zukehrte.

„Hattest du nicht gesagt, er wüsste, dass du hier bist?", fragte Zoe flüsternd.

Das stimmte. T.J. hatte ihren Namen geflüstert, als sie sich küssten. Kurz bevor er sie zum Gehen aufgefordert hatte.

„Shay." Der Name war ein tiefes, maskulines Knurren. „Bitte sag mir, dass du nichts davon weißt. Ich habe T.J. versichert, meine bezaubernd süße Freundin sei nicht so dumm, ihren Job zu riskieren, um bei sowas mitzumachen."

Shay stieß ein nervöses Kichern aus. „Liebling, du sagst die nettesten Dinge, aber dein Tonfall sagt mir, dass du mich nicht für so süß hältst."

„Ja", knirschte er. „Ich sollte daran arbeiten."

Shay schlenderte um die Bar herum und auf Leo zu. Cassie drehte sich auf ihrem Hocker um und hielt ihr Gesicht im Schatten ihrer Haare verborgen, als Shay vor ihrem Freund stehenblieb und sich vorbeugte, um ihm etwas ins Ohr zu flüstern.

Als das leise Wispern ihrer Worte seine Wirkung entfaltete, schoss Leos kritischer Blick zu Cassie. Sein Stirnrunzeln vertiefte sich, und die Falten wurden mit jeder Sekunde mehr, bis Shay zurücktrat.

„Was geht hier vor sich?" Leo näherte sich, die Hände in die Taschen gesteckt in dem vergeblichen Versuch, nonchalant zu wirken.

Zoe rutschte auf ihrem Hocker zur Seite, bis ihre Knie Cassie berührten. „Wenn du jetzt verschwinden willst, ohne weitere Fragen zu beantworten, sag es mir einfach. Ich begleite dich nach draußen. Du musst nicht mit ihm sprechen. Wir können woanders hingehen, um darüber zu reden."

Wir. So ein einfaches Wort, und doch löste die Freundschaft dahinter eine explosionsartige Wärme in Cassies Körper aus. „Danke, aber ich denke, er verdient es zu wissen, wieso ich unten eine Szene verursacht habe."

Zoe neigte ihren Kopf. „Es ist deine Entscheidung."

Cassie nahm ihre Maske ab und überprüfte im Spiegel an der Wand hinter der Bar ihr Spiegelbild. In absehbarer Zukunft würde sie keine Schönheitspreise gewinnen, und selbst ohne die Maske war sie kaum zu erkennen.

Sie stieß sich vom Hocker und straffte ihre Schultern, dann trat sie Leo gegenüber, einem Mann, den sie schon oft getroffen hatte, aber nicht gut genug kannte, um vorherzusehen, wie er reagieren würde. Sie schenkte ihm ein trauriges Lächeln und zog ihre Perücke ab, wodurch das blonde Haar darunter freigelegt wurde.

Er sah sie aus zusammengekniffenen Augen an, sein Blick musterte erst ihr Gesicht, dann wanderte er nach unten, bis zu ihren in High Heels steckenden Zehen.

„Falsche Nägel." Sie legte die Perücke auf die Bar und wackelte mit den Fingern. „Künstliche Bräune." Mit einer fließenden Handbewegung wies sie auf ihren Körper. „Kontaktlinsen." Sie zeigte auf ihre Augen. „Alles unecht."

„Oh, Shit." Seine Stimme war kaum hörbar. „Cassie? Bist das wirklich du?"

Sie nickte bedauernd. „Hi, Leo."

Herr im Himmel. Er massierte seine Stirn und begann, auf und ab zu laufen. „Ich muss es ihm sagen."

„Nein." Cassie ging rasch auf ihn zu, ihre Absätze klackerten hektisch über den Boden. „Warte." Sie packte seinen Arm, als er sich umdrehte, um zu gehen. „Was meintest du damit, als du sagtest, T.J. würde denken, dass jemand ein Callgirl bezahlt hat?"

„Genau das, was ich sagte, Cass. Er ist da unten, prügelt sich fast mit Brute, weil er glaubt, dass die Frau, mit der er rumgeknutscht hat, eine Prostituierte ist."

Cassie schüttelte den Kopf. „Er sagte meinen Namen. Er wusste, dass ich es bin."

Leo sah zu ihr hinunter und schien ihre Gedanken zu lesen, obwohl nicht einmal sie selbst sie verstand. „Du kannst da hineininterpretieren, was immer du willst, aber er ist da unten und denkt, er hätte seine Frau betrogen. Er hat keine Ahnung, dass du hier bist."

„Hat er nicht?" Sie fühlte sich wie ein Papagei und wiederholte die Worte immer wieder in ihrem Kopf. Aber wenn er nicht wusste, dass sie hier war, wieso hatte er dann ihren Namen gesagt? „Er muss an mich gedacht haben." Ein Lächeln stahl sich auf ihre Lippen. Ein schwaches, fast kraftloses Lächeln, das ihr leidendes Herz mit Hoffnung füllte.

Dann traf es sie wie einen Peitschenhieb. Er mochte an sie gedacht haben, seinem Wissen nach hatte er jedoch eine andere Person geküsst. Er hatte sie hintergangen … mit ihr.

„Cassie, es tut mir leid, ich weiß, dass du leidest." Leo strich mit seinen Fingerknöcheln über ihre Wange. „Aber du musst gehen. Ich kann mich nicht daran beteiligen, nicht nur, weil er mein Businesspartner ist, sondern, weil er in erster Linie mein Freund ist."

„Und mein Ehemann." Sie schluckte über die Trockenheit in ihrer Kehle hinweg und ließ seinen Arm los. „Ich werde alles tun, um ihn zurückzubekommen."

„Wir werden uns gemeinsam einen neuen Plan überlegen", bot Shay an.

„Shay", warnte Leo. „Ich will davon nichts hören."

„Dann geh, Süßer."

Seine ozeanblauen Augen verdunkelten sich verächtlich. „Du verstehst das nicht. T.J. dreht völlig durch. Er ist außer sich. Ich habe ihn noch nie so verstört gesehen."

„Das könnte zum Vorteil für Cassie sein." Der Klang von Zoes Schritten näherte sich. „Wenn es noch eine emotionale Verbindung gibt, muss es doch einen Weg geben, die Scheidung aufzuhalten."

„Ihr beide müsst euch da raushalten", knirschte Leo. „Wir dulden kein Drama im Club. Egal, wer darin verwickelt ist. Das heute Abend war schon schlimm genug. Das einzige, was dich rettet, Cass, ist die Tatsache, dass er nicht weiß, dass du es warst."

Sie hatte nicht die Absicht gehabt, Drama zu verursachen. Sie hatte nicht einmal geplant, ihn zu verführen. Das war ein Bonus. Einer, der ihr einen Tritt in die Eier verpasst hätte, wenn sie welche gehabt hätte. „Ich entschuldige mich für das Chaos, das ich verursacht habe. Ich kann ihn nicht einfach gehenlassen. Ich weiß, er liebt mich noch immer."

Leo neigte den Kopf. „Das weiß ich auch."

Moment, was? „Tust du?"

„Ja." Sein Tonfall war tröstlich, obwohl ein Stirnrunzeln sein Gesicht zierte. „Du verstehst nicht, was unten vor sich geht. Ich war die letzten zehn Minuten mit ihm im Waschraum verschanzt. Er plaudert Geheimnisse aus und rastet völlig aus. Es ist offensichtlich, dass er dich liebt."

Ein erster echter Hoffnungsschimmer. Sie hatte begonnen, ihre Überzeugung von T.J.s Zuneigung anzuzweifeln. Nun war ihr Vertrauen erneuert worden. „Er hat euch von dem anderen Club erzählt." Es war keine Frage. Sie konnte Verständnis in seinen Augen sehen.

Er nickte und schenkte ihr ein düsteres Lächeln. „Er erwähnte es. Unter anderem. Und um ehrlich zu sein, verstehe ich seine Gründe für die Scheidung. Vielleicht ist es so am besten."

Der magere Hoffnungsschimmer zersprang und hinterließ ein hohles Gefühl in ihrer Brust. Es waren nicht Leos Worte. Es war das Mitleid in seiner Miene. Der völlig fehlende Glaube an jegliches Glück in ihrer Zukunft.

„Wieso?", fragte Shay anklagend. „Eine schlechte Entscheidung sollte keine Ehe beenden. Wie konnte er sie nach dem, was passiert ist, verlassen? Wenn überhaupt, sollte er sich dafür schämen, nicht zu ihr zu halten. Er hat sie verlassen, als sie ihn am meisten brauchte."

Leo senkte den Kopf. „Er bereut es bitter. Aber hier geht es nicht um einen einzigen Fehler. Es gibt noch weitere andauernde Probleme, die zu seiner Entscheidung geführt haben."

„Andauernde Probleme?" Cassie streckte die Hand aus, auf der Suche nach Halt, nach irgendetwas. Dann ließ sie den Arm wieder an ihre Seite fallen. „Sag es mir. Wenn da noch mehr ist, verdiene ich es, davon zu erfahren."

„Ich bin nicht bereit mich einzumischen." Kapitulierend hielt er seine Hände hoch. „Nicht mehr, als ich es schon habe."

Ein sengender Schmerz durchflutete Cassies Herz. Je mehr sie nach Antworten verlangte, desto undurchsichtiger wurde alles. Es konnte nicht noch weitere Gründe für die Scheidung geben. Sie weigerte sich, das zu glauben. Sie waren beide glücklich und zufrieden gewesen, oder etwa nicht?

„Nun, vielleicht sind da Dinge, die ich auch nicht mehr für dich tun will", gurrte Shay.

Leo drehte sich zu seiner Freundin und warf ihr einen selbstbewussten Blick zu, der seinen Unglauben signalisierte. „Du musst dich da raushalten."

Shay verschränkte die Arme vor der Brust. „Während ich mich da raushalte, wirst du dich ebenfalls aus etwas raushalten." Ein verwegenes Grinsen hob ihre Mundwinkel. „Aus meiner Pussy."

„Danke für die Erläuterung, Sweetheart. Ich hätte sonst nicht gewusst, was du meinst." Er rollte mit den Augen und drehte sich mit einem Achselzucken zurück zu Cassie. „Hör zu, es ist dein Leben und deine Ehe. Ich werde dir nicht vorschreiben, was du zu tun hast. Aber ich muss T.J.s Entscheidung respektieren." Er ergriff ihre Hand, küsste ihre Fingerknöchel und ließ sie genauso schnell wieder los. „Ich hoffe, du findest eine Lösung."

Er ging davon, seine schweren Schritte hallten durch den Club, bevor er hinter der Tür verschwand, die nach unten führte.

„Also, wie machen wir jetzt weiter?" Shay trat in Cassies Blickfeld.

„*Wir* machen gar nicht weiter." Die beiden Frauen waren wundervoll. Ohne dazu animiert werden zu müssen, hatten sie sich mit ihr angefreundet und versucht, sie nach der Demütigung unten wiederaufzubauen. „Vielen Dank, dass ihr beide so nett zu mir seid. Ich weiß das zu schätzen."

Es war an der Zeit zu gehen. Ihr Kopf war voller Nebel, ihr Herz von den unzähligen emotionalen Hieben entzweigerissen. Sie musste dringend nach Hause und ihre Wunden lecken. Sehen, ob sie sich erneut aufraffen und auf das Schlachtfeld zurückkehren konnte, nachdem sie jetzt keinerlei Vorstellung mehr hatte, wer oder was ihr Feind war.

„Hör nicht auf ihn." Shay deutete mit einer Hand auf die Tür, hinter der Leo verschwunden war. „Was auch immer passiert, er wird darüber hinwegkommen."

„Shay, vielleicht solltest du dich *wirklich* raushalten." Zoe stellte sich neben Cassie. „Ich werde helfen, wo ich kann."

„Nein." Cassie ging zur Bar und schnappte sich die Perücke vom Tresen. Sie zog sie erneut über und starrte ihre Reflektion im Spiegel an, sofort versucht, sich den Juckreiz von der Kopfhaut zu kratzen. „Ihr solltet euch beide da raushalten. T.J. zu unterwandern ist das Letzte, was ich will."

Sie wandte sich um und schenkte ihnen ein unechtes Lächeln. „Ich schaffe das schon."

Zoe kam näher und half ihr, die Perücke wieder in Position zu bringen. „Hast du einen Plan?"

Sie schüttelte den Kopf. Sie hatte gar nichts. Anscheinend kannte sie nicht einmal den wahren Grund, wieso T.J. die Scheidung wollte. „Ich habe Entschlossenheit. Und fürs Erste ist das alles, was ich brauche."

KAPITEL ZEHN

*D*rei Tage später war Cassie immer noch wie betäubt, als sie vom Supermarkt nach Hause fuhr. Sie hatte jeden wachen Moment damit verbracht zu grübeln, was ihre Scheidung notwendig gemacht haben könnte, wenn es nicht der Vorfall im Sexclub war. Sie fand keine Antwort darauf. Hatte nicht einmal eine Ahnung. Und schlimmer noch, sie hatte auch keinen neuen Plan, wie sie T.J. zurückgewinnen konnte.

Wenigstens bekam sie wieder etwas herunter. Ihre Appetitlosigkeit war von einer Fressattacke abgelöst worden, und gegenwärtig war ihr Auto voller Junkfood.

Bald würde sie akzeptieren müssen, dass ihr Ehemann nicht mehr zurückkam. Ganz gleich, wie sehr er sie noch immer liebte. Sein Dickkopf würde siegen, und sie würde schlussendlich allein zurückbleiben.

Sie bog in ihre Straße ein und nahm beim Anblick eines unbekannten Autos in ihrer Einfahrt den Fuß vom Gaspedal. Sie neigte nicht dazu, bei fremden Fahrzeugen in ihrer Auffahrt besorgt zu reagieren, doch nachdem T.J. sie mit der Scheidung überrascht hatte, war sie skeptisch Fremden gegenüber, die zu Besuch kamen.

Ihre Finger glitten über die Fernbedienung für die Garage und drückten den Knopf, der das Tor öffnete. Als sie das Fahrzeug zu ihrer Linken passierte, erhaschte sie einen flüchtigen Blick auf langes, dunkles Haar. Eine Frau. Großartig. Vielleicht würde die heutige Überraschung aus einer schwangeren Geliebten oder einer eifersüchtigen Freundin bestehen.

Sie brachte den Wagen zum Stehen, griff nach ihrer Handtasche und umklammerte sie in einem vergeblichen Versuch sich Mut zuzusprechen. Mit hoch erhobenem Kinn und vor Erschöpfung schweren Gliedern stieg sie aus dem Fahrzeug. Sie zwang sich ein Lächeln auf die Lippen und trat auf Höhe des Kofferraums ihres Wagens einer wunderschönen Brünetten gegenüber.

Die Gesichtszüge der Frau wurden von der *Sinner*-Baseballmütze auf ihrem Kopf überschattet, ihr lockeres T-Shirt und ihre kurzen Shorts offenbarten eine beneidenswerte Figur.

„Shay?" Cassie blinzelte in die Sonne.

„Ich sehe anders aus, wenn ich etwas anhabe, nicht wahr?" Shay lächelte und ließ damit die wohltuende Freundschaft von Donnerstag wiederaufleben. „Genau wie du."

„Was machst du denn hier?"

„Ich bin eigentlich gar nicht hier. Ich bin im Fitnessstudio." Ihr Lächeln wurde breiter. „Ich wollte sehen, wie es dir nach neulich Abend geht."

Cassie verzog das Gesicht bei der schmerzhaften Erinnerung und entschied sich, das Thema umzulenken. „Möchtest du auf einen Kaffee reinkommen?"

„Liebend gerne."

Cassie ignorierte die Einkaufstaschen auf ihrem Rücksitz und führte Shay ins Haus. Die Frau war umwerfend, ihr Gesicht im Tageslicht noch freundlicher. Der verschmitzte Glanz in ihren Augen entfachte in ihr ein beunruhigendes Gefühl der Vorahnung.

„Wie sieht der Schlachtplan aus?" Shay rieb ihre Hände aneinander und lehnte sich in dem Esszimmerstuhl zurück.

„Es gibt keinen Plan." Jedenfalls noch nicht, und ihr lief die Zeit davon. „Ich dachte, du sollst dich nicht einmischen."

„Es scheint, als hätte ich ein Problem mit Autorität. Wenn man mir sagt, dass ich etwas nicht tun soll, macht es mir das im Normalfall unmöglich, mich fernzuhalten. Und außerdem törnt es mich total an, wenn Leo sauer wird."

„Hat er dir gesagt, wo ich wohne?" Leo auf ihrer Seite zu haben, wäre ein Schritt in die richtige Richtung. Was immer T.J. auch durchmachte, er brauchte seine Freunde, und wenn diese Freunde ihre Bemühungen ihn zurückzugewinnen unterstützten, würde es ihr Leben einfacher machen.

„Ich darf nicht verraten, wie ich an diese Information gekommen bin. Sagen wir einfach, ich wäre in großen Schwierigkeiten, wenn dein Mann oder mein Freund es herausfänden."

Cassie nickte und versuchte ihre Enttäuschung zu verbergen.

„Und wie geht es jetzt weiter? Ich hatte gedacht, wir würden uns Samstagabend im Club wiedersehen."

„Nein. Ich habe kein Interesse daran, den gleichen Fehler zweimal zu machen." Ihr erster Versuch ihrem Mann näherzukommen war gescheitert. „Ich habe mich am Freitag auf die Suche nach einem Rechtsbeistand gemacht, um gegen die Scheidung anzukämpfen. Jeder, den ich angerufen habe, war optimistisch, mein Geld zu nehmen, um dann im Vergleich mehr Vermögen für mich zu erzielen, aber das ist nicht das, was ich will. Ich will meinen Mann. Ich will meine Ehe. Das konnte niemand nachvollziehen."

Cassie starrte ausdruckslos in ihren Kaffee und sah nichts außer T.J. vor ihren Augen. „Die einzige Möglichkeit, das Verfahren zu stoppen, ist, ihn davon zu überzeugen, seine Meinung zu ändern, und ich bin nicht mehr sonderlich zuversichtlich, dass mir das gelingt."

„Hey." Shays Stimme war kraftvoll. Nachdrücklich. Sogar ein bisschen sauer. „Du darfst nicht aufgeben."

Cassie hob ihren Blick und wurde mit der Entschlossenheit in Shays grimmigen braunen Augen konfrontiert. „Ich will nicht aufgeben. Aber irgendwann werde ich es müssen. Ich weiß, dass er einen Fehler macht, und eines Tages wird auch er das erkennen. Ich bin nur nicht sicher, wie lange ich zu kämpfen bereit bin, während ich darauf warte, dass er es einsieht. Ich habe ein Jahr meines Lebens verloren, in dem ich auf die Rückkehr in unsere perfekte Ehe gewartet habe." Sie schluckte schwer. „Wann ist es mir erlaubt aufzugeben?"

„Noch nicht, so viel ist sicher. Du musst dich mehr anstrengen."

Cassie seufzte. „Ich weiß nicht, ob ich das kann. Es tut zu sehr weh." Am schlimmsten war es nachts, wenn sie allein in ihrem Bett lag, mit nichts als den Decken, um sie zu trösten.

„Es wird noch mehr wehtun, wenn es keine Hoffnung mehr gibt. Die Scheidung ist noch nicht endgültig."

„Nein, aber er hat eine andere geküsst. Zumindest glaubt er das. Er geht schon seiner Wege."

Shay beugte sich vor und forderte damit Cassies volle Aufmerksamkeit. „Er quält sich herum. Er will mit niemandem reden. Was auch immer der Kuss für ihn bedeutet, ist nichts Gutes, das versichere ich dir. Ich glaube, er hasst sich selbst dafür."

Cassie verzog das Gesicht. Sie wollte sich nicht über sein Leiden freuen, aber ein kleiner Teil von ihr tat es. Etwas in ihr entflammte zu neuem Leben in dem Wissen, dass er genauso unglücklich war wie sie. „Was kann ich tun?"

Ein verstohlenes Grinsen umspielte Shays Lippen. „Du hast neulich angedeutet, dir würde ein Teil des Unternehmens gehören. Dass du ein Partner seist. Stimmt das?"

Cassie hob langsam die Schultern. „Ich bin stille Teilhaberin. T.J. und ich teilen uns ein Drittel des Unternehmens. Ich habe meinen eigenen Vollzeitjob behalten, weil wir nicht sicher waren, ob der Club und das Restaurant erfolgreich sein würden."

„Bist du gesetzlich verpflichtet eine stille Teilhaberin zu bleiben?"

„Nicht, dass ich wüsste." Cassie zog ihre Worte in die Länge, nicht sicher, wohin das Gespräch führen sollte. „Es wurde nie wirklich besprochen. Zumindest nicht zwischen T.J. und mir. Ich bin nicht sicher, was mit Leo und Brute abgemacht ist." Ein Schauer lief ihr über den Rücken, als sich Shays Lippen zu einem hinterhältigen Lächeln kräuselten. „Wieso? Woran denkst du?"

„T.J. versucht sich vor jeglichen Gedanken und Erinnerungen an dich abzuschotten. Er hasst es, an seine Ehe erinnert zu werden. Ich bin sicher, er versucht, dich aus seinem Kopf zu bekommen, damit er neu anfangen kann."

„Fantastisch", sagte Cassie gedehnt. Der Gedanke versetzte ihr einen Stich. Sie würde ihn nie aus ihrem Kopf bekommen. Mit der Zeit konnte sie den Schmerz vielleicht mit ein oder zwei Affären betäuben, doch er würde immer in ihrem Herzen sein. Er würde immer ein wichtiger Teil ihres Lebens bleiben.

„Lass mich ausreden." Shay hielt eine Hand hoch. „Teilhaberin zu sein bedeutet, du kannst deinen rechtmäßigen Platz als Managerin des Clubs beanspruchen. Sag ihm, dass du nicht länger eine stille Partnerin sein willst. Verlange eine Position innerhalb des Unternehmens."

Cassie schüttelte den Kopf. „Das kann ich nicht. Er hat mir bei der Scheidung im Tausch gegen meinen Anteil ein beträchtliches Vermögen hinterlassen. Bald werde ich überhaupt kein Recht mehr haben, dort zu sein."

„*Bald*. Aber jetzt noch nicht. Die Scheidung ist noch nicht rechtskräftig. Du hast noch ein paar Wochen Zeit, oder?"

„Ja …" Sie weigerte sich die Tage herunterzuzählen.

„Weißt du, die Wirtschaft ist momentan nicht besonders gut. Die Arbeitslosigkeit ist auf einem Allzeithoch." Shay schnappte theatralisch nach Luft und hielt sich die Hand vor den Mund. „Oh mein Gott, Cass, was würdest du tun, wenn du deinen Job verlieren würdest? Du hättest keine andere Wahl. Du müsstet mit deinem Mann arbeiten, zumindest bis du eine andere Einkommensquelle gefunden hast."

„Du willst, dass ich meinen Job kündige?" Auf *gar keinen* Fall. Es verzehrte sie danach, ihre Ehe zu retten, aber so hinterhältig war sie nicht.

Shay zuckte die Achseln. „Wie sehr willst du deinen Ehemann zurück?"

Ihr Handy klingelte auf der Küchentheke und kündigte eine eingehende Nachricht an … oder vielleicht honorierte es einen erfolgsversprechenden Einfall. Sie stand auf, um sich in Richtung des Geräts zu schleppen, und nahm es in die Hand. „Sie werden ablehnen. Nicht nur T.J., auch Brute und Leo. Keiner von ihnen wird mich dort haben wollen. Sie werden kämpfen, damit ich keinen Fuß in ihren Club setzen darf."

„Es ist euer Club", stellte Shay klar. „Und überlass Leo mir. Ich habe Mittel und Wege, um ihn dazu zu animieren zu kooperieren."

Cassie lächelte halbherzig. „Bleiben noch zwei übrig."

„Zu unserem Glück geht Brutes Herzlosigkeit in beide Richtungen. Wenn er denkt, dass es in T.J.s bestem Interesse ist, verheiratet zu bleiben, wird er dich unterstützen." Shay rollte mit den Augen. „Nicht, dass er sich die Mühe machen würde, es zu zeigen. Ich muss ihn nur davon überzeugen, dass T.J. keine Scheidung will. Was er wirklich braucht, ist ein Tritt in den Arsch."

Bei Shay klang es so einfach, und vielleicht war es das für eine Frau wie sie auch. Cassie war nicht so begeistert davon, Entscheidungen zu treffen, die andere verletzen oder verärgern würden. Es war eine Sache, T.J. aus seiner Komfortzone zu drängen, um ihn zurückzugewinnen. Es war etwas ganz Anderes, seine besten Freunde gegen ihn aufzubringen und sich in ihren Betrieb zu drängen.

„Ich weiß nicht …" Sie entsperrte ihr Handy, weil sie Zeit zum Nachdenken brauchte, und hielt beim Anblick von T.J.s Namen auf dem Bildschirm den Atem an.

„Kann ich heute vorbeikommen?"

„Was gibt's denn?"

Cassie wurde erst bewusst, dass sie lächelte, als sie Shays Blick begegnete. „Es ist T.J. Er will vorbeikommen."

„Warum?" Shay runzelte die Stirn.

„Ich weiß es nicht. Ich schätze, um zu reden. Vielleicht hat er seine

Meinung geändert." Das war ihr erster Gedanke und der, an den sie sich klammern würde. Ihr Herz flatterte bereits, ihr Unterleib wurde von Sehnsucht erfüllt.

„Frag ihn." Shay stand auf und ging auf sie zu. „Stell keine Vermutungen an. Vor allem nicht, wenn die Alternativen schmerzhaft sein könnten. Du musst dich zusammenreißen. Bleib stark."

Cassie wollte über die möglichen Gründe für seine Nachricht nicht nachdenken. Sie würde positiv bleiben. Das musste sie. „Also, was soll ich antworten?"

„Gib her." Shay nahm Cassie das Telefon aus der Hand und begann zu tippen. „So."

„*Warte*. Noch nicht abschicken." Sie schnappte sich das Gerät zurück und las die Nachricht, die Shay bereits versendet hatte. „*Wieso? Ich habe viel zu tun heute und dachte, du hättest dir schon alles von der Seele geredet.*"

Herrgott nochmal. „Er wird wissen, dass das nicht von mir kommt. So habe ich noch nie mit ihm geredet." Sie war keine Unruhestifterin wie Shay.

„Er muss wissen, dass du nicht seelenruhig abwartest und jede Minute damit verbringst, einen Weg zu finden ihn zurückzubekommen. Er ist—"

„Aber das tue ich." Dass ihr Mann dachte, sie würde die Vergangenheit hinter sich lassen, war das Letzte, was sie wollte. Es würde ihm nur einen weiteren Vorwand geben, das Gleiche zu tun.

„Dass er das nicht weiß, kann unserer Sache nur helfen. Kämpf mit harten Bandagen. Wenn er denkt, du wärst beschäftigt, wird er sich fragen, mit wem. Zumindest bis wir herausfinden, was er will."

Das Geräusch einer eingehenden Nachricht ertönte erneut in ihren Händen.

„*Es muss nicht heute sein. Ich will nur meine Sachen abholen und sie dir aus dem Weg schaffen.*"

„Es ist schlimm, oder?", fragte Shay.

Schlimm. Entsetzlich. Niederschmetternd. Cassie schluckte, entschlossen, das Kribbeln in ihrer Nase nicht in Tränen ausarten zu lassen. „Er ist bereit, all seine Habseligkeiten abzuholen."

Es waren seine Shirts, die sie durch die einsamen Nächte brachten. Sein Duft haftete noch immer an dem Stoff. Die weiche Baumwolle half ihr dabei, die Fantasie zu erwecken, er wäre immer noch da. Immer noch in ihrem Ehebett. Was würde sie ohne die steten Erinnerungen machen?

„Du hast Recht", murmelte Cassie. „Ich muss auf schmutzige Tricks zurückgreifen. Wenigstens bis das hier vorbei ist."

„Also wirst du im *Shot of Sin* arbeiten."

Cassie reckte ihr Kinn und begegnete dem unheilverkündenden Ausdruck in Shays Augen. „Ja. Ich werde meinen Job kündigen."

KAPITEL ELF

"*W*ar heute nicht ein schöner Tag?"

T.J. hob eine Braue bei Shays ungewöhnlich heiterer Stimme. „Bist du high?"

„Nein." Sie grinste. „Nur froh, am Leben zu sein."

Nicht high, aber sie führte eindeutig nichts Gutes im Schilde. Niemand sollte froh darüber sein, an einem Donnerstagabend an der *Shot of Sin*-Bar festzustecken, wenn man es normalerweise entspannt angehen lassen und im *Taste of Sin* aushelfen würde. Sie beide waren für eine Privatparty zu einem einundzwanzigsten Geburtstag einer verwöhnten Göre mit zu viel Geld eingeteilt worden. Keines der Kids hatte Manieren, und T.J. war überzeugt, dass keines von ihnen noch stehen würde, wenn die Uhr Mitternacht schlug. Entweder würde ihnen der Alkoholhahn abgedreht werden, weil sie es mit dem Konsum übertrieben, oder sie würden infolge eines Verstoßes aus dem Club geschmissen werden.

„Weißt du", begann sie und schaute ihn nachdenklich an, „dieser Ort braucht eine weiblichere Note. Meine Magie, all die übermännlichen Einflüsse zu übertönen, ist begrenzt."

„Dem Club geht es prima, Shay." Er übergab einen Himbeer-Wodka an eine Frau, die viel zu jung erschien, um legal trinken zu dürfen. „Unten ist ebenfalls alles in Ordnung, genau wie im Restaurant."

Sie zuckte mit den Schultern. „Es war nur ein Gedanke."

Wenn sie nur ihre Gedanken für sich behalten könnte, wäre das Leben süß. Nun, nicht unbedingt zuckersüß, aber viel besser, als wenn sie sich über seine persönlichen Probleme ausließ. „Ich sehe mal nach dem Restaurant. Ich bin später wieder zurück."

Er schritt um die Bar herum, in die kleine Menschengruppe hinein und schnitt eine Grimasse, als ihre Stimme erneut an seine Ohren drang.

„Solltest du nicht gerade ein Meeting mit Leo und Brute haben?"

Verwirrt drehte er sich zu ihr um. Sie konzentrierte sich mit gerunzelter Stirn auf ihre Armbanduhr.

„Jepp." Sie sah zu ihm auf. „Ich bin sicher, Leo sagte neun Uhr abends."

„Das ist das erste Mal, dass ich davon höre."

Ein fester Klaps traf seine Schulter, bevor Brute ihn umrundete. „Was für ein Meeting? Ich sehe dich schon viel zu oft."

T.J. runzelte die Stirn, als Leo an seiner anderen Seite vorbeilief. „Ich habe um kein Meeting gebeten."

Er sah von Brutes finsterer Miene zu Leo, der mit den Achseln zuckte, bevor er seinen Fokus auf Shay lenkte. Die Barkeeperin wischte den Tresen ab und gab vor, ihr Gespräch zu ignorieren. Er hatte das ungute Gefühl, dass sie mehr darüber wusste, was vor sich ging, als er. „Shay?"

Sie hob ihren Blick, und die Zuversicht darin schwand, als sie den Mund öffnete. „Ja?"

Sein Hörsinn schärfte sich, blendete die Musik des DJs und das Geplapper der Trinkenden aus, um sich auf das sexy Klackern der Absätze zu konzentrieren, das sich von hinten näherte. Leo und Brute sahen beide auf dieselbe Stelle hinter seine Schulter und ihre Mienen spannten sich beinahe unmerklich an.

„Guten Abend, Gentlemen."

T.J. schloss beim Klang von Cassies Stimme die Augen. Er drehte sich nicht um, machte sich nicht einmal die Mühe, ihrem Blick zu begegnen, als sie sich neben ihn stellte.

„Danke, dass ihr euch mit mir trefft."

„Du hast das arrangiert?" Brute verschränkte die Arme vor der Brust – seine übliche Abwehrhaltung.

„Oh." Cassie atmete hörbar ein und erhob ihre Stimme, um gegen die Menschen anzukommen, die um sie herum tanzten. „Habe ich meinen Namen etwa nicht unter die E-Mail gesetzt? Verdammt, ich hätte schwören können, ich hätte es getan."

Unwissenheit vorzutäuschen sah ihr nicht ähnlich. Sie war nicht dumm, und das wussten sie alle. Er wollte sie darauf ansprechen, nur konnte er seinen Mund nicht öffnen, ohne dass dabei Worte aus ihm herauspurzelten, die seiner unerschütterlichen Position widersprechen würden, die er in Bezug auf ihre Scheidung aufrechtzuerhalten versuchte.

„Ich hoffe, es macht dir nichts aus, dass ich deine E-Mail-Adresse benutzt habe, T.J., ich habe keinen eigenen Businessaccount und musste mich so schnell wie möglich mit euch in Verbindung setzen."

„Natürlich nicht", knirschte er, immer noch nicht in der Lage sie anzusehen. Er hatte begonnen mit dem Schmerz zu leben, von ihr getrennt zu sein. Wenn er ihrem liebevollen Blick begegnete, würde er von vorne anfangen müssen. Kaum verheilte Wunden wieder aufreißen.

„Was können wir für dich tun, Cassie?", fragte Leo.

Sie seufzte, und der feminine Laut drang in seine Ohren und jagte einen Schmerz durch seine Brust.

„Ich habe meinen Job verloren."

T.J.s Herz sank und schließlich drehte er sich zu ihr um. Sie wirkte nicht bestürzt, obwohl ihre Position im Hotel sie früher mit Stolz erfüllt hatte. Stattdessen war sie wunderschön, ihr blondes Haar hing über ihren Schultern, ihr schwarzer Rock zeigte Beine, die er so gerne mit seinen eigenen verflochten hatte. Sie hatte einen entschlossenen Glanz in den Augen und ihr Selbstvertrauen war ihrer perfekten Körperhaltung anzusehen.

„Da die Scheidung in die Wege geleitet ist und mein eigenes Einkommen jetzt nichtexistent ist, habe ich meine Position als stille Teilhaberin überdenken müssen."

Sein Herz pochte, hämmerte. In seinem Kopf schwirrten zahllose Gedanken, als er versuchte sich zusammenzureimen, was als nächstes von ihren schönen Lippen fallen würde.

„Ich habe Tage damit verbracht, meine Optionen zu überdenken, und bin jedes Mal zum gleichen Schluss gekommen. Ich habe keine andere Wahl, als hier zu arbeiten. Zumindest bis ich einen anderen Job finde."

Niemand sagte ein Wort. Er war sich nicht sicher, ob seine Freunde aus Fassungslosigkeit schwiegen oder darauf warteten, dass er die Beherrschung verlor und sie einschreiten konnten. So oder so befand er sich in gefährlichen Gewässern, unfähig, zuzulassen, dass Cassie sich zurück in sein Leben schlich, aber auch außerstande sich von ihr abzuwenden, wenn sie Hilfe brauchte.

„Was für ein Zufall", kicherte Shay. „Ich habe T.J. vor ein paar Minuten erzählt, wie dringend wir hier einen weiblichen Touch brauchen."

Er starrte Shay finster an. Die selbstgefällige Art, mit der sie seinem

Blick begegnete, während sie weiterhin die Gäste an der Bar bediente, ließ seinen Blutdruck steigen.

„Shay", sagte Leo warnend.

„Es ist nicht für immer." Cassies Stimme war lieblich und irgendwie tröstlich. „Ich suche bereits nach einer neuen Anstellung. Nur geht es in meinem Berufsgebiet gerade langsam voran."

„Ich gebe dir das Geld", knirschte T.J. Er würde ihr alles geben, jetzt und auch nach der Scheidung, sie brauchte nur zu fragen. Was er ihr nicht geben konnte, war Zugang zu seinem Leben. In ihrer Nähe zu sein, ohne sie berühren oder schmecken zu dürfen, würde seine ohnehin schon brüchige Beherrschung in Stücke reißen.

„Nein", beharrte sie. „Ich nehme dein Geld nicht. Ich muss meine Unabhängigkeit wiedererlangen."

Er rührte sich nicht, wollte nicht einmal mit einer Hand durch seine Haare fahren, weil es seine zitternden Finger offenbart hätte.

„Ich finde, das ist eine großartige Idee", rief Shay von der Bar und ging zum gegenüberliegenden Ende, um das Geburtstagskind zu bedienen. „Willkommen im Team."

T.J.s Nasenflügel bebten. Leo war ebenfalls nicht begeistert. Er funkelte seine Freundin böse an, seinen Kiefer störrisch angespannt, während Brute sein übliches Desinteresse an den Tag legte.

„Wann willst du anfangen?", fragte Leo.

„Tatsächlich habe ich mich darauf eingestellt, heute Abend die Grundlagen zu lernen. Seit ich das letzte Mal hier war, hat sich im Club viel verändert, und ich dachte, ich könnte mich die nächsten Stunden neu einarbeiten."

Unter T.J.s Auge begann es nervös zu zucken. Er wusste genau, wo Cassie hinwollte, und das würde er nicht zulassen. Nicht, wenn er nicht mit ihr zusammen sein konnte. Das *Vault of Sin* war ein Ort des Vergnügens, und er könnte sie niemals mit dorthin nehmen, ohne ihr nicht jeden Wunsch zu erfüllen.

Es war sein sexuelles Begehren gewesen, sie mit dem Club vertraut zu machen. Der Welt zu zeigen, wie hinreißend und empfänglich sie war – die perfekte Ehefrau. Er war nicht der Typ zu prahlen. Doch er hatte sich immer den Moment vorgestellt, an dem er sie nach unten begleiten würde und die Gäste mit eigenen Augen sehen konnten, wie viel Glück er hatte.

„Vielleicht ein andermal." Vorzugsweise, wenn er tot und begraben war. „Geh nach Hause. Wir werden uns überlegen, wie wir damit umgehen werden."

„Ich fürchte, du verstehst mich nicht." Sie drehte sich zu ihm. „Es ist auch mein Unternehmen. Ich habe bei all euren Entscheidungen ein Mitbestimmungsrecht."

Brute räusperte sich. „Lasst uns das nicht zu einem Problem machen. Ich führe sie herum. Sie kann an ruhigen Abenden an der Bar im Restaurant arbeiten oder bei der Buchhaltung helfen. Keine große Sache."

T.J. hielt seinen Blick auf sie gerichtet und wünschte, er könnte die stumme Drohung ignorieren, die tief im unschuldigen Hellblau ihrer Augen verborgen lag. „Sie wird nicht nach unten gehen."

„Es gibt keinen Grund über mich zu sprechen, als wäre ich nicht hier. Wir können uns diesbezüglich beide wie Erwachsene verhalten."

„Können wir das?" Er hob eine Braue. Sie benahm sich nicht wie sie selbst. Anfangs hatte er es an der Art bemerkt, wie sie am Sonntag auf seine Nachricht geantwortet hatte. Ihre Trotzhaltung war ihm fremd. Er war an die süße, fürsorgliche, atemberaubende Cassie gewöhnt. Die Frau vor ihm war jemand anderes, jemand mit einem boshaften Lächeln. „Du wirst nicht da runter gehen, solange du hier bist."

„Das hier ist auch mein Betrieb. Wohin ich gehe und was ich tue, geht dich nichts an, solange ich meine Arbeit mache."

Er stieß ein hämisches Lachen aus. Sie irrte sich. Sie würde ihn immer etwas angehen – heute, morgen und in zwanzig Jahren. Das war das Problem. Er konnte sie nicht gehenlassen. Doch er versuchte es. Jeder Zentimeter von ihm litt jeden einzelnen Tag in seinem Bemühen sie loszulassen. Wenn sie hier arbeitete, würde er von dem Bedürfnis verzehrt werden in ihrer Nähe zu sein . Er würde seinen Versand verlieren. Daran bestand kein Zweifel.

Er löste seinen Blick von ihrem und schaute abwechselnd Brute und Leo an. „Sie darf nicht da runter gehen, hört ihr mich?"

Er wartete nicht auf eine Antwort. Er wandte sich um und machte sich auf zu seinem Büro im Obergeschoss, so weit von Cassie weg wie möglich. Es gab viele Dinge, zu denen er im Moment fähig war – Wahnsinn, schwerer Körperverletzung, Mord –, was er nicht konnte, war so tun, als würde er sie nicht von ganzem Herzen lieben.

Cassie hatte zu viel zu verlieren, wenn sie zusammenblieben. Sie mochte es nicht wissen, aber er würde sich umbringen, um die Fehler seiner Vergangenheit wiedergutzumachen.

~

Cassies Wangen schmerzten von dem falschen Lächeln, das sie die letzten drei Stunden auf ihr Gesicht geheftet hatte. Sie war nervös und ihr war übel, weil sie T.J. schlecht behandelt hatte. Manipulation war nichts, was sie gutheißen konnte, und das Einzige, was sie dortbleiben ließ, war das Wissen, dass sie T.J. unter die Haut gegangen war.

„Ich würde gerne das Kellergeschoss sehen." Sie wartete darauf, dass der Kopf ihres Mannes zu ihr hochruckte.

Sie stand schon seit einigen Minuten in der Tür zum Büro im Obergeschoss und hatte beobachtet, wie er lediglich an dem massiven Eichentisch saß, einen Laptop vor sich. Er war in Gedanken versunken und hatte sich nicht bewegt, seitdem sie sein Versteck gefunden hatte. Er blinzelte kaum, während er auf den Bildschirm starrte, dessen Schein sich auf seinem attraktiven Gesicht widerspiegelte.

„Nicht heute Abend." Seine Stimme war leise, erreichte kaum ihre Ohren.

„Wieso nicht? Ich würde es gerne sehen." Sie trat in den Raum. Er war absolut perfekt – sein Gesicht glattrasiert, seine Haare gestylt wie üblich, sein Anzug makellos. Er hatte sich von seinem Fehltritt am Donnerstag erholt und steckte nun ihre Scheidung ohne große Mühe weg, während ihr sogar das Atmen schwerzufallen schien. „Brute sagte, er führt mich gerne herum."

Sein Blick hob sich langsam zu ihrem, seine Augen wuterfüllt. „Das ist nicht verhandelbar."

Sie schnaubte. Wer war dieser Mann? Er hatte die Bedingungen für ihre Scheidung diktiert, und obwohl sie weitestgehend zu ihren Gunsten ausfielen, nahm sie es ihm übel, dass er nicht in der Lage gewesen war, irgendwas davon zuerst mit ihr zu besprechen. Und nun schrieb er ihr vor, wohin sie gehen durfte und wohin nicht?

„Du hast Recht." Sie behielt ihren freundlichen Tonfall bei, nicht bereit, sich von Frustration, Schmerz, Wut und Kummer leiten zu lassen. „Ich *werde* da runtergehen. Das ist nicht verhandelb—"

Sein Stuhl flog zurück, und das raue Schaben über die Holzdielen versetzte ihr Herz in einen schnellen Rhythmus. „Treib es nicht zu weit, Cassie", sagte er über den Schreibtisch gebeugt, bevor er sich aufrichtete und schwer atmend auf sie zu schritt. „Ich sagte Nein."

Sie hatte Angst – dass sie ihn weiter von sich trieb statt zurück in ihre Arme. Dass er anfing sie zu hassen anstatt zu erkennen, wie sehr er sie liebte. Dass ihr Plan nach hinten losging und sie sich ihr eigenes Grab schaufelte. Doch seine Wut war weitaus erfreulicher, als wenn er ihre Existenz ignorierte.

„Warum bist du so dagegen, dass ich da runter gehe? Der Teil des Clubs ist heute Abend nicht einmal geöffnet. Er ist leer. Es ist ja nicht so, als wäre ich verheiratet und würde ohne die Anwesenheit meines Partners einen Sexclub betreuen."

Sein Kiefer spannten sich an, seine Hände ballten sich zu Fäusten. „Du hast gesagt, du hättest kein Problem damit, dass ich da unten arbeite."

„Und das hatte ich auch nicht." Nicht bis er sie mit dem Ende ihrer Ehe konfrontiert hatte. „Du hast also kein Recht zu sagen, dass ich nicht runtergehen kann, wenn gerade niemand dort ist. Wenn ich nicht einmal die Szenen miterleben kann, mit denen du mich heiß gemacht hast. Oder all das Vergnügen erfahren kann, das du mir einmal versprochen hast. Ich gehe da runter, T.J., ob es dir gefällt oder nicht." Je mehr er sich weigerte, desto mehr wollte sie ihn unter Druck setzen, in der Hoffnung, er würde nachgeben.

„Nicht jetzt, Cassie."

Die rohe Wildheit in seiner Stimme, als er ihren Namen sagte, schnürte ihr vor Kummer die Kehle zu. „Wann dann?"

Wehmut flackerte über seine Züge und verriet ihr, dass es nie einen passenden Zeitpunkt geben würde. Sie wusste nicht, was sein Problem war. Es war ein leerer Sexclub. Wieso beharrte er darauf, dass sie die heiligen Mauern nicht betreten durfte? Konnten es Schuldgefühle sein? Noch mehr deplatzierter Schutzinstinkt? Oder wollte er den Club für sich alleine beanspruchen und versuchte, den verruchten Bereich nicht durch seine Ehefrau beflecken zu lassen, damit er leichter über sie hinwegkommen konnte?

„Ich weiß es nicht."

Sie lächelte traurig und zuckte mit den Schultern. „Nun, ich denke, jetzt ist der perfekte Zeitpunkt. Und ich bin sicher, ich muss dich nicht daran erinnern, dass ich immer noch Miteigentümerin bin, sodass deine Erlaubnis nicht erforderlich ist." Sie drehte sich um und schlenderte die wenigen Schritte zur Tür. „Ich werde mit Brute runtergehen, sobald die private Party vorbei ist."

Als sie die Türschwelle erreichte, hatte er immer noch nicht geantwortet und brach ihr damit erneut das Herz, weil er so schnell aufgehört hatte zu kämpfen. Was er tat, ergab für sie keinen Sinn mehr. Sie konnte ihn nicht mehr durchschauen. Konnte seine Gedanken oder Handlungen nicht mehr vorhersehen, nachdem seine Liebe einst eine Kraft gewesen war, auf die sie sich immer hatte verlassen können.

Mit hängendem Kopf betrat sie den Flur. Keine Tränen flossen, obwohl der Schmerz sie verzehrte. Sie war ausgeweint. Der Damm würde nicht erneut brechen. Tränen würden nichts in Ordnung bringen, das konnte nur sie selbst. Warum zum Teufel war sie dann nicht in der Lage den Mann zu verstehen, den sie besser kannte als sich selbst?

„Cass …"

Sie hielt inne und straffte ihre Schultern, während das dumpfe Dröhnen der Musik im Erdgeschoss um sie herum pulsierte.

„Tu mir das nicht an", flehte er. „Ich habe dir das Auto, das Haus und den Hund gegeben. Lass mir das *Vault*. Gib mir nur diese eine Sache."

Ihre Kehle schnürte sich zu, ihr Herzschlag beschleunigte sich, bis das rhythmische Pochen schmerzhaft wurde. „Ich tue dir das an?" Sie schwang herum und hoffte, die Wut in ihren Adern deckte sich mit ihrem Gesichtsausdruck. „Wie kannst du es wagen? Du brichst mir das Herz, stellst mein Leben auf den Kopf und erwartest, dass ich dir einen Gefallen tue? Und das mit derselben Art von Etablissement, das unsere Ehe zerstört hat? Mein Gott, T.J., wer zum Teufel bist du?"

Er stand in der Tür, unfähig, ihr in die Augen zu sehen, dann öffnete er den Mund, um etwas zu sagen.

„Nein." Sie hob eine Hand und stoppte ihn. „Vergiss es. Ich gehe mit Brute nach unten. Du kannst deinen verdammten Club haben, sobald die Scheidung rechtskräftig ist. Bis dahin gewöhnst du dich besser daran, dass ich gehe, wohin ich will."

Statt zu streiten, wie sie es erwartet hatte, trat er zurück, verschwand im Büro und schloss die Tür hinter sich.

Zum Teufel mit ihm.

Je mehr sie stritten, desto mehr stellte sie infrage, was sie tat. Seine ungewohnten Reaktionen ließen sie die Ehe anzweifeln, die sie einmal gehabt hatten, ebenso wie T.J. im Allgemeinen. Bislang hatte sie geglaubt, er könne ihre Erinnerungen an sie als Paar niemals trüben. Jetzt war sie sich da nicht mehr so sicher. Er war im Begriff, alles zu beschmutzen. Ihre Liebe. Ihr gemeinsames Glück.

Shay lag falsch. Ihm nahe zu sein hatte ihr nicht die Oberhand verliehen. Es hatte den gegenteiligen Effekt. Denn nun glaubte sie langsam, dass die Scheidung genau das Richtige für sie beide war. Vielleicht waren sie getrennt besser dran.

KAPITEL ZWÖLF

Cassie stellte die letzten Weinflaschen in den Kühlschrank unter der Bar und richtete sich auf. Shay und Leo begleiteten die letzten Gäste der Privatparty zum Clubeingang, während Brute neben ihr die schmutzigen Gläser von der Theke räumte.

„Bist du soweit?", fragte sie.

Er sah sie nicht an, hörte nicht auf, die Gläser zu einem hohen Turm zu stapeln, den er gegen seine Brust stützte. „Wo ist T.J.?"

„Immer noch oben."

Er nickte und stapelte weiter. „Wir warten noch einen Augenblick."

Cassie runzelte die Stirn. „Er kommt nicht, falls es das ist, worauf du wartest."

Er wischte im Vorbeigehen die Bar ab, gestapelte Gläser in einer Hand, das feuchte Tuch in der anderen, bis er den Geschirrspüler erreichte.

„Brauchst du Hilfe?"

„Nein. Leo und Shay können den Rest erledigen, wenn sie zurückkommen. Ich warte nur noch eine Minute."

„Worauf wartest du …" Sie verstummte, als oben ein dumpfer Knall ertönte, dann das schwere rhythmische Stampfen wütender Schritte.

„Darauf", brummte Brute. „Lass uns gehen." Er schloss den Geschirrspüler, kam um die Bar herum und führte sie zur verschlossenen Tür auf der gegenüberliegenden Seite des Clubs.

„Wartet." T.J.s Ruf schoss ihr den Rücken hinunter, bis in die Zehen.

Brute blieb nicht stehen, schaute nicht einmal über seine Schulter, also tat sie es auch nicht. T.J. würde sie nicht aufhalten. Das hier war ihr letztes Hurra. Der letzte Vorstoß, bevor sie für immer verschwand.

Sie holte ein ums andere Mal tief Luft, um sich zu beruhigen, während Brute das schwere Vorhängeschloss öffnete, das den Treppenzugang zum *Vault of Sin* sicherte.

„Wartet", grummelte T.J. „Ich komme mit."

Ihr Kopf schwang ruckartig herum, und ihre Augen verschlangen gierig den Anblick ihres Mannes, der auf sie zukam. Er war außer sich vor Zorn. Und all diese Wut und Feindseligkeit waren direkt gegen sie gerichtet. Falls er versuchte sie einzuschüchtern, scheiterte er kläglich. Ihr Körper hatte die gegenteilige Reaktion. Ihre Brustwarzen pulsierten, ihre Kehle war eng, ihre Lippen trocken.

„Bringen wir es hinter uns."

Ihr naives Herz flatterte. Ihr Verstand wusste, es hatte nichts zu bedeuten, dass er sie begleitete. Es war lediglich eine Kontrollmaßnahme. Trotzdem wurde sie von Erwartung erfüllt. Das hier war das erste und vielleicht auch das letzte Mal, dass sie mit ihm diese Treppe hinunterging. Was einst ein Wunschtraum gewesen war, war jetzt kaputte Realität, und dennoch würde sie dankend nehmen, was sie kriegen konnte.

Brute schwang die Tür auf und bedeutete ihr mit einem Armwinken einzutreten. Vor ihr lag Dunkelheit. Sie konnte die Treppe zu ihrer Linken erahnen, weil sie wusste, dass sie da war. Allerdings hatte sie keine Ahnung, wo der Lichtschalter war.

„Geh weiter", brummte T.J. und schob sich an ihr vorbei. Er schaltete das Licht ein und beleuchtete damit die Treppe, an die sie sich von Donnerstagabend erinnerte.

Hedonistische Bilder von Sex und Vorspiel säumten die Wände und ließen ihre Mitte pochen. Während sie die Treppe hinunterging, rieben ihre Schenkel aneinander, was ihre Erregung nur noch verstärkte und die Feuchtigkeit ihres Geschlechts ihr Höschen durchnässen ließ. Sie fragte sich, ob es T.J. interessieren würde. Oder wie er reagieren würde, wenn sie es ihm sagte. Und doch machte ihr der Gedanke es ihm zu sagen Angst. Insbesondere, weil sie sich mittlerweile anstrengen musste, ihren Mann wiederzuerkennen.

Seine große Gestalt war angespannt, sein Rücken kerzengerade, als er voranging, während Brute hinter ihr folgte. Es hätte einschüchternd sein können – ihr wütender Ehemann vor ihr, ein gnadenloser Mann hinter ihr –, und vielleicht war genau das ihre Absicht. Stattdessen weckte es

Fantasien, die sie umso mehr darauf brennen ließen, das *Vault* zu erkunden, wenn es voll besetzt war, diesmal ohne Verkleidung.

Als T.J. die unterste Stufe erreichte, streckte er seinen Arm aus und machte weitere Lampen an, die den Eingangsbereich sichtbar machten. Sie erhielt keine geführte Tour. T.J. beachtete die Türen nicht einmal, die zu den Schließfächern und dem Umkleideraum führten. Er stürmte vorbei, zu dem Tastenfeld, das am Ende des Flurs den Eingang zum *Vault of Sin* absicherte.

Er rammte in schneller Folge seinen Zeigefinger gegen vier Zahlen, dann gab das Panel einen ätzenden Piepton von sich. Er wiederholte es, diesmal noch ungestümer, und erntete im Gegenzug einen weiteren Piepton.

„Fuck."

Seine Hand zitterte, sein Kopf war nun gesenkt, Haare verdeckten seine Augen. Seine Verletzlichkeit verzehrte sie, spülte ihre Erregung fort und ersetzte sie durch das Bedürfnis, ihn beruhigen zu wollen. Er war nicht bloß wütend. Das wusste sie. Hinter seinem Groll verbarg sich Schmerz.

„Soll ich mal?", fragte Brute.

„Fick dich." T.J. richtete sich auf und ließ seinen Finger wieder über das Tastenfeld schweben. Diesmal gab er die Zahlen langsamer ein, dieselben vier Ziffern, die sie seit ihrer Kindheit auswendig kannte – eins, sechs, eins, null.

„Mein Geburtstag", flüsterte sie, als sich das Schloss mit einem Klick entriegelte. Er mochte sich gerade bemühen sie wegzustoßen, aber damals, als der Club eröffnet wurde, selbst nach dem Übergriff in Tampa, war sie das erste gewesen, woran er auf der Suche nach einem Sicherheitscode für den Sexclub gedacht hatte.

Kraftvoll zog er die Tür auf, hielt sie offen und sah ohne Emotionen auf sie herab, als sie in den Raum schlenderte und darum rang, ein Grinsen zu unterdrücken. Das erste flüchtige Bild unterschied sich von dem in ihrer Erinnerung. Der große Bildschirm, auf dem letztes Mal Pornos liefen, war schwarz. Verstummt. Der Raum war in steriles, fluoreszierendes Licht getaucht, anstelle der Beleuchtung der dimmbaren Lampen, die halfen, die richtige Atmosphäre zu erzeugen. Doch es war nicht das *Vault*, das sie interessierte. Es war T.J.s Reaktion. Er beobachtete sie, nicht wütend, nicht hämisch, sondern mit schmerzerfüllter Neugier.

Könnte sie ihn bloß mit dem Lob überschütten, das er für die Gestaltung eines so respektvollen, seriösen Umfelds verdiente. Ihr war durchaus bewusst, dass die Eröffnung des Clubs schwierig für ihn gewesen sein musste nach dem, was sie durchgemacht hatten. Und obwohl er sie nie mit nach hier unten gebracht hatte, war ein Teil von ihr in jedem Element des *Vaults*. Sie spiegelte sich in dem strengen Prüfungsprozess wider, der eingeführt wurde, um zu gewährleisten, dass die Teilnehmer aufrichtig und ehrlich waren. Sie spiegelte sich in den eleganten Möbeln und sauberen Laken wider. Sie befand sich im Herzen dieses Clubs, und er würde es nie über sich bringen, sie daraus zu entfernen.

„Hier bleiben die Frischlinge, bis sie sich sicher genug fühlen, mit den großen Kids zu spielen", sagte Brute gedehnt und zwängte sich an ihr vorbei.

Sie neigte den Kopf. „Die Idee gefällt mir."

Aus dem Augenwinkel heraus beobachtete sie weiterhin T.J. Seine Körperhaltung war verkrampft, sein Unbehagen sogar aus ihrem Augenwinkel ersichtlich. Als sie sich näherte, schritt er voran und ließ sie und Brute allein in dem kleinen Bereich zurück.

„Warum verhält er sich so?" Sie drehte sich zu Brute um.

Ihr Businesspartner hob eine Braue. „Vielleicht, weil er die Scheidung will, und du ihn nicht gehen lassen willst."

Sie presste ihre Lippen zusammen und verkniff sich eine Erwiderung bezüglich seiner Herzlosigkeit. In seinen Zügen war kein Mitgefühl zu sehen. Keine Güte. Keine Verärgerung. Nichts. Er war völlig emotionslos.

„Gutes Argument." Sie ging an ihm vorbei, in den offenen Hauptraum des *Vault of Sin*.

Alles war so arrangiert wie während der Maskeradenparty. Zu ihrer Linken befand sich eine Ecklounge, im vorderen Bereich lag die Bar und der Eingang zur Treppe, die zu dem um die Ecke gelegenen Parkplatz führte. Die Sexschaukel hing immer noch in der hinteren Ecke. Rechts von ihr stand ein riesiges Bett, und jeder Zentimeter des Raumes schrie nach verführerischer Verkommenheit, obwohl keine sich windenden Körper zu sehen waren.

Sie tat so, als nähme sie die Umgebung in sich auf, während ihr Fokus regelmäßig zu T.J. zurückkehrte, der mit dem Rücken zwischen zwei Hockern an der Bar lehnte. Er beobachtete sie mit Argusaugen. Verfolgte eingehend, wie sie alles in sich aufnahm, was ihre Erregung erneut entfachte.

„Mir gefällt die Sexschaukel", verkündete sie an niemand bestimmten gerichtet. „Ich nehme an, das Personal hat freien Eintritt." Es war ein Scherz. Ihr halbherziges Glucksen tat ihren Humor kund, den niemand erwiderte.

T.J.s Nasenflügel bebten, die Arme hatte er vor seiner Brust verschränkt. „Ich sterbe eher, bevor ich dich hier unten mitmachen lasse."

Sie schlenderte lächelnd auf die Bar zu, um die Distanz zwischen ihnen zu überbrücken. „Und wirst du mir den gleichen Respekt erweisen?" Sie hob eine Braue und versuchte, das Knurren in ihrer Stimme zu unterdrücken. „Oder ist es dafür schon zu spät?"

Er machte ein langes Gesicht. Ungetrübte Reue legte sich auf seine Züge. Seine Augen, vorher hart vor Verärgerung, füllten sich mit Niedergeschlagenheit. Dann, im Handumdrehen, hatte er seine Miene wieder im Griff, als er sich aufrichtete und die Achseln zuckte. „Soweit es mich betrifft, kannst du tun und lassen, was du willst, Cassie. Du wirst es nur nicht hier drin tun."

Er begegnete ihrem Blick und ihr ruhiger, sanfter Mann war nirgendwo zu sehen. Stattdessen starrte sie einen Mann an, der von Qualen erfüllt war, die sie nicht lindern konnte. Irgendetwas hatte ihn gebrochen. Wenn es nicht der Club in Tampa gewesen war, konnte sie nicht sagen, was es war. Und es machte ihr Angst über die Möglichkeiten nachzudenken.

„Genau mein Reden", murmelte sie. „Du hast die Frage nicht beantwortet."

Es war gemein ihn mit Schuldgefühlen zu quälen, die er nicht fühlen sollte. Mit Reue, die er nicht verdient hatte. Doch sie hatte nur sehr wenig Asse im Ärmel, und das Wissen, dass er am Donnerstag einen Fehler gemacht hatte, war eines davon.

„Ich schätze, ich sollte zufrieden sein." Sie packte die Sitze der Hocker, zwischen denen er stand, ihre Schuhe berührten sich beinahe. „Sobald die Scheidung endgültig ist, werde ich endlich all die Dinge erforschen können, die du mir einmal versprochen hast."

Er brach den Augenkontakt ab, sein Kiefer zuckte. Sein Brustkorb hob und senkte sich, sein Kinn war gereckt, bereit, ihren Angriff abzuwehren. Sie wich nicht zurück, verließ seinen persönlichen Bereich nicht. Sie konnte es nicht. Diese schroffe Seite von ihm machte Dinge mit ihrem Unterleib und mit Stellen, die viel tiefer lagen. Wenn er nur seinem Verlangen nach ihr nachgeben würde. Sie wusste, es war da, verborgen unter seiner Angst.

„Ich wünsche dir alles Gute bei der Suche nach dem, was du brauchst." Seine Worte waren wie eine Stahlklinge – tödlich, steril, kalt. Tief im Inneren wusste sie, dass er es nicht so meinte. Das war nicht möglich. Doch ihre Stärke ihn herauszufordern schwand angesichts seiner Gleichgültigkeit.

Sie spielten ein Spiel. Jeder schubste den anderen und wartete darauf, dass der Gegner aufgab. Entweder würde er seinem Verlangen nach ihr erliegen und das armselige Exemplar einer Scheidung widerrufen, oder sie würde sich seiner Herzlosigkeit beugen, zu verletzt, um weiter gegen ihn anzugehen.

„Macht es euch etwas aus, die Tour kurz zu unterbrechen, damit ich mich frisch machen kann?" Sie konnte ihre robuste Fassade nicht viel länger aufrechterhalten. Sie brauchte etwas Abstand. Ein paar Augenblicke, um sich zu sammeln, bevor sie mit neuem Elan zurückkehrte.

„Kein Problem." Sein Blick durchbohrte sie. Er konnte in sie hineinsehen und wusste, dass er den Krieg gewinnen würde. Und dem Anflug von Mitleid in Brutes Augen nach zu urteilen, wusste er es ebenfalls.

~

T.J. beobachtete, wie sie im Vorraum zu den Waschräumen verschwand. Er war schwach geworden, sein Blick hatte jede ihrer Bewegungen verfolgt, während sich seine Gefühle für sie wieder in den Vordergrund gedrängt hatten.

„Für jemanden, der vorher noch nie hier unten war, kennt sie sich wirklich gut aus", meinte Brute gedehnt.

T.J. riss seine Aufmerksamkeit von der Tür los und machte ein finsteres Gesicht. „Wie meinst du das?"

Achselzuckend tat Brute so, als wären seine Worte keine Bombe gewesen. „Ich habe ihr ganz sicher nicht gezeigt, wo die Toiletten sind."

Panik durchflutete ihn. „Sie kann doch ..." Es wäre unmöglich für sie gewesen, Zutritt ins *Vault* zu bekommen. „Du kümmerst dich um die Zutrittsangaben. Wie hätte sie ohne dein Wissen hier reinkommen sollen?"

Brutes Augen verengten sich. „Hör ich da einen Vorwurf in deinem Ton?"

Nein. Es war Rage. Wie zum Teufel war seine Ehefrau ohne seine Zustimmung ins *Vault of Sin* gelangt? Fragen nach dem Wie, Was, Wo und Wann überfielen ihn. War es vor Kurzem passiert? War es vor all den Monaten, als das *Vault* eröffnet hatte? Oder vielleicht war es vor ein paar Tagen auf der Maskeradenparty gewesen, auf der sie sich unter einer Verkleidung hatte verstecken und zusehen können, wie er ihr Eheversprechen verletzte.

„Wann?", fragte er durch zusammengebissene Zähne. „Wie konnte das passieren?"

265

Sein Mund wurde trocken, als er versuchte sich einen Reim darauf zu machen. Das *Vault* war abgeschlossen, wenn es nicht in Betrieb war. Mit einem Bolzenschloss. An Veranstaltungsabenden war nicht nur der Eingang im Erdgeschoss mit einem digitalen Alarm gesichert, die Tür im Obergeschoss und der Eingang zum Parkplatz waren zusätzlich mit Security besetzt. Wenn sie abgebrüht genug war, das *Vault* an einem Abend zu besuchen, an dem es geöffnet hatte, hätte sie den Genehmigungsprozess durchlaufen müssen – Fotos, Ausweis, den Check an der Tür. Es war unmöglich.

„Vielleicht hat sie wild drauflosgeraten, wo sie sein könnten." Er sah Brute hoffnungsvoll an.

Sein Freund hob eine Braue. Mehr war nicht nötig, um seinen Unglauben zum Ausdruck zu bringen.

Fuck. „Bestimmt war es Shay." Seit sie von seiner Scheidung erfahren hatte, war sie ihm auf den Wecker gegangen.

Brutes Blick verengte sich zu einer finsteren Miene. „Shay ohne Beweise zu beschuldigen wird dich nur in eine Welt des Schmerzes stürzen."

Als wäre er dort nicht bereits. „Um ihretwillen hoffe ich, dass ich mich irre."

Shay war eine Freundin, doch vor allem war sie eine Angestellte. Eine, die mehr Interesse an Klatsch zu haben schien als an den Pflichten ihres Jobs. Sie hatte zu viele Fragen über seine Scheidung gestellt. War ihm gefolgt wie Kaugummi, das an seinem Schuh klebte. Und als Cassie heute Abend aufgetaucht war, war Shay kein bisschen überrascht gewesen, als hätten sie das Wiedersehen gemeinsam geplant.

„Moment, verdammt nochmal." Er drehte sich zu dem Raum um, in dem seine Frau verschwunden war. „Shay hat Cassie noch nie getroffen. Wieso zum Teufel schienen sie sich dann zu kennen, als Cassie heute Abend aufgetaucht ist?"

Brutes Mundwinkel zuckten leicht, als er wiederholt die Schultern hob.

Mistkerl. Etwas ging hier vor sich, und es war an der Zeit, dass T.J. dem ein Ende setzte.

„Du mischst dich da besser nicht ein." Er zeigte mit einem bedrohlichen Finger auf Brutes Brust und stürmte davon, wild entschlossen die Antworten zu finden, ohne die er nicht leben konnte.

KAPITEL DREIZEHN

Cassie wusch sich gerade die Hände, als die Waschraumtür aufflog und mit einem ohrenbetäubenden Geräusch gegen die Wand schlug. Sie wandte sich um, aufgeschreckt durch ein Gefühl der Angst, das sie aus einer ähnlichen Situation noch gut in Erinnerung hatte, und blickte in die wütenden Augen T.J.s, der in der Türöffnung erschien.

„Du warst schon einmal hier unten."

Sie klappte ihren offenstehenden Mund zu und setzte eine neutrale Miene auf. *Durchatmen.* Sie analysierte seine Worte in ihren Gedanken in der Hoffnung, sich selbst davon zu überzeugen, dass sie aus Eifersucht und nicht aus Hass gesagt worden waren. „Ich weiß nicht, wovon du sprichst."

Seine große Gestalt näherte sich ihr langsam, seine Nasenflügel bebten, und zum ersten Mal wirkte er bedrohlich. „Du hast dich selbst verraten."

Sie drehte sich zum Waschbecken zurück und senkte den Kopf, während sie ruhig nach dem Handtuch griff und ihre Hände abtrocknete. „Was habe ich verraten?"

Er knurrte, ein tiefes Grollen in seiner Brust, das ihre Ohren liebkoste. Er stellte sich hinter sie, schnappte sich das Handtuch und warf es zurück auf den Tresen. „Sieh mich an."

Sie schluckte, dann richtete sie ihren Blick auf den Spiegel und den wütenden Mann, der daraus zurückstarrte. Einen Moment lang hatte sie Angst, nicht vor ihm, sondern davor, dass sich ihre Ehe mit jeder Sekunde mehr in ein verwüstetes Wrack verwandelte. Bald wäre sie nicht mehr zu retten. Bald wäre alle Hoffnung verloren.

Er packte ihr Handgelenk und drehte sie zu sich herum. Obwohl er höllisch wütend war, war sein Griff dennoch eine leichte, liebevolle Berührung seiner Finger. Sie sah zu ihm auf, erhaschte einen flüchtigen Blick auf die Traurigkeit in seinen Augen, bevor sein Blick auf die Stelle fiel, an der sie sich berührten. Er ließ sie los.

Emotionen flackerten über seine Züge – Herzschmerz, Sehnsucht, Verwirrung, bevor sie sich schließlich wieder in Wut verwandelten. „Antworte mir", knurrte er.

Sie schnaubte. „Soweit ich weiß, hast du mir nur Vorwürfe entgegengeschleudert. Mir ist noch keine Frage gestellt worden." Sie trat dicht an ihn heran und reckte ihr Kinn, sodass sie sich fast auf Augenhöhe gegenüberstanden. „Und selbst wenn du Antworten von mir verlangst, hast du kein Recht mehr auf sie. Ich gehe dich nichts mehr an."

„Spiel nicht mit mir, Cass." Er trat zwischen ihre Schenkel, kam ihr bedrohlich nahe.

Sie war noch nie immun gegen seine Dominanz gewesen. Außerhalb des Schlafzimmers waren sie ein ganz normales Paar. Nein, falsch. Außerhalb des Schlafzimmers waren sie ein beneidenswertes Paar, ihre Liebe für jeden offensichtlich, der sie zusammen erlebte. Hinter verschlossenen Türen änderten sich die Parallelen ihrer Beziehung. Er war nicht länger der Beschützer. Er war das Raubtier. Der Mann mit einem unersättlichen Verlangen nach ihr, einer Leidenschaft so animalisch, dass sie schweißgebadet aus bloßen Träumen davon erwachte.

„Ich kann es nicht ertragen, dich so zu sehen." Seine Nase rümpfte sich vor Abneigung. „Gehässigkeit steht dir nicht."

Gehässigkeit? *Gehässigkeit.* Konnte er nicht sehen, dass sie hier um ihr Leben kämpfte? Um seine Liebe?

„Ja?" Sie hob trotzig eine Braue. „Nun, ein Feigling zu sein steht dir auch nicht besonders."

„Ich bin kein Feigling, Cass."

„Hmm?" Sie verengte ihre Augen. „Wie würdest du es denn dann nennen? Du läufst vor einer perfekten Ehe davon. Du versteckst dich vor etwas, von dem du mir nicht einmal erzählen willst. Wenn das keine Feigheit ist, dann weiß ich es nicht."

„Es gibt vieles, was du nicht weißt."

„Weil du es mir nicht sagen willst." In ihrer Stimme lag ein Flehen.

„Es ist besser so. Du musst dich damit abfinden."

„Nein. Du musst dich damit abfinden, dass ich uns nicht aufgeben werde." Ihrem Tonfall mangelte es an Überzeugung. Genau wie ihrem Herzen. Sie konnte all das nicht viel länger ertragen. Für einen Mann zu kämpfen, der nicht mehr umkämpft werden wollte. Für eine Sache zu fechten, die bereits verloren war. „Solange ich nicht alle Antworten habe, kann ich nicht aufgeben. Ich brauche einen richtigen Schlussstrich." Sie ging auf ihn zu und legte ihre Unterarme auf seine Brust. „Sag mir, warum du unsere Scheidung brauchst. Sag mir, was sich geändert hat, wenn es nicht der Abend in Tampa war."

Sie fuhr sich mit der Zunge über ihre Unterlippe, konnte sich nicht davon abhalten, wenn er ihr so nah war. Ihr Mund sehnte sich nach ihm. Alles, was sie brauchte, war ein Kuss. Eine Verbindung. Der geringste Kontakt würde ausreichen ihn zu überzeugen, bei ihr zu bleiben.

„Du begehrst mich noch immer." Sie unterbrach ihren Blickkontakt nicht. „Ich glaube, das wirst du immer."

„Du hast Recht. Aber dass ich mich zu dir hingezogen fühle, stand immer außer Zweifel."

Seine Aufrichtigkeit brachte sie ins Straucheln. „Was ist es dann? Liebst du mich nicht mehr?"

Ihre Finger klammerten sich in sein Hemd und ihr Blick musterte seine Miene auf der Suche nach Antworten. Allmählich näherte sie sich dem Kern der Sache. Wenn sie wusste, wogegen sie ankämpfte, konnte sie sich besser wappnen und würde nicht länger im Dunkeln kämpfen.

„Tate, *bitte* sag es mir."

Sein Blick erweichte sich und seine Lippen teilten sich, als wollte er etwas sagen. Dann machte er die Schotten dicht und seine Stirn runzelte sich genervt, bevor er mit einem verächtlichen Lachen zurücktrat. „Fast hättest du mich gehabt."

Er schüttelte den Kopf, fuhr mit einer Hand über die dunklen Stoppeln seines Kinns. „Aber lass uns auf den eigentlichen Grund zurückkommen, wieso ich hier drin bin, ja?" Ihr Herz sank, sein bissiger Tonfall war zurück. „Sag mir, Cassie. Wann bist du ohne mich ins *Vault* gegangen?"

Wie zum Teufel hatte sie den Spieß einfach umdrehen können? Er konnte in ihrer Gegenwart nicht klar denken. Sie verwirrte ihn. Wechselte das Thema, ohne dass er es bemerkte. Er war nicht hier reingekommen, um dem emotionalen Flehen in ihren Augen zu erliegen. Er war hier, um Antworten zu erhalten.

„Wie bist du reingekommen?" Er versuchte kontrolliert zu wirken, auch wenn er sich langsam zurückzog, sich schrittweise von ihr entfernte.

Sie schnaubte. „Ich schätze, wir haben beide Fragen, die nicht beantwortet werden."

Entschlossen und energisch musterte sie ihn, was ihn beinahe in der funkelnden Pracht ihrer Überzeugung ertrinken ließ. Sie hatte unendliches Vertrauen in sie beide. In ihre Liebe. Und verdammt, es zerriss ihn innerlich in Stücke. Er wollte es ihr sagen, ihr die Wahrheit offenbaren und sie wissen lassen, dass er keine Scheidung *wollte*.

Er *brauchte* sie – um Cassie zu beschützen.

Er hatte sie verändert. Hatte eine wunderbar unschuldige Frau durch seine Wünsche und Begierden in eine talentierte Verführerin verwandelt. Wegen ihm war sie neugierig auf einen Ort wie den schäbigen Laden in Tampa geworden. Doch das war nur ein Teil seines Problems. Der Rest lag außerhalb seiner Kontrolle. Es gab so viel, das sie nicht wusste, und es ihr zu sagen, würde ihr nur noch mehr Schmerzen zufügen.

„Ich schätze, wir sind hier fertig." Sie hielt einen Moment inne, wartete auf Worte, die er nicht finden konnte. Mit einer übertrieben dramatischen Bewegung warf sie die Haare über die Schulter, drehte sich auf dem Absatz um und verließ das Badezimmer, während er in Verliebtheit versank.

Er konnte es nicht verhindern. Konnte nicht dagegen ankämpfen. Ganz gleich, wie viel Zeit sie getrennt verbrachten, er würde sie immer wollen. Immer brauchen. Darum betteln, zwischen ihren himmlischen Schenkeln sein zu dürfen und ihren Lippen verehrendes Gemurmel entlocken zu können. Betteln, um sie einfach zu halten. Ihr Trost zu spenden. Er würde all ihre gemeinsamen Jahre geben, wenn sie dadurch neu anfangen könnten. Er hatte keine Kontrolle über die Reaktionen seines Körpers auf Cassie. Seine Handflächen juckten danach, sie zu berühren, seine Lippen brannten beim Gedanken an einen Kuss.

Es hatte nie etwas Anziehenderes gegeben als die Liebe und Zuneigung, die er einmal in ihren Augen gesehen hatte. Doch hier und jetzt war der entschlossene Funke, den er in ihren Augen hatte lodern sehen, wie eine physische Streicheleinheit für seinen Schwanz.

Er joggte beinahe durch den Waschraum und schleuderte mit zu viel Kraft die Tür auf. „Wie bist du hier runtergekommen?" Seine Stimme war laut, fast ein Schreien. Er brauchte immer noch Antworten. Mehr noch, er brauchte ihre Nähe.

Sie blieb in der Mitte des Raumes am Fußende des großen Bettes stehen und stemmte eine Hand in ihre Hüfte. „Ich bin dir hinterhergegangen, weißt du noch?"

„Du weißt, dass ich nicht von heute Abend spreche." Er stapfte auf sie zu, ballte die Hände an seinen Seiten zu Fäusten, um nicht nach ihr zu greifen. „Sag mir, ob du schon einmal hier unten gewesen bist."

„Oder was?" Sie hob eine Braue. „Was tust du, wenn ich nichts sage?"

Er knurrte frustriert, das Grollen brannte von seiner Brust bis in seine Kehle. „Ich kenne die Antwort schon. Deine mangelnde Überraschung, als du heute Abend hier reingekommen bist, hat dich verraten. Ich war bis jetzt nur zu abgelenkt, es zu realisieren. Es hat keinen Sinn, die Wahrheit zu leugnen, Cass. Ich weiß, dass du hier unten warst."

Ihre Lippen formten sich zu einer verführerischen Kurve. „Vielleicht."

„Wer hat dich reingelassen?"

Die Kurve ihrer Lippen nahm zu. „Das geht dich nichts mehr an, erinnerst du dich?"

Eifersucht, schwer und mächtig, pulsierte durch seine Adern. „Cassie." Ihr Name vibrierte in einer tödlichen Kombination aus Wut und Kummer von seinen Lippen.

„Tate", ahmte sie ihn nach.

„Wann?" Das Bett war direkt neben ihm. Eine verlockende Möglichkeit sie auf die Matratze zu werfen und zu fesseln, bis er sich in ihrem suchterregenden Körper gesättigt hatte. „Hat dich ein Angestellter herumgeführt? War es Travis? Shay? Oder war es während eines Themenabends?"

„Warum willst du es so unbedingt wissen?" Sie genoss das hier. Aufregung lag in ihren Augen, in ihrem Schmunzeln. Er legte seine Karten offen. Zeigte ihr, dass er sich immer noch sorgte. „Warum, T.J.? Du hast deutlich gemacht, dass du mich nicht mehr liebst."

Er kniff seine Augen zu, nicht gewillt, in ihre Falle zu tappen. Er wollte es leugnen, ihr genau beschreiben, wie viel ihm ihre Liebe bedeutete. Aber er konnte es sich nicht leisten, heute Abend noch einen weiteren Schritt zurück zu machen.

„Du hast den Club ohne mein Wissen betreten. Ich will wissen, wie." Er öffnete die Augen und spähte auf sie herab, überbrückte mit einem Schritt die letzte Distanz zwischen ihnen. Sie hatte ihn in ihrer Gewalt. Jedes Glied, jeden Atemzug. Er konnte den Gedanken an sie hier unten ohne ihn nicht ertragen. Das Bedürfnis die Wahrheit zu kennen brannte wie Feuer in seinen Adern. Die Vorstellung von ihr inmitten der Clubbesucher war eine Qual.

„Bitte." Er fuhr mit den Fingern über ihren Kiefer, nahm sanft ihr Kinn und genoss es, wie ihre Augen zu flatterten. „Du bist absolut hinreißend, Cassie. Ich kann mir geradezu vorstellen, welche Wirkung du bei deinem Besuch auf die Stammgäste hattest."

Er glitt mit dem Daumen über ihr Kinn, streifte die empfindliche Haut direkt unter ihrem Mund. „War es so, Sweetheart? Bist du zum Spielen hergekommen? Hat Brute dich gesehen? Leo?"

Sie geriet in seinen Bann, ihre Lippen teilten sich sehnsuchtsvoll. Das Problem war, dass er ebenso wie sie von Verlangen zerfressen war. Sein Glied pulsierte, pochte in einem unaufhörlichen Gleichtakt mit seinem Puls.

Er fuhr mit einer Hand durch ihr loses Haar und legte die andere auf ihre Hüfte, höher und höher, bis seine Handfläche fast die Wölbung ihrer Brust erreichte. „Sag es mir", flüsterte er. „Wann warst du hier unten?"

Sie schüttelte den Kopf, verweigerte ihm ihre Gedanken, aber nicht ihren Körper. Ihr Kopf lehnte an seiner Hand, ihre Brust an seiner, und die Wärme ihres Unterleibs versengte seinen Schwanz.

Klarheit entglitt ihm, sein Kopf nun von Lustgedanken erfüllt, sein Körper verloren an die Aussicht auf Erlösung. Er beugte sich vor, strich mit seinen Lippen über die perfekte, glatte Haut unter ihrem Ohr und atmete ihr Parfüm ein.

„Sag es mir." Er war sich nicht länger sicher, wonach er fragte. Konnte sich nicht mehr erinnern, wieso er überhaupt hier war, spürte nichts als das Bedürfnis sie zu haben.

Ihre Hände legten sich auf seine Brustmuskeln. Das gierige Kratzen ihrer Nägel auf seinem Hemd trieb ihn in den Wahnsinn vor Verlangen. Es war mehr als zwölf Monate her, seit er sich in ihrem Körper verloren hatte. Mehr als 365 Tage. Eine Ewigkeit.

Sein Verstand wusste, dass es viel zu lange her war. Sein Glied wusste das auch. Es war sein Herz, das schmerzhafte Stechen in seiner Brust, das den Moment trübte und ihn daran erinnerte, dass er die Entscheidung getroffen hatte, dieses Vergnügen aufzugeben. Er durfte unter dem Gewicht der Anziehungskraft nicht nachgeben.

Doch er hatte aus einem Grund mit diesem Spielchen begonnen. Er brauchte nach wie vor Antworten. Er würde nachts nicht schlafen können, solange er nicht herausfand, wann sie hier gewesen war und was sie getan hatte. Er zog sich zurück, wartete, bis sich ihre Augen öffneten, bevor er ihr

Haar um seine Faust wickelte und es ihr damit unmöglich machte sich zu bewegen. „Ich will es wissen."

„Und ich will dich." Sie wanderte mit ihren Fingerspitzen seine Brust hinunter, über seinen Bauch, bis zum Schritt seiner Hose. Ihre Hand umfasste seinen Schwanz, während sie leise ein verlangendes Stöhnen von sich gab.

Er knurrte, hasste es, wie schwach sie ihn machte, und kämpfte gegen das Feuer ihrer Anziehungskraft an, während sie mit ihrer Nase über seine strich. *„Sag es mir."*

Er wartete nicht auf eine Antwort, von der er wusste, dass sie nicht kommen würde. Stattdessen presste er seinen Mund auf ihren und packte ihren Hinterkopf, um sie an Ort und Stelle zu halten. Er teilte mit seiner Zunge ihre Lippen und rieb seine Erektion an ihr.

Er konnte sie überall spüren – an seiner Brust, in seinem Verstand, in seiner Seele.

„Sag es mir", knurrte er in ihren Mund hinein.

Sie wimmerte, ihr Körper butterweich an seinem eigenen. Ihre Lippen waren die zarteste Seide, ihr Duft eine berauschende Mischung aus allem Süßen und Verletzlichen auf der Welt. Sie packte sein Hemd und zog es aus seiner Hose, ihre Finger auf seiner Haut wie ein Brandeisen.

Sein Bedürfnis nach Antworten verlor sich in der Notwendigkeit sie zu haben. *Zwölf Monate,* wiederholte er immer wieder in seinem Kopf. Zwölf Monate lang hatte er darauf verzichtet. Wie hatte er leben können? Wie hatte er geatmet?

Er hob sie hoch, legte sie auf die sauberen Laken des Bettes in der Raummitte und ging dann zur Tür, um sie mit einem harten Stoß seiner zitternden Hand zuzuschlagen.

Als er sich zu ihr umdrehte, lag sie rücklings auf ihre Ellbogen gestützt, ihr Körper eine Vision, der er beraubt worden war. Er wollte es richtig machen, die Leuchtstoffröhren ausschalten und sie in den warmen Schein der Lampe tauchen, aber es ging nicht darum, die richtige Stimmung zu erzeugen oder ihre ohnehin schon unfehlbare Wirkung auf ihn zu verstärken. Es ging einzig darum, Antworten zu bekommen. *Und nur darum.*

Wenn er sich nur konzentrieren könnte.

Er stürmte auf sie zu und machte nicht Halt, bis seine Knie gegen die Matratze stießen und das Bettgestell erschütterten. „Sag es mir", verlangte er. „Wann warst du hier?"

Ihre Stirn legte sich in Falten, und der glasige, erregte Blick verschwand.

„Ich schätze, das hier war ein Fehler." Sie setzte sich auf und wandte sich zur gegenüberliegenden Seite des Bettes, um es zu verlassen.

Von wegen. Er stürzte sich auf sie, packte sie um die Taille und zog sie zurück in die Matratzenmitte. Als er sie diesmal losließ, funkelte etwas Neues in ihren Augen. Etwas Wildes und herrlich Ungezogenes. Etwas, das er in Cass noch nie zuvor gesehen hatte.

Er stürzte sich erneut auf sie, diesmal auf ihren Mund, und rammte seine Lippen mit genug Kraft gegen ihre, dass es ihr den Atem raubte. Sie klammerte sich an ihn, bohrte ihre Fingerspitzen in seine Schultern und fuhr ihm mit einer Hand durchs Haar. Er war verloren, im Delirium, und kam der Erlösung immer näher.

Mit seinem Knie schob er ihre Beine auseinander, legte seinen Körper zwischen ihre Oberschenkel und pinnte sie damit auf das Bett. Sie protestierte nicht, verweigerte sich ihm nicht, und doch war ihr Blick tödlich, als er sich zurückzog. Eine Warnung, und er würde es sicherlich in naher Zukunft bereuen, sie nicht beachtet zu haben.

Während sein Becken ihren Unterkörper fixierte, griff er in die Nachttischkommode und holte einen Schal aus der Schublade. Sie leckte sich die Lippen, als er sich über sie beugte, und ihr Blick verfolgte seine Bewegungen, als er zunächst ihr linkes, dann ihr rechtes Handgelenk an das schmiedeeiserne Kopfende des Bettes fesselte.

Sie war ein Augenschmaus. Zur Schau gestellt für sein Vergnügen. Eine Göttin, die seiner Gnade ausgeliefert war. *Exquisit.* Jetzt musste nur noch ihre Kleidung auf dem Boden liegen und ihre Beine von Fesseln gespreizt werden, dann wäre sie perfekt.

Er strich mit einer Hand über ihren Körper – ihren Arm hinunter, über die Wölbung ihrer Brüste, zur Weichheit ihrer Taille. „Ich könnte dich stundenlang berühren."

Sie bäumte sich auf, drückte ihm ihren Unterleib entgegen, sodass seine Finger sich danach sehnten tiefer zu wandern. „Und doch hast du es seit Monaten nicht getan."

Er ignorierte sie, konnte ihr keine Antwort geben, die ihn nicht in Selbsthass stürzen würde. Er hatte geschworen ihr fernzubleiben, sie weiterziehen zu lassen. Wichtiger noch, er hatte sich selbst versprochen, seinen Sehnsüchten nicht nachzugeben, um ihr keine Hoffnung zu machen … Was tat er also hier?

Fuck. Er musste hier raus. *Sofort.* „Wann warst du hier, Cass?"

Sie wimmerte, rieb ihre Hüften an seinen. „Küss mich." Ihre Stimme war atemlos – ein verführerisches Flehen.

Er senkte seinen Kopf in ihren Nacken, um seinen Schmerz vor ihr zu verbergen. Zweifellos dachte sie, es ginge hier um Lust, und, ja, er brannte darauf, sie zu haben. Doch was ihn hierhielt, war Angst. Die Panik, dass sie neugierig genug war, ohne ihn einen Sexclub zu besuchen. Dass sie eines Tages in die Falle eines anderen Raubtieres tappen könnte, wenn er nicht da wäre, um auf sie aufzupassen. Und es ging um Eifersucht. So viel gottverdammte Eifersucht, dass er vor Schmerz aufschreien wollte.

Es gab keinen anderen Mann für sie. Es durfte keinen geben.

Nicht jetzt und nicht später.

Er fuhr mit seinem Mund über ihren Hals, ihren Kiefer, ihre Wange. Jeder Berührung folgte ein leises Wimmern ihrerseits, und ein heftiges Pulsieren seines Schafts. „Ich nehme an, ich kann dir deine Neugier nicht verübeln." Er überschüttete sie mit zarten Küssen. „Ich bin nur enttäuscht, dass ich nicht dabei war, als du das erste Mal ins *Vault* kamst."

Am Boden zerstört traf es eher.

Ihre Augen waren geschlossen, ihre Hände umklammerten den um ihre Handgelenke gewickelten Schal. Er leckte den Saum ihrer Lippen, neckte ihre Zunge mit seiner eigenen. Sie war so empfänglich. Ihr Körper hob sich seiner Hand entgegen, die langsam nach unten wanderte, über ihren Oberschenkel und zum Saum ihres kurzen Rocks.

So weit hatte er nicht gehen wollen. Er würde eine Million Tode sterben, bevor er darüber hinwegkam. Aber sie fühlte sich einfach zu gut, zu richtig an.

„Gott, wie ich diesen Körper vermisst habe." Er hatte es nicht laut aussprechen wollen. Ihre Kurven machten verrückte Dinge mit ihm. Sie war perfekt, eine makellose Frau in jeder erdenklichen Hinsicht. Er schloss die Augen, als seine Fingerspitzen ihr Höschen erreichten, die Hitze ihres Geschlechts so nah. „Sag mir, meine Schöne. Bist du hergekommen, um mich zu sehen?"

Sie wimmerte wieder, und diesmal hob sie ihren Kopf, um einen Kuss zu verlangen, den er nicht geben würde.

„Du kannst es mir sagen." Er hatte Schwierigkeiten genug Kraft zum Sprechen aufzubringen. Genug Kraft, um aufzuhören. Er wollte sich seiner Hose entledigen und in sie hineinfahren, wohl wissend, dass ihr Schoß klitschnass für ihn sein würde.

„Ja." Sie nickte und zerrte an ihren Fesseln. „Ich war hier."

Er erstarrte, jeder Nerv war angespannt, jeder Muskel verkrampft. „Wann?", fragte er, obwohl seine Kehle sich zuzuschnüren drohte.

„Ist das wichtig?", keuchte sie.

Er knurrte, konnte seine Frustration kaum noch zurückhalten. Seine Fingerspitzen fuhren durch den kurzen Haarstreifen zwischen ihren Oberschenkeln und stoppten an der angeschwollenen Perle direkt darunter. „Alles ist wichtig", flüsterte er ihr krächzend ins Ohr. „Erzähl mir alles."

Sie schüttelte den Kopf, während ihre Hände fester am Schal zerrten.

Er rieb über ihre Klitoris, einmal, zweimal, und empfand jedes Mal, wenn sie wimmerte, sadistische Befriedigung. Das Verlangen nach ihr rann tief durch seine Venen und pulsierte mit unbestreitbarer Absicht. Er musste ihr Vergnügen bereiten. Sie zum Höhepunkt bringen, wie er es schon so oft getan hatte.

„Ich war letzte Woche hier."

Er hörte auf zu atmen. Seine Sicht verschwamm. „Auf der Maskeradenparty?"

Jammernd nickte sie.

Ein Schwindelgefühl überkam ihn. Der Arm, mit dem er sich abstützte, um sich aufrechtzuhalten, versank tiefer in der Matratze, während sich seine Finger im Laken festkrallten. Er zwang seine andere Hand dazu, weiter ihre Klitoris zu streicheln, und verbot sich selbst zu fliehen, bevor er nicht jedes kleinste Detail wusste.

„Warst du mit jemanden zusammen?"

Sie öffnete die Augen, ein Teil ihrer Erregung hatte Platz gemacht für einen prüfenden Blick aus zusammengekniffenen Augen. „Ja." Das Wort klang nachdrücklich, selbstsicher und schoss ihm einen Pfeil durch die Brust.

„Sag mir mit wem, Cass." Er konnte die stählerne Härte seines Tonfalls nicht kontrollieren. Er würde den Mann töten. Ihn mindestens entmannen. „Mit wem warst du zusammen?"

Ihre Miene wurde weicher, und die liebevolle, sanfte Frau, die er kannte, schien durch. Sie lehnte sich vor, dann fiel sie aufgrund ihrer Fesseln zurück und schnaubte frustriert. Mit der Zunge befeuchtete sie ihre von Küssen geschwollenen Lippen. „Ich war mit dem Mann zusammen, den ich liebe."

Fuck. Ihre Worte waren wie Dynamit, das ihn in Stücke riss. Er rutschte vom Bett und wollte nicht glauben, was ihre Worte andeuteten.

„Ich war mit dir zusammen", fuhr sie fort.

„Nein." Sein Herz pumpte mit der Geschwindigkeit eines Güterzuges. In seinem Kopf blitzten Bilder mit lebhafter Klarheit auf. Das neue Mitglied

– die Frau mit den schwarzen Haaren und den braunen Augen. *Herr im Himmel.* Sie hatte sich große Mühe gegeben, ihn auszutricksen.

„Doch", flüsterte sie. „Du hast *mich* geküsst, T.J. Du hast dich zu *mir* hingezogen gefühlt."

Verdammte Scheiße. Er war vor Schuldgefühlen fast gestorben wegen ihr. Und doch hatte er es irgendwie gewusst. Er hätte unmöglich eine andere küssen können. Sein Unterbewusstsein hatte gewusst, dass sie es war, trotz ihrer Verkleidung.

„Ich wusste, du liebst mich noch immer", sagte sie überzeugt. „Donnerstagabend war der Beweis dafür. Du konntest nicht widerstehen. Genauso wie du es jetzt nicht kannst. Wir sind nicht dazu bestimmt, voneinander getrennt zu sein, T.J."

Er ignorierte sie und fuhr sich mit einer Hand übers Gesicht, dann begann er, auf und ab zu gehen. „Wie bist du reingekommen?"

Sie zerrte an ihren Fesseln und schnaubte. „Kannst du mich losmachen?"

„*Wie*, Cassie?"

Sie ließ sich in die Kissen zurückfallen. „Mit einem gefälschten Ausweis."

Er blieb stehen und gestand sich mit einem Nicken seine Niederlage ein. Er hatte die Antworten erhalten, die er brauchte, um nachts schlafen zu können. Zusätzlich war ihm ein kleiner Teil seiner Schuld genommen worden. Nun war es an der Zeit zu gehen.

Er ging zum Kopfende des Bettes und konzentrierte sich auf ihre Fesseln statt auf den Hoffnungsschimmer in ihren Augen. Er war ein verfluchter Bastard. Ein Feigling, genau wie sie vorhin gesagt hatte. Er beugte sich hinunter und küsste die glatte Haut ihres Handgelenks direkt über dem Schal.

„Ich weiß, dass du mich noch liebst." Sie streckte den Arm nach seinem Gesicht aus.

Er wich zurück, unfähig, die Zärtlichkeit ihrer Berührung zu ertragen. Das war's. Der letzte Hieb, damit sie endlich aufhörte das Ende ihrer Ehe anzuzweifeln. Er musste sie davon überzeugen, ihn hinter sich zu lassen. Und traurigerweise wusste er genau, wie er das erreichen konnte.

„Das einzige, was du ausgelöst hast, war Verlangen." Er richtete sich zu seiner vollen Größe auf und sah mit einem, wie er hoffte, überzeugend mitleidigen Blick auf sie herab. „Sonst nichts."

Die Lüge tat weh, und jedes Wort, das er sprach, verwandelte ihre entschlossene Miene mehr in eine Maske herzzerreißender Qualen.

„Ich glaube dir nicht."

Ein Teil von ihm jubelte, dass sie ihn so gut kannte. Der Rest von ihm wurde von dem Bedürfnis erdrückt, noch einen draufzusetzen. Er zuckte mit den Achseln und warf ihr einen Blick zu, der die Schuldgefühle, die auf ihn einprasselten, Lügen strafte. „Ich werde keine Zeit damit verschwenden, unserer Ehe nachzutrauern. Ich werde weitermachen und schlage vor, dass du das Gleiche tust."

Ihr Gesicht wurde blass, der letzte Hieb hatte ins Schwarze getroffen. Er drehte sich um, weil er es nicht ertragen konnte, sie so zu sehen. Er konnte es nicht ertragen, obwohl er derjenige war, der sie innerlich zerriss. Mit jedem Schritt von ihr weg zur Tür brach mehr Kummer über ihn herein.

Sie würde sich nicht mehr davon erholen. Das wusste er, weil er sich ebenfalls nicht mehr erholen würde.

KAPITEL VIERZEHN

„*T*.J.", schrie Cassie der Tür entgegen, die ihr Mann hinter sich geschlossen hatte, bevor sie zurück in die Kissen sank. Demütigung überkam sie und ließ Tränen ihre Wangen hinunterströmen.

Er würde nicht zurückkommen, um sie loszubinden.

Sie war allein. Schluchzend versuchte sie sich von dem Seidenschal zu befreien, mit dem er ihre Hände gefesselt hatte. Vergeblich. Ihre Haut brannte bereits von der Reibung, doch der Schmerz kam nicht annähernd an das heran, was sie in ihrer Brust fühlte.

Das ferne Geräusch von Schritten näherte sich, das Klicken einer Türklinke war zu hören, gefolgt von einem Quietschen, als sich die Tür einen Spalt breit öffnete.

„T.J.?"

„Bist du salonfähig?" *Brute*. Großartig. Ihre Nacht konnte nicht noch schlimmer werden.

„Nicht wirklich", murmelte sie. Ihre Nase lief, ihr Rock war bis zu ihren Hüften hochgeschoben und legte ihre Seidenunterwäsche frei. Die einzige Rettung war das Höschen, das ihren Intimbereich bedeckte ... denselben Bereich, der immer noch pochte von der Berührung ihres Ehemannes.

Er hatte noch nie Schwierigkeiten damit gehabt, sie zu erregen. Es war immer seine Mission gewesen dafür zu sorgen, dass sie vor ihm kam. Meistens mehr als einmal. Dass er verschwand, während sie wild vor Verlangen war, war ein Zeichen dafür, dass sie es endlich einsehen sollte. Ihr Ehemann war weg, und der Mann, der seinen Platz eingenommen hatte, scheute sich nicht davor zurück, ihr das Gefühl zu geben, wertlos und schmutzig zu sein.

„Wie bedauerlich." Brute trat in das Zimmer, auf dem Gesicht wie immer eine undurchdringliche Miene, die keinen Schock, keine Abneigung darüber zeigte, dass sie ans Bett gebunden war, ihre Wangen tränenüberströmt, ihre Kleidung und Haare zerzaust. „Sieht aus, als hättet ihr Spaß gehabt."

Sie funkelte ihn böse an, als er an die Seite des Bettes trat und den Schal an ihrem rechten Handgelenk entwirrte. „Ja", knirschte sie. „Es war wie im verdammten Disneyland hier drin."

Er hielt inne. Ob es an ihrer ungewohnt ordinären Sprache oder an ihrer gebrochenen Stimme lag, konnte sie nicht sagen. Ihr Handgelenk fiel vom Material befreit auf die Matratze, und sie drehte ihren Kopf zur anderen Seite des Zimmers, unfähig, seiner emotionslosen Prüfung standzuhalten.

„Du bist ein Risiko eingegangen, ihn zur Rede zu stellen." Brute begab sich auf die andere Seite des Bettes. „Leider ist der Schuss nach hinten losgegangen."

Sie starrte stur geradeaus und zog mit einer Hand am Saum ihres Rockes, während er sich ihrem anderen Handgelenk näherte.

„Gibst du jetzt auf? Vermutlich wäre es besser, eine Art Freundschaft, oder was auch immer ihr normalen Menschen habt, zu bewahren, anstatt später überhaupt nicht mehr in der Lage zu sein, miteinander zu kommunizieren."

Keine der beiden Optionen war akzeptabel gewesen, bevor sie die Treppe hinuntergekommen war. Jetzt war sie sich nicht sicher, ob es so eine schlechte Idee war, T.J. nie wiederzusehen. Er hatte Erinnerungen besudelt, von denen sie nie gedacht hätte, dass sie verdorben werden konnten. Er zerstörte nicht nur ihre gemeinsame Zukunft, er beschmutzte auch ihre Vergangenheit.

„Ich konnte nicht glauben, dass er uns aufgibt." Sie befreite ihr Handgelenk, nachdem er den Knoten gelöst hatte. „Ich musste für das kämpfen, was wir hatten."

Er neigte mit unbekümmerter Miene den Kopf. Sie hätte ihm jegliches Mitgefühl abgesprochen, wäre da nicht das Baumwolltaschentuch, das er aus seiner Hose zog und ihr hinhielt.

Sie putzte sich die Nase und trocknete ihre Wangen. „Ich war am Abend der Maskeradenparty hier. Er hat mich geküsst."

„Denkst du, ich wusste nicht, dass du hier bist?" Er lachte schroff.

„Niemand geht durch diese Türen, ohne dass ich es weiß. Allerdings hast du ziemlich gute Arbeit geleistet mit dem gefälschten Ausweis, ich war nicht ganz überzeugt, dass du es bist, bis du hier aufgetaucht bist."

„Du wusstest es?" Ihre Stimme wurde lauter. „Warum hast du nichts gesagt? Warum hast du es T.J. nicht erzählt?"

Er zuckte mit den Schultern. „Es stand mir nicht zu. Du hast dir offensichtlich große Mühe gegeben, Zugang zum Club zu erhalten, und ich hatte keinen Zweifel daran, dass du so versuchen wolltest, ihn zurückzugewinnen. Und außerdem wollte ich sehen, ob du den Mumm hast, hier aufzukreuzen. Ich hätte nie gedacht, dass du so verschlagen sein kannst."

Er setzte sich neben sie aufs Bett, streckte einen Arm nach ihr aus und strich ihr mit gerunzelter Stirn das tränennasse Haar von der Wange, ganz so, als wäre ihm eine so sanfte Geste fremd. „Er will dir nicht wehtun." Die Worte waren kaum zu hören, kaum zu glauben von einem so barschen Mann. „Das wissen wir alle. Es ist seine Art dich zu beschützen. Lass ihn. Es ist alles, was er noch hat."

Sie schnaubte und entzog sich seiner Berührung. „Mich wovor zu beschützen?"

„Vor der Vergangenheit." Seine Mundwinkel hoben sich. „Der Gegenwart." Sein Grinsen wurde breiter. „Der Zukunft."

„Ist das hier ein Spiel für dich?", blaffte sie ihn an und rutschte vom Bett.

„Nein." Er stand auf und schaute sie von der anderen Seite der Matratze an. „Allerdings fühle ich mich irgendwie, als wäre ich in einer nicht jugendfreien Seifenoper."

Sie machte ein finsteres Gesicht und erkannte sein Verhalten als das, was es war – eine Ablenkung. Er hatte zu viel Mitgefühl gezeigt, und jetzt musste er das ausgleichen, indem er sich wie ein Arschloch verhielt. Musste seine weichere Seite verbergen, in dem Bestreben seine Verwundbarkeit zu schützen.

„Du tust mir leid." Das tat er wirklich. Er war kalt. Herzlos. Ihm fehlte die Fähigkeit sich aus dem Fenster zu lehnen, weil er zu große Angst hatte verletzt zu werden. „Du musst einsam sein."

„Einsam? Wieso? Ich habe alles, was ich brauche – Geld, Prestige und zahllose Frauen, die mir zur Verfügung stehen."

„Aber keine Liebe."

Er schnaubte höhnisch. „Gibt es sie überhaupt?"

Jetzt war sie an der Reihe, ihn mitleidig anzusehen. „Natürlich gibt es sie. Ich sollte es wissen. Ich habe sie jahrelang mit T.J. erlebt."

Sie schenkte ihm zum Abschied ein trauriges Lächeln und ging dann zur Tür. Sobald sie die Schwelle erreicht hatte, hielt sie inne und wurde sich bewusst, dass sie nicht verschwinden konnte, ohne die Treppe wieder hinauf zu gehen und eventuell ihrem Mann zu begegnen.

„Soll ich dir etwas holen?", fragte Brute hinter ihr.

Sie sackte in sich zusammen und nickte. „Bitte." Sie wollte durch den Hintereingang verschwinden. Sich verkriechen wie das dreckige Ungeziefer, zu dem T.J. sie gemacht hatte. „Meine Handtasche und Schlüssel sind unter der Hauptbar."

Brute drückte sich an ihr vorbei und folgte ohne zu zögern ihrer Bitte. Wahrscheinlich war auch er froh, sie gehen zu sehen. Die gesicherte Tür fiel in der Ferne zu und hüllte sie in Stille. Sie atmete tief durch und wartete. Die Minuten verstrichen wie langsame, trostlose Tage. Sie prägte sich ihre Umgebung ein, wanderte um die Möbel herum, fuhr mit den Fingern die Sofarückenlehnen entlang.

Sie weigerte sich in den Spiegel hinter der Bar zu schauen. Ihr Spiegelbild würde ihr verraten, was ihr schmerzendes Herz bereits wusste – es war vorbei. Sie hatte keinen Willen mehr zu kämpfen. Alle Hoffnung war verloren.

In ein paar Wochen wäre sie single. Allein. Gebrochen. Als könnte sie noch mehr zerbrechen als jetzt.

Das Schwingen der sich öffnenden Tür erschreckte sie, und sie machte sich auf den Weg in den Newbie-Bereich.

„Ist das alles?", fragte Brute und hielt ihre Tasche und ihre Schlüssel hoch.

„Ja", nickte sie und nahm ihm ihre Habseligkeiten aus der Hand, bevor sie die Arme um ihre Brust schlang. „Ich schätze, jetzt heißt es Lebewohl."

Er presste seine Lippen aufeinander, seine harten Gesichtszüge wurden immer steriler, während er stirnrunzelnd zu ihr hinunterblickte. „Ich denke schon."

Sie unterdrückte ein bitteres Lachen und drehte sich auf dem Absatz um. Das *Shot of Sin* war ein großer Teil ihrer Ehe gewesen, als es eröffnet wurde. Jetzt würde es zu einer Erinnerung verblassen.

„Cass, warte."

Sie sah sich über die Schulter, zu dem eisernen Ausdruck, der sich nicht verändert hatte. Der einzige Unterschied war Brutes Haltung: Er hatte seine Arme erhoben und geöffnet.

Sie wandte sich stirnrunzelnd zu ihm um.

„Komm schon", brummte er. „Das ist für mich unangenehmer als für dich."

Sein Unbehagen zauberte ein kurzes Lächeln auf ihre Lippen. „Du bist ein verwirrender Mann, Bryan."

Er rollte mit den Augen, trat vor und schloss sie in die Arme. Lange Zeit hielten sie sich einfach nur fest, ihr Kopf auf seine Schulter, seine Arme um ihren Rücken gelegt.

„Ich habe T.J. immer bewundert", sagte er in ihr Haar. „Er setzt sich selbst an letzte Stelle, egal in welcher Situation. Und er ist viel zu gutmütig für sein eigenes Wohl. Lieber stößt er dich von sich und quält sich damit selbst, als dass er dich etwas Verletzendem aussetzen würde. Ich beneide ihn um seine Selbstlosigkeit."

Cassie drückte sich von Brutes Brust weg und sah ihm in die Augen. „Im Moment verabscheue ich sie."

„Verständlich." Er neigte den Kopf. „Aber obwohl er sich so verhält, glaube ich, dass er tief im Inneren möchte, dass du weißt, dass dein Schmerz ihn umbringt."

„Ich dachte, du mischst dich nicht in persönliche Angelegenheiten ein." Sie brachte ein halbherziges Grinsen zustande, war aber nicht in der Lage, es länger als einige Sekunden aufrecht zu erhalten.

„Ich schätze, ich habe eine Schwäche für Mädchen in Nöten."

„Nein." Kopfschüttelnd glitt sie aus seiner Umarmung. „Du hast ein großes Herz. Du hast nur zu viel Angst, es zu zeigen."

„Nee, habe ich nicht." Er sah in Richtung der Bar, wich ihrem Blick aus. „Geh zur Hintertür raus, ich schließe hinter dir ab."

Sie wollte über den abrupten Themenwechsel lachen. Stattdessen schlug sie ihm mit ihrer Handtasche auf die Schulter, um die Stimmung aufzulockern. „Wir sehen uns, Großer."

Er nickte, und seine Gesichtszüge kehrten in ihren emotionslosen Zustand zurück. „Pass auf dich auf."

„Mache ich." Sie steuerte auf die Treppe zum Parkplatz zu und ignorierte den drohenden Zusammenbruch, der auf ihren Schultern lastete. Es war Zeit nach vorne zu sehen. Keine weiteren Zweifel mehr. Keine Versuche mehr, gegen einen unbekannten Gegner zu kämpfen. Ihre Ehe war vorbei. Und nach heute Abend war sie entschlossen weiterzuziehen.

∽

T.J. lehnte an der Wand neben dem Eingang zum *Vault* im Erdgeschoss und wartete darauf, dass Brute zurückkehrte. Sobald sich die Tür öffnete, richtete er sich auf und beobachtete, wie sein Geschäftspartner zur Bar ging.

„Ist sie weg?" Seine Stimme hallte durch den leeren Raum und verspottete ihn.

„Jepp." Brutes Tonfall war für T.J.s Geschmack zu abgestumpft. „Für immer."

Fuck. Er fuhr mit einer Hand durch sein Gesicht und sah zur Decke. „Geht's ihr gut?"

„Du willst nicht wissen, wie es ihr geht." Brute überquerte die Tanzfläche und ging auf Shay und Leo zu, die hinter der Bar standen.

„Doch, will ich." T.J. drückte sich von der Wand weg. „Sag es mir."

Brute schwang herum. „Sie ist am Arsch. Ist es das, was du hören willst?" Er warf die Hände in die Luft und ließ sie an seine Seiten fallen. „Du hast sie gebrochen. Sie ist erledigt. Verschwunden. Herzlichen Glückwunsch."

„Herrgott", flüsterte Shay.

„Du hältst dich verdammt nochmal da raus." T.J. stürmte zur Bar und zeigte drohend mit einem Finger auf sie, als seine geistige Verfassung zersprang. „Es ist deine Schuld, dass sie hier war."

Sie zuckte bei seinem boshaften Tonfall zusammen. „Was—"

„Habe ich dich in irgendeiner Weise respektlos behandelt? War es Vergeltung für etwas, das ich getan habe? Oder warst du nur ein herzloses, neugieriges Miststück, das dachte, es wüsste es besser, weil ich lediglich ein Mann bin, der keine Ahnung hat, wie es ist zu fühlen?"

Die Worte sprudelten aus seinem Mund, als wäre er in einer außerkörperlichen Erfahrung gefangen. Es waren seine Gedanken, aber sie hätten niemals ausgesprochen werden dürfen.

Ihr Mund öffnete und schloss sich wieder. Sie sah zu ihrer Linken, zu Leo an ihrer Seite, bevor sie sich wieder zu ihm wandte. „Keines von beiden. Ich—"

„Du hast sie ermutigt, heute Abend herzukommen, oder?"

„Ich … Ich …" Sie ließ ihre Schultern sinken und nickte kurz. „Ich weiß, du liebst sie. Ich dachte, ihr könntet die Dinge wieder in Ordnung bringen, wenn ihr etwas Zeit miteinander verbringt."

„Verdammt nochmal, Shay", brummte Brute.

„Es ist nicht ihre Schuld." Leo umrundete die Bar. „Ihr Herz war am rechten Fleck. Sie wollte nur helfen."

„Das hat sie aber nicht. Sie hat mich dazu gebracht, meiner Ehe ins Gesicht zu spucken. Und ich will wissen, was zum Teufel du dagegen unternehmen willst. Sie kann hier nicht mehr arbeiten. Ich will, dass sie verschwindet."

„Das ist der Schmerz, der da spricht", knurrte Leo. „Shay ist weit mehr als eine Angestellte für uns, und das weißt du."

T.J. reckte das Kinn und weigerte sich zuzustimmen.

„Okay, du bist stocksauer. Das wissen wir." Brute ging hinter die Bar und holte eine Dose *Scotch and dry* aus dem Kühlschrank. „Aber Cass ist jetzt weg. Sie sieht nach vorne. Du hast bekommen, was du wolltest. Gib niemand anderem die Schuld für etwas, das du in Bewegung gesetzt hast."

T.J.s Kiefer mahlte und er atmete schwer durch die Nase, in dem Bemühen, seine hasserfüllten Worte für sich zu behalten. Es war seine Schuld. Er war verantwortlich.

„Was hätte ich tun sollen?", fragte er. „Ich kann ihr nicht die Wahrheit sagen. Es würde sie umbringen."

„Was *ist* die Wahrheit, T.J.?", fragte Shay.

Leo schnitt eine Grimasse und schüttelte den Kopf, doch sein schweigender Protest reichte nicht aus, um die Worte aufzuhalten, die aus T.J. herauspurzelten. „Vor sechs Monaten wurde der Mann, der sie angegriffen hat, wegen einer brutalen Vergewaltigung angeklagt. Die Frau wäre fast gestorben."

Shay keuchte. „Cassie weiß es nicht?"

„Nein", grunzte er. „Und ich habe auch nicht vor, es ihr zu sagen. Sie würde sich die Schuld geben, obwohl sie nichts dafür kann."

Er allerdings schon.

Wäre er mit ihr nur nicht in diesen Sexclub gegangen. Hätte er nur auf sein Bauchgefühl gehört und ihr nicht erlaubt, von seiner Seite zu weichen, um auf die Toilette zu gehen. Sie wäre nie angegriffen worden, und er würde nicht die Schuld für zwei gepeinigte Frauen auf seinen Schultern tragen.

„Dann sag es ihr nicht … aber du kannst dich deswegen auch nicht von ihr scheiden lassen", bettelte Shay.

„Du erwartest, dass ich es für den Rest meines Lebens vor ihr geheim halte?" Er starrte sie an. „Ich liebe sie, Shay. Ich würde alles für sie tun. Aber ich werde keine Ehe führen, die auf Lügen basiert. Sie verdient mehr als mich. Sie verdient mehr als einen Mann, der sie überhaupt erst in eine solche Lage gebracht hat."

Er hatte nur deshalb von der Anklage erfahren, weil er einen Ermittler damit beauftragt hatte, ein wenig nachzuforschen. Fast genau auf den Tag sechs Monate nach dieser Nacht im Club hatte er eine E-Mail mit Bildern im Anhang erhalten. Eine Sechsundzwanzigjährige, schüchtern und hübsch, war in ein Auto gezerrt worden. Sie hatte keine Chance.

„Cassie denkt jetzt schon, die Scheidung wäre hart", fuhr er fort. „Wenn sie herausfinden würde, was dieser Mann ihr hätte antun können oder was hätte vermieden werden können, wenn wir nur zur Polizei gegangen wären, würde sie sich nicht mehr erholen. Das kann ich ihr nicht antun."

Er knirschte mit den Zähnen und richtete seinen finsteren Blick auf Shay. „Und ich erlaube dir nicht, deine Nase in unsere Angelegenheiten zu stecken und zu riskieren, dass sie es herausfindet, nur damit du deine eigenen Ziele erreichen kannst."

„Es tut mir leid." Sie machte ein langes Gesicht. „Das wusste ich nicht."

„Ein *Es tut mir leid* reicht da nicht aus." *Verdammt nochmal.* Die Dinge, die er unten zu Cassie gesagt hatte … Die Dinge, die er getan hatte. Selbst Gott würde ihm nicht verzeihen, dass er sie so hintergangen hatte.

„Das Angebot, ihn fertigzumachen, ist immer noch auf dem Tisch." Brute trank aus der Dose und machte sich nicht einmal die Mühe, seine volle Aufmerksamkeit darauf zu richten, dass T.J.s Leben im Begriff war zu enden.

„Nein, danke", sagte T.J. „Er wurde gefasst und strafrechtlich verfolgt. Sobald er im Gefängnis war, legte sich der Wind um die Geschichte, und so soll es auch bleiben."

„Er verdient auf die ein oder andere Weise Vergeltung."

T.J. neigte den Kopf. „Ja, aber auf die Gefahr hin, dass Cassie es herausfindet? Da ziehe ich es vor, dass er ihn seiner Zelle verrottet."

Shay wandte sich an Leo. „Wusstest du davon?"

„Ja. Seit der Maskeradenparty."

„Aber, T.J., du liebst sie so sehr." Sie erhob ihre Stimme. „Du kannst sie nicht verlassen."

Er hatte monatelang darüber nachgedacht, ob er eine Lüge leben konnte, nur um bei Cassie zu bleiben. Die Eheberatung hatte nicht geholfen. Er musste entweder die Wahrheit sagen und zusehen, wie sie jeden Tag unter den Konsequenzen litt, obwohl er wusste, dass es seine Schuld war. Oder er konnte sie verlassen und ihr die Chance geben, eine bessere Zukunft mit jemand anderem zu finden.

„Es ist die einzige Möglichkeit."

Brute knallte seine Dose auf den Tresen und holte sich eine weitere aus dem Kühlschrank. „Ich bin immer noch der Meinung, dass der Bastard leiden sollte."

„Und du denkst, ich bin anderer Meinung? Er sitzt im Knast. Was geschehen ist, ist geschehen." Cassie war weg. Er hatte sie bis an ihre Grenzen getrieben und bezweifelte, dass sie den Willen hatte, sich weiter zu wehren.

„Dann schlage ich vor, wir vergessen das Ganze." Leo verschränkte die Arme vor der Brust. „Vergessen *sie*."

Leicht gesagte Worte, die ihm solche Schmerzen verursachten, dass ihm das Atmen schwerfiel. „Ja, einfach Schwamm drüber und gut ist, was?"

Als ob es jemals so einfach sein würde.

Leo knurrte wütend. „Hör zu, wir versuchen, für dich da zu sein, aber du machst es uns verdammt schwer."

„*Leo*", schalt Shay und überquerte die Tanzfläche. „Ich habe einen großen Fehler gemacht und es tut mir unendlich leid. Ich hätte Cassie nie in diese Situation gebracht, wenn ich das gewusst hätte. Bitte verzeih mir."

T.J. schaute weg. Er wollte sie nicht verletzen. Es war der Schmerz, die Wut und die Verzweiflung, die ihn unberechenbar machten. „Ich kann mir im Moment nicht einmal selbst verzeihen."

Sie nickte. „Dann sag mir, was ich tun kann, um zu helfen. Ich weiß, dass du am Sonntag deinen Kram abholen gehst. Lass mich das für dich tun."

Zum Teufel damit. Er würde ihn selbst abholen. Er gewöhnte sich langsam daran, seine Ehefrau bis zur Unkenntlichkeit gequält zu sehen. Niemand hatte es so verdient ihren Kummer mit anzusehen wie er. „Nein, ist schon gut."

Fehlgeleitet oder nicht, diese Menschen waren seine Freunde, und er bestrafte sie für etwas, das seine Schuld war. „Es ist mein Fehler. Lasst uns einfach so tun, als wäre der heutige Abend nie passiert." Und als wären die Jahre mit Cassie nur ein Traum gewesen. „Ich gehe nach Hause. Wir sehen uns morgen."

Schweigen und Bedauern folgten ihm, als er das *Shot of Sin* verließ. Er hatte das Richtige getan … vielleicht nicht auf die richtige Art und Weise, doch es war sein Ziel gewesen, Cassie vor der Vergangenheit zu beschützen, und das hatte er erreicht. Jetzt musste er nur noch lernen mit den Konsequenzen zu leben.

KAPITEL FÜNFZEHN

*D*ie nächsten drei Tage versteckte sich Cassie. Sie ging nicht an die Tür, als Jan vorbeikam, und nicht ans Telefon, als Shay anrief. Nicht einmal den Fernseher schaltete sie ein, um die Außenwelt reinzulassen.

Stattdessen packte sie T.J.s Sachen zusammen. Gegenstand für Gegenstand legte sie die Habseligkeiten ihres Mannes in die leeren Kisten. Sie hätte sie in den Vorgarten werfen können in einer Art Vergeltungsaktion, aber sie war nicht davon überzeugt, dass es ihm überhaupt noch etwas ausmachen würde. Sie konnte nicht länger erahnen, wie er reagieren würde, oder ob er überhaupt auftauchen würde, um abzuholen, was sie zusammengepackt hatte.

Seit sie am Donnerstagabend aus dem Club geflüchtet war, hatte sie nicht mehr mit ihm gesprochen. Wenige Stunden später hatte sie angefangen seine Sachen aus ihrem Leben zu verbannen. Es war ein befreiender Prozess gewesen. Von jedem Kleidungsstück, jedem Paar Schuhe, jedem persönlichen Gegenstand und der Erinnerung, die sie in sich trugen, hatte sie sich verabschiedet.

Bei seinem Hochzeitssmoking war es ihr am schwersten gefallen. Sie hatte den Reißverschluss des Kleidungsschutzes geöffnet, das vertraute Outfit auf dem Bett plattgedrückt und sich draufgelegt. Mit stumm fallenden Tränen hatte sie die Augen geschlossen, die Arme des Jacketts um ihre Taille geschlungen und so getan, als wäre sie wieder zurück an ihrem besonderen Tag. Um ein Gelübde der Liebe und Hingabe abzulegen.

Aber jetzt war sie stärker. Alles, was von T.J. blieb, waren gestapelte Kisten neben ihrer Tür. Sie hatte ihn aus ihren Gedanken vertrieben. Ihn aus ihrem Herzen verbannt. Und würde mit hoch erhobenem Kinn nach vorne sehen.

Als dann jedoch Bear im Hinterhof zu bellen begann, konnte sie nicht sagen, wem sie etwas vormachen wollte. Das war das Ende. Nach dem heutigen Tag gab es keinen Grund mehr für ihn noch einmal vorbeizukommen. Es gab nichts, was ihn hierhalten würde.

Sie holte tief Luft und öffnete die Haustür.

„T.J.", grüßte sie.

Er schenkte ihr ein unbeholfenes Lächeln. „Hi, Cass."

Sie beendete den Augenkontakt, konnte es nicht ertragen, dass sich der ihr so vertraute Mann wie ein Fremder verhielt. „Ich habe deine Sachen gepackt und die Kisten neben der Tür gestapelt. Im Esszimmer sind noch ein paar mehr."

„Das hättest du nicht tun müssen."

Nein, hätte sie nicht. Sie schuldete ihm nichts. „Dann stör ich dich nicht weiter."

Er neigte den Kopf, seine Miene ernst, als er sich nach innen beugte und die erste schwere Kiste vom Stapel nahm.

Mit zu viel Gelassenheit machte er sich auf den Weg. Sie verstand es nicht. Konnte nicht begreifen, wie ein Mann, der einmal behauptet hatte, sie von ganzem Herzen zu lieben, es so einfach finden konnte, alle Verbindungen zu kappen. Aber darüber wollte sie nicht mehr nachdenken. Nein, kein einziges Mal mehr.

Sie ging in den hinteren Teil des Hauses und atmete durch den Schmerz, der ihre Lungen überfiel. Sie weigerte sich zu weinen. Sie hatte schon so viele Tränen vergossen und war damit durch. D-U-R-C-H. Oder vielleicht war das falsch buchstabiert. Sie war vielmehr D-E-F-E-K-T. Sie konnte es nicht sagen. Sie nahm alles nur noch irgendwie betäubt war.

Mehr als eine Stunde lang versteckte sie sich im Gästezimmer hinten im Haus, in die Ecke des Bettes gekuschelt, die Beine angewinkelt, während sie ausdruckslos aus dem Fenster starrte. Es war der Ort im Haus, der am weitesten von ihm entfernt war, und trotzdem verhöhnte das Kratzen von Pappe sie, während er langsam die Kisten voller Erinnerungen aus ihrem Leben entfernte.

„Cassie?" Sein Rufen drang durch den Flur.

Sie schwieg, wollte ihn nicht wiedersehen. Sie hatte keine Lust mehr auf sein Mitleid. Oder den Schmerz, den er ihr zufügte.

„Cassie? Ich bin durch."

Sie seufzte. Er war durch. Sie beide waren durch. Alles war durch.

„Okay", rief sie, ohne sich zu bewegen. „Ich schätze, wir sehen uns."

Sie hielt den Atem an und wartete darauf, dass sich die Haustür schloss. Als sich das Geräusch seiner Schritte im Flur näherte, schlug ihr Herz bis zum Hals. Sie erhob sich vom Bett und lief zum Fenster, damit sie so tun konnte, als hätte er sie dabei erwischt, wie sie etwas Faszinierendes beobachtete. Seine Gestalt füllte den Türrahmen.

„Ich bin dann weg."

Sie nickte erneut. Weg von ihrem Zuhause. Weg von ihr. „Viel Glück bei allem." Die Worte versengten ihr die Kehle.

„Geht es dir gut?"

Sein Tonfall verspottete sie. Und ihre Ehe. Natürlich ging es ihr nicht gut. Ihm sollte es auch nicht gutgehen.

„Großartig", sagte sie gedehnt.

Er kam näher, seine breiten Schultern füllten ihre periphere Sicht. „Gibt es noch etwas, was ich für dich tun kann, wenn ich schon einmal hier bin?"

Halte mich. Liebe mich. Bleib hier. „Ich denke, du hast genug getan."

Das Zimmer versank in Stille und eine beklemmende Fülle an Erinnerungen erfüllte den kleinen Raum. Sie wollte ihren Mund öffnen, ihn an all die kostbaren Momente erinnern, die er mit seinen jüngsten Taten ruiniert hatte. Er hatte sie alle verdorben. Nichts blieb unversehrt. Sie wusste nicht einmal mehr, ob irgendetwas, das sie geteilt hatten, echt gewesen war.

„Ich wollte nie, dass es so endet." Er stellte sich vor sie und lehnte sich mit der Hüfte gegen die Fensterbank. „Ich wollte dir nicht wehtun."

„Wirklich nicht?" Sie wandte sich ihm zu. „Ich bin noch nie so verletzt worden wie von dir in den letzten Wochen. Vor drei Tagen hast du meine Liebe zu dir gegen mich verwendet, mich an ein Bett gefesselt und mich dort zurückgelassen, gedemütigt und noch niedergeschlagener als an dem Tag, an dem du dafür gesorgt hast, dass ein Fremder mir die Scheidungspapiere überreicht."

„Ich weiß." Seine gerunzelte Stirn lag in unzähligen angespannten Falten. „Ich hasse mich für das, was ich getan habe."

Sie hasste ihn sogar noch mehr. Und trotz alledem liebte sie ihn noch.

„Warum hast du es dann getan? Warum nimmst du alles auseinander, was wir je hatten?"

Er sah zur Seite, aus dem Fenster. Er hatte etwas zu sagen, das konnte sie an seinen angespannten Gesichtszügen erkennen. Doch seine Lippen bewegten sich nicht.

„Scheinbar konntest du es Leo und Brute erzählen", fauchte sie, „nur mir ni—"

„Du hast etwas Besseres verdient", knurrte er.

Sie wich zurück. „So schlecht fandest du unsere Beziehung? Dass wir was auch immer für ein Problem nicht gemeinsam hätten lösen können?" Für sie war es ein lebendiges Schwarz-Weiß-Szenario – entweder man sprach über seine Probleme und löste sie, oder man hielt sie unter Verschluss und ertrank langsam daran. „Hattest du so wenig Vertrauen in uns, dass du es nicht einmal mit mir besprechen konntest?"

„Nein." Sein Ton war scharf. „Mit dir zusammen zu sein hat alles für mich bedeutet. Das wird es immer, Cass. Ich kann es nur einfach nicht riskieren, dich noch mehr zu verletzen."

Die Anspannung in seiner Miene wuchs. Er hatte nicht gelogen, so viel wusste sie. „Dann rede mit mir. Erklär es mir." Sie ging auf ihn zu, unfähig, seinen Kummer zu ertragen. „Ich weiß, unsere Ehe ist vorbei. Wir sind fertig. Aber bitte sag mir, wieso."

Er streckte eine Hand aus und strich mit seinem schwieligen Finger ihre Kieferlinie entlang. Ihre Haut kribbelte überall dort, wo er sie berührte, jeder Nerv erwachte, während ihr Herz nach mehr hungerte.

„Ich hätte heute nicht herkommen sollen." Er streichelte mit seiner anderen Hand über ihre Wange und brachte sie mit seiner Sanftheit beinahe um. „Nachts schlafen zu gehen und zu wissen, dass du mich hasst, ist das schlimmste Gefühl der Welt. Ich wusste, sobald ich dich wiedersehe, würde ich meinem eigenen egoistischen Bedürfnis erliegen, dich zu berühren."

Cassie schloss ihre Augen. *Das* war ihr Ehemann. *Das* war der Mann, den sie geheiratet hatte. Mit seinem Herz auf der Zunge und seiner Liebe, die in Wellen von ihm ausging, brachte er ihr Herz zum Flattern. „Erzähl mir bitte mehr", flüsterte sie und öffnete ihre Augen, um seinem dunklen Blick zu begegnen.

„Du hast Recht, ich halte an meiner Schuld fest. Ich habe mich dafür gehasst, dich in Tampa nicht beschützt zu haben. Und ich habe mich noch mehr dafür verabscheut, dass ich dir anschließend nicht helfen konnte."

„Wir hätten das durchgestanden, hättest du nur mit mir geredet."

Er senkte den Kopf. „Vielleicht. Aber du hättest niemals dort sein dürfen. Meine Dummheit hätte dich teuer zu stehen kommen können."

„Hätte sie, aber hat sie nicht." Sie atmete heftig aus, als sie das sagte. Sie musste wissen, was ihm so zu schaffen machte, allerdings ließ der heftige Schmerz in seinen Augen sie daran zweifeln, ob sie es wirklich wissen wollte. „Du wirst es mir immer noch nicht sagen, oder?"

„Nein."

Sie verzog das Gesicht und rutschte zurück, um sich auf die Fensterbank zu setzen und etwas Abstand vom Schmerz zu gewinnen. Sein Geständnis brach ihr das Herz. Brannte in ihrer Brust. „Ich muss wissen, was du durchmachst, Tate. Ich muss wissen, was dich forttreibt."

Ihre Nase begann zu brennen, ihre Sicht verschwamm. Sie weigerte sich nach wie vor zu weinen. Ihre Tränen würden den bereits entstandenen Schaden nicht reparieren. Doch alles in ihr schmerzte angesichts der Ungerechtigkeit der Ereignisse.

„Ich liebe dich, Cass. Aber unsere Ehe ist vorbei."

An seine Liebe erinnert zu werden tat jetzt mehr weh denn je. Sie hatten so vieles falsch gemacht. Von der Nacht im Club, über seine Reaktion, bis hin zu ihrem schamlosen ersten Besuch im *Vault of Sin*, und allem dazwischen. Es war ein verworrenes Durcheinander, das sich nie entwirren würde.

„Aber ich ..." Sie wusste nicht, was sie sagen sollte. Sie schlang die Arme um ihren Oberkörper und wünschte sich, sie hätte mehr Kampfwillen. „Was wäre, wenn—"

„Nein." Er lächelte traurig und offenbarte mit einem einzigen Blick unendliche Emotionen. „Bitte kämpfe nicht mehr dagegen an. Ich halte das nicht länger aus."

Sie versuchte so ruhig zu bleiben wie er, aber war sich sicher, dass ihr das nicht gelang. Es war nicht leicht, wenn ihr Innerstes matsche war und das Pochen in ihren Adern sich anfühlte, als würde die Welt untergehen. Sie musste ihn berühren. Nur ein einziges Mal. Musste die Kraft unter ihrer Handfläche spüren und die Hitze, die ihre vereiste Seele wärmte. Sie strecke eine Hand nach ihm aus, fuhr mit den Fingern über seine Brust, spürte sein Herz schlagen.

„Ich werde nie aufhören dich zu lieben." Sie klammerte sich an sein Hemd und lehnte ihren Kopf an seine Schulter. Sie schloss die Augen, versank im hypnotisierenden Rhythmus seines Herzschlags und wünschte sich, sie wären an einem anderen Ort, zu einer anderen Zeit.

„Ich weiß. Aber wirst du mir jemals vergeben?"

Sein Flüstern durchdrang sie und berührte jeden Nerv. Sie kniff die

Augen zusammen und umklammerte mit ihren Fäusten das Material, bis ihre Knöchel schmerzten. „Ich weiß es nicht."

Es gab so viel zu vergeben – dass er sie nach ihrer Reise nach Tampa monatelang ausgegrenzt hatte, dass er sie im *Vault of Sin* ans Bett gefesselt und beschämt und erniedrigt zurückgelassen hatte, vor allem aber die unbeantworteten Fragen.

„Es tut mir so leid, Cass. Ich wünschte, ich wüsste, wie ich meine Schuld erklären könnte, sodass du es verstehst." Sein Atem streifte ihr Ohr, seine Lippen streichelten zärtlich ihre Haut. „Ich hätte dich niemals in all das mit reinziehen dürfen. Ich hätte glücklich sein sollen mit dem, was wir hatten."

Hätten sie bloß die Grenze nicht überschritten. Hätte sie es bloß nicht so sehr genossen, mehr zu wollen. Hätten sie sich bloß nicht in ihrer atemberaubenden, Herzklopfen verursachenden Liebe verloren, dann wäre all das nie passiert.

Wäre es nur so.

Sie lehnte sich zurück, ihre Finger noch immer in seinem Shirt vergraben. „Ich habe deinen Lebensstil auch für mich gewählt. Ich wollte alles, was du mir offenbart hast. Ich hätte es dir gesagt, wenn es anders gewesen wäre."

Er schnitt eine Grimasse, die seine markanten Züge in etwas herzzerreißend Verletzliches verwandelten. „Ich wünschte ..." Er seufzte. „Ich sollte gehen."

Er wollte sich von ihr losmachen, doch sie verstärkte ihren Griff. Ja, es war an der Zeit Abschied zu nehmen, doch sie konnte es nicht ertragen, seine Wärme schon zu verlieren. Sie musste ihn noch etwas festhalten und seinen Duft tief einatmen, damit ihre Erinnerung niemals verblasste.

Er war wunderschön. Sein Gesicht ein Bild der Qualen und Hingabe. Trauer und Verehrung. Sie liebte diesen Mann. Das würde sie immer. Und nun musste sie ihn gehen lassen.

„Leb wohl, Tate." Sie lehnte sich ihm entgegen und strich mit ihrem Mund über seinen. Die zarte Berührung versengte sie bis zu den Zehenspitzen. Sie war exquisit in ihrer Geschmeidigkeit. Ein rein instinktives Spiel der Lippen.

Er erwiderte ihre Zuneigung, versank zwischen ihren Schenkeln und legte eine Hand in ihren Nacken. Sie wusste, der Kuss war ihr Abschied. Ihr Ende. Und doch konnte sie nicht anders als ihre Verbindung zu vertiefen, indem sie ihre Zunge in seinen Mund schob.

Ihre Finger klammerten sich fester an sein Hemd, ihr Körper und ihr

Herz außerstande, ihm nahe genug zu kommen. Sie vergötterte diesen Mann. Das würde sie immer. Doch ihre gemeinsame Zeit war vorbei. Das hier war alles, was ihnen geblieben war.

Sie stöhnte in seinen Mund, küsste ihn härter. Die Teile ihrer Seele, die gestorben waren, als er aus ihrem Leben verschwand, erwachten mit der Kraft von einer Million winziger Nervenexplosionen wieder zum Leben. Er war überall – in ihrem Kopf, in ihrem Herzen, sein Geschmack auf ihren Lippen, seine Liebe in ihren Adern.

Sie konnte nicht genug bekommen.

Stöhnend zog er sich zurück und riss sie damit aus ihrer lustvollen Benommenheit. Sein Blick war warm, sein Atem ging in kurzen, flachen Zügen. Er stand am Abgrund, genau wie sie. Wollte noch weitergehen, obwohl er besser umkehren sollte.

„Das ist genug, Cass. Ich möchte dir keinen falschen Eindruck vermitteln."

„Ich weiß", sagte sie gegen seine Lippen. „Aber ich bin innerlich bereits tot. Mach, dass ich mich wieder lebendig fühle, ein letztes Mal."

Er schloss die Augen, seine Stirn von tiefen Furchen übersät. Als er sie wieder anschaute, sah sie Entschlossenheit. Verlangen. Leidenschaft so wild und hemmungslos, dass es sie überrumpelte, als er seine Lippen wieder auf ihre presste.

Er packte ihre Hüften und zog sie ruckartig zu sich an den Fenstersimsrand, während sein Körper zwischen ihren Schenkeln versank. „Gott, ich werde dich vermissen."

Sie ließ sein Hemd los und versenkte ihre Hände in seinen Haarsträhnen, wie sie es schon so oft getan hatte. „Mach Liebe mit mir, T.J."

Er knurrte und schüttelte den Kopf.

„Bitte." Sie sah ihn mit einem Blick an, der ihm ihre Resignation in Bezug auf ihre Ehe offenbarte. Sie wusste, dass es vorbei war. Er würde nie zulassen, dass sie ihre Zukunft aufs Spiel setzte, selbst wenn sie die Risiken abwägen und ihre Bedenken über Bord werfen würde.

„Ich will nicht, dass du denkst—"

„Es ist vorbei, T.J." Sie küsste seinen Mundwinkel, seine Wange, sein Ohrläppchen. „Zeig mir, wie sehr du mich liebst, bevor du gehst."

Er erstarrte, sein Rücken stocksteif, während ihr Puls in ihren Ohren widerhallte. *Bitte geh nicht.*

„Ich werde dich immer lieben." Das Klimpern seines Gürtels war wie eine Melodie, gefolgt vom Geräusch seines Reißverschlusses.

Sie zerrte an seinem Shirt, zog es ihm über den Kopf und ließ es zu

Boden fallen. Sein Körper war definierter, als sie ihn in Erinnerung hatte. Seine Muskeln waren durchtrainiert, seine Haut straff und einladend.

Sie packte den Bund seiner Boxershorts und zerrte daran, um die Spitze seiner Erektion zu entblößen, die darum bettelte, befreit zu werden. Ihr lief das Wasser im Mund zusammen beim Anblick der dicken, geschwollenen Spitze, die sie mit ihrem Mund umschließen wollte.

„Cass …" Er zerknitterte das Material ihres Kleides und schob es ihre Oberschenkel hoch. „Ich hatte eine lange Zeit keinen Sex mehr. Ich war mit niemandem zusammen außer dir."

Sie grinste und genoss seinen Mangel an Selbstbeherrschung.

„Findest du das lustig?", stichelte er und schob einen Finger unter den Stoff am Schritt ihres Slips. „Du wirkst mindestens ebenso wehrlos wie ich, schöne Frau."

Nickend streckte sie ihre Hüften seiner Berührung entgegen, suchte nach dem kleinsten Hauch einer Penetration, um das Verlangen in sich zu stillen. „Ich wollte dich noch nie so dringend in mir spüren wie jetzt gerade."

Sie zog sich das Kleid über den Kopf und warf es ziellos zur Seite. Es war ihr egal, ob die Nachbarn sie in ihrer Unterwäsche sehen konnten. Stattdessen verfiel sie dem Zauber der Lust und Liebe, in der ihr Mann sie badete, und weigerte sich zu glauben, dass es das letzte Mal war.

„Du bist immer noch die schönste Frau, die ich je gesehen habe."

Ihr Herz flatterte. „Du kommst wohl immer noch nicht viel unter die Leute."

„Ich komme genug unter Menschen, danke", knurrte er und griff um sie herum, um den Rückenverschluss ihres BHs zu öffnen.

Ihre befreiten Brüste kribbelten unter seinem bewundernden Blick. Er stürzte sich auf sie, nahm ihre verhärtete Brustwarze in den Mund und verwöhnte sie mit seiner Zunge in einem verschlungenen Muster, das ihren Lippen ein Wimmern entlockte.

„Der muss weg." Er zerrte ihren Slip hinunter, während er sich zur anderen Brust bewegte, um ihr dieselbe Aufmerksamkeit zu schenken.

Sie hob ihren Po von der Fensterbank, eine Hand am Rahmen abgestützt, die andere um seinen Nacken geklammert, während er das letzte Kleidungsstück ihre Beine hinunter und zu Boden beförderte.

„Spreize deine Oberschenkel", verlangte er. „Einen Fuß auf die Fensterbank."

Ihr Innerstes zog sich bei seiner Anweisung zusammen. „Ich bin nicht mehr so flexibel wie früher."

„Natürlich bist du das. Du brauchst nur die Verlockung eines Orgasmus, um über dich selbst hinauszuwachsen."

Da war er, der Mann, der ihre Grenzen sprengte. Derjenige, der kein Nein als Antwort akzeptierte, wenn es um ihr Vergnügen ging. Sie schob ihre Hüften vor und hob einen Fuß an, um ihn auf der Fensterbank abzustellen und damit alles von sich zu entblößen.

Er trat zurück, um ihren Anblick in sich aufzunehmen, während seine Brust sich in hektischen Atemzügen hob und senkte. „Verflucht."

Er sank auf die Knie und entlockte ihrer Kehle ein Keuchen, als er seine Arme grob um ihre Beine schlang und seinen Kopf zwischen ihren Schenkeln vergrub. Er war nicht zögerlich. Er war nicht gütig. Er verschlang sie regelrecht. Seine Zunge leckte ihr Geschlecht und teilte ihre Schamlippen, um ihre Erregung zu schmecken.

Sie kniff die Augen zusammen und konzentrierte sich auf das Streicheln seines Mundes, das raue Kratzen seiner Stoppeln auf ihrer Haut. Der dominante Griff seiner Hände um ihre Oberschenkel verstärkte sich und brachte sie ohne viel Aufwand dazu, sich ihm rückhaltlos zu unterwerfen.

Sie war ihm ausgeliefert. Nicht mehr als ein Blatt im rauesten Nordwind.

„T.J." Auf der Suche nach Halt streckte sie eine Hand aus und erwischte nichts als Luft. Ihre Vagina pulsierte. Tief in ihrem Inneren pochte jeder Nerv und wartete auf den nächsten Zungenschlag gegen ihre Klitoris.

Dann hörte er auf und ließ sie keuchend und mit brennenden Lungen zurück, bevor er aufstand und aus seiner Jeans schlüpfte. Seine restlichen Klamotten fielen an seinen Füßen zu Boden. Schwer atmend und mit seinen wilden Augen war er anbetungswürdig. Er betrachtete sie noch einmal ausgiebig, während sein Glied gegen den leichten Haarflaum pulsierte, der zu seinem Bauchnabel führte.

„Hast du es dir anders überlegt?" Sie hob eine Braue und schluckte über die Trockenheit in ihrer Kehle hinweg.

„Eigentlich", er räusperte sich, „überlege ich gerade gar nicht. Deine Schönheit macht das unmöglich."

Lächelnd lehnte sie sich zu ihm vor und schlang einen Arm um seinen Hals, um ihn an sich zu ziehen. Als er sich zu ihr hinunterbeugte, um sie zu küssen, gab es einen kurzen Augenblick, die wenigen Sekunden, die ihre leidenschaftlichen Blicke kollidierten, in denen ihre Verbundenheit sie in die Vergangenheit zurückversetzte.

Das zwischen ihnen war Perfektion.

Glückseligkeit auf jeder Ebene, emotional und physisch.

Sie küsste ihn hart, und stöhnte, als sie ihre Lust auf seinen Lippen schmeckte. Die Sonne schien auf ihren Rücken, aber es war seine Brust, seine Haut, von der Hitze abstrahlte, die sie von innen heraus wärmte.

Sie brauchte mehr – alles – von ihm.

„Ich muss dich haben." Ihr Hintern balancierte auf dem Rand der Fensterbank, während seine Erektion an ihrem Schoß rieb.

Er schob eine Hand zwischen sie und positionierte sich an ihrem Eingang. Schon das geringste Gleiten seines Glieds über ihr Geschlecht brachte sie zum Wimmern. Die Erinnerungen an das Vergnügen, das er ihr bereiten konnte, waren ausreichend, um sie an den Rand des Orgasmus zu treiben.

Er hielt inne, zweifellos in dem Versuch, ihre Erwartungshaltung anzuheizen, für die sie bereits zu erregt war, um sie zu schätzen zu wissen. Dann stieß er in sie und dehnte mit seinem Schaft Muskeln, die schon seit Langem nicht mehr benutzt worden waren.

„Herrgott." Seine Stimme war guttural. „Es wird nie eine andere für mich geben. Niemand wird ansatzweise—"

„Shh." Sie legte einen Finger auf seinen Mund und genoss, wie er bei ihrer Berührung seine Augen schloss. Mit ihrer Fingerspitze rieb sie über seine Unterlippe und holte überrascht Luft, als er seine Zähne in ihren Nagel versenkte.

„Niemand." Er blinzelte auf sie hinab, die rhythmischen Bewegungen seiner Hüften nun fordernder.

Sie nickte atemlos, als eine seiner großen Hände ihren Hinterkopf umfing und die andere ihre Hüfte packte. Er lehnte seine Stirn gegen ihre, hielt ihren Blick fest, während er weiter Liebe mit ihr machte und sich mit einem mit der Zeit perfektionierten Rhythmus in ihr wiegte. Vorwärts, zurück, vorwärts, zurück, jeder Stoß ein bisschen härter.

Ihre Lust geriet außer Kontrolle und steigerte sich mit einer Intensität, der sie sich nicht verwehren konnte. Sie klammerte sich an ihn, packte seine breite Schulter, krallte sich in seine Haare. Ein Schrei entwich ihren Lungen, als ihr Orgasmus einsetzte – ein Schrei der Lust und Verzweiflung. Sie schwebte auf dem Höhepunkt aller Höhen, doch auf der anderen Seite wartete Trauer. Sie spürte bereits, wie Kummer und Einsamkeit sie langsam durchdrangen.

Seine Stöße wurden brutal, und sein kehliges Stöhnen kündigte seinen Höhepunkt an. Sie würde nie vergessen, wie er aussah, seine Augen gefesselt von ihren, jedes Flackern seiner Gedanken sichtbar in den Emotionen auf seinem Gesicht.

Lebwohl, T.J.

Sie legte ihre Handfläche auf seine stoppelige Wange und wiegte ihr Becken fordernder, genoss den letzten schwächer werdenden Puls der Euphorie, bevor er für immer verschwunden war. Langsam kam er zur Ruhe, bis seine Hüften sich nicht mehr bewegten, sein Schaft tief in ihr vergraben.

Sie genoss seinen Duft, seine Schönheit, und war dankbar für diesen einen letzten gemeinsamen Moment. Nun blieb ihr nichts anderes mehr übrig, als nach vorne zu sehen.

„Danke." Damit meinte sie nicht den Sex. Ihr Dank galt der Art und Weise, wie es zwischen ihnen enden würde – in Liebe statt in Hass.

Er nickte und legte seine Arme um ihre Taille, um sie festzuhalten.

Sie wollte für immer so verharren. Weiter für das kämpfen, was sie hatten.

Wenn sie es nur könnte. Er würde ihr diese Option niemals geben.

Bedauerlicherweise wusste sie, dass sein Entschluss feststand. Es gab kein Zurück mehr. Sie legte ihre Stirn gegen seine und rieb mit dem Daumen über maskuline Haut, bei der sie immer das Bedürfnis verspüren würde, sie berühren zu müssen.

„T.J." Sie räusperte sich und straffte ihre Schultern. „Ich denke, du solltest gehen."

KAPITEL SECHZEHN

Eine Woche später.

Cassie war wieder mit Kistenpacken beschäftigt. In den Schränken des Gästezimmers hatte sie noch mehr von T.J.s Habseligkeiten gefunden. Dann noch weitere im Arbeitszimmer. Sie hatte nicht daran gedacht, seine Geschäftsakten auszuräumen oder seinen E-Mail-Account von ihrem Computer zu löschen ... bis jetzt, wo ihr Verstand endlich ihr Schicksal akzeptierte.

T.J. hatte bereits sein E-Mail-Passwort geändert. Die Software würde keine neuen E-Mails mehr downloaden. Doch das ließ die alten E-Mails nicht verschwinden. Es befanden sich immer noch geschäftliche E-Mails im *Posteingang,* auch sein *Gesendet*-Ordner war voller Nachrichten, ebenso der *Papierkorb.*

Sie mussten verschwinden. *Alles* musste verschwinden.

Mit einem Glas Wein in der Hand tauchte sie in seine Vergangenheit ein, um sich zu vergewissern, nichts Wichtiges zu löschen, bevor sie eine nach dem anderen endgültig entfernte. Sie bemühte sich so zu tun, als wäre sein Name nicht tröstlich. Als würden seine professionellen und zuvorkommenden Antworten an Kunden ihr keinen Herzschmerz verursachen. Das tat sie so lange, bis ihr Kopf vor Alkohol schwirrte und ihr Magen knurrend nach Essen verlangte.

Geschäftliche E-Mail – gelöscht. Geschäftliche E-Mail – gelöscht. Spam-E-Mail – gelöscht. Geschäftliche E-Mail – gelöscht. Sport-Newsletter –

gelöscht. Private Nachricht ... Sie klickte auf Letztere, der Betreff – *Privat und Vertraulich* – hatte ihr Interesse geweckt.

Vielen Dank für Ihre E-Mail, Scott.

Es tut mir leid, dass es Stunden gedauert hat, um zu antworten. Ich bin ganz ehrlich, ich fühle mich für die Situation der jungen Frau verantwortlich.

Ich möchte mich herzlich für die Dateien und Links bedanken. Ich stimme Ihnen zu, dass Ihre Dienste nicht länger benötigt werden, jetzt, da der Mann in Haft ist. Bevor Sie mir jedoch die Schlussrechnung für die geleistete Arbeit zukommen lassen, möchte ich Sie bitten zu prüfen, ob ich die Frau finanziell entschädigen könnte, ohne dass eine Spur zu mir zurückführt.

Ich wäre für jede Information in dieser Angelegenheit dankbar, und weiß, wie üblich, Ihre Diskretion zu schätzen.

Tate Jackson

Cassie stellte ihr Weinglas auf den Tisch und starrte ausdruckslos auf den Bildschirm. Ein Schauer des Grauens lief ihr über den Rücken, und sie konnte die Eifersucht, die sich in ihrem Magen ansammelte, nicht abstreiten. War dies die Information, die bewies, dass es eine andere Frau gab? War die Entschädigung für ein Kind?

Sie scrollte tiefer, in der Hoffnung, Scotts Original-E-Mail unter T.J.s Text zu finden. Doch da war nichts. *Shit.* Sie druckte die kryptische Nachricht aus und suchte dann nach weiteren E-Mails, die an Scotts Adresse gegangen waren. Nichts. Falls noch weitere Nachrichten an diese Adresse geschickt worden waren, hatte T.J. sich alle Mühe gegeben, diese zu verbergen.

Ihr Herz klopfte heftiger, der berauschende Schwips des Alkohols von ihrer Angst überschattet. Ihre Beziehung mit T.J. hatte ein bittersüßes Ende gefunden. Der einzige Grund, wieso sie nachts schlafen konnte, war das Wissen, dass er sie noch liebte. Es erlaubte ihr einen winzigen Hoffnungsschimmer in sich zu tragen, dass er eines Tages aufwachen und seinen Fehler einsehen würde. Allerdings bekamen seine Schuldgefühle jetzt einen anderen Kontext.

Sie navigierte zum Ordner mit den gelöschten Nachrichten und suchte nach Scotts Namen. Wieder nichts. Da waren keine weiteren E-Mails von oder an diesen Mann.

„Verdammt." Sie konnte T.J. nicht anrufen und danach fragen. Es war aus und vorbei zwischen ihnen. Sie musste irgendwie anders an mehr Information herankommen.

Dateien und Links.

Es musste eine Internet-Spur geben. Oder Dokumente irgendwo auf dem Computer. Sie öffnete einen Internetbrowser, klickte auf den Verlauf und scrollte bis zum Datum der E-Mail zurück.

Vor sechs Monaten.

Aufgeregt richtete sie sich auf. Es musste etwas mit T.J.s Auszug zu tun haben, das wusste sie. Nur hatte sie bisher keine Beweise, nichts, was ihre Vermutung untermauert hätte. Es war der Schmerz in ihren Knochen, der ihr die Wahrheit verriet.

Sie umklammerte ihr Weinglas, nahm Schluck um Schluck, bis das Datum der Links mit dem der E-Mail übereinstimmte. Es gab nur zwei Links, die beide auf dieselbe Nachrichtenseite führten.

Ihre Hand zitterte, als sie auf die erste Websiteadresse klickte. Dann drohte alles in ihrem Magen zu revoltieren, als das Gesicht eines bekannten Mannes den Bildschirm ausfüllte. Gespenstische blaue Augen, eine markante Nase und ölverschmiertes Haar. Das Glas glitt ihr aus der Hand, der Fuß berührte den Tisch, bevor es zu Boden fiel.

Sie konnte nicht mehr klar sehen. Nicht denken. Sie versuchte zu blinzeln, zu fokussieren, doch alles, was sie sah, waren lebhafte Erinnerungen vor ihrem inneren Auge.

Serienvergewaltiger wieder hinter Gittern.

Sie hielt den Atem an und überflog den Artikel. Ihr Blick fiel auf fürchterliche Worte wie Vergewaltigung, brutal, Krankenhausaufenthalt, vierzig Jahre Haft. Sie erhob sich vom Stuhl, stolperte zurück und bedeckte ihren Mund, um die Übelkeit zu bekämpfen, die ihr in den Hals stieg.

Nichts konnte den Sturm der Gefühle aufhalten, der sie überkam. Tränen fielen ohne ihre Erlaubnis. Ihre Brust drohte zu explodieren. Eine Frau war vergewaltigt worden. Das Leben einer unschuldigen jungen Frau war von demselben Mann ruiniert worden, der Cassie angegriffen hatte, und es war erst vor sechs Monaten geschehen.

Sie stolperte aus dem Zimmer und rannte den Flur entlang. Ihre Füße strauchelten, als sie sich durch die Badezimmertür stürzte, um sich gewaltsam ihres gesamten Mageninhalts zu entledigen.

T.J. hatte es gewusst. Seit über sechs Monaten hatte er es gewusst.

Sechs Monate. Seit dem Tag, an dem er sie verließ.

„Oh Gott." Sie würgte erneut und schloss die Augen, während ihr weiter die Tränen liefen.

Nun machte ihre Scheidung Sinn. Alles war auf einmal erschütternd klar. Die Zerstörung ihrer Ehe war ihre Schuld. Nicht nur das: Die Frau war vergewaltigt worden, weil Cassie nicht zur Polizei gegangen war.

Mit dem Rücken lehnte sie sich gegen die Badezimmerwand und ließ ihrem Schluchzen freien Lauf. Die Zeit wurde nur noch in Tränen gemessen. Sie wusste nicht, wie lange sie dort saß, war sich nicht sicher, wann die Sonne untergangen und die Dunkelheit hereingebrochen war.

Das Telefon hatte mehr als einmal geklingelt. Der Fernseher im Wohnzimmer plätscherte noch immer vor sich hin, während in ihr alles schmerzte. Sie war sich nicht sicher, was sie emotionaler machte – die Frau, deren Vergewaltigung hätte verhindert werden können, die Jahre der Ehe, die hätte gerettet werden können, oder die Geheimnisse, die T.J. vor ihr verborgen hatte.

„Cassie", rief seine Stimme in ihrem Kopf.

In ihrem Delirium schnitt sie eine Grimasse und weinte ein wenig mehr. Sie verleugnete den Wahnsinn nicht. Sie hatte ihn und noch so viel mehr verdient.

„Cassie."

Diesmal runzelte sie die Stirn und kam langsam auf die Füße. Seine Stimme war kein Traum. Er war hier und schloss gerade ihre Haustür auf, um ihren Alptraum zu betreten.

～

„Cassie." T.J. stürmte mit klopfendem Herzen ins Haus. Er rannte durch den Flur und hielt abrupt an, als er sie im Dämmerlicht erblickte. Ihr Haar war durcheinander, ihre Augen blutunterlaufen und ihre Haut blass. „Was ist los?"

Sie blinzelte ihn mit gerunzelter Stirn an. „Was machst du denn hier?"

„Jan hat angerufen." Er streckte eine Hand aus, vorsichtig, als würde er sich einem verängstigten Kind nähern. Sie wirkte schwach. Zerbrechlich. „Sie sagte, sie könne dich weinen hören, aber du würdest nicht an die Tür gehen."

Cassie blinzelte und schüttelte den Kopf. „Ich habe es nicht gehört." Nicht einmal ihre Stimme war wie sonst. Sie war tonlos. Wie betäubt.

„Cassie ..." Er machte einen weiteren Schritt, musste reparieren, was zerbrochen war. Nachdem er letzte Woche mit ihr geschlafen hatte, hatte er geschworen, sich von ihr fernzuhalten, doch sobald Jan anrief, hatte er sich völlig verzweifelt hektisch ins Auto gesetzt, um schnellstmöglich zu ihr zu gelangen. Er hatte befürchtet, dass so etwas passieren würde. Dass er sie verließ, um sie zu beschützen, ohne zu wissen, wie sie mit allem fertig wurde, während sie getrennte Leben führten. „Sag mir, was los ist."

Sie sah ihn stirnrunzelnd an, Zorn machte sich in ihrem Gesicht breit.

„Du wusstest es." Ihr Brustkorb hob und senkte sich in heftigen Atemzügen. „Du wusstest es und hast mir nichts gesagt." Sie kam auf ihn zu und funkelte ihn wütend an. „Du wusstest es." Sie stieß ihn in die Brust. „Und hast mich im Dunkeln tappen lassen."

„Cassie." Er wich zurück, bis er gegen die Wand stieß. „Was wusste ich?"

Sie lachte hysterisch. „Alles." Sie stieß ihn nochmal, und eine Träne kullerte über ihre blasse Wange. „Warum hast du es mir nicht gesagt?" Ihre Stimme war ein einziges Flehen. „Ich verdiene zu erfahren, was ich angerichtet habe."

Seine Kehle schnürte sich zu. „Du hast gar nichts angerichtet, Sweetheart."

Ihr Gesicht verzerrte sich, als sie mit den Fäusten auf seine Brust hieb und schluchzte. „Ich habe unser aller Leben ruiniert." Sie schnappte verzweifelt nach Luft. „Eine Frau wurde vergewaltigt."

Alles in ihm starb. Eine Sekunde lang starrte er sie an. Auf die Zerstörung, die er zu verhindern gehofft hatte. Auf den Schmerz, den er nicht ertragen konnte. Er riss sie an seine Brust und schloss die Augen, um seine eigenen Tränen abzuwehren.

„Es ist okay", flüsterte er und hielt sie fest, während ihr Körper bebte. „Es ist nicht deine Schuld."

Es war seine. Es hatte vor Jahren angefangen, als er begonnen hatte, ihre Grenzen auszuweiten. Liebe erforderte Spontaneität, doch er war zu weit gegangen. Ihre Ehe war perfekt gewesen, und er hatte sie mit seinem ständigen Bestreben nach mehr Abenteuer ruiniert. Er hatte sie in diesen Club getrieben. Er hatte ihre Hand gehalten, als sie durch die Tür gingen. Und er hatte sie nicht rausgezerrt, als er entdeckte, dass der Ort ihrer Anwesenheit nicht würdig war.

Er war für sie verantwortlich gewesen, und im Gegenzug war er schuld an ihrem Leiden.

„Hast du der Frau Geld gegeben?" Ihre Stimme war kaum mehr als ein Flüstern.

„Nein." Er hatte sich große Mühe gegeben, seine Spuren zu verwischen, Telefonlisten und E-Mails zu löschen, doch Cassie musste eine Nachricht des Ermittlers gefunden haben. Noch so ein Fehler, den er gemacht hatte. „Ich wollte es. Aber nicht zu wissen, woher die Summe kommt, hätte sie verstören können, daher habe ich es mir anders überlegt."

Ihr Gesicht verzerrte sich vor Schmerz. Sie atmete tief ein. „Aber geht es ihr gut? Ich meine … hat sie … hat sie Leute, die sich um sie kümmern?"

Nein. „Ja." Er hatte ehrlich gesagt keine Ahnung. Er hatte sich nicht dazu durchringen können weiter herumzuschnüffeln. Er hatte nicht riskieren wollen ihr Angst einzujagen, sollte sie herausfinden, dass ein Ermittler sie verfolgte. Also hatte er vor sechs Monaten seine letzte Zahlung an Scott geleistet und versucht es hinter sich zu lassen.

Sie drückte sich von seiner Brust weg und musterte ihn. „Warum glaube ich dir nicht?"

Er verzog das Gesicht. Ohne Worte teilte ihm der Ausdruck in Cassies Augen mit, dass sie hasste, was er getan hatte.

„Du hättest es mir sagen sollen." Sie schüttelte seine Berührung ab und ging außer Reichweite. „Wie konntest du mir das vorenthalten?"

„Ich wollte nicht mit ansehen, wie du das durchmachen musst."

„Du hast Informationen über eine Vergewaltigung und damit den eigentlichen Grund für unsere Scheidung zurückgehalten, weil du mit meinen Tränen nicht fertig wirst?"

„Nein." Er schüttelte den Kopf. „Ich meine damit, dass du das hier nicht verdienst. Du hast diese Schuld nicht zu tragen, sondern ich."

„Also war ich nicht dafür verantwortlich, der Polizei von dem Verbrechen zu erzählen, das dieser Mann begangen hat?" Ihre Worte sprühten vor Gift. „Ich hätte die Zukunft dieser Frau nicht ändern können, wenn ich Anklage gegen ihren Vergewaltiger erhoben hätte, lange bevor er sie vergewaltigte? Er hätte schon früher im Gefängnis landen können."

„Ohne mich wärst du nie in diesen Club gegangen", regte er sich auf, wollte, dass sie sich die Wahrheit anhörte. „Du wärst nicht angegriffen worden, Cassie. Es hätte für uns nie einen Grund gegeben auseinanderzugehen, und du hättest nicht einmal von der Existenz dieses Mannes gewusst. Meine Entscheidungen haben zu all dem geführt, nicht deine."

„Da liegst du falsch." Sie funkelte ihn an, ihre zugeschwollenen Augen voller Verachtung. „Ich will, dass du gehst."

„Ich habe versucht dich davor zu bewahren, Cass."

„Ich bin eine erwachsene Frau." Ihre Stimme hallte von den Wänden. „Für meine eigenen Fehler übernehme ich selbst die Verantwortung."

„Ja, aber dieser Fehler war nicht deiner. Es war *seiner* und meiner."

„Geh." Diesmal klang ihre Stimme weniger giftig. „Geh einfach, T.J." Sie ließ ihre Schultern sinken, aller Kampf und Zorn verflüchtigte sich.

„Cassie, bitte. Es ist nicht deine Schuld. Du bist nicht dafür verantwortlich."

„Nein?" Sie hob eine Braue. „Warum verheimlichst du es mir dann?

Warum unsere Ehe beenden, wenn nicht, weil du von meinen Taten angewidert bist?"

„Warum?" Sie wusste so viel und doch so wenig. „Weil ich es nicht mehr verdient habe, dich küssen zu dürfen, wenn es Geheimnisse zwischen uns gibt. Ich konnte es nicht ertragen, dich anzusehen und zu wissen, dass ich dir die Wahrheit vorenthalte. Und ich konnte nicht in unserem Bett schlafen, wenn ich immer wieder daran denken musste, dass du leicht diese Frau hättest sein können. Ich habe dir immer gesagt, meine Schuld macht es mir schwer, dir nah zu sein."

„Nun, deine Schuldgefühle sind fehlgeleitet. Und der Gedanke, dass du mich als jemanden siehst, der schwach und unfähig ist, seine eigenen Entscheidungen zu treffen, widert mich an." Seufzend sah sie weg. „Ich weiß nicht, wen du siehst, wenn du mich anschaust, T.J., aber du siehst definitiv nicht die Frau, die ich bin."

„Ich kenne dich." Er kannte sie besser als sich selbst. Sie war wunderschön. Gütig. Fürsorglich. Vor allem jedoch hatte sie ein Herz, das den Schmerz anderer als viel schlimmer empfand als ihren Eigenen.

„Tust du nicht." Sie schüttelte den Kopf und ging weg. „Du glaubst nicht an meine Stärke. Du hältst mich für nicht in der Lage, meine eigenen Entscheidungen zu treffen. Also ist die Scheidung wohl tatsächlich das Beste. Endlich stimme ich zu, dass es besser ist, wenn wir getrennte Wege gehen."

„Das sagst du nur so." Sie stand unter Schock. Es würde ein harter Kampf für sie werden, über diese Nachricht hinwegzukommen, und er konnte es nicht ertragen, sie damit allein fertigwerden zu lassen. „Lass mich eine Weile bei dir bleiben."

„Nein." Sie blieb am Ende des Flurs stehen, und ihre atemberaubende Silhouette versetzte seiner Brust einen Stich. „All die Nächte habe ich mir gewünscht, du wärst hier und würdest mich halten. Jetzt bin ich dankbar, nicht in einer toxischen Ehe festzustecken." Sie verschwand aus seinem Blickfeld und nahm sein Herz mit. „Schließ die Tür hinter dir, wenn du gehst."

KAPITEL SIEBZEHN

.J. lief auf und ab. Wieder einmal. In letzter Zeit schien das alles zu sein, was er tat. Jeden Tag lief er etliche Kilometer auf derselben Stelle und versuchte das Bild von Cassie zu vertreiben. Sie verfolgte ihn nicht nur in seinen Träumen, jetzt terrorisierte sie auch jeden seiner Atemzüge im Wachzustand.

„Du hast uns gerufen", sagte Leo gedehnt, dessen Gestalt im Türrahmen des *Shot of Sin*-Büros auftauchte.

„Schon wieder." Brute bahnte sich einen Weg in das Zimmer.

Scheiße. Sein Herz klopfte ihm in einem rasanten Rhythmus bis zum Hals, seine Handflächen schwitzten. Er konnte die Angst nicht eindämmen, die durch seine Adern pulsierte und ihm sagte, dass es die falsche Entscheidung wäre an der Scheidung festzuhalten. Seine Beklemmung wuchs mit jeder Sekunde, die der Tag näherkam, an dem er sich rechtlich von seiner Frau trennen würde.

„Was ist diesmal der Grund, dass wir uns hier versammeln?" Brute schaute grimmig drein. „Abgesehen davon, dass wir im Büro einen neuen Teppich benötigen, weil du den jetzigen abgenutzt hast."

T.J. blieb stehen und kämpfte gegen den Drang an, weiter in Bewegung zu bleiben. Er hatte Cassie täglich im Auge behalten, seit sie die einzelne E-Mail gefunden hatte, die er hätte löschen sollen. Auch Jan warf ein Auge auf sie, genauso wie Shay, und er verbrachte jede freie Sekunde damit, an seinem alten Haus vorbeizufahren, um sich ihr nahe zu fühlen. Er hatte ein- oder zweimal angerufen, ein paar schuldgeplagte Worte mit ihr gewechselt, aber sie wollte nie reden. Sie sah nach vorne, und leistete dabei bessere Arbeit als er.

„Ich glaube, ich mache einen Fehler." Er fuhr mit einer zittrigen Hand über seinen Kiefer. Diese Worte hatte er die ganze Woche nicht laut aussprechen können. Allerdings wollte die Panik nicht nachlassen. In seinem Brustkorb pochte es mit jedem Ticken der Uhr.

„Welchen meinst du?" Leo hob überheblich eine Braue und ließ sich auf das Sofa gegenüber des Bürotischs sinken.

T.J. schüttelte den Kopf. *Das hier* war ein Fehler. Es waren die Nerven. Seine Unentschlossenheit. Offenbar musste er eine Form chaotischen Bedauerns durchleben, während der entscheidende Tag näher rückte. Was er fühlte, war nur natürlich … Richtig? „Vergesst es einfach, okay?"

Er musste lediglich weitere achtundvierzig Stunden überstehen. Er würde sich erleichtert fühlen, sobald die Scheidung endgültig war. Cassie würde langsam aus seinen Gedanken verschwinden, sobald sie rechtlich getrennt waren. Das musste sie.

„Spuck es aus", brummte Brute. „Ich muss Lieferanten anrufen und Löhne auszahlen."

T.J. schloss die Augen und rieb über seine angespannte Stirn. Seine Freunde würden sauer sein. Dazu hatten sie auch alles Recht, nach dem, was er ihnen angetan hatte.

„Ich halte es für einen Fehler mit der Scheidung weiterzumachen." Er warf vorsichtig einen Blick auf Brute und zuckte bei seinem wütenden Gesichtsausdruck zusammen, bevor er sich Leo zuwandte. „Sie kennt jetzt die Wahrheit. Es gibt keine weiteren Geheimnisse mehr. Es sind nur meine Schuldgefühle, die mich fernhalten, und ich glaube, die reichen nicht mehr aus."

„Ist das dein verdammter Ernst?" Brute starrte ihn emotionslos an.

„Ich weiß es nicht." Das war die Wahrheit. Er konnte nicht mehr klar denken. Sein Gewissen war sich bewusst, dass Cassie zu verlassen die richtige Entscheidung war. Aber sein Herz? Seine Seele? Jeder Teil seiner Brust, die den ganzen Tag heftig pochte? Sie alle erzählten eine andere Geschichte. Sie drängten ihn ihr hinterherzulaufen und sicherzustellen, dass sie mit den Neuigkeiten fertig wurde.

„Du machst Witze, oder?", fragte Leo. „Du hast sie bereits durch die Hölle und wieder zurück geschleift, und jetzt willst du das Ganze wiederholen?"

„Ich weiß es nicht." Das war das Problem. Er konnte sich nicht entscheiden. „Ich weiß nicht, was ich tun soll. Ich bin mir nicht sicher, ob ich kalte Füße habe oder ob es Intuition ist, die mir sagt, dass ich meine Meinung ändern sollte, bevor es zu spät ist."

„Hast du vielleicht deine Tage?" Leo verschränkte die Arme vor der Brust und sank zurück ins Sofa. „Du warst in letzter Zeit ziemlich launisch."

„Das musst du gerade sagen", unterbrach Brute. „Ich meine mich zu erinnern, dass ich den gleichen Mist mitgemacht habe, als du Probleme mit Shay hattest."

„Eins zu null für dich." Ein Grinsen stahl sich auf Leos Gesicht. „Also, was brauchst du von uns?"

T.J. zuckte die Achseln. „Sagt mir einfach, dass ich das Richtige tue. Sagt mir, dass ich kein Recht habe, um ihre Vergebung zu bitten."

„In *diesem* Fall …", Leo schnitt eine Grimasse, „… denke ich, dass du das Richtige tust."

„*Diesem* Fall?"

„Wenn es dein Ziel ist, dass sie nicht noch weiter leidet, würde ich sie gehen lassen. Sie erholt sich besser, als du erwartet hast. Sie geht zur Therapie, und Shay ist regelmäßig bei ihr und macht Mädchensachen mit ihr. Sie wird ohne dich nicht sterben."

Aber er würde ohne sie sterben.

„Du verschwendest unsere Zeit", grunzte Brute. „Du willst die Wahrheit nicht. Du willst, dass wir dein schlechtes Gewissen besänftigen, damit du dich besser fühlst. Du willst, dass wir dich beruhigen und Vorschläge erarbeiten, die nie besser sein werden als die Option die Flinte ins Korn zu werfen."

Das alles war wahr.

„Aber wenn du dich selbst bestrafen willst, sage ich dir meine ehrliche Meinung." Brutes Stirnrunzeln vertiefte sich. „Du bist ein verfluchter Idiot, sie mit in den Club genommen und dort allein gelassen zu haben. Aber vor allem bist du ein *verfluchter Idiot*, weil du sie gehen lassen hast. Ich weiß es, Leo weiß es und du weißt es ebenfalls."

„Sie hat nie um diesen Lebensstil gebeten, oder um die Verdorbenheit, die sie an ihre Grenzen treibt. Und was, wenn ich ihr wieder wehtue? Was, wenn ich Scheiße baue?"

„Du hast Angst, einen weiteren Fehler zu machen?" Brute schnaubte. „Lass es. Wenn du sie nochmal mit irgendeiner dummen, unverantwortlichen Scheiße verletzt, wirst du keine Zeit haben, dich mit ihrem Schmerz auseinanderzusetzen, weil ich dir dann höchstpersönlich eine verpassen werde", sagte er mit nicht einmal einem Hauch Humor.

Sein Freund würde genau das tun, was er versprochen hatte, und keinen weiteren Gedanken daran verschwenden.

„Du hast einmal Scheiße gebaut, jetzt sei mal etwas nachsichtiger mit dir", fügte Leo hinzu. „Aber wenn du ein zweites Mal Scheiße baust, rette ich dich nicht vor Shay. Ich verspreche dir, sie wird eine größere Bedrohung sein als Brute."

„Ich werde ihr nie wieder wehtun", versprach er. Eher würde er sterben, bevor er ihr noch mehr Tränen verursachte.

„*Nein.*" Brute erhob seine Stimme. „Ihr wehzutun ist unvermeidlich. So funktionieren Beziehungen nun einmal. Denk nicht einmal daran, eure Ehe wieder aufleben zu lassen und sie dann wie Glas zu behandeln. *Wenn* du wieder zu ihr zurückkriechst, verhalte dich richtig. Behandle sie genau so, wie sie behandelt werden möchte, und nicht so, wie du glaubst, dass sie es verdient. Du hast Probleme mit ihrer Zerbrechlichkeit, Arschloch, nicht sie."

Arschloch. Von Brute war das beinahe wie ein Kosename.

„Ihr wisst beide, dass ich sie mehr als das Leben liebe", murmelte T.J.

Brute lächelte, und zeigte dabei seine Zähne ohne jeglichen Charme. „Und du weißt, ich nehme sie dir gerne wieder weg, wenn du das nächste Mal Mist baust."

T.J. rollte mit den Augen und richtete seine Aufmerksamkeit auf Leo. „Noch ein paar weise Worte von deiner Seite?"

„Ja, dir läuft die Zeit davon."

„Glaubst du, das weiß ich nicht? Morgen ist der letzte Tag, bevor die Scheidung rechtsgültig wird."

Leo verzog das Gesicht. „Ja, morgen ist auch der Tag, an dem Shay deine Frau für eine Nacht aus der Stadt entführt, um sie auf andere Gedanken zu bringen."

Verdammter Mist. Sofort begann sein Herz in rasantem Tempo loszugaloppieren. „Ist das dein Ernst?"

Leo neigte den Kopf. „Absolut. Und dem Outfit nach zu urteilen, das Shay für Cass ausgesucht hat, wird sie nicht alleine nach Hause gehen."

KAPITEL ACHTZEHN

„**D**u siehst zum Anbeißen aus."

Cassie errötete angesichts des Kompliments von Shay und schenkte ihr dankbar ein halbherziges Lächeln. Das *Bodycon*-Kleid war zu eng, der Stoff reichte ihr kaum bis zu den Knien und betonte jede ihrer Kurven … von denen sie viele besaß.

„Ist das nicht etwas zu viel?" Sie zog am Saum in einem vergeblichen Versuch, mehr Haut zu verstecken.

„Sei nicht albern. Ziel des Spiels ist es, dein Selbstvertrauen zurückzugewinnen und wieder ein Lächeln auf dein Gesicht zu zaubern. Jetzt steig in das verdammte Auto."

Das war kein Spiel, es war Folter. Shay hatte, genau wie Jan und ein kürzlich gefundener Therapeut, Tage damit verbracht, ihr über ihre Trauer und ihre Schuldgefühle hinweg zu helfen. An Schlaf war immer noch kaum zu denken, und der Schmerz wollte nicht abebben, doch für heute Abend würde Cassie ein Lächeln aufsetzen und so tun, als würde sich ihr Leben morgen nicht unwiderruflich ändern.

„Na los, na los, na los." Shay wackelte mit ihrem perfekten Hintern zu ihrem Auto, das sie in Cassies Einfahrt geparkt hatte. „Ich brauche dringend einen Drink."

Es war schon fast neun Uhr, als sie in den kleinen Viertürer stiegen.

„Also, wo fahren wir hin?" Shay hatte noch keine Einzelheiten verraten. Ein Club in der Crockett Street war ein- oder zweimal erwähnt worden. Ein

Club, der sich in der entgegengesetzten Richtung befand, in die sie gerade unterwegs waren.

„Es gab eine kleine Planänderung."

Cassie seufzte, mittlerweile nur allzu vertraut mit Shays lebhaften Tonfall, der verkündete, dass sie etwas im Schilde führte. „Weißt du was? Sag es mir nicht, wende einfach das Auto und fahr mich nach Hause. Ich scheine immer in Schwierigkeiten zu geraten, wenn ich mit dir unterwegs bin."

Shay prustete und ignorierte ihre Bitte. „Und das ist meine Schuld?"

„Äh, ja. Ich hatte keine Schwierigkeiten, bevor wir uns getroffen haben."

„Klingt irgendwie langweilig", meinte Shay grinsend.

Langweilig, aber ungefährlich. Sie hatte kein Verlangen mehr nach Spaß oder Verdorbenheit. Ohne T.J. hatte nichts davon Bedeutung. Ja, sie plante in der Zukunft ein oder zwei Affären zu haben … vielleicht … sobald sie den Mut aufbrachte, mit einem Fremden nach Hause zu gehen. Aber das würde Zeit brauchen, und Entschlossenheit, die sie momentan nicht hatte. „Warum fahren wir nicht zu mir und genehmigen uns stattdessen dort ein paar Drinks?"

Shay schüttelte den Kopf. „Ich weiß, was du vorhast, und das lasse ich nicht zu. Der erste Schritt ist der schwerste. Wenn der heutige Abend vorbei ist, wird es dir beim nächsten Mal leichter fallen auszugehen. Und das Mal danach noch leichter, und so weiter. Je länger du es hinausschiebst, desto schwerer wird es dir fallen."

„Na gut." Cassie seufzte. „Also, wo fahren wir hin? Und glaub nicht, ich hätte nicht bemerkt, dass du mich lange genug abgelenkt hast, um mich außer Gehdistanz meines Hauses zu bringen."

„Ich kann dich nicht täuschen, was?" Shay grinste sie an.

„Also?"

„Also … wir fahren zum *Vault*."

Oh, *zum Teufel*, nein. „Vergiss es. Halte den Wagen an. Sofort. Ich gehe nicht einmal in die Nähe davon."

Shay winkte ihren Protest ab. „Beruhige dich, T.J. wird es nicht herausfinden. Und außerdem kannst du jetzt keinen Rückzieher machen. Ich habe die komplette Nacht für dich durchgeplant. Das *Vault of Sin* ist donnerstagabends normalerweise nicht geöffnet, daher habe ich ein paar Stammgäste eingeladen. Ich habe sie speziell für dich ausgesucht, damit du eine tolle Zeit hast."

Die Andeutung in Shays Tonfall brachte Cassies Wangen zum Glühen, die Hitze dehnte sich bis in ihre Brust aus. „Ich will mit niemandem schlafen—"

„Musst du auch nicht."

„Ich will am Abend vor der Scheidung keinen Ärger—"

„Bekommst du auch nicht. T.J. arbeitet heute Abend nicht. Er wird nicht einmal da sein."

Verdammt. Diese Frau würde ein Nein als Antwort niemals akzeptieren. „Leo und Brute wären sicher auch nicht einverstanden."

„Tatsächlich", Shay zog das Wort in die Länge, „ist Leo derjenige, der es vorgeschlagen hat."

„*Bullshit.*"

Shay richtete ihren Fokus zurück auf die Straße und nickte. „Das ist die Wahrheit. Er macht sich Sorgen um dich. Wenn du planst flachgelegt zu werden, würde er bevorzugen, dass es im Club passiert, mit jemandem, der das Aufnahmeverfahren durchlaufen hat. Es ist eine sichere Umgebung. Du musst dir keinen Kopf darüber machen, Fremde mit in dein Haus zu nehmen, oder dich dazu verleiten lassen, mit jemandem nach Hause zu gehen."

„Ich habe schon gesagt, dass ich nicht flachgelegt werden will", schnaubte Cassie. Das hier war lächerlich.

„Glaub mir, ich habe dich gehört. Aber es ist das Vorrecht einer Frau, ihre Meinung zu ändern. Es ist nur eine Option. Wenn du die ganze Nacht an der Bar sitzen und reden willst, können wir das machen. Es wird keine laute Musik geben, oder schmierige Typen, die uns nerven. Und wenn du anfängst Spaß zu haben und nicht gehen willst, wird es dir sicher einen gewissen Trost spenden, im *Vault* zu sein."

Cassie hielt ihren Mund, sie wollte nicht zugeben, dass es beruhigend war, in einen ruhigeren, vertrauteren Club zu gehen. Es war immer noch das *Vault* – ein Ort, an dem sie bereits zweimal gewesen war, auch wenn er greifbare Erinnerungen barg, an die sie nicht unbedingt denken wollte.

Als sie in die Straße des *Shot of Sin* einbogen, pochte ihr Herz. „Wirst du versuchen, mich zum Bleiben zu überreden, wenn ich gehen will?"

Shay hob die Schultern. „Das kommt darauf an."

„Worauf?"

„Ob du verschwinden willst, sobald wir die Tür reinkommen. Du musst dem Ganzen Zeit geben. Wenigstens drei Getränke lang."

„Drei Getränke?" Cassie fiel die Kinnlade runter. Seit einer sehr langen Zeit hatte sie nie mehr als ein oder zwei Drinks gehabt. Das wusste Shay ebenfalls. Drei würden sie auf der Bar tanzen lassen. „Wie wär's mit zwei?"

Shay grinste und setzte den Blinker, um auf den Parkplatz des Clubs einzubiegen. „Vier."

Zum Teufel mit ihr. „Drei also. Aber ich kann nicht versprechen, dass ich mich amüsieren werde."

„Kein Problem, Honey." Shay fuhr auf einen der wenigen verbliebenen Parkplätze und schaltete die Zündung ab. „Solange ich lange genug dort bin, um Leo in rasende Eifersucht zu versetzen, bin ich glücklich."

~

„Hör auf, auf und ab zu gehen." T.J. fühlte sich nicht wohl dabei, jemand anderem zu sagen, er solle aufhören zu tun, was er die ganze Woche lang getan hatte, aber Leos Unruhe erfüllte das gesamte nun leere *Taste of Sin*-Restaurant. „Warum zum Teufel bist du überhaupt so unruhig?"

„Nur besorgt." Leo checkte eine Textnachricht auf seinem Handy. „Das ist alles."

„Aus gutem Grund", grinste Brute.

„Könntet ihr mir bitte verraten, was hier vor sich geht?" Seit einer Stunde saßen sie an der Bar, doch T.J. hatte das Gefühl, als würden seine Freunde die ganze Zeit ein lautloses Gespräch ohne ihn führen.

Brute griff über die Bar hinweg und zapfte sich ein weiteres Bier. „Nichts."

Leo stöhnte und kippte den restlichen Bourbon seines Glases hinunter. „Können wir nicht einfach gehen? Shay und Cassie sind bestimmt schon unterwegs."

„Nein", beharrte T.J. Er wollte, dass Cassie ein paar Stunden für sich allein hatte. Außerdem würde der Alkohol ihre Nerven beruhigen und es ihm später leichter machen, sich ihr zu nähern. Nachdem sie einige Drinks intus hatte, würde er mit ihrer brutalen Ehrlichkeit konfrontiert werden, daher wollte er nicht riskieren zu früh zu ihr zu gehen. Timing war alles. „Wir werden schon rechtzeitig aufbrechen."

Leo zog sein Handy aus der hinteren Jeanstasche. „Vielleicht rufe ich Shay a—"

„*Fuck, nein.*" Brute riss Leo das Gerät aus der Hand. „Vertraust du deiner Frau nicht?"

Leo zog ein grimmiges Gesicht. „Natürlich tue ich das. Ich denke nur, es wäre das Beste, einen Zahn zuzulegen."

„Ich halte dich nicht auf." Sie machten ihn nervös mit ihren schwachsinnigen Kommentaren. Leo stresste nicht oft herum. Er war manchmal launisch und irrational, aber nie unruhig. Und Brute ... Nun, der Mistkerl lächelte, was für sich genommen schon eine Anomalie war. „Wenn du willst, dass wir dich in der Stadt treffen, fahr vor. Kein Problem."

„Schon gut", brummte Leo. „Ich bleibe hier."

Im Essbereich wurde es still. Brute grinste weiter vor sich hin, während er sein Bier auffüllte. Leos Finger klopften weiter auf die Theke, während T.J. versuchte sich zu überlegen, was er sagen konnte, damit Cassie ihm all den Herzschmerz verzieh.

„Wisst ihr was?" Leo erhob sich von seinem Hocker. „Ich muss etwas loswerden."

Brute schwang sich immer noch grinsend auf seinem Hocker herum und sah Leo mit vor der Brust verschränkten Armen an. T.J. ließ seinen Scotch auf dem Tresen stehen und tat es ihm gleich, um dem Mann ins Gesicht zu sehen, der kurz davor schien, sich in den Hulk zu verwandeln.

„Bevor wir uns auf den Weg zu Cassie und Shay machen", begann Leo, „möchte ich, dass ihr etwas wisst."

„Ist es das *Etwas*, das schuld ist, dass du den ganzen Abend schon herumzappelst und knurrst?"

Leo stieß ein bitteres Lachen aus. „*Nein*. Dazu kommen wir als Nächstes. Was ich ansprechen möchte, ist, wie du überhaupt erst in diese beschissene Lage gekommen bist."

T.J. reckte das Kinn und versuchte, sich gegen den Hieb auf seinen Stolz zu wappnen. „Ja?"

„Es geht um all die Schuld, die du dir selbst auferlegt hast, die hätte verringert werden können, wenn du nur mit uns gesprochen hättest. Es geht um dich und deine Unfähigkeit, dir von uns helfen zu lassen."

„Ich dachte nicht, dass ich Hilfe brauchen würde." Cassie war *seine* Ehefrau. *Seine* Liebe. *Seine* Verantwortung. Seinen eigenen Schlamassel beseitigte er selber ... nun, zumindest gewöhnlich. Nur hatte er diesmal eine Spur in Form einer E-Mail hinterlassen.

„Brauchtest du aber. Aber du hast dir so lange etwas vorgemacht, dass du angefangen hast, deine eigenen Lügen zu glauben."

„Fick dich." T.J. kam auf die Beine. Er konnte es nicht gebrauchen, dass Leo eine weitere Welle der Schuldgefühle in ihm auslöste. Davon hatte er genug für ein ganzes Leben.

„Kein Grund in die Defensive zu gehen. Ich versuche dir nur zu sagen, dass du dir bewusst sein musst, dass du, so sehr du es auch willst, sie nicht immer beschützen kannst. Manchmal wirst du unsere Hilfe brauchen. Manchmal wird sie ganz alleine zurechtkommen. Und dann wird es Zeiten geben, in denen sie trotzdem verletzt wird, egal, was wir tun, und es gibt nichts, was du dagegen tun kannst."

T.J. verzog das Gesicht. Darauf lief es schließlich hinaus. Auf seine Probleme, seine Schuldgefühle. „Ich weiß."

„Wirklich?" Leo zog ungläubig eine Braue hoch. „Denn du hast in Tampa Scheiße gebaut und uns nichts erzählt. Wie konntest du das geheim halten? Wie konntest du sechs Monate nicht im Bett deiner Frau schlafen und dich von deinen Schuldgefühlen verrückt machen lassen, ohne einem von uns auch nur ein Wort davon zu erzählen?"

„Weder Cassie noch ich waren erpicht darauf, unser Erlebnis zu teilen."

„Ja, naja, das sagt viel über unsere Freundschaft aus, nicht wahr?"

Oha.

„Moment mal." T.J. hob resignierend die Hände. „Cassie ist alles für mich. Ich wollte keine Details ausplaudern und sie damit verletzen."

„Und wenn du diese Details preisgegeben hättest, hätte ich dir heftig in den Arsch getreten. Brute auch. Habe ich Recht?" Er ruckte fragend mit dem Kinn.

„Ja." Das sadistische Grinsen verschwand von Brutes Gesicht. „Es wäre alles ans Licht gekommen. Wir hätten dich für deine Fehler bezahlen lassen und du hättest weitergemacht. Nichts von alledem wäre passiert."

„Es hätte meine Schuldgefühle nicht beseitigt." Sie wussten nicht, wie es war, mit den Was-wäre-wenn-Szenarios fertigwerden zu müssen.

„Nein, hätte es nicht." Leo neigte zustimmend seinen Kopf. „Aber auch dabei hätten wir helfen können. Es hätte nicht so weit kommen müssen."

T.J.s Brust wurde eng. Er konnte nicht mehr zurückblicken. Er konnte nicht zugeben, dass er ihr schon wieder Unrecht getan hatte. Er machte sich schon zu viele Vorwürfe. Die Nacht in Tampa hatte ihn verändert. Sie war so verängstigt gewesen. Ihre wunderschöne Haut war blass wie die eines Gespensts gewesen, als er in den Waschraum gestürmt war.

„Es war nicht euer Chaos." Die Scham, sie in diese Lage gebracht zu haben, die Angst davor, dass es jemals wieder passieren könnte, waren eine Bürde, die er zu tragen hatte.

„Doch, war es, *verdammt nochmal.*" Brute erhob seine Stimme. „Das ist es, was Leo dir zu sagen versucht. Du bist wie ein Bruder für uns. Und weißt du was? Du hattest immer Cassie, und jetzt hat Leo Shay, aber ich hatte immer nur euch im Rücken. Wir sind nicht dazu bestimmt, allein durch so eine Scheiße zu gehen. Also benimm dich das nächste Mal nicht wie ein verfickter Idiot und bitte um Hilfe."

T.J.s Mund war wie ausgetrocknet. Er schluckte schwer. „Ich verlasse mich nicht gern auf andere Leute, wenn es um Cassie geht."

„Warum nicht?" Leo ließ sich wieder auf seinen Hocker sinken. „Was ist schon dabei?"

T.J. schüttelte den Kopf und unterbrach den Augenkontakt. „Cassie ist alles." Er sprach die schmerzvolle Wahrheit. „Sie ist perfekt. Ich kann an ihr keine Fehler ausmachen. Selbst wie sie mit der Scheidung umgeht – sie kämpfte um mich, wie ich es tief im Inneren immer wollte, und gab erst auf, als ich ihren Kummer nicht mehr ertragen konnte. Sie ist alles, was ich immer wollte. Und mehr, als ich je verdienen werde."

Er starrte auf die Schrammen seiner schwarzen Schuhe. „Mit meinem Versuch es allein zu schaffen, wollte ich all meine Fehler wiedergutmachen. Ich wollte sie gehen lassen und den Kopf für alles hinhalten. Ich war gerne bereit, das zu tun, denn dann hätte ich nie wieder nachts wachliegen und mich fragen müssen, wann ich sie wieder in eine Situation bringe, in der sie verletzt wird. Ich habe dieses Durcheinander verdient." Und er verdiente noch viel mehr. „Ich kann es nur einfach nicht durchziehen. Ich liebe sie zu sehr."

Leo und Brute antworteten nicht. Stumm saß er da, während ihre Blicke schwer auf seinen Schultern lasteten.

„Seht ihr ... ich bin erbärmlich."

„Das ist nichts Neues", gluckste Leo.

T.J. blickte seinen Freund aus den Augenwinkeln an und versuchte zu lachen, aber es klang nur halbherzig. Er konnte dem Ganzen keinen Humor abgewinnen. „Was, wenn ich sie wieder enttäusche?"

„Und was, wenn du keine Wahl hast?" Leo hob eine Braue. „Ich würde mich lieber mit fliegenden Fahnen hineinstürzen, volle Kraft voraus, als überhaupt keine Chance auf ein glückliches Leben zu haben."

„Seit du mit Shay zusammen bist, ziehst du ganz andere Saiten auf."

„Ja? Nun, vielleicht solltest du dasselbe tun. Du kannst Cassie nicht rund um die Uhr beschützen. Du musst anfangen ihr zuzutrauen, selbst die richtigen Entscheidungen zu treffen. Darauf zu vertrauen, dass Brute und ich dir und ihr den Rücken stärken. Das ist keine Raketenwissenschaft. Und außerdem, wenn du dich nicht beeilst, könnte dir die Entscheidung aus den Händen genommen werden. Ich bin mir nicht sicher, wie lange sie im *Vault* allein bleiben wird, wenn sie Shay an ihrer Seite hat, die sie anstachelt."

„Im *Vault*?" T.J. musterte seinen Freund und wartete auf die Pointe. „Was habt ihr getan?"

Brute lehnte sich erneut über die Theke, um sein leeres Glas in die Spüle zu stellen. „Wir ersparen dir die Mühe, in die Stadt zu fahren."

„Wa—"

„Beruhige dich, mein Freund. Ich habe genau das getan, was du getan hättest, wenn du die Fähigkeit hättest klar zu denken." Leo stieß langsam den Atem aus und wischte sich mit einer Hand über das Gesicht. „Cass ist an einem sicheren Ort, mit Männern, die wir kennen. Und zusätzlich wirft Travis von hinter der Bar ein Auge auf sie."

„Deshalb warst du den ganzen Abend so unruhig?" *Verfluchte Scheiße.* Cassie war im gottverdammten *Vault.*

„Unruhig reicht nicht aus zu beschreiben, wie ich mich in den letzten zwei Stunden gefühlt habe, in dem Wissen, dass Shay zusammen mit deiner Frau in einem Sexclub ist."

„Warum zum Teufel habt ihr dann—"

„Es war besser als die Alternative, dass sie woanders hingehen." Brute schnappte sich seine Brieftasche vom Tresen und steckte sie in die Gesäßtasche seiner Anzughose. „Es ist ja nicht so, als könnte ich in Beaumont jeden Clubbesucher warnen, die Hände von deiner Ehefrau zu lassen. In unserem eigenen Club dagegen kann ich das schon."

„Das habt ihr getan?" Brutes Zusicherung zügelte T.J.s Eifersucht kein bisschen.

„Natürlich haben wir das", brummte Leo. „Das heißt allerdings nicht, dass meine manipulative Freundin niemanden breitschlagen wird, meine Autorität infrage zu stellen."

KAPITEL NEUNZEHN

„*H*atte ich Recht? Oder hatte ich Recht?"

Cassie rollte glucksend mit den Augen und sah Shay an. „Du hattest Recht."

Ihre drei Pflichtgetränke rasch nacheinander heruntergekippt zu haben hatte geholfen, ihre Nerven zu beruhigen, aber auch ihren letzten Abend als verheiratete Frau an einem Ort zu verbringen, an dem sie sich ihrem Mann nahe fühlte, war tröstend.

Sie hatte es nicht über sich gebracht lange sauer auf ihn zu bleiben. Sobald die Tränen nachgelassen hatten, hatte sie verstanden, wieso er die Informationen für sich behalten hatte. Sie war immer noch nicht damit einverstanden, dass er sich wie eine Glucke benommen hatte, doch in ihrem Herz fand sie Vergebung. Und Sehnsucht. Wieder in seinem Club zu sein half ihren aufgewühlten Gefühlen nicht.

Die Stimmung war diesmal anders als auf dem Maskenfest. Die meisten Gäste konzentrierten sich aufs Trinken und Vorspiel statt auf Nacktheit und Sex. Es gab auch keine Kleiderordnung, was bedeutete, dass die meisten Leute Abendkleidung anstelle von Unterwäsche trugen.

Es war entspannt. Sexy. Mit Sicherheitskräften am Hintereingang und in Rufbereitschaft, sollten Probleme auftreten. Die Gäste, die Shay zum *Spielen* eingeladen hatte, machten gerne ihr eigenes Ding, in dem Wissen, dass Cassie nur dann zur Verfügung stand, wenn sie ausdrücklich eine mündliche Einverständniserklärung von sich gab.

Was niemals passieren würde. Nicht nur, weil sie noch nicht bereit war, sondern auch, weil es respektlos gegenüber T.J. wäre.

„Darf ich den Damen einen Drink spendieren?" Eine tiefe, unvertraute Stimme drang über Cassies Schulter. Augenblicklich war sie angespannt.

„Für mich nicht, danke, Luke." Shay grinste. „Ich bin für heute Abend vergeben."

Cassie drehte sich auf ihrem Hocker um und sah das muskulöse Prachtexemplar an. Der Mann war muskelbepackt und zeigte von den Schultern bis hinunter zu seinen seidenen Boxershorts herrlich gebräunte Haut.

„Was ist mit dir, meine Schöne?"

Cassie zuckte bei dem Kompliment zusammen. Er sah verdammt gut aus, war halbnackt und wollte ihr einen Drink ausgeben. Nein, danke. Sie biss sich lieber die Zähne an jemandem aus, der weniger perfekt war.

„Sie ist heute Abend mit mir zusammen", sagte Shay für sie.

Die Lippen des Mannes verzogen sich zu einem Lächeln und gaben den Blick auf makellos weiße Zähne frei. „Mit dir? Heißt das, ihr seid zusammen?" Er hob eine Braue. „Ich muss zugeben, das würde ich gerne sehen."

„Nein." Shay rollte mit den Augen. „Wir sind nicht zusammen. Nur Freunde, die ein paar Drinks teilen."

„Ein Jammer." Der Mann zuckte mit den Achseln und wandte sich zum Gehen. „Zu sehen, wie es zwischen euch heiß her geht, wäre das Highlight meines Jahres gewesen."

Cassies Augen wurden groß, als sie sich wieder zur Bar umdrehte. „*Herrgott.* Meint er das ernst?" Sie warf dem Barkeeper einen fragenden Blick zu, weil sie von Shay keine wahrheitsgemäße Antwort erwartete.

„Definitiv." Ein selbstgefälliger Ausdruck lag auf Travis' attraktivem Gesicht. „Wir sehen hier unten nicht viel Girl-on-Girl-Action." Er schnappte sich ihr leeres Glas und stellte es in einen Geschirrspülständer in der Spüle. „Es kommt vor. Nur nicht oft, und eher seltener mit so hübschen Frauen wie euch."

„Wie geschmeidig, Travis", gurrte Shay.

„Ja." Cassie musste zustimmen. „Er verdient beinahe etwas Anschauungsmaterial für seine Bemühungen. Meinst du nicht auch, Shay?"

Die Leichtigkeit, mit der sie wieder in die Single-Mentalität zurückfiel, traf sie wie ein Fausthieb in die Magengrube. Hatte sie das wirklich gerade gesagt? *Herrgott.*

„Kann ich bitte noch einen Drink haben?" Sie klopfte auf die Bar und atmete den Schmerz in ihrer Lunge aus.

„Meinst du das ernst?", fragte Shay, ihre Mundwinkel zuckten.

„Mit dem Drink?" Travis und Shay sahen sie beide an – ihre Freundin mit Humor, der Barkeeper mit einem durchdringenden Blick.

„Im *Vault* machen wir keine Witze, Cass." Travis' Tonfall war ernst. Ihr rutschte das Herz in die Hose. *Moment.* Machte *er* Witze? „Lies die Regeln und Vorschriften. Wir tolerieren keine Falschdarstellungen."

„Oh, verzieh dich, Travis." Shay schwang sich auf ihrem Hocker herum, um Cassie anzusehen. „Es geht nur darum, die Kommunikationswege offen zu halten. Wenn du jemanden anmachst, könnte es falsche Hoffnungen wecken und gemischte Signale senden, was an einem Ort wie diesem gefährlich sein kann. Aber ignoriere ihn, er ist überdramatisch."

Okay. Er hatte definitiv keine Witze gemacht, was sie irgendwie verärgerte. Sie hatte genug um die Ohren, ohne dass ihr lahmer Versuch eines Scherzes aus dem Ruder lief.

„Aber vielleicht habe ich nichts falsch dargestellt." Sie sah Travis mit hochgezogener Augenbraue an, dann drehte sie ihren Hocker zu Shay. „Ich würde nicht wollen, im Club meines Mannes dabei erwischt zu werden, die Regeln zu brechen."

„Jetzt weiß ich, dass es der Alkohol ist, der aus dir spricht", prustete Shay.

„Nicht unbedingt." Cassie straffte ihre Schultern. Sie wusste nicht, woher das Selbstvertrauen kam … oh, Moment, doch, wusste sie. Die drei Pflichtdrinks, zu der ihre intrigante Freundin sie verdonnert hatte, entfalteten ihre Wirkung. „Ich bin single, schon vergessen?"

„Aber Shay nicht", sagte Travis gedehnt.

„Kümmere dich um deinen eigenen Kram. Ich bin sicher, Leo wäre mit einer detailgetreuen Schilderung zu besänftigen." Shay lehnte sich vor und legte ihre Hände auf Cassies Oberschenkel. „Was meinst du?"

Cassies Kehle trocknete augenblicklich aus. Wo war der angetrunkene Mut jetzt? Die Mundwinkel von Shay hoben sich, als sie sich vorbeugte und mit ihrer Wange über Cassies strich, bevor sie ihre Lippen an Cassies Ohr legte.

„Ich habe angefangen zurückzuflirten, weil ich dachte, du machst Witze", flüsterte Shay. „Jetzt bin ich ein wenig nervös, weil du es vielleicht ernst gemeint hast."

Cassie schloss die Augen und hielt die Fassade aufrecht, indem sie eine Gesichtshälfte in Shays Haaren vergrub. „Es *war* nur ein Witz."

War … Jetzt war sie sich nicht mehr so sicher. Shays Aufmerksamkeit tat gut. War beruhigend. Die leichte Berührung eines anderen Körpers entfachte eine Wärme in ihrer Brust, die sie nicht erwartet hätte. Als sie die Augen öffnete, war mehr als ein Augenpaar interessiert auf sie gerichtet, wodurch sich Cassies einsamen Glieder endlich wieder verehrt fühlten. „Ich finde, der verklemmte Travis und dein Freund Luke haben eine kleine Show verdient."

„Hmm." Shay fuhr mit ihren Lippen über Cassies Nacken, und jede Berührung entfachte eine Hitzewelle in ihren Adern. „Also, wie weit willst du gehen?"

„Mmm." Cassie streckte ihren Hals, eine Hälfte von ihr hielt die Illusion aufrecht, die andere geriet in den Bann der Erregung. „So weit habe ich nicht gedacht."

Shay war so weich und unvertraut. Sie war anders als alles, was Cassie zuvor je gespürt hatte. Ihr Liebesleben hatte immer nur aus Männern bestanden. Und selbst das waren nicht viele. Aber sie waren alle sehr maskuline Partner gewesen, mit rauer Haut und schwieligen Händen. Shays Aufmerksamkeit war ganz anders. Exquisit in ihrer Zartheit. Statt dominant und fordernd, war sie zärtlich und zerbrechlich.

Die Hände auf ihren Oberschenkeln bewegten sich nicht, nur die Fingerspitzen rieben in komplizierten Mustern über ihre empfindliche Haut. Sie fuhr mit den Fingern durch Shays Haar und genoss es, kurz der Einsamkeit zu entrinnen. Doch es waren die unregelmäßigen, leichten Aussetzer in der Atmung der anderen Frau, die Cassies Brustwarzen zu festen Spitzen verhärteten.

Sie waren beide erregt, ganz gleich, welche Show sie zu spielen versuchten.

„Ich habe noch nie eine Frau geküsst." Die Worte kamen in einem Flüstern über ihre Lippen. Vielleicht war es ein Fehler, vielleicht auch nicht. Offen gesagt, kümmerte sie das nicht mehr. „Ich frage mich, wie es wäre, dich zu küssen."

Shay lehnte sich zurück, ein verschmitztes Grinsen auf den Lippen. „Das habe ich mich auch gefragt."

Travis räusperte sich von der anderen Seite der Bar. „Ladies."

Cassie grinste und ignorierte Travis' warnenden Tonfall. „Was ist mit Leo? Wird er—"

„*Ladies*", brummte Travis. „Ihr bekommt Gesellschaft."

Cassie zog sich zurück, ihre Hand immer noch in Shays Haaren, und sah direkt in T.J.s Augen, der auf der gegenüberliegenden Seite des

Hauptraums stand. *Oh Gott.* Schlagartig überkam sie Übelkeit, die sich den Weg in ihre Kehle bahnte, als sie vom Hocker glitt.

„Es tut mir leid", bedeutete sie ihm tonlos mit ihren Lippen, weil sie ihre Stimme nicht finden konnte. Seine Miene war undurchdringlich, weit weniger lesbar als das beeindruckte Grinsen von Leo und Brute, die an seiner Seite standen.

„Ich muss gehen." Sie wandte sich zu Shay und wurde durch das Verständnis in der Miene ihrer Freundin noch weiter bestraft. „Wir reden später." Über ein Handy, das sie nicht hatte, weil es in einem Spind im *Vault* lag.

Sie wusste auch nicht, wie sie ohne ihre Handtasche einen Taxifahrer bezahlen sollte. Aber sie würde einen Weg finden. Was sie nicht durchstehen konnte, war eine Diskussion mit T.J. darüber, warum sie heute Abend hierhergekommen war, wo sie doch beide wussten, dass es ihn verletzen würde. Sie konnte nicht ertragen, dass er es für einen Vergeltungsschlag hielt.

Mit gesenktem Kopf ging sie um die Bar herum zu dem abgedunkelten Treppenaufgang, der zum Parkplatz führte. Im Club war es still geworden, und das Drama, das sie immer mit sich zu bringen schien, hatte erneut begonnen.

Sie konnte Schritte hören – ihre eigenen, die von Gästen und das schwere Poltern direkt hinter ihr, was wahrscheinlich ihr donnernder Herzschlag war, der in ihren Ohren widerhallte.

„Hey." Ein starker Arm schlang sich um ihre Taille und zog sie an eine wohlgeformte Brust. „Lauf nicht weg."

Sie kniff ihre Augen zusammen und sank in T.J.s Arme, beschämt und so verdammt betrübt, dass sie den einzigen Ort befleckt hatte, den er für sich hatte behalten wollen. „Bitte verzeih mir. Ich hatte nicht die Absicht, heute Abend mit jemandem zusammen zu sein." Ihre Stimme brach. „Wir dachten, das *Vault* wäre ruhiger als einer der Tanzclubs in der Stadt. Und—"

„Wir?"

Auf keinen Fall würde sie Shay die Schuld geben. Obwohl sie Cassie praktisch genötigt hatte, hatte Cassie immer eine Wahl gehabt. „Ja."

Er stieß ein halbherziges Lachen aus, sein warmer Atem streichelte ihr Ohr. „Du und Shay seid gute Freunde geworden."

„Ich werde ihr nicht die Schuld zuschieben, wenn du das meinst."

„Nein." Er packte ihre Schulter und drehte sie zu sich um. „Das meine ich definitiv nicht. Ich habe erwartet, dich hier unten mit einem

Mann vorzufinden, nicht mit einer Frau. Am allerwenigsten mit Shay."

„Das würde ich dir nie antun, egal, was zwischen uns passiert ist." Sie sah stirnrunzelnd zu ihm auf und versuchte zu verstehen, was seine Worte und das traurige Lächeln in seinem Gesicht zu bedeuten hatten. „Ich würde in deinem Club nie mit einem anderen Mann zusammen sein, schon gar nicht am Abend vor unserer Scheidung."

Er nickte, langsam und düster. „Das hatte ich gehofft."

Zum Teufel mit ihm. Sie wollte das nicht hören. „Ich muss gehen." Sie stieß gegen seine Brust und spürte eine Welle der Trauer, als er sie bereitwillig gehen ließ. „Nochmal, es tut mir leid."

„Cassie, warte."

Ihre Füße verharrten von selbst, während sie auf das obere Treppenende starrte und sich wünschte, sie wäre der Freiheit näher.

„Es gibt da etwas, über das ich mit dir reden möchte."

Es gab nichts mehr zu reden. Morgen wäre ihre Ehe vorbei. Sie hatte allen seinen Bedingungen zugestimmt. Die Papiere für die Übergabe ihres Geschäftsanteils waren vorbereitet und unterschriftsreif. Sie hatte Wochen damit verbracht, sich mit der Aufhebung dessen, was sie einmal hatten, zu arrangieren, und sie gab ihr Bestes, endlich ihre Unabhängigkeit zu akzeptieren.

„Ich weiß, ich habe dich in die Hölle und zurück geschleift." Seine Stimme war rau, aufgewühlt. „Aber ich wollte wissen, ob du mir vergeben könntest, wenn ich meine Meinung ändere."

Stirnrunzelnd sah sie in das schwache Licht, das durch die Tür an der Treppe drang. „Deine Meinung worüber?"

„Über die Scheidung."

Das Licht verblasste. Alles in ihrem Körper schaltete ab. Ihr Herz blieb stehen, ihre Knie drohten einzuknicken, ihre Lungen wollten sich nicht mehr mit Luft füllen.

„Ich habe viele Fehler gemacht, aber ich kann ohne dich nicht leben."

Die Worte gelangten in ihre Ohren, ohne sie zu durchdringen. Sie war immer noch auf diese fünf Wörter fixiert: *Ich habe meine Meinung geändert.*

„Ich will es wieder in Ordnung bringen—", seine leisen Schritte näherten sich, dann spürte sie die Hitze seiner Brust in ihrem Rücken, „— ich weiß, dass du mir wahrscheinlich nicht vergeben kannst. Ich bitte dich nur darum, es zu versuchen."

Der mangelnde Sauerstoff ließ ihre Brust eng werden, ihr Gesicht erhitzte sich.

„Ich bin kein perfekter Mann, Cass. Ich glaube nicht einmal mehr, dass ich ein guter Mann bin. Ich habe dich in einen Lebensstil hineingezogen, in den du nie hättest einbezogen werden dürfen. Aber ich hoffe trotzdem, dass du mir noch eine Chance gibst, um es wieder gut zu machen. Um alles wieder in Ordnung und unsere Ehe zurück auf den richtigen Weg zu bringen."

Er drückte seine Lippen auf ihren Hinterkopf, und sie kniff die Augen zu, damit sich keine Tränen bilden konnten.

„Es hat sich nichts geändert." Ihre Worte trieften vor Trotz. „Es sei denn, deine Schuldgefühle haben sich plötzlich in Luft aufgelöst, was ich bezweifle. Somit ist zwischen uns alles beim Alten. Deine Entschuldigung dafür, mir das Herz gebrochen zu haben, ist immer noch dieselbe."

Er umarmte sie fester. „Ich habe mich verändert."

„Das ist nicht fair", wisperte sie. „Ich werde nicht mit der Befürchtung leben, dass du mich wieder verlassen könntest."

Er konnte ihre gemeinsame Zukunft nicht aus einer Laune heraus bestimmen. Eine Laune war es gewesen, die sie überhaupt erst in diese Lage gebracht hatte – die Kettenreaktion war durch die leichtsinnige Entscheidung, in einen unbekannten Sexclub zu gehen, erst in Gang gebracht worden.

Sie drehte sich zu ihm um und begegnete in der Dunkelheit des Flurs seinem durchdringenden Blick. „Soll ich dich zurücknehmen und vergessen, dass du mir Dinge vorenthalten hast? Dass all das nicht passiert wäre, wenn du dich mir gegenüber nur geöffnet hättest?"

„Ich wollte dir den Schmerz ersparen. Aber jetzt kennst du die Wahrheit und ich kann den Gedanken nicht ertragen, dich alleine damit fertigwerden zu lassen." Er richtete sich auf und ließ seine Hände von ihren Hüften sinken. „Aber, nein, du musst mich nicht zwangsweise zurücknehmen. Ich möchte nur, dass du weißt, dass ich einen Fehler gemacht habe. Ich habe viele Fehler gemacht. Und wenn ich die Chance bekomme, werde ich sie wieder gut machen."

„Wie?" Sie war nicht sicher, ob es möglich war. Der Kummer, den er ihr bereitet hatte, war nicht in Worte zu fassen. „Ich liebe dich, T.J., aber ich kann nicht zu dir zurückkommen, nur weil du mit den Fingern schnippst. Ich kann nicht alles vergessen, was du in den vergangenen zwölf Monaten getan hast, und so tun, als wäre es nie geschehen. Unsere Probleme haben angefangen, bevor deine Geheimnisse dich aus unserem Haus vertrieben haben."

Niemand konnte ihre Hingabe ihm gegenüber abstreiten. Doch an einem gewissen Punkt musste sie sich an die Hingabe an sich selbst erinnern. An ihre Selbsterhaltung. Er musste ihr mehr bieten.

„Ich gebe dir keine Schuld." Nickend trat er zurück. „Und ich verstehe, was du damit sagen willst."

„Nein, tust du nicht." In zwei Schritten überbrückte sie die Distanz zwischen ihnen. „Es gab Zeiten, da dachte ich, ich würde an den Qualen sterben, dich zu verlieren. Nicht nur, als du mir die Scheidungspapiere übermittelt hast. Es hat schon in der Nacht des Übergriffs angefangen."

Sie musterte ihn, hoffte, dass er ausnahmsweise einmal verstehen würde, was Qualen wirklich bedeuteten. „Wenn jemand das Recht hatte, davonzulaufen, dann war ich es. Du hast mir wehgetan, weil du mit deinem eigenen Schmerz nicht fertig wurdest. Du hast mich bestraft—"

„Ich weiß."

„—weil du nicht ..." Sie sah ihn stirnrunzelnd an. „Warte ... hast du mir gerade zugestimmt?"

„Ja." Er schluckte schwer. „Ich habe dich bestraft, weil ich nicht damit umgehen konnte, was in dieser Nacht geschehen war. Ich hielt es für Schuldgefühle. Aber es war so viel mehr. Angst und Versagen. Ich habe immer versucht, dir gegenüber alles richtig zu machen, und in einem einzigen Augenblick habe ich alles ruiniert. Das hat mich zu Tode erschreckt, Cass. Das tut es immer noch. Und das werde ich mir nie verzeihen."

„Wenn du dir nicht vergeben kannst, wie soll ich es dann tun?" Sie presste sich fester an ihn, nicht gewillt, ihn so leicht davonkommen zu lassen, und doch nicht in der Lage, ihn loszulassen. Sie wussten beide, wohin das führen würde. Es konnte einzig mit ihrer rückhaltlosen Akzeptanz enden, doch die musste er sich verdienen.

„Dein Herz ist wesentlich größer als meines. Du wirst mir vergeben, bevor ich mir selbst vergebe." Er umfasste ihre Wange und streichelte sie mit seinem Daumen.

„Dann ist meine nächste Frage: Wie kann ich darauf vertrauen, dass du in Zukunft nicht genauso reagierst, wenn ich wieder eine schlechte Entscheidung treffe?" Sie hob ihr Kinn, ihre Münder so nah, dass sich ihr Atem zwischen ihren Lippen vermischte.

„Ich werde Fehler machen, T.J. Ich *will* Fehler machen. Aber du musst darauf vertrauen, dass ich die Risiken abwäge und selbst zu einer Entscheidung gelange. Dieser Quatsch, dass du mich in einen Lifestyle hineingezogen hättest, in den ich nie hätte einbezogen werden dürfen, ist beleidigend. Ich will hier sein. Sonst wäre ich heute Abend nicht hergekommen." Sie schluckte über die Trockenheit in ihrer Kehle hinweg. „Ja, ich werde in Zukunft klüger sein, aber ich kann nicht mit der Angst leben, dass du mich wieder verlassen könntest. Es ist mir egal, ob es zu meinem Besten ist. Ich muss wissen, dass du mit mir reden wirst."

„Ich verspreche, es zu versuchen."

„Nicht gut genug." Sie ging einen Schritt zurück.

Er streckte einen Arm aus und zog sie zurück an seine Brust. „Ich werde alles in meiner Macht Stehende tun, um dich mehr zu lieben als das Leben selbst."

„Deine Liebe habe ich immer gehabt. Was ich jetzt möchte, ist dein Vertrauen. Hab Zuversicht, dass ich die Verantwortung für meine eigenen Fehler übernehmen kann, und sei dir bewusst, dass ich mit den Konsequenzen umgehen kann."

Er presste die Lippen aufeinander, kämpfte gegen die Emotionen an, die sein Gesicht überfluteten. „Ich verspreche es."

„Wirklich?"

„Cassie, ich gebe mein Bestes. Das werde ich immer. Aber ich werde dich nicht anlügen. Bis etwas geschieht, kann ich mich nur darauf vorbereiten, um in Zukunft besser zu reagieren."

Sie hob eine Braue und entwand sich seinen Armen. „Nun, vielleicht ist es an der Zeit, dass ich etwas geschehen lasse."

KAPITEL ZWANZIG

T.J. ließ Cassie nicht aus den Augen, als sie durch den abgedunkelten Flur schlenderte. Er folgte ihr, und sein Puls stieg, je energischer ihre Schritte wurden.

„Alles okay bei euch?" Shay, die an dem Rücken des Sofas in der Nähe der Bar gelehnt hatte, richtete sich auf und wich nicht zurück, als Cassie schnurstracks auf sie zuging und sich dann an ihren Körper presste, bevor sie ihre Lippen zusammenführte.

„Leck mich am Arsch." Leos Worte drangen durch den Raum. „Was zum Teufel hast du ihr gesagt?"

T.J. ignorierte die Frage, zu fasziniert von dem Anblick vor sich. Cassie fuhr mit einer Hand durch Shays Haar, sodass die langen Strähnen dunkler Seide durch die zarten Finger seiner Ehefrau glitten. Sie waren atemberaubend. Fesselnd. Die beiden machten herum, als wären sie ein sich verloren geglaubtes Liebespaar, nicht zwei Frauen, die ihren ersten Kuss teilten. Zumindest glaubte er, dass es ihr erster war.

„Haben sie das schon einmal gemacht?" T.J. ließ sich auf den Hocker neben Leo fallen und schlug auf die Bar. „Bourbon. Pur. Sofort."

„Mach zwei draus", murmelte Leo. „Und ich hoffe verdammt nochmal nicht. So wie die zwei zusammen aussehen, fange ich sonst an zu glauben, dass Shay mich für etwas Besseres verlässt."

Dazu würde sie keine Gelegenheit bekommen. T.J. packte das Glas, das

Travis in seine Hand schob, und kippte die Flüssigkeit in einem Zug hinunter. Cassie hatte ihren Standpunkt klargemacht. In ihrer Vorstellung lotete sie gerade die Grenzen aus und ging ein Risiko ein. Und egal, wie verlockend ihr sogenanntes Risiko war, für heute Abend hatte er genug.

Er brauchte sie. Musste beanspruchen, was er schon viel zu lange vermisst hatte.

Er knallte sein Glas in einer an seine Frau gerichteten Warnung auf die Bar, bevor er zu ihr ging. „Das reicht, Ladies." Er stellte sich hinter Cassie, legte einen Arm um ihre Taille und wirbelte sie herum, um sie ansehen zu können. „Was hatte das zu bedeuten?"

Ihre Brust hob und senkte sich schwer, ihre herrlichen Lippen waren geschwollen. „Ich werde nicht in eine Ehe zurückkehren, in der ich Angst haben muss, Risiken einzugehen."

„Das war nicht wirklich ein Risiko, meine Liebste." Er überbrückte die letzte Distanz, und sein Schwanz pulsierte, als ihre Pupillen sich weiteten.

Sie wich zurück und stieß gegen das Sofa, in dem Versuch, den Abstand zwischen ihnen zu wahren, indem sie in den hinteren Teil des Hauptbereichs floh. „Woher sollte ich ahnen, dass sie mich zurückküssen würde? Sie hätte mich genauso gut ohrfeigen und wegstoßen können."

„Wirklich?" Er hob eine Braue. „Demnach zu urteilen, was ich vorhin gesehen habe, schien es eher so, als würdet ihr beenden, was ihr begonnen hattet."

Ihre Mundwinkel hoben sich, und sie schob ihre verführerische Zunge heraus, um ihre Lippen zu befeuchten. „Nun, okay, vielleicht war es kein großes Risiko …" Sie strahlte ihn an. „Kleine Schritte, richtig?"

Ein Knurren bildete sich in seiner Brust, das wärmste, kraftvollste Geräusch, das er je ohne bewussten Gedanken von sich gegeben hatte. Hinter ihm lagen Einsamkeit und Sicherheit. Vor ihm standen Schmerz und Vergnügen. Die süßeste Mischung aus allem Unbeständigen und Riskanten.

Er war besessen von Cassies Schutz und Glück – damals, jetzt und in der Zukunft. So bemaß er seinen eigenen Wert in der Welt. Wenn diese umwerfende Frau aufgrund seiner Worte, seiner Berührung, seiner Liebe lächelte, war er ein zufriedener Mann. Doch es war genau diese Sucht, die er überwinden musste. Er musste zurücktreten und sie ihr eigenes Glück finden lassen. Anerkennen, dass sie für ihre eigene Sicherheit sorgen konnte.

„Heißt das, du verzeihst mir?" Er war so nah und doch so fern. Er konnte eine Hand ausstrecken und sie berühren, ihre glatte Haut streicheln, sie an seinen Körper ziehen, doch ihr Lächeln stockte und durchbohrte seine Brust mit Kummer.

„Du musst mehr tun, als mich anzuknurren, um dir meine Vergebung zu verdienen." Ihr Grinsen kehrte zurück, spülte den Schmerz davon und ersetzte ihn durch Hoffnung.

„Mach eine Liste. Was immer du willst, es gehört dir." Irgendwie würde er es wiedergutmachen. An jedem Tag für den Rest ihres Lebens.

Er ging erneut auf sie zu, während ihre zurückweichenden Schritte sie der hinteren Wand näherbrachten. „Wieso läufst du vor mir weg?"

„Ich habe keine Ahnung." Ihre Worte waren ein Flüstern. „Man sollte meinen, ich wäre nicht nervös, nach all den Verfolgungsversuchen, die ich unternommen habe, um dich zurückzubekommen."

„Nervös?" Er blieb stehen, unfähig, sich noch einen Zentimeter zu bewegen. „Nun, wieso fange ich nicht schon einmal alleine an? Und du kommst zu mir, sobald du bereit bist?" Er wollte ihre Verunsicherung nicht. Er brauchte Erregung, Liebe, Leidenschaft und Hoffnung für ihre gemeinsame Zukunft. *Kleine Schritte.*

Sie runzelte die Stirn, dann neigte sie ihren Kopf mit einer unglaublich süßen, verwirrten Miene zur Seite, als er zum King-Size-Bett in der Ecke schritt. Er rutschte auf die Matratze, lehnte sich mit dem Rücken gegen das Kopfteil und schlug die Beine an den Knöcheln übereinander.

Nach außen hin wirkte er entspannt. Ruhig. Innen drin sah es anders aus. Der Schlag seines Herzens ging schwer, war ein pochender Schmerz in seiner Brust. Seine Hände zitterten, Schweiß überzog seine Handflächen, doch sein Schwanz war der schlimmste Übeltäter. Er war hart wie Granit, während er mit unerbittlicher Kraft gegen seinen Reißverschluss drückte.

Cassie kam näher, ihre Schritte bedächtig und langsam. Ihr Blick glitt über seinen Körper, fokussierte sich auf die Wölbung in seinem Schritt und wanderte dann hinauf zu seinem Gesicht.

Er räusperte sich, kreiste mit den Schultern und machte es sich gemütlich. „Ich hatte noch keine Gelegenheit dich zu fragen, was du vom Club hältst."

„Er ist besser, als ich ihn mir je vorgestellt habe." Sie sah über ihre Schulter und ließ den Raum auf sich wirken. „Die Bar, die Zimmer, die Einrichtung – alles passt perfekt zusammen."

„Wir versuchen, ein Maximum an Sicherheit zu gewährleisten. Nicht nur an den Veranstaltungsabenden, sondern auch während des Aufnahmeprozesses."

„Ich weiß." Ein Grinsen überzog ihre Lippen und sie unterbrach ihren Blickkontakt, um sich auf das Bettlaken zu konzentrieren.

Sie war atemberaubend. Ihr Haar offen, ihre Kurven von dem Kleid, das sie trug, eng umschmeichelt. Er wollte ihre Beine um sich geschlungen und ihre in High-Heels steckenden Füße hinter seinem Rücken verschränkt haben.

„Natürlich weißt du das." Er verschränkte gemütlich die Hände hinter seinem Kopf. „Du hast die Sicherheitsüberprüfung für die Maskeradeparty über dich ergehen lassen."

Sie nickte, ihren Blick immer noch auf das Laken gerichtet.

„Hast du eine Ahnung, was die Erinnerungen an diesen Abend mit mir anstellen?" Sie waren kristallklar und lebhaft und schwirrten ihm ständig im Hinterkopf herum.

„Ich würde vermuten, dass der Effekt kein schöner ist", murmelte sie. „Der Wut nach zu urteilen, die du nach meinem Geständnis an den Tag gelegt hast, bist du vermutlich immer noch entsetzt."

Weit davon entfernt. „Am Anfang, ja. Es war brutal. Aber als ich nach Hause kam und die Momente mit frischen Augen betrachtete, mit dem Wissen, dass du es warst und keine Fremde, wurde es zur erotischsten Erinnerung, die ich je hatte." Er starrte sie an, flehte in Gedanken, sie möge ihn endlich anschauen. „Du, wie du mich verführst. Hier. Vor all diesen Leuten. Seitdem begleitet mich ein hartnäckiger Ständer, der nicht zu bändigen ist."

Ihr Kopf schoss hoch. Ihre Wangenspitzen verfärbten sich leicht rosa, als ihre Blicke sich trafen. „Du bist nicht mehr wütend?"

Nur noch auf sich selbst. Schließlich hatte er seine Frau betrogen, und das war unverzeihlich. „Wütend?" Er gluckste. „Hast du eine Vorstellung davon, wie oft ich mir einen runterholen musste, um mir den Hauch einer Erleichterung zu verschaffen?" Sein Schwanz hatte ihn seither bestraft. „Ich erinnere mich noch an deine Stimme und die vertraute Art, in der du an der Bar Hallo gesagt hast."

„Ich habe nicht daran gedacht, meine Stimme zu verstellen." Die Nervosität in ihren Zügen wurde weniger, und nach und nach ersetzte Erleichterung die Besorgnis in ihren Augen. „Naja, habe ich schon, aber ich war zu nervös, um daran zu denken. Ich hatte sogar vergessen, meine Eheringe abzunehmen, bis Zoe mich in den Umkleideräumen darauf ansprach."

„Ich kann nicht glauben, dass du mich getäuscht hast." Obwohl, rückblickend betrachtet waren seine Augen das Einzige, was getäuscht worden war. Der Rest seiner Sinne hatte es gewusst – durch ihre Berührung, ihren Geschmack und ihre Stimme. Selbst ihre Ausstrahlung war ihm vertraut vorgekommen. Er hatte seine Augen geschlossen und sich Cassie anstelle der dunkelhaarigen, dunkeläugigen Schönheit vorgestellt. „Aber als du dann fragtest, ob ich dir zusehen wollte, hat sich Lust unter meine Verwirrung gemischt. Ich hatte keine Chance."

Sie lehnte sich an das Fußende des Bettes, wodurch das Kleid ihren Oberschenkel hochrutschte.

„Ich schätze, ich sollte den Gefallen erwidern", sagte er leise.

Ihre Augen weiteten sich und ihre Stirn verzog sich zu einem sexy Runzeln. „Wie meinst du das?"

Er grinste und atmete ihre Nervosität ein. Verzehrte sie. „Heute darfst du zusehen."

Cassie schluckte und sah sich über die Schulter, dankbar, dass die wenigen im Raum verbliebenen Personen ihnen keine Aufmerksamkeit schenkten.

„W-wie meinst du das?" Sie drehte sich zu T.J. zurück und erhielt ihre Antwort durch ein Zucken seiner Mundwinkel.

Er nahm eine Hand von seinem Hinterkopf und führte sie zu seinem Hosenbund.

„Sieh zu", wiederholte er, während er zuerst den Knopf seiner Hose und anschließend quälend langsam seinen Reißverschluss öffnete. „Wie ein verfluchter Traum bist du rückwärts auf das Bett geglitten."

Er hob seinen Hintern von der Matratze und schob den Stoff seine Oberschenkel hinunter, eine Hand immer noch bequem hinter seinem Kopf. Die Härte seines Glieds war durch das dünne Material seiner Boxershorts deutlich sichtbar. Sie konnte jeden Zentimeter sehen, konnte sich gut an das Gefühl seines Schafts in ihrer Hand erinnern.

„Und der Finger, den du dir in den Mund gesteckt hast." Er stöhnte. *„Mein Gott*, war das heiß."

Ihr Herz flatterte unkontrolliert. Sie durchlebte diese Momente aus einer neuen Perspektive, verspürte nicht länger die hoffnungslose Demütigung.

Er glitt mit seiner Hand über seinen Schritt und schloss kurz die Augen. Seine Erregung sickerte unter ihre Haut und brachte sie dazu sich nach dem zu sehnen, was direkt vor ihr lag, machte sie feucht für seinen

Schwanz. Sie wusste, welches Vergnügen er ihr bringen würde. Ihre Mitte zog sich bei dem Gedanken genüsslich zusammen.

Er hielt sie mit seinem Blick gefangen, während er seine Erektion durch seine Unterwäsche hindurch rieb. „Seit jener Nacht bin ich so oft gekommen, aber meine Hand scheint nie genug zu sein." Er schob seine Finger unter den Gummizug der Boxershorts und drückte das Material nach unten, um seinen nackten Schaft umschließen zu können.

Ihr lief das Wasser im Mund zusammen, und das gierige Verlangen nach ihm wurde überwältigend. Über ein Jahr war vergangen, seit sie ihn tief in ihrer Kehle gespürt hatte. Sie konnte nicht länger warten. Sie brauchte einen Vorgeschmack, eine Berührung, irgendwas, das sie von der Feuchtigkeit in ihrem Slip und der Art und Weise ablenken würde, wie sich ihr Innerstes ständig zusammenzog und um Penetration bettelte.

Auf Händen und Knien kroch sie vorwärts, spreizte mit ihrem Gewicht seine Beine, um Platz für sich zu schaffen. Sein Schwanz war direkt vor ihr, nur ein Lecken entfernt. Ein Lusttropfen bildete sich an seinem Schlitz und neckte sie, während seine Faust weiterhin seine Länge bearbeitete, auf und ab, und seinen Lippen einen Zischlaut entlockte.

Sie griff nach ihm, wollte seine Hand durch ihre ersetzen, wollte, dass es ihre Finger waren, die ihm Lust bereiteten.

„Nicht heute Abend." Er nahm die Hand von seinem Kopf und griff sie sanft am Kinn. „Ich will dich zu sehr, Cassie."

Sie nickte und befeuchtete mit ihrer Zunge die Lippen. Das Pochen in ihrer Brust wurde heftiger, aus Vorfreude und Nervosität gleichermaßen. Dies war ihr erstes richtiges Erlebnis in einem Sexclub. Das, von dem sie seit Jahren geträumt hatte. Die Maskeradenparty war ein Job gewesen, ein Versuch, ihren Mann zurückzugewinnen. Das hier war etwas anderes. In diesem Augenblick ging es nur um Vorspiel und Erregung, Leidenschaft und Liebe.

„Komm her." Er streckte seine Hand aus, bat schweigend um ihre, und lenkte sie, bis sie rittlings auf seinem Schoß saß.

Der Stoff ihres Kleides spannte sich unangenehm eng um ihre Oberschenkel, und der Saum drückte sich in ihre Haut, während sie so über ihm schwebte.

„Darf ich es hochschieben?" Seine Worte waren leise, sanft, ganz anders als der T.J., den sie im Schlafzimmer gewohnt war. „Ich weiß, du bist nervös. Das bin ich auch. Mir gehen eine Million Gedanken durch den Kopf. Über unsere Vergangenheit und unsere Zukunft. Darüber, wo wir sind, und dass uns Menschen beobachten. Aber darüber will ich nicht nachdenken. Ich will nur an dich denken."

Er beugte sich vor, fuhr mit seinen Lippen über ihre. „Niemand anderes existiert mehr. Ich bin fertig mit der Außenwelt."

Sie verharrte regungslos über seinem Schoß und las die Wahrheit in seinen Augen. „Schieb es hoch."

Er tat es und entblößte ihre Oberschenkel, bevor er abrupt innehielt, als er ihr schwarzes Seidenhöschen freilegte. T.J.s Stirn runzelte sich, ein flüchtiger Hinweis darauf, dass er wusste, was sie dachte, als er seine Hände zu ihrem Po gleiten ließ und seine Finger köstlich kraftvoll in ihre Haut grub.

„Du bist hinreißend." Er erhöhte den Druck seiner Berührung und führte sie hinunter, der Härte seiner Erektion entgegen. Sie unterdrückte ein Stöhnen angesichts der himmlischen Tortur seines heißen Schafts. Das Einzige, was sie noch trennte, war ein dünnes Material, das gerade mit ihrer Erregung durchtränkt wurde. „Und nass."

Sie nickte. „Wären wir gerade zu Hause, würde ich dich anflehen, mich zu nehmen."

„Dann tu es. Was hält dich davon ab?"

Sie hielt ein nervöses Lachen zurück. „Nur die fünfzehn bis zwanzig Leute, die herbeieilen würden, um sich die Show anzusehen."

Seine Lippen kräuselten sich, das untrügliche Zeichen der Arroganz, die sie so gerne an diesem Mann sah. „Sie wissen es besser, als zu starren. Sie würden einen kurzen Blick erhaschen, das ist alles. Sie wissen, dass du neu hier unten bist."

„Versuchst du, mich noch nervöser zu machen?"

Er gluckste. „Nein. Aber die wenigen Menschen, die uns gerade Aufmerksamkeit schenken, tun das, weil du wunderschön bist. Du hast einen Körper, der für Vergnügen geradezu gemacht ist. Und es ist nicht schwer zu erraten, was sie denken."

„Hmm?" Sie wollte nicht fragen. Ihre Lippen wollten sich nicht bewegen, um die Worte auszusprechen. Allein die Tatsache, dass sie überhaupt zusahen, pumpte Adrenalin durch ihre Venen.

Er lehnte sich zu ihr, schmiegte sein Gesicht an ihren Hals und fuhr mit den Lippen ihre Haut entlang. „Sie wollen dich ficken, Cassie." Er biss sie sanft. „Fast so sehr wie ich."

Sie stöhnte und bog ihren Hals durch, um ihm besseren Zugang zu gewähren. Ihre Nervenenden standen in Flammen, jeder Zentimeter kribbelte empfindlich.

„Sie wollen dich fesseln. Dich durchnehmen, bis du schreist. Sie würden um dich kämpfen, wenn ich es zulassen würde."

Ihre Nippel verhärteten sich bei seinen Worten. Sie wollte keinen anderen. Das würde sie nie. Und doch ließ das Wissen der Bewunderung von Fremden ihren Körper auf wundersame Weise entflammen.

„Sie wollen dich in der Schaukel, deinen Körper völlig nackt bis auf die Riemen, die dich hochhalten. Sie wollen deine Oberschenkel um ihre Taille. Deine Pussy ihnen ausgeliefert."

Sie schloss die Augen und begann, sich gegen seine Erektion zu wiegen, unfähig, ihrer Klitoris die Reibung zu verwehren, nach der sie sich verzehrte.

„Sie wollen, dass du sie reitest. Genauso wie du mich reitest und meinen Schwanz mit deiner süßen Hitze in den Wahnsinn treibst."

Sie wimmerte. *Oh, Gott.* Sie sehnte sich nach Erlösung. Eine Hälfte ihres Körpers hatte alles Gefühl verloren, während die andere Hälfte – die, die aus ihren Schenkeln, ihrem Unterleib und ihrem Geschlecht bestand – pulsierte, pochte und mit einer Intensität kribbelte, die sie nicht kontrollieren konnte.

Er glitt mit seinen Fingern zwischen sie, und sie öffnete die Augen, um zu beobachten, wie er den Schritt ihres Höschens zur Seite schob.

„Ich kann es kaum erwarten in dir zu sein."

Sie konnte ebenfalls kaum erwarten, dass er dort war, dass die Qualen ein Ende hatten und die Lust sie packte. Sie schwebte über ihm, ihre Hände hielten sich an seinen Schultern fest, als er seinen Schwanz an ihrem Eingang rieb, während seine Finger weiter ihr Höschen beiseite hielten.

Scheiß drauf. „Ich ziehe es aus." Sie hüpfte herum, drehte und wand sich, wackelte und schlängelte sich, bis das Höschen ausgezogen war. Dann war sie wieder rittlings auf ihm, ihr Hintern immer noch vom Kleid bedeckt, während ihr Geschlecht zwischen ihnen deutlich sichtbar war.

„Du bist ein Traum, Cassie. Eine Fantasie." Er fuhr ihr mit einer Hand durchs Haar, packte ihren Nacken und zog sie an seine Lippen. „Ich bin ein verdammt glücklicher Hundesohn."

Sie lächelte an seinem Mund. „Lass das nicht deine Mutter hören."

„Mach nicht die Stimmung kaputt, meine Liebste."

Kichernd schloss sie die Augen und sank auf ihn hinab. Die Härte seiner Erektion entlockte ihrer Kehle ein Stöhnen.

„Fuck, bist du feucht."

„Fuck, bist du hart." Er war so dick, so absolut perfekt, dass ihre Vagina schon jetzt fast überfordert war. Ihre Hüften wiegten sich wie von selbst, ihre Körper bereits vertraut mit ihrer Leidenschaft.

Mit einer Hand packte er ihren Hintern, um in sie hineinzupumpen und ihre Klitoris mit einem Hauch der nötigen Reibung zu versorgen, während er mit seinem Mund über ihren glitt. Es gab keine Gedanken. Nur Vergnügen. Nur der sich nähernde Höhepunkt, der diesen Moment zu früh zu beenden drohte.

Ihre Zungen tanzten miteinander, ihr Atem vermischte sich, und während all dem hielt er sie weiter fest, umklammerte mit einer Hand ihren Nacken, mit der anderen ihren Po. Sie ertrank in seiner Liebe, unterwarf sich der Erlösung, die sie lieber noch etwas hinauszögern würde.

Ihr Ehemann war wieder da. Ihr Seelenverwandter war zurückgekehrt. Dieser Mann war ihr Ein und Alles. Ihre Zukunft. Sein Lachen, seine Schwächen und seine Entschlossenheit. Er war ihr Glück, und sie würde dafür sorgen, dass er wusste, dass es für sie beide nie eine andere Möglichkeit gegeben hatte, als zusammen zu sein.

„Ich hoffe, du bist nicht immer noch nervös, beobachtet zu werden", sagte er an ihren Lippen.

Ihre Brustspitzen kribbelten, bevor sie die Chance hatte, sich zu versteifen. Ja, sie war nervös, doch berauscht traf es noch besser. „Wieso?"

„Brute scheint die Show zu genießen."

Sie warf einen Blick über ihre Schulter und begegnete dem Blick ihres gemeinsamen Businesspartners, der an der Seite der Bar lehnte. Er mochte träge sein Scotchglas an die Lippen heben, doch sein Blick war intensiv.

„Fühlst du dich nicht unwohl dabei?" Vielmehr sollte *sie* sich unwohl fühlen, oder? Aber das tat sie keineswegs. Stattdessen stockte ihr Atem und zog sich ihre Vagina zusammen, als sie Brutes Blick auf sich spürte.

„Sollte ich das?" Er streifte mit dem Mund über ihren. „Du willst nicht wissen, wie oft ich ihn schon mit Frauen beobachtet habe. Es ist so selbstverständlich geworden wie mit ihm einen Drink an der Bar zu teilen."

„Nie wieder, okay?" Sie legte ihre Stirn an seine, bewegte ihre Hüften stärker. „Wenn du hier unten bist, will ich bei dir sein. Du wirst ihn nicht mehr ohne mich beobachten."

Ihm entfuhr ein atemloses Glucksen, während er sich in einem harten Stoß in ihr versenkte. „Einverstanden."

Ihre Bewegungen wurden energischer, ihre Begierde wuchs, während er mit seinen Händen ihre Seiten entlangfuhr und die Wölbung ihrer Brüste streifte.

„Ich habe die zwei vermisst." Er zwickte ihre Brustwarzen und verdiente sich damit im Gegenzug einen harten Stoß. „Ich habe alles vermisst."

Er bewegte sich kraftvoller und sein Griff wanderte zu ihrem Hintern, um sie noch fester auf seinen Schwanz zu pressen. Sie begann zu keuchen, versuchte sich zu konzentrieren, um den bevorstehenden Höhepunkt hinauszuzögern. Sie war so kurz davor … fast da.

„Tate." Sein Name war kaum hörbar, ein bloßes Flüstern an seinem Hals.

Er knurrte, wiegte seine Hüften in einem aggressiven Rhythmus, während sie sich an seine Schultern klammerte. Sie konnte es kaum erwarten. Sie war zu lange ohne seine Liebe gewesen.

„Tate …" Ihre Mitte verkrampfte sich und entlud sich in einer Empfindung, die ihren gesamten Körper durchflutete.

Er stöhnte und bohrte seine Finger in ihr Fleisch, ihr Name ein Flüstern auf seinen Lippen, eine Liebkosung, die sie für immer in Ehren halten würde.

„Du wirst mich nie wieder verlassen." Es war eine Forderung. Und sie würde dafür sorgen, dass er sie erfüllte.

„Ich verspreche es." Seine Lippen strichen über ihren Kiefer, ihre Wange, ihre Lippen. „Nie wieder, Cassie."

„Du musst die Scheidung stoppen. Du musst sie verschwinden lassen."

„Das werde ich. Verschwende nicht mal einen Gedanken daran."

Sie nickte, ihre Münder immer noch aufeinandergepresst, während sich ihre Bewegungen verlangsamten und Stille um sie herum einkehrte. Sie wusste nicht, was sie erwarten hatte. Applaus? Jubel? Nichts passierte. Der Club machte weiter, als hätte es ihr monumentales Wiedersehen nicht gegeben.

Sie blickte sich über die Schulter zu Brute, der sie immer noch anstarrte, Leo und Shay nun an seiner Seite. Alle drei lächelten … nun, Brutes Lippen kräuselten sich minimal. Ihre zufriedenen Mienen erfüllte ihre Lungen mit wohliger Wärme.

„Ich glaube, sie sind froh, dass ich sie nicht länger mit meinen Stimmungsschwankungen quälen werde", sagte T.J. in ihr Haar.

„Und du wirst mich nicht länger quälen, indem du woanders wohnst." Sie schmiegte sich an seine Schulter. Seine Länge war immer noch in ihr, sein Herz schlug gegen ihre Brust. Ihn zu verlieren hatte ihr Angst gemacht. Das würde es immer. Sie konnte die Sonne, den Mond, den Atem aus ihren Lungen verlieren, doch solange T.J. bei ihr war, wäre sie glücklich.

„Geht's dir gut?", fragte er in ihr Haar.

„Großartig." Sie seufzte und schmiegte sich näher an ihn.

Der Schmerz wurde langsam weniger, die Trauer durch Hoffnung für ihre gemeinsame Zukunft ersetzt.

„Bring mich nach Hause, T.J." Sie lehnte sich zurück und sah ihm in die Augen. „Ich möchte in deinen Armen einschlafen."

EPILOG

„Wir müssen diese Frauen wirklich an die Leine legen“, grummelte Brute. „Jedes Mal, wenn ich ihnen den Rücken zuwende, verunstalten sie das *Vault* ein bisschen mehr.“

T.J. grinste, unfähig, seinen Blick von Cassie und Shay abzuwenden, die auf der kleinen Tanzfläche, die sie in der hinteren Ecke des Clubs eingerichtet hatten, ihre Hüften schwangen. Die Musik war so leise, dass sie das sinnliche Ambiente nicht störte, aber seiner Meinung nach gossen die langsamen, heißblütigen Songs, die sie auf den nahe gelegenen iPod geladen hatten, eher noch Öl in das Feuer.

Seitdem er auf dem Ledersofa ein paar Meter entfernt Platz genommen hatte, hatte er sich nicht mehr bewegen können. Genauso wenig wie Leo, der am anderen Ende saß, seinen Fokus auf Shay gerichtet, während die beiden Frauen umeinander herumtanzten.

„Ich glaube, sie versuchen bewusst mich verrückt zu machen“, meinte Leo mürrisch.

„Meinst du?“ Brute gluckste. „Auf James haben sie denselben Effekt.“

T.J. und Leo betrachteten den Mann, der auf einem naheliegenden Sofa saß. Er hatte einen Drink in der Hand und beobachtete die Tanzfläche mit einem wölfischen Glanz in den Augen.

„Bist du sicher, dass er den Sicherheitscheck bestanden hat?“, fragte Leo. „Mir gefällt sein Blick nicht.“

„Mir auch nicht." T.J. richtete seine Aufmerksamkeit wieder auf Cassie. „Sorge dafür, dass sein Name von der Liste gestrichen wird. Ich will ihn hier nicht noch einmal sehen." Seine beschützende Art abzulegen war nicht leicht. Besonders nicht, wenn unbekannte Männer seine Ehefrau angafften. Es war in Ordnung für ihn, wenn sich die Stammgäste an ihr sattsahen. Sie war eine Frau, die für Bewunderung wie gemacht war, doch diesen Mann kannte er nicht.

„Du kannst nicht jedem Kerl, der deine Frau vögeln will, den Zutritt verweigern." Brute, der hinter ihnen aufgetaucht war, stellte sich hinter das Sofa. „Wenn das der Fall wäre, hätte ich hier unten auch keinen Zutritt."

„Witzig", knirschte T.J.

„War nicht witzig gemeint." Brute schlug ihm auf die Schulter. „Was hat es denn mit dem Telefon auf sich?" Er beugte sich vor und schnappte T.J. das Gerät aus der Hand.

„Wir haben nur ein bisschen Spaß." Er hatte seine Frau überredet das Sextoy zu tragen, das er ihr vor Jahren geschenkt hatte. Eine Hälfte des C-förmigen Teils saß tief in ihr drin, während die andere Hälfte von außen gegen ihre Klitoris drückte. „Darauf ist eine App für das Sextoy, das Cass trägt."

Er riskierte einen kurzen Blick über seine Schulter zu Brute, der das Telefon anstarrte. „Ab und zu drücke ich auf einen dieser Buttons, die dann Vibrationen auslösen."

„Das machst du schon die ganze Nacht?", fragte Brute.

„Größtenteils." Er war berauschend zu wissen, dass er ihr Vergnügen bereiten konnte, ohne dass andere es bemerkten. Ihre Pussy triefte wahrscheinlich, und der Spitzenstring, den er ihr für heute Abend ausgesucht hatte, war kaum in der Lage, den Beweis ihrer Erregung aufzufangen.

„Was passiert, wenn ich mehrere Buttons drücke?" Brute tippte auf den Bildschirm.

„Ich denke, das wirst du selbst herausfinden."

„Und es kümmert dich nicht, dass ich deine Frau zum Kommen bringe?"

T.J. grinste, sein Blick immer noch auf seine Ehefrau gerichtet. „Nicht im Geringsten." Es gab keinen anderen Mann, der Cassie in Versuchung führen konnte. Er hatte sie vielleicht nicht verdient, doch sie war ihm trotzdem treu ergeben. Ihre Liebe floss durch seine Adern, ihr Glück ein beständiger Schlag in seinem Herzen.

„Nur zu." T.J. lehnte sich zurück und breitete seine Arme entlang der Lehne und des Sofarückens aus. Sie würde wissen, dass nicht er das Toy kontrollierte, sobald sie in seine Richtung sah, und er vermutete, dass es einen positiven Effekt auf sie haben würde.

Alle drei schauten schweigend zu, wie Brutes Finger im Takt des langsamen Beats von *Gorilla* von Bruno Mars das Display antippte.

„Sie hat es nicht einmal bemerkt." Leo rutschte auf seinem Platz etwas nach vorne. „Bist du sicher, dass sie es noch immer trägt?"

„Sie hat es bemerkt." Er konnte es daran erkennen, dass sich ihr Hals zusammenzog, als sie heftig schluckte, an der Tatsache, dass sie kurz, fast unbemerkt mit ihren Armen über ihre Brüste strich, als sie sie in einer sinnlichen Bewegung über ihren Kopf hob. Auch ihre Füße standen näher beieinander, was ihr erlaubte, ihre Schenkel zusammenzupressen und es als Tanz zu tarnen.

Er musterte sie und ignorierte währenddessen das unaufhörliche Pochen seines Glieds, das seit seinem Umzug zurück nach Hause vor zwei Wochen nicht mehr abzuebben schien. Sie leckte sich die Lippen, ihre Brust hob und senkte sich schneller, ihre Bewegungen wurden langsamer. „Ich glaube, gleich zerspringt sie."

Mit jedem Tag wurde es einfacher. Ihre Leidenschaft war wieder entfacht, als wäre sie nie erloschen. Jetzt mussten sie nur noch abwarten, bis die Vergangenheit sie nicht länger verfolgte. Mit der Zeit würden sie Frieden finden. Aber was noch wichtiger war, dass sie beide Eigenverantwortung für das Leben übernahmen, das sie gemeinsam führten.

Sie drehte sich zu ihm, ihr Kinn erhoben, ihre Schritte zittrig, als sie sich in ihren High-Heels näherte.

„Sollte ich mich darauf einstellen, geohrfeigt zu werden?", brummte Brute.

T.J. schüttelte den Kopf. „Nein." Das in ihren Augen war keine Wut.

Sie kam direkt auf ihn zu, kletterte auf die Couch und setzte sich rittlings auf ihn.

„Hast du Spaß beim Tan—"

Sie schnitt ihm mit einem Kuss das Wort ab. Mit einem wilden, leidenschaftlichen Kuss, bei dem sich ihre Zunge in seinen Mund schob, um mit seiner zu tanzen. Mit den Fingern fuhr sie durch seine Haare, ihre andere Hand packte seine Schulter und vergrub ihre Nägel tief darin.

„Warum hast du dein Handy Brute gegeben?", stöhnte sie in seinen

Mund, während ihre Hüften kreisten und die Vibrationen des Sextoys gegen seinen Schaft pulsierten.

„Ich dachte, es würde dir nichts ausmachen."

„Tut es nicht." Sie wimmerte, machte ihn wahnsinnig, wie sie sich so erbarmungslos an ihm rieb. „*Oh, Gott*, es macht mir nichts aus."

Leo fluchte, und Brutes Finger tippte erneut auf dem Bildschirm herum.

„Warte. *Stopp*." Cassie sah mit einem beschwörenden Ausdruck in den Augen zu Brute auf. „Bitte. Schalte es nicht runter."

Arschloch. T.J. wusste genau, was sein Freund da tat.

„Brute", bettelte Cassie. „Ich brauche es härter. *Bitte*. Mach es härter."

„Hörst du das, Tate?", prahlte Brute. „Deine Frau fleht mich an, es ihr härter zu besorgen."

„Du bist so verdammt berechenbar." T.J. schüttelte den Kopf und knirschte mit den Zähnen. „Würdest du dich verflucht nochmal beeilen, damit ich mich nicht lächerlich mache?"

Brute tippte noch ein paar Mal, um für eine heftige Vibration bei Cassie zu sorgen, die er ebenfalls spüren konnte. Er war sich nicht sicher, ob er es unbeschadet überstehen würde. Er brannte darauf, sie zu haben. Sich in ihr zu versenken.

Stöhnend verschränkte sie ihre Arme in seinem Nacken. „Ich kann nicht atmen." Sie keuchte, wiegte ihre Hüften hin und her, befeuchtete ihre trockenen Lippen mit ihrer Zunge. „Ich brauche mehr."

„Sorry", grunze Brute, die Erregung war seiner Stimme deutlich anzuhören. „Höher geht's nicht, Süße."

Shay kam zu ihnen, und ihre schlanke Gestalt blieb in Cassies Rücken stehen. Sie spähte auf T.J. herab, ein vertrautes Glitzern in den Augen. „Braucht ihr Hilfe?"

Fuck. Wenn Cassie nicht aufhörte über seinem Schoß zu kreisen, und bald kam, würde er explodieren, darin bestand kein Zweifel. Entweder musste er selbst Hand anlegen oder einen Weg finden, wie er schnell die Unterwäsche seiner Frau loswerden konnte. „Ja."

Leo fluchte erneut. Diesmal lauter.

Shay richtete ihre Aufmerksamkeit auf ihren Freund und grinste, als sie die Haare aus Cassies Nacken strich. „Es ist nur ein Kuss." Sie lehnte sich hinunter und fuhr mit ihrem Mund über Cassies Nackenansatz.

„Du hast zehn Sekunden, um hierher zu kommen." Leo begann herunterzuzählen, wobei sein Ton härter wurde, je tiefer die Zahlen fielen.

„Und wenn nicht?"

„Herrgott", schimpfte Brute. „Könnt ihr das woanders austragen? Seht ihr nicht, dass ich hier versuche, meine Magie walten zu lassen?"

Kapitulierend hielt Shay ihre Hände hoch und schlenderte sehr langsamen Schrittes auf Leo zu. „Du bist auf dich allein gestellt, Cass."

Cassie wimmerte, einmal, zweimal, dann versenkte sie ihre Zähne in T.J.s Nacken, als sich jeder Muskel ihres Körpers an ihn klammerte als hinge ihr Leben davon ab. Sie hörte auf zu atmen. Dann begann ihr Körper zu zittern, als ihr Orgasmus sie überkam, während sie sich unaufhörlich weiter an ihm rieb.

Atme. Konzentriere dich. Nicht kommen. Nicht. Kommen.

„Denk einfach an mich, Kumpel", flüsterte Brute ihm ins Ohr.

Das erfüllte seinen Zweck. Ansatzweise. Er sah sich über die Schulter, schnappte sich sein Telefon zurück und verringerte die Vibrationen, als Cassie sich allmählich gegen seine Brust sinken ließ, ihr Atem ein ständiges Streicheln über seine Haut.

Er schloss die App, sperrte sein Handy und warf es auf den Sitz neben sich, nur Zentimeter von Leo entfernt, der nun seine Freundin auf seinem Schoß sitzen hatte. Ihre Münder waren vereint, ihre Körper Brust an Brust, als Leo Shays Gesicht mit beiden Händen umfasste.

„Das wird langsam langweilig", schnaubte Brute. „Ich muss mich unbedingt flachlegen lassen, bevor wir schließen. Wir sehen uns später."

T.J. neigte seinen Kopf und drückte die Frau in seinen Armen fest. Er genoss die Bewunderung, die das Verlangen nach Vergnügen ablöste. Sie waren noch nicht wieder zurück in der Normalität. Sie waren wieder ganz am Anfang. Hatten Dates, entfachten ihre Verliebtheit von Neuem und vermengten sie mit den Jahren der Hingabe, die sie bereits geteilt hatten.

Es war eine himmlische Kombination.

„Lass uns nach Hause fahren", sagte er in ihr Haar.

Sie stützte sich mit den Händen auf seiner Brust ab und setzte sich auf, um ihn anzusehen. „Du willst nicht bleiben?"

„Nicht heute Abend." Er schüttelte den Kopf. Sie hatten noch Jahre, die sie hier drin verbringen konnten, um Spaß mit Freunden und Fremden zu haben. Er wollte gierig sein, sie für den Rest der Nacht ganz für sich allein haben. Und möglicherweise jede weitere Nacht, bis sie seiner Zuneigung überdrüssig wurde. „Ich will dich mit nach Hause nehmen und dir zeigen, wie sehr ich dich liebe."

Ihre Augen funkelten. „Du hast die letzten drei Wochen nichts anderes gemacht."

„Stimmt." Er lächelte und strich mit seinen Lippen über ihre. „Und das werde ich auch nie wieder."

Ich hoffe, Vereint hat euch gefallen!

Blättere weiter, um Gnadenlos zu lesen.

GNADENLOS

KAPITEL EINS

*P*amela glitt mit ihren nackten Oberschenkeln auf den Barhocker und täuschte vor entspannt zu sein, obwohl das Gegenteil der Fall war.

Seufzen und Stöhnen drang an ihre Ohren, zusammen mit dem rhythmischen Klatschen von nackten, schwitzigen Körpern, die aufeinandertrafen. Früher einmal hatte sie eine solche Atmosphäre genossen. Die lüsterne Umgebung hatte sie belebt und entflammt.

Dann hatte der Reiz nachgelassen und die Verzweiflung eingesetzt.

Einmal im Monat ins *Vault of Sin* zu flüchten war zwei Jahre lang ihr Ritual gewesen. Sie war optimistisch gewesen, hoffnungsvoll, die Leere, die der Tod ihres Ehemannes in ihrer Brust hinterlassen hatte, durch den delikaten Nervenkitzel innerhalb des exklusiven Sexclubs zu verdrängen. Nun hatte ihre strahlende Hoffnung ihren Glanz verloren und sie war verstimmt und verbittert. Es gab hier niemanden für sie. Niemanden, der ihr gab, was sie brauchte. Wonach sie sich sehnte.

„Suchst du Gesellschaft, Süße?"

Aus den Augenwinkeln betrachtete sie den Mann neben sich. Der sanfte Tonfall und das Wort – *Süße* – ließen sie wissen, dass er auf ein Rollenspiel aus war, das nicht ihrem eigenen Geschmack entsprach. Sie wollte nicht sein braves Mädchen sein. Sie brauchte weder ein Podest noch die Berührung einer sanften Hand. Ihre Begierden waren viel komplexer als das.

„Nein, aber vielen Dank."

Es war an der Zeit, sich der harten Realität zu stellen. Ihr Sexleben würde sich von nun an auf einem Abwärtstrend befinden. Ihre Ehe mit einem Mann, der ihre Libido mit einer beachtlichen Präzision beherrscht hatte, hatte sie für alle darauffolgenden Liebhaber ruiniert. Sie musste aufhören ihre Zeit mit Männern zu vergeuden, denen es an Geschick und Geduld mangelte, um sie zum Höhepunkt zu bringen. Sie hatte bereits genug Samstagabende verplempert, zu viele Monate damit verbracht mit Männern zu spielen, die nicht fähig waren, nonverbale Signale zu erkennen.

„Bist du sicher?" Er legte seine Hand auf die Schnüre im Rücken ihres Korsetts, entzückt von den marineblauen Sprenkeln im Stoff, die im Licht der Bar funkelten. Das Dessous-Set, das sie gegenwärtig trug und aus dem verstärkten Oberteil und einem seidenen Höschen bestand, war ein Geschenk ihres verstorbenen Mannes, Lucas, gewesen. Eines der letzten Geschenke, die er ihr gemacht hatte. „Du siehst einsam aus."

Sie seufzte. Jepp, sie musste definitiv weiterziehen. „Nicht einsam. Nur allein. Das ist ein Unterschied." Sie schwang sich auf dem Hocker herum und glitt auf ihre Füße. „Und außerdem waren wir schon einmal zusammen. Ich möchte es nicht unbedingt wiederholen."

„Ach, Schätzchen, meiner Erinnerung nach hatten wir eine Menge Spaß."

„*Du* hattest eine Menge Spaß." Sie biss sich auf die Zunge, um es dabei zu belassen.

Seine Augenbrauen zogen sich zusammen und veranlassten sie dazu sich zu entfernen, für den Fall, dass er mit seiner eigenen Beleidigung kontern wollte. Als sie das *Vault* zum ersten Mal betreten hatte, hatten die anderen Besucher sie für schüchtern und verängstigt gehalten. Sie hatten nur ihr Äußeres gesehen. Sie hatten nicht versucht tiefer zu schauen.

Für sie glich Pamela einer seichten, unberührten Pfütze, während sie in Wahrheit eher die stürmische Weite des Ozeans umfasste. Sie wusste genau, wonach sie suchte. Ihre Checkliste war kurz, aber spezifisch. Und anscheinend war jeder Punkt seltener als ein Einhorn.

An der offenen Tür eines der Zimmer die Wand entlang kamen ihre Füße von selbst zum Stehen. Zoe, eine weitere reguläre Clubbesucherin, lag auf dem Sofa an der Wand, und ihre beiden Männer zollten ihrem spärlich bekleideten Körper mit so sanfter Finesse Tribut, dass Pamelas Augen zu brennen begannen.

Die drohenden Tränen waren nicht auf Schwäche oder Herzschmerz zurückzuführen. Es waren Tränen der Frustration. Der äußersten Verärgerung und Wut. Wieso war es so schwierig, einen Mann zu finden, der ihre Bedürfnisse erfüllen konnte, so wie diese Männer Zoes Bedürfnisse erfüllten?

Ganz gleich, wohin sie sich drehte, von überall starrte ihr sexuelle Kompatibilität entgegen. Die Barkeeperin, Shay, hatte sie mit ihrem Managerfreund, Leo. Dann waren da noch T.J. und seine Frau Cassie, sowie jedes andere Duo innerhalb der geheimnisvollen Mauern des von Sinnlichkeit erfüllten Clubs.

Vielleicht war ihr Hunger das Problem.

Ihre Begierden waren zu spezifisch. Sie hatte keine Verwendung für süße Zuneigung. Sie sehnte sich nach Finesse in einer dominanteren Form. Nach der Kunstfertigkeit eines Mannes, der ihr sowohl geistig als auch körperlich einen Orgasmus bescheren konnte. *Verdammt.* War sie übertrieben kritisch? Es war nicht so, als würde sie erwarten, dass ein Fremder mit einer einzigen Berührung alles über sie in Erfahrung brachte. Das Problem war, dass einige Männer nach drei Orgasmen immer noch keine Ahnung hatten.

Nach *ihren* Orgasmen.

Nicht nach Pamelas.

„Sie passen gut zusammen, nicht wahr?" Das geschmeidige Brummen kam von einem Mann in ihrem Rücken. „Sie verehren sie."

„Ja, das tun sie." Sie schloss kurz die Augen und unterdrückte ihren Instinkt, eine weitere Zurückweisung auszusprechen. „Aber ich suche nach etwas, das ein bisschen mehr ..."

„Was?"

Sie zuckte mit den Schultern. Auf Einzelheiten hinzuweisen schien gleichbedeutend damit, ein fertiges Puzzle zu verschenken. Wo war der Spaß dabei?

„Was immer es ist, ich helfe gerne."

Mit jedem Atemzug verblasste ihr letzter Funke Hoffnung mehr. „Ich will kontrolliert werden." Sie zuckte bei ihrem eigenen Bekenntnis zusammen. Sie sollte nicht zu weiteren Gelegenheiten, enttäuscht zu werden, animieren. Davon hatte sie bereits ausreichend gehabt.

„Hmm." Seine Oberschenkel berührten ihre, seine unverkennbare Erektion schmiegte sich an ihren Hintern. „Ich kann dich kontrollieren, Prinzessin."

Ein Arm schlang sich um ihre Taille. Die Berührung leicht, zart – die eines Mannes, der eine dominante Rolle annahm, von der er nicht wusste, wie sie umzusetzen war.

Sie drehte sich um und sah ihn zum ersten Mal an. Seine Hand ruhte nun auf dem unteren Teil ihres Rückens. Er war attraktiv. Ein sanfter haselnussbrauner Blick, ebenmäßige Haut und ordentlich geschnittenes, braunes Haar. Was ihm fehlte, war das gewisse Etwas. Das Kribbeln. Der beherrschende Ausdruck in seinen Augen.

„Heute Abend nicht." Sie zog sich zurück, um dann von seinem fester werdenden Griff aufgehalten zu werden.

„Du bleibst", befahl er.

Ein Schauer lief ihr über den Rücken. Es hätte ein herrlicher Kick sein können, der Beginn von etwas viel Versprechendem, allerdings passten seine Gesichtszüge nicht zu seinem Tonfall. Hinter dem festen Griff war er ein verängstigtes Kätzchen. Ohne Überzeugung. Ohne Kraft.

„Nimm deine Hand von mir", grummelte sie.

Es war nicht leicht eine unvertraute Rolle zu spielen. Es brauchte Eier. Große Eier. Und der Mann, den sie brauchte, benötigte Cojones von der Größe eines Nashorns, keiner Maus.

„Es tut mir leid." Seine Hand fiel von ihr ab, und sein reuevolles Zurückweichen entfachte ihre Frustration erneut. „Ich habe nur versucht—"

„Ich weiß." Sie setzte ein Lächeln auf, entschlossen, ihre bissige Haltung niederzuringen. „Und ich weiß den Versuch zu schätzen."

Es war nicht seine Schuld, dass sie durch ihre bevorstehende sexuelle Abstinenz gereizt war. Sie und ihre giftige Einstellung mussten von diesem Ort der körperlichen Verehrung verschwinden, um dem Ganzen ein Ende zu setzen. Weitere Stunden hier würden ihren Unmut nur noch verstärken. Sie war keine verbitterte alte Hexe. Zumindest nicht ganz. Doch das würde sie bald sein, wenn sie nicht aufhörte sich selbst zu bemitleiden und weiterzog.

Sie drückte entschuldigend sein Handgelenk und durchquerte den Hauptraum des *Vault*, nicht ohne den Gästen, die sie mitfühlend ansahen, ein halbherziges Lächeln zu schenken. Sie passte nicht zu diesen Menschen. Eine Welt, die sie einmal beherrscht hatte, war ihr nun fremd. An einem Ort, an dem Orgasmen eine Währung waren – zumindest was das Erhalten betraf –, war sie zu einer Bettlerin geworden.

Sobald sie die abgeschiedenen Umkleideräume erreicht hatte, setzte ein Gefühl der Niederlage ein. Sie hatte sich sehr weit von der Missionarsstellungsfrau entfernt, die sie vor Lucas gewesen war. Jetzt war sie in fleischliche Ungnade gefallen. Sex war nicht länger aufregend. Ihre Sieben-Tage-die-Woche-Angewohnheit war den Hungertod gestorben, und alles, was ihr geblieben war, war nach vorne zu sehen. Die Begierde zu begraben wie sie ihren Ehemann begraben hatte.

„Verdammt sollst du sein." Sie öffnete ihre Spindtür und warf sie wieder zu. Der laute Knall hallte durch sie hindurch, traf ihre Brust, ihr Herz. Die Tränen waren zurück. Wütende, verachtete Tränen, die den Raum verschwimmen ließen.

Sie hatte geglaubt, sie hätte alles richtig gemacht. Sie war nicht kopfüber in die Erfahrung gesprungen, die ihr das *Vault* bieten konnte. Ihre Schritte waren langsam gewesen. Über endlose Monate hinweg hatte sie sich zur ultimativen Voyeurin entwickelt und erst dann einen anderen Mann berührt, als ihr Verstand, ihr Körper und ihre Seele bereit dazu waren. Dann, einer nach dem anderen, hatten die Stammgäste des Clubs sie enttäuscht, bis die Unerfülltheit überhandnahm, und all das nur, weil das Geschick ihres Mannes nicht zu ersetzen war. „Verdammt seist du, Lucas."

„Hey."

Sie erstarrte beim Klang von Shays Stimme und hoffte, die Frau würde sie in Ruhe lassen. „Gibst du mir eine Minute?"

„Das kommt darauf an. Demolierst du weiterhin *Vault*-Eigentum, wenn ich dich alleine lasse?" Das Geräusch von sich leise bewegendem Stoff näherte sich. „Was ist los?"

Pamela atmete tief ein, drehte sich zu Shay und betrachtete die schöne Gestalt einer Frau, die unmöglich verstehen konnte, was in ihrem verwirrten Kopf vor sich ging.

„Du siehst umwerfend aus, wie immer." Es war ein Ausweichmanöver. Eine hoffnungsvolle Ablenkung. Über das verführerische rote Kleid zu plaudern, das sich an die Brüste der Barkeeperin schmiegte und an ihren Oberschenkeln in einen sexy Rock überging, war besser als die Alternative.

„Vielen Dank. Leo scheint der leichte Zugang zu gefallen." Shay sah kurz an sich herab, bevor sie Pamelas Blick begegnete. „Und jetzt spuck's aus. Was bringt dich dazu, Spindtüren zuzuknallen und so auszusehen, als würde die Welt untergehen?"

Pamela hielt den Mund aus Angst, was herauskommen würde, wenn sich ihre Lippen teilten. Worte bildeten sich in ihrer Kehle, blockierten den kleinen Bereich und der Druck nahm zu. Luft abzulassen war nicht das Problem. Sie konnte ihr Elend morgen mit ihrer Schwester teilen. Selbst mit ihrer Mutter, wenn sie wahrhaft verzweifelt war. Jedoch konnten beide ihre

Sehnsüchte nicht richtig nachvollziehen. Es Shay zu erzählen, einer Frau, die diese Art zu leben kannte, wäre anders. Und der Gedanke, ihre schlimmsten Befürchtungen bestätigt zu bekommen, war etwas, das sie im Moment nicht verkraften konnte.

„Komm schon, Pamela." Shay trat vor, ihre sanften Augen beschwörend. „Erzähl mir, was dir Probleme bereitet."

Der Drang es loszuwerden wuchs. Die Wahrheit schnitt ihr die Luft ab, bis sie den Mund öffnete und die Worte herauspurzelten. „*Alles*. Ich kann das nicht mehr. Ich muss aufgeben, bevor es mich umbringt."

„Atme tief durch, Süße, und erzähl mir, was passiert ist."

„Nichts ist passiert." Pamela wandte sich zurück zu ihrem Spind, zog ihren lockeren schwarzen Rock heraus und zerrte ihn ihre Oberschenkel hoch. „Dasselbe Nichts, das jedes Mal passiert, wenn ich hierherkomme." Sie schob ihr Tanktop in die Handtasche hinten im Spind. Nur mit ihrer Reizwäsche bekleidet hier wegzugehen machte ihr nichts aus, schließlich trugen die Leute, die oben tanzten, weitaus weniger. „Bitte sag Leo, dass ich meine Mitgliedschaft kündigen möchte. Ihr werdet mich hier nicht mehr sehen."

„Okay … Kann ich machen." Shay beugte sich vor und drängte sich in Pamelas Sichtfeld. „Aber bevor ich das mache, könntest du das näher erläutern? Ich habe dich mit verschiedenen Männern gesehen, also verwirrt mich deine Bemerkung, es wäre nichts passiert, ein wenig."

„Ich meine, dass bei *mir* nichts passiert." Sie deutete mit einer ausladenden Handbewegung auf ihren Körper – auf die Brüste, die nie von der Berührung eines Mannes prickelten, auf die Vagina, die nie vor Erregung pulsierte. „In der ganzen Zeit, in der ich hier war, und bei all den Männern, mit denen ich geschlafen habe, hatte ich nicht ein einziges Mal einen Orgasmus. Nicht einmal einen kleinen. Ich war nicht einmal in der Nähe davon." Sie griff nach ihren Schuhen und ließ die drei Zentimeter hohen Pumps neben ihren Füßen zu Boden fallen. „Ich mache mir nur etwas vor, wenn ich immer wieder zurückkomme."

„Hat Leo dich nicht vor einer Weile mit jemandem zusammengebracht?" Shay runzelte die Stirn. „Ja, es war an meinem ersten Abend hier unten, und er hat die Rolle des Instrukteurs übernommen. Hat das nicht geklappt?"

„Das war das erste Mal, das ich nach meinem Ehemann mit jemandem zusammen war." Sie schnappte sich ihre Handtasche aus dem Spind und legte sich den Gurt über die Schulter. „Ich habe alles vorgetäuscht, weil ich dachte, es sei nötig, um wieder hineinzufinden. Seitdem habe ich nichts anderes mehr gemacht."

Shay setzte sich auf die Sitzbank in der Mitte des Raumes. „Vielleicht ist es noch zu früh für dich, um neu anzufangen."

„Es ist drei Jahre her." Für andere mochte die Zeitspanne der Trauer unendlich lang sein, aber nicht für sie. Sie war schon lange bereit neu anzufangen. „Ich bin bereit. Das Problem ist, die richtige Person zu finden."

„Gibt es etwas Bestimmtes, das du suchst? Geht es um Ästhetik? Sind die Männer nicht dein Typ? Oder hast du eine besondere Vorliebe?"

„Ich weiß genau, was ich will." Einen Klon ihres Mannes, zumindest, was den Sex betraf. „Ich will einen Mann, der mich beherrscht und mein Vergnügen kontrolliert. Jemanden, der weiß, was ich will, bevor ich es will, und der seine Großspurigkeit nicht mit Finesse verwechselt." Sie seufzte und ließ ihre müden Schultern hängen, als sie neben Shay auf die Bank sackte. „Entschuldige meinen hysterischen Anfall. Ich schätze, die Frustration hat endgültig die Oberhand gewonnen."

„Ist es nur das? Frustration?"

Ja …

Vielleicht …

Nein.

Sie starrte auf ihre glänzenden Schuhe und durchlebte in Gedanken noch einmal ihre Vergangenheit. „Ich war nicht lange mit Lucas verheiratet. Wir haben nicht einmal unseren ersten Hochzeitstag erlebt. Und in dieser Zeit hat er mein Sexleben völlig verändert. Er zeigte mir eine Sexualität, von der ich nie wusste, dass ich sie besaß. Allerdings war mir nicht bewusst, dass das ausschließlich auf unsere Beziehung zutraf. Ich dachte, die physische Verbundenheit wäre ersetzbar. Vielleicht nicht im genauen Ausmaß dessen, was wir hatten. Ich hatte nur auf etwas Ähnliches gehofft. Stattdessen verliere ich den Glauben daran, jemals den Teil von mir wiederzufinden, durch den ich mich am lebendigsten gefühlt habe."

Sie klang erbärmlich. Wie konnte Sex einen so wesentlichen Teil von ihr ausmachen? Es war schließlich nur körperliche Verausgabung, richtig?

Falsch.

Der Akt war so viel mehr. Sie brauchte es, gesehen zu werden, ohne dass sie in der Menschenmenge mit den Armen rudern musste. Sie wollte ohne Worte gehört werden. Sie sehnte sich nach jemandem, der sie kannte. Allerdings war sie sich nicht einmal mehr sicher, ob sie sich selbst noch kannte.

„Würdest du mir erlauben, dich mit einem Mann zusammenzubringen, der eventuell in der Lage ist, dir zu helfen?" Shay lehnte sich hinüber und legte den Kopf auf Pamelas Schulter.

„Ich befürchte, mir ist nicht mehr zu helfen. Früher konnte ich mit einem Fingerschnipsen meines Mannes zum Orgasmus kommen. Jetzt müssen Männer das Kamasutra beherrschen und Kratzwunden von tausend befriedigten Jungfrauen tragen, damit ich ihnen Beachtung schenke." Sie stieß ein halbherziges Glucksen aus. „Ich bin zu anspruchsvoll."

„Die Person, die mir vorschwebt, würde das als eine Herausforderung betrachten."

„Ich war mit dem Großteil der zur Verfügung stehenden Männer im *Vault* zusammen."

„Mit ihm warst du nicht zusammen. Das wüsste ich." Shay stand auf und rieb die Hände aneinander. „Ich habe ein wirklich gutes Gefühl dabei. Ich brauche nur fünf Minuten, um alles in die Wege zu leiten."

„Es ist zu spät. Ich bin ..." *Eine alte Witwe? Eine wiedergeborene Jungfrau? Eine gebrochene Seele?*

„Du steckst in einer kleinen Krise. Das ist alles." Shay ging zur Tür, ihre Miene vor Optimismus leuchtend. „Und ich bin überzeugt, dass Brute der ideale Partner für dich sein wird."

KAPITEL ZWEI

*B*ryan Munro schleifte den minderjährigen Mistkerl am Hemdkragen durch den Club. Die üblichen Gepflogenheiten konnten ihn mal. Auf keinen Fall ließ er diesen Scheißkerl hier raus, ohne ihn unsanft zu behandeln. Wenn jemand gerissen genug war, die Begutachtung des Türstehers zu bestehen und sich illegal in den *Shot of Sin*-Nachtclub zu schleichen, sollte man meinen, dass Aufmerksamkeit auf sich zu lenken, indem man das erste Paar Möpse begrabschte, das an einem vorbeiging, das Letzte war, was man tun wollte.

„Kommst du je wieder zurück, werde ich dir zeigen, wie es sich anfühlt, sexuell belästigt zu werden." Er schubste den Jungen durch die offene Vordertür. Als der Kerl sich fing, ohne auf dem Bürgersteig zu landen, war die Enttäuschung groß. „Glaub mir, an manchen Tagen vermisse ich meine Zeit im Gefängnis. Dich zu meiner Schlampe zu machen, würde Erinnerungen wecken."

Das war eine Lüge. Doch die großen Augen des Teenagers waren es wert.

Der Türsteher gluckste. „Du machst deinem Spitznamen wirklich alle Ehre, Brute."

„Das tue ich." Er ruckte mit dem Kinn in Richtung des Clubs. „Und wenn ich dort drinnen noch jemanden finde, der minderjährig ist, wirst du herausfinden, wie brutal ich sein kann."

Der Mann richtete sich auf. „Tut mir leid, Boss."

„Das sollte es dir auch." Bryan und seine Geschäftspartner, T.J. und Leo, hatten keine Zeit für diesen Mist. Das angrenzende Restaurant *Taste of Sin* wurde jeden Abend von begieriger Laufkundschaft überrannt, die bereit war, um einen Tisch zu betteln, wenn die ohnehin schon verlängerten Tischzeiten bereits mit den Reservierungen nicht mithalten konnten. Und das *Vault of Sin* im Untergeschoss war immer mit einem guten Schuss Drama verbunden. Er konnte es nicht gebrauchen, dass das *Shot of Sin* noch rechtliche Schwierigkeiten mit minderjährigen Trinkern auf seine Liste setzte.

„Ich werde gründlicher sein." Der Türsteher verschränkte die Arme vor der Brust, seine Lippen zu einer schmalen Linie gepresst, seine Stirn gerunzelt. Ein Abbild klischeehafter Security.

„Tue das." Bryan schritt zurück in den Club, und sein Pech setzte sich fort, als er Shay in ihrem verführerischen, kurzen Kleid an die Wand der Eingangshalle gelehnt vorfand. Leos Partnerin war ihm nicht nur ein Dorn im Auge, sondern ein verdammter Tannenzapfen in seinem Hintern. Wenn er es nicht besser wüsste, würde er annehmen, es sei ihre Lebensaufgabe, ihn ergrauen zu lassen. Und sie hatte Erfolg damit. „Was willst du, Frau?"

Ihre Mundwinkel hoben sich, als sie sich von der Wand abdrückte. „Ich muss mir für eine Minute deinen Schwanz ausleihen."

Er hob eine Braue und stellte sich dicht vor sie. „Hast du endlich begriffen, dass ich eine bessere Wahl bin als Leo?"

Ihr Lächeln wurde unschuldig, ihre langen braunen Wimpern klimperten ihn an. „Nicht einmal annähernd." Sie wirbelte auf den Zehenspitzen herum und schlenderte auf die tanzenden Körper zu, während sie über ihre Schulter hinweg einen Finger krümmte. „Komm schon."

Er folgte ihr knurrend und tat so, als würde er nicht begrüßen, wie seine sexy Untergebene ihn herumkommandierte. Sie führte ihn durch die dichte Menge zum Eingang des *Vault,* der von einem einzelnen Sicherheitsmann bewacht wurde.

„Wieso gehen wir nach unten?" Er erhob seine Stimme über den dumpfen Klang der Musik hinweg. „Ich habe heute Abend die Aufsicht über die Bar."

„Hör auf zu meckern. Die Angestellten können für eine Weile ihre Arbeit machen, ohne dass du ihnen im Nacken sitzt." Sie zog die Tür auf und verschwand im dunklen Treppenhaus.

Er warf dem Wachmann einen zweifelnden Blick zu und grübelte darüber nach, was vor ihm liegen könnte. Das kaum kontrollierte Zucken des Mundes des Mannes verkündete laut und deutlich, dass es möglich war, dass der Teufelsbraten des Clubs ihn mit einem Stahldildo zu bearbeiten plante, sobald sie sich in Abgeschiedenheit befanden. „Wenn ich nicht innerhalb von zwanzig Minuten zurück bin, ruf Leo um Hilfe."

„Alles klar."

Bryan ging hinein und zog die Tür hinter sich zu. Mit dem Klicken des Schlosses wurde die Clubmusik abgeschnitten und der laute Beat durch ein leises Rauschen ersetzt. „Halt."

Der Eifer, mit dem Shay die Stufen zum privaten Sexclub hinunterhüpfte, steigerte seine Besorgnis noch mehr. Sie war wegen irgendetwas aufgeregt.

Etwas, das seinen Schwanz mit einbezog.

„Shay", brummte er regungslos. „Was soll das hier?"

Sie drehte sich zu ihm um. Die Deckenlampen tauchten sie in einen himmlischen Schein, der ihn nicht im Geringsten täuschte. „Da ist eine Frau, die deine Hilfe braucht."

„Hilfe? Reden wir hier über ein Instandhaltungsproblem oder ein Eine-Frau-will-flachgelegt-werden-Problem?"

Mit Ersterem hatte er keine Schwierigkeiten, Letzteres war etwas völlig anderes. Anscheinend hatte er sich innerhalb der verruchten Mauern des Clubs einen Namen gemacht. Einen Namen, der ihn an erste Stelle der Masturbationsvorlagen jeder Frau beförderte.

„Diese Situation fällt eher in den Bereich des Letzteren", sagte sie hastig. „Aber lass mich ausreden."

Er funkelte sie an. „Du kennst meinen Standpunkt in dieser Sache."

„Ich weiß, ich weiß. Aber diesmal ist es anders. Du warst noch nie mit ihr zusammen. Keine deiner kostbaren Regeln wird gebrochen. Außerdem ist sie nicht der anhängliche Typ."

Das hatte er bei dem Großteil der Frauen, die das *Vault* besuchten, ebenfalls angenommen. Leider wurde ihm immer wieder das Gegenteil bewiesen. Ganz gleich, wie brutal ehrlich er bezüglich seiner Absichten war, sie erwarteten immer mehr von ihm, sobald er sie mühelos ins Ziel orgasmischer Glückseligkeit gebracht hatte.

„Und ich bin nicht der helfende Typ. Du solltest Leo oder T.J. fragen."

Sie schüttelte den Kopf. „Ich bin nicht bereit, Leo zu teilen. Und T.J. ist viel zu lieb für diese Rolle."

Er stapfte auf sie zu und das enthusiastische Funkeln in ihren Augen wurde mit jedem seiner Schritte schwächer. „Für *welche* Rolle genau?"

„Du musst deine Magie bei jemandem walten lassen, der Probleme in der Orgasmusabteilung hat."

Sein Stirnrunzeln war eine adäquate Reaktion.

„Sieh mich nicht an, als wäre es eine Qual." Sie schwang sich herum und stürmte weiter die Treppe hinunter. „Beeil dich."

„Warte." Shay wusste es besser, als die Kupplerin zu spielen, was bedeutete, dass die Neugier ihn jetzt bei den Eiern hatte und ihn dazu drängte, sie unten am Treppenabsatz einzuholen. Er packte sie an der Armbeuge, damit sie anhielt. „Warum kann es nicht jemand anderes übernehmen?"

„Sie hat es mit jedem versucht. Niemand hatte Erfolg."

„Dann sag ihr, sie soll das nächste Mal wiederkommen, wenn das *Vault* geöffnet hat. Es gibt immer frisches Material zum Ausprobieren."

„Sie ist schon seit Monaten dabei. Vermutlich seit Jahren. Sie will ihre Mitgliedschaft beenden."

„Dann ist das vielleicht das Beste."

Shays Ausdruck verwandelte sich von hoffnungsvoll in sauer. „Sei nicht so ein egoistisches Arschloch. Ich weiß, dass du der Richtige für die Aufgabe bist."

„Das bezweifle ich nicht. Aber ich wiederhole: Ich bin nicht der helfende Typ."

„Dann betrachte es als eine Herausforderung. Leo hat mir erzählt, dass du Pläne für einen Weiterbildungsabend hast, bei dem es um das weibliche Vergnügen geht. Das hier ist eine großartige Gelegenheit, deine Fähigkeiten unter Beweis zu stellen."

„Ich muss meine Fähigkeiten nicht beweisen, Sonnenschein."

„Da bin ich anderer Meinung."

Einer seiner Mundwinkel zuckte. „Dann runter mit dem Höschen und erlaube mir, es zu demonstrieren."

Ihr Lachen war unbeschwert und ansteckend. Das war das Problem mit Shay – bei ihr fühlte er sich anders, weniger aggressiv in Situationen, in denen er es sonst vorzog, distanziert und bissig zu bleiben.

„Du weißt, dass das nicht passieren wird. Aber ich ermuntere dich dazu, dein Können an dieser Frau zu beweisen. Jeder andere Mann hier ist unfähig, sie zum Höhepunkt zu bringen. Ich bin sicher, du könntest ihre Probleme in einer Art Fallstudie darstellen und eine perfekte Gelegenheit daraus machen, den Gästen zu zeigen, was für ein guter Lehrer du bist."

Er beugte sich vor, sein Gesicht nur Zentimeter von ihrem entfernt, und feixte: „Ich weiß, dass du mich hier unten beobachtest. Du weißt, dass ich ein guter Lehrer bin."

„Unzählige Frauen zu befriedigen, die allein durch die Atmosphäre des *Vault* schon scharf sind, ist kein ausreichendes Zeichen. Ich bezweifle, dass du mit jemandem, der sehr spezifische Bedürfnisse hat und nicht mehr hier sein will, die gleichen Erfolge haben würdest."

„Sehr spezifisch?"

„Sie will kontrolliert werden. Beherrscht werden. Sie will nicht jedem Kerl, der zwischen ihre Schenkel gelangt, eine Karte malen müssen."

Er richtete sich auf und versuchte den Köder, der seine Aufmerksamkeit lockte, nicht zu schlucken.

Sie verengte die Augen und grinste. „Komm schon. Du weißt, dass du es willst. Es ist ein klassischer Hattrick. Du darfst eine schöne Frau während der Arbeitszeit verwöhnen. Du erhältst eine großartige Fallstudie für deinen Kurs, während du gleichzeitig beweist, dass du der talentierteste Mann im Club bist."

Der Titel stand nicht zur Debatte.

„*Bitte.*" Sie faltete ihre Hände zusammen und hob sie auf Brusthöhe – bettelte mit etwas zusätzlicher Überzeugungskraft ihres Dekolletés. „Tu es für mich."

„Ich kann nichts versprechen. Ich muss sie erst einmal kennenlernen."

Nickend ging sie rückwärts, bis sie die Tür zur Umkleidekabine erreichte. „Bryan, das ist Pamela."

Pamela?

Fuck.

Er brauchte nicht näherzukommen, um zu sehen, wie sie aussah. Eine umwerfende Blondine mit üppigen Kurven und tiefbraunen Augen. Er hatte sich von dem Moment, in dem er auf das Mitgliedschaftsfoto klickte, das in seiner Mailbox gelandet war, zu ihr hingezogen gefühlt.

Dann hatte er ihren Namen gelesen, und alles Interesse war verschwunden wie Kondome in einem Studentenwohnheim.

„Brute", warnte Shay. „Beeil dich und komm her."

Er starrte finster drein, als er die Schwelle übertrat und die blonde Schönheit auf der Bank in der Mitte des Raumes betrachtete. Ihre spärliche Kleidung offenbarte eine Figur, die sich seit ihrem Beitreten nicht verändert hatte. Das dunkle, marineblaue Korsett war enganliegend, die Körbchen mit einer üppigen Brust gefüllt, ihre Taille schmal, was ihren Körper zu einer perfekten Sanduhr formte. Sie begegnete kurz seinem ungestümen Starren, dann senkte sie ihren Blick ebenso schnell wieder.

Unterwerfung.

Wie schön.

Normalerweise waren die Frauen im *Vault* übertrieben eifrig. Funkelnde Augen. Blickfickendes Starren. Der Typ Frau, der mehr von ihm erwartete, als er jemals zu geben gedachte. Selten gab es die Gelegenheit mit jemandem zusammen zu sein, der weniger enthusiastisch war. Manchmal fühlte es sich so an, als müsse er nur in die falsche Richtung blinzeln, und schon begannen die Frauen, ihre Unterwäsche auszuziehen.

Nicht, dass er es ihnen verübeln konnte. Er hatte aus gutem Grund Sexgroupies.

Er räusperte sich, das tiefe Geräusch ein Test, wie sie reagieren würde. Und ebenso schnell wie sie ihren Kopf gesenkt hatte, straffte sie ihre Schultern und begegnete ihm mit einem provozierenden Blick aus verengten Augen.

Interessant.

Ihre Aufsässigkeit bezwang das Verlangen sich zu unterwerfen.

Vielleicht war sie doch nicht die scheue Frau, für die er sie anfangs gehalten hatte.

„Habt ihr zwei schon einmal miteinander geredet?" Shay stand immer noch in der Türöffnung, eine Schulter an den Rahmen gelehnt.

„Sehr wenig." Dafür hatte er gesorgt, stets bemüht, sich von Triggern seiner Vergangenheit fernzuhalten. „Aber ich habe Ellas Antrag bearbeitet, also kenne ich die Gründe für ihre Anwesenheit hier."

„Pamela", murmelte die Frau.

Er ignorierte die Richtigstellung und pirschte um die Sitzbank herum. Die Rebellion in ihren Augen und die sture Haltung ihrer Schultern ließen ihn erkennen, dass sie nicht von Natur aus unterwürfig war. Sie wollte den Kampf. Sehnte sich vielleicht sogar mehr danach als nach körperlichem Vergnügen.

„Du kannst gehen, Shay." Er fokussierte sich weiter auf Ella, sog die Geschichten in sich auf, die ihr Körper ihm bereitwillig zuflüsterte. Sie war selbstbewusst, ihre Körperhaltung gerade, ihr Kinn stolz gereckt. Sie war außerdem wohlhabend. Ihre Schuhe waren poliert und eindeutig von einem Designer. Ihr Korsett war aus teurem Material gefertigt, keine billige Imitation. Und ihr blondes Haar war sauber geschnitten und zu einem ordentlichen Pferdeschwanz zusammengebunden.

„Seid ihr sicher?"

„Geh", zischte er.

„Pamela?", fragte Shay.

Er warf der Barkeeperin einen ungläubigen Blick zu. „Geh. *Sofort.*"

Sie hielt kapitulierend ihre Hände hoch. „Ich verschwinde ja schon."

Sie murmelte etwas vor sich hin – einen Kraftausdruck, da war er sich sicher –, aber er ließ es durchgehen und beschloss sich stattdessen auf Ella zu konzentrieren.

Schweigend standen sie da, ein paar Meter voneinander entfernt, und taxierten sich gegenseitig. Sie versuchte sein Scheitern vorauszusagen, bevor er überhaupt begonnen hatte. Die zusätzliche Herausforderung ließ seinen Puls ansteigen. Es lag keine Erregung in ihren Zügen. Nicht einmal ein Hauch von Hoffnung. Die Mauern des Pessimismus waren solide gebaut, und es würde ihm Vergnügen bereiten, sie niederzureißen.

„Shay behauptet, kein Mann könne dich befriedigen."

Ihr Kinn hob sich. „So ist es."

„Ich bin anderer Meinung."

Sie schnaubte verächtlich und griff nach dem Riemen ihrer Handtasche, um ihn höher auf ihre Schulter zu schieben. „Hör zu, es wird nicht funktionieren. Wir verschwenden beide unsere Zeit."

„Und warum das?"

Sie schluckte, Angst oder Manieren ließen sie zögern.

„Du kannst ehrlich sein." Er war kein Weichei, das zwar brutale Ehrlichkeit austeilte, sie aber nicht einstecken konnte.

„Wirklich?" Sie hob eine Braue. „Wenn das so ist … Ich bin nicht daran interessiert, mit jemandem zusammen zu sein, den Arroganz antreibt. Für mich ist das kein Spiel. Und ich weigere mich, einen weiteren Kerl in Watte zu packen, der sich für talentiert hält, wenn die Realität beweist, dass er Wahnvorstellungen hat."

„Du glaubst, ich hätte Wahnvorstellungen?" Ihr Desinteresse war befreiend. Verdammt erfrischend. Vielleicht sollte er Shay dazu bringen, das Gerücht in die Welt zu setzen, dass er den Rausch der Jagd liebte. Auf diese Weise würden die Frauen aufhören ihn zu verfolgen und er könnte seine Zeit im *Vault* wieder genießen.

„Ich glaube, du bist wie alle anderen hier, die von mir erwarten, dass ich ihnen einen kurzen Nervenkitzel und einen Boost für ihr Ego verschaffe. Ich versichere dir, du wirst weder das eine noch das andere von mir bekommen."

Angriffslustig. Der Reiz dieser Frau nahm weiter zu.

„Schau …" Sie seufzte. „Ich entschuldige mich für meine Unhöflichkeit, aber das hier ist sinnlos." Sie machte sich auf den Weg zur Tür. „Es tut mir leid, dass Shay dich bei was auch immer gestört hat."

„Zu gehen wäre ein Fehler." Er drehte sich nicht zu ihr um. Das brauchte er auch nicht. Obwohl sie abweisend war, war ihre Hoffnung spürbar. „Ich verspreche, ich werde dir geben, was du brauchst, aber ich werde dir nicht nachlaufen. Wenn du durch die Tür gehst, werde ich nicht folgen."

Ihre Schritte hielten inne und ein tiefer Atemzug drang an seine Ohren. „Wie kannst du das versprechen?"

„Weil das, was du als Arroganz interpretierst, tatsächlich Erfahrung ist. Im Gegensatz zu anderen Männern weiß ich, was ich tue."

Ihre großen Augen machten stumm ihren Unglauben deutlich. Er ließ sie darüber nachgrübeln, und prognostizierte eine Reihe von Antworten, bevor sie schließlich sprach.

„Eine lange Liste an Eroberungen wird nicht helfen. Mein Geschmack ist spezifischer als der der meisten."

„Wie du willst." Er schritt zur Tür, verringerte zügig den Abstand zwischen ihnen.

Ihre Kehle arbeitete schwer. Ihre Finger zuckten. „Warte." Sie streckte eine Hand aus. Ihre erhitzte Handfläche traf in einer zarten Berührung auf seine Brust. „Wie?"

Er hob eine Braue. „Wie?"

Sie ließ schnaubend ihre Hand sinken. „Wie würdest du mich zum Kommen bringen?"

„Plaudereien sind nicht wirklich mein Ding. Warum lässt du es mir dir nicht einfach demonstrieren?"

„Weil jeder andere Mann, der die Gelegenheit dazu bekommen hat, kläglich gescheitert ist."

„Es ist nicht meine Schuld, dass du einen schlechten Geschmack bei Liebhabern hast."

Ihre Augen verengten sich zu kaltherzigen Schlitzen, was seinen Schwanz zucken ließ. Er hatte sie. Sie mochte es nicht wissen, war vielleicht nicht damit einverstanden, aber er hatte definitiv gewonnen.

„Lass die Tasche fallen." Mit einem Rucken seines Kinns wies er auf den Lederriemen, der auf ihrer Schulter lag.

Sie streckte ihre Brust vor, und die Rebellion kurbelte seinen Puls stärker, schneller an. Er war jetzt voll dabei und wollte, dass sie weiterspielte, weil es selten war, dass Frauen ansatzweise sein Interesse weckten.

„Lass sie fallen." Seine Stimme war tief, der Befehl unmissverständlich.

Sie rührte sich nicht. Weigerte sich zu gehorchen.

Stummes Lachen erfüllte seine Brust, weil sie so offensichtlich eine Bestrafung forderte. Ihre Augen bettelten. Ihr Körper summte.

„Okay, Liebes. Wie du willst." Er näherte sich ihr bedrohlich. Mit unbeirrtem Blick legte er seine Hand auf ihren Oberarm und glitt damit über die freiliegende Haut ihrer Schulter hinauf zu ihrem Hals.

Er umfasste ihre Kehle, und ihre Körperwärme brannte sich in seine Handfläche. Sie sog scharf den Atem ein, schnell und tief, und gab mit einem heftigen Ausatmen ihr Einverständnis. Ihre leuchtenden Augen flackerten in einem Feuer der Verärgerung auf, als sie ihm so ausgeliefert war. Und doch wich sie nicht zurück, zuckte nicht einmal zusammen, als er seinen Griff verstärkte.

Jeder andere Mann wäre vermutlich durch ihre fehlende verbale Zustimmung abgeschreckt worden. Doch ihn kümmerte das nicht. Nicht ein bisschen. Er erhielt ihre Erlaubnis durch ihren entschlossenen Blick, das Lecken ihrer verführerischen Lippen, dem Hervorstrecken ihrer Brust.

Ihre Großspurigkeit bröckelte bereits. Es war kein großer Bruch, lediglich ein Riss, der offenbarte, wie sehr er ihr schon unter die Haut gegangen war. Er war ebenfalls nicht immun. Der erhöhte Puls ihrer Halsschlagader unter seinen Fingern und das zarte Schlucken ihrer Kehle ließen sein Glied gegen seinen Reißverschluss zucken.

„Lass. Sie. Fallen." Die Worte waren wie Reibeisen in seinem trockenen Mund.

Sie nahm den Gurt von ihrer Schulter und ließ die Last unter Klimpern ihres losen Kleingelds neben ihre Füße fallen.

„Gut." Er streichelte ihren Hals mit seinem Daumen und starrte in ihre beschwörenden Augen. Mit diesem Blick sagte sie ihm alles, was er wissen musste. Sie war entblößt. Transparent. „Du willst, dass es passiert. Willst du wissen, woher ich das weiß?"

Ihre Kehle weitete sich unter seiner Handfläche, und er spürte ihr heftiges Schlucken bis in seine Venen.

Er beugte sich näher zu ihr, sein Mund weniger als einen Zentimeter von ihrem Ohr entfernt. „Weil ich zuhöre, Ella. Ich kann dich hören. Ich kann wie in einem Buch in dir lesen."

Sie schüttelte den Kopf. „So heiße ich nicht."

Er knurrte, als er daran erinnert wurde. „Heute Abend schon."

KAPITEL DREI

*P*amela schloss die Augen und versank in dem Nervenkitzel, den der feste Griff um ihre Kehle auslöste. So etwas hatte sie lange nicht mehr gespürt – eine so gebieterische Präsenz, eine überwältigende Dominanz. Es erfüllte sie mit Erleichterung, zusammen mit anderen Empfindungen, für die sie zutiefst dankbar war. Selbst wenn dieser Mann es nicht schaffte sie zum Höhepunkt zu bringen, hätte er dennoch ein kleines Erfolgserlebnis zu verzeichnen.

„Sag mir, was dir gefällt", flüsterte er.

Sie erstarrte. Der harte Schlag der Enttäuschung erwischte sie ohne jegliche Vorankündigung. So viel zu den kleinen Erfolgserlebnissen. Mit dem Öffnen ihrer Augen befand sie sich wieder am Anfang, nicht bereit, ihm eine Karte zu zeichnen.

„Vergiss es." Sie stieß gegen seine Brust, und ihre Hände kollidierten mit unnachgiebigen Muskeln.

Er lachte, Heiterkeit erhellte seine strengen Züge. Es war ihr egal, ob er in seinem maßgeschneiderten Anzug wie ein *GQ*-Model aussah, oder dass es in ihren Fingern juckte, durch sein kinnlanges Haar zu fahren. Zum Teufel, sie sehnte sich sogar nach dem rauen Kratzen seiner kurzgeschorenen Bartstoppeln auf ihren Brüsten … Aber er war ein Mistkerl.

Ein gottverdammtes Arschloch.

„Beweg dich."

Er gluckste weiter vor sich hin, und das Geräusch zermürbte ihre empfindlichen Nerven, als sie ihn erneut von sich stieß. Seine Hände sanken hinab zu ihren Handgelenken und packten sie fest, um sie an seine Brust zu ziehen.

„Du bist empfindlich", knurrte er. „All diese Gehässigkeit wegen einer rhetorischen Frage."

„Sie war nicht rhetorisch." Sie versuchte vergeblich ihre Handgelenke zu befreien.

„War sie nicht? Habe ich dir nicht gerade gesagt, dass ich in dir lesen kann wie in einem Buch?" Er zeigte seine Zähne.

Es war kein freundliches Lächeln. Es war bösartig. Und, Gott möge ihr beistehen, es verengte ihre Brust aus den richtigen Gründen. Oder vielleicht waren es die falschen Gründe.

Die *absolut* falschen Gründe.

Sie wollte nicht bei einem Mann schwach werden, der ihr mit unverhohlener Selbstgefälligkeit ins Gesicht lachte. Sie *sollte* bei so einem Kerl nicht schwach werden. Oder doch?

„Wäre ich ein schlauer Mann, würde ich dir die Gelegenheit geben mir genau zu zeigen, was du willst, ohne zu fragen, oder nicht?"

Sie schüttelte ungläubig den Kopf. „Du veralberst mich, und das gefällt mir nicht."

„Doch, tut es. Du suchst nach einem Kampf." Seine Finger drückten sich in ihre Handgelenke, seine Stärke hielt sie auf mehr als eine Weise gefangen. „Das gefällt dir, oder etwa nicht?" Sein Blick suchte ihren, musterte sie eindringlich und legte dabei Dinge offen, die sie nicht laut aussprechen wollte. „Sag mir nicht, dass es anderen Männern nicht gelungen ist, eine so einfache Reaktion in dir hervorzurufen. Ich kann praktisch an deiner Nasenspitze ablesen, was du willst."

„Hör auf." Er hatte Recht. So sehr, dass es wehtat. Normalerweise war sie nicht so. Ihr Drang zum Sparring war untypisch für sie und das hatte er mit zielgerichteter Präzision erkannt.

Seine starken Hände drehten sie herum, um einen Arm auf ihrem Rücken, den anderen vorne zwischen ihren Brüsten zu fixieren. Er presste sie an sich, und sein erhitzter Atem strich über ihren Nacken.

„Ich werde das nur einmal sagen", sagte er schroff in ihr Ohr. „Bei mir gibt es keine Safe Words. Wenn du aufhören willst, brauchst du nur wiederholen, was du gerade gesagt hast, und ich bin weg. Ich werde nicht hierbleiben, während du dir deine kleinen pervertierten Fantasien betreffend etwas vormachst. Wenn du willst, dass ich dich zum Kommen bringe, musst du dazu stehen."

Sie wimmerte. Lucas hatte nie von ihr verlangt, sich die schmutzigen Dinge einzugestehen, die ihr durch den Kopf gingen. Für ihn war es ein Rollenspiel, während es für diesen Mann Realität war. Gezwungen zu werden ihre Begierden laut auszusprechen war Quälerei – eine köstliche Strafe.

„Sag mir, dass du es willst." Er fuhr mit Nase und Lippen über ihren Nacken. „Gib zu, dass du dich absichtlich wehrst, weil du willst, dass ich dagegenhalte."

Ihr Herz klopfte ihr bis zum Hals. Das Atmen wurde zu einer enormen Herausforderung. Ihr Körper reagierte auf ihn wie Papier auf eine Flamme. Er verbrannte sie. Versengte ihre Haut mit seinen Berührungen.

Sie kämpfte gegen ihn an, beschämt und schmerzhaft erregt, während sie versuchte, ihre Handgelenke aus seinem Griff zu befreien.

„Braves Mädchen." Bei der Arroganz in seiner Stimme zog sich ihre Mitte zusammen. „Ich liebe es, Recht zu haben. Das macht mich hart." Er unterstrich seine Aussage, indem er seinen Schwanz an ihrem Hintern rieb.

Seinen großen, erigierten Schwanz.

Zum Teufel mit ihm. Das Letzte, was dieser versierte Mann brauchte, war eine weitere Bestätigung für sein Ego.

„Du bist ein Arschloch." Sie bockte mit ihren Hüften, und sein Griff wurde fester, bis es himmlisch schmerzte.

„Ich bin außerdem besser als du. Hierbei werde ich *immer* besser sein als du." Er stupste sie vorwärts zu den Spinden. „Leg deine Handflächen auf das Metall."

Er ließ sie los und kesselte sie zwischen zwei unbeweglichen Objekten ein, das eine höllisch warm, das andere schrecklich kalt. Er hielt sie auf Trab. Woher kam dieser Mann, und wie war er an den Spickzettel über ihren Körper gelangt?

Nein. Nicht über ihren Körper. Über ihren Verstand. Er spielte mit ihrem Innersten, seine Worte verzückten sie mit Erregung, während sein Selbstvertrauen Herzrhythmusstörung verursachende Hoffnung in ihr weckte.

„Leg sie auf den Spind, Ella."

Sie biss sich auf die Lippe, hob die Hände und drückte sie an Ort und Stelle gegen das Metall. Einen Herzschlag lang war es still, die Ruhe, die sich mit dem Blutrausch in ihren Ohren vermischte, beinahe ohrenbetäubend.

Er hob ihren Rock, und der Saum kratzte über ihre empfindliche Haut wie Sandpapier und nicht wie eleganter Stoff. Jeder Zentimeter von ihr reagierte mit erotischer Faszination – ihre Brustwarzen verhärteten sich, ihre Brüste schmerzten, selbst die Haare in ihrem Nacken stellten sich auf und gierten nach mehr.

Die Empfindungen waren fremd. Jahre waren vergangen, seit ihr Körper auf diese Weise reagiert hatte. Ein ganzes Leben.

Das geschmeidige Gleiten seiner Finger bahnte sich seinen Weg über die Kurven ihres Pos, dann tiefer, zwischen ihre Oberschenkel. Langsam und qualvoll.

„Du bist klitschnass." Seine Zähne streiften entlang ihrer Schulter und ließen sie erschaudern. „Aber wie kann das sein, Liebes? Ich dachte, du wärst eine Eisprinzessin." Er schob den Schritt ihres Höschens beiseite, und die leiseste Berührung ihres Geschlechts sandte eine Welle der Lust von ihrem Innersten aus. „Wie sich herausstellt, bist du genauso gierig nach meinem Schwanz wie alle anderen."

Ein atemloses Zischen entwich ihren Lippen. Sie wollte ihn hassen. Sein Talent verachten.

Das genaue Gegenteil geschah.

Sie war ihm zu Dank verpflichtet, ihr Orgasmus so beängstigend nah, dass sie ihn tatsächlich niederkämpfen musste.

„Wenn ich's mir recht überlege, brauchst du meinen Schwanz nicht einmal, oder?" Sein spöttisches Glucksen strich über ihre Haut. „Ich wette, ich könnte dich mit einem Finger zum Höhepunkt bringen."

Sie schloss die Augen, unwillig zuzugeben, dass viel weniger nötig wäre.

„Soll ich es beweisen?"

Eine einzelne Fingerspitze teilte ihre Falten und glitt mit Leichtigkeit durch ihre Erregung. Er studierte sie, fuhr mit seinem Finger von außen nach innen. Vor und zurück. Hin und her und herum. Ohne in sie einzudringen neckte er sie bis zur stummen Hysterie.

Er beeilte sich nicht, geriet nie ins Stocken bei seinem herrlichen Tun. Er war zu gut, zu geschickt, und das nicht allein in seiner Fingerfertigkeit. Seine Präzision war strategisch – ein Spielplan, den sie von ganzem Herzen genoss, der Lust und des Adrenalins nach zu urteilen, die ihre Adern durchströmten.

„Schluss mit den Fragen." Sie bäumte sich auf in seine Richtung, kämpfte gegen ihre mentale Verbindung an und konzentrierte sich auf die körperliche. Augenblicklich wurde sie mit einem antwortenden Stoß seiner

Hüften gegen die Spinde gepresst. Sie wollte, dass er es wiederholte, diesmal mit seinem Schaft in ihr. Wieder und wieder. „Du redest zu viel."

„Dann höre ich auf."

Panik durchflutete ihre Venen. *Shit.* Sie wollte seine Stimme. Brauchte sie. Das bedrohliche Grollen war der Ursprung ihrer Erregung, und sie wusste, dass er arrogant genug war, es ihr vorzuenthalten. „Ich nehme es zurück. Red weiter … I-ich will, dass du weiterredest."

„Nein, willst du nicht", flüsterte er in ihr Haar, jedes Wort leiser als das vorherige.

„Doch." Sie wartete einen langen Moment mit kreisenden Hüften, die dem Pfad seiner Fingerspitze folgten. „Bitte."

Meine Güte, sie bettelte um Worte. Flehte ihn an.

Er antwortete nicht. Nicht mit Worten. Nur mit Bewegungen. Sein Finger glitt weiter um ihr Geschlecht herum, umriss ihre Schamlippen, dann geradewegs hinunter zu ihrem Kern. Er umkreiste ihren Eingang, quälend langsam, herrlich aufreizend.

Sie wimmerte. Flehte ihn gedanklich an.

Er fühlte sich so gut an, doch sie brauchte die mentale Stimulation. Die schmutzigen Worte waren notwendig, damit sie kommen konnte.

„Sprich mit mir." Sie schob sich rückwärts gegen seine Brust. Und noch einmal, als er nicht antwortete. „So wirst du mich nicht zum Höhepunkt bringen."

Der Finger kreiste auf effiziente Weise weiter und strafte sie Lügen, ihr Orgasmus zum Greifen nah. Sie warf einen flehenden Blick über ihre Schulter, und ihre Blicke trafen sich augenblicklich. Sein Selbstbewusstsein spülte durch sie hindurch. Es ließ sich nicht leugnen, dass sie sich in erfahrenen Händen befand. Alles an ihm traf ins Schwarze.

Seine Berührung.

Seine Entschlossenheit.

Sein Gespür.

Er hörte zu.

Endlich hörte jemand zu. Nicht ihren Worten, sondern *ihr*.

Sie spürte Druck auf ihrer Klitoris, seinen Daumen, der das Nervenbündel unnachgiebig gefangen hielt. Ein Keuchen entwich ihr, und er hob eine Braue, als wollte er sagen *Schachmatt*.

Verdammt sollte er sein. Sie wandte sich ab, schloss die Augen und lehnte ihre Stirn an das Schließfach.

Seine andere Hand zeichnete auf ihrem Körper einen Pfad, der an ihrer

Hüfte begann. Er wanderte über ihren Bauch, durch ihr Dekolleté, entlang ihres Brustbeins, bis zum Ansatz ihrer Kehle.

Auf ihrer Haut brach Gänsehaut aus, ihre Lungen spannten sich an. Sie neigte ihren Kopf nach hinten, lieferte sich seiner Gnade aus. Doch er nahm nicht an. Er umschloss ihre Kehle nicht wie sie es sich wünschte. Stattdessen führte er seine Hand zu ihrem Nacken, packte ihren Pferdeschwanz und zog fest daran.

Sie wimmerte.

Dieser Mann las nicht nur ihre Signale und antwortete entsprechend, er ging noch einen Schritt weiter. Lotete ihre Grenzen aus, indem er ihr etwas gab, das sie nicht erwartete.

„Rede mit mir."

Er weigerte sich. Das einzige Geräusch kam von der sich öffnenden Tür im oberen Stockwerk und der lauten Tanzmusik, die zu ihnen hereindrang, bevor sie abrupt wieder verstummte. Schritte und leises Gerede waren im Flur zu hören, während er ihr weiter Vergnügen bereitete. Leute näherten sich, und er machte keinerlei Anstalten aufzuhören.

„Whoa." Eine Männerstimme, die von der Tür zu ihnen getragen wurde. „Das nenne ich eine angemessene Begrüßung."

Eine Frau lachte, freundlich und hell.

Bryan ließ sich nicht beirren. Machte nicht einmal eine Pause. Er hielt ihr Haar in seinem Griff, sein Finger reizte immer noch ihren Schoß. „'n Abend", grüßte er gedehnt. „Schau, Honey, wir haben Gäste."

Sie stöhnte angesichts des Geschenks seiner Stimme.

Konnte er erkennen, dass sie es genoss, ein Publikum zu haben? Sie wusste nicht wie oder warum, doch dieser Mann hatte schon so viel über sie in Erfahrung gebracht.

„Ich sagte *schau*."

Ihre Brustspitzen prickelten bei seinem Befehl, und sie sog heftig den Atem ein, um dem Schock entgegenzusteuern. Seine Worte brachten sie zum Kribbeln. *Nein.* Sie musste stets in Erinnerung halten, dass es nicht die Worte waren, sondern die Überzeugung in seinem Tonfall. Die pure Autorität. Er sprach ohne Angst vor einer Zurückweisung ihrerseits. Er gab Anweisungen, von denen er wusste, dass sie sie befolgen wollte.

„Komm jetzt", schnurrte er. „Sei nett."

Sie öffnete wimmernd die Augen, um das Paar anzusehen, das ein paar Meter entfernt stand. Die Frau mittleren Alters biss sich auf die Lippe, während sie sich an ihren Begleiter schmiegte, dem eine riesengroße Erektion die Hose ausbeulte.

Oh, lieber Himmel.

Ihre Pussy flatterte, ihr Innerstes krampfte sich zusammen. Sie keuchte, nicht länger in der Lage zu sprechen. Der Mann starrte sie an, sein Blick aufmerksam, seine Wertschätzung klar ersichtlich, während Bryans einzelner Finger weiter ihren Eingang quälte.

„Sag hallo." Ein weiteres Zerren an ihren Haaren, deren leichtes Ziehen ihr Vergnügen nur noch weiter steigerte. „Sei nicht so schüchtern."

Sie stöhnte und weigerte sich mit einem Kopfschütteln.

Bryans leises Glucksen jagte einen Schauer ihre Wirbelsäule entlang. Er liebte es, erfreute sich an ihrem Widerstand.

„Du bist unhöflich." Sein Bart streifte die Haut ihrer Schulter, dann neigte er ihren Kopf weiter nach oben.

„Fick dich", murmelte sie im Flüsterton.

Fick mich.

Der Hunger nach Penetration machte sie besinnungslos. Alles, was sie brauchte, war … etwas. *Irgend*etwas.

„Das würde dir gefallen, nicht wahr?" Er bohrte seinen Schwanz in ihren Hintern und versenkte seinen Finger tief in ihrer Hitze. „Verdammt, du würdest es lieben. Mit meinem Schwanz in dir zu kommen und mich mit deiner engen Pussy zu melken."

Sie wollte ihm nicht zeigen, wie Recht er hatte, aber ihr Körper weigerte sich zu gehorchen. Sie erzitterte, nicht mehr als einen Atemzug von ihrem Orgasmus entfernt. Er war so verdammt gut. *Zu* verdammt gut.

Ihr Innerstes pulsierte unaufhörlich, und entzündete einen Höhepunkt, der sich in seiner Intensität nicht ausbremsen ließ.

„*Herrgott*", stieß sie atemlos aus. Es war Befreiung und Vergnügen und Folter. Abschluss und Verzückung und Verwüstung.

Reine, animalische Erlösung.

Sie krallte sich am Spind fest und schaffte es nicht, sich aufrecht zu halten, während sich ihre Mitte enger und enger zusammenzog und sich an dem einzelnen in ihr vergrabenen Finger festklammerte. Sie sank einen Zentimeter, zwei, nur um noch härter gegen das Metall gepresst zu werden von seinem Körper, der sie aufrecht hielt. Ihr Innerstes krampfte sich in einer Endlosschleife zusammen, eine Erschütterung nach der nächsten, während sie keuchte und um Luft rang.

„Genau so", beschwor er sie. „Zeig mir, wie gut ich bin."

Sie knirschte trotzig mit den Zähnen, doch es war zu spät. Er hatte bereits gewonnen. Der Gipfel ihres Orgasmus war erreicht und vorbei, jede Erschütterung nun kürzer als die vorherige.

Alles wurde schwer – ihre Arme, ihre Beine, ihre Brust. Die Erleichterung verwandelte sich in ein unangenehmes Ziehen hinter ihren Rippen. Sie hatte so lange gewartet, kaum noch Hoffnung gehabt. Nun … nun hatte dieser selbstgefällige Arsch eines Mannes ihre Libido erneut entfacht, und sie könnte glücklicher nicht sein.

Sie wandte sich ihm zu und versuchte den rapiden Anstieg des von ihm ausgehenden Reizes zu ignorieren. Man hatte sie allein gelassen, ihre Zuschauer nirgends in Sicht, als sie darum rang, ihre Atmung zu normalisieren.

„Ich schätze, meine Arbeit hier ist getan." Er zwinkerte ihr zu. Seine Finger verließen ihr Höschen. „Und du dachtest, ich würde keinen schnellen Rausch oder Boost für mein Ego bekommen. Wie sich herausstellt, habe ich beides bekommen."

Sie ließ ihn in seinem Sieg schwelgen und wünschte sich, das glückselige Summen ihres Körpers würde dem lodernden Feuer seiner Arroganz keinen zusätzlichen Brennstoff geben. Er war ein Arsch, daran bestand kein Zweifel. Aber *Herrgott nochmal*, er war ein begnadeter Arsch.

Mit schlotternden Knien rutschte sie das kühle Metall der Schließfächer hinunter und landete in einem Häufchen auf dem Boden. Erleichterung überwältigte sie und verwandelte ihr Ringen nach Luft in ein Schnappen nach mentaler Stabilität.

„Wir sehen uns, Ella." Er zog sich zurück, und sein erhitzter Blick machte sie sich ihres zerzausten Zustands bewusst, bevor er sich umdrehte und den Raum verließ.

Sie fand nicht einmal den Atem, um ihren Namen zu korrigieren. Es war sowieso egal. Er war verschwunden, und kurz darauf öffnete und schloss sich die Tür zum Nachtclub im Obergeschoss unter lauter Musik.

Fragen und eifrige Beobachtungen beschäftigten ihren adrenalingeladenen Kopf, während sie das Geschehene noch einmal durchlebte. Er hatte in ihrem Gehirn einen eigenen Fanclub eröffnet, und eine Unzahl quietschender Groupies verwiesen auf seine Leistungen, als wären sie olympisches Gold wert.

Er hatte sich nicht einmal selbst Erleichterung verschafft. Hatte das Thema Gegenleistung nicht einmal erwähnt, ungeachtet der Härte seiner Erektion, deren Gegenwart an ihrem Po unverkennbar gewesen war.

„Geht es dir gut?"

Pamela blinzelte sich aus ihrer Trance und sah zu Shay in der Türöffnung hinüber.

„Ja." Sie räusperte sich, um das Sandpapier in ihrer Kehle loszuwerden. „Besser als gut."

Die Barkeeperin schlenderte näher, ihr Lächeln breit. „Er war großartig, nicht wahr?"

Pamela lachte. Sie konnte es nicht erklären. Konnte es nicht beschreiben. Sie glaubte nicht einmal, dass sie das wollte, schließlich war die Vorstellung, dem arroganten Arsch zu einem Kompliment zu verhelfen, eine verachtenswerte Aussicht. Andererseits hatte er irgendwie das ganze Lob verdient, das in ihrem rasant fließenden Blutstrom zirkulierte. Sie hätte nie geglaubt, dass ein Orgasmus mit minimaler Penetration möglich wäre. Nicht einmal, als Lucas noch am Leben war.

Bryan hatte nur einen Finger benötigt.

Einen. Verdammten. Finger.

„Das freut mich." Shay hielt Pamela eine Hand hin und zog sie auf ihre zittrigen Beine. „Heißt das, dass du deine Mitgliedschaft nicht kündigen wirst?"

Sie blinzelte, zu geschockt, um die richtige Antwort zu wissen. „Es heißt, dass es Hoffnung gibt. Und das reicht für den Augenblick."

KAPITEL VIER

Das Schlurfen von Schritten vor der offenen Bürotür forderte Aufmerksamkeit, die Bryan nicht unbedingt zu gewähren bereit war. „Wolltest du etwas?" Er begegnete Leos durchdringendem Blick, als dieser sich an den Türrahmen lehnte. „Oder planst du dort stehenzubleiben und mich schweigend zu bewundern?"

„Was hast du für heute Abend geplant?"

Bryan hob eine Braue. „Vermutlich eine ganze Reihe von Das-geht-dich-nichts-an. Wieso?"

„Shay fragte, ob du vorhast, dich im *Vault* zu vergnügen."

Großartig. Eine weitere Frau, die er seiner Liste hinzufügen konnte. „Frag Shay, ob sie kein eigenes Leben hat. Ich will nicht, dass sie die ganzen Fragen der Hyänen da unten zu ernst nimmt."

„Meine Güte, hast du mal wieder eine Laune."

Bryan sank schnaubend in seinem Stuhl zurück. Er *hatte* schlechte Laune. Heute Abend war er für das Restaurant eingeteilt, und nachdem das *Taste of Sin* nun geschlossen hatte, hätte er eigentlich bereits unten sein und sich mit einem Bier und einer Frau entspannen sollen. Stattdessen kämpfte er mit Verärgerung.

Er hatte endlich die Feinheiten für den Weiterbildungsabend ausgearbeitet, den er bald im *Vault* veranstalten würde. Penibel genaue Detailarbeit war in die erste E-Mail an die Clubbesucher geflossen, in der er sie darüber informierte, was sie erwarten und was sie lernen konnten. Ja, er hatte mit Fragen gerechnet, und ja, es waren viele gewesen, allerdings drehten sich alle um sein Sexleben und darum, wem er es als nächstes besorgen würde.

„Ich habe den Fehler gemacht, meine Telefonnummer in der E-Mail anzugeben, die ich an die *Vault*-Mitglieder geschickt habe. Jetzt jagen mir lauter Weiber nach. In den letzten fünf Minuten haben mich zwei angeschrieben und gefragt, wann ich runter komme."

„Heilige Scheiße", flüsterte Leo gespielt übertrieben. „Du armer, wehrloser Bastard."

Bryan sah ihn finster an.

„Die meisten Männer würden dafür töten, um mit dir zu tauschen. Aber nicht du. Für so einen harten Kerl bist du ein ziemliches Weichei, wenn Frauen Interesse zeigen."

Ja, das war er. Ein reueloser Junggeselle auf Lebenszeit. Er weigerte sich, sich an jemanden binden zu lassen. Auch nicht vorübergehend. Und wenn es ihn zu einem Weichei machte, vor beziehungshungrigen Frauen zu fliehen, dann würde er den Titel bereitwillig wie ein Ehrenabzeichen tragen. „Ich bin nicht wie die meisten Männer."

„Offensichtlich. Aber dir ist schon klar, dass sie sich zurückziehen würden, wenn du dich regelmäßig mit derselben Frau treffen würdest? Solange du single bleibst, werden sie sich ständig Chancen ausmalen."

„Ich werde sicher nicht zulassen, dass eine Frau ihre Krallen in mich schlägt, um den Rest in Schach zu halten. Sie sollten inzwischen alle die Spielregeln kennen. Falls nicht, muss ich sie daran erinnern."

„Nun, dann aber bitte freundlich. Sie werden sich ihre Slips durchnässen, wenn du die übliche Brute-Manier an den Tag legst." Leo lachte halbherzig. „Ich weiß nicht, wie du es anstellst, aber sie saugen deine griesgrämige Art in sich auf wie in der Sonne zerfließendes Vanilleeis mit Karamellsauce."

Genau das machte es zum Teufelskreis. Er war nicht nett. War er nie gewesen. Und doch inhalierten die Frauen jedes Mal, wenn er seinen Mund öffnete, seine abweisende Gleichgültigkeit. „Tu mir einen Gefallen und erwähne meine Art und Vanille nicht im selben Satz. Wir wissen beide, langweiliger Vanillesex ist eher dein Stil."

„Weißt du, was noch mein Stil ist?", konterte Leo. „Mich einer Frau zu verschreiben, damit alle anderen wissen, dass ich nicht zu haben bin."

„Jeder weiß, dass du nicht zu haben bist, weil Shay droht mit einer zerbrochenen Flasche auf sie loszugehen, wenn sie dir zu nahe kommen."

„Jepp." Leo grinste. „Sie ist ein echter Glückstreffer." Er stieß sich vom Türrahmen ab, um der Person hinter sich Platz zu machen.

Shit. Janeane. Sie war eine der Textnachricht-Jägerinnen. Langes, braunes Haar, dunkle, haselnussbraune Augen, ein Körper, der für die Sünde geschaffen war, und mit einer Zielstrebigkeit auf Beziehungsjagd, von der er Gänsehaut bekam.

„Sieht aus, als hättest du Besuch", sagte Leo gedehnt. „Ich lasse euch beide allein."

„Bleib hier." Bryan sah seinen Businesspartner aus zusammengekniffenen Augen an, die eine unmissverständliche Botschaft vermittelten. „Wir haben noch einiges zu besprechen."

Sein Freund grinste nur. „Ich würde ja gerne, Kumpel, aber ich muss meiner Freundin helfen, ihr eigenes Leben zu führen. Wir reden später weiter." Mit einem Zweifingersalut verabschiedete sich Leo und verschwand den Flur hinunter.

Mistkerl.

„Der hatte es eilig." Janeane schlenderte mit einem übertriebenen Schwung in den Hüften auf den Schreibtisch zu. „Wie geht's, Brute?"

„Gut." Er griff nach den Armlehnen seines Stuhls, um sein Temperament in Zaum zu halten. „Dir?"

„Auch gut."

Er verstand den Blick, mit dem sie ihn bedachte. Er saugte ihn leer. Sie versuchte, mehr Sex mit ihm zu bekommen, was ihr nicht gelingen würde. Er hatte bereits einmal mit ihr geschlafen. Sie hatte ihre Kerbe in seinem Bettpfosten hinterlassen – das genügte für die Vergangenheit, die Gegenwart und die Zukunft. „Was machst du hier oben?"

„Ich dachte, wir könnten deinen kommenden Weiterbildungsabend besprechen. Willst du immer noch, dass ich deine Assistentin bin?"

Er dachte darüber nach. Nach ihren Nachrichten, und nun dem Besuch im Mitarbeiterbereich des Clubs, war ihm bewusst, dass er sich besser jemand anderen suchen sollte. Aber wen? Sie war wie praktisch jede andere Frau im *Vault*. Sobald er mit ihnen geschlafen hatte, verwandelte sein Sperma sich in ein potentes Bindemittel, das sie tollwütig nach mehr gieren ließ.

Er musste wirklich einen Weg finden, wie er solche Schlamassel vermeiden konnte.

„Du wärst nicht wirklich eine Assistentin." Entspannt lehnte er sich in seinem Stuhl zurück. „Ich brauche nur jemandem, an dem ich demonstrieren kann."

„Dann bin ich genau die Richtige."

Natürlich war sie das.

„Aber ich würde es vorziehen, im Vorfeld zu üben." Sie schob den Saum ihres Rockes hoch und begann ihre Unterwäsche auszuziehen.

„Ist nicht nötig." Er kam auf die Beine und schritt um den Schreibtisch herum. „Ich will eine Session ohne Skript."

Sie klimperte mit den Wimpern und ließ ihren String zu Boden fallen. „Kein Problem, dann ist der heutige Abend nur zum Spaß."

„Kein Interesse."

Sie glitt vorwärts und legte ihre Hände auf seine Brust. „Bist du sicher?" Ihre Nägel zogen eine Bahn über seine Brustmuskeln und seinen Unterleib zu seinem Schritt. „Ich wette, ich kann dich überzeugen."

Diese Wette würde er bereitwillig annehmen. Er würde sogar sein Haus darauf verwetten. „Du wirst nicht gewinnen." Er musterte sie teilnahmslos in dem sicheren Wissen, dass sein schlaffer Penis durch ihre Berührung nicht zum Leben erweckt werden würde. Er hatte kein Interesse. Nicht im Geringsten. Und wenn sie ihn befummeln musste, um es zu kapieren, dann sei es so.

„Heute Abend nicht in Stimmung?" Sie schmollte. „Was ist los?"

„Du weißt, dass ich kein Wiederholungstäter bin, Janeane. Wir werden nicht nochmal miteinander schlafen."

Ihre Hand hielt an seinem Schritt inne, ihre Augenbrauen waren zusammengezogen. „Aber der Kurs, den du gibst ..."

„Ist eine einmalige Sache. Etwas Geschäftliches. Wenn du es mit jemandem treiben willst, geh runter und such dir jemand anderes."

Ihre Hand ließ von ihm ab. „Ich dachte—"

„Du hast falsch gedacht." Er wollte zu keiner Frau irgendeine Art Verbindung. Und er wollte definitiv nicht, dass sie ihre Krallen noch tiefer versenkte in dem Irrglauben, zwischen ihnen wäre etwas. „Ich schlage vor, du gehst wieder nach unten und suchst dir einen Kerl, der dich gescheit behandelt."

Herrgott. Wo war seine Promiskuität? Er fuhr grob mit einer Hand über seinen Bart, als sein Telefon erneut ertönte. Dieser Scheiß musste aufhören.

Janeane leckte sich die Lippen, ohne sich der unterschwelligen Spannung im Zimmer bewusst zu sein. „Komm schon, Brute. Mach mit mir, was du willst."

Er hob eine Braue. „Sicher, dass es das ist, was du willst?"

„Das weißt du genau." Ihre Augen leuchteten auf.

„Also gut." Er packte sanft ihr Handgelenk und führte sie in den Flur. „Wir sehen uns später."

Ihr fiel die Kinnlade herunter, als er sie losließ und kehrtmachte, um dann vor ihrem Gesicht die Tür zuzuknallen. *Perfekt.* Endlich Ruhe und Frieden.

„*Brute.*" Sie hämmerte gegen die Tür.

„Verflucht nochmal." Er knirschte mit den Zähnen. Was musste er machen, um diese Frauen davon abzubringen, den Boden unter seinen Füßen zu verehren? Es war kein Geheimnis, dass er sie geringschätzend behandelte. Von einer direkten Aufforderung sich zu verpissen abgesehen, hatte er alle Varianten durchprobiert. Dennoch fielen sie über ihn her wie defensive Linebacker über den Quarterback.

„Sofern du nicht auf der Suche nach deiner Unterwäsche bist, solltest du gehen."

Sie schnaubte. „Gut. Behalte sie als Souvenir."

„Ja, danke." Er sammelte das Stückchen Stoff vom Boden auf und warf es in den Müll. Er brauchte kein Andenken. Sie hatte seine verdammte Handynummer und er war sicher, dass sie ihn das nicht vergessen lassen würde.

„Tschüss, Brute."

Er schloss seufzend die Augen. „Mach's gut, Janeane."

Friedliche Ruhe folgte, die er mit wachsendem Unmut begrüßte. Das *Vault* sollte eigentlich sein Rückzugsort sein. Seine Domäne. Ihm gehörte das Grundstück, auf dem es errichtet worden war. Er hatte Jahre damit verbracht, die perfekte Umgebung für seine Befriedigung zu schaffen, allerdings war Sex mittlerweile zu einer lästigen Angelegenheit geworden. Da war kein Nervenkitzel mehr. Keine Verfolgungsjagd. Vor allem aber war Respekt Mangelware.

Sex außerhalb des Clubs war keine Option. Er würde sich nicht auf ein Date einlassen, und er weigerte sich, Zeit damit zu verschwenden nach Frauen zu suchen, die moralisch in der Lage waren, einen hemmungslosen One-Night-Stand zu genießen. Er hatte weder die Geduld noch die Motivation dazu. Daher musste er sich mit der länger werdenden Liste von abzuweisenden Frauen innerhalb des *Vaults* abfinden. Denjenigen, die wieder und wieder für mehr zurückkehrten. Reuelos und hartnäckig.

Eine solche Angewohnheit war nicht bewundernswert und definitiv nicht attraktiv. Je mehr eine Frau ihm hinterherlief, desto weniger Respekt zollte er ihr in seinem Versuch, sie von seiner Fährte abzubringen. Selbst dann schien seine Art der Zurückweisung noch nach dem neuesten, frisch auf dem Markt erschienenen Parfüm-Bestseller zu duften.

Er konnte verdammt nochmal nicht gewinnen.

„Das ist Bullshit." Er riss den Dokumentenschrank auf und sortierte ungeordnete Rechnungen, um sich von dem Ort abzulenken, an dem er eigentlich sein wollte. An dem er sein *sollte*.

Ein weiterer schriller Piepton ertönte von seinem Handy, und er schlug frustriert den Schrank zu. Er zog das Telefon aus seiner Tasche, das Mahlen seiner Zähne hart genug, um Schaden anzurichten. Er würde das verdammte Ding bis zum Morgen ausschalten. Dann würde er die Nummer wechseln.

Er war im Begriff das Gerät abzuschalten, als es zu vibrieren begann und das Display einen eingehenden Anruf einer unbekannten Nummer anzeigte. Unter der Last seiner Rage hätten seine Zähne brechen müssen.

„Wenn das eine weitere Frau ist ..." Er drückte auf *Annehmen*. Seine Nasenflügel bebten, als er das Gerät an sein Ohr hob. „*Was?*"

Einen Herzschlag lang herrschte Stille. Ein herrlicher Schlag, währenddem er hoffte, dem Anrufer ausreichend Grund gegeben zu haben, seine Absicht zu überdenken, um ein weiteres Stelldichein zu bitten. Oder um einen Fick. Oder welche Version eines Angebots derjenige auch immer vorschlagen mochte.

„Bryan?"

Jepp. Eine weitere verdammte Frau. „Wer ist da?"

„Ich bin's, Tera."

Tera?

Er runzelte die Stirn. Mit diesem Namen kannte er nur eine Frau, und er hatte noch weniger Lust mit ihr zu sprechen als mit den Hyänen im *Vault*.

„Bryan?" Ihre Stimme klang zaghaft, weniger direkt als er sie in Erinnerung hatte.

Er fuhr mit einer Hand über seinen Mund und erwog aufzulegen. „Ja."

„Hier ist deine Cousine Tera." Sie machte eine Pause, vermutlich erwartete sie eine überschwängliche Begrüßung. Darauf würde das arme Ding lange warten müssen. „Ist gerade ein geeigneter Zeitpunkt bei dir, damit wir reden können?"

Er schnaubte verächtlich. Was zum Teufel sollte er darauf antworten? *War* gerade ein geeigneter Zeitpunkt? Jetzt, nach über zehn Jahren, die er ausgeschlossen von seiner eigenen Familie verbracht hatte?

„Sicher." Er machte keinen Hehl aus seiner Animosität. „Ich habe auf die passende Gelegenheit gewartet, um alles nachholen zu können. Wer hätte ahnen können, dass es ein wahlloser Samstagabend sein würde, fast ein ganzes Leben, nachdem ihr mir alle den Rücken zugekehrt habt?"

„Bryan ..."

„Nichts, *Bryan*. Sag mir, wieso du anrufst, damit wir es hinter uns bringen können."

Sie seufzte. „Ich rufe an, um dich zu bitten, nach Hause zu kommen."

„Das wird nicht passieren."

„Nicht einmal, wenn deine Mutter krank ist?"

Der Zorn verschwand, genau wie die Bitterkeit. Die Welt blieb stehen. Die Geräuschkulisse des Clubs und das Echo seines Herzschlags pausierten ebenfalls. Er hatte geglaubt, dieser Tag würde niemals kommen. Dass seine Familie ihn stets wie einen Aussätzigen behandeln würde – ihrer Zuwendung unwürdig. Nach einer Kindheit, in der er Eltern nachgejagt hatte, die sich Mühe gaben, seine Existenz zu ignorieren, wurde er endlich wahrgenommen.

„Bryan, bist du noch dran?"

„Ja, bin ich." Er lehnte sich an den Aktenschrank, der Drang aufzulegen noch immer präsent. Er wollte es nicht wissen. Und ganz bestimmt wollte er nicht, dass es ihn kümmerte.

„Es tut mir leid, dass ich diejenige bin, die es dir mitteilt, aber sie hat Krebs im Endstadium."

Fuck. Er hatte sich gefragt, ob ein derartiges Ereignis mit seiner Mutter je eintreten würde. Nicht bezogen auf das Karma, das sich in Form einer Krankheit mit Todesfolge offenbarte. Er hatte sich gefragt, ob sie Reue verspüren würde in dem Moment, in dem sie realisierte, dass sie eine Liste von Sünden besaß, von denen sie sich lossprechen musste, bevor sie das Heilige Land betreten durfte, das ihrer Meinung nach auf sie wartete.

„Sie kämpft schon seit einer Weile. Ich bin mir aber nicht sicher, wie viel Kampfgeist noch in ihr steckt."

Eine Weile. Es sollte ihn wirklich nicht überraschen. „Falls sie mich sehen will, kann sie selbst anrufen."

„Sie weiß nicht einmal, dass ich anrufen wollte." Die Worte hingen in der Luft wie eine Schlinge, die auf einen unfreiwilligen Hals wartete. „Niemand weiß es."

Mit anderen Worten: Er war ihnen immer noch egal. Ihnen allen.

Er stieß ein abfälliges Lachen aus. Nicht einmal die Aussicht auf ihren womöglich kurz bevorstehenden Tod hatte in seiner Mutter eine gewisse Zuneigung geweckt. Wie konnte er nach all dieser Zeit noch etwas anderes von der eiskalten Hexe erwarten?

„Danke für den Anruf, Tera."

„Kommst du nach Hause?", fragte sie eilig.

„Tampa war nie mein Zuhause. Dafür haben meine Eltern gesorgt." Er räusperte sich und versuchte gleichzeitig, seinen Geist von der Vergangenheit zu befreien. „Es ist für alle Beteiligten das Beste, wenn du diese Nummer vergisst."

Er wartete auf eine Reaktion auf seine Aussage – das leichte Stocken in ihrem Atem –, bevor er den Anruf beendete und sein Handy einsteckte.

Er hatte kein Zuhause. Brauchte und wollte keines.

Er hatte allerdings einen Zufluchtsort, und es war an der Zeit ihn zurückzuerobern.

KAPITEL FÜNF

*P*amela überreichte dem Sicherheitsdienst am Parkplatzeingang zum *Vault* ihren Ausweis. Ihr ganzer Körper vibrierte angesichts der vielen Möglichkeiten.

Die letzten zwei Wochen hatte sie damit verbracht, die Erlebnisse ihres letzten Besuchs des geheimen Clubs bis in kleinste Details wieder und wieder zu durchleben. Das Erwachen. Das Vergnügen. Die absolute Leichtigkeit, mit der sie sich unter der talentierten Hand aufgelöst hatte.

„Angenehmen Abend." Der Wachmann gab ihr den Ausweis zurück und wies sie mit einem Ruck seines Kinns an weiterzugehen.

„Vielen Dank." Sie schob ihre Handtasche höher auf ihre Schulter und näherte sich der verdunkelten Treppe. Der Klang von Stöhnen und Grunzen wurde immer lauter, je tiefer sie hinabstieg, bis sie sich auf der untersten Stufe befand und ins *Vault* hineinspähen konnte.

Ausnahmsweise einmal lächelte sie, als sie an der Bar vorbeiging, nicht länger frustriert zu beobachten, wie andere Frauen mit Leichtigkeit auf ihre Kosten kamen. Wie üblich zog sie in der Umkleide ihre Kleidung aus, packte ihre Handtasche weg und kehrte anschließend in den Hauptbereich zurück.

Der Raum war gefüllt mit der üblichen Kundschaft, inklusive einiger unbekannter Gesichter, die ihr Interesse nicht wecken konnten. Paare mischten sich mit Getränken in der Hand unter die Menge, andere trieben es in ruhigen Ecken oder in exponierterer Lage auf Sofas.

Niemand schenkte ihr viel Aufmerksamkeit. Nicht mehr oder weniger als gewöhnlich.

„Pamela", rief Shay von hinter der Bar. „Du bist zurück."

„Ja." Sie näherte sich der grinsenden Frau und glitt auf einen freien Hocker. „Ich dachte, ich versuche es noch einmal, nach dem Erfolg der letzten Session."

„Freut mich, das zu hören. Kann ich dir zur Feier des Tages einen Drink bringen?"

„Sicher. Einen *Tequila Sunrise*, bitte."

Shay bereitete den Cocktail zu, während Pamela sich auf ihrem Sitz umdrehte und die Menge überflog. Die Szene vor ihr hatte nichts Neues oder Anderes an sich. Ein Paar benutzte die Sexschaukel. Singles drängten sich in den Rahmen der offenen Türen zu den angrenzenden Zimmern. Andere scharten sich um die Bar.

Das Einzige, was fehlte, war ihr Unmut.

„Er ist noch nicht da."

Sie wandte sich zu Shay und ergriff das Getränk, das nun vor ihr stand. „Wer? Brute?"

„Bist du nicht wegen ihm wieder hier?"

„Nein." Das war die Wahrheit. „Ich denke nicht, dass ich noch einmal mit ihm zusammen sein werde." Sie wollte sein Ego nicht füttern, ganz gleich wie begabt seine Hände waren. „Nicht, dass ich technisch gesehen überhaupt mit ihm zusammen gewesen wäre. Alles, was es brauchte, war ein Daumen, eine Fingerspitze und ein paar gut platzierte Worte."

Was sie veranlasst hatte, ihren Hintern zurück ins *Vault* zu schwingen, war die Hoffnung, dass Bryan die Schleusen geöffnet hatte, als er ihre Dürre durchbrach. Derjenige, den sie sich für ihre nächste Spielsession aussuchte, würde hoffentlich genauso erfolgreich sein.

„Das hört sich ganz nach ihm an", gluckste Shay. „Ich schwöre, er wurde mit einer Gabe geboren. Er lässt die Frauen immer um mehr bettelnd zurück."

„Ich wünschte, ich müsste dem nicht zustimmen." Leider tat sie das. Er war wahrhaftig begabt in der Kunst der Verführung. Und zweifelsohne seines Talents unwürdig.

„Warum versuchst du es dann nicht mit einer zweiten Runde? Wenn ihr beim letzten Mal technisch gesehen nicht zusammen wart, würde es nicht gegen seine Spielregeln verstoßen."

„Regeln? Wirklich?" Ihre Worte trieften vor Ungläubigkeit. Der Kontrast zwischen seiner Begabung und seinem Temperament schockierte und verblüffte sie immer wieder. „Nein, danke. Gott weiß, ich würde ihm nicht auf die Füße treten wollen."

„So schlimm ist er nicht. Ehrlich. Ich hätte ihn nicht dazu gebracht dir zu helfen, wenn es so wäre. Er weiß, was er will, genauso wie du. Der Unterschied ist, dass er nie ins Wanken gerät."

„Wem sagst du das." Pamela nahm einen Schluck ihres Drinks. „Ich bin ins Wanken geraten wie eine Palme in einem Zyklon. Es gibt hier keinen Kerl, mit dem ich nicht zumindest geflirtet habe, alles in dem Versuch, meinen Fix zu erhalten."

Shay legte ihre Hände auf die Bar und lächelte traurig. „Kannst du ihm dann wirklich vorwerfen, dass er feste Grenzen setzt, Süße? Bei ihm wissen die Frauen wenigstens, was sie zu erwarten haben."

Das stimmte. Vielleicht sollte sie Bryan nicht dafür verurteilen, dass er zu seiner Einstellung stand. Selbstbestimmung und so weiter. „Vermutlich nicht. Trotzdem eckt er bei mir mit seiner Persönlichkeit an."

„Wen kümmert es, ob seine Persönlichkeit bei dir aneckt, solange es weiter Orgasmen gibt? Glaub mir, würde Leo mich jeden Kerl, der hier reinkommt, fesseln und knebeln lassen, damit es keinen lästigen Smalltalk gibt—"

Ein Mann, der zwei Hocker weiter saß, zog mit einem Räuspern ihre Aufmerksamkeit auf sich.

„Oh, ich bitte dich, Jeff. Erzähl mir nicht, dass du bei dem Gedanken, gefesselt und geknebelt zu werden, keinen Steifen bekommst."

Der Mann grinste. „Gib mir einen trockenen Bourbon, und ich werde so tun, als hätte ich nichts gehört."

Shay gluckste, als sie sich die gewünschte Spirituosenflasche schnappte. „Siehst du? Fesseln und knebeln ist definitiv die Lösung. Aber das wird nicht passieren. Das hier ist ein Sexclub, kein Rückzugsort, um Bindungen zu knüpfen, und es wird gutes Geld gezahlt, um durch diese Türen zu gelangen. Mach das Beste daraus. Bestehe auf eine ganze Runde mit ihm. Was ist das Schlimmste, das er tun könnte?"

Vielleicht hatte Shay Recht. Pamela sollte ihre Entscheidung basierend auf Bryans Fähigkeiten fällen, nicht seiner Einstellung. „Ich werd's mir überlegen."

„Nun, dann überleg schnell." Shay blickte über Pamelas Schulter. „Denn der Mann der Stunde ist hier."

Das Pochen ihres unregelmäßigen Herzschlags dröhnte in ihren Ohren, begleitet von einer ungesunden Dosis Verwirrung angesichts ihrer eigenen Reaktion.

Sie schwang sich auf ihrem Hocker herum und nahm den Mann ins Visier. Sein Anzug umhüllte ihn wie eine Rüstung, stark und sicher. Sein Hemd war weiß und makellos, mit einer glänzenden schwarzen Krawatte, die lose um seinen Hals hing. Er musste zum Arbeiten, nicht zum Vergnügen hier sein. Anderenfalls hätte er Boxershorts getragen, so wie es die Regeln des *Vault* verlangten.

Sie griff nach ihrem Glas, um ihre Hände beschäftigt zu halten, während ihr Kopf Überstunden machte. Arschloch oder nicht, er war mit körperlicher Attraktivität der Art gesegnet, die nicht verblasst war, seit sie mehr über seine Persönlichkeit erfahren hatte.

Seine Mimik war alles andere als einladend. Seine Augen waren streng, sein Gesicht von einem hellen, borstigen Bart bedeckt, der stets tadellos gestutzt zu sein schien. Er hatte kräftige Schultern, eine massive Gestalt und einen kraftvollen Gang.

Ein emotionsloser Vortex von Kopf bis Fuß.

Ohne Erlaubnis durchzuckte sie ein Kribbeln, das sie erschaudern ließ. Sie wollte sich nicht zu ihm hingezogen fühlen. Verdammt, sie würde sich unter den Tisch trinken, in der Hoffnung, ihre nüchterne Sicht mit einigen Kurzen zu beeinträchtigen. Doch der Alkohol würde nicht helfen.

Sie war von ihm fasziniert.

Angezogen, fasziniert, und vielleicht auch ein bisschen neugierig.

„Ich könnte zu ihm gehen und fragen, was er vorhat", sagte sie laut, weil sie hoffte, damit eine Art Verpflichtung gegenüber dem Universum einzugehen, die sie an einem Rückzug hinderte.

Er ging weiter in Richtung eines der Nebenzimmer, als sein düsterer Blick ihrem begegnete.

Sie hielt ertappt inne, immer noch zur Hälfte auf ihrem Hocker sitzend.

Sie wartete auf ein Zeichen. Einen Impuls. Eine Würdigung des monumentalen Funkens, den sie das letzte Mal, als sie hier war, miteinander geteilt hatten.

Nichts.

Er sah weg, ohne auch nur mit den Lippen zu zucken.

„Ähm." Sie drehte sich zur Bar zurück. „Das wirkte nicht gerade freundlich."

„Das ist Brute. Einhundert Prozent Arschloch in einhundert Prozent aller Fälle. Hält ihn nicht davon ab, wie ein Trojaner zu vögeln."

Verdammter Mist. Teile ihres Körpers reagierten ohne Vorwarnung – Brüste, Magen und tiefer. *Viel tiefer.* Seit wann hatte sie eine masochistische Ader?

Sie riskierte einen weiteren Blick über ihre Schulter und konzentrierte sich auf die Dunkelheit des Zimmers, in das er verschwunden war. Sie wollte diesem gnadenlosen Mann keine Macht über sich geben, doch die Wahrheit war, dass er sie bereits besaß. Er konnte ihr Dinge geben, zu denen kein anderer Mann fähig zu sein schien.

„Ich versichere dir, er weiß, wie man sich amüsiert. Er ist nur extrem wählerisch, wen er an seiner Abwehr vorbeilässt."

Ein Einzelgänger.

Wie ihr Ehemann.

Diese Erkenntnis schwächte ihr Interesse ein wenig ab. Aber nicht ausreichend. Die Vergangenheit schien sich zu wiederholen, und wie bei ihrem Mann fand sie sich nicht in der Lage kehrtzumachen.

„Wirst du kneifen?" Shays Stimme war leise, ein bloßes Flüstern unterbewusster Gedanken in Pamelas verwirrtem Verstand.

„Nein. Es ist alles gut. Ich sehe mal nach, was er so treibt. Fragen kostet nichts, richtig?" Sie sog heftig an ihrem Strohhalm und leerte ihr Glas. „Wünsch mir Glück."

„Zeig's ihm."

Pamela gluckste zum Abschied, dann rutschte sie von ihrem Hocker und richtete ihr tiefpinkfarbenes Korsett, bevor sie in seine Richtung tapste. Ihre Situation wäre eine andere, wenn er nicht der letzte Mohikaner wäre, nach Jahren unerreichbarer Orgasmen.

Er war ein Einhorn, das war alles.

Eine übellaunige, bissige Anomalie.

Und wenn sie wirklich ehrlich mit sich selbst war, war sie nicht gerade begeistert davon, mit einem ihrer vorherigen Spielgefährten erneut anzubandeln. Bei der Aussicht, die Fehler aus der Vergangenheit zu wiederholen, stellten sich ihr die Nackenhaare auf.

Sie blieb in der Türöffnung stehen und nahm die schemenhafte Gestalt von ihm in sich auf, wie er an die Wand gelehnt dastand und den Dreier beobachtete, der sich auf dem runden Bett in der Raummitte gegenseitig küsste und streichelte. Der reizvolle Anblick von Zoe und ihren Männern hatte Pamela schon immer fasziniert. Jedoch nicht heute Abend. Im Augenblick konnte sie nicht aufhören den Mann anzustarren, der den Schlüssel zu ihrem Vergnügen besaß. Der Mann, bei dem eine bloße Erinnerung ausreichte, dass sich ihre Pussy genüsslich zusammenkrampfte.

Verdammt sei er.

Sie stellte sich neben ihn und ignorierte den tiefen, holzigen Duft seines Aftershaves, der sie wie ein Zaubertrank umhüllte. „Hey."

In der Zeit, die sein Blick brauchte, um endlich ihrem zu begegnen, hätten zehn Kinder gezeugt werden können. Keine Worte wurden gesprochen. Da war weder Vertrautheit noch Freundschaft. Nur Pflichterfüllung ohne jede Wärme, als er mit dem Kinn ruckte. Er bedachte sie nicht nur mit einer kalten Schulter, sondern auch mit einem kalten Blick.

Das Problem war, sie war jetzt hier, an seiner Seite, und sie wollte nicht mit eingezogenem Schwanz kehrtmachen. Schon gar nicht, wenn sich Shays Worte wie ein Mantra in ihrem Kopf wiederholten – *hält ihn nicht davon ab, wie ein Trojaner zu vögeln.*

„Arbeitest du?" Sie bemühte sich unbeteiligt zu wirken. „Du trägst immer noch deinen Anzug."

„Hab gerade Feierabend gemacht."

Sein Tonfall transportierte andeutungsweise ein *Verpiss dich.* Eine Andeutung, die sie zu Herzen nehmen sollte. Sie sollte die Warnung als solche erkennen und das Zimmer verlassen. Den Club. Sein Leben. Stattdessen ließ sie ihren Blick über die harten Linien seiner Brust wandern, hinunter zu den kräftigen Oberschenkeln, von denen sie noch gut wusste, wie sie sich anfühlten, wenn sie gegen sie gepresst waren.

Verflucht sei er dafür, ihre ausgehungerte Weiblichkeit so erregt zu haben.

Diese Hände hatten sie zu Tagträumen inspiriert, von denen sie monatelang etwas haben würde. Diese Beine hatten dazu beigetragen, ihr während ihres gewaltigsten Orgasmus Halt zu geben.

Er drückte sich von der Wand ab und marschierte ohne ein Wort des Abschieds an ihr vorbei.

„Hey." Mit missbilligender Miene sah sie seinem sich entfernenden Rücken hinterher. „Warte."

Er blieb stehen, seine Schultern breit und bedrohlich.

„Bist du daran interessiert heute Abend zu spielen?"

Diesmal klingelte die Stille wie eine explodierende Bombe in ihren Ohren. Die Welt hielt kollektiv den Atem an.

Langsam drehte er sich zu ihr um, die Furche zwischen seinen Brauen markant genug, um Stein zu schneiden. „Habe ich in den letzten fünf Minuten etwas getan, das dir den Eindruck vermittelte, ich sei interessiert?"

„Äh ..." Ihre Kehle trocknete aus und schnitt ihr das Wort ab.

„Die Antwort, die du suchst, lautet nein", brummte er leise. „Ich habe nicht hallo gesagt. Ich habe nicht einmal gelächelt. Dann bin ich weggegangen. Was muss ich noch tun?"

Schock vernebelte ihr Gehirn und machte zusammenhängendes Denken unmöglich. Sie wusste nicht, ob sie sich entschuldigen oder ausrasten, wimmern oder die Zähne fletschen sollte. Sie war schon öfter in einer solchen Situation gewesen. Viele Male. Aber immer andersherum. Ihr war noch nie vorgeworfen worden, einen Wink nicht zu verstehen. Sie war immer die Anklägerin gewesen. Der Unterschied war, dass sie dabei nicht so ein Arsch war. „Ein einfaches Nein hätte gereicht."

„Dann: nein." Er hob gleichzeitig seine Stimme und seine Arme und zog damit die Aufmerksamkeit auf sich. „Ich bin nicht interessiert."

Sie blinzelte heftig in dem Versuch, stark zu bleiben, während die Demütigung auf ihren Wangen brannte. „Du bist ein unhöflicher Scheißkerl."

Sie ging an ihm vorbei, nicht gewillt, ihm seine Dosis Herabwürdigung zu gewähren.

„Halt." Der Befehl hallte von den Wänden wider, stoppte Orgasmen, unterbrach Vorspiele. Ihre Wangen erhitzten sich, als sich mehr als ein forschender Blick auf sie richtete. „*Ich bin* ein Scheißkerl?"

Panik stieg ihr in die Kehle. Sie war selbstbewusst. Stark. Doch konfrontiert mit einem Mann wie Brute begann ihr Selbstwertgefühl zu flackern und drohte vollständig zu erlöschen.

„Das reicht", kam Zoes Stimme vom Bett. „Was auch immer es ist, es muss nicht vor einer Menschenmenge ausgetragen werden. Brute, du solltest es besser wissen."

Nein, Pamela hätte es besser wissen müssen. Sie hätte auf ihren Bauch hören und es gut sein lassen sollen. Bevor sich Verbitterung breitmachte. Bevor sie Shay um Hilfe gebeten hatte. Und definitiv bevor dieser Schuft auf den Plan getreten war.

„Ich bin nicht der Einzige, der es besser wissen sollte." Bryan schritt an ihr vorbei. „Die Clubregeln zu ignorieren scheint hier unten zu einer Epidemie zu werden."

Er betrat den Hauptbereich, sein geschmeidiger Gang noch immer intakt. Jeder Schritt, den er machte, vermittelte seine Kontrolle, sein Selbstvertrauen, während ihre Fähigkeit hoch erhobenen Hauptes dazustehen kurz vor dem Ende stand.

Es hätte schlimmer sein können. Immerhin hatte er ihre Erniedrigung auf ein kleines Zimmer mit einer geringen Anzahl an Zeugen beschränkt. Er hätte—

„Ich sollte nicht alle Anwesenden daran erinnern müssen, dass nein verdammt nochmal nein heißt." Mit erhobener Stimme beanspruchte er die

Aufmerksamkeit des gesamten Clubs. „Ihr habt eine Zurückweisung ohne Zögern hinzunehmen oder ihr verschwindet auf der Stelle aus meinem Club. Ist das klar?"

Ihre Lippen teilten sich, ihre Demütigung entwich in einem abgehackten Atemzug.

Ihr fehlten die Worte, um das Ausmaß seines Angriffs zu beschreiben. Er hatte sie absichtlich verstoßen. Aus welchem Grund? Weil sie ihn gefragt hatte, ob er spielen wollte?

„Ihr alle habt am Anfang der Woche meine E-Mail erhalten", fuhr er fort. „Und ich bin stinkwütend, dass viele von euch meine Handynummer als Aufforderung betrachtet haben, mir sexuelle Avancen am Telefon zu machen."

Sie sah sich um und erwartete Verachtung und Verurteilung in den Gesichtern. Was sie stattdessen vorfand, waren unbehagliche Mienen von zahlreichen Frauen, die Brute entgegenblickten. Einige sahen beschämt aus, andere wirkten bloßgestellt, während die Blicke der Männer wie Pingpong-Bälle im *Vault* hin- und hersprangen, in dem Versuch, herauszufinden, wer das Erdbeben ausgelöst hatte.

Bryan nahm sich die Zeit, jede Frau in Sichtweite mit einem finsteren Blick zu bedenken. „Diese Scheiße muss aufhören. Wir haben aus gutem Grund strikte Regeln, und ich will verdammt sein, wenn ich mich in meinem eigenen Club belästigt fühle. Respektiert die Grenzen und akzeptiert die nonverbalen Hinweise oder rechnet damit, eure Mitgliedschaft gekündigt zu bekommen." Er nahm einen tiefen Atemzug und stieß in kraftvoll wieder aus. „Und wenn ich herausfinde, dass jemand ein Handy mit hier drin hat, anstelle es sicher in der Umkleide zu verstauen, wird hier der Teufel los sein."

Das Schweigen verdichtete sich.

„Danke für die Erinnerung", rief Leo von der Bar, ein Hauch von Belustigung in der Stimme. „Wer will einen Drink?"

So schnell wie sich das Lauffeuer verbreitet hatte, wurden die Flammen mit dem angebotenen Alkohol auch wieder gelöscht. Paare setzten ihre Knutschereien fort, Voyeure nahmen wieder ihre Positionen ein, und Exhibitionisten versanken erneut in Glückseligkeit.

Die Welt um sie herum begann sich wieder zu drehen, während ihre Füße an Ort und Stelle verharrten.

„Ich würde es mir nicht zu Herzen nehmen." Zoe stellte sich neben sie, die Augenbrauen der hübschen Frau waren zusammengekniffen. „Dem

Flüstern nach zu urteilen, was ich heute Abend vernommen habe, war der Ausbruch unvermeidlich."

„Ich ... ähm." Sprachlos? Wirklich? Der Effekt dieses Mannes kannte keine Grenzen. Sie hatte noch immer keine Ahnung, was gerade geschehen war.

„Ich bin sicher, es war nicht direkt gegen dich gerichtet." Zoes Augen verengten sich. „Außer du hast ihn angerufen und angeschrieben, damit er sich mit dir trifft."

„Nein. *Gott*, nein." Wäre da nicht seine magische Berührung, hätte sie ihm nicht einmal die Uhrzeit gesagt. „So dumm bin ich nicht."

„Du wärst überrascht, wie viele Frauen es sind. Ich habe es munkeln hören, dass es eine Wette darüber gibt, wer als nächstes mit ihm schlafen darf. Die teilnehmenden Mitglieder sind nicht gerade zimperlich. Sie versuchen alle, die glückliche Frau zu sein, die ihn vom Markt nimmt."

„Soweit es mich betrifft, gehört er ganz ihnen." Die rhythmischen Geräusche von Sex und Erfüllung wurden lauter, als hätte es keine Unterbrechung gegeben. „Ich wünschte nur, ich käme mir nicht wie ein Idiot vor." Sie *hatte* ihn belästigt und seine nicht gerade subtilen Hinweise ignoriert. „Ich hätte mehr auf sein Verhalten achten sollen."

„Brutes Verhalten?" Zoe lachte. „Wenn wir das alle täten, würde niemand mehr mit ihm reden."

„Vermutlich." Sie nickte und versuchte die Kameraderie anzunehmen, obwohl sich Säure durch ihren Magen fraß. „Ich gehe jetzt besser."

„Du kannst jetzt nicht gehen." Zoe wandte sich zu den Männern auf dem Bett um und bat mit einer gespreizten Hand um fünf Minuten. „Wenn du gehst, gewinnt er mit seiner beschissenen Einstellung. Lass uns erst etwas trinken."

Sie hatte kein Interesse daran, irgendeine Art von Sieg zu erringen. Außerdem konnte sie nicht gegen jemanden kämpfen, der das Zimmer verließ. „Nein, ich habe mein Limit erreicht." An Schwachsinn *und* Alkohol. „Lass deine Jungs nicht warten."

„Süße, die gehen nirgendwohin."

„Vielleicht nicht, aber ich schon. Ich kann nicht hierbleiben. Trotzdem danke für das Angebot."

Sie verabschiedete sich nicht. Nicht bei Zoe, Shay, oder sonst einer einzigen Seele, während sie durch den Hauptraum, die Newbie-Lounge und den Eingangsbereich schlich. Sie musste hier raus, bevor ihr Kopf durch das Vakuum, das einmal ihr Stolz gewesen war, explodierte.

*B*ryan hatte seine Hand im Safe und griff nach seinen Schlüsseln, seiner Brieftasche und seinem Handy, als die Bürotür aufflog, um Sekunden später wieder zugeknallt zu werden.

„Was zur Hölle ist los mit dir?" Shay tauchte hinter ihm auf, ein Bild der menschgewordenen Entrüstung und Rage.

„Das *Vault* drohte außer Kontrolle zu geraten. Es war an der Zeit, alle wieder auf Kurs zu bringen. Ich werde mich nicht dafür entschuldigen, sie an die Regeln erinnert zu haben."

„Davon spreche ich nicht. Ich will wissen, warum zum Teufel du an Pamela ein Exempel statuierst, wenn sie nichts falsch gemacht hat."

Er schnitt eine Grimasse. Dieser Name. Er machte ihn fertig. Jedes Mal. „Nichts falsch gemacht?" Die Frage drang durch zusammengebissene Zähne. „Was ist damit, dass sie mich einen Scheißkerl geschimpft hat, weil ich nicht von ihr abgeschleppt werden wollte?"

„Es ist mir egal, ob sie versucht hat, dich einer analen Zwangsuntersuchung zu unterziehen. Du hättest sie behutsamer abweisen können. Es gab keinen Grund, sie zum Gespött zu machen."

„Kümmere dich um deinen eigenen Scheiß, Shay."

Er bereute keine Sekunde seines Zorns heute Abend. Insbesondere, nachdem er im Treppenhaus des *Vault* angehalten worden war, um von der Gruppe von Frauen zu erfahren, die Wetten auf sein Sexleben abgeschlossen hatte. Dieses Wissen hatte ausgereicht, ihn in nukleare Rage zu versetzen.

Ihre einzige Rettung war das Glück, ihn als ihr Ziel gewählt zu haben. Hätten sie einen anderen Mann oder eine andere Frau auf diese Weise behandelt, wäre er längst Amok gelaufen.

„Es ist mein Scheiß, da ich es war, die sie überzeugt hat, dich anzusprechen."

Seine Brust wurde eng, das untrügliche Pulsieren der Wut blockierte seine Kehle. „Du hast ihr gesagt, sie solle mich schikanieren?"

„Dich schikanieren?" Sie stemmte die Hände in die Hüften. „Sie wollte nicht einmal in deine Nähe gehen. Ich musste sie dazu überreden."

Er hätte wissen müssen, dass Shay etwas damit zu tun hatte. „Dann ist es deine Schuld. Nicht meine. Ich habe deutlich gemacht, dass ich nicht interessiert bin. Ich habe kaum zwei Worte zu ihr gesagt, bevor ich weggegangen bin. Sie war diejenige, die mir folgte. Sie war diejenige, die weiter so tat, als wäre ich eine sichere Sache, weil du ihr anscheinend einen falschen Eindruck von mir übermittelt hast."

Ihre Körperhaltung veränderte sich, zeigte das leiseste Anzeichen von Schuldgefühl.

Nur weil Ella nicht so unverblümt war wie die anderen, die angerufen oder ihn angeschrieben hatten, bedeutete das nicht, dass sie es beim nächsten Besuch des *Vault* nicht sein würde. Seine Ansage war eine Warnung für jeden Besucher gewesen, der daran erinnert werden musste, dass jegliche Hinweise auf Zurückweisung genauso ernst zu nehmen waren wie eine offensichtliche Abfuhr.

„Und wie ich unten schon sagte, ist sie nicht die Einzige." Er warf sein Handy in ihre Richtung, und das Gerät tanzte in ihren Fingern, bevor sie es sicher in der Hand hielt. „Check die Nachrichten. Sieh nach, wie viele Frauen aus dem *Vault* versuchen, meinen Schwanz zu reiten."

„Ich will nicht—"

„*Verflucht*, guck's dir an." Ihm war gleichgültig, ob sie ihn für unverbesserlich hielt. Aber er ließ sie ganz sicher nicht in dem Glauben, dass die Frauen da unten alle liebreizend und tugendhaft waren.

Sie hob überheblich eine Braue und verlagerte ihr Gewicht, dann entsperrte sie seinen Bildschirm und navigierte zu seinen Mitteilungen. Sie scrollte und scrollte, während ihre Augen Nachrichten überflogen, von denen er wusste, dass sie ebenso vulgär wie dreist waren.

„Deine Freundin mag keine Wiederholungstäterin sein. Aber das ist nur eine Frage der Zeit."

„So ist sie nicht ... Heilige Scheiße, ich kann nicht glauben, dass Elise dir ein nacktes Selfie geschickt hat."

Er nickte. Elise hatte einen hübschen Vorbau, doch er würde das Bild trotzdem löschen und sie fest auf seine schwarze Liste setzen. „Eine von vielen."

Sie verzog das Gesicht und gab ihm das Telefon zurück. „Das bedeutet nicht, dass du das Recht hast, deine Frustration an Pamela auszulassen. Ihre Beteiligung war meine Schuld."

„Shay bekennt sich schuldig?" Er steckte sein Handy ein, zusammen mit seinen Schlüsseln und seiner Brieftasche. „Du musst diese Frau wirklich mögen."

„Ich fühle mit ihr mit. Sie ist zu jung, um Witwe zu sein."

Er hatte den toten Ehemann beinahe vergessen. Allerdings spielte das keine Rolle. Das Einzige, was schlimmer war als eine aufdringliche Frau, war eine aufdringliche Frau mit Ballast. „Sie ist attraktiv, und es treten ständig neue Männer dem *Vault* bei. Sie wird schon bald jemanden finden, der zu ihr passt."

Daran gab es keinen Zweifel. Von ihrer Schönheit abgesehen war sie zudem leidenschaftlich und sexuell. Die ersten drei Punkte auf der Liste jedes heißblütigen Mannes.

„Und was ist mit dir?" Shay verschränkte die Arme vor der Brust. „Nach deiner entwürdigenden Zurschaustellung vermute ich, dass es für dich schwerer werden wird, im *Vault* flachgelegt zu werden. Weibliche Solidarität kann eine vertrackte Angelegenheit sein."

„Weibliche Solidarität kann mich mal kreuzweise. Es ist mein Club. Wenn ich bei den weiblichen Mitgliedern aufräumen und neu anfangen will, werde ich das tun." Die Ausmusterung von Mitgliedern schien sogar eine verdammt gute Idee zu sein.

„Du bist nicht der Einzige, dem der Club gehört. Er gehört auch Leo und T.J."

Er knurrte durch zusammengebissene Zähne hindurch. Er mochte diese Frau. Wirklich, das tat er. Aber, *heilige Scheiße*, manchmal hasste er sie gleichermaßen. „Sag Leo, dass ich gehe."

„Ich denke nicht—"

Er hielt eine Hand hoch. „Wenn es um mich geht, nicht nachdenken. Nie wieder. Hörst du mich? Halte dich aus meinem Sexleben raus, sofern du nicht willst, dass ich mich in deines einmische."

Ihr Kinn hob sich, der Ausdruck hielt sich eine kurze Sekunde, bevor sie nickte.

„Ich bin froh, dass wir endlich auf einer Wellenlänge sind."

Ihre Arme blieben weiter fest vor ihrer Brust verschränkt, als er das Büro verließ.

Er schritt in den Flur und die Treppe hinunter zur Bar. Der Clubabend war in vollem Gange, mit lauter Musik und einer überfüllten Tanzfläche. Aus dem Augenwinkel beobachtete er, wie sich die Tür des *Vault* öffnete, und er verharrte, da er sichergehen wollte, sich nicht in der Menge verstecken zu müssen, um vor einer weiteren weiblichen Klette in Deckung zu gehen.

Der Wachmann, der den Eingang bewachte, trat zur Seite, um jemanden in der Dunkelheit zu begrüßen.

Bryan hätte weitergehen sollen. Hätte direkt zum Parkplatz gehen sollen, ohne sich um irgendwen aus dem Privatclub zu scheren. Doch dann war es zu spät. Ella trat aus dem Schatten, in ein seidenes Kleid gehüllt, das die spärlichen Dessous darunter kaum verdeckte.

Sie schenkte der Security ein halbherziges Lächeln, dann bahnte sie sich ihren Weg über die Tanzfläche zum Haupteingang des *Shot of Sin*.

„Du kannst sie nicht alleine rausgehen lassen." Shays erhobene Stimme schallte über seine Schulter und hatte den Effekt eines Überraschungseinlaufs.

„Bin dran."

Es hatte einen Grund, dass sie das *Vault* so umgestaltet hatten, dass es einen Parkplatzausgang hatte. Einer Schar betrunkener Partygänger vor dem Club zu entkommen war keine Option, besonders nicht für eine Frau, die allein unterwegs war. Sie müsste um das Gebäude herum gehen. Unbeaufsichtigt. Ungeschützt.

„Verdammt nochmal." Diese Frauen würden einmal sein Tod sein. Oder zumindest der seiner Libido. Er wandte sich zu Shay um. „Geh wieder nach unten. Ich sorge dafür, dass sie zu ihrem Auto kommt."

„Sorgst du auch dafür, dass sie eine Entschuldigung erhält?"

Er setzte eine finstere Miene auf. *Von wegen Entschuldigung.* „Gute Nacht, Shay."

Sie lächelte, breit und voller Schadenfreude. „Nacht, Brute."

Ella wiederzufinden war nicht schwer. Sie teilte das Meer aus sexhungrigen Männern mit der Wirkung eines Peitschenhiebs. Er folgte ihr mit wenigstens drei Metern Abstand. Er würde nicht mit ihr reden. Sie würde nicht einmal wissen, dass er da war. Er würde sie lediglich im Schatten zu ihrem Auto begleiten und seine Verärgerung über sie loslassen, sobald sie wohlbehalten weggefahren war.

Sie erreichte die Clubtüren, senkte ihren Kopf, um dem Augenkontakt mit dem Türsteher auszuweichen, und lief in die Nacht hinaus.

Er tat es ihr gleich und wandte sich wenige Sekunden später an Greg.

„Alles in Ordnung, Boss?"

„Ja. Bin auf dem Heimweg." Sie schauten beide Ella hinterher.

„Eine Freundin von dir?"

„Nein, sie ist von unten."

Greg nickte und senkte seinen Blick auf ihr sich wiegendes Hinterteil.

Niemand innerhalb des Clubs wusste, was sich hinter den bewachten Türen des *Vault of Sin* verbarg. Nicht die Türsteher, nicht das *Shot of Sin*-Personal, und ganz sicher nicht die Menge, die jede Woche die Tanzfläche aufmischte. Davon wussten nur Bryan und seine Businesspartner, sowie einige sehr wenige des Barpersonals. Für alle anderen war es ein exklusiver VIP-Bereich mit Besuchern, deren Status so faszinierend schien wie der einer Berühmtheit.

„Behalte die Tür im Auge", brummte er. „Ich sorge dafür, dass sie ihr Auto erreicht."

„Natürlich."

Ella gewann an Abstand, und zwei Männer, die in der überfüllten Schlange auf ein Taxi warteten, traten vor, um ihr entlang des Gebäudes zu folgen. Sie kesselten sie ein, lehnten sich dicht zu ihr hinüber, womit sie ihre Absichten deutlich machten. Bryan beschleunigte seine Schritte.

Er musste ihr zugutehalten, dass sie nicht davonrannte. Sie blieb stehen, konfrontierte einen der Männer mit vorgerecktem Kinn und verkündete laut genug, dass jeder es hören konnte: „Ich bin nicht interessiert."

Er hätte über die Parallelen zu ihrer Situation vorhin lachen können. Andererseits machte es ihm auch ihre Unterschiede deutlich.

Ihre Position barg Verwundbarkeit. Bei ihm war das anders gewesen.

Sie musste aggressiv werden, um sie zum Rückzug zu bewegen. Er dagegen hatte es nur getan, um eine Szene zu veranstalten.

Die Männer akzeptierten die Abweisung und glucksten vor sich hin, als sie sich auf den Weg zum Ende der Taxischlange machten. Bryan wurde langsamer, wartete auf einen abfälligen Kommentar, eine spitze Bemerkung, irgendwas, das ihm eine Rechtfertigung lieferte, eine Nase oder einen Kiefer zu brechen.

Doch nichts kam.

Die Männer waren ebenso harmlos wie taktlos.

Ella setzte ihren Weg entlang des Gebäudes fort, ihre Absätze klackerten mit jedem ihrer beherzten Schritte. Sobald sie die Ecke des Gebäudes erreichte, würde sie außer Sichtweite sein, sowohl für die Clubsecurity als auch für alle anderen, bis auf diejenigen, die es für eine gute Idee hielten, in den frühen Morgenstunden einer bildschönen Frau zu einem Privatparkplatz zu folgen.

Nach einem kurzen Blick über ihre Schulter bog sie scharf links ab und verschwand.

Sie hatte ihn nicht gesehen. Hatte nicht genug auf ihre Umgebung geachtet, um zu bemerken, dass er ihr gefolgt war. Ihr Hauptaugenmerk hatte auf der Taxischlange und den Männern gelegen, die sich ihr genähert hatten.

Großer Fehler.

Sie musste aufmerksamer sein.

Er beschleunigte sein Tempo in der Absicht sicherzugehen, dass niemand in der Dunkelheit lauerte. Sobald er um die Ecke kam, trafen seine Füße auf den Kies des Parkplatzes. Das Knirschen unter seinen Sohlen war unüberhörbar.

Sie hatte es allem Anschein nach ebenfalls gehört, so, wie sie nach ihrer Handtasche griff und den Inhalt durchwühlte.

Fuck.

Wenn sie sich umdrehte, würde er mit ihr reden müssen. Und wenn sie es nicht tat, würde er mit der Schuld leben müssen, sie unbeabsichtigt erschreckt zu haben. Vielleicht sollte er sich zu erkennen geben und sagen: „Hey, du kleine Närrin, wieso hast du nicht den anderen Ausgang benutzt?"

Doch er wollte heute Abend nicht mehr mit ihr reden. Oder mit sonst irgendjemandem, um genau zu sein. Der Gedanke an Gesellschaft hatte den Reiz einer betäubungslosen Beschneidung. Nicht, dass sich das Gefühl von jedem anderen Moment, in dem er gesprächig sein musste, unterscheiden würde.

Er ignorierte das Knirschen seiner Schritte und folgte ihr, kam ihr immer näher. Sein Tempo hatte sich nicht erhöht. Ihres hatte sich verlangsamt. Wieso zum Teufel hatte sie ihres verlangsamt?

Er war im Begriff, seine Gegenwart kundzutun, in dem Bemühen ihr die Angst zu nehmen, als sie sich herumschwang und ein Taschenmesser in seine Richtung hob.

Bei seinem Anblick teilten sich ihre Lippen, und der entschlossene Ausdruck in ihren verengten Augen verwandelte sich in ein verwirrtes Starren aus geweiteten Augen.

„Hast du vor, das zu benutzen?" Er richtete seinen Fokus auf das

Messer, dessen Klinge kaum lang genug war, um nennenswerten Schaden anzurichten. Das hielt sie jedoch nicht davon ab, ihn zu taxieren, als würde sie sich ihre beste Angriffs- und Fluchttaktik errechnen. „Das *Vault* hat nicht ohne Grund einen Ausgang zum Parkplatz hin. Du solltest hier draußen nicht alleine sein."

Ihre Wangen erröteten, ob aus Verlegenheit oder Verärgerung konnte er nicht sagen. Dennoch schwang sie das Messer weiter umher, als hätte sie die volle Absicht es einzusetzen. „Du bist mir den ganzen Weg gefolgt, um mir eine Standpauke zu halten?"

„Ich bin dir gefolgt, um sicherzugehen, dass du wohlbehalten zu deinem Auto kommst."

Sie schnaubte spöttisch und klappte das Messer mit einem selbstbewussten Klicken zu, bevor sie es zurück in ihre Handtasche beförderte. „Ritterlichkeit steht dir nicht. Sie macht nicht einmal Sinn, wenn man bedenkt, dass du der Grund dafür bist, dass ich mich zu gedemütigt gefühlt habe, um noch einmal durch das *Vault* zu gehen."

Der Stich in seiner Brust war alles andere als willkommen.

„Geh wieder rein." Sie drehte sich auf den Zehenspitzen ihrer glänzenden schwarzen Schuhe um und ging weiter das Gebäude entlang. „Ich brauche deine Hilfe nicht."

Sie ließ ihn stehen, wandte sich in die entgegengesetzte Richtung, während alle anderen Frauen nach der Chance, ein Gespräch mit ihm zu führen, zu geifern schienen. Vielleicht hatte Shay Recht. Diese Frau war womöglich doch keine Blutsaugerin.

„Vor zwei Wochen sah das anders aus." Seine Entgegnung kam aus heiterem Himmel. Eine nicht geskriptete Erwiderung, die er nicht hatte kommen sehen.

Sie lief weiter. Einen Schritt. Zwei. Dann schenkte sie ihm eine weitere schwungvolle Drehung, um ihn anzugreifen und Verachtung in seine Richtung zu spucken. „Weißt du was?" Sie presste ihre Lippen auseinander.

„Was? Lass es raus." Er sollte ihre Rage nicht amüsant finden. „Red es dir von der Seele, Prinzessin."

Ihre Augen loderten auf. „Oh, Freundchen, ich weiß nicht, was dich daran anmacht, so mit mir zu sprechen, wenn ich nichts falsch gemacht habe. Heute Abend hast du mich behandelt, als wollte ich mich in deine kohlrabenschwarze Seele einbrennen oder dir deine kostbare Junggesellenzeit stehlen."

Sie machte einen Schritt auf ihn zu und straffte ihre Schultern. Frauen sollten wirklich begreifen, dass es sich nicht zu ihren Gunsten auswirkte, wenn sie ihre Brüste vorstreckten. Es gab Männern nur das Gefühl, sie hätten während der Auseinandersetzung einen dreifachen Punktebonus erhalten.

„Ich versichere dir", fauchte sie, „ich bin an beidem nicht interessiert. Genau genommen bin ich ziemlich sicher, selbst wenn du der letzte Mann auf Erden wärst, würde ich eher anfangen es mit Vieh zu treiben, um meinen Kick zu erhalten, bevor ich mich mit deiner Bullshit-Einstellung herumschlagen muss." Ihr Mund blieb erschrocken offen stehen.

Ja, Liebes, deine Tirade enthielt tatsächlich eine Anspielung auf Sodomie.

„Gut zu wissen." Seine Lippen formten sich zu einem Lächeln, und das Beben ihrer Nasenflügel verkündete, dass sie es nicht zu schätzen wusste.

„Das ist nicht lustig."

Nein, war es nicht. Abgesehen von der Genugtuung, die ihre Verärgerung ihm bereitete, war es überhaupt nicht lustig. Es gefiel ihm nicht, dass ihm die Freude am *Vault* durch respektlose Frauen genommen wurde. Es gefiel ihm nicht, überrollt zu werden. Und es gefiel ihm ganz sicher nicht, daran erinnert zu werden, dass er eine Familie in Tampa hatte, die seine Existenz ignorierte. „Nein, du hast Recht. Nach dem Tag, den ich hinter mir habe, ist dein Desinteresse eine verdammte Erleichterung."

„Nun", knirschte sie und wandte sich zum Gehen. „Ich bin froh, dass ich die Situation etwas auflockern konnte."

Diesmal folgte er ihr nicht. Das lästige Pochen in seiner Brust nahm zu. Es war nicht seine Schuld, dass sie vorhin in die Schusslinie geraten war. Sie war Kollateralschaden gewesen. Ein kurzer Leuchtimpuls auf dem Unfallradar.

Alles, was er getan hatte, war sein Desinteresse zu verkünden. Lautstark. Während er mit voller Absicht die Aufmerksamkeit anderer Clubgänger auf sich lenkte.

Fuck.

„Ich hatte einen beschissenen Tag, okay? Ich hätte es nicht an dir auslassen sollen."

Sie erstarrte, wandte ihm aber immer noch den Rücken zu. „War das eine Entschuldigung?"

Wenn es eine war, dann eine bescheidene, aber aus seinem Mund war es ein heiliger Gral der Reue. „Es ist, was auch immer du gerade brauchst."

Sie stieß ein sardonisches Lachen aus und überwand eilig die Distanz bis zum Gebäudeende.

Der Schmerz hinter seinen Rippen wuchs, verlangte nach mehr. Mehr was? Er wusste es nicht.

„Hör zu, ich hätte meine Wut nicht gegen dich richten sollen." Er holte joggend auf, jagte seiner ersehnten Ablenkung hinterher.

„Du bereust also nicht, was du gesagt hast, nur, dass du mich mit einbezogen hast?" Sie näherte sich den parkenden Autos und glitt zwischen einen polierten SUV und T.J.s neuen BMW.

„Teufel, nein, ich bereue es nicht. Es war überfällig." Er folgte ihr in den schmalen Gang und blieb am Beginn ihrer Tür stehen, einen Meter von ihr entfernt. „Glaubst du nicht, dass ich das Recht habe, Frauen zu sagen, sie sollen sich zurückhalten? Wenn es deine Privatnummer wäre, die im Club verteilt wurde, an die die Männer im Club laufend und zu jeder Zeit Nachrichten schicken würden, um nach einem Treffen zu fragen, während sie gleichzeitig unaufgefordert Dick Pics mitsenden, würde ich dafür sorgen, dass diese Wichser nie wieder einen Fuß in den Club setzen. Doch wenn es mir passiert, soll ich mich damit abfinden? Ich bitte dich, mach mal halblang. Ich weiß ungewollte Aufmerksamkeit genauso wenig zu schätzen wie du."

Sie öffnete ihre Tür und er machte einen Schritt zurück. Er hatte nicht bemerkt, wie nah sie sich gekommen waren.

„Sag's mir, Ella. Verdiene ich es nicht, in meinem eigenen Club in Ruhe gelassen zu werden, oder meinst du, ich hätte es ihnen weiter durchgehen lassen sollen?" Er war sich nicht sicher, ob die Frage rhetorisch gemeint war. Das Einzige, dessen er sich sicher war, war sein ungewöhnliches Verlangen, das Gespräch fortzusetzen. „Muss ich wirklich jedes Mal, wenn ich das *Vault* betrete, immer und immer wieder dieselben Frauen abweisen, obwohl sie meine Antwort bereits kennen?"

„Wie können sie die Antwort kennen?" Ihre Stimme wurde sanfter, der bittere boshafte Unterton versiegte.

„Ich mache immer deutlich, dass ich nicht zweimal mit derselben Frau schlafe. Daran lasse ich nie einen Zweifel." Das hatte sich seit der ersten Nacht, in der sich die Türen des *Vault* geöffnet hatten, nicht geändert.

„Mir hast du es nicht deutlich gemacht."

Nein, hatte er nicht. Ihre Ausgangssituation war eine andere. „Wir haben noch nicht miteinander geschlafen." *Noch nicht?* Ohne seine Zustimmung hatte sein Unterbewusstsein das zusätzliche Wort hinzugefügt.

„Nun ..." Sie senkte ihren Blick auf seine Schuhe. „Ich schätze, das

Thema anzusprechen, war gerechtfertigt. Aber du hättest es anders ausdrücken können. Du hättest dabei nett sein sollen."

„Ich bin nicht nett."

Ihr Grinsen brachte ein Grübchen zum Vorschein, ein leises Lachen folgte.

„Lachst du mich jetzt aus?" Er hätte verärgert sein sollen. Stattdessen erwischte er sich dabei, wie er zurückgrinste. Er ergab überhaupt keinen Sinn. Andererseits gab es kaum Frauen, die sich über ihn lustig machten. Sie schmiedeten lediglich Pläne, mit ihm zu vögeln.

„Ich kann nicht anders. Du klingst wie ein Fünfjähriger mit einem Wutanfall. Ich kann mir gut vorstellen, wie du denselben Tonfalls benutzt, um zu sagen: *Ich mag kein Gemüse.*"

„Ich mag aber Gemüse", entgegnete er. „Was ich nicht mag, ist, den Scheiß anderer Leute zu tolerieren. Es tut mir nur leid, dass du ins Kreuzfeuer geraten bist."

„Wirklich?" Sie zog ungläubig eine Braue hoch.

„Ja, wirklich."

Sie gab ein leises Schnauben von sich und warf ihre Handtasche auf den Beifahrersitz. „Danke, dass du mir das gesagt hat."

„Heißt das, zwischen uns ist alles in Ordnung?"

Sie knabberte an ihrer Unterlippe. Nicht verführerisch, nur nachdenklich. Und *heilige Scheiße*, es war auf der Sexskala mehr wert als jedes Lippenkauen, das er zuvor gesehen hatte. Der Anblick ließ seinen Kopf schnell zu dem Abend in der Umkleide zurückspulen. Ihr Körper, der an seinem lehnte. Ihr Stöhnen, das seine Ohren erfüllte.

„Ich schätze schon."

Sein Schwanz begann Schecks einzulösen, die sein Verstand nicht auszuzahlen bereit war. „Ich bin froh, das zu hören." Er ging rückwärts, um Abstand zu gewinnen. Und zwar schnell. „Wir sehen uns."

„Nope." Sie glitt auf den Fahrersitz. „Ich komme nicht wieder."

„Dann schätze ich, war es schön, dich gekannt zu haben."

Sie gluckste wieder und war im Begriff die Tür zu schließen. „So weit würde ich jetzt nicht gehen."

KAPITEL SIEBEN

---

*E*ine Scheißlaune kam nicht einmal annähernd dem nahe, was Bryan an den Tag legte, als er sich am folgenden Tag durch die Glastüren des *Taste of Sin*-Restaurants schob. Die bevorstehende Mittagsschicht war nicht das Problem, sondern sein Telefon.

Er hatte mit ein oder zwei hinterlassenen Nachrichten der Spermageier gerechnet, während sein Handy über Nacht geschlummert hatte. Die Intimfotos, die seine Nachrichtenbox füllten, waren keine Überraschung gewesen. Auch die ausfällige Nachricht von Leo bezüglich der Geschehnisse des vergangenen Abends hatte er erwartet.

Was er nicht vorhergesehen hatte, war die Mitteilung von Tera – *Wenn du deine Meinung änderst und reden willst, ruf mich bitte an.*

Oh, *zum Teufel*, nein. Er würde nicht zulassen, dass sie einen weiteren Tag versaute. Soweit es ihn betraf, waren seine Eltern bereits tot und begraben. Er vermutete, dass das Gefühl auf Gegenseitigkeit beruhte.

Die Erinnerung, seine Handynummer ändern zu müssen, versetzte ihn in eine Scheißlaune. Doch dem Anblick seiner Geschäftspartner nach zu urteilen, die neben einem Tisch im leeren Restaurantsaal des *Taste of Sin* standen, stand ihm das Schlimmste noch bevor.

T.J. behielt seinen gewohnten freundlichen Gesichtsausdruck bei – lässiges Lächeln, entspannte Körperhaltung. Leo auf der anderen Seite blickte finster drein und musterte ihn, als wartete er ungeduldig auf den Beginn der Intervention, die diese Woche auf der Tagesordnung stand.

„Was macht ihr hier?" Bryan schwenkte nach links, zwischen den Tischen hindurch und in Richtung des Lagerraums hinter der Bar. „Ich dachte, ihr arbeitet beide heute Abend."

„Tun wir auch." T.J. räusperte sich und warf einen Blick auf Leo. „Wir haben ein paar Dinge, die wir vorher mit dir besprechen wollten."

„Aha ..." Er ging weiter, nicht überrascht, als sie ihm beide in den schmalen abgetrennten Raum hinter der Bar folgten. Sie verharrten im Türrahmen, während Bryan seine Brieftasche und seine Schlüssel in den Safe schmiss. „Gebt Gas, bringen wir es hinter uns."

„Gestern Abend bist du zu weit gegangen." Leo trat ein und zog die Tür hinter ihnen zu. „Ich hatte keine Ahnung von dem Ausmaß der Geschehnisse, bis du abgehauen bist. Dann brach die Hölle los, und ich hatte eine Horde von Frauen um mich herum, die mich vollnörgelten, weil sie wissen wollten, wie ich mit der Situation umgehen würde."

„Mit der Situation umgehen? Du machst Witze, richtig? Ich habe die Clubregeln befolgt. Ich habe nach Vorschrift gehandelt. Die Frauen im *Vault* mussten an die Clubetiquette erinnert werden, also habe ich eine öffentliche Ansage gemacht." Keine große Sache. Zumindest nicht aus seiner Sicht. „Würdest du alle fünf Minuten Pussyfotos und kurz darauf kehlige Sprachnachrichten erhalten, hättest du verdammt nochmal dasselbe getan."

„Ich versteh dich." T.J. bedachte ihn mit einem beschwichtigenden Blick, gerunzelte Stirn inklusive. „Leo sagte, einige der Frauen hätten dir nachgejagt—"

„*Einige?*" Bryan funkelte Leo an. „Wenn du schon eine Story verbreitest, dann erzähl sie wenigstens richtig."

„Okay, eine Menschenmenge entsprechend der Größe der chinesischen Armee hat darum gebettelt, dich nageln zu dürfen. Besser?" Leo rollte mit den Augen. „Du kennst meine Meinung dazu bereits. Du kannst nicht abstreiten, dass du überreagiert hast."

Bryan knirschte mit den Zähnen. Hatten seine Freunde schon vergessen, wie es war, in einem Club voller unersättlicher Frauen single zu sein? Erinnerten sie sich überhaupt noch daran, wieso sie das *Vault* eröffnet hatten?

Nein, natürlich nicht.

Sie waren zu sehr damit beschäftigt, zusammen mit ihren besseren Hälften Erinnerungen zu kreieren und damit gleichzeitig die Dynamik ihres Unternehmens zu verlagern. T.J. hatte sich mit seiner Ehefrau Cassie versöhnt, und Leo und Shay kamen sich mit jeder öffentlichen

Zurschaustellung ihrer Zuneigung näher. Beschlüsse, die die Führung des *Taste of Sin*, *Shot of Sin* und *Vault of Sin* betrafen, wurden nicht länger in geschlossener Runde diskutiert.

„Ich besuche das *Vault*, um mich zu entspannen", brummte er. „Ich werde mir da unten nichts gefallen lassen. Wir haben es für uns geschaffen. Wir haben es eröffnet. Wir haben die Regeln gemacht."

„Und jetzt ist es ein florierender Teil unseres Unternehmens." T.J. lehnte sich gegen einen Stapel Bierkisten neben der Tür. „Es ist inzwischen mehr als ein sporadischer Abend voller Spaß und wächst zu etwas Größerem heran, als wir geplant hatten."

„Dann sollte es vielleicht wieder zu dem werden, was es war." Er glaubte den Worten, die aus seinem Mund kamen, selbst nicht. Er meinte sie nicht so. Aber es musste sich etwas ändern. Er wusste nur nicht, was.

Seine Freunde runzelten die Stirn, zwei ähnliche Mienen der Ungläubigkeit blinzelten ihm mit unterschwelliger Verärgerung entgegen.

„Du bist derjenige, der diese Showabende vorgeschlagen hat", sagte Leo bissig.

Vorführungen. Es waren Vorführungen oder Kurse, keine Shows, doch Bryan verkniff sich die Korrektur.

„Du wolltest das Befriedigungsniveau erhöhen und darüber sprechen, wie man Frauen effizient zum Orgasmus bringen kann. Du bist derjenige, der angeregt hat, zukünftig eine BDSM-Diskussionsrunde zu veranstalten. Jetzt geht es dir plötzlich zu schnell? Du kannst nicht beides haben."

Bryan fuhr sich mit einer Hand über die Stirn und massierte sich die Schläfen. „Ich weiß."

Dank Teras Anruf war er gereizt, bis hin zur wütenden Hysterie. Nachdem er jahrelang die Erinnerungen an seine Vergangenheit begraben hatte, war durch ein zwanzigsekündiges Gespräch alles zurück in den Vordergrund gerückt.

„Komm schon, Mann. Du weißt, das *Vault* hat sich bewährt, was unsere Einnahmen betrifft." T.J.s Stimme wurde weicher. „Die Mitgliederzahl hat sich verdoppelt. Aufgrund der Nachfrage haben wir an immer mehr Abenden geöffnet. Und das Interesse an dem Kurs, den du organisiert hast, ist verdammt groß."

„War es", korrigierte Leo. „Ich bezweifle, dass es jetzt noch so ist."

„Was?" Bryan ließ seine Hand an seine Seite sinken. „Wieso?"

Er hatte wochenlange Arbeit investiert, um eine perfekte Informationssession zu konzipieren. Mit dem Zustrom neuer Mitglieder hatte das Vergnügen der weiblichen Gäste etwas nachgelassen. Die

Intention war, Männer, die derzeit mehr an ihren eigenen Orgasmen interessiert waren, so zu motivieren, dass sie größeres Vergnügen darin fanden, sie anderen zu schenken.

„Du hast gestern in ein Hornissennest gestochen. Nachdem du gegangen warst, war die Hälfte der Mitglieder in Aufruhr und schrien Zeter und Mordio."

„Lass mich raten", schnaubte Bryan spöttisch. „Die weibliche Hälfte?"

„Du hast den Nagel auf den Kopf getroffen." Leo blitzte ihn durch schmale Schlitze an. „Also, wie bringst du das wieder in Ordnung?"

In Ordnung bringen? Er ballte seine Hände zu Fäusten, die Kluft zwischen ihnen vergrößerte sich. Es gab nichts in Ordnung zu bringen. Nichts, was ihn betraf.

„Wie ich schon sagte, haben mich gestern Abend Frauen belästigt. Ich erinnerte sie an die Regeln. Ende der Geschichte." Er ging zur Tür. „Wenn sie eine ernste Verwarnung nicht vertragen können, sollten sie den Club nicht besuchen."

„Das ist nicht der Grund, weswegen sie angepisst waren. Sie sagen, du hättest in einem der Privatzimmer eine der Frauen bloßgestellt. Sie verlangen eine Entschuldigung."

„Er übertreibt nicht." T.J. holte sein Handy aus seiner Jacketttasche. „Ich habe diesbezüglich heute Morgen einige Nachrichten erhalten. Cassie auch."

Bryan schob das angebotene Telefon zur Seite und griff nach der Türklinke. „Nun, dann haben sie Glück, denn ich habe mich bereits gestern Abend bei Ella entschuldigt. Dieser Scheiß ist tot und begraben." Er schnitt eine Grimasse, als ihn die Worte an seine Mutter erinnerten.

„Hast du dich wirklich entschuldigt?"

Bryan wandte sich zu Leo. „Sehe ich aus, als würde ich mir die Mühe machen, deswegen zu lügen?" Er war vieles, aber definitiv kein Lügner. Seine Freunde wussten das ebenfalls.

„Gut." Die Besorgnis in T.J.s Miene ließ nicht nach. „Das ist ein Anfang. Sie werden trotzdem weiterhin eine öffentliche Entschuldigung verlangen, aber wenn wir allen eine E-Mail schicken, in der wir darlegen, was nach der Konfrontation geschehen ist, kann die Session vielleicht stattfinden."

„Eine öffentliche Entschuldigung?" Eine *verfickte* öffentliche Entschuldigung? Machten sie Witze? „Die wird es nicht geben."

„Dann die Session ebenfalls nicht." Leo breitete seine Arme aus. „Du kannst das eine nicht ohne das andere haben."

„So soll es also laufen?" Rage wütete in seinen Adern, brachte seine

Finger zum Zittern, sein Herz zum Rasen. Er machte einen bedrohlichen Schritt auf Leo zu und versuchte krampfhaft, seine Emotionen im Zaum zu halten. „Du drängst mich etwas zu tun, das ich nicht tun müssen sollte?"

„Müssen wir uns wirklich deswegen streiten?" Leo hob sein Kinn. „Was ist in dich gefahren? Ich habe dich gestern gewarnt, freundlich zu bleiben. Jetzt schau, was passiert ist – die Frauen haben aufgehört, nach deiner unmöglichen Art zu geifern. Selbst Janeane hat ein Piksen in ihrer Pussy und weigert sich, für den Vorführungsabend dein Lustobjekt zu sein."

Ein Piksen, auch bekannt als abweisende Rache. „Ich brauche ihre Hilfe nicht." Gott wusste, er hatte all seine Reserven ausgeschöpft, als es um seine Begeisterung dafür ging, eine Frau zu nehmen, die Krallen hatte, die sie nur allzu gerne in seiner Haut versenken würde.

„Nun, du wirst jemanden brauchen, und keine der Frauen im *Vault* will dich berühren. Sie haben bereits geschworen zusammenzuhalten, um ihren Standpunkt klarzumachen."

„Wir sind nicht der einzige Club in der Stadt. Ich werde jemand anderen finden."

„Darum geht es nicht. Aus demselben Grund wird auch niemand als Zuschauer zur Vorführung erscheinen." T.J. steckte sein Handy in seine Jacketttasche. „Du weißt, ich mag dich, Mann, aber es ist unser Ruf, mit dem du da spielst. Du musst dich entweder entschuldigen oder die Frau wieder herholen, um zu beweisen, dass alles geklärt wurde."

„Dem stimme ich zu", fügte Leo hinzu. „Oder vielleicht bleibst du dem *Vault* einfach fern, bis Gras über die Sache gewachsen ist."

„Fernbleiben?"

Fuck.

Er kapierte es, wirklich, das tat er. Die Frauen spielten die emotionale Wir-haben-nichts-falsch-gemacht-Karte aus, und alle Männer standen hinter ihnen, weil sie sonst nicht flachgelegt werden würden.

Gut gespielt, Ladies. Gut gespielt.

„Das kann ich nicht." Das *Vault* war wie sein Zuhause. Sein einziger Zufluchtsort. Und nie hatte er seinen gedankenbetäubenden Anker mehr gebraucht. „Nicht jetzt."

„Und warum nicht?", fragte Leo. „Du bist schon seit Monaten kein williger Teilnehmer mehr."

Jetzt führten sie bereits Buch über ihn? „Weil Shay immer wieder fragt, ob sie meinen Schwanz reiten kann, und ich kurz davor bin, nachzugeben."

Leo funkelte ihn an. „Sarkasmus? Ist ja mal was ganz Neues. Du hättest mich einfach bitten können, mich um meine Angelegenheiten zu kümmern.“

„Ich bin mir ziemlich sicher, dass ich das schon öfter gemacht habe, als ich zählen kann. Sieht so aus, als würde Shay langsam auf dich abfärben.“

„Kommt schon, Leute.“ T.J. drückte sich vom Bierkisten-Stapel ab. „Wir müssen Ordnung in dieses Chaos bringen. Die Vorführung ist nächsten Donnerstagabend, und wir haben vorher keine weitere Party im *Vault* geplant.“

Es gab kein *wir*. Es lastete alles auf Bryans Schultern. Zusammen mit all der anderen Scheiße, die diese Woche auf ihm abgeladen worden war.

„Keine Sorge. Ich krieg das schon hin.“ Bryan ging zur Tür, entschlossen, diesen Mist hinter sich zu lassen, um Platz zu machen für den wichtigeren Mist.

„Ja?“ Leo folgte ihm. „Und wie willst du das anstellen?“

„Es gibt eine einfache Lösung.“ Er zuckte mit den Achseln. „Ich werde Ella überzeugen, meine Assistentin zu sein.“

KAPITEL ACHT

*P*amela übergab den Kaffee zum Mitnehmen und den Muffin an den Bauarbeiter, der ein Stammkunde in ihrem Café war. Er war ein netter Kerl. Gab immer ein großzügiges Trinkgeld in die Trinkgelddose. Schenkte ihr stetig ein süßes Lächeln. Ließ seine Manieren nie ins Wanken geraten. „Guten Appetit."

Er neigte den Kopf und steigerte die zuckrige Süße seines Lächelns, während er einen Schritt zurück machte. „Dankeschön."

Ihre Schwester Kim stöhnte von ihrer Position vor der Kaffeemaschine. „So viele attraktive Kerle heute. Ich habe das Gefühl, wir haben den Jackpot für heiße Typen geknackt."

„So heiß ist er auch wieder nicht." Pamela legte die Glaskuppel wieder oben auf die Muffin-Auslageplatte. „Zu niedlich und süß für meinen Geschmack."

„Ich rede nicht vom Muffin-Mann. Ich will meine Nägel in den Kerl da draußen schlagen. Er steht schon seit fünf Minuten mit seinem Handy da, und ich brenne darauf zu erfahren, ob er reinkommen wird."

Pamela schwang ihren Blick zur Tür und schluckte das Keuchen herunter, das ihrer Kehle zu entweichen drohte. Das Gesicht des Mannes war ihr ärgerlicherweise vertraut – der mürrische Blick sogar noch mehr.

Bryan. Das Arschloch, das sie die ganze Nacht wachgehalten und über Hass-Sex hatte nachdenken lassen.

„Scheiße." Sie flitzte hinter Kim, um sich seinem Sichtfeld zu entziehen.

Es war nicht das erste Mal, dass sie ihn an ihrem kleinen Café vorbeigehen sah, aber es war das erste Mal, dass er anhielt.

„Kennst du ihn?"

„Eigentlich nicht."

„Aber ..."

„Das ist Bryan – der Typ aus dem Club, von dem ich dir erzählt habe." Sie umklammerte den Arm ihrer Schwester und zog sie wie ein Schild den Tresen entlang.

„Der mit den überragenden Händen und der konkurrenzlos miesen Grundeinstellung?"

„Ja. Jetzt bring mich hier raus, bevor er mich sieht."

Sie schlichen im Gleichschritt auf die schwingenden Küchentüren zu, bis sie sich sicher vor seinem Blick verbergen konnte. Nun musste sie sich nur noch mit der fragend erhobenen Braue ihrer Mutter, die hinter der Zubereitungstheke stand, auseinandersetzen.

„Vor wem verstecken wir uns?" Ihre Mom unterbrach ihre Tätigkeit, Karotten zu schälen, und reckte den Hals, um aus dem Servierfenster zu schauen.

„Vor niemandem." Pamela verschränkte lächelnd die Hände hinter ihrem Rücken. „Ich wollte nur sehen, was du so machst."

Die hochgezogene Braue verschwand nicht.

„Du bist so eine schlechte Lügnerin", flüsterte Kim.

Im Augenblick war das Pamela egal. Sie wollte einfach nur versteckt bleiben und das Schicksal nicht herausfordern, bis Bryan weiter die Straße hinuntergegangen war.

„Ich glaube, er ist weg." Kim stieß die Tür auf und lugte hinaus. „Ich kann ihn nicht mehr sehen."

Erleichterung, schwer und kostbar, pulsierte in Pamelas Brust. „Gott sei Dank." Sie hatte heute nicht die Energie, sich mit Arschlöchern auseinanderzusetzen. Nicht einmal mit gutaussehenden. Aber nur um sicherzugehen, spähte sie durch den schmalen Spalt zwischen den Türen und scannte den Bürgersteig ab.

Nein, niemand da.

„Warte." Ihre Schwester deutete auf einen Mann am Tresen, der ihnen den Rücken zugewandt hatte. „Ist er das?"

Der Typ, auf den sie zeigte, war ähnlich gebaut – breite Schultern, die in einem maßgeschneiderten Anzug steckten. Nur das blonde Haar war völlig falsch. Zu kurz. Kein Bart.

„Nein, das ist er nicht."

„Bist du sicher? Ist das nicht der Kerl, der draußen vor der Tür stand?"

„Was für ein Kerl stand vor der Tür?" Ihre Mutter quetschte sich zwischen sie, ihre Stimme ein verschwörerisches Flüstern.

„Vergiss es." Pamela trat mit erhitzten Wangen von der Tür zurück. Hatte sie schon Halluzinationen? Sie hätte schwören können, Bryan gesehen zu haben. Andererseits waren ihre Gedanken von ihm besessen, seit er ihre nicht selbstbefriedigungsbezogene Orgasmusdürre durchbrochen hatte. Nicht einmal seine Boshaftigkeit hatte ihren nicht jugendfreien Tagträumen einen Abbruch getan.

„Ich muss mich geirrt haben." Sie lehnte sich gegen den Tresen unter dem Servierfenster und verzog das Gesicht. „Dieser Mann da sieht ihm überhaupt nicht ähnlich."

Kim sah sie mit gerunzelter Stirn an, ihre Miene verriet ihre geteilte Sorge um Pamelas geistige Zurechnungsfähigkeit. „Ich muss wieder raus. Wir reden später darüber." Sie drückte die Türen auf und verschwand im Hauptraum des Cafés.

„Hast du genug geschlafen?" Ihre Mutter musterte sie, die Besorgnis in ihren Augen ein vertrauter Anblick seit Lucas' Tod.

„Ich habe gut geschlafen ... oder vielleicht auch nicht. Ich weiß es nicht." Sie hob die Schultern. „Ich bin in einem Alter, in dem Schlaf eher ein Luxus ist als eine Notwendigkeit."

Die eingehende Prüfung ging weiter. „Du hattest wieder eine schlechte Nacht."

Diesmal war es keine Frage. Nachdem Lucas gestorben war, war ihre Mutter eine Meisterin darin geworden, all die Dinge zu lesen, die Pamela für sich zu behalten versuchte. Und Jahre später war das Versteckspiel immer noch im Gange.

„Ich bin gestern Abend im Club gewesen. Das ist alles. Du weißt, ich bekomme nicht viel Schlaf, wenn ich unterwegs war."

„Es kommt mir vor, als wäre es mehr als das."

Sie wackelte mit den Brauen, in der Hoffnung, das Unbehagen ihrer Mutter würde die Fragerei unterbinden. „Vielleicht hatte ich Sex."

„Die Ringe unter deinen Augen haben nichts mit Sex zu tun. Aber du weißt, ich bin hier, wann immer du bereit bist zu reden." Ihre Mutter kehrte zum Vorbereitungstresen zurück und nahm eine Karotte vom Schneidebrett.

Pamela stand da, harter Tresen hinter sich, besorgtes Elternteil vor sich. Sie wollte nicht mehr reden. Die letzten Jahre waren voll davon gewesen.

Alle Gespräche drehten sich um Lucas und darum, wie sie ihr Leben leben sollte, jetzt, wo er nicht mehr da war.

Ähnlich wie mit ihrer Zeit im *Vault* musste sie nach vorne sehen und erkennen, dass dieses neue Kapitel kein Fehlschlag war. Es würde nur anders werden. Frei von sexueller Motivation, aber nicht zwangsweise langweilig.

Oh, wem wollte sie etwas vormachen?

Ihr Sexleben hatte einen Sturzflug erlitten, und sie war immer noch dabei, das Unglück zu beseitigen, in der Hoffnung, etwas aus den verkohlten Überresten bergen zu können.

„Danke." Sie schenkte ihrer Mutter ein trauriges Lächeln und stieß sich vom Tresen weg. „Ich sollte Kim helfen gehen."

„Ella?"

Heilige Scheiße.

Ihre Augen weiteten sich, als die maskuline, dominante Stimme über sie hinwegspülte und ihren Nacken kitzelte.

Ihre Mutter hielt mit einer Karotte in der Hand inne und blickte durch das Servierfenster. Pamela brauchte sich nicht umzudrehen, um herauszufinden, wem das tiefe Knurren gehörte.

Möglicherweise war es aber auch nur eine weitere Halluzination.

Sie schwang herum und fand sich von Angesicht zu Angesicht Bryan gegenüber, der auf der anderen Seite des Fensters stand.

„Hast du eine Minute?" Die Frage klang beiläufig. Als wären sie Freunde. Als hätte sie damit rechnen müssen, dass er heute wieder in ihr Leben treten würde.

„Kennst du ihn?", zischte ihre Mutter und lenkte Pamelas Aufmerksamkeit zurück auf mütterliche Augen, die nun voller Bewunderung für einen Mann glänzten, der dieser völlig unwürdig war.

„Leider."

Bewunderung verwandelte sich in Aufregung. „Hereinspaziert, hereinspaziert." Ihre Mutter winkte mit einer Hand, ihr Verkupplungsinstinkt nun gänzlich aktiviert.

Oh nein.

Nein, nein, nein.

„Mom."

Ihre Warnung wurde ignoriert, die Küchentür schwang auf, und der Teufel trat ein und ließ den Raum durch seine Anwesenheit schrumpfen.

„Guten Morgen, Ma'am." Bryan lächelte ihre Mutter an.

Lächelte und benutzte das Wort *Ma'am*.

Was zur Hölle hatte er vor? Der Kontrast zu dem überheblichen, eingebildeten Mann, den sie kannte, ergab keinen Sinn. Nicht im Geringsten. Dieser Kerl wirkte wie der Junge von nebenan, mit einer geschmeidigen Eleganz und sanften Augen.

„Morgen, Ella."

Sie erwiderte seine Begrüßung nicht. Nicht in Worten. Ihr Stirnrunzeln war eine angemessen farbenfrohe Reaktion.

„Können wir reden?"

Sie wiederholte die Frage in ihrem Kopf. Wieder und wieder. „Haben wir nicht gestern Abend miteinander geredet?"

Seine Lippen zuckten, eine winzige Andeutung von Heiterkeit. „Haben wir. Und jetzt habe ich etwas anderes, das ich besprechen möchte."

„Setzt euch ins Café", bot ihre Mutter ihre unerwünschte Hilfe an. „Ich werde Kim eine Weile helfen."

Bryan zog fragend eine Braue hoch, um sich die Option bestätigen zu lassen.

„Nein", knurrte sie. „Wir können uns hier unterhalten."

Er atmete langsam und tief ein, zeigte seinen Unmut durch eine subtile Dehnung seiner breiten Brust. „Sicher." Sein Blick glitt gemächlich von ihr zu ihrer Mutter und wieder zurück. „Ist zwischen uns nach gestern Abend immer noch alles in Ordnung?"

„So in Ordnung, wie es eben geht."

Sie war nicht nachtragend. Nicht wirklich … Okay, sie hatte kein Auge zugetan, weil ihr Körper ihn wollte und ihr Verstand ihn hasste. Mit der Zeit wäre ihr Ärger wahrscheinlich verflogen. Aber es waren weniger als vierundzwanzig Stunden vergangen, also hatte er Pech.

„Wink verstanden." Seine Zunge bearbeiteten die Worte, als würde er diese verführen. Oder sie. Sie befürchtete, ihm würde beides gelingen. „Ich habe ein Angebot für dich."

Sie schüttelte den Kopf. „Kein Interesse."

„Du willst mich nicht anhören?"

„Ich habe mich vor zwölf Stunden von meinem Hang zur Bestrafung verabschiedet."

Ein weiterer Blick von Mutter zu Tochter, bevor sich sein Gesichtsausdruck veränderte. Es war minimal. Das geringste Zusammenkneifen seiner Augen, die kleinste Neigung seines Kinns. „Es hat nichts mit Bestrafung zu tun." Sein Blick durchbohrte sie, durchbohrte sie so sehr, dass ihre verräterischen Brustwarzen kribbelten. „Im Gegenteil."

Das Gegenteil von Bestrafung?

Sie erschauderte. Ihre aufgestaute Anspannung und Verärgerung bildeten eine Mixtur, die Erregung ähnelte. Unterdessen schwieg ihre Mutter, noch immer nur wenige Meter entfernt. Noch immer wie hypnotisiert von einem Mann, der weit weniger Beachtung verdiente.

„Wenn ich es mir recht überlege, lass uns das draußen besprechen." Sie schleppte ihre Füße zur Küchendoppeltür und schob sich durch sie hindurch, um den Speisebereich zu betreten.

Es war nicht sicher, mit ihm in der kleinen Küche eingesperrt zu sein. Frische Luft wurde plötzlich zur Notwendigkeit, genau wie Platz. Sie begab sich auf die Straße und setzte sich an einen der Stahltische, die normalerweise nur zu den wirklich betriebsamen Zeiten besetzt waren, wenn Kunden nirgendwo anders einen Platz fanden.

Er folgte ihr, und der Sekundenbruchteil, in dem er dicht über ihr gebeugt war, um seinen Platz einzunehmen, neckte bedrohlich all ihre vernachlässigten Sinne. Sie wollte ihn über sich. Unter sich. In sich.

Herrgott.

„Was willst du, Bryan?" Ihre Stimme brach, als die angestaute Anspannung ihr den Hals verstopfte.

Er saß ihr gegenüber und ließ den Bereich zwergenhaft erscheinen. Der Metalltisch und die Stühle wirkten unter seiner großen Gestalt wie Spielzeuge.

Die problematische Situation verschärfte sich weiter, als Kim den Bürgersteig betrat, einen Notizblock in der Hand, und an ihrem Tisch stehenblieb. „Darf ich eure Bestellung aufnehmen?"

Pamela machte ein finsteres Gesicht. Sie boten keinen Service am Tisch an. Hatten sie noch nie. „Nein, Kim. Wir brauchen nichts."

„Ich nehme einen großen Kaffee, stark, mit Milch, danke." Bryan hielt ihren Blick gefangen, während er bestellte. Machte seine Autorität geltend, seine Selbstsicherheit deutlich.

Falsche Entscheidung, Kumpel. Damit hatte er an der falschen Stelle mit seiner starrköpfigen Unabhängigkeit geprotzt. Insbesondere, wenn es um ihre beschützerische Schwester ging.

„Alles klar." Kim kritzelte auf den Notizblock. „Ich bin gleich zurück."

Pamela starrte hinter ihm auf den Fußweg, nicht gewillt, in seine tiefblauen Augen zu sehen. Es machte keinen Sinn, dass sie einen Mann zur gleichen Zeit verabscheuen und begehren konnte. Sie wünschte sich, eine der Emotionen würde endlich den Sieg erringen, denn dieses Hin und Her war anstrengend.

„Zwischen uns ist nicht alles in Ordnung, oder?" Er lehnte sich in seinem Stuhl zurück. „Auch wenn du das gestern Abend behauptet hast."

„Gestern Abend war alles gut, weil ich dachte, ich würde dich nie wiedersehen."

Seine Mundwinkel hoben sich, als hätte sie ihm ein Kompliment gemacht. Stechende Augen wurden sanft. Zusammengepresste Lippen wurden einladend. „Was wäre, wenn ich beschlossen hätte, dass ich noch nicht fertig mit dir bin?"

Sie lachte, ein kaltes, bitteres Lachen, von dem sie hoffte, dass es überzeugend klang. Es war nicht das erste Mal, dass er *noch* gesagt und es wie ein sexuelles Versprechen hatte klingen lassen. Beide Situationen waren gleichermaßen verwirrend gewesen. „Dann wäre es mir eine Freude, dich sanft in deine Schranken zu weisen. So wie du es gestern mit mir getan hast."

„Wie ich sehe, bist du gerne nachtragend."

„Nur so gerne wie die meisten Frauen."

Er gab ein leises Glucksen von sich, der Klang ohne jeden Humor. Sie wartete, in der Hoffnung, ein glaubwürdiges Lächeln seine sinnlichen Lippen umspielen zu sehen.

Fehlanzeige, nichts kam.

Nur ihre Schwester, die ihm mit einem leichten Knicks einen Kaffee zum Mitnehmen vor die Nase schob. „Bitte sehr, Bryan. Lass ihn dir schmecken."

„Danke." Er konzentrierte sich auf den Becher, als Kim wegging, und hob eine Hand, um über seinen Bart zu streichen. „Sie weiß meinen Namen?"

„Sie weiß eine Menge Dinge." Es gab keine Leichen im Keller, die ihrer Familie verborgen blieben. Kein Hebel blieb unbewegt. Pamela hatte selten etwas, für das sie sich schämen musste, und selbst dann sah sie es als eine Art Buße, es ihrer Schwester zu erzählen.

„Es ist also wahrscheinlich, dass sie in meinen Kaffee gespuckt hat."

„Nein, ist es nicht", sagte sie mit tiefer Aufrichtigkeit und gab ihm die Zeit, sich zu entspannen und nach seinem Becher zu greifen, bevor sie hinzufügte: „Es ist ganz sicher. Dieser Kaffee enthält auf jeden Fall irgendeine Art von Vergeltung."

Sein Lächeln verwandelte sich in ein Grinsen. Als ein Lachen an ihre Ohren drang, setzte sie sich zurück und starrte ihn an. Ein unbeschwerter Bryan war bemerkenswert. Ein Bild charmanter Ernsthaftigkeit. Die

Verspieltheit in seinen Augen fegte seine Feindseligkeit beiseite, seine makellos weißen Zähne nicht länger bösartig.

Er stellte den Becher ab, als sich seine Fröhlichkeit verflüchtigte und der Mann, den sie kannte, zurückkehrte, diesmal weniger streng.

„Bist du bereit mir zu sagen, wieso du hier bist?"

Er sah zu ihr auf, seine blauen Augen verweilten länger als nötig auf ihren Lippen. „Nachdem wir gestern Abend gegangen sind, machten einige Mitglieder des *Vault* ihrer Verärgerung darüber Luft, wie ich mit dir umgegangen bin. In der Tat sind viele der Frauen in Aufruhr und fordern eine öffentliche Entschuldigung."

„Eine öffentliche Entschuldigung?" Sie blickte sich um und hoffte, er hatte nicht die Absicht, vor ihrem Café eine Szene zu machen.

„Keine Sorge, ich habe meinen Geschäftspartnern bereits gesagt, dass ich schon zu Kreuze gekrochen bin. Ich habe nicht vor, das zu wiederholen."

Sie rollte mit den Augen. „Warum bin ich nicht überrascht?"

„Ich hoffe, es liegt daran, weil dir bewusst ist, dass wir unsere Differenzen bereits beigelegt haben und es in die Länge zu ziehen Bullshit wäre."

„Okay." Sie zuckte mit den Schultern. „Aber du hast meine Frage noch nicht beantwortet. Warum bist du hier?"

„Hast du die E-Mail bekommen, die ich wegen des Kurses, den ich nächsten Donnerstagabend leite, versendet habe? Ein Tutorial für die Männer über die weibliche—"

„Ja, ich hab sie erhalten."

„Dann weißt du auch, dass ich plane, eine Assistentin zur Demonstration zu haben."

Sie erinnerte sich. Ihre Fantasie war bei dem Gedanken, die Vorführung zu sehen, völlig mit ihr durchgegangen. „Und?"

„Und Janeane, die Frau, die diese Rolle übernehmen sollte, ist eine der Personen, die eine Entschuldigung verlangen. Ich brauche jemanden, der ihren Platz einnimmt."

„Das sollte nicht schwierig sein. Nicht, wenn Frauen sich überschlagen, um dich besteigen zu dürfen."

Er nickte, als würde er über seinen immensen Selbstwert nachsinnen. „Eine willige Frau zu finden dürfte nicht allzu schwer sein. Ich befasse mich mehr damit, die richtige zu finden. Deshalb bin ich hier."

Sie lachte. Das musste ein Scherz sein. Niemals konnte ein Mann so dicke Eier haben, sie darum zu bitten, nachdem er sie so behandelt hatte.

„Du willst, dass *ich* deine Assistentin bin?"

„Ja." Seine Antwort kam voller Überzeugung. Ohne Zweifel. Ohne Schuldgefühle.

Ein weiteres Lachen entwich ihr. „Machst du Witze?"

Der zusammengepresste Kiefer implizierte, dass dem nicht so war.

„Ist das eine Art Spiel? Du dachtest, ich habe Interesse an dir, also hast du mich in der Luft zerrissen, und jetzt, wo dir klar ist, dass ich nicht die Absicht habe, mich deinem überdramatischen Lifestyle anzuschließen, beschließt du, meine Hilfe zu wollen?" Sie schob ihren Stuhl zurück und war bereit – und sehr gewillt – das Weite zu suchen.

„Ich bin hier, weil du perfekt für diese Vorführung bist—"

„Von allen Frauen im *Vault* passe ausgerechnet *ich* am besten?"

„Es gibt keine andere." Seine Nasenflügel bebten und er hielt inne, nahm sich kostbare Momente Zeit, bevor er sagte: „Was gestern Abend vorgefallen ist, gewährleistet, dass mir sonst niemand helfen wird. Nicht ohne die öffentliche Entschuldigung, die ich mich weigere zu leisten."

„Oh." Sie klimperte mit ihren Wimpern, ein Bild süßer Unschuld. „Jetzt verstehe ich. Du *brauchst* mich." Sie betonte die Worte, ließ sie über ihre Zunge tanzen. „Ist das nicht eine herrliche Wendung?"

„Ich brauche dich nicht, Ella. Ich kann den Kurs absagen. Das juckt mich nicht. Aber eine Zusammenarbeit würde uns beiden zugutekommen."

„Nein." Sie schob ihren Stuhl zurück und war im Begriff auszustehen. „Es würde mir überhaupt nicht zugutekommen."

„Bist du dir da sicher?" Seine Stimme war tiefer, was eine quälende Wirkung auf ihren Unterleib hatte. „Du kamst ins *Vault* auf der Suche nach etwas. Und du weißt, dass ich es dir geben kann."

„*Konntest* du", korrigierte sie ihn. „Bevor du mir auf jeden einzelnen meiner Nerven gegangen bist. Bei mir ist mentale Stimulation zehnmal effektiver als physische. Es ist absolut unmöglich für dich, mich zum Höhepunkt zu bringen, jetzt, da ich ein klareres Bild davon habe, wer du bist."

„Gehe nicht davon aus mich zu kennen." Er hielt sie mit seinem grimmigen Blick gefangen. „Wir haben kaum mehr als eine Stunde zusammen verbracht."

Eine Stunde, die die Wucht einer dreijährigen Obsession in sich barg.

„Hör zu …" Sie seufzte. „Vielleicht würde ich es in Betracht ziehen, wenn das gestern Abend nicht passiert wäre. Aber ich habe bei unserem Gespräch auf dem Parkplatz nicht übertrieben."

Sie war nicht interessiert. Das durfte sie nicht sein.

Er hob eine Braue. „Nicht einmal bezüglich des Viehs?"

Sie prustete über seinen unerwarteten Witz. „Okay, vielleicht habe ich es mit dem Vieh etwas übertrieben. Aber das ist alles. Du bist nicht mein Typ und ich bin definitiv nicht auf der Suche nach Komplikationen." Davon hatte sie genug für ein ganzes Leben. „Genieß deinen Kaffee. Ich muss wieder an die Arbeit."

Sie erhob sich von ihrem Stuhl und trat zur Seite, nur um von einer großen Hand aufgehalten zu werden, die ihr Handgelenk mit einem sanften Griff umfasste.

Er sah zu ihr hoch. „Ich muss nicht dein Typ sein, um dich zum Höhepunkt zu bringen."

Damit hatte er so verdammt Recht, dass ihr Unterleib sich zusammenzog und sie anflehte nachzugeben. Jeder Teil von ihr reagierte in unbarmherziger Weise auf ihn. Ihre Haut summte. Ihr Herz flatterte. Die Nerven, die er bis zu ihren Stümpfen aufgerieben hatte, winkten wild in energetischer Erregung.

„Doch, musst du." Sie wusste um ihre sexuellen Grenzen, auch wenn ihr Körper im Augenblick nicht berechenbar war.

„Und woher kommt dann dein schneller Puls?" Er legte den Kopf schief. „Und die Gänsehaut?" Er fuhr mit seinem Daumen an der Innenseite ihres Handgelenks entlang. Aufreizend. Quälend. „Du magst mich nicht mögen, aber du fühlst dich trotzdem zu mir hingezogen."

Er ließ sie los und stand auf. Mit seiner ganzen muskelbepackten Männlichkeit. „Was an dem Abend in der Umkleide geschehen ist, ist ein Tropfen im Ozean verglichen mit dem, was ich für den Kurs geplant habe."

Ein Tropfen?

Sie hielt ihr Kinn erhoben, obwohl ihre Brüste schmerzten. Sie konnte lediglich den Kopf schütteln, nicht länger in der Lage, eine Abweisung laut auszusprechen.

„Ich habe dir schon einmal das Gegenteil bewiesen. Gib mir die Chance, es wieder zu tun."

„Während wir unter Beobachtung des gesamten Clubs stehen? Nein, danke." Sie ging auf die Türen des Cafés zu, auch wenn ihre Libido bettelnd zu seinen Füßen zurückblieb. Ihr Interesse war temporär. Eine Verblendung verursacht durch ihren Schlafmangel. Sie hatte keinen Zweifel daran, dass er beim zweiten Mal keinen Erfolg haben würde.

Okay, vielleicht ein wenig Zweifel.

Ein klitzekleines Bisschen.

Jedoch nicht genug, um weitere Demütigungen zu rechtfertigen.

„Was wäre, wenn wir einen Probelauf machen würden?"

Bei seiner Frage blieb sie wie angewurzelt stehen. Sie drehte sich um und sah, wie er sich an der Rückenlehne seines Metallstuhls festhielt.

„Einen Probelauf?"

„Ich kann das *Vault* heute Abend öffnen. Für uns beide. So können wir herausfinden, wer Recht hat und wer nicht."

„Ich kenne meinen Körper." Zumindest tat sie das, bis Bryan sie mit seiner Berührung versengt hatte.

„Ich erinnere mich, dass du im Umkleideraum dasselbe gedacht hast."

Sie schnaubte höhnisch und wünschte sich, sie wüsste einen cleveren Spruch, den sie ihm hätte reindrücken können. Leider wussten sie beide, dass er Recht hatte. Er hatte Teile von ihr zum Leben erweckt, die sie seit Jahren totgeglaubt hatte.

„Dir gefällt es, das immer wieder aufs Tapet zu bringen, nicht wahr?"

„Wenn es mir hilft, das zu bekommen, was ich will." Er zuckte die Achseln. „Ich werde tun, was nötig ist."

Ihre Brust schnürte sich zu angesichts ihrer unmittelbar bevorstehenden Niederlage. „Ich gehe nicht in den Club. Wenn du es durchziehen willst, machen wir es auf meine Art." Ihre Antwort fühlte sich wie Kapitulation an. Verlockende, erotische Kapitulation.

„Ich höre."

Sie näherte sich, einen vorsichtigen Schritt nach dem anderen. Sie war am Zug; sie musste nur noch herausfinden, was sie erlangen wollte.

Sein Unbehagen.

Den geringsten Hauch von Vergeltung.

„Du musst mich in meinem Apartment treffen." Wo er von ihren Sachen umgeben sein und sich zweifellos in der beängstigenden, beziehungsartigen Atmosphäre unbehaglich fühlen würde. Wenn sie es schon taten, sollte er jede einzelne Minute davon hassen.

Er zuckte nicht einmal. „Bei dir zuhause also. Willst du auch die Zeit vorgeben?"

„Sieben." Der Powertrip war erfrischend. „Ich hole einen Zettel, um die Adresse aufzuschreiben."

„Nicht nötig. Ich habe all deine Daten im Club."

So hatte er sie also gefunden.

Er ließ die Stuhllehne los und richtete sich zu seiner vollen, einnehmenden Größe auf. „Wir sehen uns heute Abend, Ella, und ich bringe Abendessen mit."

Abendessen? Wie bei einem Date?

Er zog seine Brieftasche aus seiner Gesäßtasche und holte einen Zehn-Dollar-Schein heraus. „Für den Kaffee."

„Ich will dein Geld nicht." Sie wollte nicht einmal die Unterhaltung mit ihm. Alles, was sie von ihrer Zeit mit ihm zu erlangen bereit war, waren Orgasmen.

„Danke." Er näherte sich ihr, machte sie nervös. Sein Aftershave tanzte um sie herum, der leichte Duft von Sexualität reizte ihre Sinne. „Ich schätze, ich zahle es dir heute Abend zurück."

Sie würde nicht erschaudern. Sie weigerte sich. „Wir werden sehen."

„Ja." Seine Augen tanzten, diabolisch, raubtierhaft und so verdammt selbstgefällig. „Das werden wir."

KAPITEL NEUN

*B*ryan stand fünf Minuten zu früh vor ihrer Tür, eine Flasche Wein unter einem Arm, Tüten mit chinesischem Essen im anderen. Er hatte richtig vermutet hinsichtlich ihres Wohlstands. Sie lebte in einem teuren Vorort, ihr Gebäudekomplex von gepflegten Gärten und einem beeindruckenden Sicherheitssystem umgeben.

Es veranlasste ihn darüber nachzudenken, woher sie das Geld hatte. Es gehörte entweder Daddy oder dem toten Ehemann. Ein Prachtstück wie dieses konnte man sich von dem Gehalt einer Barista nicht leisten.

Er klopfte sanft an die Tür, wissend, dass sie ihn erwarten würde, nachdem sie ihn mittels der Gegensprechanlage bereits ins Gebäude gelassen hatte.

Sekunden später öffnete sich die Tür und Ella stand vor ihm, eine Hand auf der Türklinke. Sie trug ein lockeres graues Shirt und ein Paar sportliche Baumwollshorts.

„Hast du es gut gefunden?"

„Ja, war kein Problem."

Damit hatte er nicht gerechnet – mit ihrer Scheißegal-Aufmachung, der mangelnden Verführung. Sie war schlicht gekleidet. Unbekümmert. Es deutete nichts darauf hin, dass sie versuchte ihn zu beeindrucken, und seltsamerweise gelang es ihr dennoch. Er konnte nicht einmal Parfüm riechen. Nur den schwachen Duft von Zitrusseife, der sich mit den asiatischen Gewürzen vermischte, die von ihrem Abendessen aufstiegen.

„Stimmt etwas nicht?" Ihre Stirn legte sich in Falten, ihre fragenden Augen studierten ihn.

„Ich bin überrascht, das ist alles. Ich wusste nicht, was ich zu erwarten habe, wenn ich ankomme."

„Dachtest du, du bekämst Lingerie und Duftkerzen?" Sie untermalte ihre Aussage mit einem Lächeln. Einem süßen, unbeschwerten Heben ihrer zarten Lippen. „Lass mich dich daran erinnern, dass du nicht der Hengst bist, für den du dich hältst. Ich verstehe, dass du im *Vault* der König der Orgasmen bist. Aber hier draußen, in der echten Welt, bist du eher ein Arsch."

„Das sagst du mir immer wieder." Er hielt die Tüten mit ihrem Essen hoch. „Lässt du mich rein, bevor das hier kalt wird?"

„Oh, Entschuldigung." Sie trat zurück und wies mit einer schwunghaften Handbewegung auf die Wohnung hinter sich, als wäre er ein Mitglied des Königshauses. „Ich habe wohl erwartet, dass du dir auf die Brust schlägst und Eintritt verlangst."

„Sehr witzig."

„Finde ich auch."

Ihre Wohnung war makellos. Nichts war fehl am Platz. Kissen säumten ihr braunes Ledersofa. Zeitschriften lagen ordentlich gestapelt auf dem Couchtisch. Der Teppich zeigte frische Staubsaugerspuren, die Möbel waren poliert. Sie hatte ihr Leben unter Kontrolle, zumindest besser als er.

„Wo willst du essen?"

„Am Esstisch."

Er ging weiter zum offenen Ess- und Küchenbereich und stellte das Essen und den Wein auf den großen Holztisch.

Ella beschäftigte sich damit, Schränke und Schubladen zu durchwühlen, dann stellte sie sich mit Tellern und Besteck neben ihn. „Meinst du, du hast genug bestellt?" Ihr Sarkasmus war überdeutlich, als sie ihm half, die Behälter in die Mitte des Tisches zu stellen.

Um die Wahrheit zu sagen, hatte er nicht gewusst, was sie mochte. Er wusste nicht einmal, ob sie chinesisches Essen mochte, also hatte er eine vielfältige Auswahl bestellt, die jeden Gaumen zufriedenstellen sollte. „Man bestellt kein chinesisches Essen, ohne nicht genug für Reste einzuplanen. Sie sind das Beste daran."

Sie nickte, kaufte ihm augenscheinlich seinen Blödsinn ab. „Was möchtest du trinken? Ich habe kein Bier, aber irgendwo in der Küche versteckt sich noch etwas von Lucas' Scotch und Bourbon."

„Ich teile mir gerne den Wein mit dir."

Sie beäugte ihn skeptisch. „Sicher."

„Stimmt etwas nicht?", stichelte er im gleichen Tonfall, den sie zuvor benutzt hatte.

„Ja, du bist freundlich."

„Wie das?"

„Der Wein. Die Unmenge an chinesischem Essen. Was ist los?"

Sie hatte Recht. Dieser Moment war weit von seiner typischen Normalität entfernt, doch er war nicht bereit zuzugeben, wie sehr er sie brauchte, um die Wogen im *Vault* zu glätten.

„Liebes, das hat nichts mit Freundlichkeit zu tun. Ich verhungere, und ich brauche genauso viel Alkohol wie du, um das hier durchzustehen."

„Da ist er ja, der Brute, den ich kennen und verachten gelernt habe." Sie glitt auf ihren Stuhl auf der anderen Seite des Tisches und zog einen Teller und Besteck zu sich heran. „Aber weißt du was? Ich glaube, du suchst nach Ausreden, weil du mich tief im Inneren für super-duper-großartig hältst." Sie wackelte mit ihren perfekt manikürten Augenbrauen.

Er konnte nicht sagen, ob ihr hübsches Lächeln nervtötend oder viel zu liebenswürdig war. So oder so hatte es einen Effekt auf seine Brust, den er nicht gewohnt war. Und er war überrascht, dass ihr Lachen ihn nicht zum Schaudern brachte. „Du bist gar nicht so übel."

Sie gluckste und gab Essen auf ihren Teller, während er ihnen Wein einschenkte. Einen langen Moment sagten sie nichts. Seltsamerweise brauchten sie das auch nicht. Es war ihm kein Bedürfnis, das Schweigen auszufüllen. Und ihrem zufriedenen Gesichtsausdruck nach zu urteilen, hatte sie ebenfalls kein Problem mit der fehlenden Konversation.

Während sie aßen, nahm er sich Zeit, sie zu studieren. Mit dem visuellen Abtasten winzige Facetten ihres Charakters auszumachen. Sie kaute bedächtig. Ungehetzt und mit einer gewissen Nachdenklichkeit. Sie kippte ihren Wein nicht hinunter, als wäre sie von Nervosität erfüllt. Sie zappelte und fummelte nicht. Obwohl sie eine geringe Toleranz gegenüber seiner Art besaß, schien sie sich mit ihm wohl zu fühlen.

„Wohnst du schon lange hier?" Er verspürte einen plötzlichen Drang, mehr zu erfahren. Tiefer zu graben.

„Etwa ein Jahr."

„Und wie lange bist du schon Witwe?"

Ihre Gabel entglitt ihr, verfehlte das Essen, sodass Sauce auf den Tisch spritzte. Sie starrte auf den dunkelbraunen Tropfen, der nun das Holz verunstaltete, und runzelte die Stirn. „Lange genug."

Die Lebhaftigkeit in ihren Augen verlor sich. Ihr Lächeln verblasste, und an seiner Stelle wuchs Trauer. Sie räusperte sich und fuhr träge mit einem Finger über den Fleck, dann brachte sie die Flüssigkeit an ihre Lippen, um die Verunreinigung zu beseitigen. Eine Sekunde lang war er fasziniert von ihrer Nachdenklichkeit. Sie war emotional entblößt, ihr Schmerz fast greifbar.

Er sollte sie nicht drängen, und das nicht nur aus Höflichkeit. Er wollte ihr nicht den falschen Eindruck vermitteln und sie glauben machen, es würde ihn interessieren. Aber er brauchte Antworten, aus keinem anderen Grund als zu verstehen, wer diese Frau war.

„Wie lang warst du verheiratet?"

Sie griff nach ihrem Wein, zögerte ihre Antwort hinaus, indem sie einen großen Schluck nahm. „Elf Monate."

„Du musst jung gewesen sein." Er fischte nach Antworten, weil er keine Zeit gehabt hatte, die Details in ihrer Akte nochmals zu lesen, als er nach ihrer Café-Adresse gestöbert hatte.

Ihr entwich ein Lachen. „Für wie alt hältst du mich?"

Gute Frage. *Heikle* Frage.

Er betrachtete sie – die jungen Augen, die rubinroten Lippen. Sie hatte keine einzige Falte, und doch wusste sie um ihre Sexualität wie eine Frau, die viel älter war, als ihr Aussehen vermuten ließ.

„Ende zwanzig?"

Ihre Mundwinkel zuckten und er verspürte den plötzlichen Drang sie zu küssen. Es hatte nichts mit Romantik zu tun. Er war nicht an einem keuschen Kuss interessiert. Was er sich vorstellte, war etwas Hartes und Unerbittliches. Etwas Schmutziges, um die befleckte Witwe davon zu spülen.

„Du hast dir gerade einen goldenen Stern verdient." Sie legte ihre Gabel auf den Teller und schob beides zur Tischmitte.

„Liege ich richtig?"

„Nein. Aber ich fasse es als Kompliment auf." Sie kam auf die Beine. „Willst du einen Nachschlag oder soll ich die Behälter in den Kühlschrank stellen?"

„Nein, alles gut, was mich betrifft." *Zu gut.*

Es erfreute ihn zu wissen, dass sie sich altersmäßig näher waren, als er zunächst angenommen hatte. Und wieder erhöhte die zusätzliche Information nur das Verlangen nach mehr. Er wollte alles wissen. Hing sie immer noch der Liebe ihres toten Ehemannes hinterher? Wie hatte sie seinen Sexclub gefunden? Und wie plante sie, ihren Sextrieb zu befriedigen, wenn sie nicht ins *Vault* zurückkehrte?

Er schob sich das letzte Stück Hühnchen in den Mund, während sie die Behälter zurück in die Tüte packte, wobei ihr loses Oberteil ihm einen verdammt grandiosen Blick auf ihre BH-bedeckten Brüste gewährte, die ihm direkt ins Gesicht starrten.

Bei jeder anderen Frau hätte er die Aktion als einen unverhohlenen Versuch zu verführen interpretiert. Bei Ella hatte er diesen Eindruck überhaupt nicht. Sie war sich ihrer Verlockung nicht bewusst und selbstbewusst genug, sich nicht wegen eines Blickes auf intime Haut zu schämen. Es war außerdem offensichtlich, dass sie keinerlei Vorstellung hatte von den anzüglichen Gedanken, die sich rapide in seinem Kopf aufbauten – das Verlangen, ihr das Gegenteil zu beweisen, sie der Kontrolle, die er über ihren Körper erlangen konnte, vollkommen bewusst zu machen. Er wollte, dass sich ihr Schoß um seine Finger zusammenkrampfte. Dass ihre Schenkel seinen Kopf umklammerten. Dass sich ihre Lippen teilten, um seinen Namen zu rufen, lauter als sie je zuvor etwas ausgerufen hatte.

Schließlich war es das, worin er gut war.

Das Einzige, worin er gut war.

Er schnappte sich die Weinflasche, die neben ihr stand, und füllte ihre Gläser. Die komfortable Stille war unbehaglich geworden. Ein Hauch von Panik lag in der Luft, womöglich aber auch nur in seinem Blut.

„Wie oft hast du das schon gemacht?" Er musste wissen, wo er auf ihrer Liste rangierte. Die wievielte Nummer war er?

„Wie oft ich Wein getrunken und chinesisch gegessen habe?" Sie sah ihn nicht an, als sie die Tüte nahm und sich auf den Weg in die Küche machte.

„Wie oft du jemandem vom Club mit in dein Apartment genommen hast."

Sie zuckte mit den Schultern. „Das ist das erste Mal, das ich überhaupt einen Mann in meiner Wohnung habe."

„Das erste Mal?" Er folgte ihr, dreckiges Geschirr und ein volles Weinglas in den Händen. „Ich dachte, Shay sagte, du seist seit Jahren Witwe."

„Und jetzt betrachtest du die Einladung als Kompliment?" Sie öffnete den Kühlschrank und warf ihm über den Rand der Tür hinweg einen unbeeindruckten Blick zu, während sie das Essen hineinlegte. „Lass es. Glaub mir, du bist nichts Besonderes. Seit Lucas' Tod hatte ich nur einfach kein großes Glück mit Männern."

Bei jeder Beleidigung bemühte er sich, sein Grinsen zu verbergen. Ihr zunehmendes Desinteresse hatte den gegenteiligen Effekt auf ihn. Einen gefährlichen Effekt. Ausnahmsweise einmal verspürte er ein seltsames Verlangen nach mehr.

„Vielleicht ändert sich das nach dem Vorführungsabend."

Sie schloss den Kühlschrank und kam auf ihn zu, nahm ihm den Teller aus den Händen, um diesen in die Spüle zu legen. „Vorher müsstest du erst einmal dafür sorgen, dass ich hingehe, mein Freund."

„Ich schätze, du bist soweit. Sag mir, wo ich mich unter Beweis stellen soll, und wir fangen an."

„Jetzt?" Mit großen Augen drehte sie sich vom Spülbecken weg. „Gott, nein. Ich habe gerade eine Wagenladung Essen verdrückt. Solange du keinen Schwangerschaftsfetisch hast, wirst du warten müssen, bis mein Magen sich beruhigt hat."

Nein, keinen Schwangerschaftsfetisch, aber er begann zu glauben, dass er eine Vorliebe für Küchen hatte.

Er konnte sie sich über die Spüle gebeugt vorstellen. Gegen den Kühlschrank gepresst. Auf dem Tresen gespreizt. Er wollte nicht warten. Er musste es hinter sich bringen, bevor seine Bedürfnisse zu Forderungen wurden.

„Können wir uns einen Moment hinsetzen?" Sie ging zum Esstisch, um ihr Weinglas zu holen, und verströmte im Vorbeihuschen einen himmlischen Zitrusduft. „Ich war den ganzen Tag auf den Beinen."

Er schnaubte und versuchte gar nicht erst, es zu verbergen.

Ihr antwortendes Glucksen verstärkte seine Verärgerung nur noch.

„Gefährdet es deinen Junggesellenstatus, wenn wir nebeneinander auf der Couch sitzen?"

„Um den mache ich mir die geringsten Sorgen."

„Lügner." Ihr Mund formte sich zu einem wissenden Schmunzeln, als sie das Weinglas an ihre verführerischen Lippen hob. „Ich wusste, hier zu sein würde dir Unbehagen bereiten."

„Wir werden sehen, wer sich unbehaglich fühlt, wenn du nackt bist und dich windest. Ich vermute, die Entschuldigung, die du mir für das Anzweifeln meiner Fähigkeiten schulden wirst, wird schwer auszusprechen sein."

„Ich werde mich nie dafür entschuldigen, mich von deiner bescheidenen Art nicht umgarnt lassen zu haben." Sie schritt mit schwingenden Hüften ins Wohnzimmer. „Solltest du irgendeine Form von Magie zustande bringen, ist das lediglich eine Entschädigung für den Mist, den du mir angetan hast."

Sein Blick schweifte zu ihrem Hintern, der von ihren kurzen Shorts umhüllt war. Wenn irgendjemand Mist durchmachte, dann war er es. Er war derjenige, der einen Weg finden musste, wie er sie zum Höhepunkt bringen und gleichzeitig seine eigene Lust im Zaum halten konnte. Lust, die zusehends zu einer treibenden Kraft mutierte.

Er folgte ihr und entschied sich neben dem Bücherregal stehenzubleiben, während sie sich träge auf das dreisitzige Sofa fallen ließ. Sie warf ihre Füße auf den Couchtisch und streckte lange, glatte Beine vor ihm aus wie einen Appetizer.

„Also …" Er wandte sich zum Bücherregal und betrachtete das mittlere Fach, das von Wand zu Wand mit Informationen über Krebs gefüllt war. Unter seinem Brustbein bildete sich ein kalter Schmerz bei dem Gedanken an den Alptraum, den seine Eltern gerade durchlebten. Er wollte sich mit ihrem Leiden vertraut machen, so tun, als würde er sich irgendwie involvieren. „Das sind eine Menge Bücher."

Dort standen emotionale Titel – *Wenn der Atem zu Luft wird*; *Alltagskraft*; und *Wie man jemandem mit Krebs helfen kann*. Wissenschaftliche Titel – *Radikale Remission*; *Was Sie über Krebs wissen müssen*; *Das Einmaleins der Fakten*. Selbst solche, die alternative Therapien bewarben.

„Lucas hatte Krebs im Endstadium."

Das hatte er vermutet. „Es tut mir leid, dass du das durchmachen musstest."

„Muss es nicht. Es ist nicht deine Schuld."

Er zog einen Titel aus dem Regal und starrte das Paar auf dem Cover an – *Jemanden mit Krebs unterstützen: Ein Guide für Angehörige*.

Er fragte sich, ob sein Vater dieses Buch ordentlich verstaut in ihrem perfekten Regal in Tampa stehen hatte. Hatte er all diese Titel gekauft für die Frau, die sein Leben lebenswert gemacht hatte?

„Wie viel Zeit hattest du mit deinem Mann nach seiner Diagnose?"

„Elf Monate."

Er runzelte die Stirn und stellte das Buch zurück an seinen Platz. „Ich dachte, du hättest gesagt, ihr wärt elf Monate verheiratet gewesen."

„Das ist richtig." Sie nippte an ihrem Glas, ihre Augen auf seine gerichtet. „Ist eine lange Geschichte."

„Darf ich fragen, wie es ist?"

„Was? Der Krebs?" Ihre Stirn kräuselte sich.

„Ja. Wie sieht der Verlauf aus?"

Ihr Mund öffnete und schloss sich. Ihre Augen blieben weit geöffnet.

„Entschuldigung, ist das eine beschissene Frage?"

Sie prustete sich durch einen Schluck Wein, dann stellte sie das Glas auf den Couchtisch. „Ich schätze, es kommt darauf an, wieso du fragst."

Er könnte sich eine schwache Ausrede einfallen lassen. Er könnte lügen. „Meine Mutter hat Krebs im Endstadium."

„Oh, Bryan. Es tut mir so leid." Ihr Gesicht verzog sich in aufrichtiger Anteilnahme, die all ihre Schönheit verdeckte und sie durch erbärmliche Gefühle ersetzte.

„Das muss es nicht." Er stieg über ihre Beine hinweg und setzte sich neben sie. „Wir stehen uns nicht nahe."

„Sie ist dennoch deine Mutter. Die Nachricht muss erschütternd gewesen sein."

Die Tatsache, dass seine Mutter ihrem einzigen Sohn diese Information vorenthalten hatte, war noch traumatischer.

„Nimm dir ruhig eines der Bücher mit nach Hause. Sie haben keinen Nutzen mehr für mich."

„Nein, schon in Ordnung." Er konnte eine oder zwei Fragen stellen, um sich einer Familie verbunden zu fühlen, die ihn verstoßen hatte, doch er weigerte sich, Stunden damit zu verbringen, über den Niedergang seiner Mutter zu recherchieren. Er hätte sie gar nicht erst erwähnen sollen.

„Nun, das Angebot steht, falls du deine Meinung änderst." Ihre Stimme wurde düster, genau wie ihr Gesichtsausdruck. „Ich will sie schon seit Jahren entsorgen. Die Erinnerung ständig vor Augen zu haben ist allmählich etwas erschöpfend."

„Danke." Er konzentrierte sich auf ihre Finger, bemerkte, wie sie sich immer tiefer in ihre Fußsohle gruben, als wollte sie den Schmerz wegmassieren.

„Willst du darüber reden?" Sie bedachte ihn mit einem Blick, der ihm sagte, dass sie sich durch dieses schmerzhafte Gespräch kämpfen würde, ihm zuliebe.

„Nein." Er schüttelte den Kopf. „Wirklich nicht."

„Okay. Kann ich verstehen." Sie bewegte ihre Füße und gab vor sich zu entspannen. „Also, sag mir, warum ein Kurs?" Der Schmerz wich nicht aus ihren Zügen, als sie abrupt das Thema wechselte. „Was hast du davon?"

„Befriedigung." Zumindest hatte er sich das in der Planungsphase eingeredet. Er wollte den Club auf seiner intimsten Ebene optimieren. Die gierigen *Vault*-Mitglieder in selbstlosere Teilnehmer verwandeln.

Allerdings war ihm dieses Ziel nicht mehr wichtig. Jetzt war das Einzige, was er sich von dem Vorführungsabend erhoffte, ein One-Way-

Ticket zwischen Ellas Schenkel. Unter ihre Haut zu gehen, so wie sie unter seine kroch.

„Das kaufe ich dir nicht ab."

„Musst du auch nicht."

„Das ist genau mein Punkt. Du scheinst nicht der Typ zu sein, der anderen bereitwillig um ihrer selbst willen hilft. Und du hast schon eine Posse, die dich für den Messias des weiblichen Orgasmus hält."

„Du hast mich durchschaut. Nach was? Zwei Unterhaltungen?"

Ihre Lippen wölbten sich, der Kummer versickerte allmählich. „Denkst du nicht, dass ich verdiene, das zu erfahren, wenn man bedenkt, dass ich in Erwägung ziehe, dir zu helfen?"

„Mir zu helfen? Wir wissen beide, dass wir gegenseitig einen Nutzen daraus ziehen würden." Er deutete mit seinem Kinn auf ihre Füße und signalisierte ihr mit einer Handbewegung sie auf seine Schenkel zu legen.

Sie runzelte die Stirn und rührte sich nicht.

Er klopfte auf seinen Schoß und versuchte, keine große Sache aus seinem Angebot zu machen. Er würde weiter Gedanken an seine Eltern nachhängen, solange sie nicht aufhörte, über ihren Mann nachzudenken. Und keiner der beiden Gedankengänge war dem förderlich, was er geplant hatte. „Leg deine Füße hier hin."

Ihre Lippen arbeiteten in stiller Überlegung, bis sie sich schließlich auf dem Sofa drehte und ihre Fersen auf seine Oberschenkel legte. „Deine Fixiertheit darauf, dass beide Seiten einen Nutzen daraus ziehen, ist völliger Humbug. Es ist nicht so, als könnte ich ohne dich keinen Orgasmus bekommen. Ich kann die Arbeit selbst machen."

„Und das befriedigt dich? Brauchst du keinen Mann, um die Monotonie zu durchbrechen?" Ganz gleich, wie sie reagierte, er kannte die Wahrheit. Eine Frau mit ihrer Sexualität und Leidenschaft würde allein mit Masturbation nie ganz befriedigt sein. Es mochte das Verlangen lindern, aber sie brauchte Sex. Es gab keinen Ersatz für Haut an Haut.

„Ich habe Toys."

Das Bild vor seinen Augen gefiel ihm nicht. Und seinem Körper gefiel es viel zu sehr. Sein Schwanz regte sich, sodass die harte Länge an ihre Ferse stieß. „Das würde ich gerne sehen."

„Ich weiß", sagte sie gedehnt. „Da bist du nicht der Einzige."

Zweifellos. Er könnte im *Vault* Tickets verkaufen und den Raum mit willigen Voyeuren füllen. Ihr würde das ebenfalls gefallen. Diese Frau würde es lieben im Mittelpunkt zahlloser Fantasien zu stehen. Und das verdiente sie auch.

Er packte einen ihrer Füße und lenkte sich ab, indem er mit seinem Daumen ihre Innensohle entlangfuhr.

„Oh, Gott." Sie stöhnte. „Das fühlt sich gut an."

Shit.

Soweit es Ablenkungen betraf, war diese kontraproduktiv. Durch ihr kehliges Stöhnen und die Art, in der sie ihren Rücken durchdrückte, pochte sein Schwanz noch heftiger gegen seinen Reißverschluss. Und diese Zehennägel. *Herrgott.* Er hatte noch nie viel Zeit damit verbracht, die Füße einer Frau zu bewundern. Sowas machte ihn nicht an. Aber nun konnte er es nachvollziehen.

Ihre zierlichen, zarten Zehen.

Der feminine, hellrosafarbene Nagellack.

Er war in verdammten Schwierigkeiten.

Wie viele Männer kamen jeden Tag zu so etwas nach Hause? Zu einer schönen Frau. Einem leckeren Abendessen. Unbeschwerter Unterhaltung. Und der Aussicht auf schweißtreibenden, energiegeladenen Sex.

„Ich verstehe dich nicht, Bryan."

Das war nicht überraschend. Er verstand sich selbst nicht. Vielleicht konnten sie gemeinsam seine Unzurechnungsfähigkeit ergründen. „Was gibt's da nicht zu verstehen?"

„Du hast mir Abendessen und Wein mitgebracht. Du bist nett. Naja, zumindest wesentlich anständiger als sonst. Und jetzt massierst du mir die Füße."

Seine Haut juckte, als ihn die Realität einholte. Irgendwann in der vergangenen Stunde hatte er aufgehört vorzugeben, dass ihm diese Frau ein Dorn im Auge war. Vermutlich schon früher. Daran könnte der heutige Nachmittag schuld sein.

Er tat es achselzuckend ab, entschlossen, wieder auf den richtigen Pfad zu wechseln. „Du bist kein Geier. Das erlaubt mir, mich zu entspannen."

„Also ist das der echte Bryan?" Sie schaute ihn prüfend an, ihre Augenbrauen zusammengezogen. „So gar nicht der gnadenlose Kerl, der alle piesackt?"

„Ich piesacke niemanden, noch gebe ich vor jemand zu sein, der ich nicht bin." Nicht wirklich. Er senkte seinen Blick auf ihre Füße und rollte sanft ihre Zehen nach unten. „Das hier bin ich. Und der Kerl, den du im *Vault* getroffen hast, bin ich ebenfalls."

Sie blieb stumm, und er wagte nicht, sie anzusehen, um die Leere zu füllen.

„Ich bin kein Arschloch, Ella. Jedenfalls kein völliges. Ich habe lediglich eine geringe Toleranz für Bullshit."

Sie neigte nachdenklich den Kopf, und er wusste genau, was in ihr vorging. Er wusste es, noch bevor sie den Mund aufmachte. „Warum El—"

„Bereit, anzufangen?" Er tippte ihr auf die Knöchel und bedeutete ihr, sich zu bewegen. Er mochte sie, aber nicht genug, um sich Fragen bezüglich seines Widerwillens ihren Namen auszusprechen zu stellen.

„Ahh. Sicher." Sie stellte ihre Füße auf den Boden und setzte sich auf. „Wie willst du es machen?"

„Lass uns mit dem Wo anfangen."

„Im Schlafzimmer?" Ihre Miene blieb gleichgültig. „Nur für den Fall, dass mir langweilig wird und ich ein Nickerchen machen will." Ihre Lippen zuckten und durchbrachen die Anspannung, die begonnen hatte sich in seiner Brust anzusammeln.

„Im Schlafzimmer also." Er stand auf und bot ihr seine Hand an. „Und keine Sorge – du wirst in nächster Zeit erst einmal nicht einnicken."

KAPITEL ZEHN

amelas Nacken kribbelte, als sie Bryan durch den Flur führte. Nervosität hatte sich eingestellt, das unruhige, unbehagliche Gefühl ein unerwünschter Gruß aus der Vergangenheit.

„Stimmt etwas nicht?"

„Nein, warum?" Sie blieb vor ihrer offenen Schlafzimmertür stehen und wandte sich ihm zu.

„Du bist gegangen, als hätte ich eine Pistole in deinen Rücken gehalten."

Wieso kümmerte ihn das? Vor dem heutigen Tag hätte sie angenommen, es wäre, um sich ihr Unbehagen zunutze zu machen. Aber so, wie er sich heute Abend verhalten hatte, fragte sie sich, ob er die Frage von echter Besorgnis herrührte.

„Auf meinen Schultern lastet eine Menge Druck." Sie war schon verdammt lange nicht mehr wegen Sex angespannt gewesen. Nicht, dass es sich dabei nicht um Anspannung und nervöser Erwartung gleichermaßen handeln würde.

„Es gibt keinen Druck." Er ging voraus in ihr Zimmer und machte sich nicht die Mühe, das Licht anzuschalten. „Du musst dich nur entspannen und mich meine Magie vollbringen lassen. Wenn ich fertig bin, kannst du mir ein Loblied singen, und dann gehe ich. So einfach ist das."

Sie würde sein Selbstvertrauen nicht noch bestärken. Nein. Auf keinen Fall.

„Ich sehe, dass du ein Lächeln unter deinen zusammengepressten Lippen verbirgst." Er warf ihr über seine Schulter ein Schmunzeln zu. „Wir wissen beide, dass ich Recht habe."

Sie beachtete ihn nicht und tapste zu ihrem Nachttisch, um die Lampe anzuknipsen. Das schwache Licht tat seinen Teil, den teuflischen Appeal seiner Gesichtszüge hervorzuheben. Sein Ausdruck zeugte von Leidenschaft. Von Lust und Dominanz. Alles, wonach sie seit Lucas' Tod gesucht hatte, starrte ihr ins Gesicht und wartete darauf, mit beiden Händen ergriffen zu werden.

Sollte er Dinge von ihr verlangen, die sie nicht unbedingt zu geben bereit war, würde sie zweifellos trotzdem nachgeben. Etwas tief in ihr hungerte nach seiner Anerkennung. Sie wollte ihn noch einmal zum Lächeln bringen. Die Nüchternheit überwinden, die sich erstickend effizient um ihn gewunden hatte.

Er näherte sich dem Bett, bis seine Anzughose die Matratze berührte. „Zieh dein Shirt aus."

Ihre Lippen teilten sich schockiert, obwohl sie das nicht sollten. Höflichkeiten gehörten nicht zu ihrer Abmachung. Genauso wenig wie Vorspiel.

Sie griff nach dem dünnen Stoff ihres Shirts, zog es über den Kopf und ließ es auf den Boden fallen. Sie stand vor ihm in einem schwarzen Spitzen-BH und alten Baumwollshorts. Ihr Brustkorb dehnte sich aus in dem Bedürfnis nach mehr. Mehr Luft. Mehr Kontrolle. Mehr Geräusche, die die angespannte Stille ausfüllten. „Besser?"

„Nicht ganz. Aber wir sind auf einem guten Weg." Sein prüfender Blick wanderte von Kopf bis Fuß. Es war keine sanfte Liebkosung seiner Aufmerksamkeit. Es war brutal, wie es sein Spitzname verlangte. Seine Augen glühten und die Hitze der Verheißung brannte hell. „Die Shorts auch."

„Warte." Ihre Nervosität brach sich Bahn und stupste die Vorfreude beiseite. „Sollen wir eine grobe Zeit festlegen, nach der wir abbrechen?"

Er runzelte die Stirn.

„Ich meine ..." Sie seufzte. „Wenn es nicht funktioniert, sollten wir dann nicht eine bestimmte Zeit im Hinterkopf haben, nach der wir aufhören? Im Gegensatz zu dir verletze ich nicht gerne die Gefühle anderer Menschen, aber ich möchte auch nicht, dass du dich in mir vergräbst, mich stundenlang wie ein Bergmann bearbeitest, wenn du nicht weiterkommst. Deswegen benötigen wir ein Zeitlimit."

Er senkte seinen Blick, starrte zu interessiert auf ihre sich rasch hebende und senkende Brust. „Sicher, wenn es das für dich einfacher macht, können wir uns auf eine fünfzehnminütige Zeitspanne festlegen."

„Fünfzehn Minuten?" Machte er Witze? „Nach fünfzehn Minuten bin ich nicht einmal erregt."

Er grinste, und seine sündhaft verzogenen Lippen verrieten ihr, dass er wusste, dass es in ihr bereits simmerte. „Vertrau mir." Er klopfte auf die Matratze und forderte sie auf näherzukommen. „Ich habe das im Griff."

Ihr Herz pochte.

Teile, die tiefer lagen, ebenfalls.

„Fünfzehn Minuten werden nicht nur ausreichen", sagte er gedehnt, „ich bin sogar willens zu wetten, dass ich dich in weniger als zehn Minuten über die Ziellinie bringe."

„Jetzt hast du Wahnvorstellungen." Sie verschränkte die Arme vor der Brust. „Wenn du es nicht ernst nehmen—"

„Wer ist hier wirklich derjenige mit den Wahnvorstellungen?" Er rückte näher, sein sicherer Schritt verschlang die Entfernung in weniger als einem Herzschlag. „Die Frau, die sagt, kein Mann könne sie zum Höhepunkt bringen?" Seine Hand hob sich und schob sanft die verirrten Haarsträhnen von ihrer Wange. „Oder der Mann, der es mit einem Finger geschafft hat?"

Ihre Wangen erhitzten sich. „Hör auf, das zu erwähnen."

„Wieso? Es war eine meiner besten Arbeiten."

Arbeiten? Mehrzahl? Hauchdünne Fäden der Eifersucht erwachten in ihrer Brust zum Leben. Sie hätte nicht vergessen dürfen, dass seine Effizienz bei anderen Frauen ebenso der Prahlerei würdig war. Es war armselig, sich überhaupt Gedanken deswegen zu machen.

„Ziehen wir es durch oder nicht?" Sie schob ihre Shorts nach unten, ließ sie zu ihren Füßen fallen und kletterte dann auf das Bett. „Beeil dich. Die Uhr läuft."

„Nein, noch nicht. Wir müssen noch die Feinheiten klären." Er packte sie am Fußgelenk und zerrte sie zu sich heran. „Ich habe eine Zehn-Minuten-Frist bei unserer Wette. Jetzt musst du mir nur noch sagen, was du wetten willst."

Sie funkelte ihn böse an und versuchte herauszufinden, wie sie seiner Arroganz einen Dämpfer verpassen konnte. Ihre Egos befanden sich auf vollkommen unterschiedlichen Spielfeldern. Er gehörte zu den Profis, sie wärmte die Bank der jugendlichen D-Klasse. „Wenn du verlierst, bleibst du über Nacht."

Kein Dämpfer sichtbar. Sein Gesichtsausdruck blieb unverändert.

„In meinem Bett", fuhr sie fort, in der Hoffnung, Panik zu schüren. „Wie ein Mann, der nicht eine Million Bindungsängste hat."

Die erwartete Abscheu trat nicht in seine Züge. Sie hatte seiner Überheblichkeit nicht einmal ein Haar gekrümmt.

„Deal."

War das sein Ernst? Wo zum Teufel nahm er sein Selbstvertrauen her?

„Und wenn ich gewinne", schnurrte er, „musst du grafisch detailliert eingestehen, dass mein Talent einzigartig ist."

„Ich hätte nicht gedacht, dass du der Typ bist, der Anerkennung braucht."

„Für dich mache ich eine Ausnahme." Er zog sie näher heran und ließ ihre Beine über den Matratzenrand baumeln.

Sie biss ihre Zähne zusammen, hasste es, dass er sie bereits feucht gemacht hatte. Ihr Körper gehorchte ihr überhaupt nicht. Die Männer, denen sie sich hingeben wollte, hatten keinen Effekt, und der eine Mann, mit den sie nichts zu tun haben wollte, war wie ein sexueller Heiler. Ihr ganz eigener Marvin Gaye. Oder war sie in dieser Situation Marvin?

Shit.

Sie konnte bei dem Lustnebel nicht klar denken.

„Noch irgendwelche anderen Regeln, bevor ich anfange?"

„Ja, ich küsse nicht auf den Mund." Seit Lucas' Tod hatte sie diese Bedingung. Sie wollte eine solche Verbundenheit nicht zu jemandem, der in der Lage war, ohne einen Blick zurück aus der Tür zu gehen. Dem nächsten Mann, den sie küsste, würde sie etwas bedeuten. Er würde den Boden unter ihren Füßen verehren.

„Kein Problem." Er legte seine ausgestreckte Hand auf ihren Oberschenkel, sein Daumen verführerisch nahe an ihrem Zentrum. „Nur Berührungen."

„Gut", sagte sie mit krächzender Stimme.

„Sonst noch was?"

Sie schüttelte den Kopf.

„Anal? Oral? Fremdkörper?" Er hob eine Braue. „Schmerz? Unterwerfung?"

„Jetzt ziehst du mich auf", murmelte sie. „Es würde mich wundern, wenn du in den vorgesehenen zehn Minuten auch nur für eines davon Zeit hättest."

Er gluckste unheilvoll. „Vielleicht heben wir uns diese Wette für ein anderes Mal auf."

Starke Finger packten den Bund ihres Höschens und zogen daran. Mit kühner Finesse legte er den getrimmten Lockenstreifen über ihrer vollkommen nackten Pussy frei und ließ das Material auf den Boden fallen. Viele Sekunden lang starrte er sie an. Auf *diesen* Teil von ihr, mit bebenden Nasenflügeln und zuckendem Kiefer.

Womöglich konnte sie jetzt die Oberhand gewinnen.

Sie glitt zurück, legte sich auf die Decke und spreizte langsam ihre Oberschenkel.

Seine visuelle Bewunderung verwandelte sich in Humor, als hätte er sie durchschaut.

Verdammt. Wie konnte er bloß so gut darin sein?

„Es scheint, als ist es an der Zeit anzufangen." Er sah auf den Wecker auf ihrem Nachttisch. „Es ist acht Uhr dreiundfünfzig."

„Acht dreiundfünfzig." Sie schluckte über das Verlangen hinweg, das ihr den Hals verstopfte.

Sie war extrem angespannt und fragte sich begierig, wie er den Kampf in zehn Minuten gewinnen wollte. Und wenn er es nicht schaffte, wie würde er mit einer Nacht in ihrem Bett umgehen? Verdammt, wie zum Teufel würde *sie* damit umgehen?

Er glitt mit seiner Handfläche an ihrem Bein entlang zum höchsten Punkt zwischen ihren Oberschenkeln. Er hielt ihrem Blick stand, als die Hitze seiner Berührung näher rückte.

Ein Finger, oder vielleicht war es auch ein Daumen, fuhr sanft über den Rand ihrer Schamlippen. Zart und unendlich leicht. Man konnte es kaum als eine Berührung bezeichnen. Es war ein Hauch. Ein Wispern einer Empfindung durch die Feuchtigkeit ihrer Erregung.

„Ich bin überrascht, dass du so feucht bist. Schließlich bist du ja gar nicht interessiert." Seine Berührung erhöhte den Druck, teilte sie, neckte ihre Öffnung.

Sie wollte mehr. Brauchte mehr. „Ich habe nie gesagt, ich sei nicht interessiert."

„Genau ..." Hin und her fuhr er mit seinem Finger über ihren Spalt, aufreizend und quälend. „Dir fehlt nur das Vertrauen in meine Fähigkeiten."

Sie öffnete den Mund, bereit zu antworten, als zwei Finger tief in sie eindrangen, sodass sie sich aufbäumte. Er krümmte seine Fingerspitzen in ihr, fand ihre empfindliche Stelle schneller, als sie sie selbst jemals gefunden hatte.

Nicht fair.

Sie presste ihre Oberschenkel fest zusammen und wiegte sich dem rhythmischen Streicheln ihres G-Punktes entgegen.

„Glaubst du immer noch, ich schaffe es nicht, dich in acht Minuten ins Ziel zu bringen?"

„Verflucht. Halt verdammt nochmal die Klappe."

Er gluckste, und sie verstand nicht, wie er so unberührt bleiben konnte. Vielleicht war das der Grund, warum er die Frauen im *Vault* abwies. Hatte er Erektionsstörungen?

Sie senkte ihren Blick auf sein makelloses, weißes Hemd, zu seinem Hosenbund, dann auf seinen Schritt.

Nein. Seine Widerwilligkeit war definitiv kein Erregungsproblem. Seine harte, dicke Länge spannte gegen seinen Reißverschluss.

Er wollte sie.

Oder vielleicht wollte er einfach nur Sex.

So oder so, es spielte keine Rolle. Der Gedanke an sein Verlangen brachte sie dazu, sich zu winden, zu pochen. Druck landete auf ihrer Klitoris, der Funke enthusiastischen Kribbelns erfasste ihr Innerstes. Er hatte Erfolg, war kurz davor zu gewinnen. Nicht, dass sie wollte, dass er scheiterte. Sie gierte nach einem weiteren seiner meisterhaften Orgasmen.

„Du bist hinreißend."

Das ernst gemeinte Kompliment durchbrach ihre Wonne. Sie blinzelte ihre Verwirrung fort, um zu sehen, wie er mit Blicken ihren Körper anbetete. Seine schweifende Aufmerksamkeit glitt über ihre Haut, verursachte Chaos und Hysterie.

„Das Schlimmste an unserer Vereinbarung ist die Tatsache, dass ich dich nicht nehmen kann." Seine freie Hand spreizte sich auf ihrem Bauch und wanderte höher.

„Was? Wieso nicht?"

„Das ist nicht Teil der Abmachung." Er packte ihre bedeckte Brust und schob das Körbchen hinunter, um mit seinen Fingern über ihre Nippel zu streichen. Vor und zurück. Auf und ab.

„Vergiss die Abmachung", keuchte sie und drückte sich seiner Berührung entgegen.

„Ich habe keine Zeit." Er grinste, doch es war nur halbherzig. „Es sind nur noch sechs Minuten übrig."

Sie wimmerte, und er antwortete auf ihr unausgesprochenes Flehen, indem er ihrer Mitte einen weiteren Finger hinzufügte. Er dehnte sie, und ihre innersten Muskeln protestierten mit einem köstlichen Ziehen.

„Stell deine Füße auf das Bett. Sohlen auf die Matratze."

Sie gehorchte, hob ihre Beine, beugte ihre Knie, bereit, alles zu tun, um das Vergnügen aufrecht zu erhalten.

„Hintern hoch. Ich will dich sehen."

Ihre Wangen erwärmten sich, als sie sich fügte und ihren Po vom Bett hob, um ihm eine bessere Sicht zu gewähren.

„*Fuck.*" Es war kaum ein Wort, seine Stimme mehr ein unverständliches Knurren. „Sag mir, was du denkst. Ich will deine schmutzigen Gedanken hören."

Sie schüttelte den Kopf, sprachlos angesichts der Wildheit in seinen Augen. Sie war nicht in der Lage, über seine Berührung, das sündhafte Streicheln ihres G-Punkts und die Handfläche, die ihre Brust massierte, hinauszudenken. Sie streckte ihren Hintern weiter in die Höhe, höher und höher auf der Suche nach mehr.

„Verrate sie mir." Er warf einen Blick auf die Uhr, während er sie in aller Ruhe massierte und ihr gut zuredete.

Die Zeit musste ihnen langsam ausgehen, doch er hetzte nicht. Kein hektisches Tempo, nur der gemächliche Anstieg zu einem perfekten Rhythmus.

„Verrate sie mir, Ella, oder ich höre auf." Seine Bewegungen verlangsamten sich, was Panik bei ihr auslöste.

„Nein, nicht." Ihre Stimme brach. „Ich will es", gab sie zu. „Ich will dich."

„*Wie?*", fragte er barsch.

Sie schüttelte erneut den Kopf. Wenn sie sich vorstellte, wie sie ihn brauchte – sich sie beide zusammen bildlich vor ihr inneres Auge führte –, würde sie kommen. Und das wollte sie … Aber sie wollte es auch nicht.

Noch nicht.

Er knurrte und schob einen weiteren Finger in sie, sodass sich ihre Vagina nun um vier Glieder dehnte. Er bearbeitete sie intensiv, brachte ihre Beine zum Brennen, ihren Körper zum Schwitzen. Mit der anderen Hand glitt er von ihrer Brust über ihr Schlüsselbein und hielt an ihrer Kehle an. Dort hielt er sie fest, stieß sie mit dem festen Griff seiner Dominanz in Richtung Gedankenlosigkeit.

Sie war fast da. Ihr Orgasmus nur ein Fingerschnipsen entfernt.

Dann hielt er inne.

Hörte auf.

Ob für Sekunden oder Minuten, konnte sie nicht sagen.

„Wenn du mir deine schmutzigen Gedanken nicht verrätst, werde ich nicht dafür sorgen, dass du dich gut fühlst." Ihn schien die nahende Frist nicht zu kümmern, auch wenn sich seine Brust schwer hob und senkte und seine Augen glühten. „Also, rede, Liebes, oder das hier ist vorbei."

„Oh Gott", bettelte sie, als das Kribbeln des Vergnügens verblasste. Sie weigerte sich, es aufzugeben. „Ich will, dass du nie aufhörst, mich zu berühren. Ich will dich überall spüren", entfuhr es ihr. „Ich will, dass du mich fickst. Und ich will, dass es hart ist. So hart, dass es wehtut." Sie war keine Masochistin. Klapsen und kneifen war nicht ihr Ding. Bei ihrer Erregung ging es um harte Penetration und brutale Stöße. Den Nervenkitzel durch Hilflosigkeit in den Armen eines starken Mannes. „Du würdest meine Pussy ficken ... meinen Mund."

Seine Nasenflügel bebten, als er stöhnte. Langsam verstärkte sich der Griff um ihre Kehle und beschleunigte ihren Herzschlag. Dann bewegten sich die Finger in ihr. Beide Gefühle für sich genommen waren bereits intensiv. Zusammen bildeten sie eine exquisite Welle der Empfindungen.

Sie bäumte sich auf, verlangte nach mehr. „Dann würdest du meinen Arsch ficken."

Der Puls in ihrem Inneren beschleunigte sich. Der Druck an ihrer Kehle wurde stärker. Sein Blick war entschlossener, als sie es jemals zuvor bei ihm gesehen hatte. Frustration und rasende Lust bildeten sich in seinen Augen – über ihr.

Er wollte in ihr sein, genauso sehr, wie sie ihn dort brauchte.

Sie lächelte angesichts der Erkenntnis. Das Vergnügen verdoppelte, vervielfachte sich. Seine Finger hielten das Tempo. Sie wimmerte, das Geräusch verwandelte sich in ein Winseln. In einen Schrei. Sie verkrampfte sich, jeder Zentimeter von ihr wurde zum Sklaven des ersten Orgasmusimpulses, der sie übermannte und sie dazu brachte, sich wild aufzubäumen.

Er hörte nicht auf, während sie zuckte, seinen Namen rief, ihren Rücken durchdrückte. Weiter und weiter bearbeitete er sie, bis die Impulse nachließen. Selbst dann hörte er nicht auf. Im Gegenteil, er drückte fester auf ihre Klitoris, spreizte ihre Pussy weiter.

Eine weitere Welle überkam sie wie aus heiterem Himmel.

Dieser Orgasmus war kurz, aber überraschender. Die Wonne ein atemberaubender Schlag vor einem ebenso schockierenden Vakuum. Jetzt war sie schon zu multiplen Orgasmen fähig?

Sie keuchte durch ihr Delirium hindurch und sank in die Matratze. Als er ihre Kehle losließ, kämpfte sie darum, ihre Enttäuschung nicht zu zeigen. Dieser Griff war transformierend gewesen. Ein Hauch von Nirwana. Und diese Finger. *Verdammt sollte er sein.* Sie streichelten noch immer sanft ihr Inneres, ließen das Vergnügen nicht vollständig verblassen, während seine andere Hand ihr Brustbein, ihren Bauch entlangglitt.

Diesem Mann war zu viel Talent geschenkt worden. Zu viel gottähnliche Finesse für jemanden, der sie gar nicht verdient hatte.

Als hätte er ihre Gedanken gelesen, hoben sich seine Mundwinkel. „Bist du bereit, dich zu entschuldigen, an meinen Fähigkeiten gezweifelt zu haben, Ella?"

KAPITEL ELF

*E*r hatte die Wette verloren.

Er hatte das ganze verdammte Spiel *absichtlich* verloren.

Und es war ihr noch nicht einmal bewusst. Sie lag einfach da und blinzelte ihn aus befriedigten, euphorieerfüllten Augen an.

Er hatte es sich nicht ausreden können. Sie war seiner Berührung ausgeliefert gewesen, und ihr perfekter Körper hatte sich bei jeder seiner Bewegungen gewunden und aufgebäumt. Deswegen hatte er innegehalten, unfähig, den Gedanken zu ertragen, dass sie zu schnell kam.

Er hatte gewusst, wie viel Zeit er noch hatte. Genauso wie er gewusst hatte, wie lange es dauern würde, sie wieder an den Rand der Klippe zu bringen, und dennoch hatte er unterbrochen.

Und wofür? Für eine Handvoll Sekunden, die sie ihm länger ausgeliefert war?

Er konnte sich nicht daran erinnern, jemals von einer Frau in erotischer Faszination betört worden zu sein. Sie war nicht nur sexuell, sie war sinnlich. Eine Kombination aus Verletzlichkeit und Selbstvertrauen. Aus Hingabe und Nervosität.

Scheinbar litt er an einem Fall von vorübergehender Amnesie. Er war an zahllosen Sexkapaden beteiligt gewesen. Seine Sexwunschliste war schon seit langer Zeit abgearbeitet. Aber das hier war irgendwie anders. Wenn er nur das Warum verstehen könnte.

Die lustgeprägte Entscheidung, die Wette zu verlieren, war ein Fehler gewesen. Und jetzt stand er vor einer Übernachtung im Haus einer Frau, die er kaum kannte.

Er setzte ein falsches Lächeln auf, um den glückseligen Ausdruck aus ihrem Gesicht zu verbannen. „Bist du bereit, dich zu entschuldigen, an meinen Fähigkeiten gezweifelt zu haben, Ella?"

Die Trunkenheit ließ nicht nach. Stattdessen lächelte sie, und ihre rubinroten Lippen ließen seinen Schwanz zucken. „Hmm?"

Er nahm seine Finger von ihrem Körper und bekämpfte das Bedürfnis, ihre Erregung von ihnen zu lecken. „Ich warte darauf, dass du zugibst, dich geirrt zu haben."

Sie kicherte. Atemlos. Kaum hörbar.

Sie war ein fügsames Kätzchen.

So fühlte er sich ebenfalls.

„Ich habe mich geirrt." Sie stützte sich auf ihre Ellbogen und kam dann auf die Knie. Sie richtete sich auf, zupfte ihren BH zurecht und sah sich über ihre Schulter. „Aber es ist fünf nach neun. Du hast die Wette nicht gewonnen."

Er hätte sich herausreden können. Hätte sie vermutlich davon überzeugen können, dass sie länger in einem tranceähnlichen Zustand dagelegen hatte, als sie glaubte. Allerdings warf eine Amnesie wiederum die Frage auf, wieso er so eilig gehen wollte. „Ich schätze, ich bin nicht ganz so gut, wie ich dachte."

Sie neigte den Kopf und blinzelte zu ihm auf. Es juckte ihn danach, den obersten Knopf seines Hemds zu öffnen und seinen Schwanz zurechtzulegen. Sie bereitete ihm in vielerlei Hinsicht Unbehagen, doch er wollte verdammt sein, das zu zeigen.

„Sind wir hier fertig?" Sie lehnte sich zurück und stützte sich auf ihre Ellbogen.

„Ich weiß nicht, wie ich das beantworten soll."

Sie war gekommen. Das hatte er gespürt. Ihre Vagina hatte sich um seine Finger zusammengezogen. Mehr als einmal.

Sie hatte sich aufgebäumt.

Sich gewunden.

Shit. Er musste die Erinnerung aus seinem Kopf vertreiben.

Ihr Lächeln wurde breiter, ihre Wimpern klimperten noch immer in einem trägen, zufriedenen Rhythmus. „Das war eine subtile Art zu fragen, ob *du* fertig bist." Ihre Oberschenkel schlossen sich etwas. „Ich meine, kann ich den Gefallen erwidern?"

„*Nein.*" Gott, nein. Das Letzte, was er brauchte, war mit noch mehr

Versuchung zwangsernährt zu werden. „Das ist kein Gefallen. Es ist …"

Schlicht und ergreifend Folter.

Sie versteifte sich, und endlich verschwand ihre Benommenheit wie ein olympischer Sprinter von der Bildfläche.

Er wollte auf so viele verschiedene Arten mit ihr schlafen, dass er anschließend in der Lage wäre, einen Sexguide zu veröffentlichen, der dem Kama Sutra Konkurrenz machen konnte. Doch bevor er all das tat, wollte er den Ausdruck der Zurückweisung aus ihrem Gesicht vertreiben. „Mit dir zu schlafen ist eine schlechte Idee, das ist alles."

Sie nickte, setzte sich aufrecht hin und schwang dann ihre Beine vom Bett. „Du brauchst nicht weiterreden. Ich habe den Wink schon verstanden." Sie streckte sich in Richtung des Nachttischs, zog die oberste Schublade auf und nahm ein großes Stück glänzend schwarzen Materials heraus. Einen Morgenmantel.

In Sekundenschnelle war sie bedeckt, ihr wunderschöner Körper vor seinen Blicken verborgen. Mit ruckartigen Bewegungen band sie den dünnen Gürtel um ihre Taille, anschließend umklammerte sie den Stoff, um ihr Dekolleté zu verbergen. „Ich gehe mich frischmachen. Du brauchst nicht hierzubleiben. Ich werde nicht auf deinen Wetteinsatz bestehen. Du kannst gehen, wann immer du willst."

Er nickte stumm, bevor sie auf eine seitlich gelegene Tür zuging und sich dahinter einschloss.

Genau solche Situationen hasste er. Das Pingpong-Spiel von verletzten Gefühlen und Erwartungen. Seinem Schwanz schien das allerdings wenig auszumachen. Der steinharte Teil seiner Anatomie stand weiter stramm, entschlossen, nicht nachzugeben, bis er die Frontlinie erblickte.

Er sollte gehen.

Das war die vernünftige Option. Er sollte von hier verschwinden, bevor sie zurückkehrte. Keine Erklärung, kein Abschied notwendig.

Er hätte seine Optionen nicht einmal erwogen, wenn es sich um eine andere Frau gehandelt hätte. Er wäre ohne zu überlegen den Flur hinunter, durch die Tür hinaus gegangen und auf dem Weg nach Hause.

Eine Toilettenspülung ertönte, gefolgt von dem Rauschen des Leitungswassers.

Verschwinden oder bleiben, Bryan? Verschwinden oder bleiben?

Scheiße.

Es war ja nicht so, als wäre sie eine emotionale Bedrohung. Sie hatte kein Interesse an ihm. Aber warum zum Teufel wollte er überhaupt bleiben? Wegen der Wette? Vielleicht. Er hatte noch nie zuvor einen

Rückzieher bei Wettschulden gemacht. Das Problem war nur, dass er nicht wusste, ob es um mehr ging als das.

Er schloss die Augen und kniff sich in den Nasenrücken. Er grübelte zu viel darüber nach, obwohl er gar nicht daran denken sollte.

Im Nebenraum schloss sich eine Schranktür. Das Wasser wurde abgestellt. Die Tür öffnete sich wieder, und das von hinten einfallende Licht kreierte eine makellose Silhouette. Ihr Haar lag auf ihren Schultern, der dünne Mantel war straff um ihre Taille gebunden. Sie sah aus wie ein Model. Eines mit schönen Kurven und leicht geschwächtem Selbstvertrauen.

„Du bist noch da." Sie schaltete das Licht aus und tapste ins Zimmer.

Er machte sich nicht die Mühe, das Lachen zu unterdrücken, das ihm entwich. „Ja, Liebes. Ich bin noch da. Ich will klarstellen, wieso es eine schlechte Idee ist, mit dir zu schl—"

„Bitte nicht." Sie hielt eine Hand hoch und nähere sich dem Bett. „Ich glaube, mein Soll an deiner Ehrlichkeit ist ausgeschöpft."

Er knurrte. Wenn sie nicht bald den zurückgewiesenen Ausdruck aus ihrem Gesicht wischte, würde er etwas tun, das er bereuen würde. Etwas, das sie beide bereuen würden. „Es ist eine schlechte Idee mit dir zu schlafen", knirschte er, „weil ich es nicht mehr als einmal mit einer Frau treiben kann."

Warum *zum Teufel* hatte er das gesagt?

Sie verdrehte die Augen und schlug die Decke zurück. „Eine Auffrischung deiner Regeln brauche ich auch nicht. Shay hat sie mir kurz zusammengefasst."

Er knirschte mit den Zähnen und wünschte sich, er wäre so gnadenlos wie sie dachte. Dann würde er sich zumindest nicht verpflichtet fühlen, ihr eine Erklärung zu liefern.

„Es ist ein Unvermögen", stellte er klar. „*Keine* Regel."

Ihre Augenbrauen zogen sich zusammen, quälend langsam. „Du bist nicht …"

„In der Lage, eine Erektion zu bekommen? Einen Steifen? Einen Ständer? Wie auch immer du es nennen willst, ich kann es nicht mehr als einmal für ein und dieselbe Frau bekommen." Er ließ diese Information auf sich wirken. Das persönliche, streng gehütete Geheimnis, das er nie einer Menschenseele erzählt hatte.

„Wow … Wie lange ist es her, dass du mehr als einmal mit derselben Frau geschlafen hast?"

„Mehr als zwölf Jahre."

„Heilige. Scheiße." Sie zog die Wörter in die Länge, während sie ihn mit einer Mischung aus Faszination und Besorgnis anstarrte. „Warst du deswegen schon bei jemandem?"

„Oh, nein." Er schüttelte den Kopf. „Denk ja nicht, dass mit meinem Schwanz was nicht stimmt. Was mich betrifft, gibt es kein Problem. Es ist eine Kunstfertigkeit. Ein Talent, das zu beherrschen es Jahre gebraucht hat. Es ist meine Versicherungspolice."

„Versicherung", wiederholte sie langsam.

„Ja, um die Bindungsphobie zu schützen, die ihr mir andichtet."

„*Andichtet*?" Ihre Lippen kräuselten sich. „Gibt es daran irgendeinen Zweifel? Du bist ernsthaft verkorkst."

„Du wirst mich das nicht leugnen hören. Aber ich erzähle es dir, um reinen Tisch zu machen. Der fehlende Sex hat nichts mit dir zu tun, sondern alles damit, dass ich für den Vorführungsabend interessiert bleiben muss."

Sie kletterte auf das Bett, die Falten auf ihrer Stirn waren zurück. „Weißt du, Bryan, ich hätte dich nie für den Es-liegt-nicht-an-dir-es-liegt-an-mir-Typ gehalten."

Weil er das nicht war. War er nie gewesen. Sie inspirierte Anomalien. „Und ich hätte dich nie für eine Frau gehalten, die mit einer simplen Fingerdrehung kommen kann. Ich schätze, wir haben beide unzutreffende Vermutungen angestellt."

Er trat sich seine Schuhe von den Füßen und steckte seine Socken hinein.

„Du bleibst trotzdem?"

„Wir haben eine Wette abgeschlossen. Ich bin kein schlechter Verlierer."

Das hier war ein Fehler. Ein großer Fehler. Sein Schwanz stand stockstramm. Seine Selbstbeherrschung war gleichermaßen gefährdet. Doch aus einem unbekannten Grund sprintete er nicht zur Tür.

Er öffnete den obersten Knopf seines Hemdes, dann jeden weiteren, einen nach dem anderen. Ihr hungriger Blick verschlang jeden Zentimeter seiner frisch freigelegten Haut. Er konnte praktisch fühlen, wie ihre Augen mit ihrem faszinierten Laserstrahl seine Brust entlangwanderten. Die Ablenkung hätte ihn dazu bringen sollen, innezuhalten und dem bevorstehenden Unglück im Rückwärtsgang zu entkommen.

„Soll ich das Licht im Wohnzimmer ausmachen, bevor ich mich hinlege?" Er schob den Stoff von seinen Schultern und ließ ihn auf den Boden fallen.

„Nein." Sie schüttelte ihren Kopf. „Es ist noch früh. Ich will nur eine

Weile hier liegen." Sie zog die Decke an ihr Kinn und kuschelte sich tiefer ins Kissen.

Die gesamte Szene vor ihm schien wie die eines Paralleluniversums. Er war kein Freund von einem solchen Quatsch – weder von Übernachtungen noch Dinnerabenden. Und ganz sicher nicht von Wein. Und, Herrgott, wenn er noch ein weiteres Mal daran dachte, dass er die Wette absichtlich verloren hatte, würde er vermutlich zusätzlich noch den Inhalt seines Magens verlieren.

Und doch genoss er bei jedem Blinzeln den Anblick, der ihn nach dem Aufschlagen seiner Augen erwartete. Sie sah natürlich aus. Entspannt. Sie versuchte nicht, ihn zu verführen. Sie war eine einfache Frau ohne Makel, und er ein einfacher Mann mit vielen davon.

„Also, wer war sie?"

Er stockte, gerade im Begriff, seinen Gürtel zu öffnen. „Sie?"

„Die Frau, die Bryan zu Brute machte."

„Es gab keine Frau", log er. „Wie gesagt, ich war seit meiner Schulzeit nicht mehr mit jemandem mehr als einmal zusammen." Er ließ seinen Gürtel los, öffnete den Reißverschluss und schob seine Hose zu Boden. „Du musst wirklich aufhören nach Entschuldigungen zu suchen, die rechtfertigen, wieso ich bin, wer ich bin. Es gibt keine."

Sie gab ein Geräusch von sich. Ein missbilligendes *Hmmpf*. „Wir sind alle von unseren Erfahrungen geprägt."

„Wenn du das sagst." Er wandte seinen Blick ab, unfähig, sie anzuschauen, während er neben ihr ins Bett kletterte. Von allen sexuellen Dingen, die er im Laufe der Jahre getan hatte, schien dies bei weitem das seltsamste zu sein.

Andererseits hatte es nichts Sexuelles an sich.

Dieser Teil war auf eine Wette zurückzuführen.

Eine Wette, die er absichtlich verloren hatte.

„Wenn es keine Frau gab, dann erzähl mir von deiner Kindheit. Hast du dein ganzes Leben in Beaumont verbracht? Hast du Familie hier?"

Nun, das war eine todsichere Methode, seinen Schwanz schlapp werden zu lassen. „Aufgewachsen in Florida. Hatte eine gute Schulbildung. Hervorragend in Mathe und Wissenschaften. Hasste meine Eltern, wie jedes Kind in meinem Alter." Das Problem war, dass seine Eltern ihn ebenfalls gehasst hatten.

„Gehst du oft nach Hause?"

„Überhaupt nicht. Vor einiger Zeit habe ich ein Apartment in Tampa gekauft, weil ich dachte, dass ich irgendwann wieder dahin zurückkehren würde, wo ich aufgewachsen bin. Aber ..." Was zum Teufel? Das hier war keine Seelenklempner-Sitzung. Er musste nicht die Vergangenheit aufwärmen, um ein Schweigen zu füllen. „Ich habe nicht vor wieder zurückzugehen." Er räusperte sich, lehnte sich in das Kissen zurück und starrte hinauf an die Decke. „Was ist mit dir? Was sind deine Probleme?"

„Meine kennst du bereits." Sie gab ein weiteres Geräusch von sich, diesmal ein erschöpftes Stöhnen. „Toter Ehemann. Perverse Neigungen. Unfähigkeit zum Orgasmus zu kommen."

„Deine Orgasmen funktionieren einwandfrei."

Ihr Glucksen war ein Lufthauch. „Worte von dem einzigen Mann, der in der Lage ist, sie auszulösen."

„Du wirst dich schon bald selbst verstehen lernen." Mit einem anderen Mann. Vielleicht in einem anderen Club.

„Ja ... Ich weiß."

Während sie ausgiebig gähnte, schwieg er, in der Hoffnung, sie würde einschlafen und damit das ozeantiefe Gespräch beenden.

Er beobachtete sie aus dem Augenwinkel: ihr Haar über das Kissen verteilt, ihr Blinzeln immer länger andauernd, bis ihre Augen schließlich geschlossen blieben. Kleine, kaum hörbare Stöhnlaute entfuhren ihr, und gingen ihm unter die Haut. Sein Penis zuckte erneut, die erschlaffte Länge mit frischem Enthusiasmus bereit für ein Comeback.

Wenn sie nicht aufhörte, würden seine Chancen zu schlafen irgendwo zwischen *unwahrscheinlich* und *nie im Leben* rangieren.

Nicht, solange er dem Ganzen nicht die Spitze nahm.

Er starrte auf die Uhr, und von Wimmern erfüllte Minuten vergingen, in denen er stur auf die Zahlen blickte. Jede Sekunde versorgte seinen Schaft mit einem weiteren Blutzustrom und einem neuerlichen Gefühl, dass gerade etwas gründlich schieflief.

Sie hatte nicht versucht ihn zu verführen. Sie war nicht einmal länger als bis zehn Uhr wachgeblieben.

Ihm entwich ein leises Lachen. Diese Frau war die beste verdammte Ablenkung, die er sich wünschen konnte. Doch er konnte nicht hierbleiben. Nicht in ihrem Bett, von lüsternen Gedanken erfüllt, während sie schlief. Nein, er musste aufstehen und die Blutansammlung in seiner Leistengegend loswerden.

Er glitt von der Matratze, und sein Schwanz wies ihm den Weg, als er den Flur hinunterlief auf der Suche nach ... etwas.

Ihm standen zahlreiche Möglichkeiten zur Verfügung, sein Interesse zu besänftigen – die Fernbedienung des Fernsehers, die Magazine auf dem

Couchtisch – und doch fand er sich erneut an dem Bücherregal wieder und ließ seine Finger über Buchrücken medizinischer Texte streifen.

Selbst als der Sensenmann über seine Schulter lugte, blieb sein Schwanz unerbittlich. Ein Soldat. Und der Mistkerl hatte nicht die Absicht, den Kampf aufzugeben.

Er nahm die Bücher aus dem Regal, eines nach dem anderen, und stapelte sie in der Nähe der Eingangstür. Sie wollte die ständige Erinnerung nicht, und es war nicht so, als hätte er etwas Besseres zu tun. Außer mit ihr. Also machte er weiter, setzte sein günstiges Workout fort, bis jedes Buch über Krebs darauf wartete, dass er ging.

Und er *sollte* gehen.

Er verharrte vor der Tür, seine Probleme ähnlich denen eines Teenagers, der zum ersten Mal versuchte sich hinauszuschleichen.

„Scheiß drauf." Er war kein Weichei. Er kam mit einer Übernachtung klar. Vor allem, wenn man ihm keine Krallen in die Eier schlug. Sie schlief, Himmelherrgott nochmal.

Er ging zurück zum Bücherregal und richtete seine Aufmerksamkeit auf das oberste Fach, auf dem gleichmäßig Fotos in silbernen Rahmen verteilt waren. Alle Bilder zeigten stereotypische, glückliche Familien. Mutter, Tochter und Schwester, in verschiedenen Abstufungen des Glücks.

Würde ihre Seifenblase jemals zerplatzen, so wie seine?

Er schüttelte den Kopf über seine eigene Dummheit.

Er hatte nie eine Seifenblase gehabt. Das Drehbuch seines Lebens hatte das Märchen mit einer Besetzung geplant, die nie erschienen war.

Er schob zwei der Rahmen zur Seite und schnappte sich das knallrosafarbene Album, das dahinter lag. Er öffnete den Deckel, blätterte mit seinen Fingern durch Seiten, die Ella in ihrer ganzen strahlenden Pracht beleuchteten. Ihre Mutter und ihre Schwester spielten eine zentrale Rolle in der Dokumentation ihres Lebens. Allerdings sah es so aus, als hätte sie die Aufnahmen ihres Mannes versteckt. Oder vielleicht waren diese für die Privatsphäre ihres Schlafzimmers reserviert.

Da waren Geburtstagsfotos. Schnappschüsse von glücklichen Urlauben. Weitere Bilder mit ihrer Schwester. Mit Tieren. An verschiedenen Orten. Mit sexy Outfits. Dann in einem verdammten Bikini.

Er schlug das Album zu und schob es zurück ins Regal. Mit jedem seiner Atemzüge konnte er sie schmecken, sie riechen. Seine Glieder kribbelten in dem Bedürfnis, den Flur entlang zu gehen und ihr das zu geben, worum sie ihn gebeten hatte.

Die Ein-Fick-Regel schien allmählich ihren Tribut zu fordern. Die

Qualität-über-Quantität-Diät hatte ihn völlig verrückt gemacht. So verrückt, dass er seine Fäuste ballen musste, um nicht nach seinem Schwanz zu greifen.

Alkohol. Er brauchte Alkohol.

Er marschierte in die Küche und schnappte sich die fast leere Weinflasche aus dem Kühlschrank. Der Deckel wurde ziellos beiseite geworfen, dann glitt der flüssige Inhalt seine Kehle hinunter wie der erste Schluck Wasser nach einem Jahr Dehydrierung.

Er trank und trank. Exte das Ding, bis es leer war, bevor er sich gegen die Spüle lehnte und einen tiefen Atemzug nach dem anderen einsog. Und trotzdem wollte seine Erektion sich nicht geschlagen geben.

Sein Verstand mischte ebenfalls mit. Bilder von Ella blitzten vor seinen Augen auf. Er konnte sehen, wie ihr Hintern sich wiegte, als sie das Geschirr in die Spüle legte. Konnte sehen, wie sie sich bückte, um das Essen in den Kühlschrank zu stellen.

Er packte den Tresen, um sich zu erden, und presste seine Erektion gegen die Schränke, in der Hoffnung, dem zunehmende Pochen Einhalt zu gebieten.

Der Druck nahm zu.

Er konnte sich nicht gegen das Bedürfnis wehren, seinen Schaft durch das dünne Material seiner Unterwäsche hindurch fest mit seinen Fingern zu umschließen. Jedes Mal, wenn er blinzelte, war sie da – im *Vault*, bei den Schließfächern, unter ihm gespreizt auf ihrem Bett. Auch ihre Worte hörte er. Ihr krächzendes Flehen, gefickt zu werden. Hart. Und ihr Wimmern.

Herr im Himmel.

Er verstärkte seinen Griff, packte seinen Schwanz, als wäre er eine Schlange, die er erwürgen wollte. Das verdammte Ding wollte nicht aufgeben. Je fester er zudrückte, desto besser fühlte es sich an. Der Schmerz war das Beste daran.

Eines Tages würde er den Gefallen erwidern. Er würde sie so quälen, wie sie ihn gerade quälte.

Der feste Griff wurde zu einem Pumpen, dessen erste gleitende Reibung für eine kräftige Dosis purer Erleichterung sorgte. Er biss sich auf die Unterlippe, um zu verhindern, dass ein Stöhnen entweichen konnte, und schloss die Augen, um sich auf sein albernes Handeln zu konzentrieren.

Die Dunkelheit war wenig hilfreich. Innerhalb von Sekunden hatte er seinen Boxerslip runtergerissen, sodass er nur noch seine Hoden verdeckte. Dann spuckte er sich in die Hand. Das erste Gleiten seiner speichelbedeckten Handfläche war die Hölle – die reinste Form von Folter und Niederlage, gerollt in ein Paket verdammter Glückseligkeit.

Es zu bekämpfen war sinnlos. Stattdessen kniff er seine Augen fester zusammen und bestrafte sich so hart er konnte mit heftigen Pumpbewegungen seiner unnachgiebigen Faust. Vor und zurück bearbeitete er seinen Schaft, wobei jedes Pumpen kürzer wurde. Härter.

Er knurrte angesichts des Drucks, der sich in seinen Hoden aufbaute, wollte es endlich hinter sich bringen. Er stellte sich auf die Zehenspitzen, und es drehte ihm vor Abscheu den Magen um, als er sich in die Spüle entlud. Strahl um Strahl weißer Flüssigkeit schoss aus ihm heraus, und dennoch ging sie ihm nicht aus dem Kopf. Puls um Puls spritzte gegen den rostfreien Stahl, steigerte seinen Selbsthass, und ungeachtet dessen blieb sie die ganze Zeit da.

Ihre Augen.

Ihr Wimmern.

Ihr Flehen.

Er verstand es nicht. Wollte es nicht verstehen.

„Verdammte Scheiße."

Er stopfte seinen erweichenden Penis in seine Boxershorts und spülte seine mangelnde Selbstbeherrschung den Abfluss hinunter. Es war Teras Schuld. Seine Familie hatte sich zurück in sein Leben gedrängt und alle Barrieren zerstört, die er mit aller Anstrengung errichtet hatte. Sie hatten sein Selbstwertgefühl zunichte gemacht. Seine Konzentration. Vielleicht sogar sein Selbstvertrauen.

Wette oder nicht, er musste verschwinden.

Sollte Ella aufwachen und ihm einen weiteren geflüsterten Vorschlag unterbreiten, würde er nachgeben. Einknicken wie ein Kind bei seinem ersten Laufversuch. Und er wollte nicht riskieren, jemand anderen in seinen Niedergang hineinzuziehen.

Er pirschte ins Wohnzimmer, fand ein Blatt Papier und einen Stift, dann kritzelte er in großer Schrift seine Handynummer darauf, zusammen mit der Nachricht – *Nächsten Donnerstag, 20 Uhr. Im Vault.*

Er legte den Zettel unter ihre brennende Couchtischlampe. Anschließend schlich er auf Zehenspitzen ums Bett und hob seine Hose vom Boden. Das laute Klimpern seiner Gürtelschnalle war ein massives *‚Fick dich'* des Universums. Das Geräusch durchschnitt die Stille, und sie antwortete mit einem Wimmern. Er erstarrte, die Hose halb auf seinen Oberschenkeln, während sein Schwanz erneut zu erwachen begann wie ein energiegeladener Welpe.

„Du gehst?"

Er zog die Hose zu seiner Taille, schloss den Reißverschluss, den Knopf, dann den Gürtel. „Ja. Es ist viel zu früh für mich, um schlafen zu können."

„Tut mir leid." Sie drehte sich zu ihm und kuschelte mit ihrem Kissen, während sie lethargisch blinzelte. Keine Frau hatte je so feminin ausgesehen. So gefügig. So zerbrechlich.

Er brauchte nur das Zauberwort zu sagen, und schon läge sie auf ihrem Rücken, die Arme ausgebreitet, die Oberschenkel gespreizt. Der Gedanke hätte ausreichen müssen, um ihn abzutörnen.

Warum tat er das nicht?

Warum schoss sein Blut blitzschnell zurück in seinen Schwanz?

Er schnappte sich sein Hemd vom Boden und schlüpfte mit einer solchen Heftigkeit durch die Ärmel, dass es das Material an seine Grenzen brachte. Mit jeder verstreichenden Sekunde, die ihr Vorschlag näher rückte, beschleunigte sich sein Puls in Erwartung der Erleichterung. Sie würde ihn bitten zu bleiben. Sie war wenige Atemzüge davon entfernt, sich in ein weiteres Groupie zu verwandeln. Genau wie alle anderen.

„Kannst du die Tür schließen, wenn du gehst?" Sie streckte sich, die Rundungen ihrer Brüste spannten das Laken.

Was. Zur. Hölle?

Er runzelte die Stirn, irritiert durch die merkwürdige Mischung aus Schönheit und Zurückweisung. „Sicher." Seine Finger verhedderten sich in den verbleibenden Knöpfen. „Ich habe einen Zettel auf deinem Couchtisch hinterlassen mit meiner Handynummer darauf. Schreib mir eine Nachricht, wenn du Fragen zur Vorführung hast. Ansonsten sehen wir uns dort."

„Wer sagt, dass ich mich entschieden habe?"

„Du wirst da sein, Ella. Und du wirst einen hervorragenden Job machen." Er überprüfte seine Taschen, um sich zu vergewissern, dass er Brieftasche, Handy und Schlüssel hatte. „Danke für den Abend."

Danke? Für was? Die Erektionsstörung und den neuen Küchenfetisch? Wer zum Teufel war er?

„Danke?" Sie lächelte. „Bist du wieder höflich?"

„Nö." Er ging zur Schlafzimmertür, bereit das Weite zu suchen. „Ich habe einen weiteren billigen Nervenkitzel erhalten und einen Boost für mein Ego. Verdient das keine Dankbarkeit?"

„Arsch", flüsterte sie mit schlaftrunkenem Humor.

Dass du es nicht vergisst, Liebes.

„Nacht, Ella." Er verwehrte es sich, sich für einen letzten Blick umzudrehen.

„Nacht, Brute."

Der Gebrauch seines Spitznamens entging ihm nicht. Sie hatte endlich begriffen, wer er war. Was er war. Und obwohl es ihm nicht den üblichen Kick gab, wusste er, dass die emotionale Distanz nur von Vorteil sein würde.

KAPITEL ZWÖLF

Der Essbereich des Cafés war leer, abgesehen von ein paar Frauen, die wie gewöhnlich ihren Nachmittagskaffee teilten. Dienstagnachmittags war es immer am ruhigsten, was wirklich miserables Timing war, da Pamelas Verstand einem aufmerksamkeitsheischenden Kleinkind glich.

„Lass das Geschirrtuch fallen, dann wird niemand verletzt."

Ihre Hand hielt inmitten der kreisförmigen Bewegung auf dem Tresen inne. Sie blickte sich über die Schulter und sah Kim, die das Fensterspray wie eine Waffe hielt.

„Was machst du da?"

„Mom und ich waren geduldig, aber deine Zeit ist um. Du musst mit dem manischen Putzen aufhören, damit wir eine ernsthafte Unterhaltung führen können."

Pamela ließ das Tuch los und wischte sich die Hände am Gesäß ihrer schwarzen Leggings ab. „Was habe ich getan?"

„Es sind jetzt schon zwei Tage."

„Zwei Tage", wiederholte ihre Mutter wie ein Papagei aus der Küche.

„Seit?", versuchte Pamela sie hinzuhalten und hoffte, die beiden würden die Person, die sie verzweifelt zu vergessen versuchte, nicht erwähnen. Es waren zwei Tage seit *Brute*. Zwei Tage seit dem chinesischen Essen, Orgasmen und einem beeindruckend sexy Körper in ihrem Bett.

„Spiel nicht die Dumme." Kim verschränkte die Arme vor der Brust.

„Wir haben dir Freiraum gegeben zu verdauen, was auch immer geschehen ist, und jetzt wollen wir die anzüglichen Details."

„Heute nicht." Sie nahm ihr Tuch wieder auf und setzte die beruhigenden kreisenden Bewegungen fort. „Ich möchte nicht darüber reden."

„Seit wann das nicht?", zischte Kim. „Du erzählst mir immer alles."

„Ja … nun, vielleicht ist es an der Zeit, dass ich aufhöre, alles von mir preiszugeben."

„Hat er etwas gesagt? Oder etwas getan?"

Pamela schnaubte. „Nimm das von jetzt an als gegeben hin. Aber nach neulich Abend habe ich größere Probleme als seine Beleidigungen."

„Ich wusste es." Ihre Mutter schob sich durch die schwingenden Küchentüren. „Ich hätte es von einem so gutaussehenden Burschen nie erwartet, aber ich habe Kim gesagt, dass ich ein ungutes Gefühl in Bezug auf die Abdrücke an deinem Hals habe."

„Mom", sagte ihre Schwester warnend. „Wir haben darüber gesprochen und sind zu dem Schluss gekommen, dass es ein Ausschlag ist."

Ach. Du. Scheiße.

Pamelas Hand schnellte instinktiv zu ihrem Hals und dem dünnen Schal, der strategisch über die verblassenden roten Fingerabdrücke drapiert war.

„Oder liege ich falsch?" Kims Augen weiteten sich schlagartig und statt milder Schelte loderte nun Feuer und Schwefel darin. „Hat er dich genötigt?"

„Nein. *Gott*, nein." Wie konnte sie zugeben, jede Sekunde seines starken Griffs um ihre Kehle genossen zu haben? Wie konnte sie ihnen verständlich machen, dass sie noch nie so erregt gewesen war wie in diesem Moment? „Die Abdrücke sind …"

„Verdammt, Pamela. Sag uns einfach, was passiert ist." Die brüchige Stimme ihrer Mutter zeugte von ihrer Besorgnis. „Ist alles in Ordnung?"

„Ja." Sie holte tief Luft und sackte beim Ausatmen in sich zusammen. Eine Zeit lang hatte sie sich diesem Gespräch entziehen können. „Genau genommen, nein." Sie wollte sich nicht eingestehen, was geschehen war – ihre monumentale Dummheit. Das Problem war nur, dass sie wusste, wie es lief. Sie würden sie nicht in Ruhe lassen, bis sie die Wahrheit verriet. „Ich habe mich in ihn verguckt."

Sie starrten sie an.

Regungslos.

Ohne zu blinzeln.

„Es ist idiotisch, ich weiß." Sie zuckte bei den Worten zusammen. „Es muss etwas hormonelles sein."

„Du sagtest doch, er sei ein Arsch." Kim senkte ihre Stimme und überflog mit ihrem Blick die wenigen verbliebenen Kunden.

„Das ist er." *Oh Gott, das ist er.*

„Dann muss es einen Grund geben."

Es gab viele. Die erbärmlichen Ausreden formten rasch eine Liste in ihrem Kopf – seine Berührung, seine Stimme, sein Körper. Er war umwerfend – *so unglaublich umwerfend* – mit dem Bart eines echten Kerls, seinen durchdringenden Augen und seinen talentierten Händen. Visuell war er perfekt. Und die Bücher. Er hatte das Regal leergeräumt, das als ständige Erinnerung an die Monate mit Krebs und einer deplatzierten Hoffnung gedient hatte. Die Erkenntnis hatte Tränen verursacht, glückliche Tränen.

Und traurige ebenfalls.

„Ich kann sehen, wie sich deine Gedanken überschlagen." Kim verengte die Augen. „Er hat etwas getan, das dich von ihm überzeugt hat, nicht wahr?"

„Nein, eigentlich nicht." Definitiv nichts, was dem plagenden Herzrasen würdig wäre, mit dem sie zu kämpfen hatte. „Zum Großteil war er dasselbe Arschloch wie immer."

„Und was ist mit dem kleineren Teil?" Ihre Mutter griff über den Tresen und ordnete in einem wenig überzeugenden Streben, gefasst zu wirken, die Zuckerpäckchen. „Hat es vielleicht eine tiefere Verbindung auf einer anderen Ebene gegeben?"

Pamela rollte mit den Augen. „Wow. Du bist in Rekordgeschwindigkeit aus deinem Schutzanzug geschlüpft und hast ohne Umschweife deinen Matchmaker-Umhang übergezogen."

„Ich bin keine Matchmakerin", sagte ihre Mutter spöttisch. „Ich will damit bloß andeuten, dass es vielleicht eine stärkere Verbindung zwischen euch gab, als ihr denkt."

„Und weiter?" Kim bedeutete ihr mit einem Schwenken der Hand fortzufahren. „Zerleg es in seine Bestandteile. Erzähl uns, was passiert ist. Von Anfang bis Ende."

Ihre Mom räusperte sich. „Abgesehen von dem pikanten Teil natürlich."

„Natürlich." *Herrgott.* Sie wollte nie wieder das Wort ‚pikant' von den Lippen ihrer Mutter hören. Besonders nicht, wenn es sich auf Sex bezog.

Ihre Schwester und ihre Mutter hatten sie stets unterstützt. Sie hielten zu ihr, obwohl sie weder ihre Vorliebe für Sexclubs noch für deren Facetten verstanden. Sie hörten ihr zu ohne zu urteilen. Das Einzige, was sie nicht taten, war, ihre Verwirrung diesbezüglich zu verbergen.

„Er tauchte mit Essen und Wein bei mir zuhause auf. Ich glaube, er hatte sogar ein Lächeln auf dem Gesicht." Ja, da war definitiv ein Lächeln gewesen. Ein selbstsicherer Schwung seiner Lippen. „Wir haben uns während des Essens unterhalten, und er war freundlich. Sogar ein bisschen lustig. Dann half er den Tisch abzuräumen und gab mir eine Fußmassage."

Er hatte seinen Charme gezeigt und mehr von seiner Bereitschaft, körperliches Vergnügen zu bereiten. Und unter dem Gewicht seiner Verführungskraft hatten die negativen Eigenschaften auf der Contra-Liste eine nach der anderen zu verblassen begonnen.

„Eine Fußmassage? Ist das ein Fetisch-Ding?"

„Da ist kein Fußfetisch." Nicht, dass sie wüsste. „Er war nur nett. Er hat mir sogar von einem Familienproblem erzählt, mit dem er sich rumschlägt."

Kims Augenbrauen schoben sich zusammen. „Dann hast du dich vermutlich in ihn verliebt, weil—"

„Oh, nein. Nein, nein, nein. Das ist *keine* Liebe." Sie schnappte sich das Geschirrtuch und zwirbelte es in ihren Händen. Es war nicht annähernd vergleichbar mit dem L-Wort. Es stieß nicht einmal an den Rand des gierigen Gefühls. Was sie für Brute empfand war etwas weniger Verletzliches … aber ebenso Schmalziges.

„Wie tief geht es dann?"

Pamela wandte sich ab und schrubbte an einem nicht existenten Fleck auf der Theke. „Ich weiß es nicht. Vielleicht ist es nichts. Seit Lucas hat es in meinem Leben niemanden mehr gegeben. Außer körperlich." Doch er hatte ihr einen flüchtigen Blick auf den Mann unter der Maske gewährt. Er hatte sie kurz den weichen, zarten Kern erblicken lassen, der irgendwie vergleichbar mit ihrer Lieblingsschokolade mit Pfefferminzfüllung schien. „Es ist auch möglich, dass ich einfach die Aufmerksamkeit genieße, der ich so lange beraubt war. Ich wünschte nur, ich könnte ihn aus dem Kopf bekommen. Ich muss aufhören an ihn zu denken."

„Weil er allergisch gegen Beziehungen ist?"

Sie hielt inne und fragte sich, ob ihre Situation genauso aussichtslos wäre, wenn das das einzige Problem wäre. „Weil ich für diesen Vorführungsabend seine Assistentin sein soll, und ich mir nicht sicher bin, ob ich verbergen kann, was ich empfinde. Das letzte Mal, dass ich Interesse gezeigt habe, hat er mich vor dem ganzen Club damit konfrontiert. Ich bin noch nie so gedemütigt worden, und damals habe ich ihn für nicht mehr als ein Arschloch gehalten. Stellt euch vor, wie er jetzt reagieren würde."

Kim erschauderte.

„Seht ihr?" Es war ein Problem. Ein großes Problem.

„Sag ihm, dass du ihm mit der Kurssache nicht helfen kannst", schlug ihre Mutter vor. „Ruf an und sag, du seist beschäftigt."

„Wenn ich ihn anrufe, wird er eine Erklärung erwarten." Und wenn sie miteinander redeten, würde sie unter der Dominanz in seiner Stimme nachgeben.

„Dann ruf nicht an." Kim zuckte mit den Schultern. „Schick ihm eine Nachricht, dass etwas dazwischengekommen ist und du es nicht schaffst. Führ es nicht weiter aus. Gib ihm das Allernötigste an Details und belass es dabei. Du schuldest ihm nichts."

Nein, das tat sie vermutlich nicht. Abgesehen von einer einseitigen Orgasmusstrichliste bestanden keinerlei Verpflichtungen oder verbindliche Vereinbarungen.

„Wo ist dein Handy?" Kim schaute unter den Tresen und schob die Handtasche ihrer Mutter beiseite.

„Unter der Kasse."

Ihre Schwester rutschte ein Stück weiter, holte das Gerät hervor und reichte es ihr. „Schick sie jetzt."

Pamela atmete langsam ein und sah ihre Mutter an, die mit einem ernsthaften Nicken zustimmte. „Glaubt ihr wirklich, das ist der beste Weg, das Ganze handzuhaben?" Schuldgefühle überschwemmten ihren Magen und versetzten ihn in Aufruhr. Oder vielleicht war es die Angst davor sich einen weiteren lebensverändernden Orgasmus entgehen zu lassen.

„Hast du seine Nummer?", fragte Kim.

„Ja." Sie hatte seine Kontaktdaten unter *Brute* gespeichert. Nicht unter *Bryan*. Sie hatte sogar aufgehört seinen Namen zu benutzen, in der Hoffnung, es würde sie von ihrer Unvernunft befreien, wenn sie sich an sein Verhalten erinnerte.

Der Plan hatte sich als höchst ineffektiv erwiesen.

„Los", spornte Kim sie mit einem Rucken ihres Kinns an. „Tu es."

Pamela senkte ihren Blick auf das Telefon in ihrer Hand und tippte ohne nachzudenken. Wenn sie auch nur eine Sekunde innehielt, würde sie es nicht durchziehen.

Es ist etwas dazwischengekommen. Ich kann nächsten Donnerstag nicht ins Vault kommen. Es tut mir leid.

Sie drückte auf *Senden* und schluckte über den Druck in ihrer Brust hinweg. *Macht's gut, tolle Orgasmen.* „So." Sie gab Kim das Gerät zurück. „Erledigt."

Es fühlte sich nicht *erledigt* an. Ihr Herz klopfte in einem unregelmäßigen Tempo. Ihr Brustkorb fühlte sich schwer an. Sie hatte seit Jahren keinen Mann mehr gemocht. Seit Lucas gestorben war, hatte sie abgesehen von reiner Frustration gegenüber dem anderen Geschlecht nichts mehr empfunden. Was Brute von sich zu schieben damit vergleichbar erscheinen ließ, sich selbst einen Hieb in die Vagina zu verpassen.

„Ich schalte es auf lautlos." Kim drückte einige Buttons auf dem Display, dann legte sie das Telefon wieder an seinen Platz unter dem Tresen zurück. „Wenn er anruft, ignoriere es. Wenn er dir eine Nachricht schickt, lösch sie. Du brauchst keinen weiteren emotionslosen Arsch in deinem Leben."

Autsch. Die beleidigende Bemerkung traf sie in die Brust. „Lucas war kein Arsch."

„Nein, Süße." Ihre Mom schenkte ihr ein trauriges Lächeln. „Aber er hat dich auch nicht geliebt. Diesmal verdienst du etwas Besseres."

Ja, das wusste sie. Ihr Problem war ihre Unfähigkeit, etwas anderes anzuziehen als zwei bestimmte Kategorien von Männern – jene, die ihren Körper in den Wahnsinn treiben und dabei ihr Herz unberührt lassen konnten, und solche, die ihr Herz erwärmten, aber ihre Sexualität nicht verstanden.

„Komm schon." Kim deutete mit ihrem Kopf in Richtung des Essbereichs. „Hilf mir, die Tische abzuräumen. Das wird dich ablenken. Und wenn wir schon dabei sind, kann ich dir von den Online-Dating-Sites erzählen, die ich unter die Lupe genommen habe."

Für die verbleibenden zwei Stunden ihrer Schicht etablierte sie eine Routine – fünf Minuten arbeiten, ihr Telefon überprüfen, darüber nachgrübeln, wieso Brute nicht geantwortet hatte, dann weitere fünf Minuten arbeiten. Der Kreislauf war unnachgiebig. Vielleicht war seine ausbleibende Reaktion aber auch eine Erleichterung.

„Siehst du? Es gab keinen Grund zur Sorge." Kim schaltete das Küchenlicht aus und ging zur Fronttür. „Wahrscheinlich ist es ihm völlig egal."

Ihre Mutter hatte dasselbe gesagt, bevor sie Feierabend gemacht hatte.

„Ja, vielleicht."

Brute wirkte nicht wie ein Mann, dem eine Absage gleichgültig war. Oder genauer gesagt, eine Abweisung. Er schien der Typ zu sein, der

Erklärungen verlangte und über unzureichende Antworten schimpfte. „Wenigstens werde ich heute Nacht besser schlafen."

„Willst du vorbeikommen und dir einen Film ansehen? Wir können Pizza holen."

„Nein, nicht nötig." Pamela holte die Caféschlüssel aus ihrer Handtasche, während ihre Schwester die Vordertür öffnete. „Ich glaube, was ich brauche, ist ein Bad und früh ins Bett zu gehen."

Sie trat auf den Bürgersteig und zog die Tür hinter sich zu. Mit einer Vorwärtsbewegung des Schlüssels und einem Drehen ihres Handgelenks war das Schloss verriegelt und sie konnte endlich nach Hause gehen.

„Entschuldigen Sie die Störung, meine Damen."

Sie drehte sich zu der unvertrauten Männerstimme um und fand sich einem süßen Kerl gegenüber. „Muffin-Mann."

Kim prustete neben ihr.

„Muffin-Mann?" Sein hoffnungsvoller Gesichtsausdruck verblasste.

„Entschuldigung." Sie schlug sich eine Hand auf den Mund und versuchte die Hitze zu ignorieren, die ihre Wangen entflammte. „Ich … Ähm …"

„Sie sind ein Stammgast", kicherte Kim. „Aber wir kannten Ihren Namen nicht. Also hat Pamela Sie Muffin-Mann getauft."

„Das habe ich *nicht*." Es war Kim gewesen. Nicht Pamela.

Der Mann sah sie beide abwechselnd an, ein Lächeln breitete sich sanft auf seinen Lippen aus. „Ich heiße Callum." Belustigung klang in seiner Stimme mit, freundlich und nett.

Zu freundlich und nett. Hätte er bloß eine feurige Ader, dann würde ihr Unterleib Purzelbäume schlagen.

„Schön, Sie kennenzulernen, Callum." Kim setzte zum Rückzug an und entzog sich dem Gespräch mit verstohlener Finesse. „Aber ich muss jetzt los." Sie winkte mit den Fingern. „Ich habe einen Termin mit meinem Personal Trainer. Wir reden später, Schwesterchen."

Pamela funkelte den Rücken ihrer lügenden Schwester an, bis sie sie im geschäftigen Fußgängerverkehr aus den Augen verlor. Als sie sich zu Callum umwandte, sah sie, wie er sie anstarrte, seine braunen Augen von Nervosität erfüllt.

„Nun, es ist toll, Sie offiziell kennenzulernen, Callum. Gibt es etwas, mit dem ich Ihnen helfen kann?"

Er rieb sich den Nacken. Knabberte an seiner Unterlippe. Jemand anderes mochte die Unruhe als liebenswert empfinden, doch sie hatte schon immer selbstbewusste Männer bevorzugt.

„Ja, ich habe darauf gewartet, dass Sie Feierabend machen. Ich dachte, ich könnte Sie vielleicht auf einen oder zwei Drinks einladen."

„Oh." Ihr Gehirn blockierte. „Ähm ..." Sie hatte nicht mit einer Einladung gerechnet. Besonders nicht von einem Mann, der mit seiner schüchternen Art einem Welpen ähnelte. „Ich ..."

„Ich weiß, es kommt aus heiterem Himmel." Er gluckste peinlich berührt. „Es hat eine Weile gedauert, den Mut aufzubringen, Sie anzusprechen."

Wieder hätte sie erfreut sein sollen. Sogar ein wenig geschmeichelt. Er schien ein netter Kerl zu sein.

Doch offensichtlich konnte ihre Libido mit *nett* nichts anfangen.

„Heute Abend?" Sie sah den Bürgersteig entlang, unentschlossen, ob sie eine sanfte Abweisung aussprechen und damit ihr Desinteresse abschwächen sollte, oder ob sie ohne es wirklich zu wollen annehmen sollte, um endlich eine andere Art von Mann kennenzulernen.

Wer weiß? Möglicherweise hatte dieser schüchterne Mann gelegentlich einen analen Orgasmus im Repertoire.

„Ich, ähm ..." Sie konzentrierte sich auf die Menschen, die vorbeigingen – die Geschäftsleute, die Paare, die Kinder. Jetzt war so gut wie jeder andere Zeitpunkt, um etwas Neues auszuprobieren, richtig?

Sie öffnete den Mund, im Begriff anzunehmen, als ihr Blick an dem Mann hängen blieb, der ein paar Meter weiter die Straße hinunter an seinem Auto lehnte. Als wäre er aus ihrer Fantasie gerissen worden, stand Brute da, die Arme vor der Brust verschränkt, seine Körperhaltung lässig, brachte er ihr Herz zum Flattern wie die Flügel eines Schmetterlings.

„Es tut mir leid, Callum." Sie drehte sich zurück und blickte in sanfte Augen. „Ich kann heute Abend nicht."

Er zuckte die Achseln, sein Lächeln nun aufgesetzt. „Das ist okay. Ich weiß, es ist kurzfristig. Vielleicht an einem anderen Abend?"

„Ja, sicher." Wer wusste, was die Zukunft brachte? Eines Tages würde sie wirklich die Schwärmerei für emotionslose Männer drangeben und sich in jemanden wie Callum verlieben müssen.

In jemand unerträglich Herzlichen ohne jedes Drama.

Aber nicht heute. Nicht, wenn ein völlig gegensätzlicher Mann ganz in der Nähe stand und mit seinem Unmut ihre Blutbahn belebte.

„Einen schönen Abend noch." Callum nickte ihr zum Abschied zu, winkte, dann drehte er sich in seinen großen Handwerkerstiefeln um.

„Ihnen auch." Sie drückte sich an die Glastüren und weigerte sich, den sich nähernden Mann anzusehen. Je näher Brute kam, desto schwerer wurde es zu atmen. Ihre Haut kribbelte. Ihre Kehle schnürte sich zu.

„Ist er der Grund dafür, dass du mich sitzen lässt?", knurrte er zur Begrüßung.

Ihr Herz schlug heftiger, die Mischung aus Anziehung und seiner Verärgerung brachte all ihre Nerven zum Kribbeln. „Was machst du hier?"

„Ich dachte, ich verdiene eine Erklärung."

„Du hättest anrufen können."

„Dasselbe habe ich von dir gedacht. Nach den Orgasmen, die ich ausgeteilt habe, sollte man meinen, dass ein paar vage Worte per Messenger das letzte seien, was ich verdiene."

Oh, Mann.

Gedanklich lagen ihre Hände auf seinen Schultern, um ihn zu einem harten Kuss zu sich heranzuziehen, der mit ihrem Knie in seinen Weichteilen enden würde. Körperlich jedoch hatte sie die Zähne zusammengebissen und eine grimmige Miene aufgesetzt.

Diese Begegnung würde nicht gut enden. Besonders deshalb nicht, weil sie den wahren Grund für ihre Absage nicht nennen konnte und sie sich keine vorgeschobene Entschuldigung zurechtgelegt hatte.

„Daher frage ich nochmal." Er grinste auf sie hinunter. „Ist dieser Typ der Grund dafür, dass du mich sitzenlässt?"

Sie zog ihre Nase kraus. „Nein."

„Gehst du mit ihm aus?"

„Geht dich das etwas an?"

„Wenn du weiterhin zu mir kommst und dich beschwerst, dass du nicht richtig durchgevögelt wirst, dann ja, allerdings. Denn dieser Typ wird dich nie im Leben richtig rannehmen."

„Wenn ich weiterhin zu dir komme?" Gott, dieser Mann brachte ihr Blut zum Kochen und ihre Vagina dazu, sich zusammenzuziehen, alles zur gleichen Zeit. „Du willst eine Erklärung dafür, weshalb ich abgesagt habe? Vielleicht überdenkst du mal dein Verhalten."

„Bullshit. Dir war mein Verhalten schon vorher bekannt. Wenn es nicht an diesem Kerl liegt, ist meine nächste Vermutung dein Ehemann."

Ihr Mund klappte auf, als er Lucas' Namen in das Gespräch einbrachte.

Vor wenigen Sekunden hatte ihr das Desinteresse an Callum beinahe einen Herzstillstand beschert, wohingegen dieser kaltschnäuzige Mann bei ihr im Handumdrehen einen schweren Fall von Herzrhythmusstörungen auslöste.

„Neulich Abend", fuhr er fort, „sagtest du, du hättest seit seinem Tod niemanden mehr gehabt. Wenn es also nicht an dem jungen Schönling liegt, liegt es wohl an Schuldgefühlen."

„Es *liegt nicht* an Schuldgefühlen", knirschte sie.

„Woran dann?"

Sie holte tief Luft, ließ sie langsam wieder entweichen, und sträubte sich gegen die gegensätzlichen Emotionen, die in ihrer Brust tobten. Sie hasste diesen Sparringkampf. Gleichzeitig genoss sie ihn. Sie wollte ihm die Augen auskratzen. Wollte ihm das Hirn aus dem Leib vögeln. Diese Situation war ein einziger Wirbelsturm der Verwirrung.

„Ich sagte dir bereits, dass ich das *Vault* hinter mir lassen muss. Ein letztes Mal dorthin zurückzugehen ist keine gute Idee."

„Stattdessen erwartest du, dass dieser neue Typ deine Welt auf den Kopf stellt?" Er fuhr grob mit einer Hand über seinen Bart, sein finsterer Blick unnachgiebig. „Du triffst die falschen Entscheidungen."

„Und du bist jetzt ein Liebesexperte?"

Er verzog sein vollkommen perfektes Gesicht. „Ich spreche nicht von Liebe. Hier geht es um Sex. Du kannst nicht ernsthaft glauben, dass der Typ auch nur die leiseste Ahnung hat, wie er dich zum Orgasmus bringen kann."

„Es heißt, stille Wasser seien tief."

„Irrglaube." Er trat dicht an sie heran, nicht mehr als einen Windhauch von ihr entfernt. „Die Stillen haben einen Schockfaktor, weil sie stinklangweilig sind. Was du brauchst, ist jemand, der nur dafür lebt, um zu vögeln. Jemand, der deinem Appetit gewachsen ist. Jemand, der dich an deine Grenzen bringen kann. Der dich auf die Probe stellt. Du brauchst keinen Kerl, der nicht die Eier hat dir zu sagen, dass er gerne sehen würde, wie deine süße Pussy die ganze Nacht auf seinem Schwanz reitet."

Sie erschauerte. Von Kopf bis Fuß. Er stahl ihr den Atem. Pumpte sie mit Adrenalin voll. Oh Gott, ihr Slip war feucht.

„Geh nach Hause, Ella." Er trat zur Seite und machte sich auf den Weg zu seinem Auto, ließ sie mit dem jähen Ende ihrer Unterhaltung taumelnd zurück. „Zieh dich um und triff mich um neun vor deinem Gebäude."

„Wie bitte?" Ihre Hände zitterten. Ihr Gehirn setzte aus. Es gab viele Dinge an seiner Aussage auszusetzen – die Autorität, die Selbstgefälligkeit. Und doch konzentrierte sich ihre Libido einzig auf die sexy Dominanz. „Wieso?"

„Ich führe dich aus. Es ist an der Zeit, dass dir jemand beibringt, wie man den richtigen Partner findet."

Ein Wimmern formte sich tief in ihrer Brust. *Lehne ab, lehne ab, lehne ab.*

Sie konnte so nicht weitermachen. Sie weigerte sich. „Mach dir keine Sorgen um mich. Ich weiß, was ich tue."

„Deine Vergangenheit im *Vault* beweist das Gegenteil." Er öffnete die Fahrertür und schaute sie über das Dach seines glänzenden Wagens hinweg an. „Neun, Ella. Sei bereit."

Dann war er weg, ließ sie zurück, während sie von Aufregung und purer, unverfälschter Angst überwältigt wurde.

KAPITEL DREIZEHN

*B*evor Bryan sich versah, war es fünf nach neun, sodass er nicht allzu lange darüber nachdenken musste, was zum Teufel er da angeleiert hatte. Er hatte Besseres zu tun, als einer Frau beizubringen, wie sie auf ihre eigenen Instinkte hörte. Doch hier stand er, an sein Auto gelehnt, vor ihrem Gebäude, während er auf seine Armbanduhr starrte.

Er erwartete nicht, dass sie früh dran war. Rechnete nicht einmal damit, dass sie pünktlich war. Sie würde Vergeltung üben müssen, zumindest ein bisschen, bevor sie nachgab und erkannte, dass sie ohne Hilfe nicht den richtigen Mann finden würde.

Sie brauchte seine Hilfe, wollte sie womöglich sogar. Das Verwirrende daran war nur, wieso ihn das so sehr interessierte. Vermutlich lag es daran, dass er es nicht mochte, dass jemand das *Vault* unbefriedigt verließ. Die geringe Zufriedenheitsbewertung war ebenso ein persönlicher wie auch ein professioneller Tiefschlag. Und er brauchte für die Vorführung nach wie vor ihre Unterstützung.

Theoretisch gesehen war es also geschäftlich.

Er tat ihr einen Gefallen und sie ihm.

Zudem war sie eine Ablenkung. Das Einzige, was in der Lage war, ihn von Tampa, seiner Familie und dem ihm die Kehle zuschnürenden Hass abzulenken. Die nervende Ella ließ den anderen Mist in seinem Leben verblassen. Zumindest vorübergehend. Die Zeit allein, die er mit dem

Rücken an sein Auto gelehnt dastand, ließ alle Gedanken zurück in den Vordergrund treten.

Er starrte auf den gelben Schein des Fensters, von dem er annahm, dass es ihres war, und wartete, dass die Lichter erloschen.

Sie taten es nicht.

Nicht nach einer Minute. Nicht einmal nach fünf.

Sein Handy vibrierte in seiner Gesäßtasche, eine mentale *und* körperliche Störung, aber eine bessere Unterhaltungsquelle als eine Glasscheibe. Er zog das Gerät heraus, schnaubte verächtlich beim Anblick von Leos Namen und drückte auf *annehmen*. „Ja?"

„Shay glaubt, du wärst high von der neuesten Designerdroge wegen deiner unnatürlich guten Laune heute Nachmittag. Was ist los?"

Bryan dachte an die letzten sechs Stunden zurück und wehrte sich dagegen sich einzugestehen, was seine Haltung so stark hatte verändern können, dass es jemand bemerkte. Da gab es nur eine Sache. Genauer gesagt, eine Person. „Ich habe ein neues Pulver auf dem Markt getestet", sagte er gedehnt. „Ich denke darüber nach, es heimlich an die jüngeren Raver zu verticken."

Es gab mehr als nur eine kurze Pause. „Du machst Witze, richtig?"

„Was willst du, Leo? Ich bin beschäftigt."

„Mit was?"

„Mit deiner Mutter. Also, wenn es dir nichts ausmacht, es ist Zeit, das Gleitgel auszupacken."

„Verfluchte Shay", grummelte Leo. „Ich weiß nicht, warum sie dachte, du würdest dich in letzter Zeit ungewöhnlich fröhlich verhalten. Du bist immer noch dasselbe Arschloch, das du immer gewesen bist."

Bryan grinste. So lief das bei ihnen. Ihre Freundschaft gedieh durch Bemerkungen unter der Gürtellinie und schnelle Retourkutschen. „Ist das der einzige Grund für den Anruf?"

„Nein. Ich wollte wissen, welche Schritte du unternommen hast, um das Problem im *Vault* zu beheben."

„Ich arbeite daran." Er starrte wieder auf Ellas Fenster und dachte darüber nach, was sie wohl Verführerisches tragen würde.

„Wie? Ich brauche Details. Cassie und T.J. wollen ein Update."

„Ich sagte doch, Ella würde die Vorführung machen, und das wird sie auch." Er schluckte und befreite seinen Rachen von der Trockenheit. Ausnahmsweise war sein Tonfall nicht von Selbstvertrauen geprägt. Seine Worte verpufften angesichts der Unsicherheit. „Ich werde den Deal heute Abend besiegeln."

„Den Deal besiegeln? Nennen die Kids das heutzutage so?" Leo lachte in sich hinein. „Sie ist der Grund für den Drogenrausch, oder? Hat sich der große, böse Brute verknallt?"

Bryan setzte eine finstere Miene auf und wünschte sich, der Blick würde Leo durch sein Telefon erreichen. „Der große, böse Brute wird dein Gesicht zerquetschen, wenn du ihn nicht in Ruhe lässt, um dieses Chaos zu beseitigen."

Das Glucksen verwandelte sich in hemmungsloses Gelächter. „Ich habe den Nagel auf den Kopf getroffen, nicht wahr? Du magst diese Frau."

„Natürlich", brummte Bryan. „Du hast den Nagel auf den Kopf getroffen. Genauso präzise wie ich Shay nageln werde, wenn du das nächste Mal Spätschicht hast."

Die unbändige Heiterkeit nahm weiter zu. „Hast du ein Date?"

„Mach's gut, Leo."

„Es *ist* ein Date."

Bryan beendete den Anruf und steckte das Handy ein. Zehn Sekunden vergingen, bevor die Vibration in seiner Gesäßtasche die erste Nachricht ankündigte. Dann noch eine und noch eine.

Verfluchter Leo.

Das Quietschen der Wohnhaustür durchbrach die Nachtluft, und er hob den Blick, um Ellas vertraute Silhouette den Eingangsbereich verlassen zu sehen. Die Außenlichter schienen auf sie hinab und gewährten ihm einen gnadenlosen Blick auf das hautenge rote Kleid, das dafür sorgte, dass heute Abend kein Mann seine Fantasie benutzen musste.

Ihr blondes Haar tanzte um ihre Schultern, zusammen mit einem weißen Schal, der in das tiefe V ihres Dekolleté hing, das wiederum eine Fülle cremefarbener Haut enthüllte, während ihre kirschroten Lippen zu ihren verführerischen High-Heels passten. Doch es waren ihre Augen, die ihn fertigmachten, und das nervöse Klimpern ihrer Wimpern, das den Hauch eines Bedürfnisses nach Bestätigung andeutete.

„Du bist spät dran", murmelte er.

„Du hast Glück, dass ich überhaupt hier bin."

Ihr Schritt geriet nicht ins Stocken, als er aus dem Auto stieg und die Beifahrertür öffnete. „Wenn du nicht aufgetaucht wärst, hätte ich einen Weg ins Gebäude gefunden und dich selbst rausgeschleppt."

„Ich weiß. Das ist der einzige Grund, warum ich gekommen bin."

„Ganz bestimmt." Er glaubte ihr nicht eine Sekunde lang. Nicht, nachdem sie sich so sehr bemüht hatte, um atemberaubend auszusehen.

Jeder Zentimeter von ihr ließ seinen Schwanz interessiert anschwellen. Vor allem diese Absätze.

Wäre er derjenige, der heute Abend diese Frau mit nach Hause nehmen würde, würde er dafür sorgen, dass diese Schuhe an Ort und Stelle blieben, wenn er zwischen ihren Schenkeln versank. Sie wäre auf seinem Bett ausgebreitet, völlig nackt, abgesehen von ihren rubinroten Fick-mich-Stilettos.

Und dieses Bild hatte seinem Schwanz soeben das grüne Licht gegeben weiter zu wachsen.

„Nette Schuhe", grunzte er.

„Danke. Du siehst auch gut aus." Ihr Sarkasmus war überschwänglich und ließ ihn wissen, dass sein Kompliment über ihre Schuhe alles andere als ausreichend war. „Mir gefällt der Anzug. Ich wette, es ist dasselbe Modell wie alle anderen, die du in den letzten fünf Jahren getragen hast."

Er wehrte sich gegen ein Grinsen. „Einen Klassiker sollte man nicht wegwerfen."

Sie blieb vor ihm stehen und drückte sich die Clutch an die Hüfte. „Nein. Aber ein wenig Abwechslung würde nicht schaden. Du wirkst langsam wie ein Kontrollfreak mit dem ewigen Steifanzug-Ensemble."

Steifanzug? Kontrollfreak?

Sie hatte ja keine Ahnung.

Er trat nah an sie heran und sog ihren süßen Duft von Lust und Schönheit tief in seine Lungen. „Du hast noch gar nichts gesehen, Liebes. Stell dir vor, wie nass dein Höschen werden würde, wenn du eine volle Dosis meiner Kontrolle abbekämst."

Sie gluckste, wehrte seine Arroganz mit einem verschlagenen Zug um ihre Mundwinkel ab. „Nun, diese Theorie testen wir besser nicht." Sie schob sich an ihm vorbei und hielt inne, um zu flüstern: „Weil ich nämlich kein Höschen trage."

Er klappte den Mund zu und stellte sich frontal dem unerwarteten Hieb in seine Weichteile. Sie spielte mit ihm. Er wusste es. Sie wusste es.

Das hielt seinen Blick jedoch nicht davon ab, ihren Po auf der Suche nach einer Slipkontur abzutasten. Einer nichtexistierenden Slipkontur.

Reiß dich verdammt nochmal zusammen.

Er würde nicht damit anfangen. Nicht heute Abend.

„Steig ein." Er ging um das Auto herum und riss seine Tür auf.

Bei ihrem Ausflug ging es darum ihr beizubringen, wie man Männer las. Wie man die Spreu vom Weizen trennte. Die sexuell Erfahrenen von den Unwissenden.

Sie musste ihm vertrauen, nicht nur, damit sie flachgelegt wurde, sondern auch, damit sie ihre Meinung über den Vorführungsabend änderte. Die Zeit wurde knapp, genau wie seine Geduld, und es war für ihn ausgeschlossen, die Session nächsten Donnerstag im *Vault* zu verpassen. Er musste zwischen diesen verkommenen Mauern sein. Er lechzte nach der Erdung. Der Verbindung.

Und, wenn er ehrlich war, wollte er sehen, ob das Bild von Ella, nackt und vor einer Menschenmenge, im wahren Leben genauso perfekt war wie in seiner Vorstellung.

Wenn er jetzt mit ihr schlief, würde seine Schlappschwanz-Versicherungspolice ihm all das stehlen. Der Kurs würde nicht mit dem Enthusiasmus geführt werden, den er verdiente. Sein Interesse an ihr würde einbrechen, wenn nicht sogar ganz verschwinden. Es gäbe keinen Reiz. Keinen Nervenkitzel.

Er würde sie beide zum Narren halten.

Dieser konstante Zustand der Erregtheit in ihrer Nähe würde viel vorteilhafter sein. Seine Intuition wäre bei seinem derzeitigen Interessenniveau tadellos. Er musste lediglich bis nächste Woche weiter auf dieser Welle der erektionsfördernden Folter reiten. Dann würde er sich mit einem heißen und heftigen Fick belohnen und wäre mit ihr fertig.

Seine Versicherungspolice würde schon dafür sorgen.

Er glitt auf den Fahrersitz und schloss die Tür hinter sich. „Bist du bereit?"

„Habe ich eine Wahl?" Sie fuhr sich mit einer Hand den Oberschenkel entlang und glättete nicht vorhandene Falten in ihrem Kleid. „Wo fahren wir eigentlich hin?"

„Zu einer Bar nicht weit von hier." Er startete den Motor und fuhr auf die Straße. „Ich kenne den Kerl, dem der Laden gehört."

„Gibt es dort Musik und die Möglichkeit zum Tanzen?"

Aus den Augenwinkeln konnte er ihr Dekolleté sehen. Die üppigen Kurven genügten, um ihn abzulenken. „Du willst keine Musik. Tanzflächen sind für Männer, die nach jemanden suchen, der leicht zu haben ist. Was du brauchst, ist jemand, der bereit ist, ein Gespräch zu führen. Wenn sie sich nicht die Mühe machen zu erfahren, wer du bist, werden sie sich auch keine Mühe geben zu erfahren, was du willst."

„Aber ich tanze gern."

Und sein Schwanz liebte den Gedanken zu sehen, wie ihre Hüften sich wogen. „Nicht heute Abend."

Seufzend stützte sie ihren Kopf an das Beifahrerfenster. „Wenn du das sagst."

„Ja", brummte er. „Das sage ich."

Die Fahrt war ruhig, ihr leises Summen untermalte jedes Lied auf seiner Playlist. Diesmal juckte es ihn, die Stille zu füllen. Er hatte Fragen. Er hatte Anregungen. Aber jedes Mal, wenn ihm etwas zu sagen einfiel, geriet er in ein erbärmliches Loch, in dem er das Erfordernis jedes einzelnen Wortes analysierte.

Er zweifelte an sich selbst.

Wegen ihr.

Was zum Teufel?

„Also ...", setzte er sich letztendlich gegen den Analytikblödsinn durch und konzentrierte sich stattdessen auf seine wachsende Eifersucht. „Der Typ von heute Nachmittag, triffst du dich mit ihm?"

Ihr Kopf schnellte herum. „Welcher Typ? Callum? Nein." Die Fragen prasselten auf ihn ein. „Er ist Stammgast im Café. Heute Nachmittag hat er zum ersten Mal etwas anderes als eine Getränkebestellung mir gegenüber ausgesprochen."

„Er hat dich um ein Date gebeten, oder?" Er hatte die Worte nicht hören müssen, um das verängstigte Verhalten des Mannes zu deuten. „Was hast du gesagt?"

„Warum interessiert dich das?"

„Tut es nicht. Ich versuche nur, ein Gefühl dafür zu bekommen, wie du potentielle Liebhaber überprüfst."

Sie blickte aus dem Fenster und sagte leise: „Ich habe höflich abgelehnt."

„Gut." Der Kerl war nicht ihr Typ. Jeder mit einem Rückgrat, das so formbar war wie das einer Schlange, wäre ein unwürdiger Partner für sie. Sie sehnte sich nach Stärke und Dominanz. Nicht nach einem zögerlichen Mann, der von einem Fuß auf den anderen wechselte, während er mit seiner Flamme sprach.

„Fürs Erste", fügte sie hinzu. „Ich vermute, nach heute Abend werde ich das Ganze überdenken müssen."

„Wieso?" Er manövrierte durch den leichten Verkehr und warf ihr dabei den ein oder anderen Seitenblick zu. „Was passiert heute Abend?"

„Ich weiß es nicht." Sie hob die Schultern. „Ich glaube, ich muss aufhören, meine ganze Aufmerksamkeit auf eine sexuelle Verbindung zu richten. Es ist an der Zeit, mich mehr an geistiger Verbundenheit zu orientieren."

„Das klingt traumhaft", sagte er gedehnt. „Lass mich wissen, wie es sich anfühlt, wenn dein Jungfernhäutchen nachwächst."

Sie gab ein leises Prusten von sich. „Du bist so ein Arsch. Nur weil du die Einsamkeit genießt, heißt das nicht, dass alle anderen das auch müssen."

„Eins ist nicht immer die einsamste Zahl. Für mich ist sie die zuverlässigste."

„Dann müssen wir uns darauf einigen, dass wir uns uneinig sind." Sie warf einen Blick über ihre Schulter und inspizierte rasch das Innere seines Wagens.

Er hielt den Atem an und umklammerte das Lenkrad, als sich ihre Augen weiteten. *Verflucht noch eins.* Warum gestand man ihm keine Pause zu?

„Du hast die Bücher behalten?", fragte sie.

„Ja."

„Ich war mir nicht sicher, ob du sie zum Lesen behalten würdest oder—"

„Tue ich nicht. Ich hatte vor, sie in den nächsten Müllcontainer zu werfen, aber es stellte sich heraus, dass diese Bücher verdammt teuer sind. Ich habe den Preisaufkleber auf der Rückseite von einem gelesen und konnte mich nicht dazu durchringen, sie in den Müll zu schmeißen. Also warte ich auf einen freien Nachmittag, um sie auf einer Onkologiestation abzugeben. Oder irgendwo anders, wo sie von Nutzen sein könnten."

Für lange Sekunden, die sich wie endlose Monate anfühlten, antwortete sie nicht. Vermutlich überlegte sie sich in ihrem Kopf eine vernichtende Antwort.

„Du hattest nicht die Absicht sie zu lesen, aber hast sie trotzdem mitgenommen?"

Er knirschte mit den Zähnen.

„Ich danke dir, Bryan."

Shit. Shit. Shit.

Sie benutzte wieder seinen Namen.

„Nicht der Rede wert", brummte er und wollte es untermauern mit: „Nein, ernsthaft, reden wir verdammt nochmal nicht darüber. *Niemals.*"

„Du kannst ein netter Kerl sein, weißt du das?"

„Ja, der perfekte Gentleman", spottete er. „Besonders, wenn ich meine Hände um deinen Hals und deine enge Pussy um meinen Finger habe."

Sie gluckste leise. „Willst du mich mit Dirty Talk schockieren?" Sie schnalzte mit der Zunge. „Amateur."

Das war er. Zumindest in ihrer Gegenwart.

„Das ist kaum Dirty Talk." Er bog in ihre Straße ein, dankbar für die bevorstehende Flucht aus dem beengten Raum. „Auch diesbezüglich sollte ich dir Unterricht geben." Nein. *Nein*, das sollte er nicht. Was zum Henker dachte er sich dabei?

Sie seufzte und blieb stumm.

Krise abgewendet.

Gott sei Dank.

„Wir sind fast da." Der sich ankündigende Regen hatte für weniger Fußgängerverkehr gesorgt. Nur wenige Menschen waren unterwegs. Andererseits war es neun Uhr an einem Dienstagabend. Nicht gerade die richtige Zeit, um feiern zu gehen. „Das ist der Laden."

Er warf einen Blick auf das zweistöckige Gebäude, als er in die Einfahrt des Parkplatzes bog. Die Frontfassade hatte ein Facelifting erhalten, seitdem er das letzte Mal hier gewesen war. Der dunkle Backstein wurde nun von einer schwarzen Dachrinne ergänzt, was dem Gebäude einen Gothic-Charakter verlieh, während die warmen gelben Lichter den Innenraum erhellten.

„Gefällt es dir hier?" Sie fummelte am Ende ihres Schals herum.

„Ja. Es ist eine zwanglose Version vom *Shot of Sin*."

„Wie das?"

„Es gibt Alkohol, sanfte Musik und Mietzimmer im Obergeschoss." Er parkte im hinteren Teil des Parkplatzes und stellte den Motor ab.

„Zimmer für …?"

„Privatsphäre. Zum Spielen. Vögeln. Alles Mögliche." Er drehte sich zu ihr, nahm das leichte Zucken ihres Kinns und ihr scharfes Luftholen in sich auf. Das mentale Bild hatte sie erregt, was bedeutete, dass sein Schwanz sich am Geschehen beteiligen wollte. „Bist du bereit?"

Sie hielt ihre Clutch hoch und nickte. „Startklar."

Seine Handflächen begannen zu schwitzen, als er das sichtbare Kapital betrachtete, das in Kürze andere Männer bestaunen würden. „Leg das Tuch ab."

Ihr Mund klappte auf. „Warum?"

Weil ich mehr von dir sehen will. „Es passt nicht zum Kleid." *Und jedes Mal, wenn du es anfasst, denke ich daran, dich an mein Bett zu fesseln.*

Ihre Hand schoss hoch an ihre Kehle. „Ich muss es tragen."

„Weil?"

Ihre Lippen arbeiteten um stumme Worte herum, bevor sie seufzte.

„Weil ich Flecken am Hals habe, die ich mit Make-Up nicht verdecken konnte.“

Er machte ein finsteres Gesicht. „Ein Ausschlag?“

„Nein.“ Ihre Augen schossen zu seinen hoch. „Ich spreche von deinen Fingerabdrücken überall auf meiner Haut.“

„Habe ich dir wehgetan?“ Erinnerungsschnappschüsse traten vor sein inneres Auge – seine Hände um weiches Fleisch, ihr Stöhnen, die unbeabsichtigten Zuckungen ihres Schoßes.

Er schloss die Augen und fuhr mit der Hand über sein Gesicht. *Denk nicht darüber nach. Stell es dir nicht vor. Vergiss einfach die ganze Schal-Sache und verlass diesen erdrückenden Raum.*

„Nicht genug“, murmelte sie.

Herrgott. Es war Zeit zu verschwinden.

„Gut.“ Er schob seine Wagentür auf und entfloh der Enge des Autos.

Sie folgte ihm und begegnete über das Dach hinweg seinem Blick. „Verstehst du jetzt, warum ich es tragen muss?“

„Ja.“ Er war nicht unbedingt erpicht auf die Erinnerungsstütze, die ihm den ganzen Abend ins Gesicht starrte. „Es sieht gut aus.“

Er beobachtete sie nicht, als er seine Tür zuschlug. Er brauchte keine Bestätigung, dass ein Augenrollen ihr Schnauben begleitete; er war sich dessen bereits sicher.

„Dir ist klar, dass *gut* noch lange kein Kompliment ist.“ Sie schloss ihre Tür und umrundete die Motorhaube. „Nur für die Zukunft, meine ich.“

Es war nicht so, dass es ihm an der Fertigkeit fehlte, ihr ein Kompliment zu machen.

Wenn er wollte, könnte er sie bis in den Himmel loben. Er könnte ihr sagen, dass ihr Anblick aus seinen Augenwinkeln ausreichte, um seinem Schwanz ein Aneurysma zu bescheren. Er könnte darlegen, wie perfekt ihre Brüste waren – prall und voll. Oder an seinen Fingern abzählen, wie oft er sie über verschiedene Objekte hatte beugen wollen, um die Frustration aus seinem System zu rammeln.

Das bedeutete jedoch nicht, dass ihm diese Worte jemals über die Lippen kommen würden.

„Zur Kenntnis genommen.“

Er machte sich auf zur Frontseite des Gebäudes, der Kies des Parkplatzes knirschte unter seinen Sohlen. Sie schwankte bei ihrem ersten Schritt, als ihre schmalen Absätze die Bodenhaftung verloren.

„Alles okay?“ Der Impuls, einen Arm um ihre Taille legen zu wollen, um sie festzuhalten, war ein Fehler. Ein weiterer idiotischer Zug, was diese Frau betraf.

„Du brauchst mich nicht festzuhalten." Sie schritt langsam vorwärts. „Ich schaffe das schon."

Das bezweifelte er nicht. Doch jetzt hatte sich das Gefühl, sie an seiner Seite zu spüren, in ihn eingegraben, und er war nicht bereit loszulassen. Er konnte ihr Haar riechen, den blumigen Duft, der ein stärkeres Aphrodisiakum war als ein Magen voller Austern. „Ich bestehe darauf."

Er hielt ihrem Blick stand, erfasste jedes Flackern in ihrer Miene, während er seinen Griff verstärkte. Sie schluckte. Straffte sich. Hob ihr Kinn. Selbst ihre Wimpern schlugen in zaghafter Lethargie.

„Verfehlt es nicht den Zweck zu versuchen, einen anderen Mann aufzugabeln, wenn ich mit deinen Händen auf mir da reingehe?"

Das war ihm gleichgültig. „Und mit dem Gesicht voran in den Kies zu fallen und sich die Knie aufzuschürfen verfehlt nicht den Zweck dieses sexy Kleides?"

Sie blinzelte. Stockte. Staunte.

Er hatte keine Ahnung, warum.

„Sexy Kleid?" Eine perfekt geformte Braue hob sich.

Er schnaufte und ignorierte das Grinsen, das ihre roten Lippen weitete. „Komm schon." Er führte sie vorwärts, und ihre Taille brannte ihm ein Loch in die Handfläche, bis er, am Bürgersteig angekommen, seinen Griff von ihr löste. „Schaffst du es von hier aus?"

„Ich hätte den ganzen Weg geschafft, Brute." Sie stolzierte mit ihren wohlgeformten Beinen vor ihm her und bahnte sich den Weg zum Eingang, bevor er sich von seinem starren Blick befreien konnte und schnell aufholte.

„Wo willst du sitzen?" Sie sah sich im Raum um, begutachtete die Nischen entlang der Rückwand, dann die mit Kissen gepolsterten Sofas in der Nähe der Frontfenster, bis ihre Aufmerksamkeit schließlich an den Hockern hängen blieb, die die Bar säumten. „Sollen wir in der Nähe des Alkohols bleiben?"

„Das klingt nach einer guten Idee." Einer verdammt brillanten Idee.

Sie ging voraus, während er sich zurückhielt für den Fall, dass ihre der Schwerkraft trotzenden Absätze unter ihr wegrutschten, während sie auf den nächstgelegenen Hocker kletterte.

„Also, erzähl mir von deinem Typ." Er setzte sich neben sie und schwang sich in Richtung des Raumes. Es dauerte weniger als fünf Sekunden, um jeden Kerl hier als eine unwürdige Eroberung zu erachten. „Wonach suchst du?"

„Naja …" Sie tat es ihm gleich und drehte sich mit dem Rücken zur Bar. „Sexuell gesehen will ich jemanden mit Selbstvertrauen und—"

„Ich weiß, was du sexuell brauchst." Die Erinnerung daran war wie ein mentales Streicheln entlang seines Schafts. „Was willst du außerhalb des Schlafzimmers? Ich rede über Aussehen, Einkommen, Rasse, Religion."

„Nichts davon ist für mich von Bedeutung."

„Das Aussehen ist nicht von Bedeutung?" Er zog eine Ich-bitte-dich-Braue hoch. „Das Aussehen ist immer von Bedeutung."

Sie zuckte die Schultern und ruckte mit ihrem Kinn nach links. „Der Typ da hinten ist attraktiv."

„Der mit dem Van-Dyke-Bart?"

„Ja, ich habe nichts gegen ein paar Bartstoppeln."

Seine Hand juckte mit dem Bedürfnis über sein eigenes Kinn zu streichen. Er würde wetten, dass sie einen Vollbart bevorzugte, wenn dieser das empfindliche Fleisch ihrer Innenschenkel streifte. „Was ist mit seinem Ehering? Stört der dich?"

Ihre Nase kräuselte sich, ihr Blick suchte seinen. „Wie hast du den bemerken können?"

„Es geht nicht um das, was man bemerkt, sondern um das, wonach man suchen muss. Eheringe oder ein weißer Streifen am entsprechenden Finger sind ein guter Anhaltspunkt."

Sie nickte und setzte sich aufrecht hin, wie immer die eifrige Schülerin. „Was noch?"

Er war fasziniert von der Art, in der ihre Aufmerksamkeit durch den Raum schweifte, um potentielle Liebhaber ausfindig zu machen. „Der Mann, nach dem du suchst, wird dir Aufmerksamkeit schenken. Dich beobachten. Versuchen, dich zu durchschauen, bevor du ihn überhaupt bemerkst."

So wie ich.

Sie setzte ihre Suche fort. Wenige Augenblicke später ließ sie ihre Schultern sinken. „Tja, scheinbar habe ich kein Glück." Sie drehte sich zu ihm. „Niemand hier drin schaut mich an."

Er wollte ihr nicht beweisen, dass sie sich irrte. Auf all die Männer hinzuweisen, die ihr bereits geistig das Kleid vom Leib gerissen hatten, war ein Gespräch für später. Nachdem er ausreichend Zeit gehabt hatte zu ermitteln, wer der Richtige für sie war. „Es ist noch früh. Gib noch nicht auf."

Sie nickte, die Niederlage noch als eine leichte Furche zwischen ihren

Brauen zu erkennen. Es juckte ihn danach, den Ausdruck wegzuwischen. Mit seinen Händen, seinem Mund, seinem Schwanz.

Verdammt nochmal.

„Was möchtest du trinken?" Er riss seinen Blick von ihr los und hob eine Hand, um den Barkeeper auf sich aufmerksam zu machen.

„Für mich einen Tequila Sunrise, bitte."

Er gab die Bestellung auf und richtete seinen Fokus auf die Getränkezubereitung, um zu verhindern, sie für seine eigene Erfüllung hier raus zu schleifen. Er begann bereits, die Möglichkeit einer anderen Vorführungsassistentin zu erwägen. Jemand, der Ellas Platz einnehmen konnte, damit er heute Abend seinen gewaltigen Hunger stillen und seine Versicherungspolice einsetzen lassen konnte, bevor das Ganze außer Kontrolle geriet.

Ihm war es egal, ob die weiblichen *Vault*-Mitglieder den Kurs boykottierten. Oder dass Leo und T.J. ihn umbringen wollen würden. All die Gründe, wieso er Pamelas Unterstützung brauchte, verschwanden im Würgegriff der Lust.

Sein Interesse an dieser Frau war schlichtweg zu hoch. Er fing an, die Zeit mit ihr zu genießen. Das achterbahnartige Auf und Ab ihres Lächelns stahl unentwegt seine Aufmerksamkeit. Und dieses Kleid …

Scheiße.

„Stimmt etwas nicht?", fragte sie. „Du siehst aus, als würdest du schmollen. Wenn du nach Hause gehen willst …"

Nimm das Angebot an. Verschwinde von hier. „Wir gehen noch nicht."

„Dann setz ein Lächeln auf, du Griesgram. Du verschreckst potentielle Kandidaten." Sie wackelte mit den Augenbrauen, und der sinnliche Schwung ihrer Lippen verpasste ihm einen weiteren heftigen Fausthieb in den Schritt.

„Bitteschön." Der Barkeeper schob die Drinks zu ihnen rüber.

„Danke." Er schnappte sich sein Bier und erfreute sich an dem flüssigen Beistand, der ihm die Kehle hinunterlief. Er musste der Situation die Schärfe nehmen. Das Brennen ersticken.

„Was ist das Verrückteste, was du je getan hast, Brute?" Ella knabberte an dem Strohhalm, der in ihrem Getränk steckte. Sie hatte ihren Kopf schiefgelegt, während sie ihn mit ihren Augen durchbohrte. „Ich wette, du kannst eine Menge Geschichten erzählen."

Er zuckte die Achseln. „Mir fällt nichts ein."

„Du besitzt einen Sexclub und dir fällt nichts ein?"

Er nahm einen weiteren großen Schluck seines Bieres. Sich zu unterhalten wurde schwierig – das Erfassen von Zusammenhängen fast unmöglich, wenn ihre Lippen nur einen verlockenden Hauch entfernt waren. „Sex ist nicht verrückt. Er ist natürlich. Menschen treiben es seit dem Anbeginn der Zeit miteinander. Was ich schwer zu rechtfertigen finde, sind Aktivitäten wie Fallschirmspringen oder andere adrenalingetriebene Sportarten." Er zeigte mit einem Finger auf sie. „Oder Leute, die heiraten. Also, wenn du mich fragst, ist es verdammt wahnsinnig, eine solche Verpflichtung einzugehen."

Sie starrte lächelnd auf die Bar, ein weit entfernter Glanz in ihren Augen. „Meine Ehe war alles andere als konventionell."

„Inwiefern?"

Ihre Lippen teilten sich, und stumme Worte schwebten außer Reichweite, dann seufzte sie. „Einen Moment." Sie beugte sich vor und wandte sich an den Barkeeper. „Entschuldigen Sie. Könnte ich bitte einen Shot Tequila bekommen?"

„Shots?"

Ihre Finger tippten auf die Bar, ihr Bein wippte.

„Habe ich etwas verpasst?", fragte er.

Sie stieß ein Lachen aus und griff nach dem Shotglas, das vor sie geschoben wurde. Von einer Grimasse begleitet schüttete sie sich den Inhalt in einem einzigen Schluck hinunter und hielt ihren Blick auf den Barkeeper gerichtet. „Bitte noch einmal nachfüllen. Ich glaube, ich werde es brauchen."

„Was geht hier vor sich?" Ihm gefiel ihr verändertes Benehmen nicht. Die rapide Senkung ihrer Hemmschwellen gefiel ihm ebenso wenig. Er kämpfte schon genug für sie beide.

Sie leckte ihre Unterlippe und spülte den Rest des Alkohols hinunter. „Wir waren nicht fest zusammen, bevor wir heirateten."

„Ihr hattet eine offene Beziehung?" Ihr Ehemann muss ein ausgesprochen gelassener Mistkerl gewesen sein. Eine so schöne Frau wie Ella zu teilen war ein Risiko. Man konnte nie wissen, wann ein anderer Mann die Clubetikette in den Wind schlug und sie einem direkt unter der Nase wegschnappte.

„Ist eine lange Geschichte."

„Dann gib Gas und erzähl weiter."

Sie musterte ihn von Kopf bis Fuß.

Shit. Er setzte sich auf, unsicher, wann er nah genug herangekommen war, um das Stocken ihres Atems zu hören.

„Erzähl weiter." Er wandte sich zur Bar, nahm sein Bier und trank einen

Schluck. „Wir haben die ganze Nacht." Zumindest bis er seinen Schwanz im Alkohol ertränkt hatte.

Sie fummelte an dem wieder aufgefüllten Shotglas herum und fuhr mit ihrem Finger den Rand entlang. „Ich traf Lucas auf einer dieser europäischen Busreisen. Ich spielte zusammen mit Kim die Touristin, und er reiste alleine. Wir kamen ins Gespräch und haben uns schließlich getroffen. Es war nichts Romantisches. Nur Sex." Ihre Schultern sackten zusammen, als sie tief ausatmete. „Großartiger Sex."

„Schon kapiert."

„Nein, hast du nicht." Sie sprach an das lasierte Holz der Bar gewandt. „Ich war noch nie mit jemandem wie ihm zusammen. Er hat mir Dinge beigebracht. Er kannte meinen Körper besser als ich selbst, was seltsam war, weil wir selten miteinander redeten. Er blieb viel für sich und wir trafen uns nur abends."

Bryan nahm sein Bier und studierte es. Eine flüchtige Sekunde lang verengte sich sein Brustkorb vor Eifersucht, doch er übergoss das Gefühl mit dem Rest seines Getränks und bestellte mit einem Fingerzeig schnell ein weiteres.

„Als die Tour zu Ende war, gingen wir getrennte Wege und keiner von uns schaute zurück. Ich fragte nicht nach seiner Nummer, und er zeigte kein Interesse daran, in Kontakt zu bleiben. Zumindest nicht, bis er ein paar Monate später vor meiner Tür auftauchte."

Das machte Sinn. Der Kerl musste seinen Fehler eingesehen haben. Ella war eine besondere Frau. Sexuell selbstsicher und neugierig. Ein guter Fang. Jeder, der sie gehen ließ, verdiente es, in Reue zu versinken.

„Konnte ohne dich nicht leben, hm?" Er nahm sein neues Bier mit einem tiefen Zug in Empfang, entschlossen, das Unbehagen unter seinem Brustbein fortzuspülen.

„Eigentlich ...", ihre Stimme wurde düster, „...erzählte er mir, dass er in naher Zukunft überhaupt nicht mehr leben würde. Wenige Wochen nach seiner Rückkehr aus Europa erfuhr er von dem Krebs."

Bryan ließ sein Glas auf die Bar sinken und drehte sich zu ihr.

„Es war nicht das glückliste aller Wiedersehen." Sie hob die Schultern. „Aber ich bin froh, dass er mich gefunden hat."

„Und da habt ihr geheiratet?"

„So ziemlich. Er wollte nicht allein sterben, und ich wollte das ebenfalls nicht für ihn. Er hatte es verdient, jemanden an seiner Seite zu haben."

„Was ist mit seiner Familie oder seinen Freunden? Hätten die sich nicht um ihn kümmern können? Du sagtest, ihr beide hättet kaum miteinander geredet."

„Abgesehen von seinen Arbeitskollegen hatte Lucas niemanden, auf den er sich hätte verlassen können. Seine Mutter in Chicago hatte selbst gesundheitliche Probleme. Er hat ihr nicht einmal von dem Krebs erzählt. Sie dachte, er würde wieder in den Urlaub fahren. Stattdessen besuchte er mich."

„*Herrgott.*" Blindlings tastete er nach seinem Bier und stürzte einen weiteren Schluck hinunter. „Das ist eine Menge Druck, den er einer Fremden ausgesetzt hat." Der Kerl schien ein Mistkerl zu sein. Ein egoistisches, emotionsloses Arschloch.

„Das war es auch. Aber ich wurde finanziell entschädigt. Unsere Ehe wurde das Äquivalent eines Arbeitsvertrages. Ich kündigte meinen Kellnerinnenjob, um mich auf seine Gesundheit zu konzentrieren, und als er starb, wurde ich zur alleinigen Begünstigten seines Erbes."

Sie dippte ihren Finger in den Tequila und lutschte ihn dann davon ab. Hätte sich ihr Gespräch nicht um Krebs, Chemo und alles Melancholische gedreht, hätte er an Ort und Stelle seine Ladung verschossen.

„Sein Geld erlaubte es mir, dieses Apartment und mein Café zu kaufen. Es gab mir die Möglichkeit, meiner Schwester zu helfen, die wachsende Studienschulden hatte, und meiner Mutter, die sich seit dem Weggang meines Vaters schwertat. Nicht, dass sie mit dem Nachlass etwas zu tun haben wollten. Sie waren mit dem, was ich vorhatte, nicht einverstanden."

„Weil du finanziell entschädigt wurdest?"

„Nein." Sie knabberte an ihrer Unterlippe und schüttelte den Kopf. „Weil Lucas und ich zu diesem Zeitpunkt keine emotionale Verbindung hatten und sie wussten, dass es bis zum Schluss nicht so bleiben würde. Sie konnten sehen, wie ich mich in ihn verliebte, ohne dass diese Gefühle erwidert wurden."

Sein Brustkorb verengte sich, die Eifersucht wurde immer stärker, je tiefer sie in das Gespräch versanken. „Und trotzdem hast du dein Leben auf Eis gelegt."

„Und ich würde es wieder tun. Ich hätte ihn auf keinen Fall allein sterben lassen können. Wie hätte ich mit mir selbst leben können, wenn ich ihn hätte gehen lassen? Ich wusste, worauf ich mich da einließ. Ich habe diese Entscheidung allein getroffen." Sie zuckte die Achseln. „Letzten Endes hatten sie Recht. Ich begann, auf mehr zu hoffen."

„Mehr was? Zeit?"

„Ich weiß es nicht." Sie verzog das Gesicht. „Alles war kompliziert, vor allem dank meiner extremen Naivität. Seitdem habe ich viel dazugelernt."

„Scheiße." Er stützte einen Ellbogen auf der Bar ab und sah sie an. Sah sie *wirklich* an. „Ist es zumindest bis zu einem gewissen Grad nicht leichter, sich emotional abzuschotten, wenn man den Ausgang kennt?"

„Wie schottet man sich emotional ab, Bryan?" Sie begegnete seinem durchdringenden Blick. „Wie hört man auf, sich zu sorgen? Gott weiß, ich wusste nicht, wie."

Sie tauchte ihren Finger wieder in den Tequila und rührte mit ihrer Fingerspitze darin herum. „Unsere Tage verbrachten wir mit Arztterminen und damit, im Schnelldurchlauf eine Bucketlist abzuarbeiten. Wir haben außerdem die körperliche Beziehung wiederaufleben lassen, wenn es ihm möglich war. Es wurde hart, Mauern gegenüber etwas so Monumentalem zu errichten." Sie verstummte und stahl mit jeder verstreichenden Minute mehr von seiner Faszination. „Am Ende liebte ich ihn … auf meine eigene Weise."

Er starrte sie weiter an, hin und wieder blinzelte er. Er konnte an nichts anderes denken, als an das dringende Bedürfnis etwas zu tun, *irgend*etwas, das den schmerzerfüllten Ausdruck aus ihrem Gesicht vertreiben würde.

„Sorry." Sie schnitt eine Grimasse. „Damit gewinne ich wohl die Auszeichnung für den morbidesten Themenwechsel, was?"

Er schnappte ihr das Shotglas unter der Hand weg und kippte sich den brennenden Inhalt in einem Schluck hinunter. „Jepp. Und jetzt drehe ich dir den Hahn ab." Er räusperte sich, um das Brennen loszuwerden. „Du bist eine deprimierende Trinkerin."

Ihre Augen weiteten sich, dann brach ein Glucksen aus ihr heraus. „Normalerweise nicht." Sie stupste ihn mit dem Ellbogen an. „Ich gebe meiner Begleitung die Schuld."

Sie konnte ihn beschuldigen so viel sie wollte, solange das Lächeln auf ihren dunklen Lippen erhalten blieb.

„Ja, nun, du musst dich ins Zeug legen, bevor du deine Trinkprivilegien zurückerhältst."

„Musst du gerade sagen, Mr. Launenhaft."

„Launenhaft? Ich bin mir ziemlich sicher, dass ich neunzig Prozent der Zeit dieselbe Laune habe."

Ihre Mundwinkel hoben sich, während sie über seine Antwort nachdachte. „Da hast du wohl Recht."

Und augenblicklich verloren ihre Augen den dunklen trauernden Farbton und erhellten sich zu einem hypnotisierenden Blau.

„Okay." Sie rieb ihre Hände aneinander. „Bringen wir das Gespräch wieder in Gang. Wir müssen uns darauf konzentrieren, dass ich Sex bekomme."

Er umfasste sein Bier, während die neue Ebene ihrer Vorgeschichte an etwas anderem nagte als an seiner Lust. Die neuerliche Erinnerung daran, warum sie hier waren, erfüllte ihn auch nicht gerade mit einem warmen, wohligen Gefühl. Er wollte sie nicht mit jemand anderem nach Hause schicken. Er wollte sie überhaupt nicht in ihre Wohnung zurückschicken. „Vielleicht ist heute nicht der richtige Abend dafür."

„Natürlich ist er das." Sie packte seinen Arm, ihre Finger versengten Haut und Nerven.

„Im Ernst, ich brauche Sex. Ich nehme jede Hilfe an, die ich kriegen kann."

Sie klimperte mit den Wimpern, und sein Glied presste sich in der Erwartung eines High-Five hart gegen seinen Reißverschluss.

„Ich benötige deine Expertise." Sie drehte sich mit dem Rücken zur Bar. „Was ist mit dem da?"

In der nächsten Stunde ging er das Pro und Contra eines jeden Mannes in der Bar durch. Die Pros waren rar gesät. Und das aus gutem Grund. Er konnte niemanden finden, dem er ihr Vergnügen anvertrauen wollte.

Ein Drittel von ihnen trug Eheringe. Andere gafften ohne Manieren oder Respekt. Ein weiterer Anteil der Anwärter wurde aussortiert, weil sie einfach nicht gut genug aussahen.

Er wusste nicht, was nötig war, um sich seinen Respekt zu verdienen, doch niemand hier hatte auch nur ein Fünkchen davon, was er Ella, die anscheinend eine Rauschbrille aufgesetzt hatte und jeden Mann, der durch die Tür kam, als potentiellen Kandidaten betrachtete, immer schwerer begreiflich machen konnte.

Er hatte auf den Schwulen hinweisen müssen, der nur Augen für den Hintern seines Freundes hatte.

Er hatte mit ihr über die Nachteile diskutieren müssen, die es mit sich brachte, mit jemandem zusammen zu sein, der zehn Minuten lang auf die Getränketafel starrte. Denn, ganz ehrlich, wenn man mehr als zwei Minuten brauchte, um sich über seine eigenen Bedürfnisse klarzuwerden, hatte es keinen Sinn, ein ganzes Leben damit zu vergeuden, Ellas zu ergründen.

Der Mann, den sie gerade begutachtete, trug ein kariertes Hemd, dreckige verblichene Jeans und schlammige Cowboystiefel. Was realistisch gesehen keine schlechte Sache war. Er sah aus, als hätte er eine gute Arbeitsmoral. Aber … „Wenn du immer noch auf Rindvieh stehst, nur zu."

Sie prustete los, und ihre Heiterkeit durchschlug ihn wie ein Pistolenschuss. „Das ist eine unfaire Annahme."

Das war ihm scheißegal.

„Was ist mit ihm?" Sie deutete mit dem Kinn auf den Mann am anderen Ende der Bar.

„Du willst mich wohl auf den Arm nehmen." Dem Kerl stand *arroganter Anzugträger* geradezu ins Gesicht geschrieben.

„Was ist falsch mit ihm?", lallte sie durch ihr Gelächter hindurch, und er bedauerte sogleich, ihre Trinkprivilegien wiederhergestellt zu haben. „Er ist süß. Und er hat einen guten Sinn für Mode. Verdammt, ich könnte ihn bitten sich auszuziehen und ihn stundenlang einfach nur berühren." Sie schlug bittend die Hände zusammen. „Bitte, Brute, lass mich seinen nackten Körper berühren. Ich kann mich nicht erinnern, wann ich das letzte Mal meine Hände auf den Körper eines Mannes legen durfte."

Seine Nasenflügel bebten. „Vor ein paar Nächten, erinnerst du dich?" Wieso verpasste sie ihm nicht gleich einen Schlag in die Weichteile? Der Hieb hätte weniger geschmerzt als die Beleidigung.

Sie stockte. „Ich durfte dich kaum berühren. Verflixt, Mister—", sie wackelte mit dem Kopf, „—wenn ich die Chance bekommen hätte, meine Nägel in dir zu versenken, würdest du es wissen."

„Mister?" Er stieß sich vom Hocker. „Du bist zu betrunken. Entweder nüchterst du aus oder ich muss dich nach Hause bringen."

Sie schmollte. „Okay, Daddy."

Heilige. Scheiße.

Sie prustete erneut los. „Nur ein Scherz. Hör auf, mich so anzustarren. Herrje, eine Daddy-Referenz und alle sind beleidigt."

Ja, er war verdammt beleidigt, weil jede andere Reaktion, während er sich vorstellte, sie übers Knie zu legen, absolut unangebracht war. Wenn das nur auch bei seinem Schwanz ankommen würde.

„Ich bin sofort zurück. Benimm dich, während ich weg bin."

Er brauchte eine Toilettenpause.

Eine *Ella*-Pause.

Sie war nicht die Einzige, die nüchtern werden musste. Der Alkohol, der seine Venen erhitzte, setzte ihm ziemlich verrückte Einfälle in den Kopf.

Herrgott, er konnte sie mit jedem Schlucken schmecken.

Die gute Nachricht war, dass er nicht an seine Familie gedacht hatte. Nicht bis jetzt, da sich seine Lust mit jedem Schritt mehr verflüchtigte.

Er hatte nicht darüber nachgegrübelt, wieso seine sterbende Mutter nicht einen Hauch an Zuneigung aufbringen konnte, um ihr einziges Kind zum Abschied anzurufen. Er hatte nicht darüber gebrütet, wieso sein Vater nicht zum Telefonhörer gegriffen hatte – weder jetzt noch in den vergangenen Monaten. Er dachte nicht darüber nach, dass die beiden Menschen, die ihn vermeintlich am meisten lieben sollten, sich einen Dreck um ihn scherten, weil seine Gedanken immer wieder mit äußerster Präzision zu Ella zurückfanden.

Er schob sich in den Waschraum, stellte sich vor das Waschbecken und starrte auf seine Reflektion im verdreckten Spiegel.

Irgendwas stimmte da nicht.

Noch nie zuvor hatte sich Lust so angefühlt. Sie hatte noch nie in seiner Brust begonnen und sich nach unten gearbeitet.

An der Bar hatte er versucht sich selbst davon zu überzeugen, dass es der Alkohol oder die traurige Geschichte über ihren Mann war, die an seinen normalerweise nicht vorhandenen Emotionen zerrte. Hier sollte es darum gehen, dass Ella jemanden zum Vögeln fand. Es ging darum, sie zur Mitarbeit an der Vorführung zu bewegen. Es ging ums Geschäft. Aber hier drinnen, während er sich selbst gegenüberstand, wurde es schwieriger, die Lüge zu leben.

Er mochte sie. Er mochte sie wirklich. „Verflucht."

Er fuhr sich mit den Händen durchs Haar, verschränkte die Finger am Hinterkopf und übte festen Druck auf seinen Schädel aus.

Es war Teras Schuld. Mit einem einzigen Telefonat hatte sie ihn so verwirrt, seinen Kopf so manipuliert, dass er nicht mehr klar denken konnte. Sie hatte ihn an seine Kindheit erinnert und daran, wie er einmal an ein Happy End und all diesen naiven, märchenhaften Bullshit geglaubt hatte.

Das musste aufhören.

Er konnte sich das nicht antun.

Er konnte es Ella nicht antun.

Sie schleppte Ballast mit sich herum. Hatte Probleme.

Ihr Reiz machte keinen Sinn. Trotzdem war er da, türmte sich von einem Maulwurfshügel zu einem Berg auf, direkt vor seinen Augen, und es gab nur einen Weg, ihn aufzuhalten.

KAPITEL VIERZEHN

$\mathcal{P}$amela wartete, bis Bryan im Waschraum verschwunden war, bevor sie gegen die Bar sackte und ihre angestaute Nervosität in einem hörbaren Seufzer ausstieß.

Das hier war die Hölle. Sie war sich nicht ganz sicher, in welchem der neun Kreise sie sich gerade befand – entweder Lust oder Gier – aber nichtsdestotrotz in der Hölle.

Sie musste nicht nur die Pamela-muss-flachgelegt-werden-Scharade fortsetzen, sondern auch vorgeben, nicht kopfüber in tiefere Gefühle für einen Mann abzurutschen, der ihr klargemacht hatte, dass er tabu war. Sie war sogar so tief gesunken, ihren verstorbenen Mann ins Spiel zu bringen, in der Hoffnung, das tragische Thema würde die ersten Anzeichen der Verliebtheit abwürgen.

Der Zerstreuung hatte nicht im Geringsten funktioniert. Die Unterhaltung hatte nur zusätzlichen Respekt für einen Mann geschaffen, der mehr Schichten als Blätterteig zu haben schien.

Er hatte ihr zugehört. Hatte sie mit sanften, einfachen Worten getröstet. Und als das Gespräch zu emotional wurde, hatte er es auf typische Brute-Weise beendet, wodurch die Niedergeschlagenheit umgehend verschwand.

Jetzt zu gehen kam nicht infrage. Mit ihm allein in einem Auto zu sitzen, war eine zu große Versuchung für ihren angeschlagenen Verstand.

Sie wollte Bryan.

Sie wollte Brute.

Sie wollte, was auch immer sie aus dem großen Grizzlybären eines Mannes herauskitzeln konnte, und scherte sich nicht um die Konsequenzen.

„Hey, Sugar."

Sie sah von ihrem leeren Glas auf und erblickte einen weiteren flanelltragenden Cowboy an ihrer Seite. Er war breitschultrig, groß und braun gebrannt, und hatte dazu ein übertriebenes Grinsen im Gesicht.

„Du siehst aus, als könntest du noch einen Drink vertragen."

Sie setzte ein falsches Lächeln auf. „Alles bestens, aber danke."

Er legte den Kopf schief. „Das ist es sicherlich, aber ich bestehe darauf." Er klopfte mit den Knöcheln auf die Theke. „Barkeeper, bringen Sie dieser hübschen Dame ein prickelndes Gläschen."

Ein prickelndes Gläschen?

„Ich, ähm ..." Das verstieß gegen Regel fünfhundertfünfundfünfzig in Brutes Sexgefährten-Ratgeber – ein potentieller Liebhaber sollte bei der Getränkebestellung den Nagel auf den Kopf treffen, bevor er dich nagelt.

Eine Miniflasche Champagner wurde vor ihr geöffnet und der Inhalt in ein schmales Tulpenglas gegossen. Sie hätte enthusiastischer ablehnen sollen. Hätte, hätte, Fahrradkette, wenn die betäubende Gedankenlosigkeit nicht nur noch einen einfachen weiteren Drink entfernt gewesen wäre. Morgen würde sie für den gemixten Alkohol büßen. Fürs Erste würde sie allerdings jede Erleichterung annehmen, die sie bekommen konnte.

„Bitte sehr." Er hob das Glas von der Bar und reichte es ihr. „Etwas Süßes für eine Süße."

Sie räusperte sich. „Wenn du auf der Suche nach etwas Schüchternem und Niedlichem bist, bin ich nicht die Richtige für dich."

„Du bist der unanständige Typ?" Er beäugte sie in lüsterner Wertschätzung. „Ich bin ein Glückspilz heute Abend."

Ihr entwich ein Lachen, sie konnte es nicht verhindern. In einem Wechselspiel zwischen Hitze und Kälte war dieser Kerl so weit davon entfernt, flachgelegt zu werden, dass er einen Schneeanzug brauchte.

„Ich kann nicht glauben, dass eine Frau so schön wie du allein unterwegs ist."

„Ist sie nicht." Bryan tauchte hinter ihr auf. „Zieh Leine, Kumpel."

„*Bryan*." Sie schwang ruckartig ihren Kopf herum und warf ihm einen bösen Blick zu. „Du brauchst nicht so unhöflich sein."

„Ich bitte um Entschuldigung. Mir war nicht bewusst, dass das der Typ Mann ist, nach dem du suchst."

Spielte ihr der Alkoholrausch einen Streich oder wirkte er unzweifelhaft eifersüchtig? Ihr Magen überschlug sich in einem übelkeitserregenden Purzelbaum, und all die Flüssigkeit, die sie zu sich genommen hatte, gleich mit.

„Einen Moment mal." Der Cowboy hielt seine Hände hoch. „Sie saß hier alleine. Ich wusste nicht, dass Sie beide zusammen sind."

„Sind wir nicht", sagten sie unisono.

„Aha." Der Mann zog sich einen Schritt zurück. „Ich schätze, der Schein kann trügen."

Hitze kroch ihre Kehle hinauf und durchtränkte ihren Schal.

„Wir gehen jetzt." Bryan starrte sie an und erwartete, dass sie sich fügte.

Shit. Er musste endlich den Code ihrer nicht gerade subtilen Gefühle geknackt haben.

„Sugar", begann der Cowboy. „Wenn du in Schwierigkeiten steckst—"

„Schwierigkeiten?" Er dachte, sie sei in Gefahr? Durch Bryan? Okay, möglicherweise hatte der brachiale Mann seine Fäuste geballt und atmete schwerer als normal, aber das war nur, weil sie ihr Versprechen gebrochen hatte, sich nicht in den bindungsphobischen Blödmann zu verlieben. „Nein, mir geht's gut. So ist er immer. Hunde die bellen, beißen nicht."

Bryan stieß ein Knurren aus. Ein *richtiges* Knurren.

„Wir gehen", wiederholte er. „Es sei denn, du willst mit einem Typen rumhängen, der dir nicht den Respekt entgegenbringt herauszufinden, was du trinken möchtest. Aber, hey—", er zuckte mit den Achseln, „—ich bin sicher, er ist ein toller Fang. Schließlich hast du einen guten Geschmack bei Männern."

Sie schnaubte und leerte die Hälfte des Champagners in einem Zug. Es juckte ihn nach einem Streit – das konnte sie an dem wütenden Aufblitzen in seinen tiefblauen Augen erkennen. Sie hatte nicht vor, ihn unzufrieden zurückzulassen.

„Mein Männergeschmack sollte dich nichts angehen." Sie erhob sich von ihrem Hocker und geriet ins Taumeln.

„Verdammt nochmal." Er streckte eine Hand aus, um sie aufzufangen.

„Sprich nicht so mit mir." Sie schlug seinen Arm weg und stellte sich dicht vor ihm hin, ließ zu, dass sein dunkler, maskuliner Duft ihr die Sinne vernebelte.

„Dann hör auf, Mist zu bauen."

Sie hörte die Worte, doch das Einzige, was bei ihr ankam, war sein Beschützerinstinkt. Seine Autorität. Sein Anspruch auf sein Territorium. *Nein.* Der Alkohol spielte ihr einen Streich.

Sie trat zurück und wandte sich an Mr. Cowboy. „Entschuldigung." Sie schnappte sich ihre Clutch von der Bar und stellte die Champagnerflöte an ihren Platz. „Danke für den Drink."

Die Augen des Mannes weiteten sich. „Du gehst mit ihm mit?"

Ja. *Nein.* Die Antwort war unwichtig, da sie ohne frische Lust nicht denken konnte.

Sie schlängelte sich mit kurzen, energischen Fußballenschritten nach draußen, wobei ihr ihre High-Heels wenig Support boten.

„Was zum Teufel hast du jetzt vor?" Bryan folgte ihr, hielt auf dem Bürgersteig aber einen dankenswerten Abstand zwischen ihnen.

„Verschwinden. Ist es nicht das, was du wolltest?"

Sein Grollen kitzelte in ihrem Nacken. Sie hasste dieses Geräusch. Hasste es so sehr, dass sich ihre Mitte wiederholt verkrampfte und wieder entspannte, als würde sie einen Orgasmus simulieren.

„Was dich betrifft, bekomme ich nichts von dem, was ich will."

Seine Entgegnung traf sie wie ein Schlag ins Gesicht. Sie schwang herum, und geriet erneut ins Schwanken, als ihre Absätze die gleiche Stabilität boten wie gekochte Spaghetti. „Was genau willst du denn, Bryan? Verrate es mir."

Er verschränkte die Arme vor seinem breiten Oberkörper, sodass sein Jackett auseinanderging und sich der Stoff seines Hemdes verführerisch über den Muskeln darunter spannte.

Oh, Herr im Himmel.

Die ganze Welt hatte sich gegen ihre Versuche ihn nicht zu mögen verschworen. Jedes Mal, wenn sie Barrikaden errichtete, um die Anziehungskraft niederzukämpfen, zerstörte er sie mit einem kraftvollen Hulk-Schlag wieder.

„Ich will, dass du verflucht nochmal zuhörst." Sein Atem kam in mühsamen Zügen. „Ich versuche dir zu zeigen, wie du einen Kerl findest, der dich verdient. Jemanden, dem es nicht scheißegal ist, was du willst. Und in dem Moment, in dem ich dir den Rücken zudrehe, machst du dich an Cowboy Bill ran."

„Ich habe mich rangemacht?" *Rangemacht?* „Er bot mir an, mir einen Drink auszugeben. Ich lehnte ab. Aber ein Nein als Antwort hat er nicht akzeptiert. Ich habe nicht einmal einen Schluck des Champagners getrunken, bis du zurückgekommen bist und das Bedürfnis nach mehr Alkohol geweckt hast."

Er funkelte sie aus blauen Augen bedrohlich an.

„Komm schon." Sie seufzte. „Worum geht es hier wirklich?"

„Du weißt, worum es hier geht." Die Worte kamen knirschend durch perfekte Zähne und über volle, weiche Lippen.

Sie wollte nicken und bejahen, dass es hier um Gefühle ging, die keiner von ihnen ignorieren konnte. Hier ging es um mehr als Freundschaft oder Sex oder das *Vault*. Hier ging es um Funken und eine Verbindung und herzergreifende Emotionen.

„Hier geht es darum, dass ich eine Vorführungsassistentin brauche", knurrte er wütend. „Um mehr ist es für mich nie gegangen."

Ihre Nase kribbelte, ihre Kehle verengte sich. „Das weiß ich." Nein, tat sie nicht. Nicht wirklich. Sie hatte versucht es zu vergessen. Sie hatte den eigentlichen Zweck ihrer gemeinsamen Zeit ausgeblendet, als sie von der Verlockung einer Romanze überwältigt wurde.

Wieder einmal.

Die Geschichte mit Lucas wiederholte sich.

„Gut", herrschte er sie an.

„*Großartig*", ahmte sie ihn nach.

Er näherte sich, bis er unmittelbar vor ihr stand. Seine Nasenflügel bebten, seine Lippen verzogen sich abfällig. „*Absolut* perfekt."

Sie hatte ihn nie mehr küssen wollen. Der Rausch, wenn sein Bart ihren Mund, ihren Hals, ihre Brüste kratzte. Ihr Herz raste. Ihre Kehle zog sich noch mehr zusammen. Sie wirbelte auf Zehenspitzen herum und floh in die entgegengesetzte Richtung, das Klackern ihrer Absätze ein panisches Stakkato.

„Mann, ich wünschte, ich wüsste, wieso du so ein griesgrämiger Mistkerl bist." Sie erreichte die Gebäudeecke und bog auf den verdunkelten Parkplatz ab, wobei sie in der Nähe des Mauerwerks blieb, für den Fall, dass sie sich abstützen musste.

„Langsamer. Sonst landest du noch auf deinem Hintern."

„Hör auf, okay?" Sie funkelte ihn über die Schulter an. „Hör auf mit dem Hin und Her. Dem Jekyll und Hyde. Der Nettigkeit und der Ernsthaftigkeit. Ich habe es satt." Ihr Fuß knickte um. Der scharfe Schmerz schoss die Außenseite ihres Beines hoch. Sie geriet ins Taumeln, doch die Gefahr auf ihre Kehrseite zu fallen wurde durch etwas noch Gefährlicheres verdrängt – durch seinen Griff.

Er packte sie, zog sie an seine starke Brust und stieß sie gegen das Mauerwerk. Sie war eingesperrt, gefangen zwischen zwei Türmen kalter Sterilität. Nur war es keine Sterilität, die ihr entgegenstarrte. Seine blauen Augen waren nicht leer. Sie konnte alles Mögliche auf sie herabblicken sehen – Zuneigung, Lust, Hoffnungen für die Zukunft. Dann, mit einem Blinzeln, war alles verschwunden.

„Herrgott." Er hielt sie fest, gefangen. „Ich hätte dich nie herbringen dürfen."

Reue breitete sich in seiner Mimik aus, zusammen mit Verärgerung und Frustration, was ihren irrwitzigen Träumereien über die schönen Momente, die sie geteilt hatten, einen Dämpfer verpasste.

„Es tut mir leid."

Seine Augenbrauen zogen sich zusammen. „Wieso?"

„Ich weiß es nicht." Zitternd entwich die Luft ihren Lungen. „Ich habe das Gefühl, mich entschuldigen zu müssen. Ich habe noch nie jemanden so genervt, wie ich dich zu nerven scheine." Sie musste weiterreden, und sei es nur, um zu gewährleisten, dass er weiterhin an ihr lehnte, jetzt, da seine Wärme endlich in sie hineinsickerte. Sie waren sich noch nie so nahe gewesen, zumindest nicht emotional. „Ich schätze, ich habe vergessen, dass es um deinen Job geht. Ich habe angefangen zu glauben, wir seien Freunde."

Sein Körper entspannte sich.

Nein, er fiel in sich zusammen. Seine Schultern sackten ab, sein Gesicht wurde lang. „Du nervst mich nicht, Ella."

„Was ist es dann?", wisperte sie.

Er drehte seinen Kopf weg, und die Anspannung in seiner Gestalt verstärkte sich, während er seinen Blick auf die Straße richtete.

„Bryan?" Sie streckte eine Hand aus. Ihre Fingerspitzen kribbelten, je näher sie seiner bartbedeckten Wange kam. Ihre Handfläche glitt über die rauen Haare, und alles in ihr sackte in sich zusammen. Sie hatte ihn nie berührt. Nicht so. Nicht mit bis zum Hals schlagenden Herzen und durch die kurze Berührung ungefilterten Gefühlen.

Sie lenkte sein Gesicht zurück zu ihrem und flehte mit ihren Augen. „Was hat das alles zu bedeuten?"

Die harte Linie seines Kiefers wurde definierter. „Es geht darum, mit dir schlafen zu wollen. Ich bin in den letzten fünf Stunden wahnsinnig geworden, weil ich mich gegen das Bedürfnis wehren musste, dich unter mir haben zu wollen. Genau wie die fünf Tage davor." Er machte einen Schritt vorwärts, zwängte sie enger zwischen die harte Wand des Gebäudes und die noch härtere Wand seiner Brust. „Sogar davor schon, Ella. Seit dem ersten Abend, an dem ich dich in der verdammten Umkleide berührt habe."

Hoffnung übernahm die Zügel und rannte davon. Alles in ihr fing

Feuer, Emotionen wie Körperteile entbrannten und verwandelten ihren Körper in eine glühende, prickelnde Masse.

Sie musste ihn küssen. Musste diese Lippen schmecken und spüren, wie sie ihre eigenen vernichteten. Denn genau das war es, was sie tun würden – sie vernichten. Sie zerstören. Schließlich wäre ein leidenschaftlicher Kuss viel mehr, als sie von ihrem Ehemann je bekommen hatte.

Er presste sich gegen sie, und die massive Länge seines Schafts machte sich an ihrem Schambein bemerkbar. Sie konnte nicht atmen. Nicht denken. Alles, was sie tun konnte, war umgarnt zu werden, während sein Mund wie im Sirenengesang ihren Namen rief.

Sie presste ihre Lippen auf seine und ertrank augenblicklich an der Intensität seiner Reaktion. Seine Hand landete in ihrem Haar, strich über ihre Kopfhaut, hielt sie fest. Sein Arm schlang sich um ihre Taille und drückte neues Leben in sie. Jeder Teil von ihm berührte sie. Jeder Zentimeter ihres Körpers war ihm ausgeliefert, als seine Zunge ihre Lippen teilte und tief eintauchte.

Er übernahm die Führung. Brachte sie zum Hyperventilieren. Alles mit einem Kuss.

Nur mit seinem Bart, seinen Lippen und seinen Zähnen.

Als er sich zurückzog, keuchten sie beide in die kleine Lücke zwischen ihnen. „Wir sollten von hier verschwinden."

Sie nickte.

Seine Hand verließ ihr Haar, schlängelte sich ihren Arm hinunter und verschränkte sich mit ihren Fingern. Er quittierte die Intimität nicht, schaute ihr nicht einmal mehr in die Augen. Stattdessen drehte er sich um und führte sie zum Auto. Er hielt nicht an, bis sie an der Beifahrertür standen und seine freie Hand auf dem Türgriff ruhte.

Er blieb dicht bei ihr, wie erstarrt, als wäre die Welt stehengeblieben, damit sie diesen Moment genießen konnten. Zumindest fühlte es sich so an, bis es ihr dämmerte.

„Du kannst nicht fahren, oder?"

Er ließ ihre Hand los und wischte sich grob über den Mund. „Ich habe zu viel getrunken."

Er presste sich nach wie vor gegen sie, und die neckende Pein ihrer Gefühle zwischen ihnen flackerte wie rasch zündende Funken. Sie versuchte sich einen besonnenen Ausweg aus dieser Situation einfallen zu lassen. Einen, der sie morgen nicht gebrochen zurücklassen würde. Doch Lust und Verlangen durchschmorten alle rationalen Gedanken und ließen sie allein mit dem chemischen Ungleichgewicht, das sie dazu trieb sich in sein Hemd zu klammern und ihn näher an sich zu ziehen.

„Willst du ein Taxi nehmen?" Sie legte ihre Clutch über ihre Schulter hinweg auf das Dach des Wagens.

Ein Menschenleben an rasenden Herzschlägen maß die Sekunden, in denen sie dicht beieinander blieben und der Rausch in einer durch Leidenschaft hervorgerufenen Entgiftung rapide ihr System verließ.

„Du weißt, dass ich das nicht will." Seine Hand kehrte an ihre Hüfte zurück. „Noch nicht."

Das Pulsieren seines Glieds drückte gegen sie. Der Umfang und die Länge ließen ihr das Wasser im Mund zusammenlaufen. Sie konnte sich nicht rühren. Es lag nicht an dem unentrinnbaren Käfig seiner Arme. Es lag an seiner Nähe. Dem Versprechen von mehr.

„Bist du sicher, dass du das jetzt tun willst?", fragte er und ließ seinen Atem über ihre Wange streichen, was in überschneidenden Dosen zu einem Hochgefühl, einer Gänsehaut und Übelkeit führte.

Dieser Mann machte sie völlig fertig.

„Bist du sicher, dass du es hier zu Ende bringen willst?" Er versenkte sein Gesicht in ihrem Haar, und seine Nase kitzelte ihren Nacken, sein Bart kratzte ihre Haut. Er packte ihr Kinn, um ihren Blick auf seine durchdringenden Augen zu lenken, während sein Oberschenkel ihre teilte und sein Gewicht sie gegen das Auto drängte.

„Ja." Das Wort war ein atemloses Hauchen. „Hier. Jetzt."

Er stieß gegen sie, entriss ihrer Kehle ein Wimmern. Er war schon so kurz davor, sie zu nehmen, ein bloßes Öffnen seines Gürtels und ein Hochschieben ihres Kleides entfernt. Sie konnte bereits erahnen, wie verheerend die Penetration sein würde. Wie perfekt. Aber … „Ich habe Angst, dass es nicht gut ausgeht."

Sie brauchte seine Zusicherung. Sehnte sich genauso sehr danach wie nach seinem Schwanz.

„Spielt keine Rolle. Wir wissen beide, dass es unvermeidlich ist", entgegnete er und packte ihr Kleid.

Sie konnte ihn nicht aufhalten. *Wollte* ihn nicht aufhalten. Ihr Körper ließ ihr keine Wahl.

Alles, wozu sie in der Lage war, war in das grimmige Gesicht zu starren, das sie besitzergreifend anfunkelte, als er ihren Saum anhob. Zentimeter für Zentimeter wanderte das enge Material ihren Körper hinauf und enthüllte mit quälender Langsamkeit ihr Fleisch. Die kühle Nachtluft drang zwischen ihre Schenkel, an ihre Hüften, ihr Geschlecht. Und noch immer hielten diese Augen sie fest, lasen die Reaktionen, die sie zu verbergen versuchte.

Er ließ den Stoff los, um ihn um ihre Taille zu wickeln, dann glitten seine Hände ihre nackte Haut hinunter und versengten das Fleisch, das sie berührten.

„Es war nicht gelogen, dass du keine Unterwäsche trägst."

„Ich habe keinen Grund dich anzulügen." Sie hätte lachen können angesichts der Scheinheiligkeit. Sie hatte ihn den ganzen Abend über belogen. Ebenso am Nachmittag. Sie hatte in Bezug auf ihre Gefühle gelogen. Bezogen auf ihre Intention. Sie hatte gelogen und gelogen und gelogen. Sogar sich selbst gegenüber. „Dieses Kleid sieht mit sichtbaren Slipkonturen nicht annähernd so sexy aus." Sie log schon wieder. Die Unterwäsche fehlte, um ihn zu verführen. Um zu sehen, ob sie eine ähnliche Wirkung auf ihn hatte wie er auf sie.

„Nun …" Er grinste. „Ich habe Ehrlichkeit nie mehr geschätzt als jetzt gerade." Er ergriff ihr Kinn und forderte ihre Aufmerksamkeit. Eine sanfte Fingerkuppe glitt über ihre kribbelnde Unterlippe, die Berührung schmerzhafter und emotionaler als alles, was sie erwartet hatte.

In ihrem Innersten tobte Krieg. Eine Hälfte von ihr schrie zu nehmen, was sie kriegen konnte. Die andere schmerzte danach ihm verständlich zu machen, was ein weiterer Kuss bedeuten würde. Auch wenn es sonst niemals jemand verstanden hatte. Nicht einmal ihre Mutter oder Kim.

Als er sich diesmal vorbeugte, hielt sie den Atem an und wartete auf seinen nächsten Schritt. Seine verführerischen Lippen näherten sich, nur um in letzter Sekunde abzuweichen und ihre Wangen zu versengen. „Ich hätte schwören können, dass du nicht der Typ bist, der es auf einem Parkplatz treibt", flüsterte er gegen ihre Haut. „Aber du hast die Angewohnheit mich zu überraschen."

Sein Bart streifte jede bedeutsame Stelle auf dem Weg entlang ihres Kiefers und weiter, zu dem sensiblen Punkt unter ihrem Ohr. Sie wollte die fehlgeleiteten Empfindungen hassen. Wollte ihn im Allgemeinen hassen. Dann verwandelten sich seine leichten Küsse in ein Knabbern, das Knabbern in Bisse und Saugen, bis er ihren Hals mit solch erotischer Effektivität verwüstete, dass sie sich fest an seine Schultern klammerte für mehr.

„Nimm den Schal ab." Er presste sich in sie, seine Erektion dick und pulsierend zwischen ihnen.

„Wenn ich ihn abnehme, wirst du dann noch mehr Spuren hinterlassen?"

„Ohne jeden Zweifel.“

Oh, Gott. Eine bessere Antwort hätte sie sich nicht wünschen können.

Sie nahm die Seide von ihrem Hals. Das delikate Gleiten löste eine Gänsehaut aus. Ein Prickeln brach auf ihrer ganzen Haut aus. Sie hielt ihm das Material hin und tat so, als hätte es keinen Effekt auf sie, als er seine Hand über ihre schob und den Schal aus ihrem Griff zog.

„Jetzt öffne den Mund.“

Sie wich zurück. „Wie bitte?“

„Vertrau mir, du wirst etwas in deinem Mund haben wollen, das dein Schreien unterdrückt.“

„Ich werde still sein.“

„Wirklich?“ Er ließ den Arm mit der Seide an seine Seite sinken, während seine freie Hand über die getrimmten Locken am Ansatz ihrer Oberschenkel streichelte. Mit einer schnellen Fingerbewegung streifte er ihre Klitoris und teilte ihre Falten, um ihren Spalt zu necken. Das lustvolle Gefühl ließ sie lang, leise und völlig unkontrolliert aufstöhnen.

„Willst du dein Versprechen nochmal überdenken?“ Er rieb mit zwei Fingerspitzen über ihren Eingang und ließ seine Magie walten.

Ihr Brustkorb explodierte, und das Schrapnell schoss in ihre Brüste, ihren Unterleib und in ihr Innerstes.

„Was glaubst du, wie du reagieren wirst, wenn ich meinen Schwanz hier versenke?“

Er hob gleichzeitig mit dem Schal eine selbstsichere Braue.

Verdammt sei er. Für alles.

„Na schön.“ Sie streckte ihr Kinn vor und wartete.

Seine Augen glühten, als er seine Finger zwischen ihren Beinen entfernte, um den Stoff in ihren Mund zu stecken. Sie biss darauf, während er ihn in ihrem Nacken über Kreuz legte und ihn dann zurück nach vorne führte, um ihn über ihre Brüste hängen zu lassen.

„Jetzt gib mir deine Handgelenke.“

Sie schüttelte den Kopf und spuckte das Material aus. „Nein.“

„Vertraust du mir nicht?“

„Nein, tue ich nicht. Nicht, wenn ich ohnehin schon verwundbar genug bin.“

Ein Anflug von Zurückweisung huschte über sein Gesicht. „Ich würde dir nie wehtun, Ella. Nicht so.“

Nicht. So.

Nur auf jede andere erdenkliche Weise.

Er drückte die Seide zurück zwischen ihre Lippen und verknotete sie in ihrem Nacken. „So. Bildschön und noch einladender, jetzt, wo du nicht mehr sprechen kannst."

„Du bist unmöglich, weißt du das?" Die Worte waren ein unverständliches Gemurmel.

„Was sagst du?"

„Fick dich."

Er feixte. „Das wirst du früh genug."

Eine Hand glitt zwischen sie, seine talentierten Finger fanden zurück an ihren Eingang und spreizten ihre Falten. Diesmal war ihr begleitendes Wimmern fast tonlos, erstickt von feinem Stoff.

„So ist es besser." Er beugte sich vor. „Jetzt muss ich mich nicht zurückhalten."

Sie würde es hassen, wenn er das tun müsste. Sie konnte es kaum erwarten, seine Hemmungslosigkeit zu sehen. Seine Zurückhaltung und letztendliche Kapitulation.

„Ich liebe es, dass du immer feucht für mich bist. Bist du das für jeden?"

Sie schüttelte den Kopf. *Nein.* Für niemanden außer ihm.

„Gut." Er malte mit zwei Fingern Kreise, ohne in der Bewegung innezuhalten, als er eine Geldbörse aus seiner Gesäßtasche holte, sie aufschlug und sie an seine Hüfte stützte, um ein Kondom aus dem Fach für die Scheine zu ziehen. Sobald er hatte, was er wollte, ließ er die Geldbörse zu Boden fallen, wobei sich Karten, Münzen und Scheine über den Asphalt verstreuten.

Er schien es nicht zu bemerken. Es schien ihn nicht zu kümmern.

Er steckte sich die Kondompackung zwischen seine Zähne und öffnete einhändig seinen Gürtel. Das Klimpern von Metall auf Metall schnitt durch die friedliche Nachtluft, gefolgt von dem Geräusch seines Reißverschlusses. Sie schaute zu, hielt den Atem an, als er seinen Hosenbund nach unten schob und sein erigiertes Glied mit der Faust umschloss.

Sie würde es wirklich tun. Würde sich wirklich in eine Situation stürzen, die nur mit Herzschmerz enden konnte. *Wieder einmal.*

Aber wen kümmerte das schon?

Sie hatte sich schon einmal erholt.

Sie streckte eine Hand aus, fuhr mit ihren Nägeln an seinem Schaft entlang, dann umfasste sie mit festem Druck seinen Ansatz.

„Fuck." Das Fluchwort war kehlig, wehrlos und absolut perfekt.

Hinter dem Tuch lächelte sie.

Er ließ seinen Schwanz los und spuckte die Kondompackung in seine Handfläche. „Du willst also, dass ich mich in deine Hand entlade, ist es das?" Er schloss die Augen und ließ den Kopf zurückfallen. Das Schlimmste daran war, dass seine Finger ihrer Mitte entglitten. „Komm schon, Liebes. Du musst mich das Ding überziehen lassen. Keiner von uns beiden will, dass ich so zum Ende komme."

Doch vielleicht wollte sie das.

Vielleicht war es das Beste für sie beide.

Er war unter ihrer Kontrolle, empfänglich für ihre Berührung, genau wie sie für seine. Das Wissen machte ihre Anziehung zu ihm umso strafender. Er war so schön, sein Gesicht eine Mischung aus Anspannung und Kontrolle, während das Mondlicht auf seine rauen Züge hinabstrahlte.

„*Ella.*" Wie er ihren Spitznamen aussprach – das Flehen, die Leidenschaft, die Lust. „Das ist nicht das, was du willst … Du brauchst meine Hände auf deinem Arsch … Meinen Mund an deinem Hals … Meinen Schwanz in deiner Pussy."

Ihre Lippen brannten vor Trockenheit, die sie nicht weglecken konnte. Sie konnte lediglich auf Seide beißen und wimmern.

„Du hast fünf Sekunden", raunte er. „Vier …"

Ihre Berührung wanderte zur Spitze seines Schafts hinauf und rieb über die Feuchtigkeit, die aus seinem Schlitz perlte.

„Ich habe gelogen." Er packte ihr Handgelenk und zerrte es weg. „Das war's." Sein anderer Arm schlängelte sich um ihren Rücken, um sie hochzuheben. „Beine um meine Taille."

Ohne nachzudenken fügte sie sich, ihr Hintern gegen die Seite des Fahrzeugs gedrückt, sein Schwanz an ihrem Eingang positioniert, während er mit effizienten Bewegungen den Schutz über seine Länge arbeitete.

Allzu bald war er bereit und sah sie an, als würde er um Erlaubnis bitten.

„Tu es", murmelte sie um den Knebel herum. „Tu es endlich."

Er biss die Zähne zusammen. „Bist du sicher?"

Zum Teufel mit ihm und seiner liebevollen Besorgnis.

Sie schlang ihre Hände um seinen Hals und versenkte ihre Nägel tief darin. Für den Fall, dass die Kratzer nicht ausreichten, um ihn zur Eile zu bewegen, würde es auf jeden Fall der Stoß ihrer Hüften tun.

Mit einer Hand an seiner Schaftspitze rieb er sie vor und zurück über ihren Eingang. Sie wusste nicht, wo sie hinsehen sollte – auf seinen beeindruckenden Schwanz, seine muskulöse Brust oder in die durchdringenden Augen, die gerade von losen Haarsträhnen umrahmt waren.

Er blinzelte ihr entgegen, Schweißperlen auf seiner Stirn, und streckte seine Zunge heraus, um seine herrlichen Lippen zu befeuchten. Sie verlor sich in dem Augenblick. Verlor sich in ihm.

Mit einem einzigen langen, bestrafenden Schwung seiner Hüften stieß er in sie hinein und stahl ihr damit komplett den Atem aus den Lungen. Die Gedanken aus dem Kopf. Es gab nur noch Reibung. Nur noch Vergnügen.

Sie schrie auf, ihr Kopf fiel zurück, ihre Finger krampften sich in seinem Nacken zusammen. Seine Hitze umgab ihre Brust und grub sich tief in sie hinein. Seine Hüften wiegten sich in einem langsamen, quälenden Rhythmus, und sie wimmerte bei jeder Bewegung, das Geräusch lauter und lauter in ihren eigenen Ohren.

„Hey." Sein Mund war einen Millimeter von ihrem entfernt. „Sei leise, Liebes. Diese schäbige Umgebung wird kein angenehmes Publikum bieten können."

Ihre Atmung beschleunigte sich mit ihrem ruckartigen Nicken, und sie biss in die Seide, um die Zähne in ihre Unterlippe zu bohren. Sie wackelte herum in dem Versuch, ihren Po auf dem Rand des Fensters zu positionieren, und rutschte weg.

„Schon okay." Er umklammerte sie fest. „Ich habe dich."

Hatte er das? Wirklich?

Körperlich war er da. Doch sie war sich nicht sicher, ob er emotional existierte.

„Fuck." Er stieß zu. Immer und immer wieder. Jedem lustbringenden Impuls folgte ein gekeuchter Atemzug an ihren Lippen. „Was machst du mit mir?"

Sie schloss die Augen, wünschte sich, sie könnte auch ihre Ohren schließen, weil seine Worte in ihre Seele sanken, um nie wieder von dort entfernt zu werden. *So verdammt gut … Machst mich wahnsinnig … Fuck … Das verdammt Beste …* Sie wollte schreien, dass er aufhören soll, und betteln, dass es niemals enden möge.

Er küsste ihren Hals, ihre Schulter, dann das tiefe V ihres Kleides und markierte die Rundungen ihrer Brüste mit Lippen, Zunge und Bart. Sie war nie lebendiger gewesen. Hoffnungsvoller. Sie wollte die Welt mit diesem Mann teilen und war überzeugt, dass er sich nach dem Gleichen sehnte. Vielleicht nicht an der Oberfläche, aber tief im Inneren. Tief, *tief* im Inneren. Fast zum Greifen nah.

„Ich will alles Mögliche mit dir anstellen." Er stieß hart zu. Wieder und wieder, jedes Wiegen heftiger als das vorherige.

„Ja", keuchte sie um den Knebel herum. „Mehr."

Sie war schon kurz davor. Irgendwie verstand er sie. Wusste, wo er sie zu berühren hatte. Worauf er sich konzentrieren musste.

Durch ihr Kleid hindurch streifte er ihre Brustwarzen. Das erste Mal war zu sachte, das zweite Mal zu hart. Das dritte und jedes Mal danach waren absolute Perfektion. Er war Goldlöckchen. Probierte alles aus, um das Richtige zu finden. Er hatte sogar die dazu passenden Haare.

„Warum lächelst du?" Seine Nase strich über ihre.

Sie konnte es nicht erklären, selbst wenn sie körperlich dazu in der Lage gewesen wäre.

„Ich liebe dein Lächeln." Er schmiegte sich an ihre Wange, wobei sein Bart Spuren hinterließ. „Es ist das verdammt Schönste, das ich je gesehen habe."

Ihr Grinsen verflüchtigte sich und purer Schock trat an seine Stelle. *Oh, Gott.* Ihr Herz blieb stehen. Es setzte nicht wieder ein – es blieb einfach untätig, als sein Mund über ihren wanderte und schließlich an einem ihrer Mundwinkel verharrte.

„Was?" Er lehnte sich zurück. „Was ist? Habe ich etwas falsch gemacht?"

Wieder verstärkte er ihre Bewunderung, indem er ihr eine weitere Seite von sich zeigte, die noch faszinierender war als die Dinge an ihm, denen sie bereits verfallen war.

Er erstarrte, seine sexy Hüftbewegungen verebbten. „Ella?"

Sie entfernte den Schal aus ihrem Mund. Sie scherte sich nicht länger darum, ob sie eine Menschenmenge anlockte, denn sie konnte es keinen Augenblick länger ohne seinen Kuss aushalten. „Du hast alles richtig gemacht."

Sie schob eine Hand in sein Haar und zog sein Gesicht an ihres, um seine Lippen zu stehlen. Ihre Verbindung fing Feuer, und die Mischung aus Zungen und Zähnen und wiedererwachten Stößen steigerte sich in eine verrückte Intensität, durch die sich jeder Zentimeter von ihr in jeden Zentimeter von ihm verliebte.

Er küsste sie so hart wie sein Schwanz sie bearbeitete. Und verehrte sie ebenso liebevoll. Seine Berührung war ein herrlicher Kontrast zu all den aufeinanderprallenden Körperteilen.

„Gleich hast du mich soweit", sagte sie in seinen Mund und zog an seinen Haaren.

„Das will ich verdammt nochmal hoffen."

Ihr Innerstes zog sich um seine Länge zusammen, kleine Zuckungen, die sich schnell zur kurz bevorstehenden Glückseligkeit aufbauten. „Bryan …"

„Ich habe dich."

Das hatte er. Das hatte er wirklich.

Sie verlor die Kontrolle, Wimmerlaute bildeten sich in ihrer Kehle, nur um von seinem Mund erstickt zu werden. Er küsste sie weiter. Machte weiter Liebe mit ihr, wie niemand zuvor je Liebe mit ihr gemacht hatte.

„*Scheiße*." Seine Finger gruben sich in ihren Po, markierten Fleisch, von dem sie nie wollte, dass es heilte. Er pumpte seine Hüften, verlängerte ihren Orgasmus, während er ebenfalls kam, Stoß um peinigenden Stoß.

Er biss und saugte und leckte. Bäumte sich auf und streichelte und drückte zu.

Ihre Welt verwandelte sich in eine einzige Masse kribbelnder Empfindungen, welche anschließend ebenso schnell wieder verflogen.

Sternexplosionen wurden zu Funken. Pulse reduzierten sich zu Zuckungen. Sie lehnte sich zurück, keuchte in die Nachtluft, während sein Rhythmus zu einem langsamen Tanz wurde.

Sie ließ sich gegen seine Schulter sinken. Sein Duft erfüllte ihre Lungen, sein Schweiß bedeckte ihre Wange.

Einen Moment lang war sie von Glückseligkeit erobert. Im nächsten machte sie das schwere Gewicht der Realität taub. Sie war diesem Mann nicht nur ein wenig verfallen – sie hatte sich einen Abhang von der Größe des Mount Everest hinuntergestürzt.

„Ella", flüsterte er in ihren Nacken, ein Hauch von Reue in seiner Stimme.

Sie schloss die Augen, wollte von der Härte, die unausweichlich auf all die sexy liebevollen Gesten folgen würde, nichts wissen. „Hmm?"

„Es tut mir leid, dass es enden musste."

Ihr Herz schwoll an, als sie den engen Knoten der Seide um ihren Hals löste. „Es *musste* enden? Wie meinst du das?"

Er sprach in der Vergangenheitsform, als wäre es schon vorbei. Als wäre es eine ausgemachte Sache gewesen, dass sie eine monumentale tiefe Verbindung teilen und sich dann gegenseitig zum Abschied winken würden.

Er setzte sie auf ihre Füße und trat stirnrunzelnd zurück. „Du wusstest, dass das gerade das Ende bedeutet, oder?"

Ihre Augen brannten und drohten sie zu verraten.

„Ella?" Seine Stimme wurde warnend. „Du wusstest, dass das Spiel vorbei sein würde, sobald wir miteinander schlafen."

Sie blinzelte und blinzelte und versuchte ihre Ahnungslosigkeit zu verbergen, während er seine Kleidung zurechtrückte.

„Ich habe es dir von Anfang an gesagt. Ich sage es *allen* von Anfang an."

„Ja." Sie schluckte. Leckte sich die Lippen. „Ich wusste es. Ich habe nur …" Sie zerrte am Saum ihres Kleides und schnappte sich ihre Clutch vom Autodach. „Ich habe nur nicht—" Sie schloss den Mund und schlich in kleinen, vorsichtigen Schritten rückwärts.

„Warte." Er strecke eine Hand aus, doch sie verfehlte ihr Ziel. „Ich dachte, du hättest es verstanden. Du hast davon geredet, dass es nicht gut enden würde. Ich habe mir von dir versichern lassen, dass du es *hier und jetzt* beenden willst. Ich habe dich gefragt, Ella. Ich dachte, wir wären auf derselben Wellenlänge."

Sie war nicht einmal im selben Ozean gewesen.

Sie hatte vorübergehend seine Regeln und Vorschriften vergessen, zu geblendet von träumerischen Gedanken an das, was sein könnte. Sie hatte sich eingeredet, dass etwas Besonderes möglich war. Genau wie sie es bei Lucas getan hatte.

„Das waren wir", log sie mit einem ruckartigen Nicken. „Das *sind* wir."

„Wieso siehst du mich dann an, als ob …"

Sag es nicht. Bitte sag es nicht.

„Wieso weichst du von mir zurück?", revidierte er.

„Weil es das ist, was du willst." Sie hielt an und befahl ihren Füßen, an Ort und Stelle zu bleiben, obwohl es sie danach juckte, sich ihrer High-Heels zu entledigen und loszusprinten. „Ich gebe dir Freiraum. Ich weiß, wie sehr du anhängliche Frauen hasst."

Er verzog das Gesicht, und für einen kurzen Moment rechnete sie damit, dass er ihr sagte, sie solle in seine Arme zurückkehren.

Sie lag wieder einmal daneben.

Warum irrte sie sich in solchen Situationen immer wieder so dermaßen? Sie setzte ihre Hoffnung auf die Liebe, wenn sie nirgendwo in Sicht war. Sie verliebte sich ständig in Männer, die nicht die Absicht hatten, sich in sie zu verlieben.

„Hast du erwartet, dass sich mehr daraus entwickeln würde?" Sein Kiefer spannte sich an, während seine Hände durch sein Haar fuhren. „Ich kann dich verdammt nochmal nicht lesen."

„*Nein*", log sie und suchte verzweifelt nach einer soliden Argumentation. „Ich hätte nur nicht gedacht, dass du mich in der einen Minute vögeln und in der nächsten in die Wüste schicken würdest." Sie bewegte sich rückwärts, jeder Schritt brachte mehr notwendigen Abstand zwischen sie. „Aber ich verstehe schon. Du hast deinen Standpunkt klargemacht. Und ich will ganz sicher nicht als eines deiner Groupies abgestempelt werden."

„*Fuck*." Sein Fluchen durchdrang jeden Winkel des Parkplatzes und erschreckte sie. „Bleib bitte stehen." Er ließ die Hände an seine Seiten fallen. „Ich will nicht, dass du sauer auf mich bist."

„Was spielt das für eine Rolle?" Ihre Frage barg zu viel Herzschmerz, sie konnte ihre eigene Schwäche in ihren Ohren klingeln hören. „Du weißt, ich will meine Mitgliedschaft im *Vault* kündigen. Nach heute Abend wirst du mich nie wiedersehen. Also, wen kümmert's, ob ich sauer bin?"

Er biss die Zähne zusammen. „Mich kümmert's, okay? Ich will, dass du zurück in den Club kommst. Ich will dir helfen, jemanden zu finden."

„Nein, danke." Nicht, wenn sie wollte, dass er dieser Jemand war. „Deine Hilfe heute Abend hat gereicht."

Er trat auf sie zu und erstarrte, als das Knirschen von Plastik unter seiner Sohle ertönte. „*Scheiße*." Er hockte sich hin, um seine Geldbörse und die verstreuten Kreditkarten aufzuheben. „Schau, Ella, ich trage eine Lastwagenladung Ballast auf meinen Schultern. Meine Familie ist beschissen. Die Jungs auf der Arbeit sitzen mir im Nacken wegen des Streits, den wir im Club hatten …"

„Und das Letzte, was du brauchst, ist was? Dass ich dir Probleme bereite?" Wann war sie zu einer Belastung anstelle eines Trumpfs für seine Vorführung geworden?

Seine Lippen teilten sich, doch eine Antwort schien außer Reichweite. *Alles* war außer Reichweite. Wenn sie es nur über sich bringen würde, sich noch ein wenig weiter zu dehnen. Die perfekten Worte zu finden, die ihn überzeugten. Etwas zu tun, irgendetwas, das ihn aufwachen und die Möglichkeiten direkt vor sich erkennen ließ.

„Du bist ein toller Kerl, Bryan", wisperte sie. „Aber ich verdiene etwas Besseres als das."

Er schnaubte, während seine Hand auf einer schmutzigen Businesskarte innehielt und seine Haare sein umwerfendes Gesicht umrahmten. Er sah sie nicht an. Rührte sich nicht. „Das kann man wohl sagen." Seine Stimme war kaum hörbar, die Weichheit darin weitaus bestrafender, als wenn er sie angeknurrt hätte.

Er ließ sich auf seine Fersen zurücksinken, und seine funkelnden Augen trafen sie mit vorgetäuschter Aufrichtigkeit. „Was ein verdammtes Chaos, was?"

Sie nickte langsam durch den Unglauben hindurch. „Ja …"

Was sollte sie sonst sagen? Sie hatte nicht vor hier zu stehen und mit ihm zu diskutieren, während ihr Herz langsam ausblutete. „Ich werde ein Taxi nehmen." Ein Kältegefühl überzog ihre Haut und sank tiefer, in ihre Knochen hinein. Sie wollte ihn hassen und konnte es nicht. Wollte aufhören ihn zu bewundern und versagte auch dabei.

„Warte." Er beeilte sich weitere seiner verstreuten Habseligkeiten aufzusammeln. „Lass mich meinen Kram zusammensuchen, dann können wir zusammen aufbrechen." Er griff nach den Münzen, Scheinen und Kreditkarten, die auf dem Asphalt verstreut lagen. „Gib mir einen Moment."

„Nein. Du willst, dass es jetzt aufhört. Erweise mir wenigstens den Respekt weggehen zu dürfen."

„Das darfst du, sobald ich dich sicher nach Hause gebracht habe."

Die Besorgnis war ein schwerwiegender, unerwarteter Schlag. Er sorgte sich um sie, aber nicht genug, um seine blöden Regeln über Bord zu werfen. „Ich bin schon lange single. Ich bin sicher, ich werde alleine zurechtkommen."

„*Ella.*"

Das Wort zerriss sie – ihre Haut, ihre Rippen, ihr Herz. Sie warf ihm einen letzten Blick zu, nahm all seine Ernsthaftigkeit, die von reiner Schönheit umrahmt war, in sich auf und machte auf dem Absatz kehrt. „Ich habe dir schon einmal gesagt, dass ich so nicht heiße."

KAPITEL FÜNFZEHN

*B*ryan starrte weiter auf seinen Computer, als Shay in der Türöffnung des *Shot of Sin*-Büros erschien. Ihre Anwesenheit verhieß nie etwas Gutes. Jedenfalls nicht in letzter Zeit.

„Wir sind bereit für das Managementmeeting. Wann kommst du runter?"

„Ich lasse es ausfallen." Er hob seinen Blick nicht an. „Macht Notizen für mich."

„Du hast schon das Meeting letzte Woche verpasst. Und das davor."

Er legte seine Handfläche auf den Stift, der auf dem Tisch lag und umklammerte das dünne Plastik mit aller Gewalt. „Und wenn ich es will, verpasse ich das nächste ebenfalls. Ihr wisst, dass ihr meine Anwesenheit nicht zwangsweise benötigt."

„Brute ..." Sie näherte sich seinem Schreibtisch.

„*Shay*, ich bin nicht in der Stimmung."

„Du weißt, dass sie das Meeting einfach hierher verlagern werden, wenn du deinen Arsch nicht nach unten bewegst."

Seine Freunde hatten scheinbar die Nase voll von seinem Verhalten. Wurde auch Zeit. Er hatte schon vor mehr als einer Woche erwartet, dass sie einknicken würden, trotzdem hatte er sich noch nicht aus der Spirale des schlechten Benehmens herausmanövrieren können.

„War das deine brillante Idee?" Er kniff sich in den Nasenrücken. Er kannte die Antwort bereits.

„Du weißt, ich versuche immer herauszufinden, wie ich mehr Brute-Zeit bekommen kann."

Seufzend lehnte er sich in seinem Stuhl zurück. Seit Wochen ignorierte er alle und hatte erfolgreich ausreichend Abstand zu ihnen gehalten, um ihren bohrenden Blicken zu entkommen. „Ich bin in einer Minute unten."

„Gut." Ein leichtes Zucken ihrer Mundwinkel verkündete ihre Freude über ihren Sieg. „Ist denn alles in Ordnung?"

„Warum sollte es das nicht sein?"

„Willst du wirklich, dass ich das genauer ausführe?"

„Was ich will, ist, dass du verdammt nochmal aus meinem Büro verschwindest." Und dass Ella aus seinem Kopf verschwand. Es schien ihm bestimmt zu sein, sich um Frauen zu scheren, die sich einen Dreck um ihn scherten. Zuerst seine Mutter, dann die Sexgöttin im *Vault*, die seine grauen Zellen durch ein Minenfeld erbärmlicher Emotionen trieb.

„Das werde ich, sobald du mir nach unten folgst." Sie grinste breit und ging zur Tür zurück. „Komm schon."

„Ich sagte, ich bin in einer Minute unten."

Er musste sich vor dem unvermeidlichen Schwall an Fragen in den Griff bekommen. Fast drei Wochen lang hatte er alle im Stich gelassen, ohne Erklärung oder Gewissensbisse darüber, wieso er sich in seinem Büro verschanzte und verlangte, die öffentlichkeitsscheue Bürozicke zu spielen.

Er hatte Tetris mit dem einst perfekten Dienstplan gespielt und die Mitarbeiter wie Puzzleteile umhergeschoben, um die Löcher zu stopfen, die seine Abwesenheit verursachte. Das Einzige, womit er zurechtkam, waren E-Mails, Lagerbestellungen und Buchhaltung. Alles übrige war T.J. und Leo überlassen worden, mitsamt einem verstimmten Mitarbeiterteam, das ihn sowieso nie gemocht hatte.

Die meiste Zeit saß er da, starrte auf das Telefon und wartete auf Anrufe, die nie kamen. Einer aus Tampa. Der andere von Ella.

Keines der beiden Telefonate schien wahrscheinlich, und jeder Tag der Funkstille machte ihn verdrossener. Auf sich selbst. Er hätte es in beiderlei Hinsicht besser wissen sollen als ein anderes Ergebnis zu erwarten.

Aber er hatte Ella Tage nach ihrem Abend auf dem Parkplatz eine Nachricht geschrieben. Es war nichts Großartiges gewesen. Ein paar Sätze, um ein Gespräch anzustoßen, das nie stattgefunden hatte – *Ich habe deine Bücher einem örtlichen Onkologen gegeben. Er war dankbar für deine Spende und sagte, er werde sie an interessierte Patienten weitergeben.*

Er konnte ihr nicht verübeln, dass sie den Kontakt zu ihm abgebrochen hatte. Das hatte er erreichen wollen, indem er mit ihr schlief. *Das*, und sie möglichst weit weg von dem Deppen an der Bar wegzubekommen, der keine fünf Sekunden erübrigen konnte, um sie zu fragen, was sie trinken wollte.

Sie hatte Besseres verdient.

Um ehrlich zu sein, hatte sie auch etwas Besseres verdient als jemanden, der sie inmitten eines Sexclubs zur Rede stellte. Oder sie auf einem dunklen Parkplatz in einer beschissenen Gegend vögelte. Oder sie allein ein Taxi nach Hause nehmen ließ, nachdem sie getrunken hatte.

Er war nicht besser als der Champagner kaufende Vollidiot.

Und ihre ausbleibende Antwort war ein guter Hinweis darauf, dass sie das genauso sah.

„Was ist los mit dir, Brute?"

„*Scheiße*." Er erschrak beim Klang von Shays Stimme. „Warum lungerst du immer noch hier herum?"

Sie legte den Kopf schief und begutachtete jeden Zentimeter seines Gesichts. „Mit dir stimmt wirklich etwas ganz gewaltig nicht, oder?"

„Abgesehen von meiner Verärgerung über deine ständige Nachfragerei ist alles okay." Die überhandnehmenden Gedanken an eine Rückkehr nach Tampa halfen ebenso wenig. Er hatte jeden verdammten Tag erwogen, den Trip anzutreten. Es gab ein Kriegsbeil zu begraben, und sei es nur um seinetwillen, schließlich hatten seine Eltern deutlich gemacht, dass sie sich nach wie vor wünschten, er wäre verschluckt worden anstatt gezeugt zu werden.

Aber es war an der Zeit, einen Schlussstrich zu ziehen, oder nicht?

Zumindest etwas in der Art. Er hatte einen zusammengeschusterten Onlineartikel gelesen, der Absätze mit psychologischem Gefasel enthielt, in denen sämtliche Gründe dafür genannt wurden, wieso es sich lohnt, der bessere Mensch zu sein. Jeder einzelne davon ergab Sinn. Nur nicht genug, um ihn zu überzeugen, seine Koffer zu packen.

Zumindest noch nicht.

„Bist du sicher? Du warst in letzter Zeit nicht unbedingt Brute-ähnlich. Ich habe darüber nachgedacht, deinen Spitznamen in Melone zu ändern."

Er machte ein düsteres Gesicht.

„Weil du so melancholisch bist", erklärte sie.

Er presste alle Luft aus seinen Lungen. Vor Ella hatte ihn Shay mit ihren Sticheleien auf Trab gehalten. Sie war ein Ärgernis, dem er gerne die Stirn bot. Jetzt wollte er einfach nur seinen Kopf nach hinten gegen den Stuhl sinken lassen und schlafen. „Raus hier, Shay."

„Siehst du, genau das ist ein deutliches Zeichen für deinen Melonen-

Zustand. Brute hätte gesagt, dass ich es ruhig versuchen soll, wenn ich herausfinden will, wie es mir in der Arbeitslosenschlange gefällt. Doch Melonen-Brute hier schlägt einen niedergeschlagenen Tonfall an und sagt mir, dass ich gehen soll."

„Ich habe keine Zeit für sowas."

Ihre Miene erstarrte, als sie ihn betrachtete, dann verwandelte sich ihr Ausdruck allmählich, bis ein eindringlicher besorgter Blick auf ihm lastete. „Jetzt fange ich wirklich an mir Sorgen zu machen."

„Hör zu, mir geht es gut, okay? Ich muss mich mit einem Haufen Scheiße auseinandersetzen. Privater Scheiße. Aber es ist nichts, womit ich nicht fertig werde."

„Du weißt, du kannst mit mir reden, wenn du jemanden brauchst."

Er starrte sie an. „Ernsthaft?"

„Sei nicht so. Wir sind Freunde. Du bist mir wichtig."

Er schloss die Augen und massierte seine Lider. „Ich bin nicht der redselige Typ, das weißt du." Wenigstens war er das nicht gewesen. Bis Ella daherkam. Diese Frau schien verbalen Durchfall in ihm auszulösen. Sie wusste gerade mehr über sein Leben als seine engsten Freunde.

„Aber vielleicht solltest du das sein. Es würde dich nicht umbringen."

„Vielleicht doch."

Sie gluckste halbherzig. „Wie du willst. Aber nur, damit du es weißt: Wenn du in fünf Minuten nicht unten bist, bringe ich das Team hierher."

„Ja, ist angekommen."

Ihre Schritte verhallten den Flur hinunter, was dem Mist, der ihm durch den Kopf ging, erlaubte, sich wieder zusammenzufinden und an Boden zu gewinnen. Diese ganze Geschichte hatte angefangen, weil Shay wollte, dass er einer x-beliebigen Frau zu einem Orgasmus verhalf.

Doch Ella hatte sich nicht als x-beliebige Frau entpuppt, und was er ihr gegeben hatte, war nicht bloß ein Orgasmus gewesen. Sie hatte weitaus mehr von ihm genommen. Zu viel mehr. Und er hatte keine Ahnung, wie er diese Teile von sich zurückbekommen sollte.

Er steckte fest und fühlte sich gleichzeitig zu hohl und zu schwer. Da war Dunkelheit, aber auch völlige Klarheit. Unvorhersehbarkeit und schmerzhafte Routine.

Er erhob sich von seinem Stuhl und machte sich auf den Weg nach unten, um die Abstrafung hinter sich zu bringen. Es hatte keinen Sinn es noch länger auszusitzen. Seine Freunde waren geduldig gewesen, wesentlich geduldiger als er es an ihrer Stelle gewesen wäre.

Sie saßen alle in einer Reihe auf den Hockern an der Hauptbar des *Shot of Sin.* Leo, Shay, Cassie und T.J. – sie alle hatten denselben leeren Ausdruck im Gesicht, als er hinter die Bar trat, um ihnen frontal gegenüberzutreten.

„Du bist spät dran." Leo schob einen Poststapel über den Tresen. „Und du solltest eventuell in Betracht ziehen, ab und zu mal die Post zu checken, wenn du planst, weiterhin die Bürozicke zu spielen. Das muss wochenlang in unserem Briefkasten gelegen haben."

„Es stand auf meiner To-Do-Liste." Er packte die Umschläge, blätterte den Stapel durch und sah sich mit einer Fülle an potentiellen Rechnungen und einem handbeschriebenen Umschlag konfrontiert.

„Du scheinst im Büro viel zu tun zu haben." T.J.s Aussage klang eher wie einer Frage.

„Wie bekommt dir die Detox-Kur vom *Vault*?", fragte Cassie.

„Ist ein Zuckerschlecken." Das war keine Lüge. Er hatte seit Wochen keinen Fuß in den Sexclub gesetzt und hatte kein Interesse daran, das in naher Zukunft zu ändern. Nicht, bevor er seinen Kopf nicht wieder freibekommen hatte. Und seinen Schwanz.

„Apropos To-Do-Listen." Leo räusperte sich. "Hast du allen das Geld für den Vorführungsabend erstattet?"

Bei der Erinnerung daran verkrampfte er sich. „Ist erledigt." Er riss den ersten Umschlag auf und holte die gefaltete Rechnung darin heraus, bevor er den Müll auf die Theke schmiss. „Ich habe allen Betroffenen das Geld zurückerstattet."

„Hast du die Absage näher erläutert?"

„Das geht niemanden etwas an."

„Nicht einmal uns?", forderte ihn Leo mit einem Blick heraus. „Was ist passiert, Brute? Seit Wochen fassen wir dich mit Samthandschuhen an, aber jetzt ist es Zeit für eine Erklärung. Ich dachte, du wärst entschlossen gewesen, die Frauen nicht gewinnen zu lassen."

„Sie haben nicht gewonnen. Ich brauchte eine Pause vom *Vault*." Nicht nur von der Kulisse, der Fleischeslust und den Menschen. Er brauchte eine Pause, um nicht daran erinnert zu werden, was ihn in diesen Irrsinn getrieben hatte. „Ella konnte auch nicht teilnehmen. Also kam die Absage uns beiden gelegen."

„Hast du ihr den Mitgliedsbeitrag erstattet?", fragte T.J. „Es wäre eine schöne Geste des guten Willens."

Seine Hand, die dabei war, den zweiten Umschlag aufzureißen, geriet ins Stocken. „Ich werde sie nicht aus dem Club schmeißen. Sie kann zurückkommen, wann immer sie will."

„Sie kommt nicht zurück", teilte Cassie ihm leise mit.

Er fuhr damit fort, den Umschlag zu öffnen, sein Blick auf das zerfetzte Papier konzentriert. Hinter seinem Brustbein wurde es plötzlich eng, als der Schmerz zunahm durch das Bedürfnis nach Antworten auf Fragen, die er nicht äußern wollte. Enger und enger schnürten sich seine Lungen zusammen, bis er es nicht mehr aushielt. „Ihr habt mit ihr gesprochen?"

„Ich habe sie angerufen", antwortete Shay.

Er kippte die Rechnung aus dem Umschlag, warf den Müll auf den Tresen und begann dann den Prozess von neuem. „Mir war nicht bewusst, dass ihr beide Freunde seid."

„Sind wir nicht. Nicht wirklich. Aber ich wollte mich nach ihr erkundigen."

„Woher hast du ihre Nummer?" Er konnte die erbärmliche Eifersucht in seiner Stimme nicht verbergen.

"Ich habe in der *Vault*-Datenbank nachgesehen."

Sein Fuß tippte gegen die polierten Dielen, der ungezügelte Rhythmus außer seiner Kontrolle. „Du warst an meinem Computer?"

„Sie war an *unserem* Computer", korrigierte T.J.

„Richtig." Er schlitzte einen weiteren Umschlag auf und wandte sich wieder an Shay. „Und sie sagte, sie würde nicht mehr zurückkommen?"

Das Nicken und der begleitende mitleidige Blick reichten aus, dass seine Finger das Papier zerfetzten.

„Sagte sie, warum nicht?" Er kannte ihren tatsächlichen Grund bereits – sie interessierte sich für niemandem im *Vault*. Doch er hatte gehofft, dass ihre Meinung sich mit der Zeit ändern würde.

„Fragst du, weil du hoffst, dass wir die Antwort nicht kennen?" Cassie stützte ihre Ellbogen auf die Bar und beugte sich interessiert vor. „Oder weißt du es wirklich nicht?"

Er schredderte einen weiteren Umschlag und hielt seinen Mund, wollte nicht zugeben, dass die Schuld bei ihm lag. Er musste sich seine erbärmliche Existenz nicht noch erschweren.

Shay seufzte.

Leo verschränkte die Arme vor seinem Oberkörper.

Cassie warf T.J. einen Blick zu, während ihr Mann ihn mit einem mitfühlenden Blick fixierte.

In kurzer Abfolge öffnete er drei Umschläge und zog die jeweiligen Informationen daraus hervor. „Was steht als nächstes auf der Tagesordnung?"

Unbehagliches Schweigen entstand, bis T.J. den Mumm hatte, es zu füllen. „Wir haben das aktuelle Problem noch nicht gelöst. Kannst du ihr die Mitgliedschaft erstatten? Zum Beispiel indem du einen Scheck erstellst und ihn zur Post bringst?"

Ein weiterer Umschlag starb in seinen Händen, als er die vordere Hälfte in zwei Teile riss. Er wollte nicht öfter an sie denken, als er es ohnehin tat. Er wollte ihre Daten nicht auf seinem Rechner nachschlagen. Oder ihren Namen auf einen Scheck schreiben. Doch diesen Tod zu sterben und sich seine Freunde damit vom Hals zu halten, war das kleinere von zwei Übeln. „Ja, kein Problem. Ich kümmere mich darum."

„Großartig. Dann können wir weitermachen." Cassie warf ihren Mitverschwörern einen warnenden Blick zu und bekräftigte auf diese Weise wortlos, wie mitleiderregend und launisch er war. „Nächster Punkt auf der Liste ist die Option eines Tanzabends für Minderjährige."

Das war sein Stichwort sich aus dem Gespräch auszuklinken. Ihm war alles vollkommen egal. Alles fühlte sich roh und unangenehm an. Selbst die Beantwortung der einfachsten Fragen. Alles wegen Ella – einer Frau, die nicht angerufen hatte, die offensichtlich nicht vorhatte ihn wiederzusehen.

Sie hatte ihn vergessen.

Und all seiner Entschlossenheit und Konzentration zum Trotz schien es ihm nicht möglich zu sein, dasselbe mit ihr zu tun.

Es hatte sich herausgestellt, dass seine Versicherungspolice ein Haufen Schrott war.

Er riss den letzten Umschlag auf, diesmal langsamer, um seine Hände länger beschäftigt zu halten. Diesmal waren da keine gefalteten Seiten. Er teilte die Öffnung und steckte seine Hand hinein, um den darin verborgenen winzigen Zettel herauszuholen.

Ein Zeitungsausschnitt.

Er las die Überschrift und fragte sich, ob er halluzinierte. Er blinzelte, blinzelte noch einmal, und las die Worte erneut. Einen langen Moment starrte er vor sich hin, während seine Brust sich zusammenzog und ihm Galle in die Kehle stieg.

„Brute?", kam Shays Stimme von weit her. Als wäre sie eine Million Meilen entfernt.

„*Bryan?*", fragte Cassie eindringlich. „Was ist das?"

Er steckte den Ausschnitt zurück in den Umschlag und fuhr sich mit der Hand über den Bart, in der Hoffnung, sein Mittagessen davon zu überzeugen, in seinem Magen zu bleiben. „Nichts." Seine Antwort war starr. „Könnt ihr ohne mich weitermachen? Ich muss die Post erledigen und die Rückerstattung für Ella auf den Weg bringen."

Ella. *Immer Ella.* Selbst in einer Zeit wie dieser stand sie immer noch im Mittelpunkt seiner Gedanken.

Gerunzelte Stirnen richteten sich auf ihn. Und besorgte Augenpaare.

„Was ist hier los?" Leo warf einen Blick auf die Umschläge in Bryans Hand. „Gibt es etwas in der Post, von dem ich wissen sollte?"

„Nein." Damit musste er allein fertig werden. Wie er es schon immer getan hatte. Wie er es immer gewollt hatte. Er hätte nie eine Abweichung davon in Erwägung ziehen dürfen. „Ich setze euch ins Bild, wenn etwas davon wichtig werden sollte."

Er machte sich auf den Weg zur Treppe nach oben. Sobald er außer Sichtweite war, rannte er los, nahm zwei Stufen auf einmal, hastete den Flur entlang, bis er hinter der geschlossenen Tür des Büros war und sich gegen das harte Holz lehnen konnte.

Er war fertig. So verdammt fertig mit dem Leben und der Arbeit und den Menschen.

Die Briefe raschelten in seiner sich schließenden Faust, als das niederschmetternde Gefühl sich eine glühende Spur durch seine Adern fraß. Jeder Zentimeter von ihm war außer Kontrolle – sein Verstand, sein Puls, seine kribbelnden Glieder.

Nie zuvor hatte er etwas mehr gebraucht als jetzt. Doch er wusste beim besten Willen nicht, was dieses Etwas war. Er wusste nur, dass er ein Loch in der Brust hatte. Einen riesigen, klaffenden Krater, der danach schrie ausgefüllt zu werden.

Er konnte deswegen kaum atmen. Konnte wegen des Schmerzes kaum denken. Alles umzingelte ihn – seine Fehler, seine Unsicherheiten. Jede Kleinigkeit, die er an seiner Existenz hasste, stürzte mit genug Wucht auf ihn ein, um ihn zu erdrücken.

Nichts gab ihm Hoffnung.

Nicht. Eine. Sache.

Alles, was er hatte, war die erdrückende Last all der Fehler, die er begangen hatte.

Er eilte zum Schreibtisch, schnappte sich einen unbenutzten Umschlag aus der Schublade und kritzelte *Pamela* auf die Vorderseite. Diese sechs Buchstaben waren eine Todesstrafe.

Nein. Sie waren eine lebenslange Haftstrafe. Jahrelange ungewollte, sterile Unabhängigkeit.

Er beförderte den Zeitungsausschnitt in den unbeschädigten Umschlag, wobei er darauf achtete, die Worte, die seine Aufmerksamkeit verlangten, nicht zu lesen, um abschließend die Worte darin einzuschließen, indem er die Rückseite zuklebte. Er stand da und starrte auf den Namen, hasste ihn, während seine Wut wuchs und mächtiger wurde.

Er riss sich los und starrte die perfekte Anordnung auf dem Schreibtisch an. Stifte, Post-Its und Schreibwaren hatten alle ihren eigenen Platz, ihre eigene Funktion in der Welt, während er in der Vorhölle feststeckte und darüber nachdachte, wozu er gut war.

Mit einem heftigen Schwung seines Arms beförderte er alles in die Luft und verwandelte damit die Symmetrie in ein chaotisches Durcheinander auf dem Boden. Die Verwüstung brachte Erleichterung und besänftigte ein kleines bisschen seinen Selbsthass.

Er wiederholte es. Diesmal zog er eine Schublade aus dem Schreibtisch und warf sie quer durch den Raum. Das gleiche passierte mit der zweiten Schublade. Und mit den Ablagefächern.

Sein Blut rauschte in schwindelerregender Geschwindigkeit und versetzte ihn in ein benommenes Delirium, das einige seiner Verfehlungen berichtigte.

Die meisten davon, aber nicht alle.

In seinen Gedanken starrte ihn Ella immer noch an. Verspottete ihn. Erinnerte ihn an seinen größten Fehler. Er hätte sie niemals berühren dürfen. Hätte sich nie um sie scheren sollen. Denn jetzt steckte sie in seinem Kopf fest, außerstande wieder hinauszufinden.

Er wollte einfach nur, dass sie wieder hinausfand.

Dass sie ihn in Ruhe ließ.

Dass sie aufhörte, ihn mit der einen Sache zu quälen, die er wollte, die ihm aber niemand jemals geben konnte.

„*Fuck.*" Sein Ausruf hallte von den Wänden wider.

Er musste einen Ausweg finden. Musste es schaffen, dass sein Kopf aufhörte zu hämmern. Er wirbelte herum, dann blieb sein Blick am Bücherregal hängen. Die parallelen Linien der makellosen Buchrücken schienen ihn mit ihrer Symmetrie zu verspotten.

„Zum Teufel mit euch", fauchte er.

Zum Teufel mit ihrer einfachen Existenz und ihrer harmonischen Balance.

Zum Teufel mit ihrer Leichtigkeit und ihrer Ruhe.

Zum Teufel mit allem und jedem, weil er es nicht länger ertragen konnte.

Atemzüge verließen unter großen Anstrengungen seine Lungen. Seine Glieder schmerzten. Seine Stirn war verschwitzt und erhitzt.

„Zum. Teufel. Mit. Euch." Er stürmte auf das schwere Bücherregal zu und packte es mit beiden Händen. Dann sorgte er mit einem mühelosen Ruck für noch mehr Zerstörung.

KAPITEL SECHZEHN

*P*amela hob den Blick, um die Person anzusehen, die das leere Café betrat. „Was kann ich—" Die Worte starben auf ihren Lippen, als das vertraute Gesicht Erinnerungen hervorbrachte, die sie verzweifelt zu vergraben versuchte.

„Hallo, Pamela." Die Blonde schenkte ihr ein leichtes Lächeln, einen großen Weidenkorb in der Hand. „Ich bin Cassie aus dem *Shot of Sin.*"

„Ich weiß. Wir sind uns schon einmal begegnet." Die Frau war T.J.s Ehefrau und eine regelmäßige Teilnehmerin im *Vault.*

„Manchmal sind wir in unseren Klamotten nicht so leicht zu erkennen." Das unechte Kräuseln ihrer Lippen nahm zu.

„Kann ich mir vorstellen." Pamela schnappte sich den Siebträger aus der Kaffeemaschine und entsorgte den gebrauchten Filter in den Müllschlucker. „Was kann ich dir bringen?"

„Eigentlich habe ich etwas für dich." Cassie hob den Korb und stellte ihn auf den Tresen. „Bitteschön."

„Wieso?" Sie unterbrach die Putzroutine und beäugte den Inhalt des Korbes aus dem Augenwinkel. Darin lag eine Reihe verschiedener Gegenstände. Zwei Flaschen Wein. Chips. Erdnüsse. Eine kleine Flasche Wodka. Zusammen mit anderen Dingen, die darunter versteckt waren.

„Ich hatte gehofft, du könntest mir das sagen. Bryan bat mich, ihn dir zu überbringen."

„Bryan?" Sie hob ungläubig eine Braue. „Er bat dich, mir einen Korb mit Leckereien zu überbringen?" Derselbe Bryan, der seinen Spitznamen seiner Brutalität zu verdanken hatte? Derselbe Bryan, der ihr mitgeteilt hatte, ihre gemeinsame Zeit sei vorbei? „Es tut mir leid, ich glaube, du verwechselst mich."

Die Frau unterbrach den Augenkontakt.

„Warum bist du wirklich hier, Cassie?" Sie schob den Siebträger zurück in die Maschine und ging den Tresen entlang, bis sie der Frau direkt gegenüberstand. „Wir wissen beide, dass er dich nicht hergeschickt hat."

Einen Augenblick lang war es still, während T.J.s Frau einen hellen Rosaton annahm. „Wow." Sie gluckste unbeholfen. „Ich dachte, es würde länger als fünf Sekunden gutgehen."

„Dass Bryan den Weihnachtsmann spielt, ist so weit hergeholt, wie es nur geht." Pamela bemühte sich, ihren freundlichen Tonfall beizubehalten.

„Ich schätze schon. Ich dachte nur, die Dinge zwischen euch wären vielleicht anders gelaufen."

Nun war es an Pamela unter der Hitze errötender Wangen einzuknicken. „Nein, auch damit liegst du daneben." Sie sah weg und begegnete Kims Blick, als diese aus der Küche kam. „Bryan hat keinen Grund, noch einmal Kontakt mit mir aufzunehmen."

„Das stimmt nicht ganz." Cassie griff in den Korb und holte einen weißen Umschlag hervor. „Er wollte, dass du den hier bekommst."

„Es tut mir leid, das glau—"

„Schau, es steht sogar dein Name drauf. Das ist die Erstattung deines Mitgliedsbeitrags. Er wollte dafür sorgen, dass du die Rückzahlung erhältst."

Pamela verschränkte die Arme vor der Brust, entschlossen, Cassie nicht abzukaufen, was sie zu verkaufen versuchte, obwohl ihr Herz es wollte. Die einzige Mitteilung, die sie von Bryan erhalten hatte, war eine einzelne, emotionslose Nachricht gewesen. Er hatte nichts von den Ereignissen erwähnt, die sie geteilt hatten, oder wie er sich fühlte. Er hatte nur von ihren Büchern gesprochen. Von den vermaledeiten Krebs-Erinnerungen.

„Ich versichere dir, er wollte, dass du das bekommst." Cassie übergab ihn ihr. „Er wird nur ursprünglich vorgehabt haben, ihn dir per Post zukommen zu lassen, das ist alles. Der Korb war ein Vorwand für mich, dich zu sehen."

„Und warum solltest du das tun wollen?" Sie ignorierte den Brief, als Kim sich dicht neben sie stellte.

Cassie musterte sie beide und wirkte dabei eher zerknirscht als hinterhältig. „Hast du Zeit zum Reden?"

„Eigentlich nicht. Ich arbeite gerade." Sie ignorierte das leere Café und die Tatsache, dass es weniger als dreißig Minuten vor Ladenschluss war.

„*Bitte.*" Es war keine Aufforderung. Es war ein Flehen. „Es ist wichtig."

„Rede mit ihr." Kim stupste sie an den Ellbogen. „Du wirst heute Nacht nicht schlafen, wenn du sie wegschickst. Hör dir an, was sie zu sagen hat, und dann sehen wir weiter."

„Es wird nicht lange dauern", fügte Cassie hinzu.

Pamela schloss die Augen und bat schweigend um Kraft. Es würde nicht länger als fünf Sekunden dauern, um Unheil anzurichten. Sie stand bereits am Abgrund. Die letzten Wochen hatten sie ausgelaugt. Sie hatte unablässig analysiert, was sie miteinander geteilt hatten und was sie hätte anders machen können. Sie konnte nicht aufhören zu glauben, dass da mehr gewesen war. Mehr Emotionen und Zuneigung. Mehr Verbundenheit, die unter der Oberfläche brodelte.

Ja, sie hatte dasselbe über Lucas gedacht, doch sobald er gestorben war, waren es diese Gefühle auch. Die Realität ihrer Ehe war zu Erinnerungen geworden und hatte ihr erlaubt zu erkennen, wie falsch es gewesen war, mehr als Freundschaft und Sex von ihrem Ehemann zu erwarten. Er war unmissverständlich gewesen. Nicht nur in seinen Worten, sondern auch in seinen Taten. Er hatte nichts von ihr gewollt. Keine Liebe. Keine Zuneigung. Nur jemanden, der sich in seinen letzten Monaten um ihn kümmerte. Und nicht ein einziges Mal war er ins Wanken geraten.

Doch bei Bryan konnte sie nicht loslassen.

Alles zwischen ihnen war anders. Er widersprach dem Abstand, den er zwischen sie zu bringen versuchte, indem er sie selbstlos verwöhnte, indem er sich die Probleme ihrer vergangenen Ehe anhörte, indem er die Bücher, die als schmerzhafte Erinnerung an Lucas dienten, nahm und sie respektvoll weitergab. Er hatte mit ihr geflirtet, gelacht, gescherzt, Wein und Abendessen gekauft. Er hatte sie ausgeführt. Er hatte sie begehrt.

Und seine Küsse. Jedes Streichen und Necken seiner Zunge hatte eine Geschichte über mehr als Sex erzählt.

„Was immer zwischen euch vorgefallen ist, er kommt nicht damit klar, Pamela."

Das ließ sie die Augen aufschlagen und ihr Herz bis zum Hals schlagen. „Wie meinst du das?"

„Er hat heute einen Schrecken bekommen." Cassie richtete sich zu ihrer vollen Größe auf. „Eine Panikattacke. Einen völligen Zusammenbruch. Oder etwas in der Art. Und er will mit keinem von uns darüber reden."

Die großen Dosen an Zuneigung für einen Mann, den sie zu vergessen versuchte, strömten sintflutartig zu ihr zurück. „Eine Panikattacke?"

Cassie seufzte. „Es mag nicht wie eine große Sache erscheinen, aber für Bryan—"

„Nein, ich verstehe schon." Er brauchte seine Kontrolle, den Schutz. Sie wusste, wenn er zusammengebrochen war, musste etwas unfassbar Schreckliches vorgefallen sein. „Was ist passiert?" Sie wollte sich keine Sorgen machen, aber das tat sie. Sie sorgte sich so sehr, dass ihr Brustkorb ein wenig zersprang.

„Er hat ein Arbeitsmeeting vorzeitig verlassen, was bei seiner derzeitigen Stimmung nicht überraschend kam. Seit er den Vorführungsabend abgesagt hat, ist er grantiger als sonst."

Er hatte abgesagt? Ihr Innerstes raspelte über freiliegende Herzfasern.

„Das hast du nicht gewusst?" Cassie schaute sie prüfend an.

„Nein." Pamela schüttelte den Kopf. „Aber ich bin ein Niemand für ihn. Es gibt keinen Grund, warum ich es hätte wissen sollen."

„Ich dachte, ihr beide steht euch nahe. Shay erzählte mir, ihr hättet in deinem Appartement gemeinsam zu Abend gegessen und zusammen eine Bar besucht. Für ihn ist das—"

„Unsere gemeinsame Zeit war ein Bestreben, mich davon zu überzeugen, seine Demo-Assistentin zu sein. Das war's auch schon."

„Richtig …" Cassie straffte sich. „Ich dachte nur—"

„Möglicherweise war etwas mit seiner Mutter." Sie hatte die Spekulationen satt. Jede Frage machte ihre Dummheit offensichtlicher. „Er hatte wegen seiner Familie viel um die Ohren."

„Er hat dir von ihr erzählt?" Cassie zog die Stirn kraus.

„Nur vom Krebs seiner Mutter. Vielleicht gibt es neue Entwicklungen, die er nicht gut verkraftet." Sie zuckte mit den Schultern und wurde zunehmend erdrückt von der Verwirrung und dem Unmut, die von Cassie auf sie zurückstrahlten.

„Er hat dir erzählt, dass seine Mutter Krebs hat?"

„Ja … Warum?" Sie warf Kim einen Blick zu und bat wortlos um seelische Unterstützung. „Hat sie das nicht?"

„Ich weiß es nicht. Bryan hat mit mir nie über seine Familie gesprochen. Und nach dem, was T.J. berichtet hat, hat er seine Eltern seit Jahren nicht mehr erwähnt."

„Oh …" Ihr Mund formte einen Kreis, der sich an seinem Platz zementierte.

„Ja, *oh*. Du scheinst die einzige Person zu sein, der er sich seit langer Zeit geöffnet hat."

„Er hat sich mir nicht geöffnet." Der flüchtige Einblick war nicht annähernd etwas Monumentales gewesen. „Er hat es nur einmal erwähnt."

„Nur erwähnt, dass seine Mutter Krebs hat?" Cassie hob ihre Brauen. „Pamela, glaub mir, wenn er seine Eltern auch nur erwähnt hat, hat er sich geöffnet. Er gibt keine Details über seine Vergangenheit preis. Er gibt so gut wie überhaupt nichts von sich preis."

Die Frau seufzte und entspannte ihren besorgten Gesichtsausdruck. „Wie ich schon sagte, verließ er vorzeitig das Meeting und zog sich ins Büro zurück, in dem er seit Wochen Winterschlaf hält. Fünf Minuten später hörten wir ein gewaltiges Krachen und hasteten nach oben, um zu sehen, wie er den Raum auseinandernahm. Überall lagen Bücher und Akten. Der Schreibtisch war leergefegt und alles auf dem Boden verteilt worden. Einschließlich dem hier."

Cassie hielt ihr erneut den Umschlag hin, und dieses Mal nahm Pamela ihn entgegen.

„Geht es ihm wieder besser?"

„Physisch, ja. Aber psychisch? Emotional? Nein." Sie schüttelte den Kopf. „Das denke ich nicht. Ganz und gar nicht. Aber er will nicht mit uns reden. Und deswegen bin ich hier. Während ihr beide Zeit miteinander verbracht habt, war er glücklich."

„Das hat er dir gesagt?"

Cassie stieß ein Lachen aus. „Nein. Wie gesagt, Bryan öffnet sich nicht. Wir beobachten ihn und deuten subtile Zeichen. Er begann zu lächeln und setzte seltener seine übliche finstere Miene auf. Er alberte auch viel mehr herum. Leo und T.J. haben sein ungewöhnliches Verhalten analysiert und kamen zu dem Schluss, dass es an dir liegen muss." Cassie hielt inne, wartete vermutlich auf eine Reaktion, die Pamela nicht zu geben bereit war. „Du bist die Einzige, die ihm in letzter Zeit nahegekommen ist. Daher dachte ich, wenn ich herkomme und bettle, würdest du vielleicht mit ihm sprechen."

Kim räusperte sich, das Geräusch eine unterschwellige Warnung, den Köder nicht zu schlucken.

„Schau, ich kann deine Lage und deine Besorgnis nachvollziehen." Pamela schielte zu ihrer Schwester, dann richtete sie ihren Blick wieder auf Cassie. „Aber Bryan will, dass ich mich fernhalte. Das hat er deutlich gemacht."

„Bist du sicher? Dir von seiner Mutter zu erzählen, ist ein großer Schritt von ihm. Ein größerer als er mir gegenüber je gemacht hat, und ich bin seit Jahren mit ihm befreundet."

„Cassie, er hat praktisch mit mir geschlafen und mir fünf Sekunden später mitgeteilt, dass unsere gemeinsame Zeit vorbei sei. Fünf Sekunden", wiederholte sie. „Vielleicht auch nur zwei."

Die Frau schnitt eine Grimasse.

„Siehst du?" Sie schlich zur Kaffeemaschine zurück, um ihre Hände zu beschäftigen. „Es tut mir leid, dass ich dir nicht helfen kann."

„Du willst es nicht einmal versuchen?"

„Wieso sollte sie sich dazu verpflichtet fühlen?", knirschte Kim. „Er hat sie weggeworfen wie Abfall."

„Nicht—" Pamela presste ihre Lippen zusammen und versuchte das Bedürfnis, ihn zu verteidigen, loszuwerden. Kim hatte Recht. Doch ihrem dummen, idiotischen Herzen gefiel es nicht, die Wahrheit von jemand anderem zu hören.

„Du magst ihn." Cassies Gesichtsausdruck wurde weicher, die Freundlichkeit darin verwandelte sich in Mitgefühl.

„Eine Untertreibung", schnaubte Kim.

„*Kim.*" Pamela sah ihre Schwester böse an. „Geh und pack draußen zusammen."

„Entschuldigung. Sollte das ein Geheimnis bleiben?"

Nein. Aber es war persönlich. Sie wollte von Cassie nicht in die Brute-Groupie-Kategorie eingeordnet werden, obwohl sie genau dort hineingehörte. „Gib mir eine Minute, okay?"

Ihre Schwester seufzte und begab sich in Richtung Küche.

„Es tut mir leid. Ich wollte es dir nicht noch schwerer machen." In Cassies Stimme lag Aufrichtigkeit. „Falls du dich dadurch besser fühlst, ich denke, du bist der Grund, weshalb er sich in den letzten Wochen zurückgezogen hat. Er zeigt Anzeichen eines gebrochenen Herzens."

„Pff. Ich bin nicht davon überzeugt, dass er überhaupt ein Herz hat."

Cassies Lippen verzogen sich zu einem traurigen Lächeln. „Glaubst du das wirklich?"

Ja.

Nein.

Gott, sie wusste nicht mehr, was sie glauben sollte. „Ich denke, du solltest ihn nach seiner Familie fragen. Vielleicht spricht er dann mit dir über seine Mutter."

„Okay." Cassie nickte bedächtig. „Aber ich denke immer noch, dass er sich freuen würde, dich zu sehen."

„Wenn er mich braucht, weiß er, wo er mich findet."

„Du musst verstehen, ein Mann wie Bryan bittet nicht mit Worten um Hilfe. Er wird nicht damit herausplatzen. Sein Verhalten zeigt, wie sehr er jemanden braucht, und wir vier – Shay, Leo, T.J. und ich – sind nicht gut genug. Er braucht dich."

„Das ist nicht fair." Wenn er einen Fehler begangen hatte und sie wiedersehen wollte, war es an ihm zurückgekrochen zu kommen, nicht andersherum.

„Er ist ein guter Mann, Pamela. Er ist einer der besten. Er zeigt es nur nicht gern."

„Ich weiß." Das hatte sie allein herausgefunden, was seine Zurückweisung umso schwerer zu ertragen gemacht hatte. Er war ein toller Kerl, sie beide fühlten sich sexuell zueinander hingezogen, und dennoch zog er es vor, allein zu sein.

Cassie zog sich zur Tür zurück. „Nun, wenn du deine Meinung änderst oder reden willst, kannst du mich jederzeit im Club besuchen."

„Warte." Pamela schnappte sich den Umschlag und eilte um den Tresen herum. „Ich will den hier nicht."

„Dann gib ihn ihm zurück. Oder zerreiße ihn. Ich will ihn jedenfalls nicht wiederhaben." Sie betrat den Bürgersteig. „Es war schön, dich zu sehen." Cassie winkte leicht mit den Fingern, dann verschwand sie aus dem Sichtfeld und hinterließ ein Gefühl der Betäubung.

Es hatte keinen Sinn, ihr hinterherzulaufen. Dazu hatte sie weder die Kraft noch die Energie.

„Verdammt." Also zog sie stattdessen die Türen des Cafés zu und drehte das *geschlossen*-Schild um.

„Du denkst darüber nach, zu ihm zu gehen, nicht wahr?", kam es von Kim aus der Küche.

„Ich kann nicht anders." Sie stützte ihren Kopf gegen das Glas. „Falls er gerade wirklich etwas durchmacht …"

„Was?" Die Küchenschwenktüren flogen auf. „Was willst du für ihn tun?"

„Ich weiß es nicht." Sie wandte sich um und schleppte sich zurück zur Kaffeemaschine. „Was, wenn Cassie Recht hat? Was, wenn er mich braucht?"

„Pamela", mahnte Kim.

„Ich weiß, ich weiß." Sie zog den Korb zu sich heran und spähte hinein. „Du denkst, ich mache dasselbe, was ich mit Lucas getan habe."

Kim kam auf sie zu und begegnete ihrem Blick von der anderen Seite des Tresens. „Tust du das nicht?"

„Es ist anders."

„Inwiefern?"

Die Ein-Wort-Frage bedurfte einer weitaus wortreicheren Antwort. Einer, von der sie nicht sicher war, ob sie sie überzeugend übermitteln konnte, solange alles ungewiss war.

„Pamela? Erklär es mir. Mach mir begreiflich, wieso du dir das noch einmal antust."

„Weil es diesmal echt war", gab sie zu. „Bei Bryan war es nicht nur die Hoffnung auf mehr. Ich konnte dieses Mehr tatsächlich spüren. Und ich hätte schwören können, dass er genauso fühlt."

Sie legte den Umschlag zurück in den Korb.

„Du hast dich schon einmal geirrt. Dasselbe hast du von Lucas gedacht."

„Nein, ich habe es von Lucas erwartet. Gefühlt habe ich es nie, und er hat es kein einziges Mal gezeigt. Ich habe törichterweise gedacht, er sei mir seine Zuneigung schuldig, nach allem, was ich für ihn getan hatte. Ich habe mich in den Gedanken verliebt, dass wir uns lieben. Das weiß ich jetzt."

„Und vielleicht hast du in ein paar Jahren rückblickend auch eine Erklärung für deine jetzige Situation."

Pamela schnitt eine Grimasse. Sie wollte die nächsten Jahre nicht an Bryan denken. Nicht, wenn sie nicht mit ihm zusammen sein konnte.

„Ich will, dass du glücklich bist." Kim schenkte ihr ein halbherziges Lächeln. „Nach allem, was du durchgemacht hast, verdienst du jemanden, der dich anbetet."

„Was soll ich also tun?"

„Wir sollten deine Selbstmitleidsparty mit etwas upgraden, das von deinem sexy Club gesponsort wurde." Sie nahm eine der Flaschen aus dem Korb. „Wir haben Wodka."

„Und Wein."

„Zwei Flaschen." Kim wackelte mit den Augenbrauen. „Und du Leichtgewicht bräuchtest nicht einmal eine." Sie durchsuchte den Korb weiter, bis ihre Finger auf dem Umschlag ins Stocken gerieten. „Hast du was dagegen, wenn ich mir den einmal ansehe? Ich wollte schon immer wissen, was du zahlst, um dich flachlegen zu lassen."

Pamela rollte mit den Augen. „Nur zu." Sie war selbst neugierig auf den Geldwert. Welchen Preis hatte er ihrem gebrochenen Herzen zugrunde gelegt? Hatte er ihr den Mitgliedsbeitrag für genau die Monate erstattet, die sie nicht teilnehmen würde? Oder würde er ihren emotionalen Verletzungen weiteren Schaden zufügen, indem er sie darüber hinaus entschädigte?

Vorsichtig öffnete Kim die Rückseite und zog einen Zettel heraus, das Stück Papier nicht größer als eine Visitenkarte. „Bist du sicher, dass eine Rückerstattung hier drin sein soll?"

„Das hat Cassie gesagt." Sie stellte sich auf die Zehenspitzen und versuchte, einen Blick auf den Inhalt zu erhaschen.

„Naja, das hier ist definitiv kein Scheck." Kim steckte den Zettel zurück in den Umschlag und hielt ihn Pamela hin. „Schau ihn dir an."

Er hatte Standardgröße und war nichts Besonderes, abgesehen von ihrem vollen Vornamen, der auf die Vorderseite gekritzelt war. Diesmal gab es keinen Spitznamen. Und es war auch kein Scheck darin. Nicht einmal Bargeld.

Sie zog den Papierfetzen heraus und fühlte, wie ihr das Blut aus dem Gesicht wich. „Eine Traueranzeige …"

Ihr Herz zog sich fester und fester zusammen, bis sie es nicht mehr aushielt. Sie blinzelte durch ihre schnell verschwimmende Sicht hindurch, um die herzerschütternden Worte zu lesen, die sie in den Händen hielt.

MUNRO, *Pamela Sue aus Tampa, 55 Jahre alt.*

Innigst geliebte Ehefrau von Raymond Thomas Munro. Mutter von Bryan Munro. Geschätzte Schwester von Andrew und Kylie, und Tante von Silvia, Tyler, Jackson und Tera.

Verwandte und Freunde sind respektvoll eingeladen, an der Trauerfeier für Pamela teilzunehmen, die am 1. Mai um 10 Uhr in der Kapelle in der 17 Day Street stattfinden wird, gefolgt von der Beisetzung auf dem Friedhof.

Auf Wunsch keine Blumen. Spenden an Ihre bevorzugte Krebs-Hilfsorganisation werden begrüßt.

„Seine Mutter", flüsterte sie. Deshalb hatte er sie immer Ella genannt. „Sie muss vor Wochen gestorben sein. Etwa zur gleichen Zeit, als ich seine Textnachricht ignoriert habe." Schuldgefühle und Reue brodelten in ihr und brachen sich in Form eines trockenen Schluchzens bahn.

Er hatte Kontakt zu ihr gesucht. Er hatte eine Schulter gewollt. Und sie hatte ihn ignoriert.

„Hey, mach dich nicht verrückt." Kim kam um den Tresen herum. „Ich bin sicher, es geht ihm gut."

„Aber ihm geht's nicht gut. Hast du nicht gehört, was Cassie gesagt hat? Er ist am Ende und will nicht einmal mit seinen Freunden darüber reden. Sie wissen nicht einmal, dass seine Mutter gestorben ist."

„Und wie kommst du darauf, dass er mit dir reden wird? Du wirst nur verletzt werden."

Zu spät. Sie befand sich bereits im Spagat zwischen Herzschmerz und Limbo. „Ich muss ihn sehen."

„Süße …" Kim legte sanft eine Hand auf ihren Ellbogen. „Bitte nicht."

„Du weißt, dass ich das tun muss. Ich kann mich nicht ständig selbst hinterfragen. Egal wie, ich brauche Antworten." Sie griff nach ihrer Handtasche unter der Kasse. „Könntest du bitte für mich abschließen?"

„Nur, wenn du anrufst, sobald du mit ihm gesprochen hast." Kim stemmte ihre Hände in die Hüften. „Und du mir erlaubst ihm gegen die Knie zu treten, sollte er dich ärgern."

„Er trauert—"

„Knie oder wir haben keinen Deal."

„Gut. Du kannst tun, was du willst, wenn es schiefgeht." Sie würde sich später mit der Option auseinandersetzen müssen, ihre Schwester anzulügen. Fürs Erste musste sie zum Club fahren. Um ihren und hoffentlich auch seinen Schmerz zu lindern. „Ich rufe dich an, sobald ich fertig bin."

*B*ryan starrte auf das Durcheinander, das ursprünglich einmal das Arbeitsbüro gewesen war. Er hatte den Verstand verloren. Vorübergehend. Nun lagen die Überreste ihres einst aufgeräumten Arbeitsbereichs verstreut auf dem Boden in einem chaotischen Haufen, der seinem Leben ähnelte.

Alles wegen einer Todesanzeige.

Einer Todesanzeige, die er verdammt nochmal nicht finden konnte.

„Sie muss hier irgendwo sein." Der neue Umschlag war verschwunden. Der, auf den er geschrieben hatte. Diese sechs Buchstaben, die den Namen der Person bildeten, die sein Leben vor langer Zeit verlassen hatte, aber jede Entscheidung prägte, die er je getroffen hatte. Sie war der Grund dafür, weshalb er nie eine Beziehung gehabt hatte. Sie hatte seine Paranoia in Bezug auf Liebe und Hingabe geschaffen und ihn zu dem Mann geformt, der sich weigerte seine Abwehrhaltung aufzugeben.

Und wofür das alles? Sturen Stolz? Überlegenheit? Um einen Konflikt mit seinen Eltern fortzusetzen, wenn diese Idioten nicht einmal wussten, dass sie sich noch immer im Krieg befanden?

Ihnen waren die Jahre völlig gleichgültig, die er aus Vergeltung für das, was sie ihm angetan hatten, damit verbracht hatte, sich von anderen zu distanzieren. Es war ihnen nicht wichtig genug, als dass es ihnen aufgefallen wäre.

Der anhaltende Schwall an Erinnerungen weckte in ihm das Bedürfnis, das Büro noch einmal auseinanderzunehmen. Er wollte alles zerstören. Vor allem seine Mutter. Doch offensichtlich war sie bereits tot, und sah vermutlich mit ebenso viel Verachtung wie immer von der Hölle zu ihm auf.

„Er ist nicht hier, Mann. Vielleicht dachten Shay oder Cassie, es sei Müll." Leo trat gegen ein aufgeschlagenes Buch auf dem Boden. „Was war überhaupt in dem Umschlag?"

Er stieß den Atem aus. „Nichts." Er würde den Papierkorb nicht ein drittes Mal inspizieren, nachdem die ersten beiden Versuche erfolglos gewesen waren.

„Du bist durchgedreht, weil du einen Umschlag gesucht hast, in dem nichts drin ist?" T.J. warf Leo einen Blick zu. Die beiden kommunizierten schweigend.

„Ja, ich schätze, das bin ich." Er schritt zur Tür, noch immer unfähig, den Mist, der seine Adern verstopfte, offenzulegen. Er konnte nicht darüber reden. Nicht einmal er verstand es. „Ich muss hier raus. Ich räume das Chaos später auf."

Sie hielten ihn nicht auf. Sagten nicht ein Wort. Ihre Samthandschuhe waren wahrhaftig übergezogen, schließlich schien keiner von ihnen bereit zu sein, ihm die verbale Abreibung zu verpassen, die er für die Verwüstung ihres Büros verdient hätte. Auch Shay und Cassie hatten ihn nicht zurechtgewiesen, als sie seinen Zusammenbruch bemerkt hatten.

Er floh den Flur hinunter und nahm auf der Treppe zum *Shot of Sin* jeweils zwei Stufen auf einmal. Er hätte davonrennen sollen. Stattdessen beschloss er sich zu verstecken. Er joggte regelrecht über die leere Tanzfläche, schloss die Tür zum *Vault* auf und ging in Dunkelheit die nächste Treppe hinab.

Er bemühte sich nicht das Licht einzuschalten. Er hoffte, er würde fallen. Ein paar gebrochene Knochen und ein schweres Beruhigungsmittel waren der bestrafenden Leere, die ihn verzehrte, vorzuziehen.

Seine Mutter war tot, und die hauchdünnen Bande, die ihn mit dem Rest seiner Familie verbanden, waren gekappt worden. Die Nachricht hätte irrsinnige Freude bringen müssen. Irgendwie tat sie das aber nicht. Stattdessen erhielt seine Wertlosigkeit eine weitere Schicht. Einen weiteren Ziegelstein, den er der Mauer um sich herum hinzufügen konnte.

Er erreichte unversehrt den unteren Treppenabsatz und stampfte sich seinen Weg durch die nächste Pincode-Tür, bis er die Newbie-Lounge erreichte. Nach einem Hieb auf den Lichtschalter ging er weiter in den Hauptbereich, dann geradewegs hinter die Bar.

Instinktiv griff er nach einer Flasche Scotch und stellte die beruhigende Flüssigkeit auf den Tresen vor sich. Er starrte den Alkohol an. Sein Körper bettelte um einen Schluck, während sein Verstand flehte, aus der Wirklichkeit entfliehen zu dürfen.

Er würde sich nicht unterkriegen lassen.

Dieses Mal würde er die neuen unsichtbaren Narben, die ihm seine Eltern zugefügt hatten, mit absoluter Klarheit begrüßen. Er würde den Schmerz auskosten. Er würde die Qualen dazu nutzen, seine Stärke zu festigen und den zeitweiligen Ausrutscher, bei dem er idiotischerweise beschlossen hatte, sich um jemanden einen Dreck zu scheren, wegzuspülen.

Er verlor sich im Anblick der Flasche, war minutenlang, vielleicht stundenlang wie gebannt von ihrem vermeintlichen Trost. Dann quietschte die Haupteingangstür. Er schloss die Augen, nicht gewillt, demjenigen, der seine Einsamkeit störte, ins Gesicht zu sehen.

„Ich dachte mir, dass ich dich hier finden würde."

Cassie.

Von allen Leuten, die ihn stören konnten, musste ausgerechnet sie es sein.

Sie hätten Shay schicken sollen. Er hätte keine Hemmungen gehabt, Leos Freundin die Meinung zu sagen. Aber Cassie war anders. Sie war weichherzig. Gütig. Ein verfluchter Ausbruch unerwünschten Sonnenscheins.

Er öffnete die Augen und betrachtete sehnsüchtig den Scotch. „Es ist die einzige Zeit, in der ich hier unten sein kann, erinnerst du dich?"

„Ich war der Meinung, die Auszeit wäre deine Entscheidung."

„Meine Entscheidung?" Vielleicht war sie das. Hätte er die Frauen im *Vault* bloß nicht verärgert. Hätte er in jener Nacht auf dem Parkplatz bloß jemanden ihres Sicherheitsteams Ella hinterhergeschickt, anstatt seinem nie zuvor dagewesenen Interesse an jemanden des anderen Geschlechts nachzugeben.

„Ich dachte, du würdest dich vor etwas verstecken", bohrte Cassie nach. „Oder jemandem."

Er würgte den Flaschenhals angesichts Cassies unerwünschten Treffsicherheit.

Es war nicht, dass er sich vor Ella versteckte. Er wusste, er würde sie nicht wiedersehen. Vielmehr versteckte er sich vor allem, das ihn an seine Fehler erinnerte.

„Ich will einfach nur in Ruhe gelassen werden."

Langsam ging sie auf die Bar zu, ihre Augen voller Mitgefühl, als sie auf dem Hocker ihm gegenüber platznahm. „Ich habe heute Pamela besucht."

Jeder Muskel versteifte sich. Wut und Selbsthass verflüchtigten sich unter der Last der reinen Angst. „Weshalb?"

„Ich dachte, ich mache es dir etwas leichter und bringe ihr ihre Rückerstattung."

„Danke", knirschte er durch zusammengebissene Zähne. „Aber das hätte ich selbst machen können. Es musste lediglich ein Scheck ausgestellt und zur Post gebracht werden. Ich hatte nicht vor, sie zu sehen."

Cassie zuckte mit den Schultern. „Das dachte ich mir. Und deshalb war es die richtige Entscheidung. Wir hatten alle die Befürchtung, dass die Dinge nicht im Guten enden würden."

Er verengte die Augen in einer wortlosen Warnung.

„Nicht zwischen dir und ihr", beeilte sie sich zu berichtigen. „Sondern auf das *Vault* bezogen. Du weißt, wie stolz wir auf den guten Ruf des Clubs sind."

Sein Kiefer schmerzte unter dem Druck seiner zusammengebissenen Backenzähne. „Ich hoffe, du warst klug genug, dich um deinen eigenen Kram zu kümmern, Cass."

Sie unterbrach den Augenkontakt und zeigte das kleinste Anzeichen reumütigen Trotzes.

„*Cassie?*" Sein Blut wallte auf.

Ihre Wangen färbten sich in einen warmen Rosaton und die zarte Säule ihrer Kehle bewegte sich, als sie schwer schluckte. „Du warst in letzter Zeit nicht du selbst. Ich dachte, sie wäre die Ursache."

„Aber jetzt weißt du es besser." Es hätte ein Statement sein sollen. Mit Überzeugung gesprochen. Stattdessen klang er wie ein Idiot, während er darauf wartete, dass sie sämtliche Neuigkeiten über die Frau ausplauderte, die seine Männlichkeit an sich gerissen hatte.

„Jetzt weiß ich, dass zwischen euch beiden etwas Besonderes geschehen ist. Du magst sie, Bryan. Da bin ich mir sicher. Und als ich den Scheck, den du ausgestellt hast, übergeben habe, konnte ich sehen, dass ihr die Förmlichkeit nicht gefällt."

Es gab vieles an ihrer Aussage auszusetzen, doch sein Fokus richtete sich auf die Unregelmäßigkeit. „Ich habe keinen Scheck ausgestellt, Cassie. Ich bin noch nicht dazu gekommen."

Ihre Augen begegneten seinen, ihre Brauen zogen sich zusammen.

Etwas stimmte hier nicht. Etwas, das seine Intuition bereits mit übelkeitserregender Vorahnung zu verinnerlichen begonnen hatte.

„Ich habe den Umschlag gefunden, den du an sie adressiert hast. Er lag auf dem Boden im Büro."

Auf dem Boden.

In seinem Büro.

Ihm fehlten die Worte. Er spürte nur Panik. Nur entfesselte Wut.

„Bryan?"

Seine Lungen quälten sich mit jedem Atemzug. Seine Glieder zitterten. Er griff mit der freien Hand nach dem Tresen hinter sich, während die Spirituosenflasche ein Loch in seine andere Handfläche brannte. „Das war kein verdammter Scheck."

Die Flasche drohte aus seinem Griff zu rutschen. Er verstärkte ihn, umklammerte das Glas, verzweifelt versucht, sie nicht an die Wand zu werfen.

Ella hatte die Todesanzeige seiner Mutter.

„Hast du gesehen, wie sie ihn geöffnet hat?"

Sie schüttelte den Kopf.

Vielleicht war noch Zeit, den Umschlag zurückzuholen, bevor er geöffnet wurde. Seine Privatsphäre zurückzugewinnen.

„Geh ihn holen." Er funkelte sie zornig an, um die Forderung zu unterstreichen.

„Es tut mir leid, Bryan. Ich dachte, ich tue das Richtige."

„Nein, dachtest du nicht. Das Richtige war dir scheißegal. Du wolltest nur deine Neugier befriedigen."

Sie zuckte zusammen. „Du hast dich noch nie mit einer Frau angefreundet. Nicht so. Zumindest habe ich es nie mitbekommen. Und du warst glücklich. Dann, ganz plötzlich, sagst du den Vorführungsabend ab und sinkst immer tiefer in eine Depression. Ich wollte wissen, was geschehen ist. Wir alle mussten sichergehen, dass bei dir alles in Ordnung ist."

Er wechselte zu ihrer Seite der Bar und richtete sich zu seiner vollen Größe auf. „Hol ihn zurück. *Sofort.*"

„Ich …" Sie räusperte sich. „Es war fast Ladenschluss. Sie wird nicht mehr da sein."

„Dann finde sie. Steig in dein Auto und komm nicht zurück, bis du ihn hast."

Ihre Augen schimmerten, und der leichte Glanz ihrer nahenden Tränen traf ihn mitten in die Weichteile. *Verdammte Scheiße.* Er schwang zur Wand der Bar herum, die Flasche nun eine ernsthafte Versuchung in seiner geschlossenen Faust.

Wenn er zu trinken begann, würde er nicht mehr aufhören. Nicht heute. Nicht morgen.

„Was war in dem Umschlag? Was ist so wichtig?" Ihre Stimme zitterte. „Und wieso wusste sie nicht, dass der Vorführungsabend abgesagt wurde? Was ist zwischen euch beiden vorgefallen? In der einen Minute habt ihr gedatet, in der nächsten wart ihr—"

„Wir haben nicht gedatet." Er ließ den Kopf hängen.

„Ich bin anderer Meinung." Ihre Stimme stockte noch immer, doch ihre Worte zeigten Rückgrat. „Du hast ihr Dinge erzählt. Du hattest sie gern. Ich musste euch nicht zusammen sehen, um zu diesem Schluss zu kommen. Ich habe Teile von dem gehört, was passiert ist. Du warst bei ihr im Café und bei ihr zuhause. Du brachtest ihr Essen und Wein. Dann, ein paar Tage später, hast du sie mit in eine Bar genommen. Wie können das keine Dates sein?"

Er wusste es nicht. Er hatte noch nie zuvor ein Date gehabt.

„Du hast sie umgarnt, Bryan. Du hast dich mit ihr getroffen, weil du sie magst. Du magst es auf eine Million verschiedene Gründe geschoben haben, aber du hast ihre Gesellschaft genossen und wolltest sie behal—"

„Genug."

„Nein. Du musst begreifen—"

„*Ich begreife es, verdammt nochmal, okay?*" Sein Kopf hämmerte bei dem Eingeständnis, jeder Herzschlag barg die Gefahr eines Schlaganfalls. „Ich weiß es."

„Du begreifst also, dass dir etwas an ihr liegt?"

Herrgott, wollte sie, dass er sich die Aussage in sein Fleisch ritzte? „Ich *begreife* es."

„Und du lässt sie trotzdem entwischen?"

„Sie ist schon weg." Er zuckte die Achseln. „Da ist nichts, was ich noch tun kann."

„Du hast sie weggestoßen. Aber ich glaube nicht, dass es hart genug war, um permanent zu sein. Du könntest sie zurückgewinnen."

Wozu? Aus welchem anderen Grund, als um sie auf sein herzloses Level hinunterzuziehen? „Ich will sie nicht zurück." Er wollte nur wissen, was sie gesagt hatte. Wie sie es gesagt hatte. Und wie sie gewirkt hatte, als diese Worte ihre Lippen verließen.

„Wieso nicht?"

Er schnaubte verächtlich. Aus hundertundeinem Grund. Tausend Gründen. Und mehr. „Weil es Zeitverschwendung ist. Am Ende lassen einen alle im Stich."

„Wie kannst du das sagen? Besonders nach allem, was T.J. und ich durchgemacht haben. Wir sind durch dir Hölle und zurück, und jetzt sieh uns an."

Er hätte sich klarer ausdrücken sollen – am Ende ließen *ihn* alle im Stich. Seine Eltern. Seine Tanten und Onkel. Seine Cousins und Cousinen.

Er drehte sich zu ihr und betrachtete die entschlossene Haltung ihrer Schultern. „Cass, T.J. hat wie wild versucht, dich hinter sich zu lassen."

„Du weißt, dass das eine Lüge ist." Ihre Augen funkelten verteidigungsbereit. „Er tat es nur, um mich zu beschützen."

Die Innentür quietschte erneut und brachte seine Erschöpfung zu ihrem Höhepunkt. Sollte Shay ihren eigenen Teil zu diesem Desaster beigesteuert haben, würde er seinen verdammten Verstand verlieren. Noch mehr als bereits geschehen.

„Du musst meinen Umschlag zurückholen." Er ruckte mit dem Kinn in Richtung der Innentür zur Treppe nach oben. „Und nimm mit, wer auch immer das ist. Ich bin nicht an Gesellschaft interessiert."

Eine kurvige Gestalt stand im Türrahmen zur Newbie-Lounge, und der vertraute Anblick setzte seine Augen in Flammen.

Verfickte. Scheiße.

Er stolperte zum Tresen zurück und griff wie nach einer Rettungsleine nach dem Scotch. Seine Kehle drohte sich zuzuschnüren. Seine Lungen verlangten nach mehr Luft.

Cassie schwang auf ihren Hocker herum, und der Name, den sie sagte, schnitt durch ihn hindurch wie ein Schwert durch Seide. „Pamela."

„Hey." Die Erwiderung war die süßeste Form der Folter. Eine Strafe, von der er seinen Blick nicht abwenden konnte.

„Was machst du hier?" Die Frage entsprang der Gewohnheit. Er kannte die Antwort bereits. Aber er musste die Leere des einengenden Schweigens füllen. „Ich dachte, du wolltest nicht mehr herkommen."

„Ich habe gehört, du hattest einen schlechten Tag." Sie hielt den Umschlag in ihrer Hand hoch. „Davon gelesen habe ich auch. Aber keine Bange, ich habe mitbekommen, dass du keine Gesellschaft willst. Ich verspreche, ich werde nicht lange bleiben." Sie war fragil – ihre Augen, ihre Lippen. Sogar ihre Haut sah aus wie Porzellan. Ihr Blick wanderte sanft über ihn, durchbohrte seine Haut, zerriss sein Fleisch. „Können wir reden?"

Er konnte sie nicht abweisen. Er konnte nicht zusehen, wie sie wieder verschwand. Jedenfalls noch nicht. „Lass uns eine Minute allein, Cass."

„Okay." Sie nickte hölzern und glitt vom Hocker. „Bitte geh nicht, ohne dich zu verabschieden."

Er konnte nichts versprechen. Nicht, dass das von Bedeutung wäre. Bis er bereit war zu fliehen, würde Cassie Shay, T.J. und Leo an den Ausgängen positioniert haben, um zu gewährleisten, dass er nicht unbemerkt entkommen konnte. „Wir reden später."

„Dankeschön." Sie ging auf Ella zu und drückte der anderen Frau im Vorbeigehen die Schulter, bevor sie im Newbie-Bereich verschwand.

Der Raum um ihn herum verengte sich, während ihre Augen ihn musterten und die Wahrheit herausfanden.

Er konnte das hier nicht tun. Nicht heute.

Er brach den Verschluss des Scotchs und nahm einen großen Schluck. Das Brennen dämpfte das emotionale Grauen, das ihm bevorstand, doch ein Zug reichte nicht aus. Er hatte die Befürchtung, selbst die gesamte Flasche würde nicht einmal an der Oberfläche des aufziehenden Shitstorms kratzen.

„Hast du es ihnen erzählt?" Langsam näherte sie sich der Bar, ihre Arbeitshose mit Kaffee befleckt, ihre weiße Bluse an den Enden verknittert. Er liebte es, dass sie nicht perfekt aussah. Mascara verschmierte ihre Augenlider. Wenn sie heute Lippenstift getragen hatte, war dieser nirgendwo zu sehen. Nicht, dass sie ihn gebraucht hätte. Ihre Lippen waren schon immer ihr reizvollstes Merkmal gewesen. Hypnotisch und zu verdammt wirkungsvoll.

„Was gibt es da zu erzählen?"

„Du hast es die ganze Zeit für dich behalten?" Sie umrundete die Bar und blieb ein paar Schritte von ihm entfernt stehen.

„Die ganze Zeit?" Er lachte hart auf und kippte einen weiteren Schluck des flüssigen Trostes hinunter. „Ich schätze, ich genieße meine Privatsphäre zu sehr."

„Dann nehme ich an, du wolltest nicht, dass ich das hier habe." Sie legte den Umschlag auf den Tresen, ihre Hand verharrte auf dem Namen auf der Vorderseite.

„Cassie hatte kein Recht dich zu besuchen."

Sie zuckte zusammen, die Andeutung einer Furche bildete sich auf ihrer Stirn. Ihr Schmerz war quälender als die drohenden Tränen von Cassie. Ellas Unbehagen zerriss ihn, verlangte nach einer Entschuldigung, die er mit einem weiteren raschen Schluck zurückdrängte.

„Du solltest es mit dem Alkohol etwas langsamer angehen lassen." Sie beäugte die schwappende Flüssigkeit. „Du wirst dich morgen beschissen fühlen. Es bringt nichts, es schlimmer zu machen."

„Es gibt nur zwei Dinge, die ich im Moment brauche, und eines davon ist Fusel." Klarheit war durch ihre Anwesenheit keine Option mehr. Sie war immer noch zum Anbeißen. Immer noch unwiderstehlich.

„Und das andere?"

„Sex."

Er musste sie ärgern. Er konnte nicht anders. Das Gespräch interessant zu gestalten rettete seinen Verstand vor der dunklen und trostlosen Höhle der Realität. Um ehrlich zu sein, dachte er nicht einmal an seine Mutter, obwohl sie von ihr sprachen. Da war nur Ella.

„Nun, du hast eine Bar voller Fusel." Sie sah sich im Raum um, suchte womöglich nach einer Ablenkung. „Und du hast bereits deutlich gemacht, dass ich bei der anderen Sache nicht helfen kann. Ich nehme also an, du willst, dass ich gehe."

Ob sie nach einem Streit oder nach einer Ausrede zu gehen suchte, konnte er nicht erkennen. Das konnte er bei ihr nie. „Ich werde dich nicht rausschmeißen. Schnapp dir einen Hocker und werde aus erster Reihe Zeuge meines drohenden Alkoholproblems." Er schwang die Flasche an seine Lippen, beobachtete sie, während er den nächsten großen Schluck nahm. „Nach all der Scheiße, die du meinetwegen durchmachen musstest, wirst du die Show wahrscheinlich genießen."

„Welche Scheiße?"

Er stieß ein leises Lachen aus. „Ich muss dir kein Bild malen. Wir waren beide dabei."

„Oh, nein." Sie schüttelte den Kopf und verschränkte die Arme vor der Brust. „Das habe ich nicht gemeint. Ich versuche nur herauszufinden, auf welchen beschissenen Moment du dich beziehst."

Diesmal war sein Lachen hörbar. „Ich weiß die Ehrlichkeit zu schätzen."

„Ich werde dich nicht verhätscheln." Sie kam näher, ihre Schritte noch immer langsam und bedächtig. „Allerdings denke ich, du solltest deinem Konsum etwas Wasser hinzufügen." Sie streckte eine Hand aus, und ihre warmen Finger streiften seine, um den Flaschenhals zu packen. „Lass mich die hier nehmen."

Sie hielt ihre Hände verbunden, genau wie ihre Augen. „Bitte." Sie neigte den Scotch, zog ihn in Richtung ihrer Brust. Ein kräftiger Ruck ließ ihn durch seine Finger gleiten, bevor sie die Flasche behutsam neben ihnen auf die Bar stellte.

Er konnte auf den Alkohol verzichten, solange er ihre Wärme nicht verlor. Sich beides zu verweigern schien nicht fair.

„Bryan ...“

Sein geflüsterter Name bereitete ihm Schmerzen. Niemand hatte je so mit ihm gesprochen. Nicht ohne Begehren oder Verlangen. Sie war aus selbstlosen Gründen hier, setzte sich mit seinen Problemen auseinander, und er konnte nicht verstehen, warum.

„Wieso interessiert es dich?“ Er rückte näher, streifte ihre Schenkel mit seinen, und das Flimmern atomarer Anziehungskraft schwemmte die verkorksten Gründe davon, die ihn überhaupt erst zum Trinken getrieben hatten.

Sie wich nicht zurück, sondern hob lediglich ihr Kinn und weigerte sich wegzuschauen. „Du brauchst Wasser.“

„Das gehört nicht einmal zu den Top Zwanzig Dingen, die ich brauche.“

„Tatsächlich?“ Diesmal trat sie zurück, und er konterte, indem er einen Arm um ihre Taille legte und sie dicht bei sich hielt.

„Ja, tatsächlich.“

Sie stieß ihn mit dem Ellbogen in die Rippen, sanft, aber nachdrücklich. „Du suchst nach einer Ablenkung, die aber nur vorübergehend sein wird. Du musst darüber sprechen. Wenn nicht mit mir, dann mit deinen Freunden. Erzähl ihnen von dem Krebs. Erzähl ihnen von der Beerdigung.“

„Ich war nicht da.“

Schockiert versteifte sie sich und blinzelte ihm heftig entgegen.

Die Sekunden des Schweigens kamen einer Strafe gleich. Ausnahmsweise einmal wollte er nicht, dass sie ihn für ein gefühlloses Arschloch hielt. Er fand keinen Gefallen an der anschuldigenden Miene, die ihm entgegenstarrte. Er wollte besser sein. Ehrenhaft sein. „Ich wusste nichts davon. Sie haben es mir nicht gesagt.“

„Sie haben dir nicht gesagt, wann die Beerdigung deiner Mutter ist?“

Nein. Zum ersten Mal hatte jemand in seiner Familie auf ihn gehört, obwohl seine Aufforderung nicht mehr als eine schmerzvolle Gegenreaktion gewesen war. Sie fanden immer seine Schwachstelle, ganz gleich wie er sich verhielt.

„Sie haben mir nicht gesagt, dass sie gestorben ist.“

Ihre Miene verdüsterte sich und ihre Kehle arbeitete, als sie schwer schluckte. Atemzug um quälenden Atemzug entfachte ihre Bestürzung von Neuem seine eigene. „Wann hast du es herausgefunden?“

„Ein paar Stunden vor dir.“

Ihr wunderschönes Gesicht verlor alle Farbe und verwandelte sich in einen Ausdruck voller Mitgefühl. Sie wandte sich ab, umklammerte den Tresen und stieß langsam den Atem aus, bevor sie ihre Lungen erneut mit Luft füllte.

„Ella?" Er stellte die Flasche neben sie und fuhr mit der Handfläche über ihren Arm. „Was ist los? Wieso bist du aufgebracht?"

„Wieso?" Sie rutschte weiter die Bar entlang. „Ich bin erschüttert deinetwegen. Das hast du nicht verdient. Sie haben dir schon genug zugesetzt. Ich verstehe nicht ..."

Er verlor sich in ihren Worten und den Tränen, die nun ihre Wangen verschmierten. Sie weinte. Nicht wegen etwas, das er getan hatte. Diese Tränen schienen auf etwas zurückzuführen zu sein, das sie fühlte.

Seinetwegen.

Sie sorgte sich?

Um ihn?

„Es bringt nichts, Sturzbäche zu weinen, Liebes. Es ist nicht so, als würde ich sie zurückbringen wollen. Meine Mutter ist genau da, wo sie hingehört."

„Oh, Gott." Ihre Augen weiteten sich. „Sag sowas nicht."

„Wieso nicht? Ich habe sie nicht umgebracht. Es tut mir nur nicht leid, dass sie fort ist."

„Du trauerst, Bryan."

„Nicht um sie." Er schüttelte den Kopf. Er fühlte etwas, aber es war sicher nicht Trauer um die Frau, die ihn geboren hatte. „Ich schwöre, ihr Dahinscheiden könnte mir egaler nicht sein."

„Was ist dann heute Nachmittag passiert?"

Heute Nachmittag? Er ging die Ereignisse des Tages durch und filterte das Einzige heraus, was es wert war, die Gerüchteküche anzuheizen. „*Cassie*. Was hat sie gesagt?"

„Sie war in Sorge um dich."

„Nun, um meiner geistigen Gesundheit willen, können wir bitte jeden anderen Menschen auf diesem Planeten bis auf weiteres vergessen?"

„*Ich* bin in Sorge um dich."

Herrgott nochmal. Wo zum Teufel hatte er den Scotch hingetan?

„Ich weiß nicht, was ich dir sonst noch sagen soll." Er fuhr sich mit der Hand durchs Haar, unfähig, seine Verwirrung zu erklären. Er scherte sich einen Dreck um seine Mutter. Ihr Tod war ihm scheißegal. Es ging um etwas anderes. Etwas, das er nicht genauer bestimmen konnte.

„Als Lucas starb, habe ich tagelang geweint, obwohl wir uns nie nahestanden." Ihre Stimme kam in langsamen, leisen Intervallen. Der deprimierende Tonfall roch nach Verzweiflung. „Erst eine Woche später wurde mir bewusst, dass ich mehr um das trauerte, was hätte sein können. Ich litt, weil die Traumbeziehung, für die ich gekämpft hatte, niemals Wirklichkeit werden würde. Ich habe so sehr versucht, ihn dazu zu bringen, mich zu lieben, ohne je die Hoffnung aufzugeben. Dann war er weg. Genau wie alle märchenhaften Träume." Sie senkte den Blick und starrte auf ihre Füße. „Ich trauerte um das, was hätte sein können. Nicht um den Mann, der gestorben war … Wenn das einen Sinn ergibt."

Er erstarrte, ihre Erläuterung sank ihm bis ins Mark.

Es war so eine simple Erkenntnis. So leicht ausgesprochen. Und doch war es genau das, was er fühlte. Er scherte sich einen Dreck um seine Eizellenspenderin. Das, was ihn zerriss, war das, was er verpasst hatte. Was die meisten Menschen für selbstverständlich hielten.

Ein schmerzliches Lachen entwich ihm und löste den Schmerz hinter seinen Rippen. Die Brillanz dieser Frau war für ihn unbegreiflich. Er wusste nicht, woher sie seine Gedanken kannte oder wie sie so ungewöhnlich scharfsinnig geworden war. Er genoss es, dass sie hier war, bei ihm, und das hohle Gefühl verdrängte, das nicht länger seine Brust beherrschte.

„Bin ich zu weit gegangen?" Sie blickte durch dichte Wimpern zu ihm auf, der Anblick ihrer Besorgnis raubte ihm die Worte. „Es tut mir leid … Ich sollte gehen."

Er konnte, *sollte* sie nicht zum Bleiben überreden.

„Nochmal", fügte sie sanft hinzu, „mir tut es leid, dass du das durchmachen musst. Es wird leichter. Das verspreche ich." Sie ging zum Ende des Tresens, und ihr Rückzug spornte sein dumpfes Leiden an zurückzukehren.

Er brauchte sie hier. Allerdings sah er keine Möglichkeit sie zu überzeugen zu bleiben.

Das Ertragen seiner Gesellschaft hatte keine Plusseiten. Er hatte weder das gutherzige Wesen von T.J. noch die geschmeidige Eleganz von Leo.

Nur eine beschissene Grundhaltung und eine noch beschissenere Lebensperspektive.

„Nicht." Das war alles, was er hatte. Ein Wort. Eine erbärmliche, zaghafte Silbe.

Sie hielt mit dem Rücken zu ihm inne, ihre Hände schlaff an ihren Seiten. Er spürte, wie sie ihm entglitt, immer weiter auf eine Flucht zusteuerte, obwohl sie an Ort und Stelle blieb.

„Bleib ein bisschen." Er kam von hinten auf sie zu und schlang einen Arm um ihre Hüfte.

Der einzige Trumpf in seinem Arsenal war Sex.

Sinnliche Finesse.

Die Begabung Orgasmen zu bereiten.

Sie schluckte hörbar, und er kämpfte gegen den Drang zu erschaudern an. Alles an ihr sprach von Unbehagen – ihre steife Wirbelsäule, ihr hektischer Atem, ihr Schweigen.

Sie drehte sich um, wobei ihre Hüfte schmerzhaft effektiv seinen Schritt streifte. Die leichte Berührung hatte zur Folge, dass sich sein Schwanz schnell mit rauschendem Blut füllte. Und der Aufschlag ihrer dunklen Wimpern gestaltete zusammenhängend zu denken zunehmend schwieriger.

„Du willst eine Ablenkung?"

„Ich will dich." Er zog sie fest an sich und legte seine freie Hand in ihren Nacken.

„Was ist mit deiner Versicherungspolice?"

Er schnaubte. „Stellt sich heraus, dass alles möglich ist, wenn man herausfindet, dass die eigene Mutter unter der Erde liegt."

Sie zuckte zusammen. Vermutlich gefiel ihr seine Herzlosigkeit nicht oder sie erkannte, dass er log. Der Beweis dafür ragte dick und schwer zwischen ihnen auf und rückte in den Mittelpunkt, als er sich vorbeugte, um ihren Mund mit seinem zu bedecken.

Der Kuss war von äußerster Finesse – zarte Lippenstriche und ein sanfter Tanz der Zungen. Er wollte diesen Moment auf ihre Seele tätowieren. Sich selbst in ihr Gedächtnis einbrennen, so wie sie ein Loch in seines gegraben hatte.

„Stopp." Sie legte ihre Hände auf seine Brust. „Ich halte das immer noch für keine gute Idee."

Die Zurückweisung stach heftiger, als sie es hätte tun dürfen. „Warum nicht? Ist ja nicht so, als wäre meine Bilanz bisher nicht von befriedigendem Erfolg gekrönt gewesen."

Sie machte ein finsteres Gesicht. Schnaubte. Beide Reaktionen wie ein Tritt in sein Gewissen.

„*Fuck.*" Er trat zurück. „Tut mir leid. Ich bin heute miserable Gesellschaft ... Ganz anders als sonst, was?"

Er wartete auf ihren Konter. Darauf, dass ihre Augen wieder Feuer spien.

„Deine Gesellschaft war nie mein Problem, Bryan."

„Überspring die Beschwichtigungen, Liebes. Wir wissen beide, dass ich dich öfter verärgert habe als nicht. So bin ich nun mal."

Ihre Schultern sackten zusammen. Seine Worte bezwangen sie auf eine Weise, die er nicht verstand. „Du bist netter, als du denkst."

„Dann schlaf mit mir", bettelte er. Der erbärmliche Schweinehund, in den er sich verwandelt hatte, flehte darum, flachgelegt zu werden. Nicht von irgendjemandem. Nur von ihr. Und nur weil er annahm, nie wieder die Gelegenheit dazu zu bekommen. „Keiner von uns beiden hat etwas zu verlieren."

Ihr Lächeln war unecht. Vielleicht sogar nachdenklich. „Bryan, wenn ich dir sage, was mir durch den Kopf geht, wird deine Versicherungspolice wieder aktiv."

„Dann tu es nicht." Er glitt auf sie zu, presste seine Lippen auf ihre und hob sie vom Boden. „Sag kein Wort."

„Ich kann es nicht für mich behalten." Ihre entschlossenen Hände fanden wieder seine Brust und drückten ihn weg. „Für den Fall, dass wir uns nicht wiedersehen, will ich sichergehen, es ausgesprochen zu haben."

Sie traf sich mit jemandem. Schlief mit jemandem.

Gott, er wollte nicht wissen, mit wem.

„Bryan?"

„Ja?" Er stellte sie auf die Füße, griff nach der Flasche Scotch und ließ die brennende Flüssigkeit seine Kehle hinunterrinnen.

„Du wirst es nicht hören wollen."

Er nickte, seinen Fokus auf den versiegenden Scotch gerichtet.

Sie hatte Recht. Er stellte sich bereits darauf ein ihr mitzuteilen, sie solle ohne Erklärung gehen. Er wollte keine Einzelheiten darüber hören, mit wem sie angebandelt hatte. War es der Cowboy aus der Bar? Oder der weichliche Bastard, der vor ihrem Café über seine eigenen Worte gestolpert war? Vielleicht war es jemand mit noch schlechteren Eigenschaften.

Gott wusste, sie hatte einen bescheidenen Geschmack bei Männern.

„In Ordnung. Schieß los." Er hob die Flasche erneut an, diesmal hielt er die Flüssigkeit im Mund, damit sie sich in seine Zunge brannte.

„Ich mag dich."

Der Alkohol würgte ihn und presste die Luft aus seinen Lungen. „Was?"

„Als wir uns das erste Mal trafen, habe ich dir versichert, kein Interesse an dir zu haben – nicht, weil ich wusste, dass es das war, was du hören wolltest – ich mochte dich wirklich nicht. Ich fand deine Einstellung toxisch und deine Selbstsicherheit ging mir auf die Nerven. Aber der Mann, den ich kennengelernt habe, ist nicht so brutal wie alle behaupten." Sie knabberte an ihrer Unterlippe. „Ich sehe diesen Kerl nicht, wenn ich dich anschaue. Ich sehe jemanden, mit dem ich mehr Zeit verbringen möchte. Jemanden, in den ich mich verguckt habe. Jemanden, den ich lieben könnte."

Er ließ die Flasche auf den Tresen sinken, klammerte sich aber weiter an den Hals, um sich zu erden.

„Bitte nicht sauer sein." Sie hielt kapitulierend ihre Hände hoch. „Ich weiß, es ist das Letzte, was du hören willst. Und deshalb habe ich es dir in der Nacht auf dem Parkplatz nicht erzählt. Ich bin weggegangen, genau wie du es wolltest. Aber ich kann heute Abend nicht mit dir zusammen sein und so tun, als würde ich anders empfinden. Ich kann dir die Wahrheit nicht vorenthalten."

Er wollte alles glauben, was er hörte. Wären da nicht der Alkohol, der Nervenzusammenbruch und die bescheidenen Nachrichten über seine Mutter, hätte er sich wahrscheinlich einreden können, dass es sich nicht um eine Halluzination handelte. Das Problem war, dass es zu willkürlich schien, die einzige Sache, die er wollte, in greifbarer Nähe vor sich zu haben. Es war zu schön, um wahr zu sein.

„Sag etwas", flehte sie.

„Gib mir einen Moment." Sein Kopf schwirrte, Alkohol und Desorientierung entfalteten ihre hinterhältige Wirkung.

Er wollte ausnüchtern. Er *musste* ausnüchtern.

Er ging zur Spüle, schnappte sich ein leeres Glas vom Regal und füllte es mit Wasser. Schluck um Schluck kippte er ein Glas hinunter, dann ein zweites, der betäubende Rausch dank seiner Ungeduld eine erhebliche Belastung.

„Schon gut." Ihre Stimme wurde leiser. „Ich finde selbst hinaus."

„*Nein.*" Gott, nein. Er brauchte nur einen Moment.

Er umklammerte den Tresen, senkte den Kopf und atmete tief durch.

„Schon okay. Diese Reaktion ist besser als der Zorn, den ich erwartet hatte. Ich dachte, du würdest mich anschreien."

Denn das hatte er in der Vergangenheit getan. So war er nun einmal.

Konzentrier dich.

Er wiederholte gedanklich eine passende Antwort, wieder und wieder, bis er sicher war, dass sie angemessen war. „Ich empfinde das Gleiche."

Sie blieb stumm, totenstill.

Aus den Augenwinkeln sah er, wie ihm Verwirrung entgegenstarrte. Er wusste nicht, ob er es laut ausgesprochen oder das Mantra in seinem Kopf an Stärke gewonnen hatte.

Sie zeigte keinerlei Reaktion. Wahrscheinlich wusste sie nicht, wovon er redete, weil alles, was sie gesagt hatte, ein Produkt seiner Fantasie gewesen war.

Fuck.

„Ella?" Er richtete sich auf und befahl seiner Verunsicherung sich zu verkrümeln. „Ich empfinde das Gleiche."

KAPITEL ACHTZEHN

*P*amela hielt sich zurück.

Bryan war betrunken und emotional angeschlagen, was ihr unvermitteltes Geständnis einschlagen ließ wie eine Bombe. Ein Desaster war geradezu vorprogrammiert.

„Du bist dran", flüsterte er.

Ihre Mundwinkel hoben sich, ihre Augen füllten sich erneut mit Tränen. „Ich versuche immer noch zu verdauen, was du gesagt hast."

„Warum?"

„Du bist verwirrt—"

„Von meinen Emotionen?", fragte er vehement. „Kein Scheiß. Ich habe Wochen damit verbracht, es zu verstehen, und es macht immer noch keinen Sinn."

All ihre Unsicherheiten klammerten sich augenblicklich daran fest. „Du hast wochenlang an mich gedacht?"

„Du klingst erfreut zu erfahren, dass ich kaum geschlafen habe, seitdem ich dich das letzte Mal gesehen habe." Er überbrückte die Distanz zwischen ihnen, die Spitzen seiner Schuhe stießen an ihre. „Und die Leute denken, ich sei der Gnadenlose."

Diesmal blühte ihr Lächeln auf und breitete sich in unbändigem Enthusiasmus auf ihrem Gesicht aus. „Du bist nicht gnadenlos."

„Ruiniere meinen Ruf nicht, Liebes." Er drängte sie gegen die Theke, seine Hüften stießen gegen ihre. „Du hast mir schon genug angetan."

Seine Kraft durchdrang sie, beruhigte ihre zerrütteten Nerven und linderte den Herzschmerz. Sie wollte tiefer in ihn hineinfallen, versinken, ertrinken. Doch das konnte sie nicht. Noch nicht.

„Können wir das für eine Weile auf Eis legen?"

Er schob seine Hand in ihre und verflocht ihre Finger auf ihren Schenkeln. „Glaubst du immer noch, dass es eine Reaktion auf Trauer ist?"

Sie nickte. „Ein wenig, ja."

„Schon okay." Er grinste. Der eindrucksvolle Anblick überraschte. „Ich glaube auch immer noch, dass es sich um eine Halluzination unter Alkoholeinfluss handelt."

Er drückte seine Lippen auf ihre und stahl mit seinem patentierten Kussstil ihre negativen Gedanken. Er leckte sie ausgiebig, geduldig, während ihre Zungen sich im Sparring übten und tanzten. Sie fuhr mit ihren Händen am Revers seines Anzugs entlang, zog ihn fest an sich, doch das entfernte Gemurmel einer Konversation, das mit jeder Sekunde lauter wurde, unterbrach ihre Konzentration.

Bryan beendete den Kuss, um über ihre Schulter zu starren. „Deine Kavallerie ist da."

Sie runzelte die Stirn und schwang herum, um zu sehen, wie Leo, T.J., Cassie und Shay den Hauptraum betraten, nur um nacheinander an Ort und Stelle zu erstarren.

„Whoa." T.J. warf seiner Frau einen Blick zu. „Damit habe ich nicht gerechnet."

„Womit *hast* du denn gerechnet?" Bryan hielt Pamela von hinten gefangen, eine Hand jeweils rechts und links in Hüftnähe auf der Theke.

„Ich, ähm ..." Cassie errötete. „Ich hielt es für eine gute Idee, einmal nach eurem Wohlergehen zu sehen. Vorhin war die Lage recht angespannt."

„Es geht uns gut." Pamela richtete sich auf und genoss Bryans Hitze an ihrem Rücken. „Es ist alles in Ordnung."

Cassie nickte, während Shay ihre Arme vor dem Oberkörper verschränkte.

„Und so beginnt der Fragenhagel", murmelte Bryan ihr ins Ohr.

„Geht es deiner Mutter gut?", fragte Shay. „Offenbar hast du Pamela erzählt, dass sie krank ist."

„*Shay*", zischte Cassie. „Das war vertraulich."

Scheiße. Bryan schwieg, und seine Wärme verwandelte sich in eisigen Stahl.

„Es tut mir leid." Sie drehte sich in seinen Armen um. „Ich habe es

Cassie gegenüber vorhin erwähnt. Ich hatte angenommen, sie wüssten es bereits." Sie hielt den Atem an und wartete auf seine Wut.

„Keine Bange." Er schenkte ihr ein dünnes Lächeln. „Shay schnüffelt herum wie ein Privatdetektiv. Früher oder später hätte sie es sowieso herausgefunden."

Seine leichtfertige Akzeptanz führte bloß dazu, dass sie sich noch schuldiger fühlte. Es weckte in ihr außerdem den Wunsch, den Atem aus seinen Lungen zu küssen.

„Geht es ihr gut?", fragte Leo.

Bryan sah Pamela weiter an, ohne seine Freunde eines Blickes zu würdigen, als er verkündete: „Sie ist tot."

Sie zuckte nicht zusammen. Verzog nicht das Gesicht. Sie begann zu glauben, dass er anders als mit schonungslosen Erwiderungen nicht zu reagieren wusste. Vielleicht war es ein Bewältigungsmechanismus, oder etwas, das er seit seiner Kindheit von seinen herzlosen Eltern gelernt hatte.

„Oh, Scheiße", war T.J.s Stimme über zahlreiches Keuchen hinweg zu vernehmen. „Was ist passiert?"

Bryans Gelassenheit zeigte Risse, auf seiner Stirn bildeten sich tiefe Falten.

„Schon gut." Sie konnte seine Stärke sein. Zumindest wollte sie es sein, wenn er es ihr erlaubte. „Lass mich das übernehmen." Sie wandte sich mit einem traurigen Lächeln seinen Freunden zu. „Sie hat Ende April ihren Kampf gegen den Krebs verloren."

„April?", fragte Shay anklagend. „Sie starb letzten Monat und du hast es uns nicht erzählt?"

Pamela zuckte zusammen, ihr Blut kochte angesichts der gefühllosen Reaktion.

„Lass sie", brummte Bryan ihr ins Ohr, während sich sein Arm um ihre Taille wob. „Es bereitet mir zu große Genugtuung zu sehen, wie sie sich zum Affen macht."

„Brute?", blaffte Shay. „Was zum Teufel …?"

„Du musst zugeben, dass es unfair ist", fügte Leo hinzu. „Wir haben dir wochenlang Freiraum gegeben, zugelassen, dass du die Arbeitslast auf unseren Schultern ablädst. Ich bezweifle nicht, dass du Zeit brauchtest, aber das hättest du uns schon vor heute sagen können. Wir hatten keine Ahnung, was vor sich ging."

Bryan begann mit ihrem Haar zu spielen und verhielt sich so, als wäre das hitzige Gespräch eine beiläufige Unterhaltung. „Diese hübsche Dame hier war der Grund für meine Probleme. Nicht meine Mutter."

„Ich?" Sie spähte über ihre Schulter. „Wieso?"

„Ich habe dir doch gesagt – du bist mir nicht aus dem Kopf gegangen. Ich konnte mich nicht konzentrieren. Ich musste mich aus dem Kontakt mit Kunden zurückziehen, weil meine Public-Relations-Fähigkeiten auf einmal alles andere als überzeugend waren."

„Damit hast du noch nie einen Blumentopf gewinnen können", murmelte Shay.

Er feixte, doch der Ausdruck verblasste rasch. „Das mit meiner Mutter habe ich erst heute erfahren."

„Oh, Scheiße." Leo fasste sich an seinen stoppeligen Kiefer. „Wer zum Teufel tut sowas?"

„Meine Familie", entgegnete Bryan. „Aber das Gute daran ist: Einer erledigt, einer noch übrig."

Alle zuckten zusammen.

Leo hielt warnend seine Hände hoch. „Sag so einen Scheiß nicht. Das bringt dich in die Hölle."

„Wenigstens wird mich meine Familie dann dort begrüßen können, nicht wahr?"

„Bryan ..." Ihre geflüsterte Bitte schwebte zwischen ihnen. Sie konnte mit seiner Distanziertheit nicht länger umgehen. Es war nicht gesund. Sie musste mit ihm allein sein, damit sie ihn so trösten konnten, wie Frauen es taten – mit Zuneigung und Verständnis und Liebe. Nicht dem sorglosen Hin und Her zwischen Freunden.

Cassie begegnete ihrem Blick mit fragenden Augen. „Wir sollten wieder nach oben gehen ..."

„*Ja, bitte*", formte Pamela wortlos mit ihren Lippen und war dankbar für Cassies Intuition. „*Dankeschön.*"

„Gute Idee. Wir lassen euch beide für ein paar Minuten allein." T.J. legte eine Hand auf die Hüfte seiner Frau und geleitete sie zum Ausgang. „Wenn du etwas brauchst ..."

„Mir geht's gut." Bryans Lüge war überzeugend. Doch sie wusste es besser.

„Ja", nickte Leo. „Wir sind hier, Kumpel. Gib einfach Bescheid."

Die vier marschierten durch den Eingang zur Newbie-Lounge und ihre Schritte entfernten sich, bis das ohrenbetäubende Klicken eines Türschlosses Pamelas Schicksal besiegelte.

Im Raum blieb es still. Die Leere schloss sie ein, während Bryans Herzschlag an ihrem Rücken nachklang. Sie spürte, dass er die Stille nicht füllen würde. Zumindest nicht mit Ehrlichkeit oder Emotionen. Wenn sie ihm die Gesprächsführung überließ, würde mehr dunkler Humor folgen, um seine Gefühle zu verschleiern, da war sie sich sicher. Sie sehnte sich nach seinem Vertrauen und wünschte sich, er würde sich ihr gegenüber öffnen. Und sei es nur ein wenig.

„Du witzelst über Dinge, die dich aus dem Gleichgewicht bringen."

Er vergrub seine Stirn in ihren Haaren. „So bin ich nun einmal."

„Wenn du darüber reden würdest, würde es vielleicht besser werden." Sie blickte starr durch den Raum, in dem Wissen, dass er ihren Vorschlag verabscheuen würde.

„Ich ziehe meine Weise vor. Sie funktioniert bei mir." Eine Weise, die seinen sich langsam anstauenden Kummer verborgen hielt. Gott bewahre, dass er seinen Ruf ruinierte. „Fürs Erste", fügte er hinzu. „Wer weiß zu welchen mädchenhaften Dingen du mich überredet bekommst, wenn wir mehr Zeit miteinander verbringen."

„Das willst du?" Sie wandte sich um und geriet in den Bann der emotionalen Tiefe seiner Augen. Kein dunkles oder gefühlloses Geplänkel mehr. Er war nackt, verletzlich und, oh, so wunderschön. „Die gemeinsame Zeit, meine ich, nicht den mädchenhaften Teil."

„Das kommt doch als Nächstes, oder? Ich habe das noch nie gemacht."

„Das habe ich nicht gefragt. Ich will wissen, was du willst."

Ein Mundwinkel hob sich allmählich, und sein Grinsen wurde breiter, als er seine Hüften stärker gegen ihre presste. „Was das betrifft, kennen wir, glaube ich, beide die Antwort."

„*Bryan.*" Sie bemühte sich nicht zu lachen. „Ich meine es ernst."

Er starrte auf ihren Mund, sein Daumen hob sich, um mit federleichtem Druck ihre Unterlippe nachzuzeichnen. „Willst du immer noch warten?"

„Das kommt darauf an …"

Sein Blick schnellte zu ihrem. „Auf was?"

„Darauf, ob du möchtest, dass ich mich sicher fühle bei dem, was zwischen uns passiert. Der körperliche Teil war einfach. Warum geben wir uns nicht die Zeit, an allem anderen zu arbeiten?"

„Du versuchst über meine Libido hinweg an meine Logik zu appellieren?" Er schnalzte mit der Zunge. „Dummer Schachzug, Liebes."

Es war nicht dumm. Sie wollte, dass er das nächste Mal, dass sie miteinander schliefen, bei klarem Verstand war. Ihretwegen und seinetwegen. Reue war das Letzte, was sie beide gebrauchen konnten, sollte er morgen aufwachen und entscheiden einen Fehler gemacht zu haben. „Ich denke einfach, es wäre das Beste zu warten."

Er ignorierte sie und beugte sich vor, um mit den Lippen von ihrem

Kiefer über ihren Hals zu der empfindlichen Stelle unter ihrem Ohr zu wandern.

Alkohol. Verlust. Herzschmerz. Sie führte sich die Aspekte vor Augen, die seine Entscheidungen beeinflussten.

Sie sollte ihn in seiner himmlischen Verführung nicht bestärken. Nicht jetzt, da er endlich dort war, wo er sein sollte. Sie sollte sich gedulden, um ihres Herzens willen. Einen weiteren Tag lang. Zumindest bis zum Morgen.

„Morgen wirst du einen klareren Kopf haben. Stabiler sein." Sie seufzte, als sein Mund ihr Schlüsselbein fand und das raue Kratzen des Bartes seine exquisiten sanften Küsse durch eine leichte Reibung ergänzte.

„Stimmt."

Sein Oberschenkel teilte ihre und streifte durch den Schritt ihrer Hose hindurch ihre Klitoris. Kribbeln breitete sich in ihrem Unterleib aus, und die Ranken der Lust wuchsen höher und höher. Langsam schaltete ihr Gehirn um, schob den gesunden Menschenverstand ins Abseits und zerrte Befriedigung in den Vordergrund. Sie brauchte mehr Berührungen, mehr Küsse, mehr Endorphine.

Er bewegte sein Bein zwischen ihren, reizte ihre Scham. „Mehr Sicherheit?"

„Mmm hmm." Sie schloss wimmernd die Augen. Alle Hoffnung war verloren. Kein einziger Teil ihres Körpers wollte von diesem Mann getrennt sein. Kein einziger Finger. Kein einziger Nerv.

Rationales Denken wurde durch Lust erstickt.

Die wichtigen Dinge konnten morgen geklärt werden.

Danach.

„Ich schätze, ich habe mich schon einmal geirrt." *Herrgott*, sie war so ein leichtes Ziel. So ein Groupie.

Er würdigte ihre Kapitulation nicht, sondern setzte nur den köstlichen Pfad seines Mundes fort. Sie öffnete den obersten Knopf ihrer Bluse, dann den nächsten, um ihr Dekolleté seiner Gnade auszuliefern.

„Ich habe von den beiden geträumt." Er glitt mit seiner Hand in das Körbchen ihres BHs und knetete ihre Brustwarze. „Meine Vorstellungskraft wurde ihnen nicht gerecht."

Er küsste ihr Brustbein, die Wölbung ihrer Brust, dann riss er an ihrem BH, damit er ihre Brustwarze in den Mund saugen konnte. Ein Lauffeuer entflammte unter ihren Rippen. Leidenschaft kollidierte mit Glückseligkeit.

Für einen winzigen Moment war alles perfekt. Sie waren synchron – Bewegungen, Herzschläge, Intensität. Geist, Körper, Seele.

Er zollte ihren Brüsten Tribut. Sein Schenkel neckte ihre Mitte. Jeder

Nerv prickelte dank seines Könnens. Es fehlte nicht viel und sie würde so kommen, durch Reibung und Saugen.

„Wir sollten besser aufbrechen." Er richtete sich auf und trat zurück. Seine Lust schien innerhalb eines Augenblicks zu verfliegen, während sie Pamela fest im Griff behielt. „Lass uns von hier verschwinden."

„Wie bitte?" Sie leckte sich die trockenen Lippen, als er nach der Flasche Scotch griff und sie in einem Schrank unter der Bar verstaute. „Was war das gerade?"

„Du willst keinen Sex. Also lass uns gehen."

„Aber …" Wie konnte er aus den brodelnden Tiefen der Fleischeslust zu den frostigen Eiskappen der Enthaltsamkeit springen? „Was? Warum?"

„Deine Regeln."

„Wow." Ihr Mund klappte auf. „Du bist schrecklich."

Ein blendendes Grinsen strahlte sie an. „Nein, aber fürs Erste habe ich die Kontrolle."

„Fürs Erste?"

„Jepp. Das ist nicht immer so in deiner Gegenwart." Er knöpfte ihre Bluse zu, die gefasste Geste eine körperliche Zurschaustellung seiner Disziplin. „Dachtest du wirklich, ich würde die Stabilität und Klarheit aufs Spiel setzen, von der du gemurmelt hast?"

„Weshalb dann anfangen?"

„Ich bin kein Heiliger." Er zwinkerte ihr zu. „Du magst die Regeln diktieren, aber ich weiß, wie dieses Spiel gespielt wird." Er ergriff ihre Hand und zog sie vorwärts.

„Das war wirklich fies von dir." Ihr Höschen war feucht. Ihre Brüste schrien nach mehr. „Ich will dir nicht verzeihen."

„Ich bin betrunken und emotional, schon vergessen? Sei nachsichtig mit mir."

„Du bist betrunken, emotional und bald kastriert, wenn du nicht aufhörst, mich hinter dir herzuziehen."

„Mich zu kastrieren würde bedeuten, in engen Kontakt mit meinem Schwanz zu kommen, und das ist tabu. Du darfst deine eigenen Regeln nicht brechen." Er zog sie weiter, um die Bar herum und auf die Zementtreppe zu, die zum Parkplatz des *Shot of Sin* führte. „Und außerdem gefällt es dir, meine Hand zu halten."

„Ich kann nicht glauben, dass du mich ausgetrickst hast." Sie versuchte, trotz eines ungewollten Lächelns finster dreinzublicken. „Das ist nicht fair."

Doch, das war es. Ausnahmsweise einmal schien alles fair und ehrlich und schön zu sein. Ihn einzuatmen, seine Stärke zu spüren, zu wissen, dass ihm etwas an ihr lag – das Glücksgefühl war überwältigend.

Er hielt am Fuß der Treppe inne, und die Atmosphäre änderte sich, als er sich auf die vor ihnen liegende Dunkelheit konzentrierte. „Ella?"

Sein ominöser Tonfall setzte ihrem munteren Herzschlag ein Ende. „Ja?"

Er warf ihr über seine Schulter einen Blick zu, seine Gesichtszüge waren angespannt. „Ich kann nicht versprechen, es nicht zu vermasseln."

Ihr Herz schwoll an. „Ich weiß."

Er nickte scharf und lief weiter, seine Finger drückten sanft ihre.

„Bryan?"

„Hmm?" Er ging weiter, zum oberen Ende der Treppe und der Tür, die nach draußen führte.

Sie schlang ihre Arme um seine Taille und schmiegte ihren Kopf an seinen Nacken. „Ich kann nicht versprechen zu verschwinden, wenn du mich das nächste Mal darum bittest."

„Damit kann ich leben."

„Nein." Sie schüttelte den Kopf. „Ich meine es ernst. Ich werde all die anderen Sexjunkies in den Schatten stellen."

Er schob lachend die Tür auf. „Komm, lass uns von hier verschwinden."

„Ernsthaft." Sie folgte ihm in das schwindende Tageslicht. „Wenn du je mit mir Schluss machen solltest, stalke ich dich."

Sein Glucksen war unbehaglich.

„Und ich schlitze dir die Reifen auf." Sie schwang glücklich ihre vereinten Hände. „Nach all der Zeit hat uns das Schicksal endlich zusammengeführt." Sie grinste, als er seine Schritte verlangsamte und seine Körperhaltung sich versteifte. „Meinst du nicht auch, dass es an der Zeit ist über Partnertattoos nachzudenken?"

Er blieb stehen. Sein Blick brauchte lange Sekunden, um ihrem zu begegnen. Er musterte sie eindringlich.

„Was ist?" Sie blinzelte zu ihm auf. „Hast du Angst vor Nadeln?"

Seine Augen verengten sich, und er riss sie an seine Brust. „Spielst du mit mir?"

„Vielleicht", kicherte sie. „Du hast damit angefangen."

„Und ich werde es beenden." Er pinnte ihr die Hände auf den Rücken und presste seinen Mund auf ihren, um sie mit Glückseligkeit zu bestrafen.

Sie wand sich, wollte kein zweites Mal nachgeben. „Fang nicht wieder damit an."

„Werde ich nicht." Er starrte auf sie hinab, musterte ihre Augen, ihre

Nase, ihre Lippen. Alles wurde mit der gleichen visuellen Zuneigung überschüttet. „Ich glaube, ich habe meine Meinung geändert."

„Worüber?" Sie inspizierte sein wunderschönes Gesicht ebenso zärtlich und sog die Güte in seinen tiefblauen Augen und den Anblick seiner dunklen, verführerischen Lippen in sich auf.

„Ich werde es nicht vermasseln, Ella."

„Weißt du was, Bryan?" Ihr Herz schwoll wieder an, pumpte prickelndes Blut durch jeden Zentimeter von ihr und erfüllte sie mit Zuversicht. „Ich glaube dir."

EPILOG

---

*P*amela glitt mit ihren nackten Oberschenkeln auf den Barhocker und tat ganz entspannt, obwohl sie es nicht war. Wimmern und Stöhnen erfüllte ihre Ohren, begleitet von gemurmeltem Gerede, leisem Lachen und dem gelegentlichen Klirren eines Glases, wenn sich *Vault*-Besucher um sie herum gesellig zusammenfanden.

„Ich habe nicht damit gerechnet, dich hier unten zu sehen." Shay nahm ein großes Glas aus dem Regal. „Tequila Sunrise?"

„Ja, bitte." Wobei, wenn sie es sich recht überlegte ... „Mach einen Doppelten draus."

Shay musterte sie argwöhnisch. „Nervös, wieder hier zu sein?"

„Ich bin mir nicht sicher." Seit Monaten hatte sie keinen Fuß in den Sexclub gesetzt. Nicht seit der Nacht, in der sie geschworen hatte, nie wiederzukommen.

Seitdem hatte sich ihr Leben verändert. *Alles* hatte sich verändert. Sie wusste nicht länger, was sie zu erwarten hatte, sobald sie das *Vault* betrat. Es war zu einem komplizierten Ratespiel geworden.

„Bryan hat mir gesagt, ihr beide würdet nicht mehr daten." Shay beäugte sie prüfend, während sie eine Flasche Orangensaft aus dem Kühlschrank unter dem Tresen holte.

„Tatsächlich?"

„Ich kenne keine Einzelheiten. Er sagte nur, dass das erste Date mit grandioser Gründlichkeit gescheitert wäre und er sowas nie wieder tun würde."

Pamela zog eine Grimasse, als sie sich daran erinnerte. Ihr Essen in einem exklusiven Restaurant war ein unbehaglicher Alptraum gewesen. „Wir haben es nicht einmal bis zum Ende des Abendessens durchgehalten."

„War es so schlimm?"

„Ja, war es." Sie hätte sein enormes Unbehagen genießen und es als bittersüße ausgleichende Gerechtigkeit betrachten können, aber das konnte sie nicht. Er hatte mit dem Besteck herumhantiert, den Wein hinuntergestürzt und nicht einen Bissen der extrem teuren Gerichte zu sich genommen. „Er ist nicht der Typ fürs Daten."

Shay schob den Tequila Sunrise über die Bar, hielt das Glas jedoch fest. „Ich nehme an, die Sache endete im Guten, wenn er deine Mitgliedschaft reaktiviert hat." Sie hielt den Alkohol weiterhin zurück. „Aber wenn du aus Vergeltung hier bist, muss ich dich bitten zu gehen. Ich will kein Drama an seinem ersten Abend zurück."

„Drama? Ich bin nicht hier, um—"

„Ich mag dich." Shay senkte ihre Stimme und warf einen verschwörerischen Blick über Pamelas Schulter, als sie das Glas losließ. „Bitte zwing mich nicht dazu, dich rausschmeißen zu müssen."

„Wen rausschmeißen?" Bryans köstliches, tiefes Knurren kitzelte ihren Nacken, dessen Klang die Fähigkeit hatte, weibliche Wesen in einem Zehnkilometerradius verrückt zu machen. „Was habe ich verpasst?"

Er drehte ihren Hocker um und lenkte damit ihr Augenmerk auf sein markantes, perfektes Gesicht. Sein Bart war getrimmt, die blonden Strähnen kürzer, wodurch mehr von dem Mann offenbart wurde, den er darunter verbarg. Sie würde sich nie an ihm sattsehen können, nicht, wenn er sie besitzergreifend und voller Zuneigung ansah. Heute Abend war da aber noch etwas anderes.

War er nervös?

„Unsere Trennung anscheinend." Sie funkelte ihn gespielt finster an. „Du hast deinen Freunden erzählt, wir würden nicht mehr daten?"

Seine vollen Lippen wölbten sich und lösten eine Kettenreaktion aus, die seine Gesichtszüge in eine vollkommen atemberaubende, vielleicht sogar süße Miene verwandelte. „Das tun wir auch nicht."

„Stimmt." Sie beugte sich zu ihm und fuhr gemächlich mit dem Mund über seinen. Sein antwortendes Knurren wanderte in ihren Bauch und sickerte hinunter in ihren Schoß. „Aber ich glaube, du hast ihnen einen falschen Eindruck vermittelt."

„Ihr seid noch zusammen?", quietschte Shay und zog damit die Aufmerksamkeit des Raumes auf sich.

Etliche Menschen stoppten das, was sie taten – trinken, küssen, vögeln –, und drehten sich zu ihnen um.

„Dezent", knirschte Bryan. „Äußerst dezent, Shay."

Pamela wand eine Hand in seinen Nacken und hielt ihn fest. Sie liebte diesen Mann. Nicht, dass er das wusste. Das L-Wort war extrem bedeutsam für ihn. Ohne die Liebe seiner Eltern erachtete er die Emotion als den heiligen Gral der Menschheit. Sie erwartete nicht, die Äußerung jemals von seinen Lippen zu hören. Aber sie fand Trost darin sich zu sagen, dass seine Bewunderung und seine Hingabe etwas Vergleichbares seien.

„Wieso hast du deinen Freunden einen falschen Eindruck vermittelt?", flüsterte sie.

Während ihrer gemeinsamen Zeit hatte er sich verändert. Jeden Tag öffnete er sich ein wenig mehr, erzählte ihr Kleinigkeiten aus seiner Vergangenheit, gab ihr genug, um ihre Bedenken zu zerstreuen. Anscheinend endete sein transparentes Verhalten, sobald er zur Arbeit kam.

„Ich musste dich so lange wie möglich für mich behalten." Er lehnte sich zurück und schaute sie an. „Ich wollte nicht jedes Mal, wenn ich Luft hole, Fragen über uns beantworten müssen. Ich brauchte es, dass es eine Zeit lang nur um dich und mich ging."

„Was zum Teufel ist hier los?" Shay schlug mit den Händen auf die Bar.

„Siehst du?", meinte er gedehnt. „Sie ist wie Hämorrhoiden, die wir nie wieder loswerden."

„Bin ich nicht", zeterte die Barkeeperin. „Du bist zu verschlossen. Vielleicht solltest du dich ab und zu mal mitteilen."

Bryan schüttelte den Kopf, seine Nase streifte Pamelas. „Ich will nicht teilen."

„Du hast Glück, dass du süß bist." Sie knabberte an seiner Unterlippe. „Aber es ist an der Zeit, es ihr zu sagen. Sei nicht gemein."

Seine Brust vibrierte, und der raubtierhafte Klang kitzelte ihre Brustspitzen, während er seine Hände um ihre Hüften schlang und ihren Hintern umfasste. „Wir daten nicht, Shay", murmelte er zwischen zwei Küssen. „Wir leben zusammen."

Pamela strahlte und versank in seiner Zuneigung, während die Barkeeperin Fragen in ihre Richtung schleuderte, eine nach der anderen, bis ihre Lautstärke einem Schreien gleichkam und Leo, T.J. und Cassie sich dem Kreuzverhör anschlossen. Nicht ein einziges Mal erlaubte Bryan eine Unterbrechung ihres Kusses. Er hielt ihre Körper – Lippen und Hüften – vereint, während seine Zunge die ihre mit sanften Liebkosungen versorgte.

Sie konnte nicht genug von ihm und seinen arroganten Forderungen bekommen. Nicht jetzt, und erst recht nicht, als er sie von ihrem ersten Date fortgezerrt und verkündet hatte, sie sollten die lästigen Formalitäten überspringen und zusammenziehen.

Seine vorbelastete Vorstellung davon, wie eine romantische Beziehung zu verlaufen hatte, hatte Bryan Schwierigkeiten bereitet. Er hatte seine eigenen Regeln aufstellen müssen. Und das außerplanmäßige Vorspulen in eine zementierte Verbindung hatte für sie beide funktioniert.

Sie liebte die Stabilität und die Hingabe. Er genoss es, sie auf Trab zu halten. Nicht ein einziges Mal hatten sie zurückgeblickt.

Er war nicht so, wie sie erwartet hatte. Sie hatte bereits gewusst, dass sie die Laken im Schlafzimmer in Brand setzen würden. Doch auch abseits von Sex und Verführung war er der aufmerksamste und beschützerischste Mann, den sie je getroffen hatte.

Und der selbstloseste.

Und heute Abend überraschte er sie mit seinen sanften Zuwendungen aufs Neue. In einem Sexclub, zum ersten Mal als Paar, hatte sie erwartet, dass er in den Raubtiermodus schalten würde – Hände, Zähne und rotierende Körperteile.

Diese zarte Sanftheit war eine Million Mal besser.

Er lehnte sich zurück, und seine blauen Augen überwältigten sie mit ihrer Leidenschaft. „Bereit für das Kreuzverhör?"

Sie nickte und nutzte die Sekunden ihres Blickkontakts, um zu versuchen ihn zu lesen. Als er sich seinen Freunden zuwandte, tappte sie immer noch im Dunkeln.

T.J. und Cassie standen dicht beieinander bei den Hockern neben ihnen. Shay und Leo waren hinter der Bar.

Shay stemmte eine Hand in die Hüfte und hob eine manikürte Braue. „Ihr seid uns eine Erkl—"

Leo schlug eine Hand über den Mund seiner Freundin und linderte den Eingriff mit einem Kuss auf ihre Stirn.

„Seid ihr glücklich?", fragte Cassie über den wachsenden Enthusiasmus im Raum hinweg.

„Das ist eure erste Frage?", schnaubte Bryan. „Großartig. Das hier wird die ganze Nacht dauern."

„Das ist unsere einzige Frage", korrigierte Leo. „Du teilst dich nicht gerne mit und uns geht es nichts an. Wir wollen nur wissen, dass ihr glücklich seid." Er nahm seine Hand aus Shays Gesicht und schenkte sich ein Glas Bourbon ein. „Habe ich nicht Recht, Shay?"

Sie grunzte. „Sprich für dich selbst. Ich will alle schmutzigen Details."

„Es gibt keine schmutzigen Details." Bryan schlang einen Arm um Pamelas Taille und drückte sie fest. „Dating hat nicht funktioniert, also sind wir zusammengezogen."

„Aber ihr seid glücklich?", fragte T.J.

„Ja." Seine Antwort war simpel. Kein scharfer Ton. Keine Emotionen. Kein Blödsinn. „Sind wir jetzt fertig?"

Pamela verbarg ihre Enttäuschung. Sie erwartete nicht, dass er über ihre Beziehung schwärmte oder mit ihr prahlte. Sie erwartete lediglich … etwas. Irgendetwas, das dem Mann gerecht wurde, zu dem er in der Abgeschiedenheit seines eigenen Heims wurde. Hier in der Bar fiel er in die Verhaltensweisen des verschlossenen, zugeknöpften Mannes zurück, als den sie ihn kennengelernt hatte. Selbst seine Haltung wirkte steif.

Leo neigte den Kopf, hob sein Glas zum Gruß und ging dann zum Ende der Bar.

Diskussion beendet.

„Jepp, das ist alles." Cassie strahlte. „Ich freue mich so für euch beide." Sie klopfte Bryan auf die Schulter und schritt davon, wobei sie ihren Mann mit sich zog.

Shay wiederholte ihr Augenrollen und sagte kein Wort, als sie zur Seite trat und einen wartenden Gast mit einem Rucken ihres Kinns aufforderte, seine Bestellung zu äußern.

Das war's. Das Kreuzverhör war beendet, bevor es begonnen hatte.

„Und deswegen hast du unsere Beziehung geheim gehalten?", fragte sie.

„Das ist nicht normal", brummte er. „Ich vermute, sie wiegen uns in einem falschen Gefühl der Sicherheit."

„Bist du deshalb so unruhig?"

Er versteifte sich und wich ihrem Blick aus.

Sie hatte den Nagel auf den Kopf getroffen. Er *war* unruhig. „Was ist los? Ich dachte, du wärst aufgeregt wegen heute Abend."

Sie hatten über die Komplikationen gesprochen, die ihre Rückkehr ins *Vault* mit sich brachte. Es war ihr erster großer Test. Das Vertrauen und die Verantwortung, die es benötigte, einen Sexclub zu besuchen, während man in einer festen Beziehung war, war nicht zu vernachlässigen und verdiente einen zweiten, dritten und vierten Gedanken.

Er runzelte die Stirn. „Ich weiß nicht, wovon du sprichst."

Er log? „Bryan? Was geht hier vor?"

„Scheiße", murmelte er vor sich hin. „Hör zu, ich habe etwas geplant. Ich bin mir nur nicht sicher, wie es sich entwickeln wird."

Ihr Magen drehte sich um. Welche Pläne waren in der Lage, diesen erfahrenen Mann nervös zu machen? „Du bist nie nervös, wenn es um Sex geht."

„Exakt." Er räusperte sich und richtete sich zu seiner vollen Größe auf. *„Hey."* Er erhob seine Stimme, durchbrach das Stöhnen und Wimmern. „Ich brauche eure volle Aufmerksamkeit."

Ihr Herz flatterte, als der Raum seiner Aufforderung folgeleistete. Paare unterbrachen ihre sexuellen Aktivitäten. Menschen traten aus den angrenzenden Zimmern, um zu hören, was er zu sagen hatte. Sogar Cassie und T.J. schauten verwirrt aus der hinteren Ecke zu.

„Wie ihr alle wisst, ist dies mein erster Abend zurück—"

Pfiffe und Jubel durchschnitten die Luft.

„Kommt schon, Leute." Er beschwichtigte die Aufregung mit erhobenen Händen. „Wie ich schon sagte, war ich nicht mehr hier unten, seitdem ich den Vorführungsabend abgesagt habe. Leider hat der ursprüngliche Plan nicht funktioniert, aber heute Abend möchte ich euch allen einen Vorgeschmack darauf geben, was euch erwartet, sobald ich den Kurs umgestaltet habe."

Er wandte sich Pamela zu und hielt ihr eine Hand hin.

„Bryan?" Sie blickte sich unsicher im Raum um. „Was hast du vor?"

„Du wirst mir bei der kleinen Kostprobe behilflich sein."

Sie schüttelte den Kopf. *Nein.* Nein, nein, nein. Sie war kaum auf das vorbereitet, was in den dunklen Schatten zwischen ihnen beiden geschehen könnte, geschweige denn unter einem Mikroskop.

Alle starrten sie an. Die simmernde Erregung in der Luft kitzelte ihre Haut. „Ich glaube nicht, dass ich bereit dafür bin."

Seine Unruhe verblasste unter der Brillanz seines Grinsens. „Das bist du." Das Versprechen war verrucht. Selbstsicher. Völlig unwiderstehlich.

Sie griff nach ihrem Drink und nahm einige große Schlucke der Flüssigkeit.

„Trink nicht zu viel." Seine Hitze näherte sich und umhüllte sie, seine Lippen fanden ihren Hals. „Du wirst hierfür nicht betäubt sein wollen."

Doch, das wollte sie.

Wäre er nicht so unruhig, hätte sie den bevorstehenden Frivolitäten mit unbändiger Begeisterung nachgegeben. Ihre Nippel kribbelten bereits. Ihr Höschen hatte sich in eine schlüpfrige Angelegenheit verwandelt. Sie liebte jede Gelegenheit, bei der sie in der sicheren Umgebung des *Vault* eine Exhibitionistin sein konnte.

Doch Bryan war aus irgendeinem Grund besorgt. Angst ging in Wellen von ihm ab.

„Wir sollten zuerst darüber reden." Das Gewicht des Interesses im Raum lastete auf ihr.

„Vertrau mir."

„Das hat nichts mit Vertrauen zu tun. Ich habe dich noch nie anders als hundertprozentig selbstbewusst gesehen, wenn es um Sex ging. Worüber auch immer du dir Gedanken machst, es fängt an mich zu beunruhigen."

„Los", rief ein Mann aus dem hinteren Teil des Raumes. „Startet die Vorführung."

Bryan schob eine Hand in ihr loses Haar und umfasste ihren Hinterkopf. „Ich hatte Bedenken, dich zu überrumpeln. Das ist alles. Ich wollte nicht, dass du etwas ahnst, aber dir nichts zu sagen, ist mir schwergefallen, weil ich mich schuldig gefühlt habe."

Sie musterte ihn, unsicher, was sie glauben sollte. „Willst du mich auf den Arm nehmen?"

„Wann habe ich das jemals getan?", feixte er und machte es ihr damit zehnmal schwerer, ihrer Intuition zu vertrauen.

„Du bist dir sicher, dass zwischen uns alles in Ordnung ist?" Das war alles, was zählte. Alles andere war ihr gleichgültig.

„Wir sind genau da, wo ich uns in diesem Moment haben möchte." Er verschränkte ihre Hände und zog sie vom Hocker. Anschließend führte er sie mühelos durch die sich verdichtende Menge. „Je schneller wir das hinter uns bringen, desto schneller habe ich dich ganz für mich allein."

Leo und T.J. stellten rasch das Mobiliar um, um Platz zu schaffen. Ottomanen wurden an die Wand geschoben. Sofas wurden gewendet und gedreht. Alles wurde strategisch so angeordnet, dass es dem großen Bett in der Raummitte zugewandt war, dessen cremefarbenen Satinlaken unter den Deckenlichtern schimmerten.

Bryan blieb an der Seite der Matratze stehen und küsste ihre Fingerknöchel. „Du kannst nichts falschmachen. Wie auch immer das hier ausgeht, geht auf meine Kappe, okay?"

Sie nickte.

„Okay?", knurrte er und verlangte mit zusammengezogenen Augenbrauen eine verbale Antwort.

„Okay, du gnadenloser Kerl."

Übergangslos verwandelte sich sein Ausdruck von angespannter Sorge in sanfte Anerkennung. Vielleicht sogar Stolz. „Dass du es nicht vergisst."

„Das habe ich schon." Sie kannte ihn mittlerweile gut und vor allem besser als jeder, der glaubte, dieser Mann wäre harsch und herzlos. Hinter seinem starren Äußeren verbarg sich das genaue Gegenteil.

„Also dann, Leute." Er sondierte das Publikum aus halbbekleideten Besuchern. „Dies wird nur ein Vorgeschmack sein auf das, was noch kommen wird. Am eigentlichen Vorführungsabend plane ich, eine Reihe verschiedener Techniken zu besprechen. Wir werden über die Vorteile von *Edging* sprechen, und darüber, wie Kontinuität oder Überraschung sich auf unterschiedliche Weisen auf Frauen auswirken können. Aber heute Abend dreht sich alles um das Lesen der Anzeichen."

Er lockte sie mit einem gekrümmten Finger auf das Bett. „Leg dich dicht zu mir. In Reichweite."

Sie stand unbeweglich da, ihr Herz klopfte ihr bis zum Hals. Das hier würde ihren Exhibitionismus auf ein ganz neues Niveau bringen – von Amateurin zu Professorin.

„Keine Sorge." Er streckte eine Hand aus. „Ich verspreche, ich werde mich um dich kümmern." Sein Grinsen war verschlagen und großspurig, das Gegenteil von besänftigend.

Er machte keinen Sinn. In einem Moment wirkte er rastlos und nervös, im nächsten verströmte er seine tief verwurzelte, selbstsichere Sexualität ohne jeden Makel.

„Du hast später eine Menge zu erklären. Das weißt du doch, oder?"

Er neigte den Kopf. „Ich weiß, Liebes."

Sie ließ ihre Hand in seine gleiten und erlaubte ihm, ihr auf das erhöhte Bett zu helfen. Er leitete sie an, sich dicht an die seitliche Matratzenkante zu legen, wo die feinen Deckenlichter auf sie hinab strahlten und sie vor dem im Schatten liegenden Publikum in einen Schein tauchten.

„Hinreißend." Bewunderung ebbte von ihm ab. „Ich glaube, hinterher wirst du mehr als nur ein paar Verehrer haben."

Ihre Wangen erhitzten sich, von seinen Worten und dem zustimmenden Geflüster der Menge.

„Dein Erröten macht Dinge mit mir, Liebes."

„Mit mir auch", murmelte ein anderer Mann.

Sie schüttelte glucksend den Kopf. „Fang einfach an, ja?"

„Ihr habt die Dame gehört. Wir sollen mit der Show beginnen." Er wandte sich der etwa dreißigköpfigen Menschenmenge zu, die alle erwartungsvoll schwiegen. „Eure Aufgabe heute Abend ist es, diese vollkommene Frau hier zu studieren. Ich will, dass ihr imstande seid, die kaum wahrnehmbaren Zeichen zu erkennen, damit ihr begreift, wie subtil ein Partner beim Sex sein kann."

Ihre prüfenden Blicke lagen auf Pamela, kitzelten ihre Haut und schärften ihr Bewusstsein. Sie atmete das Interesse der Menge ein, hüllte sich in ihre prickelnde Sinnlichkeit. Aber da war noch etwas anderes, das den Druck zwischen ihren Schenkeln verstärkte. Etwas, nach dem sie sich jeden Tag von diesem süchtig machenden Mann verzehrte.

„Seht ihr das?" Sein flüchtiger, scharfer Blick erfasste alles. „Ihre Atmung beschleunigt sich, und ich habe sie noch nicht einmal berührt. Kann mir jemand sagen, wieso sie jetzt schon erregt ist?"

„Alkohol?", fragte jemand.

„Nein", rief Shay. „Sie hat nicht einmal ihr erstes Getränk ausgetrunken."

„Sie ist in einem Sexclub. Natürlich ist sie erregt", behauptete ein Mann.

„Falsch." Bryan fegte den Kommentar verbal beiseite. „Sie ist nicht neu in der Szene. Es ist nicht so, als würde es sie in ein keuchendes Etwas verwandeln, euch beim Herummachen zuzusehen. Versucht es nochmal."

„Die Erwartungshaltung?", fragte eine weibliche Stimme.

„Womöglich, aber ich würde mein Haus nicht darauf verwetten." Er hielt Pamelas Blick gefangen, decodierte jede ihrer Bewegungen. Jeden ihrer Atemzüge. „Möchte sonst noch jemand eine Vermutung äußern?"

Es folgte Stille, nicht der leiseste Ansatz einer Antwort war zu hören.

Sein Fokus hielt sie in Trance und ihre Atemzüge wurden zu einem Keuchen.

„Deine Augen", bekannte sie. „Deine Selbstsicherheit."

„Ich hatte gehofft, dass du das sagst." Er schenkte ihr ein leichtes Grinsen. „Die meisten Frauen fühlen sich von Wissen angezogen. Das Problem ist, dass jede Frau anders ist, was bedeutet, dass niemand selbstgefällig werden kann. Da ist immer eine Lernkurve mit einem neuen Partner, egal für wie gut man sich hält. Der Trick, um ein Experte zu werden, ist die Person zu lesen, mit der man zusammen ist. Hört nie auf, nach Signalen zu suchen."

Er machte einen Schritt auf das Bettende zu und stellte sich vor ihre Füße. „Ihr müsst erkennen, was nicht gesagt wird, denn euer Partner könnte aus verschiedenen Gründen lügen. Vielleicht fehlt das

Selbstbewusstsein. Oder er vertraut euch nicht genug. Vielleicht ist er schüchtern. Oder er will eure Gefühle nicht verletzen."

Quälend langsam streckte er seine Hand aus. Sie konnte seine Berührung spüren, noch bevor die einzelne Fingerspitze ihren Knöchel streifte, ganz leicht, und doch versengend in ihrer Intensität.

„Nichts ist erfüllender als eine sexuell befriedigte Frau." Er sprach leise, während die Feuerspur ihre Wade hochwanderte. „Nehmt euch Zeit, ihren Körper zu erkunden. Lasst sie glauben, es sei ein Spiel, während ihr die ganze Zeit tiefer und tiefer unter ihre Haut kriecht. Ihre Geheimnisse ergründet."

Sie versuchte sich nicht zu bewegen, nicht zu zucken. Still liegen zu bleiben wurde schwierig. Je weiter die einzelne Fingerkuppe wanderte, desto stärker reagierte ihr Körper ohne ihre Erlaubnis, zitterte und zuckte wie eine Richterskala bei einem apokalyptischen Erdbeben.

„Was glaubt ihr, wie ich mich bisher mache?"

„Ihre Atmung wird immer noch schneller", bemerkte Cassie.

„Ja, aber was noch?" Seine Liebkosung glitt höher, über ihr Knie, an der Innenseite ihres Oberschenkels entlang. „Hat jemand ihre Muskelzuckungen bemerkt? Sie verlaufen ihr Bein entlang, meinen Berührungen voraus und erahnen meinen nächsten Schritt."

„Und sie wendet sich dir zu", ergänzte T.J. „Nicht viel, aber ein wenig."

„Das sind die winzigen Anzeichen, auf die ihr achten müsst. Alles Bewusste könnte aus den Gründen, die ich genannt habe, ein Akt sein. Diese fast unmerklichen Veränderungen sind das, was am meisten bedeutet. Insbesondere das Erweitern dieser schönen Pupillen."

Sie war gewillt, die unmerklichen Anzeichen beiseitezuschieben und ihn an den Haaren auf das Bett zu zerren. Wie konnte ein einzelner Finger sie derart quälen?

Nein, es war nicht nur die Berührung, das durfte sie nicht vergessen. Es war sein durchdringender Blick. Seine Stimme. Seine unfehlbare Kompetenz. Die Liste wurde mit jedem Blinzeln länger.

Sein Aftershave. Sein Kleidungsgeschmack. Seine erotische Selbstlosigkeit.

Es gab nicht eine Sache an diesem Mann, die sie nicht anmachte.

Nicht eine Sache, die sie nicht dazu veranlasste, ihre Schenkel aneinanderreiben zu wollen.

Sie räusperte sich über ihren trockenen Hals hinweg und schluckte, um ihre brennende Kehle zu befeuchten.

Er unterbrach die Demonstration seiner sexuellen Kompetenz und ließ eine zärtliche Aufrichtigkeit an ihre Stelle treten. „Wie geht es dir?"

„Gut, danke." Ihre verräterische Stimme brach.

Die Leute glucksten, einige prusteten, während Bryan auf Pamela hinablächelte, seine Bewunderung ein lebendiges, atmendes Etwas.

Das Feuer entzündete sich in der Mitte ihres Oberschenkels erneut und wanderte zu ihrem Strumpfband.

Überhitzt und hyperventilierend leckte sie sich die Lippen.

Alle beobachteten sie beide, durchströmten sie mit ihrer Faszination. Von der Gruppe ging keinerlei Ablehnung aus, nur Staunen und Vergnügen. Jede einzelne Person konzentrierte sich gezielt auf ihre Erfüllung.

Er glitt mit einem Finger unter das Strumpfband und zog fest daran, um es dann mit einem Schnippen wieder loszulassen.

„Autsch", zischte sie.

„Nun, genau das ist eine geradezu blendende Darstellung von etwas, das ich falsch gemacht habe. Und ich spreche nicht von dem verbalen Hinweis. Ja, sie ist auch zusammengezuckt, was ein weiteres offensichtliches Zeichen ist, aber wäre sie schüchtern und hätte versucht ihre Reaktionen zu unterdrücken, könnten wir uns immer noch auf ihre starre Körperhaltung verlassen und die Weise, wie sie ihre Beine weggeneigt hat."

„Sie hat sich außerdem auf die Matratze zurückgezogen", meinte eine Frau.

„Ganz genau." Bryan glitt mit dem Finger an ihrem Strumpfband entlang, um den Schmerz darunter zu lindern. „Selbst wenn sie gekeucht oder gewimmert hätte, ihr Körper hat sich zurückgezogen. Das ist der Moment, in dem ihr euer Ego beiseite kehrt und erkennt, dass eurem Partner nicht gefallen hat, was ihr ihm angeboten habt."

Pamela erstarrte. Sie war sich der Signale, die sie ausgesandt hatte, nicht bewusst gewesen. Ihre Wangen kribbelten. Ihre Brust und ihr Bauch ebenfalls.

„Nun", fuhr er fort, „habt ihr einmal Mist gebaut, müsst ihr es wiedergutmachen. Fehler sind ganz normal. Ihr müsst sie bloß zu eurem Vorteil zu nutzen wissen."

Er fügte dem wohltuenden Gleiten an ihrem Strumpfband einen weiteren Finger hinzu. Langsam glitten die suchenden Fingerspitzen höher und höher, nach innen und in Richtung der empfindlichen Stelle, an der ihr

Innenschenkel den Schritt ihres Höschens berührte. Sie zuckte zusammen, überreizt von den herumwirbelnden Empfindungen in ihrer Mitte.

„Besser so?", neckte er.

„Du bist fürchterlich." Sie funkelte ihn böse an und erntete damit ein weiteres Lachen aus der Menge.

Seine Berührung tauchte unter das Gummiband und verharrte dort, ohne zu ihrem Preis vorzudringen. Vor und zurück rieb er unmittelbar unter dem Gummizug und verwandelte die erogene Zone damit in einen Orgasmustrigger, der kurz vor der Detonation stand. Er würde sie ohne Penetration zum Kommen bringen.

Schon wieder.

„Ich will weiterhin Beobachtungen hören. Ruft sie hinein. Sagt mir, was ihr seht, denn von meinem Standpunkt aus ist sie ein Kaleidoskop von Signalen."

Sie wimmerte und versenkte ihre Zähne in der Unterlippe.

Er war dort. *Genau* dort. Weniger als einen Zentimeter von ihrer pulsierenden Pussy entfernt. Und dennoch schien er meilenweit entfernt zu sein. Die Zuversicht in seiner Miene verriet ihr, dass sie den Gipfel ihrer Wonne nur erklimmen würde, wenn er es zuließ.

„Ihr Rücken ist durchgedrückt", rief ein Mann.

„Sie streckt ihre Brüste vor."

„Sie rollt mit den Augen."

Das Atmen wurde schwer, als durcheinander hineingerufene Beobachtungen den Raum erfüllten.

„Sie keucht."

„Krallt sich in die Laken."

„Sie schluckt immer wieder."

Bryans Fingerspitzen rückten näher und näher, bis er schließlich durch ihre Erregung glitt, das sanfte Gleiten exquisit. Beinahe perfekt. Bloß nicht ganz ausreichend.

Sie brauchte ein bisschen mehr. Eine leichte Penetration. Ein Streichen über ihre Klitoris.

„Sie hebt dir ihre Hüften entgegen."

„Sie zittert."

„Ihre Augen sind geschlossen."

Oh, Gott.

Er hörte auf. Das himmlische Gleiten verschwand. Seine wunderbaren Finger entzogen sich ihrem Höschen.

Sie blinzelte zu ihm auf, sackte auf die Matratze, während frustrierte

Tränen ihre Sicht trübten. Das war Folter. Reines, an Hysterie grenzendes Elend.

„Noch nicht, Liebes." Sein eigenes Leiden durchtränkte seine Worte. „Da ist noch eine Sache, die ich tun will, bevor ich dich ganz für mich allein habe."

„Bitte, Bryan." Sie presste die Schenkel zusammen. „Du bringst mich um."

„Ich weiß."

Er streckte ihr eine Hand entgegen, die sie ergriff, und erlaubte ihm so, sie in eine sitzende Position zu ziehen.

„Ich gebe euch allen eine letzte Chance sie zu analysieren." Er setzte sich auf die Matratzenkante und klopfte sich auf die Oberschenkel. „Komm her."

Sie runzelte die Stirn und versuchte fieberhaft herauszufinden, was als nächstes kommen würde.

„Schon okay. Es wird nicht lange dauern." Er packte ihr Handgelenk und lenkte sie der Menge zugewandt auf seinen Schoß.

Ihre Glieder zitterten vor Verlangen. Ein Schweißfilm überzog ihre Haut. Es erforderte all ihre Selbstbeherrschung, sich nicht umzudrehen und ihr Gesicht in seinem Nacken zu vergraben. Eine weitere geflüsterte Bitte und, das wusste sie, er würde ihr geben, was sie brauchte. Er würde ihrer beider Qualen beenden.

Er teilte ihre Oberschenkel mit seinen Händen, regte ihre Beine dazu an, sich über seine zu legen, und enthüllte dadurch den durchnässten Schritt ihres Höschens.

Sie bebte, vibrierte. Sie war von einer Hypersensibilität erfüllt. Sogar die leichte Reibung seines Anzugmaterials brachte sie zum Wimmern.

„Ich will, dass ihr sie genau beobachtet." Seine Stimme wurde tief, hart in ihrer Aufforderung. „Ich will, dass ihr euch konzentriert und all ihre Signale genau lest."

Ihr Atem stockte, die Vorfreude machte sie fertig. Ihr Herz drohte zu explodieren, die pulsierenden Muskeln in ihrem Brustkorb standen in Flammen.

„Bist du bereit, Liebes?"

Sie nickte, als er ihr loses Haar über ihre Schulter strich, um seine Lippen an ihr Ohr zu legen.

„Dieser Test basiert auf Worten", wisperte er. „Mal sehen, welche Reaktionen ich hervorrufen kann."

Sie nickte erneut, bereit, so verdammt bereit seinen Dirty Talk zu hören.

„Bist du sicher, dass du soweit bist?"

„Ja", keuchte sie. Sie wollte, dass es vorbei war, damit sie ihn bespringen, ihre Lippen auf seine pressen und seinen Körper unter ihren zerren konnte.

„Okay."

Sie hörte, wie er schluckte, und spürte, wie sein Bart ihre Wange kitzelte.

„Ella …" Seine Stimme war kaum hörbar, sodass alle Anwesenden nicht mitbekommen würden, worum es bei ihrem Gespräch ging. „Ich wollte es dir schon eine ganze Weile sagen. Aber ich wusste nicht, wie du reagieren würdest."

Sie nickte und versuchte ihn mit dem hektischen Kopfwackeln zu einem schnelleren Abschluss zu bewegen.

„Ella …" Er hielt inne, seufzte, die Hände an ihren Oberschenkeln schwitzten. „Ich liebe dich."

Die Erregung verschwand. Die Geräuschkulisse ebenfalls.

Da war nichts mehr.

Keine Gedanken. Kein Begreifen. Bloß eine langsame Wiederholung seiner sanften Äußerung in ihrem Kopf.

„Das sieht nicht gut aus." Entfernte Worte durchbrachen ihre Benommenheit.

„Was auch immer du gesagt hast, hat ihre Lust vertrieben."

„Du hast es versaut, Brute. Sie ist nicht mehr scharf."

Diese drei Wörter waren eine Traumvorstellung gewesen. Sie hätte nie erwartet, dass sie Wirklichkeit werden würde. Sie waren zu wichtig für ihn. Zu besonders. Drei kleine Wörter zerbrachen sie und machten alles instabil – ihr Herz, ihren Verstand, ihre Emotionen.

Starke Hände umfingen ihre Taille, hoben sie hoch und drehten ihren kraftlosen Körper, bis sie seitwärts auf seinem Schoß saß.

„Ella?" Seine blauen Augen blinzelten besorgt, seine Verletzlichkeit für jedermann sichtbar. „Ich hätte meinen Mund halten sollen, nicht wahr?"

„Nein." Sie schüttelte den Kopf. Ihre Zunge verknotete sich in all den Dingen, die sie sagen wollte. In all den Dingen, die er hören musste. „Auf keinen Fall."

„Was ist passiert?", rief eine Frau. „Was geht hier vor?"

Seine Nasenflügel bebten, und die Härte kehrte in seine Gesichtszüge zurück. „Ich hätte das woanders machen sollen."

„Warum hast du das nicht?" Die Frage purzelte aus ihrem Mund. „Warum jetzt? Warum hier?"

Sie verstand es nicht. Es wäre so viel einfacher für ihn gewesen, diesen Moment ungestört zu teilen. Allein. Ohne die ganzen prüfenden Blicke.

„Ich kann deinen Körper lesen, als wäre er mein eigener, Liebes. Aber wenn es darum geht, deine Gefühle zu lesen, bin ich ahnungslos. Ich brauchte ihre Unterstützung, um deine Reaktion zu verstehen." Er stieß ein bitteres Lachen aus. „Das ist scheinbar nicht gerade gut für mich ausgegangen."

„Natürlich ist es das. Ich bin nur schockiert, das ist alles."

„Du fängst gleich an zu weinen."

„Nein." Sie wischte sich die einsame Träne weg, die sich befreit hatte. „Tue ich nicht."

Er hob vielsagend eine Braue.

„Naja, tue ich, aber nur, weil ich glücklich bin. Ich hätte nie erwartet, die Worte je von dir zu hören."

Er versteifte sich. „Weil ich ein herzloses Arschloch bin?"

„Bryan, ich weiß, dass diese Aussage dir die Welt bedeutet. Und ich …"

„Und du hast nicht erkannt, dass du mir mehr als die Welt bedeutest?"

Ihre Brust erhitzte sich, Wärme und Erleichterung überfluteten sie gleichermaßen. „Ich war mir nicht sicher."

„Sei dir sicher, Ella", flüsterte er. „Es gibt nichts Wichtigeres für mich als dich. Ganz gleich, was du im Gegenzug empfindest."

Seine Finger glitten ihren Kiefer entlang, hielten sie fest, als er sich für einen zärtlichen Kuss vorbeugte. Die Berührung seiner Lippen dauerte eine Sekunde, bevor er sich zurückzog.

Nein. Sie wollte mehr. *Brauchte* mehr.

Sie stand auf, um ihre Position zu ändern und sich rittlings auf seinen Schoß zu setzen.

„Diese erbärmliche Ausrede eines Kusses ist nicht ausreichend." Sie stieß ihn in die Brust und erntete ein Glucksen. „Nicht, nachdem du mich bis zur Gedankenlosigkeit gequält hast."

„Willkommen in meinem Leben. So fühlt es sich an, jeden verdammten Tag mit dir zu leben."

Sie lehnte lächelnd ihren Kopf an seine Schulter und ließ ihre Arme um seine Taille gleiten, während sich seine um ihren Rücken wanden.

Seine Gefühle glichen ihren eigenen. Ihre Bewunderung und Zuneigung wurden erwidert. Der gnadenlose Mann, den sie einmal für herzlos gehalten hatte, war zärtlicher und liebevoller, als man sich überhaupt vorstellen konnte.

„Sollen wir immer noch beobachten?", fragte jemand, als die Stille, verursacht durch wachsende Verwirrung, die zuvor erhitzte Atmosphäre veränderte.

Keiner von ihnen beiden antwortete. Keiner von ihnen bewegte sich oder sprach, während sie weiterhin so taten, als gäbe es die Welt nicht.

Für Pamela existierte nichts anderes.

Nur er.

Nur sie.

„Bryan?", flüsterte sie.

Er gab ihr einen zarten Schmetterlingskuss auf den Hals. „Ja, Liebes?"

„Ich liebe dich mehr."

Jeder Muskel unter ihr spannte sich an. Seine Arme verkrampften sich in ihrem Rücken.

„Oh, Scheiße", murmelte jemand aus der Menge. „Was zum Teufel ist da los?"

„Ich bin verwirrt. Gehört das zur Vorführung?", fragte eine Frau.

„Das denke ich nicht", übertönte Leos Stimme die zunehmenden Spekulationen. „Das war's, Leute. Das ist das Ende der Show. Geben wir ihnen etwas Privatsphäre, okay?"

Schlurfende Füße schlichen um das Bett herum. Gemurmelte Worte erreichten ihre Ohren. Aber sie ließ ihn nicht los. Auch als der Raum wieder zu seiner üblichen Darbietung von Dirty Talk und Genuss zurückkehrte, unterbrach sie ihre feste Umarmung nicht.

„Das hat noch nie jemand zu mir gesagt." Sein Griff verstärkte sich, um sie wie einen Rettungsanker an sich zu pressen. „Ich wusste nie, wie es sich anfühlen würde."

„Wie fühlt es sich an?"

„Ich weiß es nicht." Er schüttelte den Kopf. „Es fühlt sich wohl so an, als wäre ich nicht mehr allein."

„Das bist du nicht. Wirst du nie wieder sein." Sie würde dafür sorgen, dass er das erkannte. Jeden Tag ein wenig mehr, egal, wie lange es dauerte. „Bring mich nach Hause, Bryan. Ich will jetzt nicht hier sein."

„Gute Entscheidung." Er küsste ihre Stirn und stand auf, wobei er sie wie ein Kind um seine Taille geschlungen hielt. „Aber zuerst will ich die Worte noch einmal hören."

„Welche Worte?" Sie grinste, was ihren Versuch, die Dumme zu spielen, scheitern ließ.

„Du weißt, wovon ich spreche."

„Schon, aber ich will, dass du richtig fragst."

Sein Kiefer spannte sich an, doch er sah der Verwundbarkeit offen ins

Gesicht und senkte sein Kinn, während er sie mit seinem Blick durchbohrte. „Sag mir, dass du mich liebst, Ella."

Schmerz explodierte in ihrer Brust. Der köstlichste und erfüllendste Schmerz, den sie je empfunden hatte. „Ich liebe dich, Bryan Munro. Ich liebe jeden einzelnen Teil von dir."

WEITERE ÜBERSETZTE TITEL VON EDEN SUMMERS

THE VAULT

- Erwacht
- Vereint
- Gnadenlos

HUNTING HER

- Hunter

RECKLESS BEAT

- Blinde Leidenschaft

Abonniert den Newsletter, um über Eden Summers nächste deutsche Veröffentlichungen Bescheid zu wissen.

ÜBER DIE AUTORIN

Eden Summers ist eine Bestsellerautorin von zeitgenössischen Liebesromanen, die sich durch eine gehörige Portion Knistern und Sarkasmus auszeichnen.

Sie lebt in Australien mit ihrer jungen Familie, die sich durchaus bewusst ist, dass sie langsam aber sicher dem Wahnsinn verfällt.

Eden hat ein Faible für extrem dominante, dunkelhaarige und sarkastische Romanhelden; ihre Heldinnen sind starke Frauen, die ein Gespür dafür haben, wann sie sich auf die Zunge beißen oder mit einem lieblichen Lächeln Rache nehmen sollten.

Weitere Informationen:
www.edensummers.com
eden@edensummers.com

www.ingramcontent.com/pod-product-compliance
Lightning Source LLC
Chambersburg PA
CBHW030835190726
48285CB00004B/1232